国代学典
中当文经
吴义勤 ◎主编
2020中篇小说卷
崔庆蕾 侯建魁 ◎点评
必读

ZHONGGUO
DANGDAI
WENXUE
JINGDIAN
BIDU

图书在版编目（CIP）数据

中国当代文学经典必读. 2020中篇小说卷 / 吴义勤主编. –– 南昌：
百花洲文艺出版社, 2022.7
ISBN 978-7-5500-4407-4

Ⅰ. ①中… Ⅱ. ①吴… Ⅲ. ①中国文学 – 当代文学 – 作品综合集
②中篇小说 – 小说集 – 中国 – 当代 Ⅳ. ①I217.1

中国版本图书馆CIP数据核字（2021）第183242号

中国当代文学经典必读. 2020中篇小说卷

吴义勤　主编

出 版 人	章华荣
责任编辑	胡青松
书籍设计	方　方
制　　作	何　丹
出版发行	百花洲文艺出版社
社　　址	南昌市红谷滩区世贸路898号博能中心一期A座20楼
邮　　编	330038
经　　销	全国新华书店
印　　刷	江西千叶彩印有限公司
开　　本	850mm×1168mm 1/16　印张 28.75
版　　次	2022年7月第1版第1次印刷
字　　数	350千字
书　　号	ISBN 978-7-5500-4407-4
定　　价	58.00元

赣版权登字　05-2021-335

邮购联系　0791-86895108
网　　址　http://www.bhzwy.com
图书若有印装错误，影响阅读，可向承印厂联系调换。

我们该为"经典"做点什么?

/吴义勤

　　当今时代,对经典的追怀和崇拜正在演变为一种象征性的精神行为,人们幻想着通过对经典的回忆与抚摸来抵抗日益世俗和商业化的物质潮流。在这一过程中,一方面,经典作为人类文学史和文明史的基石与本源,其价值得到了充分的认同与阐扬;另一方面,经典的神圣化与神秘化又构成了对于当下文学不自觉的遮蔽和否定。可以说,如何面对和正确理解"经典",正是当代中国文学必须正视的一个问题。

　　什么是经典呢?就人类的文学史而言,"经典"似乎是一个约定俗成的概念,它是人类历史上那些杰出、伟大、震撼人心的文学作品的指称。但是,经典又是无法科学检验的主观性、相对性概念。经典并不是十全十美、所有人都认同的作品的代名词。人类文学史上其实根本就不存在十全十美、所有人都喜欢、没有缺点的所谓"经典"。那些把"经典"神圣化、神秘化、绝对化、乌托邦化的做法,其实只是拒绝当下文学的一种借口。通常意义上,经典常常是后代"追认"的,它意味着后人对前代文学作品的一种评价。经典的标准也不是僵化、固定的,政治、思想、文化、历史、艺术、美学等因素都可能在某种特殊的历史条件下成为命名"经典"的原因或标准。但是,"经典"的这种产生方式又极容易让人形成一种错觉,即"经典"仿佛总是过去时、历时态的,它好像与当代没有什么关系,当代人不能代替后人命名当代"经典",当代人所能做的就是对过去"经典"的缅怀和回忆。这种错觉的一个直接后果就是在"经典"问题上的厚古薄今,似乎没有人敢于理直气壮地对当代文学作品进行"经典"的命名,甚至还有人认为当代人连写当代史的权利都没有。

　　然而,后人的命名就比同代人更可信吗?我当然相信时间的力量,相信时间会把许多污垢和灰尘荡涤干净,相信时间会让我们更清楚地看清模糊的、被掩盖的真相，但我怀疑，时间同时也会使文学的现场感和鲜活性受到磨损与侵蚀，甚至时间本身也难逃意识形态的污染。我不相信后人对我们身处时代"考古"式的阐释会比我们亲历的"经验"更可靠，也不相信，后人对我们身处时代文学的理解会比我们亲历者更准确。我觉得，一部被后代命名为"经典"的作品，在它所处的时代也一定会是被认可为"经典"的作品，我不相信，在当代默默无闻的作品在后代会被"考古"挖掘为"经典"。也许有人会举张爱玲、钱锺书、沈从文的例子，但我要说的是，他们的文学价值在他们生活的时代就早已被认可了，只不过新中国成立后很长时间由于意识形态的原因我们的文学史不允许谈及他们罢了。

这里其实就涉及了我们编选这套书的目的。我认为，文学的经典化过程，既是一个历史化的过程，又更是一个当代化的过程。文学的经典化时时刻刻都在进行着，它需要当代人的积极参与和实践。文学的经典不是由某一个"权威"命名的，而是由一个时代所有的阅读者共同命名的，可以说，每一个阅读者都是一个命名者，他都有命名的"权力"。而作为一个文学研究者或一个文学出版者，参与当代文学的进程，参与当代文学经典的筛选、淘洗和确立过程，正是一种义不容辞的责任和使命。事实上，正是出于这种对"经典"的认识，我才决定策划和出版这套书的，我希望通过我们的努力，真实同步地再现21世纪中国文学"经典化"的进程，充分展现21世纪中国文学的业绩，并真正把"经典"由"过去时"还原为"现在进行时"，切实地为21世纪中国文学的"经典化"作出自己的贡献。与时下各种版本的"小说选"或"小说排行榜"不同，我们不羞羞答答地使用"最佳小说"之类的字眼，而是直截了当、理直气壮地使用了"经典"这个范畴。我觉得，我们每一个作家都首先应该有追求"经典"、成为"经典"的勇气。我承认，我们的选择标准难免个人化、主观化的局限，也不认为我们所选择的"经典"就是十全十美的，更不幻想我们的审美判断和"经典"命名会得到所有人的认同，而由于阅读视野和版面等方面的原因，"遗珠之憾"更是不可避免，但我们至少可以无愧地说，我们对美和艺术是虔诚的，我们是忠实于我们对艺术和美的感觉与判断的，我们对"经典"的择取是把审美和艺术放在第一位的。说到底，"经典"是主观的，"经典"的确立是一个持续不断的"过程"，"经典"的价值是逐步呈现的，对于一部经典作品来说，它的当代认可、当代评价是不可或缺的。尽管这种认可和评价也许有偏颇，但是没有这种认可和评价，它就无法从浩如烟海的文本世界中突围而出，它就会永久地被埋没。从这个意义上说，在当代任何一部能够被阅读、谈论的文本都是幸运的，这是它变成"经典"的必要洗礼和必然路径，本套书所提供的同样是这种路径，我们所选的作品就是我们所认可的"经典"，它们完全可以毫无愧色地进入"经典"的殿堂，接受当代人或者后来者的批评或朝拜。

感谢百花洲文艺出版社对我的经典观的认同以及对于这套书的大力支持，感谢让这个文学工程可以在百花洲文艺出版社这个平台美丽绽放。我们的编选仍将坚持个人的纯文学标准，而为了更好地阐析我们的"经典观"，我们每本书将由青年学者对每一篇入选小说进行精短点评，希望此举能有助于读者朋友对本丛书的阅读。

目　录

朝去夕来人海中/

/范小青

一

朱敬利和姚新梅，大学老师，为人师表，以身作则，他们教的学生，虽不敢说个个出人头地、出类拔萃，但至少也都是事业有成，拿得上台面的。

只是朱敬利的性格，比较内敛，别说是自我吹嘘，即便是自己的学生，他基本上也不会过多说道，更不会像某些同事那样，有事无事找学生，让学生帮着干这干那，或者是有事无事炫学生，炫得老师大放光彩。

但凡这样的老师，无不显得生龙活虎，生命特有异彩。

常常院系集中开会的时候，老师们凑在一起，常常话题一转，就开始显摆自己的学生了。

昨天我去长平县办个事，一看，耶，县委书记，我学生。

或者，周日晚上大华集团老总请吃饭，我学生。

或者，我那个学生李乐，你们记得吧，上个月任命省委书记的大秘。

总之，没有哪个老师不希望自己的学生发光发亮，这是人之常情嘛。

这样的场合，朱敬利基本不说话，有的老师说学生说过了头，嘴角都有了白沫，自己都有感觉了，却不自省，反而觉得是朱敬利不对，就阴阳怪气说，老朱不用靠别人光发，老朱自带光芒。

朱敬利说，别，别，现在到处都亮闪闪的，亮瞎眼，别再光芒啦。

其实也不是没有例外的，朱敬利也曾经为了某些事情，找学生帮过忙，不过那已经是好多年前的事情了，不提也罢。

现在朱敬利和姚新梅，都已经过了六十，在高校工作，退休的年龄要延长几年，否则他们也许已经是广场舞或者旅游大军中的一员了。

朱敬利和姚新梅大半辈子清白做人、认真做事，虽然还没有退休，但是工作基本上已经接近尾声，人生和事业也可以用功德圆满来形容。虽然朱敬利不会这样形容，但事实就是这样的。

所以，现在，这个家庭，这对夫妇，他们最大的心思，就是儿子朱运的婚姻大事了。用姚新梅经常说的一句就是，我们家，现在是万事皆正常，只差东风来。

从儿子上高中开始，东风倒是来了又来，可是来了又来，等于就是来了又走，从高中的初恋，到大学的女同学，再到工作单位的同事，又到另一个工作单位同事，朱运走的是正常的正确的恋爱道路，不偏不斜。

至于为什么一直没有达到谈婚论嫁的阶段，或者说，始终没有进入婚姻的实质性阶段，怨无可怨，怪无可怪，只能说，缘分还始终没有到。前面那些，都是命运他老人家虚晃一枪而已。

朱运已经34岁了。

朱老师和姚老师真着急了，一想到这个事情，心情简直就糟糕透了。

其实，朱敬利并不是个想不开的人，他甚至也想过，就算儿子不婚，又是多大的事呢，现代社会，本来就是满足个性的社会，是多元多样的社会，为什么不能网开一面，还人真正的自由呢。

可是他说了不算。

现在，所有的人，亲朋好友，同事，老同学，邻居，甚至小区的保安，甚至打扫卫生的钟点工，都会提及他儿子的婚事，甚至校长看到他，也关心地问上几句。

朱敬利努力一辈子，只是一个普通教授，因为儿子结婚迟一点，他倒成了名人了。

名人自然会被关注，所有关注朱运婚姻的人，个个都比朱敬利还着急，说话也一个比一个有水平。

差不多了啊，可以结了啊。

还不考虑啊，你们也太不把儿子的事当回事了。

你们这样不对的啊。

你们是有问题的啊。

肯定是你们对儿子太放纵太没有要求了。

肯定是你们要求条件太高了，看不上人家女孩子。

什么什么什么。

虽然朱敬利一向温和，但这样的话听多了，他也来气呀，什么意思，好像是我在阻止我儿子结婚，好像事情是我们夫妇搞出来。天地良心。真叫人郁闷。

后来倒是姚老师先想通了，当然也是被逼得没办法才想通的。现在她有了主意，怎么对付外界的压力，试了几次，果然有效。赶紧告诉朱敬利，要是再有人说你，你就怎样怎样回敬。

于是朱敬利也有了撒手锏，

但凡有人问道，朱运怎么还不结婚哪？他就说道，快了快了。人家就没话说了，最多补一句，那就好。

或者，有人又要批评他了，说，老朱啊，你怎么不着急呢？

他就说，不用急了，他们已经在商量领证了。

哦，那就好，啥时办喜宴呢？

十月一号。

在哪个酒店？

喜来登。

喜来登，五星级，赞。

哈哈，朱老师心里笑着，感觉享受到了捉弄别人的快乐。

这办法好，果然大家不再多问了，日子好过多了。

其实，这只是看起来风平浪静，事情并没有解决呀。暗流汹涌，只会越来越厉害哦。

他们哪里想通了呢，他们根本没有想通，他们是不可能想通的，他们只会越来越想不通，直到把自己憋死。

所以，当忽然有一天，儿子回家，对他们说，我要结婚了。

你可以想象朱老师和姚老师的心情。

毕竟是要结婚的对象，朱运再怎么自说自话，但是对方的大致情况总要告诉一下父母，朱敬利夫妇这才大致知道了未来儿媳妇的大致模样，先是学历，身高，长相之类外部条件，然后是习惯，脾气，爱好之类的内在气质，最后就说到家庭了。

姚新梅早已经幸福得蒙圈了，什么条件，什么家庭，一概照单全收。

朱敬利心里却有些异样，女方的父亲是做生意的，他奇怪儿子朱运怎么会结识这样一个女孩子，似乎那样一个家庭，各方面都和他们这个家八竿子打不着的嘛。

朱敬利再追问了一下，终于知道了，是一次参加朱小孟组织的聚会，认识的。

李姑娘是朱小孟的朋友？

朱小孟是个没心没肺没头没脑的孩子，他会这么留心，这么用心给朱运牵线搭桥吗。

朱敬利心里有些疑惑，忍不住给朱小孟打电话，朱小孟接了电话果然愣了一愣，他都想不起李姑娘是谁了，后经朱敬利提醒，才想起来，赶紧说，哦哦，那个，那个李，她不是我朋友，大概，我想想，大概她爸是我爸的朋友。

朱敬利又奇怪，她爸和你爸？

朱小孟说，具体我也不清楚，大概就生意上有来往的那种朋友，您说那天聚会——哪天聚会？哦，大概是我爸让她来的。

朱小孟说话，基本上句句带个"大概"。

那天你爸在场吗？

大概在的，哦，我再想想，这事情有蛮长时间了，我爸大概在的。

朱小孟他爸，终于浮出水面了。

朱敬利看了姚老师一眼，姚老师也正在看他呢，他们对视了一下，心照不宣。

是大龙在帮助他们。他是不动声色地帮助，他是悄没声息地帮助，他对他们十分了解，他一直就是这样的。

如果真是这样，他们肯定要面对大龙的。

朱敬利先给大龙打个电话，大龙听到朱敬利的声音，十分高兴，兴奋地说，大哥，好久没接到你电话了。

朱敬利也不跟他兜圈子，直接就说，大龙，朱运谈的那个李姑娘，是你介绍的吧。

大龙老老实实地说，大哥，那倒不是有意介绍的，那天她爸爸妈妈带她来我家做客，我看小姑娘没有心思听大人说话，一直在看手机，恰好小孟有小朋友聚会，我就建议她一起去玩玩。

朱敬利立刻反问，但是那天朱运怎么会去的呢？朱运平时和小孟来往并不多。

大龙说，大哥，这个我真不太清楚，听小孟说，那天他正好和朱运在通电话，就随口问他来不来，朱运就说来，后来就来了，来了，两个人就对上眼了，真的大哥，就是这么碰巧，这么简单。

朱敬利才不相信大龙轻飘飘的口气，他坚信那天的场合肯定是大龙特意安排的，但是大龙不想邀功，搞得好像完全是无心插柳似的。

大龙知道朱敬利不相信，又解释了几句，说到最后，大龙笑了起来，说，哎，大哥，你怎么像是在审问我呢？

朱敬利其实早就知道，自己的问题有些无理，就算这些都是大龙一手安排、精心策划的，又怎么样呢，这不正是他们需要的、急需要的吗？更何况，大龙肯定是出于好心，这一点都不用怀疑，做好事不留名，还要受到责问，这简直是莫名其妙是非颠倒了。

被大龙点穿了，朱敬利顿时有些尴尬，好在大龙向来善解人意，赶紧说，大哥，关键是缘分呀，缘分到了，你挡也挡不住，缘分不到，你急也急不成，跟谁介绍关系不大的。

好像一切和他无关似的。

让朱敬利不觉得欠他一个大人情。

关于谁欠谁的人情这个问题，一直在朱敬利心里搁着，最早的时候，大龙是找过他，有事情要求助于他的一个学生，也就一两次而已。后来大龙就渐渐地自立自强起来，再到后来，或者说到现在，大龙已经完全用不着找朱敬利的学生帮忙了，反倒是朱敬利有什么困难，可能还需要依靠大龙的关系呢。因为朱敬利夫妇一直在学校，又不太愿意和人交际，社会关系网织得远远不够。

尤其是到了一定的年龄，跟医院打交道就多了起来，有同事经常开玩笑，说到了这个年纪，就后悔，年轻时没多交几个医生朋友。

现在朱敬利想找个医生，大龙也能帮到忙。但是在大龙那里，却永远是把朱敬利挂在嘴上，见人就说朱敬利是他的恩人，他总是对人说，我有今天，都是我大哥帮的。

好像朱敬利帮过他一回两回，他就永远欠上朱敬利的情了。

朱敬利不喜欢这种感觉，所以后来和大龙的来往并不太多，只是逢年过节，象征性地、礼节性地接触一下，不至于断了关系。

姚老师的性格和朱敬利不一样，不拖泥带水，也不喜欢多管闲事，在对待大龙的问题上，她不像朱敬利想得那样多，态度始终是不亢不卑，既不特别热情，也没有特别的冷淡，毕竟大龙和她没有直接的关系，谈不上什么情分情感。但是现在因为朱运的事情，姚老师对于大龙的态度，彻底改变，口口声声，大龙靠谱的，大龙靠谱的。

从朱敬利的角度听，好像大龙靠谱，而他反倒不靠谱了。

他想多了。

朱运带李姑娘和父母见面，朱敬利打电话问大龙参加不参加，大龙说，我怎么参加，我参加算什么，我当个八竿子打不着的电灯泡哈。

好像事情真的完全和他无关。

整个吃饭谈话的过程中，李姑娘多次提到朱叔叔，到后来几乎一口一个朱叔叔了。

第一次朱敬利还以为是喊他的，心里一激动，很快知道李姑娘喊的是大龙。从李姑娘的介绍中，才知道大龙和李爸爸，生意往来已经有多好年了，但一直还是好哥们，大家都说生意场上无朋友，大龙和李爸爸的关系，倒是难得。

接着李姑娘又说了爸爸叫李全生。朱敬利觉得这个名字似乎有点耳熟，但是想不起来怎么会耳熟，就说了一句，李全生，名字有点熟呀。

李姑娘笑了笑，说，会不会是听何老师提起的——她见朱敬利对"何老师"感到茫然，又说，何老师就是何向军，他是我爸的合伙人，他负责技术——

朱敬利说，哦，是何向军。心里又起了点波澜，何向军是他的学生。

李姑娘说，说起来，还是大龙叔叔把何老师介绍给我爸的呢，那时候我还小呢。

朱敬利完全不记得自己曾经给大龙介绍过何向军，因为大龙一直是搞基建行业，和何向军的专业技术没有什么关系，把他们凑到一起的可能性不大，大龙的事业也不会需要何向军的专业。

晚上回到家，坐进书房，心情不能平静，当然，主要是朱运的事情终于解决了，李姑娘看起来也很懂事，姚老师也是满意的。

一切都很顺利。

美梦成真，而且一下子来得那么快。

只是总觉得另外还有什么事情没有放下，思来想去，自己判断是因为何向军这个名字，就直接给何向军打了个电话，因为有好长时间没有联系了，何向军听到老师的声音很高兴，连喊了两声朱老师。

朱敬利说，何向军，问你个事，你认得朱大龙吗？

何向军说，哦，认得，当然认得，好多年前就认得了。

朱敬利说，你还记得你们是怎么结识的吗？

何向军"啊哈"了一声，说，虽然具体情节记不得了，但是肯定是老师您介绍的。

朱敬利说，我怎么一点也不记得了？

何向军说，朱老师您可能事情多，忘了，您想想，我是您的学生，朱总是您的弟弟，哦，是堂弟吧，我们两个能够结识，不是通过您，还会是通过谁呢？

朱敬利确实不能反驳，但他确实记不得了。

二

1990年元旦过后，一个寒冷的夜晚，朱敬利听到有人敲门，去开了门一看，没有认出门外站的是什么人。

天黑，又冷，客厅的灯光也不够亮，门外那个人抖抖索索的，衣领拉起来，把半个脸都挡住了，看不清面目，朱敬利有些警觉，往后退了一点，随时准备关门，那个人已经开口了，喊他哥。

朱敬利一愣，就从一个"哥"字里边，他已经听出了乡音。

那是他的第二故乡。

朱敬利十岁那年，父母带着全家，下放到苏北农村。这个村子很穷，下放户到达的时候，连住处都没有安排好。

村里没有空余的房屋，要不就住仓库，要不就得向农民借住。可是农民家也都很穷，差不多人和猪羊鸡鸭都混在一起。

仓库是肯定不能住的，随时人进人出，太不方便了。生产队长就带着朱敬利的父母亲挨家挨户看房，看看哪家还能挤进下放户的一家五口。

跑了半天，也没有合适的人家，住得下的，人家不欢迎，对城里人还算客气的，家里又实在太挤。

最后他们到了朱忠庆的家。

朱忠庆一听说下放户姓朱，十分爽快，开口就说，就住我家，一笔写不出两个朱字。

朱家的住房并不宽裕，朱忠庆的老婆也颇有意见，但是不敢说出来，朱忠庆硬是把一家老小赶到一间屋，腾出一间，又将这一间一隔为二，让朱敬利一家住了进来。

整整三年时间，两户朱家人，就在一个小院子里展开他们的生活，天天抬头不见低头见，真像是一家人了。

三年后，朱敬利的父亲又被召回城里，全家也就跟着回到原来的地方，但是那三年在第二故乡的生活，永远地留在朱家人的心底深处。

少年朱敬利，在乡下的学校一边继续念书，一边和农村的孩子一起调皮。可惜的是，朱忠庆的儿子朱大龙比朱敬利小八岁，玩不起来。后来的两年，朱大龙稍微长大了一点，只会跟在朱敬利屁股后面，拖着两道鼻涕，一声一声地喊"哥"。

朱敬利家离开农村的时候，朱忠庆家又添了两个儿子，朱大龙就成了这两个弟弟的大哥了。

一晃二十年过去了，现在站在朱敬利面前的朱大龙，早已经是一个大小伙子了，身材壮实，皮肤黝黑，比朱敬利高出半个头，气场很大。

但是站在朱敬利面前，朱大龙仍然像小时候那样，规规矩矩，不敢乱说乱动。他红着脸喊了一声"哥"，等着朱敬利认出他。

朱敬利其实是认不出大龙的，他离开的时候，大龙才五岁，这二十年中，他们从没有见过面，可是这会儿朱敬利偏偏就认出大龙来了，就凭那一声"哥"，他脱口而出，喊了一声大龙。

就从那个晚上起，朱大龙再一次走进了朱敬利的生活。

朱大龙随着农民工大军进城了，跟着包工头在建筑工地上干活，做了一年，快到年底了，工地也停工了，他们却拿不到工钱，怎么讨要也讨不到，人家软硬不吃。

农民工盯包工头，包工头盯承包商，承包商盯甲方，可甲方是谁？甲方也是你们能够瞎催瞎议论的吗。

那怎么办呢，做了一年，难道就两手空空回去过年？不过他们的包工头还挺乐观的，也有想法，他发动大家说，我们一起想办法，办法总比困难多。

唯一的办法就是找甲方，找政府，最好是直接搭上乡党委书记的关系，只要党委书记一句话，工钱马上到账。

包工头又许诺了奖励，说如果事情办成，牵线人拿双倍的工钱。

真是说话容易做事难，这都是些可怜的偏远乡下来的农民工，到哪里去搭上乡党委书记的关系呢。

包工头是有备而来的，他居然把乡党委常书记的背景材料打印出来，人手一份。

朱大龙也不得不接过那张纸。

开始以为跟他不会有什么关系的，只是随意地瞄了一眼，这一眼，他看到常书记的履历中有"南州大学"四个字，朱大龙心中忽然闪过一道光亮，他有点激动了。

当天晚上，朱大龙就从乡下进城，找了南州大学的老师朱敬利。

朱敬利听大龙说了来找他的前因后果，一时有些麻木，不知道这事情跟他有什么关系，随口问道，你说常书记？叫常什么？

叫常在行。

哦，常在行，我记得，是我的学生，我上过他们班的课。

大龙高兴得直搓手，哥，哥，大哥，我终于找对人了。

朱敬利说，可是，可是，你找我是什么意思呢，要我帮你们催讨工程款吗？

朱大龙被问住了，可怜巴巴地看着朱敬利，说，我们老板说了，谁要是能够联朱敬利赶紧摆手说，我联系不上的，我和常在行没有交往，再说了，我也没有他的联系方式。

朱大龙小心翼翼地拿出一张纸，上面有个电话号码。

朱敬利有点尴尬了，说，这是常在行的电话？

朱大龙说，是的。

他真的很用心很努力，居然连常在行书记的电话都搞到了。

朱敬利像是被逼到墙角了，没地方躲了，但是他不会给常在行打电话，人家都毕业好多年了，说不定根本就不记得他这个老师了，如此冒昧地去联系他，朱敬利面子上磨不开的。

朱敬利说，大龙，我只是一个老师，没什么用的，我知道你们农民工的苦处，也知道这事情不公道，但是我无能为力的，我当老师这些年，从来没有求学生办过什么事——说了几句，他忽然明白了，再说也是白说，干脆不作声了，用沉默表示自己的意见。

朱大龙咽了一口唾沫，红着脸，支支吾吾说，我，我爸，我出来的时候，我爸跟我说，有什么困难，找朱大哥，我，我前面也有困难，但是我一直没来找你——

朱敬利不接嘴，不说话。

朱大龙又说，哥，大哥，你只要给常书记打一个电话，行不行再说——

朱敬利心想，打一个电话，是那么容易的吗？他不作声。

朱大龙不死心，再说，大哥，大哥，我，我只找你这一次，以后，我一定不来麻烦你——

朱敬利仍然不说话。他不能说话。

朱大龙再也没什么可说的了。他也不说话了，沉默，他用沉默表示自己还在坚持着。不过他的沉默和朱敬利不一样，过一会儿，他就小心地看朱敬利一眼，再过一会儿，再小心看他一眼，看得朱敬利心里忽上忽下，十分不妥。

大龙就这样沉默地坐在朱敬利家有客厅里，用他的沉默逼得朱敬利改变自己的想法。

期间姚新梅已经从书房里出来了几次，看看情况，见这两个人一声不吭地呆坐着，觉得奇怪，给大龙的茶杯加了几次水了，每次大龙都慌慌张张站起来，一站起来，人高马大，把客厅的灯光都遮暗了。

姚新梅是个急性子，尽管这两个人坐在客厅并不影响她在书房看书，但是他们坐着不吭声，她替他们着急，几次绕到朱敬利对面，想朝他使个眼色，可是朱敬利的头一直低着，就不抬起来。

姚新梅不相信他没有感觉，她这么走来绕去，傻子也知道她是要和他交流点意思，可他就是假装不知。

最后姚新梅耐不住性子了，直接说，这么晚了，该饿了吧？

朱大龙吓得又一下子跳了起来，不敢说饿，也不敢说不饿，只是朝着朱敬利看一眼，再看一眼。

朱敬利终于败下阵去。

他只好说，实在要是，那个什么，要不，我试试看。

朱大龙朝朱敬利鞠了一个躬，因为身材粗壮，动作笨拙，差一点把茶几上的茶杯都打翻了。

等朱大龙走后，朱敬利又后悔了，常在行毕业后，他们基本没有什么联系，只有常在行那一届同学毕业多少年回校搞纪念活动那一次，请了老师，朱敬利也去了，才见了一面。当时也是许多同学一起，并没有单独的机会聊天，凑近乎，当然也没有必要。

从前的老师和从前的学生，只有平时来往多的，才会有更多的话，才会有共同的语言，如果平时没有来往的，几乎就说不出什么哈哈哈来。

何况朱敬利又是比较被动的性格，学生如果不主动找他聊，他就安安心心地闲在一边，感觉挺好。

所以这个常在行，现在在朱敬利的心目中，差不多就是一个陌生人。他一直在想，当时大龙说出了常在行的名字，他怎么会一口就回应说是自己的学生？但转而又想，这都是大龙做好调查研究才来找他的，他总不能否认常在行是他的学生吧。

现在让他给一个几乎是陌生人的人打电话，而且是这样沉重的内容，朱敬利怎么不懊悔？

但是话又说回来，懊悔归懊悔，假如朱大龙重新来找他，他恐怕还是会答应的。难不成他能够拒绝朱大龙？

朱敬利拖了两三天，虽然朱大龙没有催问，但他也知道是拖不下去的，总得有个交代，才逼着自己拨通了朱大龙留下的那个号码。心里暗暗希望这个号码打不通，或者是个错误的号码。

但是偏偏一拨就通，拨通电话才知道，这个电话并不是常书记办公室的电话，而是乡里的值班电话，所以不是书记本人接的。接电话的人说，我不是常书记，我是常书记的秘书，常书记正在开会，不方便接电话，然后问朱敬利情况，哪个单位的，叫什么名字，有什么事找书记，等等。问得比较细。

朱敬利说是南州大学的朱敬利，什么事却说不出口，因为实在不好说，也不想说了，一下又泄气了，就对秘书说，书记忙的话，就算了。

挂了电话，心里有些懊恼，也有点轻松，估计是联系不上了，因为对方也没有请他留下联系方式。可是他没想到，过了不多会儿，电话已经回过来了。

朱敬利家的电话，是学校的分机电话，接起来，总机就对朱敬利说，说有个姓常的电话，要不要接进来？朱敬利赶紧说，接，接——

接通了电话一听，果然是常在行。常在行十分热情地喊了一声朱老师。朱敬利奇怪说道，我没有留电话给你的秘书，你怎么会打到我家的。常在行说，这有什么难的，您不是留下了姓名吗，打到学校总机一问就行了。又说，朱老师，我没有想到您会给我打电话，我就猜想，是不是您有什么事，您是不是要到我们乡里来啊，我们乡现在——

朱敬利赶紧说，不是不是。

常在行说，哦，那还好，要是你来我们乡，却没有找到我，我就错失招待老师的机会了。

朱敬利说，呵呵，呵呵。

除了呵呵，就是说不出来。

常在行是十分在行的，了解老师的为人，知道老师有事求他，又开不了口，所以赶紧说好听的话让老师放松，并主动揽事说，朱老师，您有什么事尽管说，您找我，给我这个机会，那可是我的荣幸——说真的，来找我的老师还真不少，可就是您不来，我还以为您对我印象不好呢。

朱敬利知道常在行的意思，心里蛮感动，但是一想到所求之事的难度，仍然有些犹豫，支吾了半天，才说了一句，那个，就是你们乡的那个外环路修路的项目——

只说了这么半句，常在行就知道了，说，哦，朱老师，我知道了，是拖欠农民工工资的事情吧？

朱敬利没想到常在行对情况了解得如此清楚，赶紧说，不好意思，不好意思，你工作这么忙，事情这么多，摊子这么大，我还来麻烦你——

常在行说，朱老师，这怎么是麻烦我呢，你这是提醒我，帮助我，拖欠农民工的工资，是要出事的，搞不好要出大事的——这个项目我清楚的，是我们政府的项目，已经完工了，工程质量很好，我会过问的，老师请放心。

又多客气了几句，请老师有时间去枫叶乡指导工作之类，电话就挂了。

朱敬利大大地松了一口气，好像这个重大而艰巨的任务已经完成了。

怎么不是，朱敬利的任务，不就是给常在行打个电话吗？至于下面怎么办，能办不能办，办到办不到，可不是他能掌握的。也许根本就不会有什么结果，因为按大龙的说法，政府欠人家工程款多着呢。

果然的，过了好几天，这事情一点消息也没有。朱敬利虽然有点失落，但好歹他的任务是完成了吧。

又过了两天，晚上大龙又来敲门了，朱敬利开门见是大龙，早就想好了答词，我电话已经打了，常书记也很客气。

别的还能说什么。

别的我还能做什么。

朱大龙却红着脸只是笑，有点兴奋，也有点难为情，他告诉朱敬利，他和工友们已经如数拿到了工资，包工头没有食言，给他发了双倍。

朱大龙摸摸索索从口袋里掏出一个红包，紧紧地捏在手里，像是要给朱敬利递过去，又觉得没有把握，不知能不能递，搞得胆战心惊的样子。

恰好这时候，朱敬利的儿子朱运从屋里跑出来，朱大龙就赶紧将红包塞到朱运手里，朱运还小，不懂事，但是看到红包是认得的，喜滋滋地捏在手里。朱敬利脸上有点发热，说，朱运，还给大龙叔叔。

朱运说，我要。拿着红包又跑回屋里。

朱敬利十分尴尬，是追进屋从朱运手里把红包夺回来还给大龙呢，还是就这么半推半就地收了，他不知道该怎么办。按理说，大龙是弱势地位，应该他给大龙发个红包才对，才合理，才有人情，可是大龙分明是来感谢他的。而且，也确实，因为他的一个电话，不仅让大龙拿到了一年的工钱，而且还多拿了一份，大龙感谢他一下，也算合情。

大龙塞掉了红包，如获大赦，急急地站了起来，说，哥，大哥，我走了。

看到大龙如此窘迫的神情，朱敬利也打消了跟他计较的念头，就别难为他了。大龙也说过，以后不会再来麻烦他了，那也就两清了。

大龙出门的时候，朱敬利送了他几步，才发现外面下雪了，雪地里，不远处站着一个年轻的妇女，抱着一个一岁左右的孩子，看不清是男孩女孩。那女子一直盯着朱敬利家这一幢楼的楼道，看到大龙出来，她赶紧抱着孩子迎了过来，但是再一看到旁边有朱敬利，她又停了下来。

朱敬利估计这是大龙的老婆和孩子，虽然大龙没有跟他提过。朱敬利犹豫了一下，没有跟着大龙过去打招呼，兀自退回了家。

姚新梅在客厅里等他，见他进来，就说，怎么大龙给我们红包呢，应该是我们——

朱敬利说，我也是这么想的，可是大龙老实，不收下，他是不会安心的。

姚新梅支吾了一下，说，不好意思的，拿大龙的钱。

朱敬利"嗯"了一声，觉得不好多说什么，这事情，不知怎么的，似乎有点不干不脆，不清不爽，索性不多说了。

他想告诉她大龙的老婆抱着孩子在外面雪地里等，可是犹豫了一下，没有说出来。

大龙的插曲就告了一个段落，大龙果然没有食言，再也没有来找过他。

朱敬利一方面心里倍觉轻松，也感激大龙言而有信，其实有时候也有稍微点失落，好像还盼着大龙来找他呢。

又想，这大龙到底是太实用主义呢，还是太老实呢，没有事情求他，就真不来看看他了。

有时候又想，还是别念着吧，要是真念来了，不会有好事，肯定还是麻烦人的事情。

如此过了有一年多时间，有一天同事张老师约他吃饭，说，你教过的学生，有个叫吕进的，你还记得吧，有事相求。

朱敬利说，怎么，我的学生，不也是你的学生吗？

张老师说，我没有给他们那个班上过课，虽然也是老师，但总不如你这样上过课的老师嫡亲。

朱敬利又想，一般都是老师有事找学生帮忙的，学生来找老师，那基本上是读书的事了。读书的事，能帮当然要帮。

到了那儿一看，果然就是。

吕进在市政府工作，当了处长。他的顶头上司，市政府秘书长的女儿想报考朱敬利的研究生，虽然离报考还有一段时间，他们说先来联络联络感情。

不过那个女儿并没有到场，说是利用假期参加社会实践去了。

先是互相介绍，大家寒暄客气一番，坐下来，秘书长主请，朱敬利主客，坐右侧，张教授坐左侧，吕进坐朱敬利右侧，说话方便。

先是说了说秘书女儿的情况，听起来也是个学霸，没什么好操心的。但朱敬利是个实沉的人，他认真介绍了考研的程序，最后还是不放心，多问了一句，外语怎么样？

秘书长说，外语没问题，她就是外语强。

不等朱敬利说话，张教授就大包大揽说，只要外语过线，其他都不是问题。

朱敬利却有点担心，万一那女儿不像秘书长介绍的这么优秀，外语倒是过线了，专业分数太差，他怎么办呢？

只是在酒桌上，这点担心真算不了什么。

气氛一直很好，看张教授和秘书长谈某个话题谈得投入，吕进就和朱敬利说，朱老师，我认识您弟弟，他来找过我——

朱敬利一听，觉得奇怪，说，我弟弟？我没有弟弟呀。

吕进说，咦，他说是你弟弟，也姓朱嘛，叫——哦——他略一思索，想通了，明白了，说，是堂弟吧？

朱敬利也想通了，说，是朱大龙吗？

吕进说，是呀，朱大龙，朱总。

朱敬利奇怪说，你怎么会和他认识，他是怎么找到你的？

这下轮到吕进奇怪了，又"咦"了一声说，他有我的电话呀，他就是直接打给我的呀——这还用问，肯定是朱老师你给他的嘛，他在电话里自报了家门，我一想，朱老师的弟弟呀，这个忙我得帮。就是这样。

至于帮的什么忙，吕进没细说，朱敬利也没细问，倒不是他不想问，因为那个场合，不适合谈这个话题，何况提到朱大龙，只是吕进顺口一说而已，事情的重心得在吕进的领导的女儿身上，这个朱敬利是知晓的。

不过朱敬利心里一直没有放下这个事情，大龙怎么会有吕进的电话呢，后来思想斗争了两天，朱敬利终于给大龙打了电话问了这事。

大龙好像没有料到朱敬利会给他打电话，也好像大龙一直在等着朱敬利的电话，接通以后，大龙喜出望外，激动得都有点语无伦次了，大哥，大哥，是你呀大哥——

朱敬利说，大龙我问你个事啊，吕进，你认得吧？

大龙说，我认得，是您的学生。

朱敬利说，是我的学生，可是你怎么会有他的电话，这个学生跟我没有什么来往，我都没有他的电话。

大龙呵呵地笑了笑，说，大哥，没事的，没事的，也不是什么大事，而且，反正事情已经解决了。

见朱敬利不吭声，大龙又说，大哥，你放心，我不会给你丢脸的。

朱敬利也很执拗，说，但是，但是，你到底是怎么搞到吕进电话的呢？

大龙老老实实地说，是常书记给我的。

常书记？常在行？

大龙仍然老老实实说，是的是的，常书记说，他和吕进是同一个班的。后来就介绍给我了。

朱敬利心里愣了一愣，停顿了一会儿，才说，哦，大龙，吕进称你为朱总，你不在工地上做了？

大龙说，大哥，我还在工地上做，不过我做了包工头。

朱敬利笑了起来，包工头也叫总。

大龙也笑了，说，是个人都可叫总，都可以叫老板，我听说，现在你们大学里，管导师也叫老板。

朱敬利想，别看大龙来自苏北贫穷的乡村，他脑子还蛮灵光的，蛮跟得上形势。

想着心里蛮高兴，万一有一天见到朱忠庆，好歹也有个脸面见他，他很庆幸那天到底还是给常在行打了电话。

不过朱敬利后来一直没有再见到朱忠庆。朱大龙进城打工不到两年的时候，朱忠庆就得病了，没过多久，就在乡下的医院去世了。

此为题外话。不表。

朱敬利这里，从吕进请吃饭以后，心里就一直惦记着研究生招生的事情，这期间吕进也没再来找他，没有提任何的要求，一直到报名快结束了，也没有动静，朱敬利只好主动打电话给吕进，问问那边的情况。

电话打到吕进家里，是吕进的夫人接的，说吕进不在家，又问朱敬利是哪位，朱敬利报了名字，吕进的夫人赶紧说，哟，朱老师，您听不出我是谁了？我也是您的学生呀，叫李桐芳，比吕进低一届的。

朱敬利虽然想不起李桐芳的模样，但是心里很高兴，那真是一种桃李满天下的自豪感。

李桐芳说，朱老师，您找吕进，他有手机，我把他的手机号报给您，你直接打就是了。

朱敬利就知道吕进混得不错，那个时候用手机的人还不多呢。

朱敬利打到吕进的手机上，通了，一听，那边闹闹哄哄的，感觉是一个饭局，电话里都是高朋满座的声音，吕进一听是朱敬利的电话，赶紧说道，哎呀呀，朱老师，对不起，对不起，我给忘记了，忘记告诉你了，我们秘书长的女儿，不考研究生了，她出国了。

朱敬利先是一愣，但随即心里就轻松多了，一桩心事总算放下了。

正在庆幸，就听吕进说，朱老师，你等等，有人和你说话。

电话到了另外一个人手里，那边"喂"了一声，朱敬利一听，竟是大龙。

大龙高兴地说，大哥，大哥，是我呀！

朱敬利说，大龙，你和吕进在一起吃饭吗？

大龙说，是呀，我们有点事情谈一谈，正好一起聚聚。

朱敬利说，好，好，你们谈。

电话刚刚挂断，又响了起来，还是吕进的，吕进说，朱老师，你怎么挂了，还有人要和你说话呢。

又一听，那边在喊朱老师，这边朱敬却没有听出来是谁，那边说，朱老师，我是余飞呀。

余飞？名字有点熟悉，也是学生，朱敬利说，哦，你和吕进同班的？

余飞说，我比吕师兄低两届，朱老师您给我们上过课。

朱敬利说，喔哟，不好意思，记错了。

余飞说，正常的，正常的，都是学生记得老师，老师哪里记得是住那么多学生哦，除非像吕进那样的人物——电话那头大家一阵哄笑——朱敬利听到吕进的声音，好了好了，余飞，废话别太多，就让你跟朱老师打个招呼的，我们都知道朱老师，不喜欢吵闹——电话回到了吕进手里，吕进说，朱老师，不好意思哦，大家喝得有点高，来骚扰你了，其他人，就不许他们跟你说话了，今天这里，还有丁冬，葛鸿明，许一帆——朱老师，都是您的学生哦——电话那边的场面上，大家在嚷嚷，朱老师，桃李满天下——

电话挂断后，朱敬利一时间思维好像有点堵塞，姚新梅走过来朝他看看，说，谁的电话？

朱敬利说，吕进的，说他们秘书长的女儿不考研了。

姚新梅说，那最好，免得你老是担心人家是要开后门。

朱敬利说，大龙和他们在一起吃饭。

姚新梅停顿了一下，又朝朱敬利看了一眼，过了一会儿才说，大龙和他们一起吃饭，你觉得怎么啦？

朱敬利说，没什么。

姚新梅也就不再多说什么。

在后来的日子里，大龙的消息似乎渐渐地多了起来，像风一样刮过来，刮过去，当然大多是从他的学生口中传出来的，总之在朱敬利的感觉中，大龙在他的某些学生的圈子里，已经如鱼得水。

在朱敬利想来，大龙如鱼得水也好，走投无路也好，只要少来麻烦他，他就是上上大吉了。倒不是朱敬利不希望大龙能够顺顺利利，主要是怕大龙来求他，让他去麻烦学生。

大龙也确实一直没有再来，只是有的时候，让他家属送一点野生甲鱼之类，说是工地上挖到的。还有一次他偶尔得知朱敬利家钟点工请了几天假，就让家属帮忙烧了几个菜送来。这样的事情并不多。

可是到了这一年的年底，大龙来了，满脸愧色，半天开不了口，最后被朱敬利逼着，才说了出来。

又碰到老问题了，拿不到工程款。大家要回老家过年，两手空空怎么让人家回去。

可惜的是，大龙现在这个工程的上级领导，不再是朱敬利的学生了。

对大龙来说是可惜，可对朱敬利来说，就是庆幸了。朱敬利听了后，偷偷地松了一口气。

事情说到这儿，进入死胡同了，大龙也无话可说了，朱敬利当然更是可以不说了。

既然不说，两个人就闷坐着了，就像当年大龙第一次来朱敬利家那样，两个人互相用沉默对抗对方。

最后由姚新梅来破局，她虽然没有加入谈话，但是在一边已经听了个大概，这会儿见两人又进入这样的状态，她赶紧过来说，大龙啊，你是想让我们帮你借钱吧，这个事情难的，我们跟银行的人，不熟悉——

大龙说，姚老师，其实不用找银行，因为不是缺很多钱。

姚新梅说，你是想找个人借？可是我们的熟人中间，也都不是十分富裕的，何况，大学老师，你应该知道的，不太喜欢介入借贷的是非的——

朱敬利插话说，大龙，你到底缺多少？

大龙说，大哥，缺，五，五万。他窘着脸，脸更红了。

姚新梅说，这个乡政府怎么这样，老是——

大龙吭哧了一会儿，说，也不完全是政府方面的情况，今年我们情况特殊，今年活太多，一直干到年底，想完成工程再收工的，结果就过了政府财政口子扎账的时间，今年来不及支付了，但是他们保证了，明年一开春，只要财政口子一开，马上到账——

朱敬利说，你相信他们的保证？

大龙说，相信的，如果到时候不兑现，我会找人去想办法的。

朱敬利说，你找谁？常在行吗？

大龙说，不是不是，常书记已经调到另一个县当副县长了，不过，不过——正说到一半，朱敬利家有电话响了，大龙赶紧说，大哥，那我，我先走了。

不像上一次，他是坚持到底的，这一次他似乎是半途而废了。

大约走后，朱敬利问姚新梅，我们家存款上有吧？

姚新梅说，你真要借给他？

朱敬利说，救急不救穷，大龙现在有能力了，我相信他。

姚新梅说，你不担心？

朱敬利虽然有点担心，但其实心底深处，他还是愿意借钱给大龙的。

到了第二年的四月份，大龙果然按时还钱了，还支付了比银行略高一点的利息，朱敬利不要利息，大龙说，哥，大哥，这是规矩，不能不要的。

朱敬利不再多说，收下。

又过了一年，到了年底，大龙打电话来，几年没回老家过年了，今年要回去，儿子都四岁了，还没见过奶奶呢。回去前，想请大哥一家吃顿饭。

朱敬利说，我请你们吧，弟妹来了这几年，我们都没请过她呢。

大龙也没有和他争执谁请谁的问题。那一天到了酒店，才发现，是一张特大的圆桌，一眼望过去，至少有十五六号人。

大龙坚持要"大哥"坐主位，朱敬利怎么也不肯，两人僵持，主位空缺，其他人就不好落座，大龙说，哥，大哥，您是我的大哥，是我恩人，您不坐，谁能坐？

朱敬利说，我坐也可以，今天的单我来买。

大龙说，不能的，今天是我请客。

又纠缠了半天，大家都有点尴尬，两个人一样的固执，姚新梅说，老朱，大龙请你坐，你就坐吧。

朱敬利眼看实在推辞不掉，只好坐下了，说，唉，唉，大龙你搞的——

大龙开始一一介绍来宾，朱敬利不用详细介绍，无论认得不认得，大家都知道他，他们都说，朱老师，我们都知道您，朱总常提到您的。

或者说，要是我们有朱老师这样的背景，我们也发达了。

朱敬利听着，就不知道自己该有什么样的心情。

大龙一一介绍过来，其中也有两个朱敬利的学生，只不过朱敬利记不得了，有一个叫石峰的，还有一个叫马一立，总之他们都对朱敬利很亲，很敬重，可惜朱敬利基本上想不起来了。

朱敬利开始以为就他和大龙两家人聚一聚，没想到来了这么多人，其中他的学生虽然不多，大多数人已经不限于他的学生了，但后来听大龙一一介绍过后，才知道，即便不是他的学生，基本上也都是从他的学生那儿引出来的。

先是大家轮番给朱敬利和姚新梅敬酒，他们都说，朱总喊大哥，我们也喊大哥。

只有那两个学生说，我们也想喊大哥，可是一喊大哥辈分就乱了，我们还是规规矩矩喊老师吧。

刘总就说，那你们就比我们小一辈啦。

大家笑。

整个过程，除了敬朱老师酒，还有一个主要的话题，就是夸大龙，比如朱敬利的学生就说，朱总就是厉害，看起来笑眯眯的，可他该出手时就出手，本来刘总是我的朋友，是我介绍给他的，现在呢，跟他搞得比我还铁，刘总贷款宁放贷给朱总，也不肯给我。

那刘总说，一来呢，你也不缺钱，关键呢，你不像大龙这样守信用。

那马一立说，我怎么不守信用啦？

就半开玩笑玩笑半认真地吵吵起来，朱敬利看了大龙一眼，大龙也正在看他，眼神仍然是敬畏的，躲躲闪闪的，好像仍然像小时候那样怕他，崇敬他。

朱敬利心里感叹，真是物是人非。

大龙给姚新梅送了一只名牌包，给朱敬利的礼更一个大礼：一部手机。

是最新款的诺基亚手机，手机号码选得也好，最后四位是7080。

大家听到这个号码，都笑着说，七也灵，八也灵，什么都灵。

看到朱敬利夫妇面对礼品面有难色，大龙赶紧说，大哥，这是朋友从国外带回来的，便宜的。

宾客中有位女士有点眼红，说，哟，朱总对大哥真的很崇拜哦，嫂子前两天还跟我抱怨，说她想要部手机，方便一点，可是朱总不给她买。

女宾嘴里的"嫂子"，就是大龙的媳妇。大龙出来搞活动，吃饭聚会什么的，媳妇从来不出面，不像有些有人，一富裕起来，请客吃饭，会带上全家老小，假如这媳妇或子女自我感觉良好，会在宴席上大呼小叫，让客人感觉是混在人家的家宴中，十分的不自在。

在这一点上，朱敬利心里对大龙也是十分认可的，大龙虽然从乡下出来，骨子里却是懂规矩的。

朱敬利有了手机，生活工作果然方便多了，有时候学校开会，带了去，同事之间自然会议论一番，他不是个喜欢炫耀的人，但是有时候这种自然而然的炫耀，内心还是蛮受用的。

日子过得很快，在后来一些年岁中，朱敬利和大龙虽然仍有往来，但是不多，偶然听到大龙的事情，都说大龙公司越做越大，房子换了别墅，儿子朱小孟读了高大上的贵族学校，等等。

朱敬利和大龙的来往，半多是在逢年过节的时候，大龙照例会来给朱运送个压岁钱之类。朱敬利早已经正告了他，叫他以后别再钱来钱去，朱敬利说，你给朱运压岁钱，我们就要给朱小孟，有来无往非礼也，你也知道，知识分子之间不流行这个，送来还去，有什么意思呢，你工作又忙，所以你以后不要专门为这个跑一趟了。

大龙是畏惧朱敬利的，朱敬利说什么，他点头称是，但是红包还是要塞的，他很固执，也很用心，后来打听到双周的周三下午，朱敬利教研室有例会，所以他再怎么忙，总是能在那天下午抽出时间到朱敬利家里送红包。

姚老师客气一下，她是拗不过大龙的，也就收下了，等朱敬利回来，告诉了，朱敬利就不高兴，说，你怎么又收下了呢？

姚老师说，他说是给朱运的压岁钱，这也不算过分，我们又不是贪心的人，要是我们是那种人，大龙也不会和我们相处这么好。

朱敬利感觉姚老师的口气中，好像大龙和他们相处，是他们高攀了大龙的意思，心中就有些不爽，但又不便说什么，只是强调，今年这是最后一次啊，以后再也不能收了。

他还特意给大龙打电话，告诉他这是最后一次，大龙照例唯唯诺诺。

可大龙是屡教不改，到时他会再一次如法炮制。

朱敬利真的来火了，但他总不能真把大龙臭骂一顿吧，人家大龙没有任何歹意，正如姚新梅所说，他是个知道感恩的人，是个知恩图报的人。

朱敬利还是给大龙打了电话，没有骂他，但说话的口气比较严厉，明确告诉他，不要再给钱了，他和夫人都是大学教授，工资很高的，不缺钱。

大龙胆怯怯地说，大哥，不是钱的问题，是我的感激之心。

朱敬利说，有你这份心就行了，我早就领了——昨天你送来的，怎么办，叫你再来拿走吧，不是折腾你么？

大龙说，大哥，大哥，我保证，下不为例！

朱敬利不会再相信他的下不为例了，他让朱运喊朱小孟过来玩玩，小孟来了，他就把那个红包如数地给了小孟。

不料小孟回去也没有告诉父母，所以到下一次，大龙又来了，姚新梅知道朱敬利已经憋了很长时间了，便如实告诉大龙，其实上次就没有拿，还给小孟了，所以这一次，也决不会收了。

大龙在朱敬利面前固执，可是姚老师一开了口，他倒听话了，从此再也不来送压岁钱了。但是逢年过节，他会让家属或者手下其他人，送点农副产品，不再送高档礼物，朱敬利也就认了。好歹两家总不能因为这个事情断了交情吧。

他们仍然是有交往的，尤其是到后来，孩子都长大了，事情会多一些，来往也会多一些，大龙家乔迁，又乔迁，再乔迁，然后是朱小孟上大学，然后结婚，然后生子、满月、生二胎，大龙都要请客，也都要请上朱老师夫妇。

姚老师去了一两次，后来就不想去了，朱敬利也知道她的意思，也不勉强，但他自己得去。

朱敬利过去，自然得对着大龙说一些祝贺的话，大龙有时候会低声地告诉朱敬利，什么什么有问题，什么什么也不行，什么什么不是别人眼中看到的那样，真所谓的家家有本难念的经。

朱敬利听了，只是浅浅地笑笑。

有一回姚新梅跟朱敬利说，听朱运说，小孟又换了一辆新车，是豪车，超过百万。朱敬利"哦"了一声说，他们是贷款买的。

还有一次，姚新梅不知从谁那儿听说，大龙接了市里很大的一个工程，有很多有实力的人参与竞争，结果是给大龙抢到了。朱敬利就说，现在做工程，风险很大的，都是要自己先垫资的。

姚新梅说，呵呵，在你嘴里，大龙就是个冒险家，但他永远会是一个成功的冒险家，因为你会帮助他的。

朱敬利说，呵呵，我帮不动他，都是他自己的努力。

还好，毕竟两个家庭不是一类人，工作性质相差也很远，没有多少共同点，所以可比性也就降低了很多，属于你走你的阳关道，我过我的独木桥。

三

可是现在情况又发生了很大的、很巨大的变化。

朱敬利的校园生活不怎么接社会上的地气，他没有想到安排婚宴会遇到麻烦，因为预订得迟了，想要满意的酒店不那么容易了。

不过这最终也没有成为什么问题，因为不等朱敬利开口，大龙那边已经主动替他们联系好了地方。

朱敬利接到大龙的电话，听说喜宴酒店落实了，脱口就说，啊？你已经定了？我们这几天一直在跑酒店，你怎么没告诉我？

大龙好像有些难为情，吭哧吭哧地说，大哥，现在婚宴都要提前很长时间预订，尤其是三十桌左右的大型婚宴，大哥你现在去订，恐怕到明年这时候都排不上呢，所以我一知道朱运的婚事定下了，我马上就去联系了——前面没跟大哥说，一是因为事情没有最后确定，但主要的，我怕大哥怪我多事，这是你们两亲家的事情，大哥会不会怪我挤在里边犯嫌。

明明是做了大好事，还表现得这么小心翼翼，好像是犯了错误一样，朱敬利实在是别无他话，只有说声谢谢了。

大龙赶紧说，大哥，不用谢我的，还是大哥自己的关系呀，就是刘兴江刘总呀。

朱敬利"哦"了一声，想起来，刘兴江是他的一个学生，起先是自己开饭店的，后来越做越大，现在是市里餐饮联盟的老大了。只是，朱敬利就是这样，自己的学生，自己在关键时候总是想不起来。

大龙见朱敬利不吭声，又小心解释说，大哥，其实我跟刘总也不是太熟，吃过几次饭，是吕秘书长找他的。吕秘书长一听是朱运的婚事，说，这还有什么可说的，全市翻个底朝天，也要整出场面来。

朱敬利说，呵呵，秘书长说话有气势的。

大龙说，大哥，您的学生对您，真是没有二话，其实刘总那里，也是有困难的，毕竟现在谁也不会把这么大的厅空闲在那儿，但他硬是想办法和别人商量，调整了人家的宴会，把大厅给了大哥。

朱敬利说，那人家不会有意见？

大龙说，不会的，是市里的一个会议，本来就是吕秘书长管的，吕秘书长说了，现在的精神，都要求实事求是，压缩会议，削减开支，不必搞那么大。

朱敬利说，哦，哦，呵呵，呵呵。

婚宴的事大龙也都给办包了，接下来的所有事情，估计大龙都会替他们考虑周到的，什么婚庆公司啦，什么双方邀请名单啦，什么程序之类啦，朱敬利心里正这么想着，大龙好像已经听到了朱敬利的心声，大龙说，大哥，还有些具体的细节，我觉得你们亲家之间，要坐下来细细商量一下，然后，你们决定的事情，我来执行就是。

朱敬利只觉得大龙说的，真是句句在理，实在没什么好反驳的，也没有任何纰漏好找的，所以点头应承。

双方亲家约了吃饭，大龙这一次倒没有推辞，朱敬利一喊他，他就答应一起来。

当事人朱运和李姑娘当然是要在场的，只是他们完全没有心事去研究婚礼的细节，到席上点个卯，喊过人，象征性地敬了一下饮料，就看电影去了。一切交给双方父母了。

双方父母都仗着有大龙在，心里是踏实的。

这李姑娘家，看得出来大小事情是李妈妈做主，她是市级机关的一位处长，大龙喊她林处长，朱敬利和姚老师也就跟着喊林处长，李爸爸是企业家，就称李总。

大家都说，李家这样的家庭搭配，是最恰当，也是最理想的，说白了，就是有钱又有权。

林处长先说，亲家，以后你们会知道，我这个人，很好相处的，我单位同事都知道我的，朱总也知道的。

朱敬利和姚新梅赶紧点头，说，是呀是呀，我们听大龙说过，说，什么什么什么。

其实大龙也没有多说什么什么什么，有些应酬的话，是朱敬利和姚新梅临时想出来对应亲家母的。林处长听了，就朝大龙笑，说，朱总，原来你在背后这么编排我呀。

这口气，真是十分的热络。

林处长越是显示出她对大龙的亲热，大龙越是不自在，他甚至有点着急了，赶紧插话说，林处长，李总，你们知道的，我大哥，朱教授，在他们的专业行业里，是这个——他竖了一下大拇指。

林处长对着大龙笑了起来，说，朱总，我就喜欢你这样有胸怀的人。看得出，她是真心夸赞大龙。

她对朱敬利和姚新梅也算是客气的，但是多少有一点应酬的意思，对大龙的亲热，却是真心而且不加掩饰的。

所以又接着说，所以嘛，你才能成功，所以嘛，你肯定成功，我以前听人家说——

大龙硬是把话题从他自己身上扯开，说，今天不说我，哈哈，今天是你们两家的大事，我是电灯泡——

林处长说，哎，说得好，你就是电灯泡，电灯泡有亮光，有亮光我们才看得清呀——

大龙分明不想在朱敬利面前过多说自己的事情，可林处长并没有这样的想法，她一味地夸大龙，多么能耐，多么有想法，多么有本事，多么的什么什么——

大龙坐在一边红着脸，尴尬地笑笑说，没有我大哥，没有我今天的。

林处长立刻说，嘿，我就喜欢你这样的，成功了，不忘本——对了，朱老师，姚老师，你们可能还不知道呢吧，当初他——她指了指一直没说话的老公李总说，当初就是朱总帮助他走出困境的。

大龙赶紧摇头摆手，说，其实不是我，真的不是，是余飞帮的忙——他停顿一下又说，余飞是我大哥的学生。

不等林处长再说什么，大龙已经面朝着朱敬利说，大哥，上次和余飞聚会，余飞说起您，真是十分敬重的，他还说了您的一个往事，说您脾气一直很好的，但是有一回生了学生的气，真的生气了，您对学生说，你这样，今后走上社会，不要说是我朱敬利的学生啊，大哥，是不是有这事，余飞没有瞎说吧？

朱敬利只是呵呵。

林处长说，是呀，好学生都会记得老师的，只是老师记不记得学生，那是不一定的。

这说的可是大实话，可是大龙听了，又觉不安，赶紧打岔说，对了，大哥，林处长，酒的供应也替你们考虑好了——说着拿出手机，拨了电话。朱敬利想，这是要电话落实了。

果真如此，那边的人姓蒋，大龙称为蒋总，一边和蒋总说话，一边朝朱敬看着，眼神仍然是敬重畏惧的。

朱敬利心想，这个蒋总，不会再是我的学生了吧。

不料大龙说着说着，就把手机递了过来，请朱敬利接电话，朱敬利心里乱糟糟的，说，啊？又是我的学生？

林处长说，呵呵，朱老师，真是桃李满天下呀。

蒋总在电话那头喊，朱老师——

朱敬利说，你是哪一届的？

蒋总笑道，朱老师，我不是你们学校毕业的——陈晓薇是，陈晓薇要我代向您问好。

他见朱敬利没有马上反应过来，又说，陈晓薇，我老婆。

朱敬利想，这个陈晓薇，想必又是我的学生了，但又不敢完全确定，因为记忆中搜寻不到，所以含糊地说道，哦，哦，是的，是的——

蒋总并没有和朱敬利说酒的事情，只是代陈晓薇问老师好，电话又回到大龙手里，大龙说，蒋总，我正和大哥谈事情呢，就不多说了，反正你都知道了，我大哥家办喜事——那边叽里咕噜一阵，大龙就笑着挂断了电话。

大龙如此尽心，大家感谢都来不及，却不知怎么一时有点沉闷，似乎都不知道说什么好了，大龙赶紧又说，大哥，林处长，你们再看看，朱运的婚事，还有什么需要我——说到一半，看着朱敬利的脸色，停了下来——恰好他的手机响了，接起来一看来电，大龙身子侧过去，声音也放低了，但是大家还是能够听到他说话：常市长——好的好的，我知道的，邱秘书都跟我吩咐过了，我已经安排好了，您放心。

挂了电话，身子正过来，林处长就说，常市长？是常在行市长吗？

大龙说，是的。

林处长说，哦，朱总跟常市长也熟？

大龙说，常市长也是我大哥的学生，而且是关系特别密切的学生。

林处长"哦"了一声，回头看朱敬利，笑道，朱老师很低调，知识分子就是这个好，一点也不、一点也不——她好像一时找不到什么合适的词，只好说，一点也不那个什么。

大家都客气地笑了。

大龙又说，大哥，常市长答应来做朱运的证婚人。

不等朱敬利和姚老师反应过来，林处长已经从沙发上站了起来，脸上都有点微微发红了，嚷着说，喔哟哟，喔哟哟，这个面子大了。

朱敬利朝大龙看着，大龙脸红红的，头微微低着，像个做错了事的孩子。

林处长继续又说，常市长我们都知道的，很低调，基本上不肯出头露面的，朱总能够请到常市长证婚，那真是不一般的关系呀。

朱敬利很想说些什么，可一时他竟然什么也说不出来，大龙虽然自说自话，但你能说他自说自话做的这些事情不对吗，或者，不妥当？请常市长证婚，这在全南州也是很少见的事情，是难上加难的事情，他都做成了的，朱敬利还能说什么。

林处长仍然激动着，感叹着说，哎哟，早知道你们有这样的关系，朱运的工作应该早就妥善解决了。

朱敬利没听明白，疑惑地说，朱运的工作？朱运工作不是挺好吗，他自己也挺安心——

林处长说，是呀是呀，他一个人的时候，怎么着都好，可是今后，他是一个家庭了，还要有孩子，我和老李我们还不能脱身帮他们，得靠他们小两口自己，朱运的工作，经常要出差，不稳定——

朱敬利和姚新梅都没有料到亲家母会提这样的问题，一时愣住了，面面相觑。

林处长又说，其实在机关工作也挺好，安稳，对家庭有照顾。

朱敬利说，机关工作当然好，可是朱运当年就没本事考上公务员。

林处长说，是呀是呀，朱老师，机关也有事业编制的。

朱敬利说，这个我知道，但是事业和事业也有高低之分的，不是只要有事业编制就能互通的。

林处长说，是呀是呀，所以说，朱老师是有利条件呀。

话赶话赶到这份上，大龙必须挺身而出了，大龙说，大哥，要不这样，朱运工作调动的事，交给我吧？

朱敬利咳嗽了一声，说，这也得问问朱运自己的态度吧。

林处长说，呵呵，这还用得着问，有更适合更理想的工作，他还能不愿意？

朱敬利语塞，过了一会儿，又回头问大龙，大龙，人事的事情，现在把得很严的，你怎么——

不等朱敬利把话说完，林处长就笑了起来，她这一笑，顿时让朱敬利知道自己的不合时宜，闭了嘴。

晚上回去的路上，朱敬利一言不发，因为是大龙的车送他们，当着司机的面，两人也不好多说什么，到家后，姚新梅说，老朱，你纠结啥呢，有人主动替你儿子操心，不是好事嘛。

朱敬利干巴巴地道，当然，好事。

姚新梅说，再说了，那不也都是找你的学生吗？

朱敬利仍然那个口气，说，那是，当老师的，学生多嘛。

一夜无话。

才过了两三天，大龙又到朱敬利家来了一趟，朱运的工作已经有眉目了，现在有两个地方可以选择，想听听朱敬利和朱运的意见。

朱敬利说，大龙，这么难搞的事情，这次又是谁帮你搞定的呢？

话一出口，就自觉有问题，怎么是帮"你"搞定呢，明明应该是帮"我们"搞定，只是因为大龙在朱运的婚事上，事事操心，事事靠他，甚至有那么一瞬间，让朱敬利觉得，这些都跟他无关，都是大龙的事情了。

大龙倒没有这种敏感，他老老实实地说，是常市长出面打了招呼才解决的。

朱敬利说，那是，这么大的事，恐怕是得市长出面了。

大龙说，大哥，常市长一听是大哥的——

朱敬利朝他摆了摆手，大龙就停下了。

他们沉默下来了。

就像从前，大龙来家里求朱敬利找学生，朱敬利为难，他们都沉默着。

要说沉默，从前朱敬利就沉不过大龙，现在仍然如此，最后朱敬利只好认输，主动说，那大龙，常市长帮了我们这么大的忙，还要给朱运证婚，我——

大龙说，大哥，他是您的学生。

朱敬利说，学生，没有这么大的情分。

大龙说，大哥，您要是觉得不踏实，不如我替您感谢一下常市长。

朱敬利顿时警觉，紧张地说，大龙，你要干什么？

大龙笑了起来，说，大哥，您放心，我不会做不妥当的事情，常市长和您一样，是我的恩人，我不能害他的。

朱敬利说，那你怎么——

大龙又说，大哥，您要是不放心，我把礼物准备好，交给您，您有机会带给常市长，这样您可以亲自监督，看我干了什么。

这本来是多此一举，但朱敬利还是多少有点不放心大龙，就答应了，好歹多双眼睛看看。

过了一天，大龙就把准备的礼品拿来了，包装盒十分精致，不等朱敬利说什么，大龙就打开了盒子，里边有华丽的锦缎铺垫，是一件瓷器，更确切地说，是一只浅浅的盘子，看起来很薄很轻，色泽青白淡雅，感觉很温润，还有些暗暗的花纹。

朱敬利并不懂得瓷器，只是一种直觉，感觉这只盘子不同一般，他心里"咯噔"了一下，有些不妥，赶紧问，大龙，这是什么？

大龙已经把夹在盒盖内里的那张认证书取来交给朱敬利，朱敬利接过去一看，上面写着：汝窑天青釉葵花洗仿品。

朱敬利并不太了解"汝窑天青釉葵花洗"是什么，但是看到"仿品"两字，心里稍稍松了口气，嘴上却脱口道，真是仿品？

大龙笑道，大哥，要是真货，我买得起吗？嘿嘿，就算我买得起，我到哪里去买？

朱敬利感觉大龙说的是老实话。朱敬利虽然不搞收藏，也不懂古玩，但是同事们在一起开会聊天时，经常谈起这个话题，知道有许多企业家，有了钱，就开始搞收藏，收什么的都有，古瓷器，古玉，古字画，结果搞了一大堆的假货。

其实又何止是企业家，民间收藏热已经铺天盖地席卷大地，就是普通老百姓，好像也都能说出个一二三四五。

所以有个老师说，那么多钱，真是辛苦挣来的？恐怕是钻时代的空子钻来的，所以拿来打水花也是因果报应，是命。

朱敬利不知道大龙有没有走这条路，大龙从来没有和他说起过，但是他相信大龙是清醒的。

朱敬利重新把盒子推到大龙面前，说，大龙，我不太方便见到常市长，你如果有机会，还是你去办吧。

大龙听话，就抱了盒子走了。

朱敬利看着大龙从外面带上的门，一时有点发怔，后来心里就想，刚才忘了问一下大龙，他怎么会买这样的礼品送给常市长，是不是知道常市长喜欢这个？现在大龙已经走了，再把他喊回来问，有点小题大做，虽然大龙对他的态度始终没有变，但朱敬利心里明白，今天的大龙，可不是当年到他家来求助的那个农民工了。

大龙很快就打电话告诉朱敬利，工艺品已经送给常市长了，让大哥放心。

朱敬利应了一声。他到底放不放心，恐怕连他自己也说不清楚。

一天黄昏时分，朱敬利照例在小区里散步，走着走着就感觉有人在看着他，他回头四处看看，却没有看见有熟悉的人。又走一段，仍然有这种感觉，干脆回头反过来走，这才看到了，是大龙的老婆孟桂兰，抱着小孙子，躲在一棵树后面，看到朱敬利发现了他，才犹犹豫豫地闪了出来，却满脸通红，站着不说话。

朱敬利奇怪说道，桂兰，你怎么跑到我们这儿来了，话一出口，才发现自己太蠢，她明明是来找他的。

孟桂兰也蠢，说，大哥，我，我，我随便走走。

朱敬利笑了笑说，桂兰，你有什么事情找我，直接到我家就行了，干吗要这样躲躲闪闪？

不料这话一说，孟桂兰就哭了起来，边哭边说，大哥，大龙不许的，这么多年，有好多次我都想来找大哥，可是大龙跟我说的，我要是瞒着他找大哥，他跟我没完，要是我给大哥惹出麻烦，他就要跟我、跟我离——所以，所以，我一直不敢——

朱敬利说，你别听大龙虚张声势，你看他敢跟你离，我看他是离不开你的。

孟桂兰慢慢收起眼泪，停顿了好一会，才犹犹豫豫地说，大哥，大哥，大龙的魂，被勾走了。

朱敬利心里一跳，以为大龙婚内出轨了，赶紧说，桂兰，你可别疑神疑鬼，大龙的心思，一直都在生意上，要说他出轨——

孟桂兰说，不是男女的事情，是他迷上了收藏古董——

朱敬利笑了起来，这个大龙，做事情，连老婆也都瞒着，他赶紧说，桂兰，你恐怕被骗了，大龙搞的那些，都是现代仿品，不值钱的。

孟桂兰半信半疑，过了好一会儿才疑疑惑惑地问，大哥，你怎么知道？

朱敬利笑道，你不相信我呀？

她说，我相信大哥，但我不相信大龙。

朱敬利说，你放心，大龙和别人不一样，他靠谱的。

孟桂兰犹犹豫豫，好像在考虑有些话要不要说出来，想了一会儿，她还是说了，那他为什么手头的钱越来越紧，早几年，家里还买房子，换车子，现在连给孙子买个平板电脑玩游戏，他一时都拿不出钱来。

朱敬利说，做生意的人，都是这样的，一时紧，一时松——

孟桂兰说，不是一时，有好长时间了，自从他开始收藏那些东西，钱就不够用了。

朱敬利还是根据自己的推断劝慰孟桂兰，手头没有闲钱，才说明有方向，有目标，有投资，如果钱都在手上，那你又要急了，是不是？

孟桂兰听了朱敬利的劝，情绪好些了，也不再哭哭啼啼，谢过朱敬利，抱着孩子走了，说要去接上幼儿园的大孙子。

这事情很快消停了，看起来大龙也没有知道，朱敬利当然也不会去告诉大龙。

过了几天，他接到同事老张的一个电话，一开口就莫名其妙说，喂，老朱，你弟弟是不是离婚了？

朱敬利心里"怦"地一跳，大龙家明明好好的，可是平白无故，老张怎么会这样问呢，心里顿时感觉有什么事情来了，一着急，直接就问，老张，你什么意思？

老张说，我记得你弟媳好像姓孟，叫孟桂兰，是吧？

朱敬利平时为人比较拘谨，朋友并不多，唯独和同事老张的关系不错，两家来往也多，所以后来老张一家和大龙一家也熟识了，有的时候，三家人家会在一起聚聚，甚至有几年的年夜饭，都是约了一起吃的。

老张说，明明是孟桂兰，她怎么说自己叫王兰呢。

朱敬利说，啊？你在哪里碰到她啦？

老张说，在电视里，她上电视节目了，在节目里她说自己叫王兰，还说她丈夫是做中学老师的，我看了就奇怪呀，难道有个和孟桂兰长得一模一样的女人？

朱敬利也奇怪，说，你是看的哪个台的哪个节目？你会不会没看清楚，老眼昏花了。

老张说，我也怀疑自己看错了，但是实在是太像了呀——哎，还好，这个节目，今天下午南州三套会重播的，我再看一遍。

朱敬利这才知道了，老张看的是地方台的一档鉴宝节目，节目名称叫《宝贝大家看》。半个下午，朱敬利一直心神不宁，过去他从来不看这样的节目，可到了下午三点，他忍不住打开了电视机。

节目的规则是由持宝人带着宝贝上台，主持人先说道几句，然后请持宝人自我介绍，包括姓名，工作，家庭，以及所持之宝的来路，等等。

朱敬利果然看到了一个长得和孟桂兰一模一样的持宝人上台了，只是在装扮上有所区别，孟桂兰一直是剪的短发，穿着也比较随意，在朱敬利的印象中，她永远是抱着孩子，小孟小的时候，她抱小孟，后来小孟有了两个孩子，她仍然是抱孩子。但是在节目里，她却是长发，穿得也比较正规，是一套裙装。不过尽管孟桂兰用心做了改变，朱敬利仍然能一眼认出她就是孟桂兰。

可是孟桂兰在台上自我介绍叫王兰，然后主持人说，请王大姐给大家讲讲这个宝贝的来历吧。

"王兰"就介绍说，她丈夫是个中学老师，许多年来一直有淘旧货玩古玩的习好，每年的寒暑假都会出远门，到处去淘宝——

主持人说，出远门？到哪里呢？

"王兰"说，哪里有东西，他就到哪里，比如吧，到河南——

主持人调侃说，对头对头，河南地下文物，号称全国第一——

"王兰"又难为情地笑了笑，说，地下文物都在地下呀。

主持人说，那听王大姐的口气，你是不相信你先生能够淘到宝、捡到漏。

"王兰"说，我不相信，我也一直劝他，可是他很固执——

主持人笑道，是不是他把家里的钱，都花在这上面了？

"王兰"说，是的，我担心他搞来的都是假货，就从里边挑了一件，想来请专家看看。

虽然主持人一在用调侃的口气活跃现场气氛，好像"王兰"就是来开开玩笑的，但是朱敬利心里却是明白的，他不仅能够感觉，甚至能够触摸到"王兰"的担心。

台下缓缓地升起一张桌子，桌子中央端放着一只青色浅盘，朱敬利一看到这只盘，心里顿时收缩了一下，主持人上前一看，脱口而出：汝窑？吓煞人了！

镜头转到三位现场专家那边，专家的脸色，十分复杂，确切地说，应该是疑惑多于激动。

朱敬利的手机响了起来，是老张打来的，口气急切地说，老朱，老朱，你打开电视，现在就开，南州三套，你看看，怎么不是你弟媳妇孟桂兰，绝对就是她！

朱敬利说，好好，我看看。

老张说，你认一认，到底是不是，你再打给我啊。

朱敬利没有再打过去，老张电话追过来了，说，老朱，你看了没有，是不是孟桂兰？

朱敬利说，哎呀，我平时不怎么看南州三套，都不知道它在几频道。

老张哼哼说，老朱，别跟我玩这一套，她是不是孟桂兰，你不比我急吗，你会不看吗？你大概早就看到了吧！

朱敬利说，不管她是不是孟桂兰，我只知道他们夫妻俩好好的。

老张说，好好的为什么要改名换姓改头换面偷偷上电视？

朱敬利说，都上了电视，怎么叫"偷偷"的，老张，你很关心别人家的事情嘛。

老张说，咦，说得好像你不关心似的，大龙可是你的弟弟，又不是我的弟弟，连我都关心他们，你会不关心吗——好了好了，这个人你也看到了，到底是孟桂兰还是王兰，你自己看办吧，下面的事情我就不关心了，我相信你会关心的。

朱敬利以为他要挂电话了，不料老张又说，这个东西，清雍正仿汝窑，不得了啊。

老张的电话挂以后，朱敬利心里乱糟糟的，因为他和朱敬利一样，知道"王兰"就是孟桂兰，那该怎么办呢，告诉大龙？或者，只当没看见？或者，直接问问孟桂兰？

朱敬利现在更担心的不是孟桂兰和王兰的到底谁真谁假，在专家做出"清雍正仿品"的结论时，他也只记住了"仿品"这两个字，也还不知道事情会是什么样的，但是最后专家给出的市场估价，让他坐不住了，心里"怦怦"地跳起来，一阵慌乱。

四

虽然常在行在官场行事很低调，但是低调可不是安全阀，更不是护身符，有许多低调的干部，出事以后，查出来的问题都吓得死人。

其实，关于南州市领导出事的传闻，一直以来也没有断过，今天传你，明天传他，搞得有些人人心惶惶，有些人议论纷纷，有些人翘首以盼。

其中也有常在行。

朱敬利平时基本上大门不出二门不迈，他能够听到这些传闻，大多是在学校的什么会议上，同事们传来传去，津津乐道，绘声绘色，有鼻子有眼。

朱敬利第一次听到常在行的传闻，大概是在两年前了，说常在行两天前被双规了，说纪委的走进他办公室的时候，常在行一看，立刻瘫倒在地等等什么的。

朱敬利吓坏了，一反常态，直接从会议室就跑了出来，给大龙打电话，大龙一听，笑了起来，说，大哥，你听别人瞎说道呢，今天上午我还在常市长的办公室呢，下午市长在开会，晚上的电视新闻会有的。

朱敬利一脱口说，你到常在行的办公室？你干什么？

大龙说，大哥，是常市长找我的。

大龙没说常在行找他干什么，朱敬利再追下去，就是不知趣了。知识分子，洁身自爱，讲的就是一个分寸，尽管大龙对他左一声大哥，右一声大哥，恭恭敬敬，言听计从的样子，但是朱敬利心里是有分寸的，他不会逾矩。

常在行和大龙关系密切这件事，朱敬利也只是在心里想想而已，他还能怎么样。

在此后的一两年中，关于常在行出事的传闻始终没有断过，从从前的双规，一直传到现在的留置，可是常在行却也一直没有被规没有被留，一直还在当着常务副市长。

官场上的传闻，确实蛮吓人的，有好多人都是被传着传着，就传进去了。

一旦真进去了，大家就会说，看看，看看，无风不起浪吧。

或者说，看看，看看，小道其实就是大道吧。

当然也有另一种情况，传闻尽管传，传来传去，也一直没什么事，就像常在行这样。

如果继续传的话，以后会怎么样，那是谁也不敢保证。别说别人不敢保证，恐怕连他本人了无法预知。

被传闻的日子，到底是怎么样的，只有当事人自己知道，别人也是无法体会的。

关于常在行的说法，还有很多，又说是确实有举报信，但举报的内容，都查无实据，因为是匿名信，也就不了了之了。

又说是栽在情妇手里了，两个情妇没有摆平。这传闻也没有印证。

当然，关于常在行，除了这些骇人听闻的传言，也有正面的积极的令人振奋的传说，那是从市委书记调往外省的传闻开始的，市长已经过了龄，没戏了，如果第三把手副书记当书记，那么市长的位置就常在行莫属了。

这可是天大的利好消息，可惜消息只是消息而已，有一次朱敬利听到了，也问了大龙，大龙说，大哥，那是常市长的对手放的风，不利于常市长。

朱敬利也就知道自己的深浅了。

在前面很长的时间里，朱敬利内心一直是平平淡淡的，虽然和经商的大龙有非血亲的兄弟关系，官场也有他好些学生，但无论从哪个方面说，尤其是在内心，他和他们，都离得比较远，即便是聚会吃饭，哪怕是杯觥交错，他和他们也是隔着一层的。

但是朱运的婚事一来，朱敬利身不由己就和他们走近了，走得很近，都礼尚往来了。

朱敬利不知不觉改变了傍晚散步的习惯，每天那个时间他都守着电视机看本地新闻。现在的新闻，开会的内容特别多，所以几乎天天能看到常在行，因为他既是市委常委，又是政府方面的常务，市委的会议有他，政府的会议也有他，他分管的工作会议有他，所以有人开玩笑，说他的出镜率比书记市长还高。

就在朱敬利每天从电视上看着常在行的日子里，常在行又一次被举报了。

果然是因为孟桂兰上电视，惹出了祸端。她说自己叫王兰，还戴了假发，其实除了朱敬利和张教授，还是有好多人认出她来了。

孟桂兰只是个家庭妇女，但她又是本市著名企业家朱大龙的妻子，所以在短短的一两天内，网上就扒出了朱大龙的发迹史，扒出了朱大龙的关系网，扒出了朱小孟的奢侈生活照，扒出了朱小孟和常在行女儿常莹莹以及其他几个年轻人一起出游的视频，甚至还扒出朱运，又从朱运扒到了朱敬利，比诛九族厉害多了。

真不是什么仇家对手，就是普通网民。

正因为如此，那才是真正的厉害的对手。

紧接着网上热炒的，就是常在行受贿的举报信，又一次到了纪委。

一开始这些事情朱敬利并不太清楚，他不怎么关心网络上的东西，所以不知道自己也被扒了一下，也不知道常在行又被举报了，日子一如往常，因为他每天都能在电视上看到常市长，心里似是蛮安逸，似乎和甚嚣尘上的网络狂欢隔绝了。

其实隔绝是不可能的，只是往朱敬利这儿来得慢一些而已。

隔一天在校园里看到老张，老张鬼鬼祟祟把他拉到一边，说，老朱，纪委找你谈啦？

朱敬利说，纪委找我谈什么，我又不是党员，也没当过干部，纪委找不上我——他因为跟老张熟，还幽了一默，说，我要有事，不用纪委，直接就是公安抓了。

老张说，哟，纪委找你谈，又不一定是你的事情，别人的事情也可以问问你吧。

朱敬利还幽默说，别人的事情，谁的事情？你的？对了，你以前干过系副主任。

老张说，我就不信你一点风声也没听到。

朱敬利说，恰恰相反，我听到风声太多了，就等于没听到。

老张这才相信朱敬利确实后知后觉，就把常在行被举报还有网上的传闻一一告诉了他，然后说，老朱，跟你没关系吧？

朱敬利说，你说呢？

老张说，你别故作镇定了，网上都有图有真相——里边还有你家朱运呢。

朱敬利真是故作镇定，反问说，怎么，朱运不能跟朋友一起出去玩玩？

老张说，当然当然，常在行如果有事，肯定跟朱运没有什么关系，跟你老朱关系也不大，但跟你兄弟就不好说了。

老张一走开，朱敬利也等不及回家，在校园里就赶紧和大龙联系，问大龙，常市长被举报，跟送的那个礼物有没有关系。

大龙镇定坦然，他的语气一如既往的平和，他安慰朱敬利说，大哥，您别担心，常市长这么多年的枪林弹雨都没倒下，不会被任何人放倒的。

朱敬利愣住了，他张着嘴，竟不知道该说什么。

他很想说，我可没有想放倒谁。可是他说不出口，大龙又没有指名道姓说是谁，大龙也绝不是指他朱敬利的。

他想说，你不应该瞒着我，以假乱真。可是这并没有依据，虽然孟桂兰鉴定了一件"雍正仿"，但并不能因此就推测甚至断定送给常在行的也是"雍正仿"。这话也一样说不出口。

或者他说后悔把自己卷进去了，这话恐怕更说不出口。

正在纠结，就听到大龙又说了，大哥，您是不是知道电视鉴宝的事情了？没等朱敬利回答，大龙就"嘿嘿"地笑了，笑声仍然一如既往地透露出不好意思的意思，隔着空朱敬利都能看到大龙一脸的憨厚，大龙说，嘿嘿，嘿嘿，大哥，你真信呀。

朱敬利不清楚大龙笑的是什么意思、几个意思，是说专家鉴定出错了？还是说电视台这个节目有猫腻，或者他是说，"王兰"不是孟桂兰？或者那个"雍正仿"不是他家的？或者？或者？

不管怎么说，不管大龙让他别相信什么，大龙的淡定的语气，让朱敬利觉得，他的焦虑，他的怀疑，竟是十分的可笑。

又过了几天，傍晚的时候，朱敬利照例看完本地电视新闻，看到常在行仍然在出席会议，松了一口气，正打算关掉电视机，忽然就接到了老张的电话，老张急切地说，喂喂，老朱，老朱，你开电视，看南州三套。

朱敬利赶紧调到三套，果然正在播《宝贝大家看》新一期的节目，仍然是上一次看到的相同的场景，几乎一模一样，乍一看，朱敬利还以为自己在做梦呢。

持宝人仍然是孟桂兰，仍然是进行了装扮，仍然说自己叫王兰，仍然介绍自己的先生是中学老师，喜欢淘宝买古董，但是尽买假货，把家里的钱都折腾完了，等等。

主持人笑道，大姐，我估摸着，你是想请专家掌掌眼，哪怕有一件是真的，好歹也弥补一下失衡的心理。

"王兰"红着脸点头称是。

宝贝从舞台下面缓缓升起，给了特写镜头，朱敬利一看，好像仍然是上次的那一件"雍正仿"，但无论是主持人，还是专家，似乎都没有发现，更不要说坐得远远的现场观众了。

想来也是情有可原，上节目的宝贝太多，也许确实不能一一都记得清。

然后是经过几步程序化的程序，最后专家给出鉴定结果：现代仿品。

市场参考价：一千元。

专家又对这个一千元做了说明，是因为做工精致，足以以假乱真，是仿品中的上品。

现场掌声响起来。

等掌声落定，"王兰"红着脸，小声地说，可是，可是，各位老师，我上次也是带的这一件，你们说是雍正仿，今天你们说是现代仿。

声音虽然很低，但音响效果好，所有的人，都听得清清楚楚。

现场立刻响起来了"哄哄"的声音，观众七嘴八舌，议论纷纷，场面有些混乱。

坐在台上的三位专家面面相觑，脸上红的红，白的白。

主持人赶紧圆场，调侃说，嚯嚯，大姐，你给专家老师出难题了——你是跟我们节目有仇，来踢场子的吗？

"王兰"说，不是不是，不是有意的，是我拿错了——

主持人笑道，大姐，我看你是不相信专家吧，要不，你以为我是个托，哈哈。

"王兰"急得说，不是不是，我相信专家，但是我不相信我男人。

主持人笑道，来来来，大姐，你能不能告诉我，你先生是多少钱买的?

"王兰"说,他说是两百块。

主持人夸张地"哇"了一声说,啊呀,那就是翻了好几个跟斗啦,比炒房炒股票厉害多啦,大姐,以后你还反对你先生去淘宝捡漏吗?

"王兰"不好意思地笑了,带着宝贝下台。

朱敬利看得一头雾水,喃喃地说,这个孟桂兰,到底要干什么,她这明明是整人嘛。

姚新梅在旁边插了一句嘴,整人?整谁?她一家庭妇女,整得了谁?

朱敬利说,咦,刚才你也看节目了,叫这几个专家,脸往哪里放?

姚新梅说,老朱,你又不是三岁小孩子,你看不懂啊,这又不是现场直播,这明明是录播的么,如果录的时候真出了洋相,完全可以剪掉的嘛,甚至可以重录的。

朱敬利恍然。但随即又更迷茫了。他忍不住长吁短叹起来。

姚新梅说,老朱,你怎么跟丢了魂似的。

朱敬利说,我搞不明白,那个东西,到底雍正仿还是现代仿,它到底是真是假?

姚新梅看了他一眼,过了好一会,她说,你到底希望它是真是假呢?

朱敬利愣了一愣。

他不知道自己希望什么。

原载《中国作家》2020年第4期

点评/

　　主人公朱敬利老师的困境,或许是我们每个人在现实生活中都不得不面对的难题。

　　朱敬利清白做人了大半辈子,他最怕麻烦别人,尤其是自己的学生。然而随着朱大龙这个不是亲兄弟却比亲兄弟还要难推脱的人物的出现,朱敬利却一步步走向了自我初心的反面:为给朱大龙讨薪,他第一次打电话拜托学生常市长办事，结果不但出乎意料的轻松，而且让朱大龙十分满意，这让他越发觉得这个电话打得太正确了——这是朱敬利的初心松动的开始。

从此，朱大龙多次邀请朱敬利参与各种酒局，巧合的是，每次酒局都能遇到朱敬利的学生，师生关系毕竟不是纯粹的利益关系，这让朱敬利逐渐地不再像以前那样排斥酒局——这是朱敬利初心松动的过程。

而后，朱大龙主动提出帮助朱敬利的儿子朱运调动工作。事关儿子前途，朱敬利并未坚持反对朱大龙向常市长求助；不但如此，在常市长轻松帮助朱运完成工作调动之后，朱敬利不但不像以前那样觉得难堪或尴尬，反倒因内心不踏实而同意了朱大龙给常市长送礼——汝窑仿品——至此，朱敬利的初心完全陷落。

在这之后，朱敬利通过一档电视节目知道了那件礼物虽是仿品，却是清雍正仿品，估价之高让他坐立不安。接着传来了常市长被调查的消息，但却始终未证真假，朱敬利原本提着的心也逐渐变得麻木，即便网友们通过"人肉搜索"牵出了他和他儿子，他也不再像以前那样在乎人言可畏。

朱敬利初心的陷落过程，处处透露着人性的脆弱：他的初心原本朴实坚毅，却仅因"事关己"而逐步将其抛弃；他以前尤其注意与人尤其学生保持距离，但却在第一次"破戒"之后渐渐被"拖入温水"。此后，他再也不是那个"不食人间烟火"的、坚信人言可畏的、略显清高的老师了。

（侯建魁）

我需要和你谈谈/

/裘山山

1

见到您真的太高兴了。您和我想象的一样，温和，亲切。一看见您，我之前的忐忑不安就消失了。

谢谢您这么快就和我见面了，真的，非常感谢。在经历了那些事情后，我总是失眠，心情压抑。丈夫让我去找心理医生，我不愿意，我不想被医生分析过去分析过来的。我没有心理问题，我就是有点儿郁闷。谁又不郁闷呢？母亲常说，活着，并且郁闷。

我就是想找人聊聊。我需要说说，再不说我就会……其实也不会怎么样，死不了，只是很憋，很难受，也许会出现精神上的心肌梗死。

在给您打电话之前，我把我的朋友想了个遍，怎么也找不到合适的人。以前我听人说过，最苦恼的时候找不到人诉说。我当时还不以为然，暗想，是不是他们交的朋友质量不够高？这一次我体会到了。这和朋友质量没关系，而是是否合适的问题。所以，我还是决定找您，和您谈谈。

真不好意思，打搅您了。这并不是什么好差事，没有哪个人会对别人的事长时间热衷而不厌倦的。即使是热恋中的人，倾听也需要互相交换，你说一段我说一段。对吧？人的本能决定了人百分九十关注的都是自己。这与道德无关，是人的自私的基因决定的。我母亲说的。

可是我找您，只能让您一直听我讲了。您不是我的朋友，也不是我的心理医生，我也只能厚着脸皮这么做了。我们素昧平生，仅仅是一通电话，仅仅是凭一句"我是您的读者"，您就答应了我，真让我又感动，又感谢。

您喝茶。这是我特意从家里带来的茶，我怕茶室的茶不好。这个茶是去年我跟一个懂茶的朋友买的，蜜兰香单枞，香气实在是迷人，迷人到奢侈。因为比较贵，我只买了一百克。但喝了一次之后，就再也没时间坐下来品它了，差点儿忘了买过它。您闻闻，是不是很香？

我受母亲的影响，很喜欢文学。只是我母亲偏重古典文学，我更喜欢当代文学。我从上大学起就订了几本文学期刊。您的小说我就是在那些期刊上读到的。我印象深刻的一篇是，您写了一位退休教师，独居，为了打发难熬的日子，她每天都按课表来。比如早上买菜是早读，看报纸是第一节课，写毛笔字是第二节课，还有社会活动什么的，对吧？我印象太深了。课间休息就是做游戏，悄悄趴在门边，猜测那些路过她家的脚步声是谁的。看得我又好笑又心酸。您是怎么知道这些的？您认识这样一位老师吗？不好意思，我是外行。

读您的小说，我感觉您很善解人意。所以我到处打听您的电话。我感觉若能和您聊聊，将是我人生中的幸事。

我不是想聊我自己，我这个人挺乏味的，没什么特别的经历。我是想和您聊聊我的母亲。

我的母亲，我该怎么介绍我的母亲呢？

说来也很普通，她个退休编辑，生于上个世纪五十年代初。在一般人眼里，就是个气质不错的大妈。可是在我眼里，她很了不起，一直是我的偶像，做她的女儿我压力很大。这样说吧，截止到今年春天，我都一直以为我母亲永远都是那个让我佩服的母亲，不会改变。可能很多子女都会觉得，自己的父母会一直在那儿，在他们身后，在某个角落，默默存在着，以备他们不时之需。更何况我的母亲那么强大，在我眼里，她有一个金刚不坏之身和一个金刚不坏之脑，真的，我一直这么以为。

可是没想到她出了问题，且来势凶猛。我一下感觉我的世界都坍塌了。我这才意识到，我的世界是以我母亲为底座的。底座一松动，整个世界就摇晃起来。

我母亲病了，并不是一般意义上的绝症。如果那样，我会非常悲伤，难过，痛苦。但不会混乱。而现在的我，是陷入了混乱。因为混乱，我在和您谈话时可能也会混乱，想到哪儿说到哪儿。您如果不清楚，就打断我，问我好了。

2

就从今年三月说起吧。当生活状态混乱的时候，只能顺着时间之河走了。您过奖了，我哪里擅长表达。不过我的确是个老师，已经有十五年教龄了。

我记得很清楚，是三月下旬，天气已经暖和了，阳光让大地肿胀发亮。那天下课我走出教室，心情愉悦。我喜欢春天，不要说百花争艳了，光是树叶都有十几种颜色。我心情愉悦还有个原因，上午的课很顺利，我自己发挥得不错，同学们的反应也可圈可点。

可有时候就是这样，好日子的跟前就埋着一颗雷，你不知道什么时候就踩到它了。我一边走一边从包里取出手机，上课时，我总是把手机调成静音。一看，居然有三个未接电话，都是小姨打来的，这种情况很少见。

我马上回电话。小姨上来就说，你妈今天和你联系过吗？我说没有啊，怎么了？小姨说，嗨，你怎么不接我电话？急死我了。我说我在上课，手机关静音了。

小姨低声说，你妈好像不对劲儿。我妈？她怎么了？小姨说，今天一早她发信息给我，就一句话："我需要和你谈谈"。我一看那么严肃，连忙问她谈什么？她不回我，我又问在哪里谈？她还是不回我。我就直接打电话过去，她不接。我心里不对劲儿，只好给你打电话，你也不接，急死我了。

我说，她可能人机分离。

小姨说，哪里呀，我还没说完呢。我就干脆去她家了。我想她一个人在家，会不会有什么事。没想到她不在家，更没想到的是，她的钥匙插在门上。我再打给电话她她还是不接。你说是不是很奇怪？

我有些心慌了，母亲从未这样过。但我还是安慰小姨说，也许她有什么急事出门了，忘了带手机。

小姨说，不。以我对她的了解，没那么简单。你都知道的，她手机不离身，接电话回信息都很快的，像个年轻人。而且干什么都很有条理，还老批评我糊涂，经常告诫我出门前要念一句"伸手要钱（身份证，手机，钥匙，钱包）"。可是她居然把钥匙插在门上没拔，她这辈子都没发生过这样的事。

在小姨讲述的过程中，我的心不停地晃荡，像十五个水桶，还是漏水的桶，七上八下。我催问，后来呢？

小姨说，我就一直等着，因为她钥匙插在门上，我就开门进屋等她。后来她回来了，若无其事地拎着菜。我总算松了口气，我埋怨她：你干吗呢，怎么不接我电话？是不是忘带手机了？她说带了的，不带我怎么买菜。我说，那我给你打了几个电话你都没接？她拿出手机看了一眼，很淡定的说，哦，我关了静音。我说，你怎么钥匙插在门上就走了？你妈这才略略有些吃惊：是吗？不会吧？我说，不然我怎么进来的？你妈说，哦，我出门后感觉要下雨，又倒回来拿伞，就忘了。

小姨说，你妈跟我解释的时候，有点儿紧张，像犯了错误似的，也不抬眼看我。她很少这样，她总是底气很足。这一来搞得我也紧张起来，也不敢再说她什么了。

我安慰小姨说，难免的，毕竟她也是奔七的人了。

小姨说，我怎么感觉心里很不踏实？总觉得她跟你爸离婚后，有点儿不对劲儿。你不觉得吗？

我说，他们离婚后我去看过她几次，好好的呀。

小姨叹了口气，说但愿没事。

我放了小姨的电话，打开微信，赫然发现母亲也给我发了一条同样的信息：我需要和你谈谈。

看来她不止给小姨发了，也给我发了。问题是，谈什么？谈她为什么离婚吗？一个月前当我追问她为何离婚时，她说她还没整理好，整理好了会和我谈的。

我犹豫了一下，没给母亲打电话。我不想让她知道小姨给我来过电话，不想让她知道她今天的糗事已经被我知道了。我若无其事地给她回了条微信：我刚下课。你想什么时候谈呢？

母亲好一会儿才回复了一句：发错了。

这回复实在不像我的母亲。母亲极少发错短信，而且还连续发错两个人，而且还是这样的内容（而不是"周末你们来不来"）。"我需要和你谈谈"，一句多么沉重的严肃的甚至是预示着麻烦的话。

但我没再追问下去。我心里替她辩解，她六十八了，奔七了。出错难免。比起同龄人，她已经算脑子很灵光的了。我有些自责，我已经有一个星期没去看母亲了。刚开学太忙。但我还是告诉自己，这不是理由。母亲现在是单身一人，而我是她唯一的女儿。

我提醒自己，母亲不再是过去那盏省油的灯了——过去不但省油，还总给我光亮，我得多去看看她。尤其是，她现在是一个人。

我给父亲打了个电话，父亲也没接。父亲没接很正常。我收拾东西准备回家，刚坐进车里，父亲的电话就回过来了。

我调侃说，刚才是不是在麻将桌上，顾不上接电话呀。父亲不好意思地嘿嘿两声。我说，我妈今天联系你了吗？父亲说，没有吧？我看一下手机哈……哦，有条她的短信："我需要和你谈谈。"父亲一字一顿地念出来，念出这句让我心里发怵的话。

父亲发牢骚说，奇奇怪怪的，谈啥子嘛？在一起都不跟我说话，现在谈啥子谈，又起啥子么蛾子。

原来，母亲发错的是三个人。不，说不定还不止，说不定她搞成群发了。幸好她朋友圈人少，据说不超过三十个。我敷衍了父亲两句，直接开车去了母亲家。

您可能不理解，一个六七十岁的老人出点儿差错，丢三落四，有什么可紧张的。但我母亲她不是个一般的老人。容我慢慢讲来。

那天晚上，我在母亲那儿待了很久，陪她一起吃了饭，又陪她聊了好一会儿。我没再提她今天发错信息的事，如果她意识到自己做错了什么，她会忐忑不安。因为，她是个不犯错误的人。我不想加重她的不安，我只是旁敲侧击地询问她最近如何。

母亲就讲了她最近在听的书，在追的剧，在玩儿的游戏——母亲总是把自己的生活安排得很丰富，她是个游戏高手，什么斗地主，赛车都是小意思，她还会玩儿魔兽世界呢。

整个聊天过程中，我感觉母亲挺正常的，基本没什么异常。

我之所以说母亲"挺正常""基本没什么异常"，而不是说非常正常、完全没有异常，是因为，我还是感觉到了她的一点变化。比如，我感觉到她急于跟我说话，像过去那样滔滔不绝。可是说的时候又经常卡壳，你能感觉到一个词从她嘴里出来时，被某个看不见的东西挡住了。这样的阻挡让她焦虑。这样说吧，以前她总是谈笑风生，现在谈笑依旧，不再生风。

回家后我给小姨打电话，让她放心，我说，我去看过我妈了。她挺好的。今天这事儿应该就是个意外，偶发事件。

但小姨不能释怀，坚持说母亲有点儿反常，坚持认为她离婚后变了。好像非要坐实母亲反常才罢休。我只好反驳她说，虽然离婚是个大事，但我妈不可能因为离婚就反常。因为她不是被动离婚的。离婚完全是她一手策划并实施的。也就是说，离婚是顺了她心意的，干吗要影响情绪呢？

小姨欲言又止的样子，叹了口气。

3

您问我母亲是什么时候离婚的？就是今年。

对了，我应该先跟您说说离婚的事。似乎每件事，都有一个更远的开始，追究起来，不知哪个是真正的源头。

我还是倒回到二月吧。他们是二月离婚的。

您肯定很惊讶。很多人都惊讶，一对已经结婚四十年的夫妇，突然离婚了。一个六十八，一个七十二，就算不是离婚夫妻中最年长的，至少也是很靠前的。

我母亲素来能干并且强势，以她的能力，把离婚的事打理得波澜不兴，我也不会意外。但母亲事后才打电话告诉我，我还是有些生气，甚至，震怒。

当她简单明了地告诉我，她要和我爸分开时，我冲着电话大叫起来：为什么？为什么！

母亲说：你不觉得我们不合适吗？她慢条斯理地说。她总喜欢用反问句式，动不动就反问，好像一反问她就很在理似的。

我生气地回答说，不觉得！

母亲说，那我来告诉你，我觉得我们不合适。

我依然很生气：不合适？不合适你们也结婚四十年了，都过了金婚了！

母亲依然慢条斯理地说，五十年才是金婚呢。就算是金婚，也没谁规定金婚不能离的。

我母亲是典型的永远有理，真理的妈。我肯定说不过她。她看我那么生气，劝解似的说，你不用那么气，每天都有成千上万的人在离婚，离婚率快赶上结婚率了。我说，那些主要是年轻人啊，你怎么也这么冲动？母亲说，我不是冲动。我很慎重。我说，我倒想知道你有多慎重。母亲说，不急，等我把所有的事情整理好了，就和你谈，我会详详细细地告诉你。

好吧。我气呼呼地说，那我就等你通知我。

我这样说，一个是不相信她真的会和父亲离婚，春节时我们全家还好好地在一起团年呢，还热热闹闹的呢。我总觉得有可能是他们吵了架，一时冲动而已。再一个，我也知道，只要是母亲不想说的事，你问也问不出来。必须等到她想谈的时候再谈。她不喜欢被动。

可是母亲一直没给我电话，一直没"详详细细地"告诉我。

我有些急，就找了个时间回家，想当面问问清楚。没想到等我回家时，父亲真的不在这个家了。母亲说父亲租了个房子，搬出去住了。

这下我真的受不了了，不光是生气，还难过。这不只是她的家，也是我的家呀。妈你们到底怎么了？我几乎是用哭腔在问她。她沉吟了一会儿说，我们没怎么，是我想分开。我终于忍不住哭了，我说，这也是我的家呀，你怎么能说拆散就拆散？她递了张纸巾给我，小声说，对不起。我甩开她的手，冲出门去。

他们还真的离了，风平浪静的，不止没有"官宣"，亲戚朋友都不知道。你想我这个做女儿的都是懵里懵懂。离之前没征求我意见，当然，离之后也没给我添什么麻烦。虽然有点儿添堵。

或许添堵不亚于添麻烦。

我准备和父亲谈谈。其实母亲一开始告诉我的时候，我就想去问父亲的，可是我一直抱了一线希望，母亲的提议被父亲否决。以我的直觉，离婚肯定是母亲的意思。但显然，父亲的一票没起作用。

果然，父亲见我问离婚的事，眼里闪过一丝难过，一丝悲伤。但很快就掩饰过去了，用他那种憨厚的笑容，那种一辈子都不在意委屈的笑容掩饰过去了。

他说，嗨，这离婚比我想的好，挺自在的。

我直截了当地问，为什么离？谁提出来的？

父亲看着我，似笑非笑，那意思是说，那你还能想不到？这么奇葩的事除了你老妈谁会提出来。

父亲和母亲分开后，租了个房子，就在他们原来的家旁边。父亲解释说之所以租那个房子（离母亲那么近），是他离不开几个老麻友。父亲搬进去后，马上买了张麻将桌，放在仅有的一室一厅里，把几个老麻友叫到家里，大张旗鼓地打起麻将来。麻友们轮流买菜做饭，倒也其乐融融。

父亲一个月就三千多养老金。据有人调查后得出结论，中国最幸福的，就是养老金三四千的人，每天吃了早饭，买买菜（最简单的两三样），打扫一下卫生（小小斗室），洗洗衣服（不用熨烫的那种），就没事了。午睡起来去打麻将，晚饭后去跳广场舞。自得其乐。只要收入超过五千，就想出国旅游了，超过一万，就想去海南买房子了，烦恼随之而生。钱可以限制欲望，欲望少了烦恼就少。如此，父亲就属于最幸福的那一类。但我相信，如果能选择，大家都想选择有烦恼的但可以折腾的生活。

不过父亲不止有养老金，他还有一个厚实的经济基础，那就是母亲给他买的铺面。差不多三十年前，父亲在修车厂干得不顺心，人太老实了总被欺负。母亲知道后就让他单干。父亲觉得自己一个党员，一个复员军人，怎么能单干呢？母亲毫不费力地用报纸上电视上的大道理说服了他，"我们党都以经济建设为中心，你一个党员怎么能不跟上？"然后她花两万元给父亲买了一个十平方米的铺面，让他在那里修电视机、冰箱、洗衣机之类。父亲是个动手能力极强的人，什么都会修。收入虽然不高，但比起在厂里还是实惠多了，关键是心情好多了。

后来城市发展起来，扩张很快，父亲的修理铺所在的小街变成了闹市区。那时父亲已经六十多了，加上电器越来越智能化，他有些力不从心了。母亲就让他关了店铺，将铺面出租。一个月租金就是三千，一年有三四万。离婚时，母亲说，这个铺面可以养你一辈子了，即使拆迁，也会有一笔不菲的拆迁费。

这都是我后来才知道的。

父亲笑呵呵地站在楼梯口迎接我，没有我预想中的愁苦。因为知道我要去，他通知麻友们停止娱乐一天，郑重接待我。父亲现在已获得了打麻将自由，想怎么打就怎么打。这么说离婚也有好的一面，至少还给两个人原先的自由。

父亲泡了两杯很浓的花茶，他一杯我一杯——我感觉他是故意跟母亲对着干，母亲最反对喝花茶，也反对喝浓茶。他说他就是喜欢浓茶，喝浓茶照样睡得好。

父亲灌下一大口茶，抹抹嘴角，颇有些幽默地说，我知道你会来问的，我等着呢。现在我就跟你说。我从头到尾地说，省得你一句句地问。

我说，那最好。我就是想知道全部经过。

4

父亲说，以前呢，我也晓得你妈对我不了然（我觉得父亲这个表达很准确，不是不满意，不是嫌弃，而是不了然），但还是一副将就着过的样子。她退休后还跟我说，我们以后换个房子，有院子的，可以种点儿花草。我心想，看来她已经在筹划养老了。于是就丢心放胆地混日子了。

哪晓得，突然来了个大地震。

那天我打麻将回来，看她一个人坐在房间里，灯也不开，黑黢黢的，饭也没做。我还以为她不高兴我去打麻将了，也不敢问，害怕她拿话怼我，你晓得的，你妈说话很打人。我就直接去厨房烧水，洗菜，准备下面。这个过程，起码有二十多分钟吧，她一直没动。我把面条煮好端到饭桌上，喊她，她好像吓了一跳的样子，好像才晓得我在家里一样，那个眼神，是我从来没看到过的。

我打断父亲的话：照你讲的这个样子，我感觉她不是生你的气，是遇到什么事情了。

父亲说，不晓得呢，我没感觉。不过我每天吃过早饭洗了碗，就出去打麻将了。反正在家她也是关在她书房里，当我不存在。我也不知道她在干吗。

父亲接着说：吃面的时候，她一句话也不说，就是往嘴里扒面，大口大口地，好像饿到了。吃完之后，她收起碗筷就进了厨房。我们两个一直这样的，做饭不洗碗，洗碗不做饭。

我又打断父亲：你没问她怎么了？

父亲说，你还不了解你妈吗？她不想说的事情，你问得出个啥子哦。她那个心比老井还深。我就打开电视看，她洗了碗进屋，也坐到沙发上看电视，《新闻联播》。播到天气预报的时候，她忽然就说，我们两个分开吧。真的，一句铺垫都没有，上来就说的这句。

父亲说，我完全是蒙的，整个人发瓜（傻）。我晓得她一直对我不了然，但是，真的说分开还是太突然了。我七十二了，她也六十八了，要说白头到老，已经是白头到老了，咋个突然要分呢？

你妈居然还笑了，她接着说，你可能不相信，我提出分开是为你好。你和我在一起一直活得不自在，不自由，趁着你现在身体状况还可以，还不算太老，你离开我，可以再找一个对你好的女人，比你小个十来岁，可以照顾你。你还可以过上十几年顺心的日子。

父亲说，亏她说得出这种话！我简直是，打不到方向了，不晓得说啥子好了。我想说，我没觉得现在过得不顺心。又想，这个话不对，我经常觉得不顺心的。我又想说，你是不是在外面有啥子人了？又觉得这话太可笑了，说不出口，她这个年龄。闷了好一会儿我才说，你到底是为啥子嘛？你到底在想啥子嘛？

父亲说，你妈居然拿出一个本子，照着本子上开始说，看来她早已有准备了。你妈说，我只有一个条件，就是我继续留在这个家，你到外面去租房子住。租房子的钱，还有你以后的生活费，我都想好了，一个是那个铺面，每个月的租金应该够你租房子了。你的医疗嘛，除了医保外，我十年前就给你买了重疾险。我会把保单交给你的。另外我再给你点存款，以备不时之需。租房子也不难，你要是舍不得你那几个麻友，隔壁小区就有房子出租，一室一厅，三千一个月……

父亲说，你妈根本不管我是不是在发瓜，是不是抓狂，就开始说我们分开后的安排，而且说得特别急，好像不马上说出来她会后悔。她说我们一共有一百八十万存款，给女儿留八十万，给我八十万，她只需要二十万。我简直吃惊惨了，我根本不晓得我们家有那么多钱。我晓得她很会理财，但也没想到她攒了那么多钱。这么一想，离婚也是需要经济基础的，不然的话，她再不安逸，也只能和我挤在一个屋檐下。再一个让我吃惊的是，为什么给我那么多？要分就平分。但你妈说她退休金比我高，总那整个晚上，基本上就是你妈在说，咋个分配财产，咋个租房子，咋个和你说，咋个向亲戚们解释……全部写在本子上的。原来她早就在计划了，不是才想起的。我简直是个瓜娃子，蒙在鼓里，啥子都不晓得，一句话都说不出来。

我越听越生气，就甩手出门了。我在街上瞎逛，本来很想给你打个电话的，但是害怕影响到你瞌睡，我晓得你瞌睡不好。晚上说这种事，你肯定要睡不着的。

父亲说，第二天早上我起来，她已经出去了，我想有可能她就是随便那么一说吧？我也就照常出门去打麻将。但是，心神不定的，输了两把我就回家了。进门一看，她已经把我的衣服和生活用品，全部都整理好了，几个纸箱，加上行李箱，堆在客厅里。另外她还把大立柜腾出来了，也说是给我。还有好几样电器。看来我不走是不行了。我一个大男人，也不能非赖着她吧。说实话，要不是你外公临走时交代我，要照顾她一辈子，我早就跑路了。真是气人。

我就按她说的，到隔壁小区，找到这个房子，虽然只有五十多平方米，但是一室一厅，还是很适合我一个人住的。你看嘛，有床，有桌子，有冰箱，有电视，有厨房厕所，就可以了撒。我请人打扫了卫生，找了个小货车，把几件家具电器和几箱子衣服拉过来，就算是分开了。你妈说这个事她来和你谈，我就没给你打电话。我也不晓得该咋说。

父亲说，刚开始的确不习惯，现在慢慢习惯了。你妈居然还跑过来看了我一次，还帮我买了窗帘挂起，拿了新床单被套给我换上。我感觉她做那些事的样子，就像当年送你去住校，很搞笑。

我听到这里按捺不住地说，妈也真是的！搞什么名堂嘛。

父亲说，哎别怪你妈，她还是很不错的，不是把我撵走就不管，还是把我安顿得好好的。你看我啥都不缺，你妈把电视机微波炉，还有洗衣机都给我了，她说她用不着。全靠她的安排哦，我现在才过得这么滋润。

我无语。我知道父亲是怕我担心。常听人说男人老了比女人老了更怕孤单，不是缺不缺东西的问题，而是缺心理依靠。老男人很难独居的。我可怜的老爸。

我说，爸你要是不习惯，以后就来我们家住。

父亲说，不用不用。我想通了，我要高高兴兴地过日子。说不定还真的像你妈说的，重新找个女人哪。你不晓得，还真的有人想给我介绍呢，五十多岁一个女的。我说，不慌，我先自由一阵再说。

我忍不住笑起来。父亲又幽默地说，我和你妈这种人做过夫妻，一般女人都打不上眼了。哪个能有她那么精灵古怪？

我说，爸，你是不是很后悔娶了妈这样的女人？如果娶个老实本分的，肯定白头到老了。

父亲很认真地说，不后悔。哪个喊我要高攀呢。

我稍稍安心了一些。看来父亲已经接受了离婚这件事，并努力从中找出乐趣。

不过我反而更担心母亲了。从父亲的讲述中可以感觉到，母亲这么突然地发神经离婚，一定有什么原因。这原因看来不在父亲。正如我父亲说他娶我妈不后悔一样，母亲也跟我说过她对婚姻是满意的。一定是有其他原因。

5

父亲和母亲的婚姻是怎样成就的，我一直不甚了了。

也曾经问过他们，都回答说是经人介绍的。毕竟那是上个世纪七十年代的事情，我出生之前的事情。久远到说起来都有些恍惚。那个时代的婚姻和今天的婚姻已经有很大的不同了，从择偶标准到结婚嫁妆都天差地别。不过经人介绍结婚，倒是延续至今。我和我先生也是经人介绍的呢。

只是有一点我感到困惑，像母亲那样的女人，还需要介绍吗？我不信。就算介绍，用过去的话说，媒人还不得被踏破门槛？还不得挑花眼吗？怎么会轮到我那个老实巴交条件一般的父亲呢？

父亲说，他当兵从部队回来已经二十六岁了，各方面条件都不咋样，就是说，家境不好，文化水平不高，工资偏低，还不是帅哥。他父母托人介绍了几个，女方都不乐意。偶尔遇到乐意的，父亲又觉得对方条件太差，他不乐意。于是一晃就二十八了。

却没想到，他认为高不可攀的母亲，愿意嫁给他。

这档看上去不十分般配的婚姻，还是外公做主的。据说是父亲去外公家修电视机，那个电视机是外公一个学生出国回来给买的，外公很看重。

电视机修好后，父亲发现电视柜的一扇门关不上了，又主动把柜门修好。外公很感谢，请他坐，请他喝茶，父亲紧张得不行，外公一问情况，父亲就立正回答。外婆留他吃了饭再走，他坚辞，说他妈妈一个人在家，他得回去。

之后，外公便婉转地请人把女儿介绍给他。介绍人有些不解，外公说，我女儿要能跟他，我就放心了。

父亲私下跟我说，在介绍人介绍之前他就知道母亲了。他们两家住得很近，一条街。母亲是他们那条街上出了名的女孩儿，又好看又斯文。但母亲不认识他，应该说母亲谁也不认识，走路从来不往两边看，有时拿着书边走边看，有时盯着路两边的树看。

后来，他去母亲家修电视机。看到母亲他简直头都不敢抬，却没想到有人来介绍给他做对象，他受宠若惊，一问再问，真的吗？是真的吗？你搞错没有？

母亲的说法是，她当时年龄也不小了，进入老姑娘行列了（其实不过是二十四岁而已），所以当介绍人告诉她，男方是个退伍兵，党员，人老实本分时，她一口就答应了。她希望能有一份稳定的生活，以便做自己想做的事。

你看中了我爸啥？我曾追问母亲。母亲说，你爸善良。我说，你标准这么低呀，只要人不坏就行了？母亲说，你爸不是人不坏，是善良。人不坏是不会去害人整人。善良是会替别人着想，去帮别人。这两个差距还是很大的，这世上善良的人并不多。

是的，我母亲说起什么都一套一套的。

虽然母亲振振有词，我还是存疑。但对母亲来说，你不能用追问的方式去获得真相。她掩盖真相的本事超强。你只有去猜测。

母亲从小就会读书，用现在的话说，一直是学霸。考试从来都是第一第一第一。不幸读初中时赶上了"文革"，学霸和学渣都开始混日子了，混到毕业。后来也和大家一样下乡，下乡三年回来，进了街道工厂，好像是毛巾厂。各种蹉跎后，她对生活完全失去了热情，成天躲在家里看书。

可是到了年龄，就不断有人来提亲，外公外婆见她整日闷闷不乐，也催促她结婚成家。外公的说辞是：人生两件大事，成家立业，既然指望不上立业，就先成家吧。

于是由人介绍，外公做主，母亲嫁给了父亲。据母亲说，外公很喜欢父亲，直到去世前都念叨说，好孩子，真是个好孩子。

哪知婚后一年，世间发生了巨大变化：恢复高考了。母亲很激动，想去参加高考，可那时已经有了我，她很纠结。等到第二年，母亲还是忍不住了，跟父亲提出她想参加高考。父亲没反对，他对母亲素来顺从。母亲就丢下不到两岁的我，参加了高考，顺利地进了大学。等到她大学毕业，我都读小学了。

因为这个缘故，我一直和父亲更亲。差不多是父亲把我带大的。小时候是父亲给我洗头梳辫子，是父亲给我读童话，陪我折纸，玩儿翻绳游戏，当然也是父亲一次次地去学校开我的家长会。后来，每每母亲要我做什么事，或者要带我去哪里时，我总会先看看父亲，等着父亲点头。

我和父亲亲近还有个缘故，是父亲更宠我，我们家是严母慈父。母亲对我要求很严厉，近乎苛刻。如果母亲没那么严厉，我估计我最多读个本科就完了，我是被母亲强求着读了硕士的。母亲的理由是，我是本科，你必须超过我，不能一代不如一代。可是母亲一定明白，文凭高并不代表"强"。只不过对我来说，不用文凭证明，其他更无法证明了。

父亲溺爱地跟我说，唉，年轻姑娘本来应该打扮得漂漂亮亮好好享受青春的，天天苦读书，真造孽。不过呢，泥巴，你妈让你读你就读，不读会被她说一辈子的，更造孽。我说我明白，反正我也没那么难，读就读。

母亲对我和父亲的亲近，一点儿不吃醋，她很顺应甚至是喜欢这个局面，一有事就说，叫你爸帮你做……或者，你去问你爸。

我谈恋爱时，我男友，就是现在的先生，很快看清了我家的政治格局，他半开玩笑地说，你们家是你妈强势，每逢大事必做主。以后我们在一起，你不会也延续这风格吧？我说不会的，我跟我爸长大的，我不像我妈。

不像我妈，其实是不如我妈，我心里是有些遗憾的。

我虽然和爸亲近，但是一旦遇到搞不定的事，我会先想到去问我妈。包括体检回来我也会和母亲谈，某个指标偏高或偏低，母亲都可以告诉我是否要紧。厨房里的事就更不要说了，我随时请示她。母亲并不热爱厨房，可是一旦烧菜，总是像模像样的，并且有章法。

在他们离婚之前，我一直以为他们是相亲相爱的，至少，是相濡以沫的。突然离婚，而且那么决绝，完全把我搞蒙了。

6

我也和丈夫讨论过父母离婚的事。

我很困惑，如果母亲嫌弃父亲的话，为什么要到老了才离婚？早就可以离了嘛，从九十年代开始，离婚率一直攀升，离婚也不需要单位出证明了。即使是为我着想，我上大学的时候也可以离了嘛，那时他们才四十多。现在眼看着已经白头偕老了，却突然分开。很多不和的夫妻，闹了一辈子的父亲，混到老之后，不是都收刀捡卦放马南山了吗？彼此都成了需要照顾的老人，彼此都变得珍贵。

丈夫吞吞吐吐地说，会不会是她身体出了问题？比如，得了绝症，不想告诉我们？我说不会的，去年体检之后她还很骄傲地告诉我，她的体检结果超好，没有哪个箭头朝上或者朝下（即超过或低于标准数值）。还说她底子不好，全拜自己管理得好。今年呢？丈夫问。我说今年她没去，她说没必要年年体检。

你妈就是主意大。丈夫说。这个年龄了居然还离婚，实在是匪夷所思。我说我问了我爸，是我妈提出来的，他是被动的。丈夫说那肯定的，我丝毫不怀疑。过了一会儿他又说，也是难为老爸了。

细细想来，母亲在让我们大吃一惊（离婚）之前，已经有过很多让我们小吃一惊的事了。

比如退休后她跟我说，她想把几十年来研读古文的心得整理出来，她觉得自己有很多观点见解，是和别人不一样的，很想表达出来，只是没想好以什么形式梳理。我建议她以批阅的方式，一段一段地写。现在不都是碎片化阅读吗？母亲说她试试。一年后她告诉我，书稿已经基本完成了，有十万字。我说，太好了，可以出书了。她说没这个打算。我说那你费那么大劲儿干吗？她说做起来很愉快。

接着她说，有两件事最能让她感到愉快，一个就是学习，接受新知识是很愉快的；一个就是表达，把自己的思考表达出来也是很愉快的。人本来就应该不断完善自己，超越自己，让自己强大。我说，你这是尼采的观点。母亲笑说，明明是我自己的看法，怎么功劳归到尼采头上了？

跟着母亲又说，我打算学西班牙语。

面对我鼓出来的眼睛，母亲说，你知道就行了，别到处去说。搞得我喜欢学习还被人当笑话。未必上了年纪就只能混吃等死？

我没法不鼓眼睛。她的英语比我强，已经让我汗颜了，居然还要学第二外语，她花甲已经花了好几年了。

我说，为什么学西班牙语？

母亲说，不为什么，不想脑子太闲。

我又一次鼓大了眼睛。照理说我不该那么大惊小怪，我还不了解我妈吗？她就是个喜欢给自己找麻烦的人，说得好听一点儿是挑战自我。但是，学外语，西班牙语，还是有点儿出格，她不是二十五、三十五，是六十五。

我说，你可以学书法，学画画呀。

她说，那个不费脑子。我需要锻炼记忆力。

好吧，锻炼记忆力。我羞愧地闭嘴了。为了考职称，我下了死功夫学英语，勉强过关后再也不想碰了。锻炼记忆力？怎么我的记忆力越锻炼越差呢。

鉴于母亲种种异于常人的举动，我便猜想，会不会是她又想折腾什么事情了？比如写书，上老年大学？或者，出去旅行？

丈夫说，不管她想干吗，都更应该留在你爸身边。

是啊是啊，我爸再不能干，做家务还是可以的。洗衣服、打扫卫生、买菜、倒垃圾，全是我爸，我妈只负责掌勺。或者再加一句，我妈只负责有技术含量的事情。

听见我们在议论，儿子在一边插话说，外婆就是害怕失败，害怕她的人设崩塌。

我心里刺啦一下，撕开一道口子。嘴上说"不要乱讲"，心里却觉得儿子说到点子上了。母亲总是以争强好胜的面目出现，以战无不胜的面目出现。如儿子所说，她害怕失败。她总是喜欢把什么事情都安排好，按自己的意愿安排。离婚一定也是一种安排。

儿子又说，外婆自己觉得没有什么事情能难住她。

我瞪了他一眼。我瞪他，一个是不许他妄议外婆，另一个更深层次的原因，是烦他完全不像他外婆，还没上初中，就懒洋洋的，经常表现出一副人生无趣的样子，说即便将来能考上父亲那样的名牌大学，大学毕业找个好工作，再找个好女人结婚，再抚养孩子长大，也没啥意思，"不就是重复你们吗？"这种时候，我真希望母亲能帮我回击他，可惜母亲说她不干涉。

儿子上学前，母亲一直在帮我带。虽然那个时候她自己很忙，但还是让我把儿子放她那儿，她和我父亲一起带。等儿子一上学，她就还给了我。我耍赖皮，希望她继续帮我。她说，管孩子学习是要伤感情的，我可不想伤了我和牛牛的感情。我说，可是我小时候的学习一直是你管的呀。她说，所以你才和你爸亲呀。我顿时无语。

其实我和我母亲，感情还算和谐，四十年来几乎没有发生过激烈的冲突。不过，也还是没逃过"青春期遇到更年期"那个坎儿。

上高二的时候，我突发奇想要学吉他，其实也不是突发奇想，是因为我喜欢的那个男生会弹吉他，我想和他走近。我记得母亲有一把吉他，可是母亲不同意，第一不同意我学吉他（她说课业太重何况我根本没有音乐细胞），第二不愿意把她那个吉他给我（她说那个吉他非常珍贵）。于是我曲线救国，去找父亲。父亲左说右说，母亲终于同意了，还帮我去找了个老师。可是，我拿到母亲的老吉他不久，就在那个男生的忽悠下，把它贱卖给了一个吉他行，又添了点儿钱，换了把新的。母亲知道后脸色大变。她说那个吉他是外公送给她的，是老牌子。且不说东西本身的价值，关键是很珍贵。我满不在乎地说那个吉他音已经不准了，放着也没用。但是，新吉他拿回家没多久，我的三分钟热情就过去了，一个曲子也没学会。吉他丢在床边落灰，这让母亲更加生气了。有一天放学回来，我心烦意乱，倒在床上什么也不干。母亲叫我写作业，我不动，母亲又让我练吉他。她说我已经很久没练了。我还是不动。母亲连续叫我几遍我，我就躺着看天花板，脑子里全是那个男生，他今天和另一个女生打得火热，让我心如刀绞。忽然，母亲拿起吉他，噔噔蹬蹬走到窗边，推开窗户，狠狠地将吉他砸了下去，我们家住在三楼，我听见哐当一声巨响，爬起来扑到窗前，吉他已裂成两半。我目瞪口呆。不是因为吉他，而是因为母亲。我从小到大，没见母亲这样疯狂过。母亲摔了吉他后，冲我大吼一声，你太让我失望了！

这是我和母亲之间唯一一次冲突。多数情况下，母亲都很克制。而我，也比较听话。

我儿子说，外婆不想她的人设崩塌。那母亲的人设是什么？在我看来，就是理性，智慧，有条理，没有能难倒她的事情。凡事只要她想搞掂就能搞掂。

我和丈夫也没讨论出个所以然来。我决定不去管这件事（也管不了）。以他们两个加起来一百四十岁的人生经验，尤其以我母亲一个顶俩的脑子，肯定不会是一时兴起，也不会是"激情式犯罪"。一定是把该想到的都想到了，必须离才离的。哪里用得着我的开导劝解？

但现在想来，我真的该和母亲好好谈谈的。他们怎么结婚我不了解，还说得过去，毕竟我不在场；可他们离婚我是在场的，我不该完全放任母亲。

7

两个月后。

以前我看电影的时候，很喜欢出现这样的字幕：两年后，或者几个月后。不知道为什么，也许是希望故事有比较大的进展，有出人意料的情节吧。您有这样的感觉吗？

但事情发生在自己身上，就不一样了。

那两个月，我依然很忙，依然在忙碌的同时担心着母亲。我担心母亲，却又不知如何去关心她，更或者说，不知如何去打探她的心事。我们之间一直如此，我总是被动地了解她。她却对我门清儿。我只好暗暗祈祷着，母亲依然是那个什么都能搞定的母亲。

是五月中旬，我记得很清楚。那天下午我正要去开家长会，一个很重要的关于小升初的家长会，忽然就接到母亲电话，说她在外面，特别累，希望我开车去接她回家。我问她在哪儿，她半天没回答，好一会儿才说，我给你发个位置吧。

我一看那个位置，完全是郊区，靠近温县了。我十分惊讶，问她：你去那儿干吗？母亲支吾说，来看一个朋友，朋友本来要送她回家的，临时有事走不开。

我还是感到蹊跷，正想再追问，她忽然很不高兴地说，我从来不用你的车，用一回怎么那么多话？

说来，我现在开的车正是母亲的。母亲五十岁学会了开车，就一直开车上班，退休后把车送给了我。送给我之后她从来没有把我当过司机，从来没随随便便叫我送她去哪儿。

可是我追问她，并不是不愿意去接她，而是怀疑她迷路了，回不了家了。这个让我紧张。

我只好打电话给丈夫，让他去开家长会，我去接母亲。

我到了母亲发的位置，她人却不在。打电话问，她说她在花满都。从那个点到花满都，还是有些距离的，她怎么转眼跑哪儿去了？母亲坚持说她本来就在花满都，她是来赏花的，有个郁金香花展。

我疑窦丛生。刚才说看朋友，这儿又说是赏花，关键是，那个地点是她发给我的呀。这样不靠谱的情况从来没发生过。

十几分钟后，我总算接上了她。她看到我，一副松口气的样子。但上车后，她坚持要坐在后面，理由是想眯一会儿放松一下。我猜她是不想和我说话，怕我刨根问底。也许她跑这么远，是来看一个不想让我知道的老朋友？她有什么秘密？

我从后视镜悄悄看她，她的脸色很差，看上去十分疲惫，比之春天似乎老了不少。最重要的是眼神，以前她的眼睛总是很有神，现在却显得茫然，她盯着窗外，一头白发稀稀疏疏地覆盖在头顶。我有些心疼，毕竟，她也是奔七的人了，即使是钢做的弩，也会锈的。

母亲忽然转过脸来看着后视镜，和我的目光对上了。我连忙假装不在意刚才的事，开玩笑说，妈，你猜我从镜子里看到你的时候，想到什么了？母亲不吭声。我说，我想到美杜莎了！

母亲依然面无表情。

我上中学时，有一次写作文，要求必须写一个神话。母亲就给我讲了希腊神话美杜莎的故事。美杜莎原本是一位美少女，因为漂亮，又因为被海神波塞冬疼爱，很骄傲，在智慧女神雅典娜的神庙里公然说，她比女神还要美。把雅典娜激怒了，雅典娜施展法术，把美杜莎的一头秀发变成了无数的毒蛇，成了一个妖怪。更可怕的是，她的两眼闪着骇人的光，任何人哪怕只看她一眼，就会立刻变成一块石头，所谓"石化"可能就是这样的来的。美杜莎因此成了一个人人避之不及的孤独女妖。宙斯之子珀尔修斯，想灭掉美杜莎讨好雅典娜，可是又怕被她的目光石化，就想出一招，将盾牌磨得雪亮，然后背过脸去，用盾牌作镜子找出美杜莎，割下她的头献给了雅典娜。

母亲给我讲完故事后突然说：我觉得柏尔修斯既然用光亮的盾牌作镜子，那么，结局可以是另一种：美杜莎从镜子般的盾牌里看到了自己那双骇人的眼神，一下把自己给石化了。

我当时真的被惊到了，拍手叫好。

我跟此刻坐在我身后的母亲说，你还记得这事吧？母亲依然面无表情，很淡漠地说了句，是吗？有这事？

我说，当然有。我还把你讲的这个结局写进了我的作文里，那次作文老师给了我一个大大的好评。

母亲嘴角动了一下，有了些笑意：你们那老师还算识货。

读中学时，我的一些自认为写的有意思的作文，经常被老师低分处里，我回家和母亲喊冤。母亲说，千万别以老师的标准为标准，说不定他的文章还狗屁不通呢。老师的权威就这样被母亲打掉了。有一次班级讨论我入团，一个同学说我"说话太重，不注意团结同学"，竟然没通过。我回家很委屈地告诉了父母。父亲说，以后说话乖一点，女孩子家家的，要温柔。但母亲说，这不能算缺点，说话重，说明能打中要害。

其实这正是我像母亲的地方，虽然只像到皮毛。

我经常被母亲的话惊到。比如，她会认为一件衣服穿两天就应该脱下来，即使没脏也要放一放，因为"纤维会累的"。又比如，她认为小孩子吃零食不是什么毛病，要有"大粮食观念"。还比如，当我为某事想不通钻牛角尖时，母亲会说，马桶都有两个按钮，你脑子怎么就一个开关？

她让我买豆浆喝，说女性过了三十要补雌性激素。那时还没有豆浆机，我跟她抱怨说，一包豆浆一次喝不完，分两次喝又不够。母亲很不屑地说：难道你不可以每次喝三分之二倒掉三分之一吗？总共两毛钱，是健康重要还是倒掉的几分钱重要？我哑然。

有一次母亲洗了被单晒在楼前，竟被人收走了，是才买不久的新床单。过了些日子，那人竟大模大样地洗了又晒出来。母亲从阳台上指给我看：那是咱们家的。我气不过，要去找那个人要回来。母亲说算了，一个贼睡过的你还想睡吗？

最近一次她把我逗乐，是在我家里，她看到我在贴面膜，问我干吗？我说保湿。母亲说，你们这些女人一天到晚保湿，恨不能浸在水里过日子。也不想想，楼兰公主历经两千年不腐烂，全靠干燥。

我咧嘴大笑，面膜都掉下来了。

这样的母亲，怎么会糊涂呢？怎么会找不到回家的路呢？我打死也不愿意相信。可是，怎么解释下午的事？

8

那天，我把母亲从郊区接回来后，一起吃晚饭。我请她去花园餐厅吃西餐。母亲的情绪慢慢好转。其实她吃得很少，就点了一份鹅肝，一份沙拉，一个土豆浓汤。也许是那个餐厅的氛围，让她有一种熨帖感。我一个字也没再提下午的事。虽然我确信她不是去看什么郁金香，也不是去看什么老朋友。一定是有不愿意告诉我的事，然后，突然不能自己回家了。

我保持微笑和母亲聊天，内心却感到焦虑，脑子里不断想到很多老人走丢的事。可是，母亲不应该呀。我无论如何也不相信母亲会进入这个行列，且不说她还不到七十岁，关键是她那么有活力。

就是去年，我和她一起出门，远远看到我们要坐的那辆公交车来了，我依旧慢条斯理的，感觉赶不上，母亲会大喊一声：快！撒腿就跑。我不得不跟着跑。

忽然，母亲说，我脑子不如从前了。

我心里咯噔一下，她可从来没承认过自己脑子不好使。难道她意识到了什么？我正想安慰她，她却说，我从网上买了个魔方，可是不会玩儿了，看了说明书也没学会。

我哭笑不得。我说妈，那个东西就是小孩儿玩儿的。

母亲说，什么大人小孩儿，只要智力够，都应该会。

我说，那好，这个周末你过来，让牛牛教你。他很会玩儿。

母亲一下子高兴了，大声说，好。让牛牛教我。

看看，竟然还想玩儿魔方。我心里放松一些。

送母亲回家后，我给父亲打了个电话。我想跟他说说下午的事，我需要找人说。我心里发慌。可是在听到父亲声音的瞬间，我改变了主意，我只是和他闲扯了几句，问他最近手气好不好，生活习惯不习惯，有没有需要我买的东西。父亲一一作答。放电话前父亲忽然问，你妈还好吧？

我顿了一下，回答说，她挺好的。

我不想说。我怕父亲又担心又无奈又生气。既然他们已经离婚了，就让他安生一点吧。

但我总得跟人说说。我就跟丈夫说，我妈不对劲儿，她不是打电话叫我去接她吗，居然说不清楚自己在哪儿。你说她是不是找不回家了？现在经常有老人走丢的事。丈夫安慰我说，她可能就是累了，或者跟女儿撒个娇，坐坐女儿的车。我说，不是的，我感觉她眼神涣散。丈夫说，你也经常眼神涣散，不要瞎想。

我还是感到很忐忑。我实在想不通母亲怎么会突然糊涂。一年前她还说要学西班牙语，怎么说糊涂就糊涂了？难道是我没察觉？

第二天下午，我买了些菜和点心，直接去了母亲家。

自从发生把钥匙插在门上忘了取下的事情后，母亲竟然去换了一个密码锁，换好后还让我去录了指纹。她颇有些得意地说，我现在出门不需要"身手钥钱"了，"身手"就可以了。我当时很高兴，母亲还那么能干，我想，母亲还是原来的母亲。

院子里的守门大爷见到我，出来和我打招呼。你是祝老师的女儿吧？我点头。他说，嗯，有个事情我想告诉你，你妈最近，这个，有点儿奇怪。我心里一紧，怎么了？大爷说，她送了好几样东西给我，说是家里用不上，搁着浪费。我问，什么东西？他说，就是衣服鞋什么的，还有两口锅。大爷说，她以前也给过我东西，但这次给我的都还挺新的，其中还有羽绒服。我怕她，那个，糊涂了。

大爷真是个好人。我掩饰着不安说，哦，没事儿的。她最近在清理房间，可能想处理掉闲置的东西。

我想起父亲说，搬家时，母亲也是把新被套新床单以及电风扇取暖器什么的，全给了他。理由是父亲不会买，她会买。再一想，今年春节，她也把几样贵重的首饰给了我，理由是她老了，不会再戴了。

她这是要干吗？当然，我也可以这样想，母亲是个把什么都看得很通透的人，做这种事很正常。母亲常说，人生就是加减法，只加不减会溢出来。所以有些减法要主动做，比如，放弃一些不必要的名利，放弃一些不必要的财富。退休前，出版社曾经两次评选她当先进工作者，她都坚辞不要。她还给自己做了个规定，每年生日必捐一笔款。她跟我说，不能只进不出，要收支平衡。

您很赞成她的观点是吗？太好了。其实我也挺赞成的。不但赞成，已经接受了，我现在也学着她，每年生日捐一笔款，当是给自己的生日礼物。这样做，感觉心里很熨帖。

但是现在，在她连续出状况的时候，门卫大爷的话只能让我忧虑。

进门，母亲不在家。家里依然很安静，而且满是陌生的气味。照理说我常来这里，应该有点儿熟悉才对，不知为何依然被陌生的气息环绕。我的唾液我的皮屑我的体味我的毛发，都没沉淀下来吗？还是母亲气场太强大，没了我容身的地方？

我四下张望。猛看上去和原来差不多。细看，就会发现有很多不同。比如到处是灰。母亲是个相当爱整洁的人，家里如果乱糟糟的，她宁可不吃饭也要打扫。难道现在一个人过，真的变了吗？

我注意到魔方丢在沙发上，一旁的小茶几上有个备忘录，上面横七竖八写了很多字，谁来过电话，以及某人号码。饭桌的玻璃板下，压着一张纸，上面写着：二季度气费已交，七月再交。已预存电费、电话费（含网络费）各一千。

母亲一直有写备忘录的习惯。她工作时，常把作废的书稿清样带回家，利用反面做各种记录。比如，本周内必须完成的事，一二三四五六七……或者，出差前需要处理的事，也是一二三四五六七，有的甚至排到了十几。也有一些生活备忘，比如过年需要采购的东西，最近需要开的常用药。她跟我说，这是她从外公那里继承的习惯，外公说，把要做的事写出来，心里就清爽了。做好一件，划掉一件。

我读中学时，母亲对我的散漫很不满，特意给我讲了著名科学家柳比歇夫（苏联）的时间管理法，还让我读了那本写他的书，《奇特的一生》。读完后我的感觉是，柳比歇夫根本不是人，是神，居然能做到每一分钟都不浪费。这样的神的生活方式，我无法效仿。不要说柳比歇夫，我连母亲也效仿不了。母亲虽然不像柳比歇夫那么精确，把时间安排到了每分钟，但她至少是安排到了每小时。不过，成年后，我多少还是受了些影响，我现在至少会每天记个流水账，做了哪些事，不让自己过得太糊涂。

我走进厨房，打开冰箱。发现里面整整齐齐地摆放着很多小号乐扣盒，我取出来看，里面是一盒一盒的炖肉，好像是牛肉烧土豆。另外有一大盒油炸花生米。母亲很喜欢吃花生。乐扣盒上贴着纸条，周一到周五，五盒。我马上明白了，这一定是母亲为自己准备的菜肴。烧一次肉分成五天的份，吃的时候再配个蔬菜。至于周末，她会去我家，或者我和她出去吃。

我心里微微发酸。我几次和母亲说，她可以去我那里住，我还找了很多理由，比如可以陪外孙女玩儿，比如和我聊聊天，一起追剧。我还事先买了沙发床放在书房里。但母亲坚决地说，这件事不要讨论，完全没有可能性。我又试探着说，那我过来住可以吗？她拉下脸说，干吗，我生活不能自理了吗？

不过，我又觉得，能这样安排一日三餐，说明母亲依然是有条理的。不必太担忧。

我放下东西，关好门离开。

9

刚刚走进来一对老夫妻，您注意到了吗？就是坐在对面靠窗位置。对对。我的父亲和母亲，猛一看就是那样的。一个头发稀少，一个头发花白。

也许是家族遗传，我母亲四十多岁就开始长白头发了，但她从来不染，任白发覆盖整个头顶。偶尔在外面相遇，我总是第一眼认出那头白发。也因为白发，还没退休时她就经常被人叫奶奶。我问她为什么不染？小姨就要染，小姨也是早早有了白发。她说我可不想拿那些化学的东西折腾脑袋，脑袋很重要。

虽然我说父母的外貌很像那对老夫妻，但实际上完全不一样。首先我母亲是不会跟父亲一起出来喝茶的。当然她也不跟我出来喝茶，她没这个爱好。她会说在家喝不是更方便吗，还可以兼顾着干点儿别的。其次，如果他们一起外出，也完全不像夫妻。几十年一个锅里吃饭，日积月累的相似的肠道菌群，也没能拉近他们的容貌和气质。他们自身的顽强的基因都没有打败对方。

容貌还是次要的。他们的家庭背景，受教育的程度，都大相径庭，如同我的名字，有云泥之别。

我有时候想，母亲给我取这样一个名字，是不是暗喻了她与父亲的结合？暗喻了她的心性与世俗的差距，理想与现实的差距？父亲虽然并不完全明白母亲给我取"云泥"这个名字的意思，但他以他的本能反抗。很多文化程度不高的人，本能都很强大。自有这个名字起，他就没叫过，他叫我泥巴。面对母亲的质疑他回答说，泥巴响亮。我也喜欢父亲这么叫我，好听，亲切。母亲没有坚持，任父亲这么叫了。这是母亲的通达之处，在牵扯到其他人时，她不认死理，不死磕。

他们的"云泥"是从祖上开始的。我的爷爷奶奶是地道的农民，再往上推还是农民——我这里只陈述讲客观事实，没有好恶；而我的外公外婆都是文化人，他们毕业于那个现今已经消失了的东吴大学。再往上推，我外公的父亲是状元，做过官，外婆的父亲则是商人，经营茶叶和丝绸，在当地号称罗半街——家里的房子占了半条街。

我姓了父亲的姓，卢，用了母亲取的名，云泥。卢云泥，代表着他们之间的融合与差异。我不愿意说母亲是下嫁，更不愿说父亲是高攀，我只能说父亲和母亲不是门当户对的婚姻。

父亲怎么可能架住从这样一个家庭走出来的女人呢，何况这女人还漂亮，还聪明。有时我想，这辈子真是难为了父亲。反过来说，不是也难为了母亲吗？

何况一对夫妻，哪能完全平等？完全半斤八两就无法咬合了。这是我母亲的观点。比如在他们家，父亲的地盘很小，除了卧室里的半张床，一个衣柜，阳台上的一把沙发，以及厨房里的锅碗瓢盆之外，就没有了。母亲呢，除了上述几样外，还有个书房，虽然只有七八平方米，但全属于她。另外她把客厅也变成了书房，两面墙都是书架，书架中间是一张大木台，堆满了她的资料和她偶尔写毛笔字的那些家什。沙发就一个单人的，多数时候都是她在坐。

父亲对这样的格局从未表示过异议。他觉得母亲就是应该多占有空间，"她要做事的嘛。那些书我又看不懂。"四十多年来，他们就这么一直令人费解地相安无事，齿轮咬合得很好。

实际上就我的观察，母亲对父亲还是很好的，她从来没对父亲发过脾气，总是和颜悦色的。有时候眼神里会有些不耐烦，但说出来的话还是温和的。父亲退休后喜欢打麻将，她从不反对——去吧去吧，在家你也无聊。父亲的视力不太好，她就从网上的"海外淘"给他买叶黄素吃。父亲身上的衣服鞋袜，也都是母亲买的。作为一个妻子，她是尽了责的，不管她心里怎么想。

就算是嫌弃父亲（我总觉得嫌弃这个词不准确，可也想不出其他的词），我也从来没发现母亲生活中出现过什么其他参照（男人）。她也参加同学聚会，也参加同事聚会，也经常约见作者，都平平淡淡的，没见她说起谁眼睛发亮。难不成是母亲太过聪明，太过明白，每个出现在她面前的男人，都被她在一眼瞥见之后就一览无余了？还来不及散发荷尔蒙就被她拍死了？这个完全有可能。如此想，我庆幸自己身上有父亲的愚钝。有愚钝，才能享有凡人的幸福吧。

有人说，鞋子合不合脚只有脚知道，夫妻是否般配外人并不清楚。但是，作为最接近他们的"外人"，我还是感觉他们不合适。无论从母亲那里还是从父亲那里，我都感觉到他们不般配——虽然他们并不吵架。不吵架不等于和谐，或许是某一方自动禁言。在我还是少女的时候，就暗暗想，将来一定要嫁一个门当户对的男人，哪怕这个人不顺从自己，哪怕成天吵架（势均力敌才会吵架），也好过父亲母亲那样的局面。

我的父亲太普通了，长得普通不说，一辈子业绩平平。从农村出来当兵，当了五年退伍。因为在部队学会了修车，退伍后就在汽车修理厂当修理工，一直当到退休。恐怕一辈子最风光的事，就是在部队当过一回五好战士了。

母亲呢？形容母亲要用很多个"不但……而且"，不但漂亮，而且聪明。不但五官端正，而且身材也好。不但聪明，而且勤奋。不但受过高等教育，而且不是书呆子（擅长做家务，擅长理财，还擅长玩儿各种软件）。这样说吧，母亲就像那个永远的"永"字，横竖撇捺点，一样都不少。而父亲呢？父亲最多就是个"正"字了，有的笔画太多，有的则完全缺失。

有一次我把自己的这个比喻告诉了母亲。母亲难得地笑了，说你还挺会形容嘛。我也觉得自己形容的有趣。但母亲随即补充说，你没看到我有很多缺陷吗？大缺陷，我不懂音乐，不会画画，艺术细胞很缺乏。我说，那是细节，就好比"永"字上面那个点不够饱满，或者右边的撇没拉到位。

母亲笑容满面，很开心的样子。我知道她开心并不是因为我夸了她，而是因为我们能这样聊天，用她的话说，很有营养。母亲经常会说，某人说话实在是寡淡，一点儿营养没有。

母亲继续发挥说，如此说来，我这个"永"字不是颜真卿写的，也不是欧阳询写的，是我爹妈写的，笔画虽然齐全，却不够漂亮。

说完她哈哈大笑，笑得我也被感染了。我说行了吧妈，别那么苛刻了，有几个人的人生是笔画齐全的？比如我，就跟我爹差不多，有的笔画多了，有的没有。

母亲立即正色道：瞎说什么呢，你缺什么，说说看。我说，我既没你漂亮，也没你聪明。母亲说，我觉得你很漂亮，你看看你皮肤多好，而且头发又黑又亮。至于聪明嘛，你看我就一个本科生，你可是有硕士学位的。你读的书比我多。

我笑笑不再说，我从来说不过母亲。但母亲随后补了一刀（或者算锦上添花）：最重要的是，你有爱情。你的爱情可以秒杀我的"永"。

或许母亲这样说，并不是为了表明她认为我有爱情，只是为了表明自己没有爱情。有时候人更想表达的是没说出来的那层意思。我知道母亲一直这样认为，她不曾拥有爱情，她在我父亲面前也不讳言。

我大胆推测说：我不信你没有爱情。你年轻时候那么漂亮，肯定有很多人追你。母亲说，还真没有。

我感到不解。很多女人年迈后，一说到年轻时的风光，总还是很骄傲的。但母亲却不是，她的淡定不像是装的。我说，那一定是因为你太高傲了，人家不敢追。

母亲笑笑，谁知道呢。有一次出版社团年，我们社一个老编辑跟我说，你知不知道，你刚进我们出版社的时候可好看了，眼睛亮亮的，脸颊像红苹果似的，都不像做学问的。我有点儿尴尬，心里却说，为什么现在才说？为什么要等到红苹果晒成苹果干了才说？

我和母亲一起乐起来。其实类似的话，父亲说过。父亲跟我说起母亲年轻的时候是如何美如何动人时，目光里充满爱意和柔情。我想，父亲是有爱情的，单方面的爱慕也是爱情。

我用另一种方式问母亲：你是不是觉得，年轻时没有轰轰隆隆地谈几次恋爱还是挺遗憾的？没想到母亲说，不遗憾。男女之间就那么回事儿。站在人生的终点去看，那只是一个很短的阶段，痛苦也好快乐也好，都很短。但很多人因此付出了终生，不值得。

母亲又说，人的欲望是很多的，必须随时删减，不然就乱套了，欲望之间一旦互相冲突，就会一事无成。所以我把爱情删除了，留下了婚姻。我的婚姻至少可以得个良。

母亲关于婚姻有一整套理论。她说很多人的婚姻都是不及格的，但因为种种原因无法补考。只好自己做自己的老师，闭着眼加分，勉强过关。她说不及格的婚姻比比皆是，以至于成了常态。

但是，她居然说自己的婚姻可以得个良。

我惊讶：你真这么觉得？

母亲说，真的。你父亲给了我一份稳定的安全的生活，如果我当初找个大才子，或者找个大帅哥，爱得轰轰隆隆，那日子很可能会过得很折腾，很耗神，然后一事无成。从这点上说，我是很感谢你父亲的。鱼和熊掌，我还是想要熊掌，熊掌稀少。

这样的母亲，对我来说，亦喜亦悲。喜自不必说，悲的是，自己差得太远。

可是现在。我忽然意识到自己以前说"亦喜亦悲"是多么矫情。哪里谈得上悲，不过就是掩饰自己的无能罢了。现在面临的，才可以叫作悲。母亲也是会老的。这么简单的道理，我竟然今天才明白。

10

请原谅我的啰唆，我真的有些混乱，东拉西扯。毕竟我不是在讲故事，我是在讲一个人。说的抽象一些，我在讲一个人的生命形态。可是这样的生命形态，即使所有的细节都真实无疑，也依然会让人觉得不可思议吧？

您觉得有意思？那太好了，我接着讲。

前面我说，母亲突然打电话给我，要我去郊区接她。那件事让我忧虑了几天，有点儿忐忑。可是接下来，她似乎又平安无事了，又回到了从前了。有几次我说去看她，还被她拒绝了，她说她不在家。她似乎给自己安排了很多活动。"有什么你就在电话里说吧。"她这样说，那我也就顺水推舟了。

以前每个周末，总是我们一家三口回去看他们。离婚后这样的聚会没有了。我们叫她过来，她总是推三推四。我不清楚她在忙什么。但我总觉得忙就好，不是一个人在家发呆就好。

可是没那么如意。

那天我正坐在儿子的教室里开家长会，年轻的老师正一脸严肃地给我们讲目前小升初的严峻形势。我愈发焦虑。与其说是儿子面临小升初，不如说是我面临。遇上这么个满不在乎的儿子，我焦虑倍增，恨不能拿枪顶着他复习。

忽然感觉手机振动，不由得一阵紧张。现在人们已经很少直接打电话了，大多是发信息，一旦直接打电话，总是有什么不得已的事情。自从母亲出状况，我就手机不离身了，即使开会也是调成振动而不是静音。一看是个陌生的手机号，我按掉了没接，可是又打过来了，如此执着，显然不是什么广告。于是我回了个短信：哪位？我在开会。

一条短信回过来：你母亲在我们这里，请速回电话。

我吓一跳，迅速猫腰离开了教室。电话打过去，是个男人。他说他是出版社的保安，刚才他在门口遇见了我母亲，他和她打招呼，问她过来办什么事？母亲竟然说她过来加班，有一本书稿没看完。

保安师傅知道我母亲已经退休几年了，就问她怎么没出去玩儿？母亲愣了一下，似乎意识到了什么，她突然笑了一下，说我是来看看有没有我的信件。母亲的反应依然很快。保安师傅问她，您还记得我吗？母亲笑眯眯地说，哪能不记得。但明显是在敷衍，她不记得他了。以前她总是叫他小周师傅。

母亲进到收发室，仔细翻看那堆无人领取的邮件。小周师傅在一旁说，祝老师，我想咨询一下孩子高考的事。问问你女儿呗，你女儿不是在大学里吗？母亲很快将我的电话给了他。小周师傅就趁母亲看报纸的时候，跑到门外给我打了这个电话。

小周师傅说，我老在网上看到老人走丢的事，我有点儿担心她。退休那么多年跑来上班，有点儿不对劲儿。

我心慌意乱的，先谢了小周师傅，衷心地感谢。然后，镇定了一下，打电话给母亲。

母亲倒是很快接了我的电话。我若无其事地说，你不在家呀？我今天正好有空，想去你那里找个资料呢。母亲说，我出来办事。我说，那我来接你，你在哪儿呢？她说不用接，我在出版社，一会儿坐十六路公交就回家了。

听电话，很正常，太正常了。也许刚才她是一时恍惚？但我相信保安师傅不会无缘无故担心的，她一定又出现那种恍惚的眼神了。我刚要放电话，母亲又来了句，我正要找你。我需要和你谈谈。

不知为何，这句有点儿瘆人。

我没去接她，我相信她能回家。那条线她走了几十年。最重要的是，母亲一旦明白过来自己犯了那样的傻，会无地自容。用我儿子的话说，人设崩塌。那对母亲来说是要命的事。

可是，如果母亲真的跑去上班，那比发错信息，比钥匙插在门上，比在外面回不了家都要严重。那是真的有问题了。

我随手买了些熟菜和水果，来到母亲家。就在我去冰箱放熟食时，又一件让我心惊肉跳的事发生了。我在母亲冰箱的冷柜里，看到一团蓝色的东西，拉开一看，竟然是双袜子！

我的心咚咚咚地跳，好像发现了可怕的秘密。母亲竟然把脏袜子放进了冰箱！我拿出袜子，关上冰箱门，发现门上贴了好多纸条，就是那种黄色的蓝色的粉色的黏黏纸："记得关气阀！！"（竟然是两个叹号。）"烧菜时不要走开！""睡觉前倒一杯水放床边。"

我紧张起来，进屋四处打量。母亲的房间越发凌乱了，东西似乎也少了不少。书房的桌子上，依然堆着很多备忘录，不同的是，上面写的不再是本周要做的事，而是今天要做的事，每天一张，都有日期，并且非常具体，细化到：洗衣服，晒衣服，买卷纸，去社区医院开药，喝三杯水……在晒衣服后面，还加了一句：一定不要忘了晒。

忽然，我在其中一张纸上看到一句：下午去德仁医院。看日期，是半个月前。好像就是她叫我去接她那天。难道她是跑到那家医院去了吗？她不想让我知道，就骗我去看老朋友？会是家什么医院呢？

我拿出手机想上网查一下，忽然听到开门的声音，连忙窜回客厅，在沙发上坐下。

母亲进门，表情一如往常。我也装作什么都不知道的样子，看着自己的手机，心里却在扑腾。

难道母亲真的是，真的是像小姨预感的那样，得了阿尔茨海默症？不可能。不可能。我无法相信。比我自己得了病还要难以接受。我在心里激烈地反对，就好像我激烈反对，事实就不存在了。

母亲淡然地看我一眼说，你怎么来了？

我说，刚才不是给你打电话了吗？我过来找资料，然后和你一起吃个午饭。母亲顿了一下，说，哦，来了正好，我跟你说个事。

她转身去厨房。我拿起桌上找好的一本书跟进去给她看。我说，这本书我借用一下。母亲说，尽管拿去吧。她打开冰箱，把买回的饺子放进冷冻室，说饺子涨价了。

我说，你要跟我说什么？

母亲关上冰箱门看我一眼：就是那个，那个……我提示说，是关于书吗？母亲盯着我，好像答案在我脸上。我揽住她的肩膀说，不急，想起来再说。她忽然说，噢，我是想问你，你们家还有没有空地方？我想把家里的书全部给你。我说那怎么行，都是你的宝贝。母亲说，宝贝也可以换主人。

过了一会儿母亲又说，我真的在考虑这些书的去处。我现在已经很少用它们了，其中有一部分是你外公留下的，版本很珍贵。你小姨也用不上。如果你也用不上，我打算捐给我母校。

我说，我没意见。还是捐给大学图书馆比较好，我们家还真没地方放。再说现在电子书更方便。

母亲坐下来，盯着我，两眼瞪得很大。但我感觉到她不是在看我，是盯着她面前一个虚无的世界。我心里有点儿发毛，叫了一声，妈。她回过神来，看着我，说：我要和你谈谈。

我说，好的。但她又不说话了，又进入了虚无的世界。神情恍惚。我只好找话说：你今天去出版社干吗？她顿了一下，回答说，我去找资料。我小心翼翼地问，不是去上班？

她突然不高兴了：我怎么会去上班？我都退休好几年了。是不是那个门卫跟你瞎说什么了？我看到他鬼鬼祟祟在打电话。我连忙掩饰：什么门卫？没有啊。她似信非信，还瞪着我。我说，是你自己跟我说的你在出版社嘛。她缓和下来：我就是去看看有没有我邮件。有些人还是习惯把我的邮件寄到出版社的。

看母亲说那么确定，这么有板有眼，我想，有可能真的是保安多疑了。我多希望是小周师傅瞎说的呀。可是，冰箱里的袜子又作何解释呢？满屋子的小纸条又作何解释呢？但我问不出口。

我别有用心地说，我最近老犯糊涂。牛牛他爸说我每天在家就三件事，找东西，找东西，找东西。母亲说，这可不好，你还这么年轻，就犯糊涂。

口气一如既往。

母亲又说，你放东西一定要有规律，什么东西在什么位置，这样就不会老找。比如，证件放在哪个抽屉，药放在哪个抽屉。养成习惯。我是被你外公训练出来的。小时候我从来不敢说"我忘了"这句话，外公的口头禅是，年轻人的字典里不能有"忘"这个字。

仍然一如既往。

我只好放弃引诱，问，你刚才说想和我谈谈，是什么事？

母亲说，今天算了，改天吧。

我又想起了冰箱里那双蓝色袜子，实在是刺目，刺心。我便试探着说，妈，要不你请个钟点工吧，帮你做做家务，你好安心看书。其实我是希望，有个人每天来家里，避免她出意外。

母亲断然回绝道：不必。

母亲依然是强硬的母亲，这让我喜忧参半。

11

我得再跟您讲讲我的母亲，说说她是个怎样的人吧，那样您才能明白为什么我那么拒绝承认母亲会变糊涂，或者说，母亲她那么拒绝承认自己会糊涂。

母亲虽然声称自己没有爱情，但我感觉她的人生还是充实的，愉悦的，因为她在事业上找到了乐趣，乐此不疲，是那种真正的热爱。

母亲从小就喜欢古文。据她讲，小时候没什么书可看，偶然在外公的书架上找到两本《古文观止》，一篇篇读下来，发生了很大的兴趣，于是问外公还有没有这样"好看"的书。外公很是诧异。夜深人静时，便从床底下拖出一个箱子，里面装着几十本已经有了霉味的"好看"的书，是运动初期外公偷偷藏起来的。外公说，这些书都可以给她看，但是，第一不能带到学校去，第二只能晚上看，第三不能借给任何人。于是从那以后，她每天晚上都不出门，在家里唯一一盏台灯下看那些书。先后读了《四书五经》《唐宋文举要》《乐府诗集》《朱子及其哲学》《绿野仙踪》《聊斋志异》，还有八卷本的《戚蓼生序本石头记》。横排本的竖排本的，都挨着读。

参加高考，母亲的数学没考好，得了60分，但语文却得了85分，是他们年级中语文的最高分。后来得知，数学60分也是他们班的高分了。毕竟他们那代人几乎没机会上课。母亲说，拿到卷子，很多题都没见过。大学毕业时学校想让她留校，她却一门心思喜欢故纸堆，最后如愿以偿，分到了古籍出版社。她曾经跟我说过几次，我很幸运，以喜欢的事作为职业。她很投入很专一的，把几十年的职业生涯全部给了古籍书。从编辑一直做到编审，不仅是他们出版社的业务骨干，还是古文学会的骨干，经常被请到大学去讲课。

母亲也曾经有机会当社领导的，被她坚辞了，她说自己不适合当领导。于是一直埋头编书，做编辑做到退休，退休后还被返聘了几年，后来因为眼睛花得厉害，大概快六十五了，才彻底离开了出版社。

其实，母亲并非像她说的不适合做管理人才，聪明的人往往样样通。她是个兴趣广泛的人，什么都肯学，很早就开始用电脑了，做图软件，PPT软件，她都会用，也很早开始上网，QQ号都是八位数的。在他们那代人里，应该是少见的。

有一回我看她在用手机扫描旧书上的资料，转换成word文档再整理，惊叹不已，夸她能干。她不以为然地说，人家都能发明创造出来，我还能连用都学不会？人和人的差距不能那么大呀。

母亲的好学常会让我想起亚里士多德的观点，人生就是追求卓越，人若能将自己的潜力发挥出来，就是成功。

母亲不只是追求卓越，还喜欢与众不同，比如她出去旅游，就喜欢一个人走，自己做攻略，自己上路。这样的旅游她有过两次，一次去了川藏线，一次去了新西兰。她说找伴儿麻烦，我却觉得她是不屑和其他人为伍。

跟您说两个我母亲的段子吧。

一个是，有一次她看中一双鞋，很贵，是个没见过的牌子，小姑娘便大肆广告说，这个鞋是一线品牌，很多大明星都穿，你可以上网去查。随后她又补了一句，你如果不会上网，就让你孩子帮你查。

母亲放下鞋，拿出手机说，小姑娘，你把你的手机拿出来，我们比一下，看谁更会上网？小姑娘愣了。母亲说，我敢说，手机的所有功能我都会，你会几样？我会用手机购物缴费，用手机修改稿件修改图片，用手机看书听书，用手机录音录像，用手机发微博发糖水，用手机看电影看电视剧，用手机发电子邮件，用手机买车票买机票选座位，用手机炒股转账，买理财产品买基金……

小姑娘伸伸舌头笑道，我认输认输。

母亲玩儿游戏也很厉害，她还没对小姑娘说这个呢。风行玩儿"热血传奇"的时候，母亲因为打得好，在网上结识了一帮小青年，并且成了他们的头领。后来他们这个群聚会，母亲也去了，当她出现，并说出自己的网名时，小青年们一阵惊呼，直接傻了，个个膜拜无比。

还有个段子是，九十年代末，我们家家底很薄，有一次母亲路过一处新开的楼盘，看到楼顶上挂下来一个竖幅标语：首付五万，你就可以拥有。

我们家那时的存款刚好五万。母亲二话不说，把身上的一千元现金掏出来交了订金，回家后即去银行取出那五万。哪知首付五万，手续费和税费加起来还有五千，母亲就找小姨借了五千，之后，每个月按揭一千，共二十年。那时她和我父亲的收入加起来也就三千多。父亲一句反抗也没有，他相信母亲这样做总有她的道理。那时候大家都没有商品房的概念，我们家一直住在母亲出版社的公寓房里。亲戚们都不理解母亲的行为。

可是，等按揭到第五年时，那房子就翻了一番。母亲果断卖掉了，直接赚了二十万。所以我们家的经济基础，完全是母亲打下的。我在这方面望尘莫及，更不要说父亲了。

我做她的女儿，前四十年不但没有操过心，还非常依赖她。她不止会做学问，生活方面的知识也很强大，属于过目不忘。家里吃什么，她都能说出营养成分，好处和坏处。这两年常看到有人转发关于少用抗生素的文章，我都会在心里感激我母亲，她早就有这个观念了。拜她所赐，我儿子从出生到现在都没有打过点滴，我也几乎没有。

有一年我犯了头痛的毛病，痛起来天旋地转，只能躺倒在床上。我感觉是工作压力太大，导致神经紧张的缘故，就去校医那里开了些安神止疼的药吃。母亲知道后说，不要瞎吃药，你一定是颈椎出问题了，脊神经受到压迫引起的，去拍个片。我连忙去拍片，果然是颈椎退行性变。医生批评我，年纪轻轻颈椎就出问题，赶紧锻炼。事后我问母亲，你常年伏案，怎么没听你说颈椎有问题呢？母亲说，我哪能什么都跟你说？我当然疼过，也去看过医生。

总是这样，母亲替我解决难题，而母亲的难题，我却无从知晓。

母亲就像是我的靠山，一直立在那儿，我需要的时候去找她，不需要的时候她就像不存在似的，从不麻烦我。

我哪能什么都跟你说。这就是我母亲的风格。

一句话，在此之前的几十年里，母亲不但是一盏省油的灯，还是可以给我照亮的灯。

这样的灯，也会灭吗？

这样的大脑，也会糊涂吗？

就是因为这些，我不敢和母亲谈，不敢揭示真相，比如直接告诉她，你把袜子放到冰箱里了，你脑子出问题了。我怕她。

可以这样说，我不敢质疑母亲，就如同不敢质疑上帝，不敢质疑佛祖，不敢质疑老天爷。

我希望她主动说，你陪我去一下医院吧。

哪怕她说一句，我好像有点儿不舒服，我也会马上跟一句，咱们去看看医生？可是她在我面前，总是一如既往，总是表现出"我很好"的样子，让我无从提起"医院"这两个字。

12

我忧心忡忡地跟丈夫商量：这段时间儿子交给你来管吧，我想全力以赴地管我妈。她越来越让人操心了。

丈夫说，好，你去。儿子毕竟小升初，考不好了今后还有机会弥补，妈妈那儿出了问题你要后悔一辈子。

我总觉得他的话哪儿不对劲儿。也许我是希望他说，儿子没问题，有我呢。但我也没心情计较了。我告诉他，我母亲竟然跑到出版社去上班，完全忘了自己已经退休好几年了。而且，关键是，我在她房间里发现了好多异常，到处是小纸条，提醒自己要干吗。（至于袜子在冰箱的事我没提，我还想维护母亲的面子。）

我那四平八稳的丈夫终于被惊到了，一脸错愕。

过了一会儿他说，我觉得，你还是得去和爸爸谈谈，尽管他们已经离婚了，他才是最了解妈的人。另外还有小姨，你也得告诉她。你们三个得好好商量，一起想办法。你一个人提心吊胆，一点儿用也没有。你们首先要确定妈妈到底是什么问题，然后，想出解决办法。比如，该去医院就得去医院。

所言极是。丈夫的一番话让我心定了一点。其实我也是这样想的，只是他说出后更坚定了我的想法。就好像往墙里钉钉子，最后那一锤，让钉子彻底进入墙壁。

第二天我直接去了父亲家。刚停好车，就遇见了父亲，看样子他刚刚锻炼过，脸上汗涔涔的。

他见到我很有些惊喜：你这坨泥巴今天怎么跑来了？

我从车上抱下一箱苹果说，给你送苹果来了。你不是很爱吃苹果吗？父亲说，爱是爱，就是现在牙齿不行了。我说，那就切成片吃。父亲说，煮着也要吃，女儿给我的呀。

父亲一边和我往家走，一边嘚嘚嘚地叩牙。我说，你干吗呢？他说，我今天早上忘了叩牙。我每天要叩两百下的，这叫健齿。不然牙齿要掉光了。

我笑。父亲说，唉，没办法。这几年身体大不如以前了，一会儿腰疼，一会儿颈椎疼，一会儿肩周炎，一会儿牙疼，一会儿关节疼。

我习惯性地问，那你去看了吗？

父亲说，看也没啥用。老了，不出毛病才怪。年轻的时候病是敌人，入侵你欺负你，很快就被你兵强马壮地打跑了。年老的时候病是朋友，敲门进来就不走了。这种时候，你只有心平气和与他共处，共同走完最后一程。

我说，耶，老爸，你还这么有哲理。

父亲说，那我也不能白和你妈待那么多年吧。

我说，我还是给你买点儿鱼油、维生素、钙片什么的保健品吧。

父亲说，我不喜欢吃那些，我就是锻炼。我总结出了一整套锻炼方式，我跟你说哈，早上起来先叩牙两百下，再拍打腿关节一百下，再前后左右转头二十下，然后用力甩胳膊一百下，泡好茶后，用茶气熏眼两分钟。晚上再到健身器械上活动半小时，出出汗，排排毒。

我说，爸你这都是哪儿学的？

父亲说，我自己总结出来的呀。其实我早就想这么做的，怕你妈说我神神道道。现在我一个人，随便乱整都可以了。我认为任何养生之道都贵在坚持。对不对？我坚持个一年半载肯定大见成效。

我说，可以练练。反正你那些方式也没坏处。不过保健品也吃点儿，还是有效的。不然为啥现在人的寿命都长？不要说人，你看连动物的寿命都比原来长，小姨家的豆豆（泰迪），都十九岁了，这几年小姨一直在给它吃微量元素和钙片呢。那天我看到新闻，那个叫新星的大熊猫都三十七岁了。它肯定也吃了不少保健品呢。

父亲说，那好，你去给我买点儿，我也享受一下豆豆的待遇。

进门，我发现房间已不如上次来时整洁了。一个老男人，让他每天把屋子收拾整齐，确实是为难他。我暗想，也许我应该帮父亲找个伴儿了，还有，也得帮母亲找个钟点工，这两件事都必须做。不过母亲的事要优先。

我放下苹果，转身，看到父亲的一缕头发，从顶上掉下来了，挂在左眼角旁边，十分滑稽。我上前帮他撩起来，重新放回到头顶上。头顶光亮可鉴，那一缕头发像毛笔画上去的。

我说，爸你还不如剃光头算了。

父亲说，我不剃，我有头发。

他转过身让我看后脑勺：你看，这么多。

跟着又说了句，剃光头像黑社会的。

我笑了，不再劝他。父亲又泡了两杯浓浓的花茶。我们就在麻将桌边坐下，面对面。父亲说，说吧，什么事？你肯定无事不登三宝殿，有事找我的。

我也顾不上嘘寒问暖了，直截了当地跟他说了母亲最近的情况。钥匙插在门上，外出不能回家，尤其是，昨天突然跑到出版社去上班，袜子放在冰箱里。真的发生了很大变化。

父亲的神情不断变化着，我完全能看懂。最先是不以为然：哼，非要分开过，能过好吗？然后是：怎么会这样？她是个多么聪明能干的女人啊。再然后是：怎么办？怎么办？但他一句话也没说。我也没逼他表态。我知道他需要消化。

我说，我也知道你们现在不是夫妻了，可是妈妈的事，我没人可商量，还是得和你说。

父亲开口道：你当然应该和我说，你不和我说才不对。你想我们在一起四十多年，分开才几个月。但是，但是，不可能啊。

父亲蹙着眉，端起茶来，一口没喝又放下了。对他来说，这样的事可能是他这辈子遇到的最难的事了。忽然他一拍桌子，做出一副想明白了的样子大声说：我看，你妈她，就是一时糊涂，绝对不是得了那个阿什么海。

我说，阿尔茨海默症。

对，不可能是那个病。她那么聪明的人，脑子那么好使，怎么可能得老年痴呆？我们全家得她也不会得。父亲神情有些激动，好像在替母亲辩护：我看，她就是离开我不习惯，乱了方寸。肯定是这样的。肯定是。她不可能得病。

父亲竟然会用乱了方寸这样的词。我苦笑说，我也不愿意相信啊，可是她那些表现，不是普通的糊涂，是有认知障碍。

我也说出了一个刚学会的词。父亲没问我那个词的意思，坚决地说，我不信，打死我也不信。

我不知该说什么了。看来父亲无法接受，比母亲突然提出离婚还要难以接受。我也无法接受啊。可是，这不是以我们的主观意志为转移的。父亲喃喃自语说，我不该答应她离婚，我应该赖着不走的。我不走就不会出这些事。

我眼圈儿红了。我可不想父亲着急上火，再出什么差错，于是连忙安慰他说，你说的有道理，她可能就是不适应一个人过日子。你不用担心，我再观察一下。我最近多去她那儿看看。

父亲说，不过，咱们也不能不采取措施。

父亲撩起掉下来的那缕头发，颇为果断地说：从明天开始，我跟着她，我不打麻将了，免得她出意外。她去哪儿我去哪儿。你妈那个人死要面子，要是找不回家，她宁可到处瞎逛，也不会找警察问路。

如果能这样那就太好了。我忍不住说：但是要辛苦你了老爸。

父亲说，有啥辛苦的，我腿脚好使着呢。想当年在部队，五公里越野都跑第一。

我说，我去找医生咨询。我们分头行动。如果真是有问题，我们还是要送她去医院。

父亲说，那就得看你的了，她不听我的。

我长叹一声。父亲过来搂搂我的肩膀，他已经很久没有这样的举动了：泥巴，别叹气，别皱着眉头。没什么大不了的，还有爸爸呢。你妈不是经常说吗，天塌不下来。

我努力笑了一下说，好的爸爸。

13

您说得对，我不该拖延，不管怎样都该和母亲正式谈，认真地告诉她必须去看医生了。哪怕她发火，也得谈。

可是我每次一面对母亲，就说不出口了。

坦率地说，如果是父亲得了这个病，我没那么焦虑，并不是我不爱父亲，我很爱他。而是父亲会顺其自然地面对，我照顾他他会接受。母亲却不会，母亲是一定要折腾的，负隅顽抗。而我，恰恰一辈子都很膜拜她与生命的各种抗争。

夜里失眠的时候，我用手机上网查看资料，才发现眼下患这种病的人特别多。这样说吧，每三秒这世界上就有一个人走进这个病的行列，目前全世界大约有五千万，每年新增一千万，到2050年会达到1.5个亿。其中六十岁以上的痴呆症比例，是5％到8％，就是说一百个六十岁以上的人，就有五到八个会罹患此病。

太可怕了。

是的，您说得对，过去也多，但过去很多人得了也不知道，就以为是老糊涂了，到死都不知道，那是一种神经系统的病。现在医学发展了，才能被告知这不是简单的老糊涂，而是神经退行性疾病。

退行性可真不是个好词儿，关节退行性，就会导致关节疼痛，不能爬山乃至不能走路。脑子退行性，就会导致神经系统出问题，更可怕。可是人一旦老了，哪还有前进的器官，不都是后退吗？母亲曾跟我说，人体器官里，只有鼻子和耳朵是一直生长的，其他都在萎缩。所以人老了鼻子大耳朵长。可惜，那只是肉体的增长。多希望现代科技能更新大脑，更新神经系统啊。

有篇文章说，其实人到中年以后大脑就逐渐开始萎缩，六十岁以后，大脑容积会以每年0.5%–1%的速度减少，就像皮肤会长皱纹一样，人脑萎缩是每个人不可避免的自然现象。

脑萎缩并非一定会痴呆，所以分为生理性萎缩和病理性萎缩。如果是病理性萎缩，不仅仅会出现认知障碍，还会出现语言障碍和行为障碍，还会出现性格及行为异常、情绪异常。其中发生神经性病变的，就是我们常说的阿尔茨海默症。其实阿尔茨海默症，只是老年痴呆或者说认知障碍症中的一种，另外还有三四种病症。但是无论是哪种，都是不可逆的。

还有一篇文章谈到，通过研究发现，血液中Tau蛋白量升高，会增加罹患阿尔茨海默症的风险。而经常熬夜，就会导致血液中的Tau蛋白量升高。母亲的确经常熬夜，可怕的是，我也经常熬夜，我一边了解一边暗暗下决心，要调整，要调整。

回想起来，我有个闺密曾跟我说起过，她妈妈原先是个脾气很好的人，对人特别友善，一辈子不发脾气。但老了之后忽然变了，变得多疑，苛刻，脾气暴躁，她给她换了五六个保姆，都待不下去，很是让人不解。但她一个人又无法生活了，最后只好送到医院。她非常痛苦，又非常无奈。现在想来，其实那就是一种病症，不是脾气变坏了。

我继续查找，发现了一个公号，就是专门关注这个病症的，"爱记忆"，是个认知症应用加服务在线服务号。其中有脑健康自我检查，记忆体检。可以自测，也可以帮他人测，看是否有认知障碍。认知障碍分三个阶段，轻度、中度、重度。

我想帮母亲测一下，这才发现，我对母亲的很多情况都不了解。比如睡眠质量，饮食情况以及日常。这让我羞愧。

我心乱如麻，在暗夜里发呆。

忽然想起，我有个同学的丈夫，就是精神科的医生，在市里的精神卫生中心工作。当时同学和我说起时，我一点儿也没往心里去，感觉那种地方和自己永远都不会有干系。此刻，我顾不得已是夜里，给同学发了条信息，简要说了母亲的情况，希望能向她丈夫做个咨询。好在同学很理解，马上答应和她丈夫约。

第二天我就去了医院。见到同学丈夫后，我迫不及待一股脑儿地将母亲的情况全部告诉了他，包括我的一些感觉。

她丈夫姓李。李医生说，从你的讲述判断，你母亲应该是有认知障碍了，就是我们俗称的老年痴呆。至于到了什么程度，还需要进一步检查，我需要和她面谈，还需要给她做一些仪器检测。

我抱着一线希望说，可是我母亲并不是每时每刻都糊涂，多数时候她是清楚的，就这几个月她还在处理好多家里的事（我没和他说父母离婚的事）。我感觉她还是挺有能力的。

李医生说，也许你母亲属于比较理性的知识女性，她在努力把控自己，甚至她意识到自己患病了，想努力安排好以后的生活，她不想把糟糕的一面展示给家人，不想拖累家人。可是她不知道，这个病恰好就是要有家人照顾，一个人生活是很危险的。不只是糊涂，还有可能步态不稳，四肢不协调。

我紧张起来。又问：目前对这个病有什么办法吗？

李医生说，目前还没有特别有效的医疗手段。但是尽早确诊后可以进行科学干预，采取有的放矢的照护，可以控制病情。你最好马上带她来做个检查，起码要做一个脑部核磁共振，看看她的神经纤维的缠结和神经元斑块是否增多了，看看颞顶叶皮层、海马回等部位的萎缩程度。

这些生僻的词，我是第一次听说。我答应李医生，尽快带母亲来做检查。可是怎么才能说服母亲呢？母亲那么大个人，我又不能拖着她来，她的意志还那么强大。必须说服她，让她自愿来医院。

只有让小姨帮忙了。

14

我感觉，母亲的很多秘密，小姨都知道。毕竟她们是姐妹，彼此是目前这个世界上相识最早的人（外公外婆都已离世多年了）。

小姨虽然是母亲的妹妹，一个爹妈生的，性格却大不同。小姨是个随遇而安的女人，性子很耐，什么事情都是可有可无。高考没考好，就读了个财经学校，她也不觉得有什么大不了的。外公外婆感到遗憾时，她就笑嘻嘻地说，我一定让女儿考个名牌弥补你们的遗憾。她和姨父两个也是一辈子相安无事，陪伴到老。

我把母亲最近的异常都告诉了小姨：一个人跑到花满都，找不回家，让我去接；一个人跑到出版社，以为自己要上班，但坚决不承认。还有，家里到处是小纸条，竟然把袜子放在冰箱里……

小姨神情黯然。我很少见她这样。她是个不怎么发愁的人。"我就说嘛，我就说嘛。"她连着唠叨这两句，虽然是两句很简单的话，却让我感觉到后面有股潮水在涌动。

真是瞎折腾，离什么婚嘛。她又说。

我早有感觉。是祸躲不过啊。她又说。

她说这些的时候，手上正在剥橘子。眉头紧蹙，好像橘子皮很难剥。或者，她在努力抵挡着要涌出胸口的浪头。年迈的豆豆卧在她的脚边，一动不动，似乎已经对吃失去了热情。

我终于忍不住问，躲什么祸？

小姨把剥好的橘子递给我，然后开始用橘子皮挤汁，涂抹在手背上。一股橘子皮特有的气味散发开来。这个动作和母亲太像了。母亲吃完橘子也是这个动作。当我笑话她时她理直气壮地说，活到这个年龄了，没点儿怪癖说不过去。母亲又说，这是因为外婆喜欢这么做，外婆认为橘子皮里挤出的汁能滋润皮肤。原来一代和一代的传承，不只是基因，还有耳濡目染的熏陶。

小姨。我叫了一句。

她抬头看我，我看到那股涌来的浪头已经到她喉头了。她丢下橘子皮，往沙发后背一靠，动作有点儿重，以至于豆豆抬头看了她一眼。

唉。我早就想和你说了。今年春节，就是过年的时候，年三十那个晚上。小姨以颇为啰唆的方式开了头，我竖起耳朵听。

小姨说，年三十的晚上，你们不是都去烧头香了吗，就我和你妈两个人在家。

是的。每年年三十晚上，我爹都要去寺庙烧头香，我老公也是个积极响应的人，我只好跟着他们。而我妈，用她自己的话说，是个彻底的无神论者，绝不参与这些事。

那天晚上就我们俩在家，天南海北地聊。我们也很久没那么长时间聊天了。后来也不知怎么，你妈就提起了外公家以前的事，主要是那个老姑妈的事。

什么老姑妈？我问。外公去世时我才三岁，一年后外婆也去世了，所以我对外公家的事很不了解。

老姑妈就是外公的亲姐姐。小姨说，不知为何没有出嫁，一直住在外公家，就是说，是外公养着她。外婆说，老姑妈年轻时感情受过挫，就成了老姑娘。小时候我们就觉得她与众不同，喜欢穿旗袍，喜欢绾发髻。每天闷在家里看书，画画。画那种工笔画，一只鸟都要画半个月那种。也不爱和我们说话，偶尔说话，也是很奇怪的话，我们听不懂。

我不明白小姨怎么讲起老姑妈来了，我是想和她谈我妈妈的。

小姨说，"文革"来了，外公不准她再穿旗袍，外婆给她买的蓝衣服她就拿剪刀剪。再后来就变得有点儿疯癫癫的，经常一个人跑出去，把自己的衣服送给流浪汉，还把家里的米拿出去送人。那时候物资匮乏，家里的米都不够吃。外公怎么阻拦都没用。那个时候，老姑妈已经年过半百了。有一天她跑出去，跟着串联的红卫兵跑到了火车站，找不回家了，外公急坏了，到处贴寻人启事。两天后，她才被铁路公安送回家来，蓬头垢面的。外公只好把她锁在屋子里，她就在屋子里大喊大叫，摔东西。终于有一天，她又跑出去了，几天都没回家，后来，在沙河边发现了她的尸体，淹死了。那时你妈刚读初中，我还在读小学。我们都吓坏了。听左邻右舍的人议论说，老姑妈是"花疯子"，因为没能嫁给喜欢的人，就疯了。外公很生气，他跟我们说，你们姑妈不是花疯子，是身体有病，一种很难治的病。

小姨说，外公当时很难过，念叨说，这是摆不脱的命。

我默想，果然是每个家庭都有自己的小宇宙。

小姨说，那天晚上，就是年三十晚上，你妈忽然跟我提起老姑妈，她问我，你知不知道老姑妈到底是什么病？我说我哪知道。你妈说，我感觉她是阿尔茨海默症。我没说话，我不愿去想这种事。你妈说，听爸说，咱们祝家的人，从祖爷爷那代开始，几乎每代都会出现一个像姑妈这样的人，神经系统有问题。

真的吗？我怎么从来没听妈妈说过？我打断小姨，同时心里一惊。如果这个病会遗传，那么我，我也会得吗？等我到了母亲的年龄……不，现在不能想这些。我瞬间掐灭了这个念头。

以前我总是遗憾自己不像母亲，这一刻却暗暗庆幸我更像父亲。我是不是很自私？

小姨说，也许你妈不愿意和你说。我也不愿意说。搞清楚又怎样？那些东西在你的血脉里，并不是说你搞清楚了就可以改变什么。但是你妈就喜欢追根究底。我有意把话题岔开，问她西班牙语学得怎么样了。她不回答，还是很固执地念叨这个事儿。她说，听说有家族史的人，患阿尔茨海默症的概率比较高。我说你就别胡思乱想了，反正到了2028年，人类就可以长生不老了。你妈说，如果一个人变得糊里糊涂的，长寿有什么意思？我说，大过年的，别净说这些不痛快的。

你妈沉默了。我总觉得她还在顺着她那个思路往牛角里钻。我想说点儿有希望的，把她拉出来。

我说，如果将来科技发达了，科技跟上帝一样可以满足你一个愿望，你最想要的是什么？你妈不回答。我就自己回答，我说，我的愿望是，和另一个世界沟通。一来，可以和咱爸咱妈聊聊天，看看他们在那边过得怎么样。二来，也为今后自己去到那儿壮个胆。

你妈终于被我逗乐了。但很快，她非常严肃认真地说，如果让我祈祷科技帝，我最大的愿望是，永不失智。

我一时没听明白。我以为是矢志不渝那个意思，开玩笑说，你的志向是什么呀？

她说：我宁愿不能走了坐轮椅，宁愿失聪了听不见，宁愿失明了看不见，也希望自己永远不要失智，我希望自己到死都是清醒的。我的大脑永远不要萎缩。

我被她的话震住了，有些心惊肉跳，不由嗔了一句：你瞎想什么呢，怪吓人的。她蹙着眉说，我不是瞎说，我是认真的。虽然生命是一种化学反应，从无机物变为有机物，但在我看来生命更应该是一种精神形态。你不觉得吗？生命应当是灵动的美妙的，凝聚着一股精气神，没有了精气神，就是一副臭皮囊。

其实我们以前也谈论过衰老这个话题，但她总是表现出积极向上的态度。当我说老了没意思，要忍受自己变得越来越难看，忍受各种病痛时，她还很幽默，她说老了就老了，老了说明我没有英年早逝。

可是现在，她竟然对老了后可能发生的事如此恐惧。也许是因为她太聪明了，才那么害怕失智吧？就像美女害怕失去容颜一样。越珍惜什么，就越怕失去什么。

你妈继续抓着这个话题不放：如果有一天真的变成又傻又痴的样子，还不如嘎嘣一下了断算了。你说那些人一天到晚发明那些不长皱纹的东西干吗？又是护肤霜，又是爽肤水，又是面膜，还有各种仪器，为什么就不发明一个脑子不长皱纹的产品？把脸搞那么光，脑子皱巴巴的，有什么意思？还不是驴粪球一个。这么长时间以来，我学这个学那个，打游戏炒股，一切的一切，就是想锻炼脑子，怕脑子坏了，特别怕。可是我的脑子就是大不如从前了，我明显感觉到了。有时候我真恨不能扒开脑袋看看，里面怎么了。

你妈说这些的时候，眼里满是我从没见过的无助感，让我很惊异。你知道，她从来都是笃定的，自信的。那么无助让我很不习惯。我连忙安慰她说，年纪大了脑子肯定不如从前。我现在都糊涂了，这是正常的。

她默然，然后长长地叹了口气。她是很少叹气的。她是个什么都想得通的人。

我们俩其实都这样，像外婆，什么都看得开。但表现出来的不一样。我想通了，就是稀里糊涂过日子，她想通了，就是很清楚地过日子，预测到什么就事先安排好。

她叹气之后跟我说，想来想去，我这辈子最欠的，是老卢。他人好，不计较我，可是我心里歉疚。老实说，旁人总觉得他配不上我，其实是我配不上他。

既然对不起，欠我爸，那她还离婚？我按捺不住地插话。把手上的橘子放回到茶几上，我实在是没心思吃。

小姨说，我感觉她离婚，真的是替你爸着想。她跟我说，她这辈子欠你爸的。也许，也许她已经意识到……

我说，你是说她意识到自己会变成一个拖累人的老糊涂，不想把我爸的晚年搞成一个辛苦的看护？

小姨点头。以我对她的了解，她不会无缘无故和我聊这些的。她肯定是有什么预感。而且她和我说话的时候，会突然发呆。有时候，她用手指着一个东西，点点点，却半天说不出话来。以前她可是滔滔不绝的，我跟不上她的思维。

果然，过完春节，她就和你爸离婚了。

那次你跟我说，她在外面要你去接她，你感觉不对劲儿，我就想约她一起出去旅游，也许她不适应一个人生活。可是她马上回绝了，说她走不开，有好多事要做。我问她不可以回来再做吗？她说不能拖。我打电话给她，约她一起吃饭。她也总说没空，还说你忙你的吧，你来我还麻烦。

15

我和小姨把关于我母亲的事儿，聊了个底朝天。我们最后商定，一起去找母亲谈，明确要她去医院做检查。第二天下午，我先去母亲那儿，和她一起吃了晚饭。很简单的晚饭，我买了两个熟菜，母亲烧了个汤。

晚饭后小姨来了，假装不知道我在母亲家，送来一袋她刚蒸好的馒头。但面对母亲，我仍不知如何开口，固有的对母亲的畏惧心理太强大了。

就在这个时候，母亲犯了个错，给了我一个机会。她竟然接过小姨的馒头，放到了书架上。当她发现我瞪大眼睛看着她时，她猛地意识到自己犯了错，顿时窘迫万分。我连连说没事儿，拿起馒头放进冰箱里。

母亲跌坐在沙发上，脸上呈现出从未有过的自卑、胆怯和不知所措，真让我心疼不已。我还是抓住机会，小心翼翼地说，妈，要不咱们去医院看看吧。

母亲不响，我正想往下说，她似乎镇定下来了，缓缓地说：去医院看什么？我又没病。我今年那个，那个考试……

我忍不住提示说，你是说体检吧？

母亲说，对，我的体检结果都很正常。

我和小姨频繁地交换着目光。我猜小姨和我一样心里在擂鼓。差不多可以确定，母亲的确病了，有了认知障碍。我在资料里就看到过这一条，语言表达障碍。她把体检，说成考试。

我说，那个体检，只是一般的检查。

我不敢说咱们去看看大脑，看看神经系统。那是母亲最敏感的穴位。不要说触碰，就是提到她都会发作。

我鼓起勇气接着说，我觉得你这段时间，好像和以前不一样了（我没举证，大家都心知肚明）。那个，变化有点儿大，我挺担心的。我觉得，咱们最好还是去医院做个检查，排除一下，如果没事儿的话，大家都好放心。

不料母亲生气了，大声怼我：我哪里和以前不一样了？我不就是糊涂了两回吗？你不是也经常糊涂吗？还有你，她指着小姨，你还丢三落四呢。难道你俩也得了那个病？

奇怪的是，我们都不提病的名字，就好像单恋的人总回避说对方的名字一样。心虚。我们都心虚。

我换了个角度：要不，咱们先做个记忆检测看看？我知道有个网站有这种检测题，我做了一遍，分数都不高。我发给你你试试？

我之所以说这个，是因为我知道母亲很喜欢做各种题，什么IQ测试，什么难倒哈佛博士的五道题，什么只有百分之一的人能答对。每每做完得了高分，她会截屏给我看。但此刻母亲却没被我诱惑，她不说话，不知听进去没有。

小姨终于开口了。小姨也不提病的名字，而是说，姐，这个问题咱们不是谈过吗？你忘了，年三十晚上，咱们谈了很长时间。我知道你一直在担心。所以我也觉得应该去医院看看，云泥说得对，做个检查，如果没问题，就可以彻底放心了。

母亲没再发作。过了一会儿她说，你们是不是背着我商量过了？

我连忙说，没有没有。我就是看你刚才，刚才放馒头……我也是忽然想起的。我是怕万一，万一……

我的怯懦终于让小姨不耐烦了，我从没见她那么激动过。她把茶杯往桌子上一顿：干吗那么忌讳？不就是阿尔茨海默症吗？得个病又不是做了见不得人的事，又不是犯了法，连提都不敢提？这世上那么多了不起的人都得过这病，干吗要跟做贼似的？

摊牌了。终于摊牌了。我心里暗暗松了口气，同时万分紧张地看着母亲。母亲愣了，不看小姨，也不看我，双手拄着下巴。好一会儿才回答说，知道了。我会安排时间的。

声音很轻，略有些暗哑，不过依然透着一股倔强。

我暗暗松了口气。

小姨走过去，揽住她的肩膀，缓和了语气说，我也准备去做个检查呢，咱们这个年龄查一下为好，心里有数。不用怕，再说怕也没用。没什么大不了的，咱俩现在说好了，万一你痴呆了，我来照顾你，万一我痴呆了你来照顾我。

母亲抬起头来盯着小姨，突然大笑起来，笑得很夸张。

母亲说，你们觉得我傻了？得了老年痴呆？怎么可能！我才不会痴呆呢，我昨天还默写了《春江花月夜》，还背诵了《楚辞》，我昨天还把"天天爱消除"最新的十五关打通了。我才不会痴呆！

母亲又恢复了她那辨识度极高的嗓音，响亮，有韧性，一点儿不拖泥带水，光听声音，完全不像年近七十的人。她似乎自己也被自己那番话给激励了，站了起来，眼睛里重新有了光亮。

这个问题我早想过了。现在科技发展那么快，日新月异，还有那个埃隆·马斯克，我最膜拜的那个硅谷钢铁侠，他肯定能发明出一种AI来解决这个问题的。他已经提出要把数字智能和生物智能融合到一起了。说不定将来往脑袋里植入个芯片，脑子唰的一下就全部更新了。我一定会等到那天的。等我脑子全部更新，回到出厂设置后，我会重新选个专业来学习。

一番高论让我和小姨瞠目结舌，我仿佛看到母亲熟练地驾驶着特拉斯，在虚幻和现实中来回变道，灯都不打。那个瞬间我感觉出问题的是我们，而不是母亲。母亲她什么都明白。难道是我们多虑了？

我习惯性地附和说，对的对的，现在高科技分分钟有创新，肯定能行的。我都好期待。

小姨却比我冷静，依然坚守在现实世界：所以呢，咱们还是先去医院做个检查，知己知彼，有备无患。

母亲突然一脸疑惑：去医院？检查什么？

我心里一凉，母亲又不打灯就变道了。小姨说，刚才咱们不是商量好了吗，去医院做个检查，做个脑部核磁共振。我随即跟上：就算有高科技，咱们也要做到心里有数。我看就下周吧，我陪你去。

母亲沉默了好一会儿，似乎是在努力理解我们的话。最后她终于开口说，不用你，我自己会去的。跟着又加了一句，你什么时候陪我看过病？

我心里无比内疚。是的，我还从来没陪母亲看过病。我连忙说，这次就让我陪你吧。我认识一个医生，是我同学的丈夫，我们可以找他。其实就是做个脑部核磁共振，不复杂。

母亲缓和了语气说，真的不用，你那么忙。我不是讽刺你，我知道你真的很忙，牛牛今年小升初。

母亲竟然准确地说出了儿子小升初，让我稍稍安心一些。我说，小升初的事没什么大不了的，还有他爸呢。

小姨说，还是我陪你吧，我反正没啥事儿，你定个时间。

母亲说，好，我定了告诉你。

小姨说，最好就这几天。我知道你没有拖延症的。

母亲很轻地嗯了一声。我和小姨又快速交换了一下目光。只能说到此了。她那么大个人，我们又不能拖着她去医院，扛着她去医院。

我们离开时，母亲在门口微微躬身，似乎请求我们的原谅。这样的举止让我感到陌生。回家的路上我想，母亲那么拒绝我陪她看病，是不是她已经去过医院了？

她悄悄去过了，检查过了，然后……

忽然想起，那天看到母亲纸条上写的"下午去德仁医院"，却一直忘了查（我也是健忘啊）。我迅速在路边停车，上网查询，果然，第一句就是："德仁医院是一家引入日本照护理念的高端养老服务机构。服务对象为高龄长者，失智者，失能者。"

看来，母亲不但明白了自己的状况，而且开始考虑后路了。她那一大套关于人工智能的想象，其实也是"后路"的一部分吧。

16

抱歉，我喝口水，我有些心乱。

第二天我发微信给母亲："去医院的事确定了吗？"她没回。晚上我又发，她回了：这周事情多，下周去。好吧，我就等下周。

恰好那段时间我焦头烂额的，除了自己的暑期工作外，业余时间全部奉献给了儿子。儿子的小升初考得不好，为了能让他进重点中学，我投入了很多的时间精力，找人，托人，求人。其间的复杂滋味我就不说了。

好在，我还有父亲这个后援。

那些日子，父亲每天和我通一次话，他现在已经能熟练地使用微信语音了。他文化不高，打字慢，就直接用语音。他真的放弃了打麻将，每天在小区门口溜达，母亲一出门他就跟上。而且，他为了方便，还去剃了光头，他说剃了光头我妈认不出他了，便于跟踪。

唉，我的老爸。我忽然想，为什么反倒是高智商的母亲糊涂了，木讷的父亲一直都清楚呢？大脑真是不可捉摸。

"今天你妈去了保险公司，好长时间才出来。"

"今天来了个小货车，从家里搬走好多书。不知道搬哪儿去了。"

"今天你妈去了咱们家原来的老房子，不知道去干吗，过了好一会儿才出来。"

"今天你妈去了社区医院，回来的时候还买了菜。"

有父亲，我心里好受了很多，母亲不至于发生什么意外。但我还是需要她告诉我，到底去检查没有，医生是怎么说的。不管是什么结局，我都希望那只靴子赶紧掉下来，哪怕砸我脑袋上，砸得很痛，我也好知道接下来该怎么办。

终于，靴子掉下来了。但不是我预想中的那只。

那天我正一脸讨好地在和一个校长谈儿子读书的事。那个校长是经我同学的同学才联系上的，重点中学的校长。我刚把我的意思表达完，还没来得及等校长表态，手机就振动了。一看，是父亲发来的一段语音。我瞥了一眼，悄悄长按，把语音转换成文字。

父亲讲话有老家口音，转换成文字，夹了不少莫名其妙的字，比如他叫我"泥巴"，转换成了"你把"。但我还是能看懂个大概，他告诉我，母亲今天一直没出门，他觉得有点儿奇怪。前几天每天上午都出门。最晚也是中午。他特意跑过去看，家里连窗帘都没拉。

我尴尬地跟校长笑笑，给父亲回了一句：是不是还在睡觉？

因为几天前发生过这样的事，母亲到中午都没出门。父亲着急上火要我去看，我还来不及去，他就发信息说母亲出门了。

但是父亲又发来一段语音：我刚才打了电话，座机没人接，手机也没人接。我实在是心焦。现在已经是下午三点多了，她一个人在家，万一，万一有啥子事呢。你想她连窗帘都没拉开，太反常了，太反常了。只有你跑回去看一下了，我又进不去她的门。

我无心再和校长谈了，抱歉说家里突然有急事，匆匆起身离开。会谈结果如何，听天由命吧。

路上我把父亲的语音又听了一遍，心里有一种不好的预感。人是必须被告知坏消息的，因为生命本身是残酷的。我脑子里突然蹦出了这么一句话。仿佛应景似的，老天开始下雨，是那种湿乎乎热乎乎的仲夏的雨。我再打母亲的电话，座机，手机，反复打，都没人接。我感觉自己脑袋发蒙。

到了母亲家，我几乎是冲进门的，一边冲一边喊"妈"，真希望听到那个熟悉的声音应答我，哪怕她怼我，那么着急忙慌干什么？我不是好好的吗？

但家里静悄悄的，一丝人气也没有，只充斥着闷热的不安的空气。卧室，书房，厕所，厨房，阳台，我依次看了个遍，都没人。再回头，发现门边摆放着母亲的拖鞋。

我稍稍松了口气。至少，母亲没有在家里发生意外。显然她是一大早就出门了，父亲没看见。

我先给父亲打电话，叫他不要急。可怜的父亲，毕竟也是七十多岁的人了。父亲松了口气，但还是很不解：她出去了？她那么早跑哪儿去了？我可是七点就在院子门口转悠的。

我心里一点儿谱也没有。我只能叫父亲别想那么多了，先回家休息。父亲不肯放电话，念叨说，真是焦人，太焦人了。我又不能把她捆在身上。

我说，你别急。一有消息我就告诉你。

父亲说，我说泥巴，如果你妈真的糊涂了，会不会搞忘了我们离婚的事？如果她搞忘了，我就回家照顾她。我肯定把她看得死死的，免得这个样子提心吊胆。

爸。我叫了一声，鼻子发酸。

父亲说，唉，我答应过你外公外婆，要好生照顾她一辈子。

我眼泪在眼眶里打转。父亲仿佛看到了似的说，泥巴莫慌，你妈不会有事的。也许她就是出去办事，时间长了点儿。就算早上六点到现在，也不到十个小时。

我能说什么呢？我狠心掐了父亲的电话，打给丈夫，我告诉他，母亲离家出走了，今晚我要在母亲家等她，让他好管儿子。我说如果母亲一夜未归，我明天一早就去派出所报案。

丈夫也被这突发状况搞蒙了，反复说，有事就给我打电话，有事就给我打电话。完全没了平日里的精明能干。也是，每个人面对应激状态，都需要一个反应过程。我没给小姨打电话。少一个人焦虑吧。我又试着打母亲的手机，依然响到断都不接。

我颓然倒在沙发上，那是母亲常坐的沙发，她与那个沙发几乎融为一体了，要么拿着书，要么拿着手机。可是，她现在把自己剥离了，把自己扔到外面去了。

墙上的时钟依然不紧不慢走着，寂静中能听见它的足音。我浑身绵软，欲哭无泪。忽然想，如果母亲遇到这样的情况会怎么样？她一定会说，天塌不下来。是，天塌不下来，要镇定。世上的确有深渊，但无底深渊不多。这也是母亲说过的。

也许母亲不过就是没听到电话，电话静音了？也许手机丢了？也许她去看哪个朋友，被朋友挽留了？不不，都不像。

我深吸一口气，缓缓吐出，再深吸一口气，再缓缓吐出。

这是母亲教我的，对放松情绪很有效。屋子里闷热难耐，我站起来打开空调，我和房间都需要冷静。

17

是的，我总是这样，随时想起母亲的教导。我丈夫说，我总是把"我妈"挂在嘴上，什么都是"我妈说的"。

母亲会不会留了纸条什么的？我开始搜寻。

客厅的两面墙书架已经空了，只散落着一些杂志，高大的空荡荡的书架，给人一种被抛弃的荒凉感，仿佛战败后的战场。书架没有书，就跟嘴里没有牙一样丑陋。好在，我知道这些书一定已经去了学校图书馆，希望它们被善待。

我走进母亲的小书房。电脑竟还开着，屏保在闪。桌上摆满了资料，感觉是母亲自己打印出来的，果然，都是关于老年认知障碍和阿尔茨海默症的资料，《如何正确看待脑萎缩》《美好晚年的不速之客》《协和专家告诉你容易忽视的老年痴呆征兆》《如何区别正常记忆退化和早期老年痴呆》……其中不少我也看过。

在这些资料里，还混杂着一些母亲默写的诗词，母亲不只是背诵，也喜欢默写，她说电脑再方便也得用笔写，不然时间长了，提笔忘字，丢人。母亲的字很漂亮，潇洒不羁，但是眼前的这几张，看上去有变化了，显得胆小、犹疑、迟缓。似乎写了横，就忘了下一笔是竖还是撇。

我坐下来，点击屏幕，想进入母亲的文件夹看看。在此之前，我是绝不会这么做的，不管母亲写的是学术论文还是其他，她不给我看我是不会碰的。但现在顾不了那么多了，我必须找到进入她密室的钥匙，我要知道她想干什么。

母亲的文档很有条理，不出我所料。里面分了很多文件夹，有"论文"，论文里又分了年代；有"资料"，资料又分了生活资料和学习资料；还有"日记"，日记又按年份分开。

我点了日记，点了今年一月。每天都只有几句话。比如：上午整理出已经发表过的论文目录，下午看书，听书，晚上和云泥一家吃饭。基本是流水账。我直接拉到文末，发现她的日记截止到一月底。二月就没有再写了。

但是，在后面，赫然出现一个清单，写着"近期内需要完成的事"。

第一，和老卢离婚。

第二，和云泥谈一次（在下方画了两道横线）；

第三，整理所有银行卡账号和密码，登记理财产品情况；

第四，捐书；

第五，处理家里不必要的东西；

第六，处理掉不必要的信件资料；

第七，咨询养老院；

虽然，她写下的这几件事，大都已经发生了，我都知道。但这么赤裸裸的出现在屏幕上，还是让我心惊肉跳。

接着，我发现她又断断续续写了文字：

——云泥似乎有感觉，老是催我去医院。妹妹也一起来催。她们一定在背后议论过我了。

——今天很丢人，去医院开药，药费三百二十多，我非要给人家三千二百多，幸好收款的小姑娘人好，没有接过去，提示我多给了。

——今天第一次，我没有背完《离骚》。中间卡住几次。

——今天去德仁医院看了一下，条件还不错，但依然让我害怕。那些失智的老人，要么克制不住地抖动，要么克制不住的瘫软，让我看到了以后的自己。一个人若既不能把控思维，也不能把控行为，太可怕了，无法接受。

——今天早上起床，错把安定当成降压药吃了，倒头睡到中午。感觉很奇怪，后来看到分装药盒才明白。我是真糊涂了。

——我会变成植物人吗？如果真的变成植物人，一棵树，或者一丛灌木，那倒好了，每年都可以发新芽，可以开花，可以生长。可植物人不是植物，不会开花生长的。我会变成一种既不是植物也不是动物的生命状态吗？那将是多么糟糕的丑陋的生命状态。

我看得口干舌燥，起身去找水喝。

屋子里那些东西，母亲坐过的沙发，用过的杯子，好像被打了聚光灯一样凸显在我眼前。突然，我看到饮水机旁放着个小旅行箱，是母亲外出常用的那个。我连忙打开，箱子里有几件衣服，还有洗漱用具。难道母亲是打算外出？为什么又没拿走？

再四下里看，发现茶几上还放着一个纸箱。那个纸箱我熟悉，今年春节时母亲曾把它交给过我，让我拿回家。箱子里是我早年给她织的毛背心，披肩和毛袜。我快要结婚时，母亲开始教我织毛衣，母亲说一个女人，总要会两样女红吧。在这方面，母亲又是很传统的。在家休息那个期间，我便给肚子里的儿子织了几件小毛衣。又给父亲母亲各织了一件毛背心，后来又给母亲织了条披肩。母亲虽然很少用，但很珍惜，有一次小姨来，她还特意拿出来给小姨看：云泥给我织的，让我看稿子的时候披着。

父亲老家有个习俗，人离世后，要烧掉逝者常穿的衣物，那年我们参加奶奶葬礼，看到父亲家人拿了两大包衣物在焚烧。母亲当时就小声说，太可惜了，这是什么习俗啊。我知道母亲向来不在意习俗，但是，活在被习俗包围的社会里，也不得不在意。我猜母亲把这些东西交给我，是希望这些东西在她走后，不要当成遗物烧掉。

可是她不过是六十多岁而已，身体也没什么大问题。我当时拒绝拿走：干吗给我，你嫌弃了吗？这毛背心还可以穿的，质量那么好。披肩也可以用的。

现在，这个纸箱上面用粗笔写着：给云泥。

我打开，除了那几样我熟悉的东西外，还有一个软面抄本子，本子上也写着"给云泥"。我迫不及待拿起来翻开，里面掉出两张银行卡。而第一页，就是给我的信。我的心一阵狂跳，难道是遗书？

　　云儿：

　　本来我是想和你面谈的，但几次见到你都开不了口，也怕自己语无伦次，还是以写信的方式和你谈吧。这信也是一拖再拖。不是没时间，而是在逃避。即使面对我自己，我也害怕真相。但现在必须写了，再不写我要说不清楚了。

　　正如你所感觉到的那样，我的脑子出问题了。从今年初，不，其实是从去年底开始的，我感觉脑子不如从前了。不只是记性不好，还经常发生混乱，经常出现年轻时候的事情。学习的时候，也经常发呆，效率很差。

我知道外公家族有精神疾病的遗传，我一直在担心。我成天学这个学那个，玩儿游戏，就是不想让自己的脑子生锈。但它还是生锈了。你常说我是个把控能力很强的人，现在我却要走向反面了，可能连最简单的生活都不能把控了……

（写到这儿突然没有了，大片的空白。我翻页，后面又有了。）

昨天我写了一会儿去倒水喝，喝完水我就出门了，完全忘了写信的事。今天看到摊开的本子，又想起来了。

我现在就是这样的状态，每天糊涂和清醒交替占领我的大脑。清醒的时候，我知道自己要做什么，赶紧写下来，可是糊涂的时候，我看着纸条也想不起来这件事做过没有。只感觉脑子发蒙，混乱。好像有短暂的失忆。

我真的会一点点变傻，变糊涂，到完全失智，完全不能自理吗？如果是，真的比死还可怕。可是我没有勇气选择死。不但缺乏勇气，甚至也缺乏能力，自行了断不是个容易的事。

你和小姨一直动员我去医院，我不愿意去。我心里明白是怎么回事。去医院无非是把我的状态用医学名词描绘出来。不需要那样。我需要做的，就是在彻底糊涂前，把该处理的事情处理了，该安排的事情安排了。

我知道，一旦我成了糊涂虫，你父亲，你小姨，你，都不会丢下我不管的。但我不能成为你们的拖累，我不能容忍自己成为拖累。所以趁着现在还有能力，我要把自己安排好。这几个月我一直在努力。现在已经基本完成了，唯一遗憾的是书没有写完，我已经无能为力了。

（又出现很大的空白，没字，我翻页，没有，再翻页，有了。）

我有三件事交代给你。

第一，你的父亲是个非常好的人，我很感激他给了我四十年安稳的生活。他爱你，爱这个家，孝敬老人。当年外公外婆生病住院，他比我和小姨都尽心。可以说，我们双边的父母都是他养老送终的。我和他分开，是不想再拖累他。以你父亲的性格，他会把自己累死的。所以，你一定要好好孝顺他，为他养老送终。

第二，这些年我努力管理咱们家财产，小有收益。我给了你父亲一半，剩下的一半给你。这些日子我已经把大部分理财产品，基金以及股票赎回了，分别存在两张卡上。还有少量没到期的，你来处里。手机银行账号和密码，还有银行卡密码，都写在本子最后一页。

第三，我走后，不要举行任何仪式，让我悄悄离开。也不要买墓地。墓地会成为你们的负担，年年清明都要在路上堵车，而地下的人全然不知。就简单烧了，撒到一棵树下就行。

（空白，又是一整页空白。我再翻页，一直翻到末尾，又看到了。）

云泥，妈妈很爱你，为你感到骄傲。你不但聪明漂亮，你还善良，继承了你父亲的秉性。你比我强。我之所以这样做，不是不信任你，是不想拖累你，你有你的人生。我不想拖累任何人。我不想听凭命运的安排。

再见，不要来找我。

妈妈于深夜

我看了一遍，又看了一遍。反复看了几遍。我不能判断母亲这些文字是什么时候写下的，有一点可以确定，她不是一口气写的，一定是分了好多次，想起一点儿写一点儿。但最后那段有日期，是昨天夜里。不要来找我？这句话的意思是什么？焦虑的情绪再次填满了我的五脏六腑。

电话忽然响了，吓我一跳。

我接起电话，是父亲：我想起一件事泥巴，得马上告诉你。父亲说，你记得不，你妈退休那年，你小姨和姨父邀请我们去九寨沟耍？那是这辈子我唯一一次和她出去耍的地方。那天我们在一个特别漂亮的湖旁边，叫啥子海哦，水特别蓝，像镜子一样，一点儿波浪都没有，湖旁边还有一棵光秃秃的松树。

我说，是不是长海？

父亲说，对对，就是长海。你妈在那个地方站了很久，还和我们说，这个地方简直像仙境一样，美到让人想死。我要是哪天不想活了，就到这儿来，沉下去当条鱼。我们当时感觉她是在开玩笑，没当回事。但是回家后，看到照片她又说了一次。你晓得的，你妈就是爱说些奇奇怪怪的话。我也没在意。但是我刚才突然想起了，脑壳一下就炸了。你说她会不会？

我脑子里警铃大作。母亲她，难道独自去了九寨沟？

我放下父亲电话，迅速打给丈夫，我说我们得马上报警，现在。丈夫蒙了一会儿说现在吗？我说，对，就是现在，必须马上报警，找我妈，不然就来不及了。

18

后来的事，我就简要地告诉您吧。

我们通过警察的帮助，调取了几处监控录像，很快得知了母亲的行踪：她早上六点半就离开了小区，上了一辆出租车。警察查到出租车一问司机，她去了火车站。再问火车站。车站果然说他们那里出现过一位疑似走失的老人，拍照过来一看，正是我母亲。但车站又说，这位老人已经离开了，就在一个小时前，工作人员没注意的时候，她走了。再追查监控录像，一点点地找，真的很感谢那两位警察，很耐心，终于发现母亲离开车站后又上了出租车，据司机说，他把母亲送到了打铜街某某号，我马上反应过来了，母亲是去了我们早年的家。

于是我们迅速开车赶过去，生怕她再离开。还好，母亲在那儿，她在那儿！她蜷缩在我们老院子院门口的一个破旧沙发上，脸色青黄，见到我，她像孩子一样愧疚地说，我走错地方了，对不起。

我上去把她抱在怀里，泪如泉涌：没事儿的，妈，我们回家去。

原来，母亲的确买了去九寨沟的机票。但是坐上出租车后她恍惚了，告诉司机去火车站。其实出门的时候她已经恍惚了，行李箱都没拿。进到火车站大厅后，嘈杂拥挤的人流让她的脑子更加混乱。她想不起自己是来这里做什么的。她在人头攒动的大厅里发呆，转悠。直到中午被车站一个工作人员发现。那位工作人员问她有什么需要帮助的，她说她要去九寨沟，还问在哪儿登机。工作人员感觉不对劲儿，把她带回了办公室，问她家在哪里，家人电话是多少。但母亲却翻来覆去地说，我要去九寨沟。工作人员尚未来得及向派出所报告，母亲忽然离开了。

母亲原以为她安排好了一切，搞定了一切，临门一脚却出了问题，本该去机场却去了车站。而我，得庆幸她这一脚出了问题。如果她顺利去了机场，顺利登机到了九寨沟，后果不堪设想。

母亲回到家倒头就睡。一天的折腾让她耗尽精力。她一直睡到第二天上午。醒来后，一眼看到身边的父亲，她竟笑眯眯地说，不好意思，我睡过头了。然后她看到了小姨，错把小姨当成我，云泥你怎么还不去上学？

等下午我去看她的时候，她基本恢复了状态。我上前抱住她，闻着她身上熟悉的气味，我暗想，以后每次见面都要抱抱她。我说妈，你怎么能说走就呢，你不管我了。她说，我不走了。我不甘心。我还要努力。我说这就对了，我妈妈从来不投降。你一定知道尼采那句话吧，打不死我的，只会使我更强大。母亲笑了，那笑容像是遇见了熟悉的人。

父亲在一旁大声说，当然不能投降，我们要抵抗到底，守住阵地。我们两个是你的同盟军，对不对？母亲依然笑而不语。

后来的日子，母亲的状况时好时坏。所谓好，就是她清醒过来了，各种折腾，不要我们管她，一如既往的逞强，以为她还和从前一样；所谓坏，就是糊里糊涂的，不知今夕几何，任由我们照顾，很顺从。所以，真难说什么是好什么是坏了。

我们带她去做了检查。检查结果在意料之中。但医生说，单看结果，她还没到很严重的状态，可以不住院。但是她太过紧张了，反而加重了病情。如果家人好好陪伴，让她放松下来，会好很多。

这话让我很懊悔。我早该这么做的。可是很多人生经验，获取的时候，不都已经无用了吗？

医生还告诉我一个好消息，目前已经有了这方面的药物。美国一家医药公司宣布，他们研制的首款可治疗阿兹海默症的药物，已经通过临床测验，就要投入生产了。同时我们国家也研发生产出了阿兹海默症新药，名字叫九期一，已经上市了。这个药是从肠道菌群入手，通过重塑肠道菌群的平衡，降低两种代谢物质的积累，从而减轻脑内神经炎症，改善认知障碍的。

我把医生的话转告给母亲，母亲忽然很清晰地说，我天天折腾我的脑子，没想到问题却在肠道。闹笑话。

现在我父亲搬回了家，每天陪着母亲，上哪儿都带着母亲。买菜，散步，访友。客厅那几个空书架处理掉之后，父亲搬回了他的麻将桌。这样他不出门也可以打麻将了。书桌和麻将桌的替换，意味着这个家的改朝换代。父亲的几个老麻友都认识母亲，据说母亲对他们都报以女主人的亲切微笑，呈现出一种从未有过的平和状态。她没再提离婚的事，我不确定她是真的忘了，还是在暗中放弃了，不再较劲儿，愿与父亲结成同盟，共同抵抗。

父亲说他再也不会离开母亲了。不管她高兴不高兴，就要一直陪着她照顾她。他说母亲就是他的命，他不能摆脱。硬要摆脱就会出乱子。他还说了一句很哲理的话：深渊是有的，但无底深渊不多。

昨天我回家去看母亲。进门，就见父亲在厨房洗菜，那个光亮的脑袋已经泛起一层白渣。我小声说，爸，还好吧？父亲点点头，简短地说，正常。跟着又加了一句，就是老拿一本书，吃饭睡觉都拿。

我进屋，见母亲独自坐在阳台上，手上果然拿着书。阳台用玻璃窗封成一个小暖房，放了两把藤椅，一个小圆桌。一瞬间，记忆的水位上涨，我脑海里浮现出了从前的光景，父亲和母亲一起坐在那儿晒太阳。父亲打盹儿，母亲看报。我回去了，父亲马上加一把椅子，让我坐在他们中间，我勉为其难，但还是会坐下来，和他们说说话。

日子一页页翻过去，不管是好看的页面还是难看的页面，都被翻过去了，翻不回来了，翻回来也是"只读"文件了，无法修改，无法复制。

窗下那一树繁盛的桂花，被昨夜的雨打落在地，黄黄一片。这情景，到底是应了陆游说的"零落成泥碾作尘，化作红泥更护花"？还是更贴近林黛玉说的"花飞花谢花满天，红消香断有谁怜"？也许要看个人的心境吧。如果是母亲，一定会选前者，作为女性，她是少有的硬朗的人，很少悲悲切切，很少自怜。如果是父亲，说不定反而会选后者，父亲有时候流露出的眼神，很林黛玉。

我徒然意识到，所谓的幸福，只存在于回忆中。或者说，幸福就是拿来回忆的，唯有旧日子能使我们快乐。就在一年前，我们还是个幸福的家，父母互相陪伴，相安无事，我们每个星期天去看他们，一起吃晚饭。晚饭后丈夫会和父亲下棋，尽管他说父亲是臭棋篓子。我和母亲尽情地聊天，牛牛则钻进母亲书房去玩儿电脑。那时候的母亲，伶牙俐齿，妙语连珠，笑声朗朗，经常让我开怀大笑。可是我身在其中时，从来没觉得那是幸福，只觉得很普通，甚至觉得我们每个周末回家，是为了尽孝，而不是享受。

现在我才明白，我曾经那样幸福过。

母亲很专心地盯着窗外在念叨什么，完全没发现我的到来。我走近，俯身，仔细听。听出来了，母亲是在背《离骚》：帝高阳之苗裔兮，朕皇考曰伯庸……但也仅仅是这两句，翻来覆去的。

我叫了一声妈。她转过脸来，我弯下腰揽住她的肩膀，贴贴她的脸颊。她有些骄傲地说，别打搅我，我在背《离骚》呢。

我朝她伸出大拇指，我说妈，你好厉害。

我是由衷的。

原载《花城》2020年第4期

点评

　　这篇小说触及了当代人普遍最不在意但却最容易感到痛的神经，那就是人生应该怎样度过和面对人生困境我们或许可以找到怎样的良方。

　　女主人公云泥的父亲和母亲，就是两种截然不同的人生观念：父亲如大多数人一样，只想普通、寻常甚至平庸地过完这一生，云泥的人生观与父亲类似，她也要求儿子依照这样模式化的人生道路一步一步地走下去；母亲则不然，她在年近七十之际果断决定离婚，而离婚的根本原因是，母亲不想因为自己得了老年痴呆而屈服于病魔，进而在父亲尽心尽力的照顾中痴痴傻傻、行尸走肉般毫无尊严地"混吃等死"。那样的活法会让母亲生不如死。所以母亲要离婚，是想要在自己彻底变得糊涂之前，处理好所有的事。云泥的儿子同样不想只简单重复长辈们平庸的一生，因此在面对很多在云泥眼里关乎人生转折的所谓大事时，他往往并不太在意。

　　云泥始终在宿命消极和自我鼓励中摇摆。其实母亲同样如此。或许每个人都是如此。母亲早就知道家族有精神系统遗传病史，因此她始终在抗争——她不断地使用、锻炼、提升大脑，她不仅能够做古籍研究，也完全能够跟上时代潮流。然而老年痴呆依然如"约"而至。母亲、小姨和云泥，都认为这是逃不脱的命运安排，因此一度恐慌、伤心、消沉。但是，她们都认同这样一句话——"世上的确有深渊，但无底深渊不多"，诸如此类及时有效的自我鼓励让她们在面对困境时不至于瞬间彻底陷入绝望。有必要强调的是，应对困境，亲情显然是最有用的良方：云泥和小姨对母亲的关爱，父亲对母亲始终不离不弃，云泥的丈夫对云泥的体谅，等等，都是一束束温暖的可贵的最美的人性亮光。

（侯建魁）

敦　煌/
/艾　伟

　　有一段日子，小项和周菲经常一起散步闲聊。小项是成都人，大学毕业来到永城，分配到了永城电视台，孤单一人住在集体宿舍里。周菲也刚从外地调入歌舞团，虽然有自己的房子，但丈夫和孩子暂时没有跟着一起过来。两人惺惺相惜，成了闺密。

　　她们免不了谈男女之事。小项坦白，至今没谈过一次恋爱，单恋过几次，也只是一个人感动，连男人的手都没拉过。小项从少女时代开始就喜欢写日记，她把自己的那点小心思都写在日记里了。周菲说，她也是，结婚前没人追，倒是婚后，男人们好像突然在她身上发现了一个金矿，不时会发一些暧昧的信息给她。

　　一次闲聊，周菲讲了她在上戏进修时的一段情感。男的是学表演的，很帅，每天来她的宿舍。宿舍住着四个女生，他为她而来，她们既羡慕又嫉妒，这让周菲的虚荣感到满足。他们一起看了几次电影后很自然在一起了。

　　周菲还没说完，小项就生气了。小项认为周菲是个坏女人，一个有夫之妇怎么可以干这种事。小项抛下周菲，一个人沿着护城河怒气冲冲地离去，令周菲很尴尬。

　　后来周菲对小项解释，她其实只想告诉小项，男人都差不多，以后小项会知道。周菲说，她和那位帅哥在一起时并不美好，帅哥自私得要命，这种男人以为同你好是对你的恩赐。小项还是不能认同周菲的行为，她说，我如果结婚，不会和别的男人乱来。

　　经人介绍，小项认识了陈波。第一次约会，小项问周菲，穿什么好？小项毕业不久，在打扮上没太费心思，平时穿着随便，还像大学生的样子。周菲带着小项逛街，选购了几件衣服。周菲说，衣服并不是流行就好，要适合自己才对。小项长得小巧玲珑，胸小，好在皮肤白皙。那天周菲替小项挑了一件吊带衫，下面配一条裙裤。周菲说，这样会使你显得修长。小项对着镜子看自己，第一次看到自己可以这么漂亮。

那次约会，小项对陈波基本上是满意的。陈波是外科医生，看起来相当沉静，脸部瘦削，显得结实而精干。

约会了几次之后，小项想带陈波来见周菲。周菲开玩笑说，你这相当于见家长啊，看来你认真了。小项说，我吃不准才让你看。

是在一个茶馆见的面。小项和陈波先到，一会儿，周菲从茶馆门口走进来。室外的光线使周菲看起来面目模糊。小项和陈波站起来。陈波礼貌地和周菲握了个手。陈波握手十分有力，一双典型的外科医生的手。只是陈波的手心冰凉，好像是个没有体温的人。这一点让周菲很吃惊。那天陈波是拘谨的，低调的，话不多，他一直看着小项，目光幽深。基本上是小项在说，叽叽喳喳的，像栖息在电线杆上的一只小鸟，亢奋地和周菲说着最近的八卦，好像这会儿陈波不存在似的。中间，小项去了一趟洗手间，陈波的目光一直跟随着小项。周菲注意到，只要小项消失片刻，陈波就会不安。

小项和陈波的关系算不上浪漫。经人介绍本身就是个平庸的开头，提前消解了浪漫这个词。有了开头，就意味着一个方向，走着走着，小项和陈波就走向了婚姻的殿堂。

结婚前，小项是有疑虑的。作为结婚对象，外科医生陈波是理想的，他家境好，在西门街有一套现成的婚房。陈波在医界小有声望，收入不菲。陈波话虽不多，但很照顾小项，让小项有安全感。小项因此觉得在永城有了根基，好像她就此不再是漂泊的，而是可以根深叶茂生长的。心有不甘还是有一点的，小项和陈波在一起时，没有太多的激情，一切平淡如水。她谈不上爱陈波，对陈波的激情甚至比不上过去的单恋对象。她多么想有一次像模像样的恋爱，她不奢望如书中描述的那样，至少是可以让她全身心投入的。

周菲对小项的想法不以为然。周菲觉得陈波挺好的。周菲母亲的直肠出了问题，生了个良性肿瘤。周菲是找陈波开刀的。周菲毫无缘由地信任双手冰冷的外科医生陈波。周菲凭直觉认定这双手做手术一定是冷静而精准的。母亲的手术做得堪称完美。在医院，陈波十分严肃，每次见到周菲都尽量笑一下，竟然有些腼腆。周菲去过陈波的办公室，物品各归其类，办公桌一尘不染。周菲对陈波因此很有好感。周菲对小项说，陈波那么在乎你，家境又体面，这样的老公哪儿找去，过了这个村没那个店了。

周菲让小项别有的没的尽想些不靠谱的念头。

那年深秋，小项和陈波结婚了。陈波的父母希望儿子找一个本地姑娘，有共同的地域背景，他们会更放心一些。不过既然儿子这么迷恋小项，他们也不排斥，只是私下担心，陈波这么迁就小项，会成为一个"妻管严"。这病医生治不好。陈波的母亲不无玩笑地对自己老头说。陈波的父亲多年来一直有怕老婆名声，他不住点头，趁机呛道，这是家传。陈波的父母都是知识分子，父亲在大学教授马列，母亲在研究所研究海洋生物，不过都退休了。除了金钱上的资助，他们懒得管儿子的家庭生活。小项有时候会觉得陈波父母对陈波态度过于超然，有些淡漠了。这也可能是陈波的个性造成的。平日里，陈波和人相处都有距离感。

照陈波父母的想法结婚这件事越简单越好，酒席也不用办。一个隆重的婚礼和婚后漫长的日常生活没有半毛钱关系。小项不同意，她希望有一个正式而隆重的婚礼。从少女时代开始，小项脑子里一直有一个瑰丽的梦，她在某一天会遇上一个白马王子，然后披上洁白的婚纱和王子结婚。在那个梦里，连结婚的仪式都是在教堂里办的。陈波支持小项的想法。不过去教堂是不合适的，他和小项都不是基督徒，梦想一下可以，真要在牧师的见证下结婚，他们自己都觉得不妥。同所有的婚礼一样，请亲朋好友饱餐一顿，其间让婚庆公司安排诸种礼仪，共同见证一对新人在婚礼进行曲中走入婚姻的殿堂。

小项的母亲参加了婚礼。小项的母亲面容有些憔悴，不过和小项长得很像，年轻时应该是美人胚子。小项的母亲一脸愧疚，面对亲家公夫妇甚至有些卑微，好像小项高攀上了一门好人家。小项对母亲的低姿态颇为不满，她对母亲耳语，你没必要装得好像我嫁不出去似的。小项的母亲带来一只红色的小盒子，小项知道这只盒子。这是外婆给母亲的结婚礼物。外婆家从前开过珠宝行，不过到母亲出嫁时，典当得差不多了。总还是有些宝贝的，外婆把家里最值钱的东西都传给了母亲。现在，母亲又把这只盒子及盒子里的东西传给了小项。

小项的父亲没来。婚后的某一天，小项对周菲说，在她十岁那年，父亲和母亲离了婚，各自组成了家庭。小项没有把自己结婚的消息告知父亲，她和母亲更亲一些。周菲有些吃惊，她和小项走得这么近，小项竟然从来没说起自己的家庭，周菲突然觉得小项身上有很多秘密。

仪式中有一项父亲把女儿送到新郎手中的环节。陈波的父亲担当此任。陈波的父亲非常乐意，挽着小项的手臂，庄重得像一位真正的父亲。陈波的母亲语带讥讽说，老头子这辈子就想有个女儿，今晚他算是找到感觉了。

婚礼那天，小项和陈波进入洞房都累坏了。第二天他们醒来的时候已是十点。西门街很安静。阳光从窗帘缝隙中照射进来，照在地板上。从窗帘的缝隙望出去，看到西门街的两棵银杏树，树叶金黄，像一堆燃烧的金子，灼人双眼。母亲送的那只红色盒子放在梳妆台上，盒子表面镶嵌着由白色象牙拼接而成的月季花饰。母亲曾告诉过她，等她出嫁时，会把这只盒子以及盒子里的宝贝送给她。母亲嫁人后又生了个女儿，小项以为母亲不会记得自己说过的话。母亲没有食言。小项是感动的，母亲对她比她预料的要好。小项看着那只盒子，在一众现代家具中显得相当醒目，好像这只盒子才是这个房间里真正的主角，把婚房照亮了，好像房间里因为有这只盒子，她和陈波就会百年好合。

小项说，想看吗？里面的东西很值钱。陈波摇摇头。小项问，一点好奇心也没有？

小项从床上起来，走到梳妆台前，把盒子抱在怀里，回到床上。她打开盒子，一件件给陈波看，玉佩、蓝宝石、翡翠、珍珠以及一只雕饰繁复的拇指大小的金佛像等。小时候，母亲从来不让小项看里面的东西，小项很好奇，曾把盒子上的小铜锁砸了，偷偷看过。结果被母亲打了一顿。在小项悲伤地大哭一场后，母亲说，这些东西以后都是你的，是你的嫁妆。后来母亲找人修好了那把小铜锁。

小项说，陈波，要是我们生个女儿，这盒子和里面的东西就做她的嫁妆。陈波显得有些激动，他把小项搂在怀里，亲小项的额头。小项突然生出对陈波的依恋，一种类似生死相依的感觉。这是小项第一次感到自己对陈波其实是有感情的。是的，陈波沉静干净，只是不太会说甜言蜜语罢了。

小项再次起身，从抽屉里拿出自己的几本日记本，放入红色盒子里。小项说，以后把日记也送给女儿，当她嫁妆。

谈恋爱时，陈波知道小项喜欢记日记。陈波问小项，你的日记里都记着什么？小项说，你想看啊？看了不要吓着你啊。陈波说，有很多秘密吗？小项，很多小心思吧。小项停了停，表情严肃地说，在你之前，我没让一个男人碰过，你想看你就看吧。陈波温和地笑，说，我不看。

后来，这只盒子成了小项的一个特殊领地，陈波和她之间很自然形成一个默契，陈波不看小项盒子里的东西。

一年后，陈波和小项有了女儿豆豆。

小项原指望陈波的父母可以照顾一下豆豆。陈波说，怎么可能，我爸妈当年连我都不管，把我寄养在农村老家，我是乡下奶奶带大的。果然公公婆婆除了偶然心血来潮来看看孙女，平时基本上不闻不问。公公婆婆在钱方面是大方的，说让他们请一个保姆，钱他们来出。带孩子实在太累了，请保姆这件事，小项动过心思，陈波反对。陈波说，医院里我面对的全是陌生人，可不想在家里再见到外人。小项知道陈波这样说只是个借口，他其实是不想女儿像他那样被外人养育。虽说奶奶也算不得外人，但寄养本身让他同父母之间有一种微妙的隔阂，不可言传，难以消除。陈波倒是很勤快，在小项哺乳期时几乎包揽了所有家务，对豆豆也很疼爱，恨不得整天抱着她。女儿什么也不知道的时候，陈波就开始讲故事给豆豆听。那些故事是陈波乡下奶奶讲给他听的，土得掉渣，却蛮有民间智慧的，女儿没有反应，小项经常听得花枝乱颤，弄得陈波很不好意思，特地去书店买了一沓童书来讲。

小项的观念不知不觉有些改变，她对男女之事不像以前那么矜持了，办公室里女人之间的一些玩笑，她不再排斥。她生出一个粗俗的念头，老娘孩子都生了还怕什么。在电视台，小项平常接触的都是些光鲜亮丽的人物，身边演员主持人一大堆，经常听到关于她们的各种各样的绯闻。电视台一位主持人，几乎每年要闹一次恋爱，并且每一次都是全身心投入，轰轰烈烈。最新的一次是她爱上了一位比她小十岁的富家少爷，大家都认定少爷是玩她的，她却飞蛾扑火般投入。这种事小项听多了，就习以为常了。想起以前听到周菲婚外和别的男人好，她的反感如此强烈，有些好笑了。生完孩子后，主管策划部的副台长韩文涤让小项参与策划了几台晚会，相当成功。这些晚会的一些串台词出自她手，有妙手点睛之效，广受好评。

周菲调到永城快三年了，终于尝到了"梦想很丰满，现实很骨感"的滋味。周菲的心中一直有一个梦，她想做一个能够充分表达自己这么多年来生命体验的舞剧。几年前她看了云门舞集，非常感动。她看过很多现代舞剧，那是纯西方的，表达的往往是个人生命中本能的暴烈和激情。云门舞集特别东方，舞蹈语言是现代的，内里却安静如一幅一幅的水墨画。她觉得这是她要的，她想做一个比云门舞集更有叙事性的舞剧。本来他盼着调到永城歌舞团能组一个自己团队，调她过来的人也答应会让她按自己的想法做。三年很快就过去了，周菲终于认清了事实：没钱。她要做的不是市场欢迎的，纯粹是自我表达。这有点自私，可周菲就想做这样的作品。她不想辜负生命，浮夸之作宁可不做。

这三年，周菲除了弄她的舞剧剧本（反正暂时也没钱排，她一直在改），基本上很空闲，和小项常见面。周菲有舞台经验，能恰到好处给小项的策划项目出点子。小项受益匪浅。周菲在男女方面很敏锐。小项老是提起韩文涤，出现的频率有点高。周菲意识到小项喜欢韩文涤（可能小项自己还没意识到）。周菲是认识韩文涤的，虽没深交，总还是有些了解的。周菲觉得韩文涤并非简单的人，周围美女如云，至今没有传出任何绯闻。人长得有些像年轻时的王心刚，气质沉稳低调，只是目光比王心刚要锐利一些。据说他最有魅力的时候是开策划会，话不多，常有妙语，含金量很高，直指问题核心，适当的地方来几句冷幽默，逗大家开心。电视台有不少女人喜欢他。他不来电。美女们夸张地表示痛心疾首。还有人怀疑他的性趋向。周菲知道所谓的性趋向问题，只不过是台里女人打趣，不能当真。周菲觉得小项对韩文涤产生喜欢或者崇拜之情也属正常。周菲也算是阅人无数了，韩文涤虽然待人温和有礼（照小项的说法身上有股暖烘烘的气息），却总是和人保持距离，周菲凭直觉断定这男人一定是有野心的，不可能在私德上犯错，影响仕途。

小项有今天和韩文涤的信任和支持不无关系。小项心里面很感激他。

她想过送他一件礼物，表达谢意，又怕他拒绝。他是个气场很大的人，不能说他不温和，但总还是让人感到身上威严的难以接近的东西。小项是有些怕他的。

在哺乳期，小项也非常注意穿着得体。她的乳房不大，可奇怪的是她的乳汁特别多，她怕溢出弄湿衣服，上班时做了不少防护措施。这使她的胸看起来比平时要大。她自己也觉得沉甸甸，比往日性感。她很享受这种沉甸甸的感受，希望自己永远沉甸甸。生完孩子后，很多人说小项变得漂亮了，皮肤里好像有光芒透出来。

有一次小项发现自己的乳汁从衣服里渗出来，感到挺难为情的。她本想去厕所里往胸口垫一些纸巾，见走道上空无一人，就面向墙壁把手伸入胸口，垫将起来。刚好韩文涤从办公室出来，看到这一幕。小项捕捉到了他的目光，同平时不一样，是男人那种。小项的心不由得狂跳起来，脸也红了。小项几乎是逃回办公室的。

后来小项时常回忆那一幕。当时的狼狈转换成了某种暧昧而温馨的感觉。好像因为那一幕，她和他之间有了某种私密关系。

小项的暗恋史源远流长。小项初次暗恋对象是高中时的班主任，一位严肃的语文老师。小项记日记的习惯就是这位语文老师鼓励的结果。小项作文好，经常被当作范文在班上读。后来语文老师调到别的学校了。她听说是因为生活作风问题调走的，据说和另一个班上一位女生有了不伦恋。小项不相信。她倒是设想过那个不伦恋的女生是自己。小项在各个时期暗恋过各种各样的男人，有时间漫长的，也有时间短促的。短促的几乎若昙花一现。小项对自己如此频繁地对男人动心感到不可思议，有时候她会觉得自己很"花心"。

小项和韩文涤在走廊迎面而过，韩文涤经常对她视而不见。即便这样，小项想起他来，心里面还是温暖的。她说不出他在哪里刻意帮了自己，她却感到他的帮助是全方位的，润物细无声的。即便他们除了工作关系没有任何私交，现在韩文涤还是成了小项某种精神上的依靠。

夜深人静的时候，韩文涤开始以另外的面目出现在她的想象里，他对她变得温柔，变得温润如玉，他们成了亲人。她偶尔会想象一下和他肌肤相亲，但更多的是精神上的想念。她赋予韩文涤无数高尚的品质（没有绯闻成了他高贵品质的一种），她告诉自己她爱慕和崇拜他是因为对这些高尚品质的认同。她由此生出人生的暖意。

时间一久，小项只要单独面对韩文涤，她都会有晕眩的感觉，变得呼吸困难。

她因此不敢太靠近他，总是和他保持一定的距离，怕自己真的会晕过去。有时候在电梯里碰到他，她除了对他傻笑，大气都不敢出，她很担心自己会失态。

小项在业界有了名声。有一些企事业单位会在节庆日搞晚会，他们会找小项策划。其实小项知道，他们找他策划也并不完全是她水平有多高（当然还过得去），更重要的是他们看中小项手中有演员和主持人资源。小项出马，晚会马上就高大上。小项在工作中会遇见一些陌生男人，他们中的一些人会心仪她，会在某个特定的日子，比如三八妇女节或情人节，发她暧昧的短信。不能说小项毫无喜悦，虽然她明白这些短信不能完全当真，很多人只是逢场作戏，但哪一个女人会不喜欢有人追呢。她盼望韩文涤在这样的日子里发一个问候或鼓励的短信。从来没有。

认识的人多了，小项经常介绍一些人给周菲，希望他们能出钱支持周菲。小项真心觉得周菲能排出一台好舞剧。可是他们除了对周菲的美貌感兴趣，正事儿没有任何进展。周菲很气馁。周菲有一次和小项喝酒，周菲说了句粗话，要是我卖身他们能出钱的话，我也干了。小项听了竟然觉得难受。在这一行里，看得多了，小项对女性的处境还是敏感的。

小项听到韩文涤家庭生活的传言是半年后的一个酒局上，有人提起韩文涤，说韩文涤的夫人很漂亮，外面有人了，韩文涤也知道自己戴绿帽子的事，一直忍着。那人说，他夫人和韩文涤妻子是闺密，有一天韩文涤打电话给他夫人，韩文涤在电话里抽泣，说都是他的错，不怪他妻子……小项听了非常震惊。她一直以为韩文涤家庭生活很幸福，没想到是这样子。小项感到心痛，感觉要泪崩了。她连忙起身去了一趟厕所。

周菲当时也在。周菲看到小项从厕所回来眼睛是红的。周菲的心沉了一下，敏感地意识到同刚才的传言有关。小项开始频频敬酒，喝得很猛。周菲本来要拦她的，又想，小项也许想喝醉一次。随小项吧，反正喝醉了也可以安全送她回家。

小项喝高了，并没有醉，只是有些兴奋。饭局结束，小项夸张地和每个人拥抱告别。周菲一直在边上作陪。直到人全散去，小项抱住周菲痛哭。

如周菲所料，小项如此失态是因为怜惜韩文涤。小项替他不值。小项甚至觉得要是她是接到他电话的那个人，是听到他哭声的那个人，她会感到幸福的。周菲这才知道小项已深陷在对韩文涤的情感之中。小项问怎么办。周菲不知道如何安慰她。

周菲是冷静的。她并不在乎那个叫韩文涤的人。她痛惜小项。凭直觉周菲不认为韩文涤会接受这份情谊，但有什么办法呢？她只好鼓励小项主动出击。出于对人性的了解，小项现在这个样子，不撞南墙根本回不了头。醒不过来。不过周菲还是警告小项，一定要保护好自己的婚姻，那个人不可能娶你，你以后会知道稳定的婚姻对女人来说多么重要。

有很长一段时间，小项沉溺在对韩文涤某种温柔的怜悯和母性情怀中，虽然有周菲的鼓励，但她还是有点胆怯，迟迟没有行动。她想起哺乳期时，他看到她往胸口放纸巾时他的目光，好像这目光至今还粘在她的胸脯上。她想象他承受的创痛，想象他哭泣的样子（没想到这么高大的男人也会流泪），她多么想他埋在她胸口哭泣。

又过去了很长一段日子。

一天，小项上班到得早，竟然在电梯里碰到韩文涤，并且是单独相遇。他还像往日那样严肃，甚至没看小项一眼。小项一直看着他，她和他靠得如此近，她几乎嗅到了他身上特有的温暖气息（更多的是她的想象）。不知怎么的，小项突然泪流满面。韩文涤似乎很吃惊，问，你怎么了？他从口袋里拿出一沓纸巾递给小项。小项几乎没有思索，抱住了韩文涤，把脸贴在他胸膛，失声痛哭。小项不知道是为他哭还是为自己哭。她只想哭。韩文涤身体僵硬，没任何没反应。小项抬头看他，他的表情有点惊愕。不过，他很沉稳。他指了指电梯上的摄像头，说，监控。

小项迅速离开他的怀抱，好像韩文涤的身体发出高压电，击中了她，让她本能退离。他们的办公室楼在11层，电梯很快到了。小项几乎是从电梯里逃离出来，好像是她刚刚受到了非礼。

回到办公室，小项羞愧难当。出于自尊，她给他发了一则短信，对自己的失态向韩文涤表达歉意。让小项意外的是韩文涤回复了她。韩文涤说，一直以来把小项当作小妹妹看待。别的不再有进一步的表示。小妹妹在小项看来是个暧昧的词语。收到这条短信，小项突然感到雨过天晴，希望又以近乎顽强的方式从失望的土地里长了出来。小项想既然都这么主动过了，丢过人了，就丢人吧。小项开始在短信里表白。韩文涤的回应谨慎而节制。

那段日子，陈波想和小项亲热时，小项都拒绝。睡觉前，小项不忘拿起手机，给韩文涤发一个短信，言词热烈。晚上，韩文涤从来不回复小项。有一天小项睡不着，偷偷跑到卫生间试着给韩文涤打电话，想知道他是不是还开着机。开着机的话说明他看到她的留言了。他已关机。小项回到床上，陈波问，出了什么事吗？小项说，你想哪儿去了。陈波说，你刚才去打电话了？给谁？小项说，你神经啊。一会儿，小项说，你怎么疑神疑鬼的？要不你查看一下我电话吧。小项这么说，并没有把电话递给陈波。陈波翻过身说，睡吧。

和韩文涤的关系没有朝小项所希望的方向进展。一个月后，韩文涤不再回她的短信。在单位里，他对小项也越来越冷淡。小项想，大概是自己太主动，把他吓跑了。

小项觉得自己失恋了。小项茶饭不思，还经常失眠，深陷其中不能自拔。她因此感到很痛苦。没有恋过便失恋更令小项感到挫败。这种状态持续了很长一些日子。

小项想起周菲让她主动表白时留下的警告（当时小项极度排斥周菲的话，认为周菲有偏见）。周菲说，你要做好受伤的准备。韩文涤不是一般人，外面都在传他快要升官了，不会在这种事上犯错，他老婆都对他那样了，他都不愿离婚，这得需要多大的意志。况且你又是他的属下，像他这种男人，知道兔子不吃窝边草的道理。周菲是多么聪明。

小项明白男女之事强求不得，道理虽懂，她还是心有不甘。好在小项的工作很忙，需要和各种各样的人打交道，她又是个注意自己形象的人，得把自己的情绪牢牢把控好。另外，她接触的人很多是开心果，学说逗唱，一副游戏人生的派头。欢笑总是能缓解沮丧的情绪。久而久之，小项就死心了。有一天和陈波亲热后，她想起韩文涤来，竟然觉得那个人非常陌生。

小项对自己说，陌生是对的，我从来就没了解过他，一切都是想象的产物。

小项习惯于把自己的情感生活告诉周菲。小项虽然说得轻松，周菲意识到，小项还没有真正忘掉韩文涤。对于一个没有谈过一场真正的恋爱就结婚的女人，小项是不会善罢甘休的，无论是精神还是肉体，出轨是迟早的事，不是对韩文涤也会对其他人。

夏天的时候，韩文涤真的如传言一般，升职调到别的单位。同事们给韩文涤做了一个欢送仪式。小项竟然有些怅然。小项以为自己完全把他放下了，韩文涤要离开时，她意识到他从来没从自己的精神上抹去。小项和同事们一样，祝贺韩文涤荣升，说一些场面话。那天韩文涤第一次在公开场合对小项亲近，他走到小项边上，笑着说，空了去我那儿坐坐。小项听了还挺意外的。这不是她熟悉的韩文涤。在台里，韩文涤从来不主动让属下去他办公室。小项的心思不由得动了一下。她看着韩文涤。韩文涤却把目光投向另一个美女。

韩文涤离开电视台后，小项经常想起他。不过小项没得到他任何消息，更别说受到他的邀请了。韩文涤走时说过的那句话，小项念念不忘，心有所动。她恨自己是不是有些轻浮，就凭他这么一句话，心里又凭空等着什么似的，死灰复燃了一般。有好几次，她路过他的单位，想上去坐坐。不做同事了，他会怎样对她呢？不过这样的念想并没持续多久，小项心中的涟漪慢慢平静下来。她不再想起他，好像他在她的世界上消失了，已是一个不存在的人。

但他还是在的，那年秋天，小项突然收到韩文涤的一则短信问候，你好吗？

看完短信，小项愣了好长一会儿。她心中生出遥远而悠长的感觉。她接到短信的那一刻，她意识自己并没有真正遗忘他，相反在等着他的出现。他依旧在身体或记忆的某处，等待某个时机激活。

我很好，你呢？这句话，她写了好几遍，终于颤抖地按键发了出去。

他迅速回了条短信，我也很好。

这样，他们开始了频繁的短信往来。从前的感觉慢慢被唤醒了。现在，她收到他的短信时，会有一股暖流在身体里流过。她不知道是不是该相信他短信上说的。他说他很珍惜她的情谊，也让她原谅他的不解风情。他的言词依旧是谨慎的，不过意思明白多了。她回忆或虚构过往的一切。她当时暗恋他时，她是那么绝望，又怀着希望。在和陈波做爱时，脑子里幻想的是这个人。在这样的秘密交流中，她有了幸福感，好像她突然得到了一件原本并不奢望的宝物。她觉得自己似乎恋爱了，这回是真的，虽然有时候她依旧将信将疑。

走向更亲密的下一步是自然而然的。终于有一天，韩文涤提出和她约会。韩文涤的约会非常直接，他开好了房间。这不像是他的做派。他是个多么含蓄的人。在小项的想象里，他应该请她喝咖啡才对，不应该一步跨向宾馆的某个房间。不过小项很快试着理解他的行为，他很忙，或者他害怕在公开场合碰到熟人。永城就这么大，他认识的人又多。

小项是怀着温柔和爱去和他约会的。在约会前，小项在镜子里端详自己，她觉得自己并不好（之前她一直为镜子里的自己骄傲，现在却自卑的要命）。她从来没和相爱的男人约会过，她不知道见面怎么和他相处，他还担心自己的身体没有反应。她很忐忑。

她进入房间时，他已经到了。她有差不多半年没见到他了。这段日子他们虽然每天在交流，他只活在她的想象里。但现实和想象毕竟是不一样的。在进门前，他脑子里的他高大而温情，她被脑子里的他的光芒灼照，有轻微的晕眩感，心跳强烈到她不能呼吸。她感到自己的担心完全是多余的，她的身体完全打开了。只是他完全不是她想象的样子。没有光芒，相反，他显得有些慌张，甚至有些气短，好像他意识到自己在做一件并不光彩的事。这令她的心里产生一种轻微的抵触和尴尬，好像自己的行为也是见不得人的。她刹那平静了。有一种陌生的气息从房间里弥漫开来。这不是好兆头。

韩文涤坐在那里一动不动。小项想，他应该过来抱住她。气氛是如此冷。有一刻，小项犹豫是不是要逃走。她舍不得。小项注意到韩文涤看她的目光是无助的。他大概是真的没有经验。她忽然心疼他。她想，已走到这一步，我主动一些吧。

她动作僵硬地抱住了他。他马上回应，开始亲吻她。他显得很疯狂，但她感到他的嘴唇是冷的。她不知道哪里出了差错。她希望自己的热情可以唤醒他的激情。小项主动脱光自己。韩文涤只是亲吻她，没有进一步的动作。小项解开了韩文涤纽扣。韩文涤犹豫了一下，没有阻挡。

然后，他们失败了。他们赤裸相见，韩文涤没有任何反应。小项尽量帮助韩文涤，他还是不见起色。

小项问，你是紧张吗？

韩文涤说，可能。

小项说，同她也这样？

韩文涤有些失神，语调含混，同她没问题。

小项想起那个传言，他们说他美丽的妻子在外面有了情人。小项就是听到这个才激发对他的热情。现在她有点明白这个传言的意思了。小项突然抱住了韩文涤，在他的胸口呜呜地哭起来。

你怎么了？他问。

没有关系。没有也没关系。我不在乎。她说。

这是他们第一次，也是最后的一次。那天他们分手时，他和她的目光一直在逃避对方。回到家，小项装作什么也没发生过，给韩文涤发信息。她还是愿意和他保持亲密关系。韩文涤没有再回她。

一个月后，小项意识到韩文涤在她的生命中消失了。这一次是真的消失了。空闲的日子，小项还是会想起他来，想起他失败时窘迫的样子，她为他惋惜和心痛。现在她知道他是个压抑的男人。这个看上去沉稳而低调的男人，或许这么多年来真的一直默默地爱着她。她愿意相信是这样。

同时，她也为自己惋惜。她爱过他，但她终究没有得到他。

等到豆豆上幼儿园，小项突然空闲下来。再次想起她和韩文涤的事，小项竟然有一种陌生和荒诞感。那些事情好像发生在很久很久之前，甚至远到仿佛是前世，很不真实，与己无关似的。那种曾经有过的深刻的悲伤早已不着痕迹，一切山高水远了。她想，原以为无比深切的情感到头来究竟都成了一片虚空。

周菲找到了金主，终于可以排她的舞剧了。周菲对小项，金主是高层某公子的白手套，这点钱对他们来说就像头上拔下来的一根白发。话虽这么说，周菲也不是没担心赵总自有目的。对于他们来说目的无非是色，不是对周菲色，就是对周菲手下的女演员色。不过这个赵总从来没提过任何要求。他们是在一个饭局上认识的，席间，周菲说起自己那个永远排不了的舞剧。赵总马上答应帮她。当时周菲并不相信，一笑而过。哪知道第二天赵总差人送来了一张支票，给了一半的钱。

周菲觉得有必要谢谢他。她不想单独同他见，就拉上了小项。小项这段一直在嚷嚷着空虚之类，老是拉着周菲逛街买衣服。这家伙东西乱买，看见一件好衣服，会买两件。周菲从小项买衣服的行为中想起一个成语：不知餍足。她觉得这个小女人总归有点贪婪啊。

本来周菲拿小项做挡箭牌，小项竟拉起皮条来。饭局毕，两人把赵总送走，小项说，赵总不错啊，我以为是个臭男人，竟然是个靓仔。天哪，这么年轻管着这么大摊子事，你不动心？周菲听了哭笑不得，说，你是不是爱上人家了啊，要不我给你们牵个线？小项打了周菲一下，说，你的男人，我哪敢碰。周菲听了刺耳，不过她懒得同小项解释。

两人都喝了酒，周菲是开车过来的，周菲找了个代驾，先送小项回家。一路上，顺着刚才的气氛，两人聊着八卦，也不顾及车里面还有个代驾在。小项议论起台里的女主持人，这个每年要谈一次轰轰烈烈恋爱的女人这回动真格了，那小她十岁的少爷居然要娶她，女主持折腾着要和丈夫离婚，丈夫不肯，几次自杀未遂。周菲说，看来是真爱，他们好了有三年了吧，你们那女主持恋爱的频率明显下降啊。小项笑了，说，她真是有激情啊，取之不尽，用之不竭，每一次都像威风锣鼓，排山倒海，气势恢宏。周菲玩笑道，我看你现在也是这样，一副春心荡漾的样子。小项白了周菲一眼。

关于和韩文涤的事，小项巨细靡遗同周菲讲过，连那次约会也讲了。当时小项是多么伤感，好像自己是舞台上的一个角色，刚刚经历了一场生死之恋。不过，现在小项完全忘了那一出，好像她已把那个深情的自己丢到了历史的垃圾筒里。

也许是喝了酒，小项言语或多或少有点轻浮。小项说，周菲我问你，要是我这辈子只有陈波是不是亏掉了？周菲说，你不是有过韩文涤，还同人家上过床。小项说，哪有。又打周菲。周菲说，好了，别闹了，你还是好好守着你老公吧，陈波挺好的。激情有什么好，细水长流才是真的过日子。小项对周菲讲过她和陈波床上的事，小项说陈波一板一眼，在床上精确得像在手术台，机械重复着同一套动作。那次周菲被小项逗乐了，说，你可以放荡一些啊。小项说，陈波会受不了，以为我从外面学来的。又说，他表面上不太问我外面的事，但他多疑。

两人一路玩笑着，代驾小哥突然出声了，问，你们是演员吗？两人愣了一下，这突如其来的发问让她们发出嘎嘎嘎的欢笑声。小项来劲了，趴到左驾座位的背上，看着代驾，还忍不住摸了一把代驾的脸，对周菲说，刚才没注意看，是一位帅哥哦。周菲制止了小项，说，人家开车呢，你别闹。

周菲心想，小项真的是孔雀开屏了。至少今夜是这样。是因为赵总吗？

春夏之交，小项听同事说，省里请了一位英国专家，要在西湖景区搞一个关于舞台空间利用的培训班。不是小项所在的系统搞的，但主办方给了电视台策划部一个名额。英国的舞台艺术深具传统，小项的同事都争着想去。小项也想去，不过她懒得争，在心里放弃了。结果最后轮到的是她。

报到那天，天气突然转暖，刚好小项带着夏装，就及时换上了。小项的身材是小巧玲珑型，她自认为不太合适穿裙子，宽大裤子或裙裤合适她，再配上宝蓝色的短袖T恤，把她的皮肤衬得十分白皙。那天小项换上衣服，看着镜子里的自己觉得自己都爱上了自己。小项对自己的身材很满意。在家里，要是豆豆不在，她喜欢赤身裸体，也不管窗帘是不是拉好。陈波对小项这个行为倒也没有制止，只是看到她裸身，就把窗帘关上，生怕被别人看了去。

那天小项报到时有点晚了，大多数学员都到了，围在报到处，叽叽喳喳说话。学员来自全省，男男女女，年龄相当。他们基本上来自同一个系统，或多或少是认识的，至少听说过彼此吧。小项谁也不认识，她好像自己突然闯入一个陌生的领地。不过小项认为这挺好的，可以认识一些新朋友，可以开阔视野，还可以拓展一下社交圈。现在的社交圈，同学（哪怕只同学三天）就是天然的社交纽带。

有一双眼睛一直盯着小项。他走过来帮小项拿行李，小项的行李不多，就一只拉杆箱。小项没有拒绝。同学嘛。在去房间的路上，那人介绍了自己，叫卢一明，他说，他去过永城，在一次会议上见过小项。小项记不起来了。小项仔细看他，理着一个小平头，觉得他像一个运动员。那天，他穿着一件藏青色的长袖衬衫，大概是因为肌肉发达，衬衫显得有点紧，也因此显出他的挺拔来。后来，他告诉小项，他每周要去健身房三次。他说，不健身，身体会难受。

到了房间，小项在镜子里看自己，一边看，一边想起艳遇这个词。她有一种预感，在这三天里，可能会发生一些事。她对卢一明不了解，她想象了一下，如果和这个男人真的有艳遇，她是否可以接受。她对着镜子里的自己露出淫荡的笑意，说，为什么不呢？近来，她经常起念，想尝试陈波以外的男人。

吃晚饭的时候，卢一明端着盘子坐到小项对面。卢一明很自然约小项晚饭后一起散步，小项爽快地答应了。到目前为止小项在男女之情上没多少实质经验，但面对卢一明时她表现得沉着老练，好像她是个情场老手。后来，小项才明白，卢一明才是情场老手，她只不过是个雏儿。

两人沿着山谷小道，一会儿到了苏堤。大约是周一的缘故，晚上的苏堤行人不多，显得很清寂。小项经常来杭州，都是来去匆匆，少有闲心在西湖漫步。年轻的时候，倒是独自一个走完过长长的苏堤。现在的西湖因为灯光的缘故，晚上看起来美轮美奂，好像真的到了天堂。苏堤倒是幽暗的，大概因为苏堤的绿植茂盛的缘故。

在一个黑暗的深处，卢一明拉住小项的手。小项稍稍犹豫了一下，没有回避。小项以为自己准备好了，事实上并非如此，他们手拉手散步时，小项感到自己是拘谨的，僵硬的。她原本以为拉着男人的手，身体会有欲念。没有。卢一明却是有欲望的，她感受到他手上传来的温度，感受到他手上的不安分。他不说话。不说话是某种危险的开端。她有点担心，周边人这么少，如果他这会儿做出些什么，她不知该如何反应。

在一棵桂花树下，卢一明突然用力把小项揽在怀里，迅速用嘴封住了小项的嘴。小项吓了一跳，然后是本能反抗。她发现自己不能适应如此迅速就走到这一步，在她的想象里，男女之间应该先有言语暧昧，或含蓄的表白，或甜言蜜语，卢一明却毫无铺垫，跳过语言直接进入行动了。她本能地推开卢一明，说了一句没头没脑的话，你对别的女人也这样吗？

仿佛是这句话带出了小项的生气。她觉得自己受到了轻辱。小项甩下卢一明，几乎是逃离了苏堤，沿着山谷的小道回到宾馆。她以为卢一明会追上来，或向她道歉，或继续拥抱她。如果他那样做，她也许会原谅他的粗鲁，他们还可以出来散步。他没有，他站在那儿，看着她，好像对小项的反应颇感稀奇。

小项跑回自己房间。她关好房门，靠在门边，气喘吁吁。奇怪的是欲望在那一刻突然在身体里苏醒了。她的手指在自己嘴上划了一下，迅速唤起刚才瞬间印象。她闭着眼，好像这会儿卢一明正吻着他。那一瞬非常仓促，因此或许完全是她的想象，她觉得他的嘴唇饱满热烈。她的嘴微微张开，迎接着他。她感到心脏猛烈跳动，胸口发胀，好像这会儿她身体里唯一的存在的就是那颗脆弱的心脏。

后来她躺到床上，一直看着手机。或许他会给她一个短信，请求她的原谅，或者向她表白他这么做是因为喜欢她。一个小时过去了，手机没有任何动静。她不知道他是否从苏堤回来了。她反省自己是不是显得太决绝了？会不会伤害到卢一明？她的身体发烫，伴有轻微的抽搐。仿佛是为了转移自己的欲望，她给陈波打了个电话。陈波似乎吃惊她会给他电话，问她怎么了？也许因为身体里的欲念，她说话特别温柔，她甚至想，这会儿如果陈波躺在身边也是好的。不过她很少在陈波面前流露她的情欲，他们谈家常。陈波问了培训班的情况，小项则关心女儿豆豆。

就在小项和陈波通话的时候，一条短信蹿了进来。小项迅速打开短信。是那个卢一明发来的。短信大胆直白：我想你。

小项的心跳震天动地，她甚至怕陈波在电话的那头听到。有很长时间小项没有说话，陈波问怎么了。小项这才反应过来，说我有事了，空了再聊。然后就迅速挂了电话。

她还没来得及回他短信，房间的门敲响了。她觉得自己的心快要从胸腔里飞出来了。刚才她已打了几个委婉拒绝的字，没来得及发出。她决定删掉。这时，陈波的短信进来了，问她为什么电话挂得这么急？好像是陈波的这个短信让她下了决心，她突然有点厌烦，狠狠地按下按钮关掉了手机。她打开房门，卢一明一把抱住了她。

当卢一明离去，小项静静地躺在床上，看着天花板。她觉得太不可思议了。她和卢一明才认识不到一天，她竟同他上床了。她回味着刚才的情形。他很好，她很享受。她认定他是高手，是个惯犯。他竟带了避孕套。她对此竟涌出小小的妒忌来。

不过小项心里还是涌出一种奇怪的幸福感。她终于了了一桩心愿。他比她想象的要好。她想同人分享她的此刻的心情。她自然想到了周菲，拨通了周菲的电话。

电话那头传来嘈杂的音乐声。周菲可能在某个剧场排练。得到赵总的钱后，周菲便开始排练她的舞剧。漫长的排练，边排边改。周菲说。小项管不了那么多，此刻她就想分享。她只有周菲可以倾诉。

小项听到自己在电话里的声音几乎是颤抖的，声音里有一种扼制不住的欢喜，好像她突然得到渴望中的宝物，急于示人。

男人和男人不一样。小项说。

什么不一样。周菲说。

周菲听了很久才明白怎么回事。周菲从排练厅出来，听小项细说。

我高潮了，以前没有过，陈波很快。小项说。

周菲很吃惊的。小项和陈波结婚快五年了，并且有了孩子，小项竟然才知道女人的秘密。周菲本来想骂几句小项的，听了这话心就软了。这是小项应得的。她告诫小项，一定要小心，别怀上孩子，除非你打算和那个花花公子结婚。小项说，不会，我爱陈波。周菲冷笑一声说，你对陈波的爱很奇特。

英国教授是个中年男人，相当肥胖，他挟着讲义从教室门进来时，昂着头，摇晃着身子，步子结实，像一只在河边奔走的鸭子。英国人对中国戏剧界的情况并不了解，讲解得十分简单，属于低级课程。小项和卢一明同桌。卢一明小声对小项说，这些西方人，总是以他们为中心，居高临下看我们，以为我们还是蛮族呢。小项忍不住笑了一下。卢一明不太说话，说出来倒是一句是一句，甚至有些刻薄。这课确实无趣，小项的思绪就飞了。卢一明身上散发着热烈的气息，就好像小项身边置放一只冬天用来取暖的火熄。想起昨晚的情形，小项一下子有了感觉，一股暖流从身体里流过。卢一明仿佛知道小项的心思，在课桌下拉住小项的手，在小项耳边说，昨晚你哭了。小项顿时耳根发烫。她感到昨晚自己确实有些失态，快感在她身体里爆炸时，令她猝不及防。她紧紧地握住他的手，她觉得自己的手会撒娇了。她甚至想掐疼卢一明。

卢一明不想忍受这种课，偷偷地溜出课堂。小项觉得教室里一下子变得空空荡荡。这之后，小项一直在玩手机，她希望卢一明会短信她，让她逃课。现在她不会再迟疑，她会毫不犹豫从教室里出去。也许对英国教授不礼貌，她无所谓，反正是"蛮族"，没所谓的教养了。她专注于手机，听到有同学在和英国教授交流开放式舞台让每一个观众成为演员的可能性，同学认为这在西方行得通，在东方有难度，因为东方观众比较含蓄，不愿在公众场所放开自我。

小项在课堂上心猿意马地坐了半个小时，也偷偷地溜出课堂。到了教室外，她就发了一条短信问卢一明在哪，并告她也溜堂了。卢一明迅速回她，你在房间？小项回复，是的。

小项回自己房间，卢一明已站在门口。小项说，你这么着急？卢一明没吭声。小项想，这句话等于在说自己，是她这么着急，谎称自己已到了房间，好像怕他不会约她似的。

如果说昨天晚上小项的身体或多或少有些拘谨，今天她完全放松了。她想男女之间要想深入了解最快的捷径莫过于上床了。多年后，小项对这个想法作了修正，她认为上床谈不上彼此了解，只是发现了另一个人最私密的习性而已，至于他的思想、品性、为人处世无法在床上完全看清楚，而是需要日常生活。

既然课程是如此乏味，小项后来几乎每天和卢一明在偷情。她的身体变得十分敏感，动不动就会有反应。她觉得自己好极了，甚至觉得自己是个尤物。这两天她几乎没想起过陈波，倒是想起过韩文涤。她替他感到可惜，她认为他至少是想要她的，但他完成不了。他注定不知道她的好。

卢一明完事后喜欢抽烟。抽完一支烟，他会穿好衣服迅速离开，干脆利落。这让小项觉得他是个无情的人。不过小项没有多想，他带给她的快乐就够了。在他面前，小项不再是骄傲的，她对他低眉顺眼。他拿出烟，她会替她点上，然后她靠在他身上，问他一些问题。这些问题其实没有必要问，如果她和他没有以后的话，这些问题并不存在，但她就是憋不住。她想自己好像又用情了。她问，你有很多女人吗？卢一明调皮地看了看小项，反问，你说呢？小项说，你是个坏蛋。卢一明说，别胡思乱想了，我没那么花心。小项说，我才不信。小项又问，你怎么会看上我？你一眼看出我是个容易得手的女人？卢一明说，你容易得手吗？看不出来，我见到你就喜欢上了你。小项不知道卢一明说的是真是假，很可能是逢场作戏，但还是有些感动，她主动亲吻卢一明。

有一天，卢一明突然问，你去过敦煌吗？小项摇摇头。卢一明陷入沉思，一会儿，他好像突然惊醒了一样，没头没脑地说，敦煌是个令人怀念的地方。

小项不知道卢一明为什么提起敦煌。不过她记住了这句话，记住了那个地方，记住了他说话的样子。那一刻他的目光是空洞的，好像敦煌本身就是个空洞的地方。在平常，他的目光都是坚定的，他看她时，她会觉得他的目光可以把她的衣服剥落，让她变成赤裸。她意识到，她和他只是在此时，她有过去，他同样有。她问，你为什么突然说起敦煌？

他没回答。他把烟掐灭，起来穿衣服。他除了和她亲热，不愿说起自己的生活。她却有自己的想象，敦煌一定有着他刻骨铭心的故事，敦煌对他意义非凡，而她让他想起了敦煌。她觉得她在他那儿更像是一个通往敦煌的媒介。

三天的培训很快就结束了。分手的那天早上，小项主动让卢一明来她房间。他没带套子。小项想，这几天做得太多了，大概他都用完了。小项担心过怀孕，但她完全昏了头，不顾一切接纳了他。小项放纵而悲伤，被一种垂死的情感控制，好像末日来临，她和他从此再也没有未来。在激动的时候，小项问，你会不会想我？会不会到永城来看我？

卢一明在点头。她敏感地意识到卢一明的敷衍。她想，真相就是如此，对他而言，这只不过是一次艳遇。她的身体突然僵住了。她感到痛感从下面传来。这三天她如此欢喜，可这会儿，他宁愿他是陈波，赶快结束。她闭上眼睛，眼角洇出泪水。

这次她没给他点烟。她命令他赶快起床，去药店卖一盒事后避孕药来。他有些迟疑（这迟疑也让她不快），不过还是去了。她一直躺在床上耐心等待，一动不动，好像她的肉身此刻是死的。半个小时后，他回来了。他变得比往日体贴。他给她倒了一杯开水，从盒子里取出一片毓婷，递给她。他说，这药伤身体的，你以后不能这么任性，我以为你是安全的，否则我不会这么做。她点点头，心里涌出暖流。她想，他还是关心她的。

小项回家的那天晚上，陈波早早把豆豆哄睡，想和她亲热。她断然拒绝。拒绝的原因是下体不适。她怀疑那三天太放纵了，被感染了。她甚至有些担心染上的是脏病。陈波在一旁唉声叹气。她感到歉疚，有点怜悯他。透过窗帘的缝隙可以看到那两棵巨大的银杏，枝繁叶茂。它们在西门街有多少年了？小项曾听陈波说起过树龄，不过她忘了。陈波说，他小的时候觉得这两棵树一直通到天上，他有一个愿望，变成一只鸟，飞到树的顶端，去看看天堂的样子。四周十分安静，某些时候能听到豆豆的咳嗽声，陈波说，这两天豆豆支气管有点发炎，不过无大碍。小项紧紧抱住陈波，把脸贴在陈波的背上，说对不起，我有点不舒服，等身体好了再给吧。小项感到陈波的身体紧绷。陈波是个很有自尊的人，他轻轻推开小项，说去睡沙发，这样难受。小项差点流泪，为了不让陈波看见，她转过身，又轻轻说了声对不起。

第二天醒来的时候，小项吓了一跳，床单洇了一大片鲜血。她吃了毓婷，提前来例假是正常的，不过血流这么多她还是害怕。更是害怕的是感染，若真染上脏病，这时候流血麻烦就大了。外科医生陈波也吓坏了，让小项去医院。小项不愿意去，陈波很坚持。是陈波开车送小项去医院的。她本能地坐在后座，好像怕陈波看出端倪。若真的是脏病，她该如何同陈波说呢？她脸色惨白。她看到陈波的脸同样惨白。她还发现陈波没把她送到自己供职的医院，而是去了另一家。陈波解释，那一家妇科更专业。小项意识到陈波是个敏感的人，怀着和她一样的恐惧。恐惧让小项神情恍惚，好像这车子里埋着一颗定时炸弹，随时会引爆。

这三天你在干什么？为什么打电话你老是关机。陈波问。

我不舒服，躺在床上，我可能生大病了。小项停了停，又说，陈波，要是我真的生大病死了，你会不会难过？

陈波回过头来，眼睛通红。他的手往后伸，握住小项的手，说，你不要胡说。

在去医院的路上，陈波一直拉着小项的手。小项想起在杭州卢一明拉她手的样子，觉得那一幕像是一个梦境，一点也不真实。陈波好像也在某种恍惚之中，他的车差点撞到对面过来的一辆中巴。小项挣脱陈波的手，说你专心开车。

检查的结果是没什么大碍，有中度的炎症，另外就是由炎症引起的例假混乱。谢天谢地，没有脏病。医生问，你最近吃了什么药物吗？小项连忙摇头，说没有。医生说，吃点消炎药，静养一些日子就好了。医生不知道陈波是同行，她严肃地对陈波说，一个月内不能有房事。又说，以后房事前要洗干净。这会儿陈波的脸是黑的，没听到医生的话似的，没有任何回应。

在医院回来的路上，小项想起卢一明，她拿出手机，给他发了一个短信，告知他来了例假。对方一直没有回。小项因此一直在看手机。快到家时，小项才收到回信，只有一个字，好。小项的心颤抖了一下，想，她分手时的感觉是准确的，他真的没怎么在乎在她，他就是个老手，也许他第一眼就看穿了她，知道她盼着出一次轨，并不需要太花工夫。事实上，他确实没费劲就得手了。

日常生活中，陈波表现得非常好，下班准时从幼儿园或父母家把女儿接回，顺便买些菜，煮晚饭，然后一家三口一起吃。将近一个月，陈波一直躺在沙发上。小项通常会在睡觉前发一个短信给卢一明，问卢一明在干吗。卢一明往往如实回答，也会问候小项。小项虽然认为卢一明对她未必多有情感，可她还是指望着和卢一明交往下去。他们在杭州的三天中倒没说多少话，分别后才开始说些生活中的点滴。令小项遗憾的是卢一明没有一句温存的话，好像那三天在他生命中并不存在。小项有时候会觉得卢一明回他短信只是在应付她，心里面多少有些失望。可有时候卢一明会主动发来问候的短信，小项又兴奋起来。慢慢地小项习惯了这样的交流，并在这种不涉情感而又私密的交流里，得到乐趣。只要把个人的期望降到最低，只要把愿望当成事实，一切都可以在想象里变好。小项甚至想过，也许有一天，卢一明会突然出现在永城，特意来望她。

周菲最近一直在排她的舞剧。小项抽空去排练场看周菲。周菲在台上忙。她们用眼睛打了一个招呼。小项在台下找了个位置坐下。他们正在排练其中的一个场景。小项听周菲说起过这个舞剧。周菲说，她不是女性主义者，不过她是女性坚定的维护者。周菲认为女性不需要同情，而是需要赞美。周菲没讲过剧情，不过小项猜测，剧情大概和周菲的生活可以一一对应。周菲排练的是家庭生活一幕，女主角以独舞的方式表达对丈夫的愧疚感。小项不觉有点羞愧。她回忆了一下，已有好久没关心陈波了。

在排练的间隙，小项和周菲聊了几句。小项问周菲什么时候会上演。周菲说，一直在变化中，她自己都不知道会排成啥样，她希望把她的生命感受表达出来。小项本来想谈谈卢一明，她以为一夜情不会生情，还是会的。她觉得自己太多情了。她想让周菲帮着分析分析。大概是刚刚看了周菲排练的片断，小项认为现在谈这事不太合时宜。这得要多无心无肝才行啊。和周菲告别时，小项说，戏挺不错的，我感动了，期待首演。周菲苦笑，只说赵总的老板出事了，可能会牵连到赵总，赵总那儿还有一半资金没拨过来，要是没有后续资金投入，这出戏可能就黄了。仿佛为了安慰小项，周菲又说，不过办法总比困难多是不是？

几乎是周菲戏里的模仿，有一天，女儿不在，陈波在厨房做饭，小项突然从后面抱住了陈波。陈波回过头来，诡秘一笑，说，医生吩咐过我哦。小项说，没关系，我应该好了。

陈波没回话。小项不放过陈波。陈波终于关掉了煤气灶，一把抱住小项，把小项扔到床上。

一会儿，陈波满头大汗地从小项身上爬起来，到厨房继续做饭。小项躺在床上，内心对陈波生出从未有过的温柔。她想，陈波终究是豆豆的爸爸，别的男人再好也是假的。

晚上躺下后，小项问起豆豆爷爷奶奶的事，说已有一段日子没见到二老了。陈波说，这段日子他们去东南亚玩了。昨天还打电话过来问豆豆想要什么礼物。小项沉默了。结婚这几年，在心里，小项并没有把陈波的父母当成亲人。陈波的父母倒是挺喜欢她的。这些年，二老一有空就满世界跑，回来时都会买礼物给她。她有好几只名贵的包是婆婆送她的。

陈波说起小时候的一件事情。小时候在奶奶家，中午午睡时陈波总是溜出来，爬到屋顶上，看隔壁家的院子。童年时他喜欢隔壁家小阿姨，她是村里的小学老师，人长得特别好看。她的老公在城里开火车，要一个月才回家一次。有一个男人经常在中午到院子里来，每次来都戴一顶太阳帽，并把帽子压得很低。一会儿屋子里传来小阿姨的叫声。陈波以为她被那男人欺负，用屋顶的瓦片砸隔壁家。男人和小阿姨从屋子里出来时，手拉着手。陈波没认出那个男人。陈波一直想把这事告诉她的丈夫。

后来呢？小项问。

后来爸妈把我接回永城，我以为要在老家上小学的。陈波说。

你没告诉那个开火车的男人？

没有。陈波说。

一会儿，陈波又说，有一次火车司机回家，把我叫到一边，问起我是不是看见有男人找她老婆。他大概听说了什么。我什么也没说。他骂了我一句走了。

这天晚上，小项没合过眼，心里一直想着陈波的故事。陈波的故事意有所指似的，令她不安。不过她又想，一直以来陈波最喜欢说的就是童年往事，好像那是他此生最快乐的时光。

那年十月，小项去了一趟法国，是跟着永城小百花剧团一起去的。小项跟团做一些日常工作。其实也没她多少事，相当于单位给了她一次出国的福利。她是兴高采烈地出国的。

在巴黎的演出是此行的重头戏。虽是文化交流，但观众大都是华人。在海外，华人见到祖国来的人真是热情，演员们在整个演出过程中，感觉空前的好，有一种国内没有的盛大成功的幻觉。演出结束，华人们把他们包围，拍照，让演员们觉得自己成了大明星。

演出结束，演员们顺理成章地要求团长请客，吃夜宵。一行人选了一个韩国烧烤店。团里美女众多，以团长为核心，把团长包围住。在热烈的气氛中，女演员们用轻佻的口吻同团长说话，她们要团长烤牛肉给她们吃，有几个还要团长喂。这只是演员们日常的恶作剧。这些美人们一个个都是开心果。团长倒是很镇定，她们提什么要求，他就怎么做。但看得出来，团长喂美女时，心里面是愉悦的。小项感到很好玩。她想起卢一明，给卢一明发了一张现场的照片。她给照片起了个名字：齐人之福。

周末一大早，周菲突然接到陈波的电话。陈波是从来不打周菲电话的。这么早接到陈波的电话，周菲愣了一下，生出不祥的预感。

陈波的声音听起来有些喑哑，嗓子好像充血了，不过他的声音依旧是平静的，合乎周菲熟悉的那个外科医生的形象。陈波问，小项外面有人了吗？周菲吃了一惊，说，不会吧，我没听她说起过。陈波又问，卢一明是谁？周菲想，糟了，外科医生都知道对方名字了。外科医生从来是精准的。周菲虽然听小项讲起过此人，不过没见过他，她就说，我不认识。陈波说，我看过小项的日记了，小项在日记里说，她同你说过这人。陈波的声音听上去像在述说某个病情的诊断报告。周菲是那种不会说谎的人，一说谎就结巴，她说，是吗？我记不得了。那边没吭声。周菲说，你在看她的日记吗？陈波说，是的，我一夜没睡，她外面有人了。周菲不知如何作答，她想了想，劝慰道，陈波你别全信啊，日记也许只是幻想，小项特别喜欢幻想，你知道的。那边沉默。周菲继续说，也许小项只是对某个男人有好感，这很正常，我也经常对男人有好感。陈波挂了电话。陈波显然不信周菲的话。

周菲知道事情严重，第一反应是给小项打电话。她得让小项有准备，并且最好让小项和她的口径一致。小项关机了。周菲想，法国那边现在还是午夜，小项应该还在睡梦中。周菲留了一条短信：小项，你看到短信，第一时间给我电话，有急事，先不要接其他任何人的电话。

那天下午一点半，周菲终于接到了小项的电话。也许是刚醒来，小项的声音带着一种黑夜的气息，略带四川口音的普通话有种性感的磁音。大概身处异国，让她有远离尘世的感觉，对周菲所言的急事，她压根儿没有往自己身上想，还以为是周菲出了什么事。

出事了？没有主语，但她的声音听起来是与己无关的。

是的，小项，陈波一早给我打来电话，他看了你的日记。周菲说。

周菲急着想同小项对口径，也想知道小项的日记究竟记了些什么。小项那边已发出哀叹，完了，陈波会发疯的。

然后就挂了电话。

有很长一段时间，小项呆坐在那里。有一些念头开始在小项的脑袋里清晰起来。她今年以来又开始恢复写日记，她把一切都写入了日记，全是纪实，并无周菲所说的幻想。她的日记藏在那只妈妈送她的盒子里，一定是陈波打开了它。盒子用小铜锁锁着，可陈波打开了它。陈波曾对她说过，他永远不会打开那只盒子的，他食言了。也许是她太忽略陈波了，陈波起了疑心。她对陈波太放心了。她今年才又开始写日记，她用力回忆，应该只有卢一明那一段，并无涉及韩文涤。但卢一明那一段足够刺激陈波了。

小项和周菲通完电话后，一直等着陈波的来电。陈波没有打来。小项不像陈波那样沉得住气，她打了过去。她本来以为有惊涛骇浪等着，但陈波并没有多说，只是说，难得出一回国，玩得高兴些。小项在电话里哭了，说，陈波对不起，我爱你。陈波说，你在说什么呢？小项又说了一句，陈波，我爱你。陈波笑了，说回来再说吧。

一件事是不是没说出就不存在？比如如果不记在日记里，比如如果陈波看了日记然后不捅破，比如如果从此后他们不再提起此事。就像刚才，陈波什么也没说。不说话就不存在吗？存在的，反而更加无处不在，反而比说出来还要沉重。

就因为陈波在电话里让小项玩得开心一些，小项就感到分外内疚，放下电话，她情不自禁哭了起来，好像失恋了一样。陈波的沉默或者高姿态只有一个指向就是不原谅。

小项回国那天，是陈波去机场接的。从法国飞来的航班是午夜抵达永城的。那是一个雨夜，陈波开着小车穿行在湿漉漉的街巷。

我给你买了一双马飞仕图皮鞋。小项说。

一路上，小项想的不是马飞仕图皮鞋，而是家里那只装着日记和首饰的红色盒子。也许占据两个人心的唯有那只红色盒子，他们的沉默通过红色盒子进行着交流，只是太沉重了。

好像什么也没发生。豆豆睡了。小项进女儿的房间，亲吻熟睡中的女儿。眼泪还是没有止住。她把带给女儿的礼物——一只粉红色的邦尼兔，放在小脸的一侧，好让她明天醒来有个惊喜。

小项回到房间。她看到那只红色盒子。它上锁了。锁换了，不是原来那把小巧的铜锁，而是普通的黑锁。那黑色像一枚核子炸弹，看上去非常小，但足以毁掉这个她栖身的只有一百多平方米的小小的家。

然后就是洗澡，做爱。分外的激烈。陈波咬了她，陈波说，我爱你，你知道吗？我爱你，我没法想象没有你。小项说，我知道，我知道。小项本来也想说我爱你。在法国，在电话里，她这样对陈波讲过，现在她讲不出口，好像一出口就证明她是虚伪的。她任他咬，她感到身体的某个部位可能出血了，尖锐的痛，她忍住了，好像这会儿痛是她唯一的解脱。

一切同小项想象的不一样。她以为回国后他们会大吵一场，她做好被外科医生陈波狠狠揍一顿的准备（她甚至还想过他会杀掉她并肢解她），她会跪下来认罪，请求饶恕，她会向陈波保证，以后不会再犯错。陈波没给她机会。什么也没有发生，陈波甚至都没问她一句。

这不是小项理解中的陈波。陈波表面平静，只有她知道他有多偏执。他把什么都藏在心里。他的父母曾对小项说，他们从不知道自己的儿子在想什么，希望她能走进他的心。

小项知道事情没有那么简单。陈波打开的是一只魔盒，魔鬼从盒子里放出来了，钻入了陈波的心里，它吸食陈波的精血，在成长。

之后的事就是在日常生活中生长出来的，慢慢把两个人带入深渊。小项想，这才是陈波，他的疯狂是阴性的，一点一滴，细水长流。

最初是他们亲热的次数变得频繁。几乎是一有机会（比如女儿不在），陈波就会抱住小项，不分场合和地点，有时候在厨房，有时候在浴室。过去陈波是温柔的，甚至是静默的，现在虽然依旧沉默，却变得无比粗暴，没有前戏。小项想，他这是在强暴她。是的，强暴，小项没有别的词语可以描述陈波的行为。恐惧已进入小项的身体，每一次拥抱，小项的身体都是僵硬的。小项觉得一切都是报应，她做了坏事，第一次对她的惩罚是让她感染并流血，第二次是老天把惩罚的权柄交给了陈波。

有时候是正常的。正常地温存，正常地静寂，正常地亲吻。这个时候小项是感恩的，希望陈波永远这样。即便如此，小项也没享受可言，那无处不在的恐惧让她的身体再也体会不到男女之间的乐趣。

一天晚上，陈波温存地亲吻小项，陈波突然说话了。陈波原本在床上不爱说话的，现在他在自言自语。一会儿，小项才听明白陈波在背她的日记，是卢一明占有她的内容。小项意识到，他们亲热的时候，陈波的脑子里都是小项的日记。这段日子陈波在模仿那个记在日记里的人。小项紧紧抱住陈波，哭了起来。小项想，他终于要说出来了，这就对了，让他说出来，让她来坦白，来认错，只有这样，她和他才是有救的。

小项说，对不起，对不起，对不起。

陈波说，你讲，他是怎么对你的。

小项说，我该死。

陈波说，你讲，我想听。

小项说，我日记都写了。

陈波说，我想知道一切。

小项说，求求你，饶了我吧。

陈波说，你讲了我才原谅你。

陈波在她身上粗暴蛮横。同时陈波也是软弱的，可怜巴巴的。他的目光既是疯狂的，也是渴望的（像一个渴望糖果的孩子）。小项心软了，她讲了和那个男人的细节。陈波起先是闭着眼睛安静地听着，然后突然掐住了小项的脖子。

小项后悔说出那些细节。这是对自己的再次伤害。也是对陈波的再次伤害。覆水难收，说过的话再也收不回来了。她其实早已知道，这个看起来平静的外科医生，内心一直潜藏着偏执和疯狂。

凡事都有自己的模式，一颗细小的种子会慢慢生长。性爱也是这样。小项尽量配合陈波，满足陈波的各种要求，可她心里明白，她和陈波的关系脱离了常轨，滑入险境。

陈波总是能在小项说出的细节里，找出新的可能性。他会问出新的关于那个男人的问题。小项意识到，陈波虽然把那只红色的盒子锁上了，并且把钥匙交给了她，他还是在偷看她的日记，他自己留着一把钥匙。日记里的每一句话对陈波来说都是问题，需要小项去填满并界定他无边无际的想象。如果小项不说，他就折磨她。自从小项讲述过一次后，陈波开始骂她贱货。小项刚开始觉得刺耳，感到羞耻，不过不久就适应了。她认为自己确实是个贱货。她如此轻易，怀着莫名兴奋，让一个几乎是陌生的男人占有了她。在某种气氛下，小项觉得自己的罪在贱货这个词语里得到赦免，同时让她激发出一种宽泛的母爱，拥有坚韧的承受力。

当小项的身体布满了伤痕时，已是冬天。小项清醒地意识到，他们不该如此下去了。她知道，陈波病了，陈波被一种邪恶的欲念控制了。

陈波，我们还能在一起吗？小项问。

我没想过这事。陈波说。

你不会原谅我了，陈波，我把一切都毁掉了。小项说。

陈波没吭声。

我们怎么办？

我不知道。

我们是不是要看看心理医生?

陈波坚决不去。小项知道陈波不会去。一个外科医生怎么可以去看心理医生。

我们得把一切都忘记。否则我们没有未来。小项说。

让我想想。

这样的时刻,陈波的表情像个孩子,软弱,不知所措。小项并不指望陈波会想出什么办法,心里已做好离婚的准备。也许陈波所做的这一切都是因为爱她,也许她为了豆豆也应该守住这婚姻,但小项清楚知道,目前这种状况只会带来毁灭,对谁都没有好处。

一整天小项都没见到陈波。陈波开着车出去了。傍晚,小项给陈波打过电话,想问她是不是回家吃饭。陈波没接。夜里十点多,陈波回家。陈波的表情庄严而圣洁。小项又看到了过去那个熟悉的陈波。陈波告诉小项,他坐在永江边想了一天,他离不开小项,打算原谅她。他说,他不想再想起小项那三天所做的一切,与那三天有关的东西不能出现在他们的生活中。陈波要求小项删去周菲的电话(卢一明的电话及信息早已删除),从此不再同任何知道此事的人往来。关于日记的处理,陈波说,找一个隐秘的地方,把这只镶着象牙月季花的红色盒子埋藏。

埋藏这只红色盒子,小项是理解的。如果陈波把心里的魔鬼捉出来,关入盒子里,埋在地底下,也许陈波的心魔就消了。有一件事小项不能理解。小项想烧掉那本日记本,至少把那三天的内容烧掉。陈波不同意。陈波说,我记得上面每一个字,烧不掉了。

埋那只红色盒子陈波搞得颇具仪式感,好像那红色盒子是一口婴儿的棺材。陈波和小项开车去了一趟陈波的乡下老家,老宅有一个院子,院子里有一棵苦楝树。他们在苦楝树下挖了一个坑,把那只红盒子埋了下去。在埋下的那一刻,小项望了望天空。天空碧蓝。那一刻小项觉得自己的身体好像被洗净了一样,既轻盈又干净。她心中涌出新的希望。

小项从乡下回来的第二天,永城下了第一场雪。雪来得很猛,一下子盖住了大地。在南方,雪因为稀少而令人兴奋。单调的白把绿色和建筑都覆盖了,大家都很高兴,很多人冒着雪,在雪地上奔走,呼喊,一个个像孩子一样。就在雪天,小项约见了周菲。

她们有一段日子没见面了。小项回国后一直没和周菲联系。小项接到过周菲的电话，问起和陈波的事处理得如何。小项在电话里简要和周菲说了一下，告诉周菲，等她处理好了，会联络她。

小项注意到周菲见面那一刹吃惊的表情。周菲的表情是一面镜子，照出了小项此刻的状态。小项低下了头，说，你的戏怎样了？

周菲没有回答，周菲问，小项，你怎么这么憔悴？

周菲伸出手，把小项的衬衣领子拉开。小项本能地把领口护住，她不想让周菲看到身体上的伤疤。周菲没放过小项，小项脖子上的血痕完全暴露在周菲眼前。

他弄的？周菲问。

小项再也忍不住，失声痛哭。周菲紧握小项的手，说，他怎么可以这样对待你。

小项说，我不怪陈波。是我对不起陈波，把陈波毁了。我那段日子也是鬼迷心窍，就想尝试陈波以外的男人。如果陈波能原谅我，我什么都肯做。

小项说，好在陈波是爱她的，她和他一起在努力恢复正常的夫妻关系。他们打算从头再来，因此，她得删除同杭州有关的一切。小项说，我答应了，这次见面后，我会把你的电话删掉，不再见你。你不要再打我电话，我不想再出错，如果陈波看到我们有联系，陈波会旧病复发。

周菲问，你因为这事才找我的？

小项点点头。

周菲说，小项，你是个傻瓜，我不知道怎么同你说，我不会删掉你的电话，你哪天需要我，一定要打电话给我。

整整一年，小项几乎断绝了社交，一下班就回家。陈波也是。他们都在尽量忘记那件事。

这一年，外科医生陈波变得越来越消瘦，他竟然开始脱发了。也许是他纠缠于她身体的次数太多，简直不知餍足。也许是工作太辛苦了。小项担心陈波在手术台上会出什么事故。那是陈波的立身之本，要是出个差错，陈波这辈子就完了。好在作为外科医生的陈波是理智而冷静的，他在手术台上的专注无人能及。他在医院里的声誉超过了他这个年龄应得的。他广受病人信任。

有一天，有一个女人从另外一个城市来找小项。那是一个难掩悲伤的漂亮女人，她直接来到小项的单位，递给小项一封信。信的封口完好。小项看了一眼信封，上面有收件人和寄件人的地址，收信人是小项。小项马上意识到对面的女人是谁。

在办公室接待这个女人显然不合适。小项把她带到台里的休闲区，那儿有一个咖啡室，平常人不多，很安静，不会被人打扰到。

她猜不透这个女人的到来意味着什么。不过，她倒不慌张，不会比陈波发现她的秘密再坏的情形了，而且她觉得这个女人的到来并无恶意。

没有任何客套和铺陈，女人告诉小项，卢一明死了，死于一次车祸，在高速公路上，被一辆失控的大卡车撞飞。听到这个消息，小项一时没反应过来。小项当然猜到坐在前面的这个女人的身份。小项看得出来，她并不是来算账的。那女人告诉小项在撞飞的车内还有另一个女人。

他风流成性，也许你知道。那女人说。

女人喝了一口咖啡，说，她很冒昧来找她。这信是从他的遗物中找到的。应该是一年前写的，没有寄出。女人说，她没看这封信，本来想烧掉的，又觉得应该把这信转到属于她的人。

也许对你很重要。我没见过他给谁写过信，可能在他心里你不同一般。见到你，我明白他为什么给你写信了。她说。

女人没有久留，很快就走了，好像害怕听小项讲述与卢一明有关的往事。她离去后，小项突然像被抽空似的全身战栗，眼泪瞬间汹涌。要是这个女人不来，小项几乎快忘记卢一明了。她不但删除手机上他的信息，也删除在脑子里他的记忆。现在他一点点在黑暗中浮现，她记得即便在亲热时，他的目光是茫然的，好像他的灵魂不在现场。她意识到自己所受的苦，同这个男人有关。现在这个男人死了，但并不等于一切消失了，这个男人还将出现在他和陈波日复一日的生活中。她不知道自己是在为他难过还是愤怒。

小项决定不打开这封信。她得遗忘一切。遗忘才能自救。要是陈波可以遗忘就好了——她知道陈波并没有遗忘。像那位女人一样，她想过烧掉这封信，不过最终还是保留下来。她把这封信锁在单位写字台最深处。

那天回家，陈波似乎觉察到小项神色有异，问小项出了什么事。小项故作轻松，说没事。陈波并没有相信。安静的外科医生陈波，现在变得越来越多疑。晚上，陈波在翻箱倒柜找什么。陈波说，他在找一本刊载他医学论文的杂志。小项知道不是的，他的病又犯了。他的头脑有幻觉，他总是怀疑小项隐藏着什么。

生活在继续。陈波在努力。陈波偶有失控，但失控后，总是痛哭忏悔。好在她和陈波都爱女儿。小项一直觉得女儿长得不算好看。她和陈波长得都还算周正，豆豆几乎没有遗传他俩的优点，不受控制地长成了另外的样子。小项有时候会感叹，豆豆真的是不起眼的小孩。这让小项不太愿意让单位的同事见到女儿。她或多或少有点虚荣的。

那一年，豆豆突然变了，眉眼儿长开来了，原来塌鼻子也隆了起来，眼睛也变大了（豆豆原本眼睛看起来像细小的一条线）。老师特别喜欢豆豆，说豆豆继承了妈妈的天分，唱歌跳舞都特别好。连豆豆的爷爷奶奶都发现了豆豆的变化。奶奶说，都说女大十八变，豆豆这么小就从丑小鸭变成了白天鹅。大约亲情之外，人还是喜欢漂亮的小东西吧。豆豆的爷爷奶奶一辈子享受惯了，不爱自己做饭，经常下馆子。最近二老下馆子喜欢带上豆豆。

生活一如既往进行中，表面上风平浪静，只有小项知道，恐惧并没有从她心里退去。她猜不透陈波脑子里在想什么。有一天，陈波问小项，你说豆豆像谁？不像你也不像我。小项开始以为陈波开玩笑。陈波是严肃的。小项这才隐约感到另一种怀疑开始侵入陈波的思想。

不知从什么时候起，陈波对女儿变得冷淡了。他不怎么愿意接女儿，借口现存有的，比如临时有个急诊手术之类。小项不会开车，只好踏着自行车去接豆豆。小项有活动时是非常忙碌的，她抽不出时间时，只好麻烦豆豆的爷爷或奶奶。二老接了几次后就觉得生活被打乱了，就出钱雇了个专门接送豆豆的阿姨。

陈波着迷于和小项做爱，好像唯有如此他才是安心的，他才确信自己拥有小项。这一年来，小项对性事已没有一点兴趣。但她从来不拒绝。虽

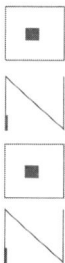

然陈波有时候会控制不住动粗，她也忍了。这是她欠他的。他们亲热的时候，偶尔豆豆会来敲门，陈波迅速从小项身上爬下来，穿着短裤，训斥豆豆，并把豆豆锁到自己的房间里。小项听到隔壁房间传来女儿的哭声，对压着自己的陈波说，陈波，我求求你，你一直对豆豆好的啊，你怎么啦，她是你的骨肉啊，你对豆豆好一点好不好。

陈波用怀疑的目光看着小项。小项的内心冰凉冰凉。小项再次确认，某种怀疑侵蚀了他的脑子，控制了他的情感。小项想，难道他在怀疑豆豆不是他亲生吗？自己的初夜都给了陈波，陈波是知道的呀。他们结婚不久他们就有了孩子，如果这也怀疑，陈波真是脑子有病了，是病入膏肓的病。

当小项意识到陈波的疑虑，她想过做一个亲子鉴定打消陈波的心魔。又想，陈波从来没有说出过他的疑虑，如果她提出来，陈波一定会觉得被冒犯。即便陈波亲口同她讲他的怀疑，她提出这件事，陈波也不一定会同意。

豆豆生日那天，陈波对女儿特别好，特地为豆豆买了新衣服和一个火车玩具，蛋糕是陈波下班时带回家的，陈波一边亲豆豆，一边喂她蛋糕。豆豆对陈波的突然亲昵受宠若惊，不知如何反应，只好无助地看着小项。不过豆豆马上适应了，毕竟是亲爹。后来豆豆开始拍陈波的马屁，表情近乎谄媚。小项看了很伤感。

小项是从豆豆的口中得知陈波带她去了一趟医院。是爸爸的医院吗？小项问。不是，是开车过去的，很远的医院，在另外一个地方。爸爸让我不要告诉你。豆豆说。医生从女儿的口中提取了一些唾液，并剪了一撮头发。陈波也是。他们在医院里等了半天。当陈波看到报告单时，泪流满面，紧紧抱住豆豆。豆豆不知道爸爸怎么了，她问，爸爸，你要死了吗？陈波摇摇头，说，爸爸对不起你。

小项感到无比委屈。她大哭一场。在痛哭的时候，小项明确意识到这个家庭已经破碎了，她得离婚。回顾这一年，她自己都惊奇自己是怎么熬过来的。现在好了，陈波已确认女儿是他的骨肉，就这样分手吧。放过彼此，对谁都好。

我们再在一起，会是悲剧。陈波，你放过我吧，我看不到希望。小项说。

起初陈波不肯。他认为他和她正在变好，并且会越来越好。这在小项的预料之中。陈波对她有一种偏执的迷恋。有时候小项觉得这种迷恋未必是真正的爱，可能是她对他的伤害造成的。可怕之处就在这儿。小项从来是决断的，只要她做了决定，她就会迈出这一步。小项觉得从此后她不再欠着陈波了。她在外面租了一个小房子，先搬出去住。至于女儿豆豆，是一个难题，她不知道如何向她解释。她还小，什么也不懂。她知道离婚对孩子的伤害有多重，她自己就是一个例子。她实在没有办法了，她非如此不可，她得离开陈波，否则对这个家，对她和陈波都是灾难。她决定把女儿留给陈波，她断定现在女儿是陈波生命中最重要的人，陈波会小心保护她。她当然会来看女儿。总有一天女儿会明白的。多么悲哀，自己的悲剧还是临到女儿身上。

虽然还没有正式离婚，但还是惊动了陈波的父母。一天，陈波的母亲来到小项的租屋。陈波的母亲是从豆豆那儿听说的。豆豆告诉奶奶妈妈搬出去住了。不久前，小项还对豆豆撒过谎，说自己这段不住在家里了，因为工作很忙，还经常出差，不过会随时来看她。看来豆豆年纪虽小，什么都懂了。陈波的母亲是个直性子的人，她说起自己此生最后悔的一件事就是把陈波放在乡下老家，让陈波奶奶带大。她说，那会儿他们都太忙了，没办法。陈波对他们不亲，心里有怨气，接回城里后他几乎不同他们说话。他们从来没搞不清陈波在想什么。说到这儿，陈波的母亲，这个开明的知识分子流下泪来，她说，豆豆说陈波一直在欺负你。其实我早发现了，你这两年身上经常有伤，我看着都心痛。我不知道你们夫妻怎么了。陈波一直对你好的啊，他脑子出问题了吗？

小项没回答。她说不清楚。听到陈波的母亲这么说，她还是有点感动。至少她是理解的。她没有站在陈波的立场上骂小项。

我担心的是豆豆。你们是大人离就离了，可豆豆怎么办？陈波虽是我的儿子，可豆豆跟着陈波我不放心，我担心会把豆豆毁了。陈波母亲说。

这是劝和的一种方式吗？婆婆是想让小项回心转意回家吗？听了陈波母亲的话，小项不是没有犹豫。她觉得婆婆说的不无道理。但她真的无法再回去了。她说，陈波对豆豆好，是真的好。豆豆也和陈波亲。

你看问题太表面了，我研究海洋生物的，海洋生物为了自保都懂得拍马屁，何况小孩子。你不觉得豆豆更信任你吗？婆婆说。

婆婆说他找过陈波，谈过豆豆的问题，如果陈波和小项最终离婚，希望女儿让小项来养育，陈波坚决不同意。陈波还说，他和小项只是分居，不会离婚，他也不会同意离婚，让他们不要操心。后来陈波的母亲退而其次，说不离婚是最好的，假设一定要离，陈波不放心小项带豆豆的话，索性他们来带。陈波母亲说，我们小时候没带过你，把你放在乡下，算是我们欠你的，我们在豆豆身上还。陈波沉默了，黑着脸，不再回答母亲一句话。

那天的谈话没有任何结论。小项没弄清楚陈波母亲找她的目的。传达的信息量是够的。这个海洋生物研究者把所有的问题都摊在小项前面了。

这天，小项特意去幼儿园接女儿，带女儿去她最爱的肯德基吃饭。吃饭时，小项问豆豆，如果爸爸和妈妈分手，你愿意跟谁？豆豆埋头吃着鸡翅，说，我不想你们分开。

小项和陈波分居了一个月后，陈波居然奇迹般地想通了，他同意离婚，并在离婚前给小项买了一套二居室的房子。那是一个周末的早上，陈波敲开了小项的租屋，带小项来到永江边的一个小区。陈波说，有一户人家要出国了，急着出售房产，我想买下来给你住。你不能住出租房，太委屈你了。小项知道陈波是有钱的。关于钱的来历，小项不是太清楚，也许陈波的父母给了陈波一部分积蓄。那房子很好，在永江边，可以看得到江景，房子装修风格简洁，很符合小项的审美。陈波见小项满意，就买了下来，房产证上是小项的名字。小项很感动，他觉得陈波真的是在乎她的。

办离婚手续的那天，陈波要求，女儿归小项。小项很吃惊。她一直以为陈波舍不得女儿的，一定会把女儿留在身边。陈波的母亲也这样说过。小项说，我当然要豆豆，你当真？陈波说，豆豆跟着你更好，毕竟你是母亲。

小项以为是陈波的母亲做了工作，后来她敏锐地意识到陈波在这件事上有他的心思。他不是真的不要女儿，他只是让女儿困住小项，让她不去找别的男人。在陈波的潜意识里，他们这个家分开只是暂时的，随时都可能破镜重圆。

小项深究自己的内心，她其实也是希望这个家庭不要破碎。在她心里，她依旧认定陈波是对她好的。陈波是个可怜的病人，只是控制不了自己而已。

小项带着女儿豆豆开始单身生活。有一年时间，虽然有女儿作陪，她的生活可以用"寡居"来形容。

她和周菲恢复了从前的闺密关系。小项把周菲的电话删掉了，她是从朋友那儿问来周菲的电话，打电话给周菲。小项说的第一句话是，周菲，我离婚了。

周菲和小项在三江口一家咖啡馆见了面。周菲说，小项的气色比上次好很多。一年半之前的那次见面，小项简直不成人形。这次小项打扮得体。她穿着一件深咖啡中式套裙，胸口点缀细小的白色花朵，雅致纤秀，她不着痕迹地施了粉黛。离婚后，小项的状态大有改善。

周菲这段日子并不顺心。赵总终于出事了。不过他还算有信义，在被抓之前想办法把答应给周菲的另一半捐助打了过来。很快赵总便被判了刑，八年。周菲知道赵总只是白手套，但他什么事都自己揽了下来。其实没用，那位公子也没逃过法律制裁，再也无法帮他了。她去看过他几次。他气色越来越差。他说，他可能生病了，以前他肺部有节结。周菲担心他的身体，通过关系让赵总出监做了一次检查，查出是癌变。周菲帮他办了保外就医。

幸好发现得早，他还有救。周菲说。

治好了？小项问。

医生说没大碍了，不过医生挺帮忙的，一直开诊断书给狱方，所以一直保外就医着，没再进去受苦。周菲说。

小项说，这个赵总吧，眉清目秀的，人品不错，怎么会给那公子哥做白手套呢？

周菲说，知遇之恩吧。一次在酒吧，公子被流氓围攻，赵总当时也在，并不认识公子。他救了公子。后来公子对他特别好，他一下子变成了人上人。

小项说，唉，以为是福，哪知惹的是祸。

周菲说，都是命。

小项说，这赵总是喜欢你的。

周菲不语。

小项问起周菲的剧，你排得怎么样了啊？你得提速。

周菲显得有些烦恼，说，越排脑子越乱，总是没达到预想的效果，我都怀疑自己是不是废了。

离婚后，陈波每周都到小项屋里吃一顿饭，也是为了探视女儿。陈波喜欢去学校接豆豆，有时候他和豆豆会在外面吃，再把女儿送回永江边小项的居所。有一次，陈波向小项求欢。小项拒绝。小项说，这是不可以的，我们离婚了，这算什么呢？陈波就抱抱小项，在小项额头亲吻一下，赞美小项，你现在越来越漂亮了。小项轻轻把陈波推开。

秋天的时候，陈波来看女儿，带了新女友，一位幼儿园老师。虽然是可以预料的，但小项心里一直没想过这件事，没有思想准备，因此有一点点震惊。一会儿她明确意识到他和陈波之间的句号出现了。小项意外地发现自己的潜意识里竟然没有这个句号。那女孩很乖巧，适合陈波。陈波说，是她一定要来看看你和豆豆。我想，也行。那天，小项做了一桌的菜款待陈波和那女孩。吃完后，那女孩和豆豆去玩了。豆豆似乎很喜欢那女孩。大概做幼教的懂小孩的心思，容易笼络孩子。陈波来到厨房，问小项，这女孩怎么样？小项说，挺好的，安静，善良。陈波说，你这么说我放心了。爸妈一直逼我，要么和你复婚，要么找一个结婚。我来听听你意见。小项说，你结婚吧，这么好的女孩哪里去找。

小项对自己的单身生活突然厌倦了。单身生活总归是辛苦的。小项也算是美女，离婚的女人免不了会有人试探。那些在社交或工作中所碰到的男人，大都算得上是成功人士，她不动心，好像寡居对她而言是一种安慰。在潜意识里，她也许想以此惩罚自己。现在她想，也许有个家庭也是好的。

秦少阳是位留美海归，在一家上市公司做文化总监。上市公司三十年年庆，需要搞一台晚会，通过朋友介绍找到小项。小项第一次见秦少阳竟然想起韩文涤，并不是两人多相像，完全不像，想起韩文涤小项自己都感到惊讶。秦少阳下巴的胡须刮得干干净净，有着中国男人少见的天真气质，笑起来特别灿烂。他们在工作中相处得非常愉快，好像彼此认识了一百年。接触多了，小项对秦少阳的个人生活有了一些浅层了解。小项以为像秦博士这种人，温文尔雅，事业有成，应该早就结婚生子了，没想到还是单身。小项笑道，你是钻石王老五啊，我一定要替你找一个配得上你的美女。秦少阳目光灼灼地看着小项。

他们认识一个礼拜后，秦少阳单独请小项吃饭。秦少阳说，我带你去一个好玩的地方，放松一下。结果他们来到永江旧码头停泊的一艘客轮上，那客轮已改装成一家高档西餐馆。跟着秦少阳走进一间小小的包间，小项想这儿哪里算得上是好玩的地方。小项发现秦少阳有些表达并不不准确，可能在美国待久了，习惯于用英文，汉语相对贫乏了，或者可能是美国那地方实在太乏味了，国内什么地方都变成好玩的了。他们坐在包厢里，包厢里点着蜡烛。酒还没喝，秦少阳脸已红了，竟有些腼腆。秦少阳似乎为了让气氛轻松一点，指了指窗外，宽阔的江面上零星飘过几只货船，发出带着水汽的马达声。红酒醒好了，秦少阳从务服员手中接过盛酒器，替小项和自己倒上。秦少阳一下喝干了酒杯里的酒。小项对秦少阳特别奇好，她带着好玩的观察的表情看着他，她不知道这个有绅士派头的男人今天会不会喝醉。小项没想秦少阳会向她求婚。

小项，我想娶你。秦少阳借着酒劲说。

小项并不认为秦少阳是认真的。男人都差不多，需要上床时甜言蜜语，从床上下来后，那些话就像刮过的风，不着痕迹。小项笑了，说你们美国人对待婚姻这么随便的？秦少阳目光坚定，好像并没有听小项说什么，他说，我第一次见到你就想娶你，我觉得你什么都好，你就是我一直等着的人。说完秦少阳又喝了一杯酒。小项突然有点感动，她看出他是认真的。她笑说，你喝酒才这么说，酒话谁信。秦少阳说，我可没醉。小项笑了，她对他不无好感，在他面前她一直是放松的。她伸手抚摸了一下他的脸，温柔地说，我没有你想得那么好。

自然他们在一起了。小项本来不指望他们的关系是长久的，到那台晚会成功演出后，秦少阳和小项还在一起。

因为在秦少阳那里特别放松，小项喜欢在他们亲热后倾诉自己的过往，当然是有选择地讲。她没讲韩文涤。更多讲了卢一明。陈波也有涉及。陈波对小项而言不堪回首，不想多讲，但总归还是要讲到的，否则秦少阳理解不了她和陈波何以离婚。卢一明不一样，某种意义上这个人改变了她的人生。况且卢一明死了，死是一种赦免，原本故事里的轻浮自觉地被过滤了，她可以更庄重地讲述她和他的故事，讲述那三天她和他不知餍足的青春往事（小项觉得同现在比那时候无论身心都年轻，虽然那时候她已为人妇且有一个女儿）。她还讲了他某一天奇怪地提起敦煌，她说他虽然语焉不详，可她觉得敦煌对他来说一定很有意义，同他的生命密切相关。小项还提到他在高速车祸后，卢一明的太太来看过她，带来了一封信。小项以为讲这些事可以把秦少阳吓跑。没有。秦少阳安静听着，目光充满理解和温情，好像这才是他想象中的小项。秦少阳对那封信有好奇心，他问，信里都写了什么？小项说，她没拆开。为什么要拆开呢，没有任何意义了。秦少阳说，你害怕知道信里内容？小项摇摇头，不害怕，我只是不想看。

她不问秦少阳的经历。她不想知道他任何过往。

他们开始有伴侣的感觉了。他们一起逛街购物，一起下馆子吃饭。有时候带着豆豆，豆豆不排斥秦少阳（也许家庭变故让豆豆变得没有安全感，所以对有可能进入自己生活的人她都小心讨好。这么小的孩子，心计这么深）。他们三个走在街上像一家三口。秦少阳经常替小项买单，小项不是个占便宜的人，她算得很清楚，她也总是给秦少阳买礼物，价值大致相当。吃饭当然是秦少阳付，小项认为这理所当然。

女儿已在寄宿学校读小学。秦少阳有时候会在小项那儿留宿。小项和秦少阳在一起看电视。有一天，小项在电视新闻上看到了韩文涤。小项听说过韩文涤去省城任职了。在电视上看到他还是第一次。那天他在接待外宾及其夫人。他的夫人在陪。小项见到传说中他美丽的夫人。确实是个美人。笑容是标准定制式。看到这一幕，小项心如止水，平静得连她自己都吃惊。

你认识他？秦少阳问。

他曾是我的上司。小项说。

秦少阳没再问下去。

他升官升得真快。小项又说。

大多数时光秦少阳会赶回自己的住所。那上市公司不在市区，他的住所离市区有点远。秦少阳出门的时候，小项会想想秦少阳和她的关系。秦少阳已不下三次催促小项，尽快确定婚期，他说，这样他才安心。他还说，他怕有一天小项在他的生活中消失，找不到她。小项说，怎么会，我有单位啊，这房子也不会飞走，你随时可以找到我。每次，秦少阳离开后，小项会抱住枕头，这枕头还透着秦少阳的体香。他是小项碰到过的最干净的男子，温存体贴，他们的身体也相处得非常和谐，身体彼此寻找、探索，总能发现意外的惊喜。小项感到自己都有些依赖他了。有一天，秦少阳对她说，如果小项有一天离开了他，他会不知道怎么生活，生活会失去意义。小项听了不免感动，可是在秦少阳面前，小项从不表露自己对他的依赖，好像他们随时都可能分手，好像他们的亲密关系仅止于性。只有当秦少阳走后，她的心里才涌出怜惜。她抱着枕头说，你这个傻瓜。

六月的一个晚上，周菲断断续续排了三年的舞剧终于公演了。舞剧名一改再改，最终定名为《妇女简史》。想起这部剧，小项真心觉得不容易。周菲为这舞剧耗尽心血。小项蛮佩服周菲的耐心和毅力。一个人只能如此专注才可以有收获吧。也只能说收获，还谈不上成功（至少现在还不能说成功）。不过什么又算是成功呢？

小项和秦少阳一起看了《妇女简史》。这是小项第一次完整看这出剧。这是一个男人和一个女人既相濡以沫又彼此折磨的故事。主题大胆，有赤裸的性，也有残忍的暴力。两个人慢慢走向自我毁灭，走向彼此的祭坛。在舞剧的高潮处，舞台漆黑，整个剧场漆黑。突然一索光从天而降，背景中出现一尊高大的佛像，光线好像是佛像散发出来，一男一女两个舞者把手中的刀子刺入彼此的心脏。拿着蜡烛的诵经者从舞台四面八方涌入，围着两具尸体，佛经的吟诵声慈悲、庄严，又带着一些恐怖的气息。这时候，大佛内响起敲击声，声音大到把诵经声完全盖住了。刚才死亡的一对男女死而复活，她们忘记了一切，开始了她们的舞蹈，回到舞剧开头的那一幕。不过，现在他和她的四周都是诵经人，他和她跳到每一个诵经人那儿，都会发出刚才的敲击声，好像他们此刻正在佛的肚子里。

演出非常成功。一定有很多人当面祝贺周菲。小项觉得在这样的场合，她不去凑这个热闹了。她给周菲发了一个短信，由衷地赞美她。好几处，我看到了自己。小项说。

小项和秦少阳出来的时候，小项还沉浸在舞剧的气氛中。她没想到周菲编导了这么一出令人毛骨悚然的舞剧。小项和秦少阳不由自主地拉着彼此的手，好像唯有如此才可以得到安慰。小项不想说一句话。秦少阳似乎知道小项的心思，也没出声。仿佛那舞剧还在继续演出，好像他们一出声就会中断故事的进程。快要离开剧场时，秦少阳轻轻说了一句莫名的话，哪天我们去看看敦煌。

在剧院外面，小项骤然撞见陈波。小项没想到陈波也来看了。难道周菲也邀请了陈波吗？陈波这会儿黑着脸，看着小项。小项意识到陈波在等着她。陈波的小女友无助地站在一边，目光里有愤懑和委屈。显然这之前陈波已和她闹得不愉快了。

陈波把小项拉到一边，质问小项，那男人是谁？小项说，你干吗啊，同你有什么关系？陈波说，你怎么能这样？小项说，你醒醒，我们离婚了，你只是孩子的爹。陈波说，我不同意你同这个人交往。小项指了指陈波的女友，说，快回到她那儿去吧，当心她跑了。陈波说，我不在乎。

小项不想再理陈波，拉起秦少阳上了车。秦少阳埋头开车，一直没问，偶尔看一眼小项。小项表情严峻。小项说，刚才是我前夫。秦少阳说，我猜出来了。小项怕秦少阳担心，说，他没别的事，问我豆豆的事。秦少阳显然不信，目视前方，朝永江边小项的寓所开去。

一会儿，他们到了小项的家。秦少阳似乎想走的意思。小项说，晚上你住我这儿吧。周菲的戏让人不安，你陪陪我。

他们正在亲热的时候，屋子的门被擂响了。小项马上意识到是陈波。她想，他真是个疯子，他怎么可以这么闹。小项对自己的身材很自信，并没穿衣服，来到客厅。门外传来陈波的声音，小项，你开门。小项说，男友在，不方便，有什么事，明天你来单位找我。陈波说，我不相信，你让我进来。小项说，你这是干吗，为什么要这样。秦少阳也从房间里出来了，不过他穿好了衣服，他有些胆怯，这个青年时期在美国成长的男人显然没碰到过这种场面，他担心小项把陈波放进来，他们之间会有一场决斗。

小项对秦少阳使眼色，让他说话，证明屋子里确实有男人。秦少阳想了半天，结结巴巴地说，你好，我叫秦少阳，是小项的未婚夫，只要小项同意，我随时准备娶她。

小项差点晕过去。她想，这位博士真的是书读多了，太老实了。

门外再也没响起敲门声。过了半个小时，小项意识到陈波走了。不过她并不确信，陈波固执，天晓得他走没走。也许在楼下的小区里辗转徘徊。小项又想，他们离婚了，离婚后陈波变得正常了许多，有时候他来看小项，小项甚至觉得他比以前开朗，也会开玩笑了。他应该不会如以前那样做出疯狂的事来。她希望自己是想多了。陈波有了女友，他们会结婚，会有一个孩子，会从此过上幸福的生活。

第二天，秦少阳一早走了，他要赶到郊区上班。小项打扮好，下楼时，发现陈波站在不远处，脸色苍白而憔悴，眼眶深陷，神色痛苦，目光迷茫，却又有坚定的疯狂。自从陈波带女友来过小项家后，在她的感觉里，他和陈波已画上了句号。现在看来，这个句号并不是句号，只是一个长长的省略号。小项想，陈波的心里依旧还装着她。这是一种什么样的心理呢？他们分开了，事实上，分手后，他们友好相处，对彼此都是解脱。陈波为什么要这样？

小项假装没看见他。陈波不放过她，陈波拉住她，说，我决定了，我们复婚。小项愣住了。昨天晚上，小项总是想象陈波像一个幽灵一样在小区里徘徊，她一夜没睡，她的体能和精神已达崩溃的边缘。她突然感到愤怒，她吼道，你凭什么？凭什么你想干吗就干吗？发了一通脾气后，小项抑制不住大哭起来。陈波站在一边，安静地看着小项。

后来的一段日子，陈波没再来找小项。小项听说陈波和那位小女友真的分手了。有一天，小项路过那幼儿园，那女孩正站在门口的游乐场，她看小项的目光充满敌意，还有带着些许嘲弄，和小项先前印象有很大的落差。小项有些恐慌，赶紧离开。那女孩走出来，叫住了她。那女孩说，我知道你的一切，陈波和我每天讲的都是你。小项停下来，既然都说到这儿了，干吗不深入了解一下内情呢。那女孩继续说，你前夫疯了，她不会让你和你的海归男友心想事成的。小项问，他想怎么样？那女孩说，他是医生，他有的是办法，你让那海归男友当心点吧。小项非常吃惊，愣住了。女孩说，我是好心，当心点总是好事。

小项没有把那女孩的警告告诉秦少阳，免得让秦少阳担惊受怕。

陈波好像失踪了。连周末也没来看女儿。这不正常。小项不禁有些忧心。女儿问小项，爸爸怎么不来看她。小项敷衍道，爸爸这阵子出差了。

秦少阳只要不出差，一如既往来小项家。他原本是个开朗的大男孩，看起来涉世不深（可能因为他在美国待的时间太长了），面对现在这个局面他不免有点无所适从。开头还好，当作一切没有发生过，两个人还是像过去一样，下下馆子，看看电影。慢慢地，小项发现秦少阳变得心神不定，和她说话时欲言又止，一副心事重重的样子。小项一度怀疑秦少阳是不是介意了，也可能是厌倦她了，这段时间他再也没有提过结婚的事。她想男人都一样，甜言蜜语就像流水，水过无痕，都不可信。小项对此非常失望。

有一天，秦少阳还是没能忍住，同小项讲了他的心事。他说，他最近经常收到陌生电话，不是同一个电话打来的，电话老变，但内容是一样的，要么说开车要当心，要么说他知道人体结构，可以像庖丁解牛一样肢解他。用点药就行，不痛。再用点药，你的身体就会变成水，不会留下任何痕迹。秦少阳告诉小项这事因为来小项家的路上，有一辆车插向他的车，幸好及时避让并刹车，不然会从高驾坠落下去。小项问，这种电话多久了？秦少阳说，半个月了。小项看来电显示，确实都是陌生电话，没有一个电话来自陈波。小项说，少阳，你最近结了仇家吗？问完后，小项自己都觉得是废话，除了陈波，怎么可能会有人想置秦少阳于死地。小项想起那幼师同她说的话，她一直以为是个玩笑，或出于某种恶意，看来她是真的在警告。小项还是不敢相信陈波会干出这种事，和陈波一起生活了这么多年，在她心里，陈波还是一个善良的人。每次，他们吵架后，陈波的眼泪和悔恨都是真实的。

小项决定去见陈波。小项来到西门街。小项有好久没来这里了，西门街的一草一木她熟悉到闭上眼睛都能想得起来。她敲开了陈波的门。陈波见到她显得颇为受宠若惊。小项注意到这房子似乎重新装修过了，有一种焕然一新的感觉。她还看到在卧室靠床的那面墙上，她和陈波的婚照放大了，装在一个巨大的镜框里。照片上的他们看起来非常甜蜜，目光中充满了对未来无限的希望。陈波说，那时候，我们多么年轻啊。小项说，陈波，你这是什么意思？我们已离婚了，你挂着这照片又何苦。陈波说，我想好了，我前段把屋子用涂料刷了一遍，把家具也换了，要和你复婚。陈波这种疯狂的念头让小项心里冒出一股冷气。

小项决定不问陈波关于电话的事。问了也是白问。即便是陈波干的，陈波也不会承认。谁会承认这种事。小项和陈波谈起女儿，小项说，女儿一直在问你为什么不去看她。陈波说，等我把一切都搞停当，我就把你和豆豆接回家。我以前没处理好，我保证以后再也不会了。

小项和周菲见了一个面。小项夸周菲的舞剧非常出色，很震撼。周菲告诉小项，"云门舞集"的人看了她的舞剧，想邀她去台湾演出。小项祝贺周菲。周菲意识到小项找她有事，不再谈她的舞剧。倒是小项还沉浸在舞剧中。小项问，周菲我问你，那男女都杀了对方，你为什么要让他们重生，开启新生活，他们在一起还能生活得好吗？周菲说，总得要有些梦想，人间也没那么绝望，什么都有可能发生是不是？

小项回到家里，把秦少阳留在她家里的东西全部整理好。在整理的时候，小项已泪流满面，秦少阳的每一件东西，她都舍不得，但她知道不能留下来。那件衬衫他刚换下来，还没来得及洗，还带着他的气息，她忍不住把衬衫贴在脸上。她哭得更欢了。她喃喃自语，说，这都是为了你好，你和我在一起不会幸福的，我不配再有幸福，但你一定要有。对不起，对不起，这是最好的办法。

那天秦少阳来到小项这儿，小项面色阴沉。秦少阳问小项怎么啦？这时秦少阳看到自己的包放在客厅的沙发上。秦少阳说，小项，你要赶我走吗？小项强忍住自己的眼泪，装出一副绝情的样子，说，我们到此为止，你以后不要再来了。我得回去了，陈波是孩子父亲，什么人都比不上陈波重要。

仿佛一切没变化。小项和陈波还有亲爱的女儿豆豆在一起，还是一家人。就好像周菲舞剧的结尾。结尾就是开始。第一天晚上，陈波抱着小项，非常温柔。小项是紧张的，她已习惯了秦少阳。她感受到陈波身体里传来的疑虑。她想自己应该配合他。她感到自己是多么机械。

日子一天一天过去。现在看起来一切正常。陈波在他们做爱时再也没有失控，陈波要得也不像以前那么频繁。看得出来陈波在努力克制自己。这令小项起了幻想，好像她和陈波真的回到了开始。如果一直这样，也不错啊。她因此有一种苦尽甘来的感觉。她甚至觉得自己做了一个对的决定。她放过了秦少阳，让他免于恐惧，而她修好了原本破碎的家庭。这让她感到些许的欣慰。如果从前的一切是上天对他和陈波的考验，目前看起来他们经受住了考验。

这期间秦少阳给她发过无数的短信。在短信里，他说他会一直等着她，只要她愿意，他依旧盼着同他结婚。小项没有回他。她想象过他的痛苦，也担心过他。他曾对她说，如果失去她，他会不知道怎么生活，生活会失去意义。然而她明白她不能回复他，一回复，会没法收拾。

有一天，小项洗完澡，从浴室出来，看到陈波在看她的手机。她感到不妙。陈波还是在怀疑她。陈波说，刚刚有个短信进来。小项没说话，拿起手机看了一眼，是秦少阳发来的。小项没回话。也没看陈波。这事儿最好的方式是沉默。如果陈波看了所有的短信，他应该明白，她没回过一个。陈波不应该生气。可她知道陈波在生气，他的脸这会儿是黑的。

这天晚上，他们亲热时，小项再次意识到那个黑洞依旧在陈波身体里。小项想，一切只是美好的幻想，问题没那么好解决的。

清明节前，陈波向小项提议是不是提前祭祖，然后，全家一起找个地方去度假。小项那段日子工作特别忙，手头有好几个策划项目在做。不过为了家庭有什么不可以放下的呢。她说很好，我们一家人有好久没出去玩了。

祭祖那天，小项做了一桌的菜。祭祖的方式完全照永城的习俗。小项点上蜡烛，发现纸钱没了。她对陈波说，她去小区念佛的婆婆那儿买点纸钱来。陈波说，你快去吧。

小项回来的时候，吓了一跳。她看到蜡烛和祭祖的菜肴中间放着一只红色的盒子。小项站在那儿一动不动，恐惧占据了她整个身心，她感到自己快要崩溃，随时会晕眩过去。陈波没事一样，对小项说，你搬出去住后，我就把它挖出来了，埋在那儿，我总担心它烂掉。小项脸色苍白，低头烧纸钱。她对自己说，不要哭，没事的，陈波把盒子取出来没别的意思，真的是担心盒子烂掉。烧完纸钱，小项跪在桌前，对着祖宗磕了三个响头。

晚上，小项哄豆豆睡熟，回到房间。陈波已洗完澡，等着她。小项心领神会，进浴室洗澡。一天下来，她已非常疲劳。也不完全是疲劳，应该是麻木，或许是紧张。她慢慢洗着自己的身体。几年下来，她的身体已不如从前，但底子好，身材还是紧致的。她比任何一次都要洗得缓慢和干净，好像以此可以洗干净她身上一切"脏"东西，或者想以此挨过这个夜晚。

她出来的时候，陈波把房间的灯关了。她以为陈波睡着了，长长地松了一口气。今晚陈波终于放过她了。她躺到床的左侧，轻轻盖好被子，怕把陈波弄醒。

陈波突然抱住了她，一下子进入了她。陈波说："你讲，你讲啊，卢一明是怎么弄你的……"

这世上没有破镜重圆的故事。即便是重圆也不是原来那面镜子。

三个月后，秦少阳在小项的手机中消失了，他不再发来信息。突然之间断了音讯，小项心里空落落的，有些恍惚。她担心他出了什么事。过了一周，她拨通了他的手机。电话里传来电子语音：对不起，你拨打的电话是空号。她的心一下子提了起来，涌出某种不祥的预感。后来，她打电话到他的公司。一个女孩接的电话，对方回答，秦老师好久没来上班了，公司里的人都不知道他去了哪里。

小项愣住了，那一刻一直隐藏在她心里的幻想明确地降临到她的脑子里。电话那边，那个女孩在问，你是谁？你有秦老师的消息吗？小项挂了电话。

小项开始拒绝和陈波亲热。哪怕陈波有时候强行行事，她也不让他得逞。陈波也是脆弱的，在她的反抗下，他会迅速退潮。几次后，陈波也不再碰她。他们还躺在一张床上，但他们之间的距离却像隔着一条银河，遥不可及。

这样过了两个月。一天晚上，他们像往日那样钻进被窝睡下。灯已经关了。这两个月，小项的睡眠特别差，有时候她整晚都睡不着。那个幻觉一直跟着她。她努力想压制那个幻觉，压制不住，反而把幻觉当成了真实。她觉得自己也病了，有点儿分不清真实和幻觉的界限。

陈波也没睡着，半夜时分，黑暗中传来陈波的声音，你为什么不毒死我？

什么？小项吃了一惊。

我知道你半个月前买了砒霜，我一直等着你下药。小项，我没救了，也许我死了才有救。陈波说。

小项没想到陈波知道她买了药。他什么都知道，他现在不像一个外科医生，而像一个神探。她相信，她手机上的一切他都已看过了，包括最近她给秦少阳发的信息。虽然她拨打的电话已是空号，可她向那个空号发了无数条短信。她告诉他，他和她在一起是她此生最美好的时光，她愚蠢地放弃了，她替自己惋惜。

小项突然泪流满面。她下过几次决心，想把药投到陈波的茶水里。她发现自己根本没有这个狠劲。毕竟他是孩子的爹。

他在这个世界上消失了，同你有关吗？小项问。

也许吧。我找过他，我知道他一直在联系你。我威胁他，让他悄无声息地离开永城，不要再联系你，否则我就对付你。我知道他在乎你，每个人都有弱点，不是吗？陈波说。

他还活着？小项问。

陈波脸上露出疑惑的神色，他看了小项一眼，一会儿才确定小项在问什么。他脸上露出奇怪的微笑，说，谁知道呢，我是个病人，做过什么事我自己都不确定。

小项知道在陈波这儿是不会有答案的。他的脑子里有一部分永远深不可测。小项也不想得到答案。

很多时候小项愿意相信只不过是她臆想了秦少阳的"消失"。但愿只是臆想。他还活着。她这样希望。

小项和陈波等于摊牌了。他们之间再也没有挽回的余地。陈波固执地不答应分手。陈波对小项说，除非你把我杀了。

有一天，陈波的母亲约小项，说想和她单独谈谈。这么多年来，陈波的父母基本上不介入小两口的家庭生活，除了金钱上的资助，小项也没感受到来自公公和婆婆的太浓烈的情亲。小项不知道婆婆要同她谈什么。一路上她想好了，这一次她一定要向婆婆讲述她和陈波婚姻的真相。

他们在月湖边找了个茶馆。婆婆精心打扮，说明这不是一次随随便便的见面，而是"正式"的。公公和婆婆有些腔调和普通人不太一样。

那天见面，作为海洋生物学家的婆婆，讲起了海豚：海豚是海洋里最聪明的生物，它们和人类很像，一夫一妻制。雄性海豚看中雌性海豚后，就会求欢。雄海豚交配完成后就会离开，远走他乡。

你知道为什么雄海豚要远走他乡？婆婆问。

小项知道婆婆会马上给她答案。

海豚是最钟情的动物，如果雄海豚不离开，雌海豚会安定不下来，会发疯，这样它肚子里的宝宝就会有危险。只有雄海豚离开得足够远，远到雌海豚感受不到爱人的存在，她才会安心孕育自己的孩子。婆婆说。

小项知道婆婆不是来给她普及海洋知识的。这是婆婆的方式，喜欢用冷门的海洋生物习性做谈话的开场白。小项有时候会怀疑这些知识是婆婆顺手瞎编的。

终于说到正题。婆婆说，她知道陈波和小项的婚姻不幸福。作为父母知道是怎么回事。陈波这孩子心理一直不太健康。你们这样下去，陈波和你都会毁掉，还有豆豆，豆豆还年幼，她承受不起你们家庭冷暴力。

小项开始理解婆婆开场白的意思了。

你是想让我离开永城？小项说。

你千万不要认为我狠心。我知道陈波很爱你，非常在乎你。我经常对陈波爸爸说，你和陈波真是是前世冤家。我们去咨询过医生，医生认为陈波童年有阴影，有强烈的不安全感，才导致他抓住你不肯放，只要你在他身边，或在这个城市里，他就不会得到安宁，无法重新开始。婆婆说。

小项有点惊讶。婆婆说出了自己心中所想。她确实无数次思考过这个问题。

这对你也好，你是个好女孩，受到这么大委屈也从来不同我们说。那次见到你身上有伤，我都难过得要死。婆婆说。

小项想，毕竟是高级知识分子，平常不显山露水，心里明镜似的，什么都看在眼里。

你去找你的幸福吧，你会找到一个好男人，会有全新的生活，你是个讨人喜欢的女子，一定会的。豆豆你不用担心，我和她爷爷会照顾好她。一定会让她健康成长。我们这辈子最后悔的一件事就是小的时候没把陈波留在身边，我们很愧疚。照顾豆豆对我们来说也是一种补偿。

婆婆几乎在哀求了。这个平时看起来平和却不流露情感的女人这会儿眼眶泛红。

那天从月湖茶室回来，小项开始为离开这个城市做准备。她认为婆婆得有理，留在这个城市，她逃不过陈波的"魔掌"。当然很可惜，她在这个城市已有了自己的事业，如果去别的地方，一切得重新开始。不过她又想，她现在有手艺，有资历，应该可以在任何一个城市都有能力养活自己。

那天晚上，她到单位整理自己的办公室。在抽屉的深处，她看见一封信。几年前一个女人送来了这封信。她没拆开来过。她拿在手上，犹豫着是丢掉还是拆开来阅读。她沉思了一会儿，把那封信放在了包里。

整理好办公室的个人物品，她给同事写了一封告别信，放在自己的写字台上。她觉得必须写这封信。她可不想让同事们认为她无声无息地从这个世界上消失了，像秦少阳那样。

第二天，小项离家出走，没同陈波和女儿告别。她不知道怎么告别。陈波的母亲应该会告诉陈波和豆豆的。她暂时没想好目的地，她只是想旅行。她想陈波、豆豆或其他人可能会找她。她关掉了手机。她本想把电话卡扔到河里的，又想，万一有意外的事发生呢？所以，她只是关机。她告诉自己不要打开电话。听到女儿的声音，她的心会软。好不容易下了这个决心，她不想前功尽弃。

她坐上高铁，向西旅行。她暂时有了一个目的地：成都。成都是她的老家。她想先去一趟成都，看望一下母亲，或者还会看望一下父亲。不过她不会同父母讲她失败的生活。两边的风景向她扑面而来。列车好像逆时间而行，好像这会儿她正在从今天的自己慢慢退回青涩的自己，退回到最初写日记的那个少女。她想起了秦少阳，他们在一起时，他喜欢问她的过往，问她的少年时光，问她爱过几个男人，他说，他不在乎她的过往，只喜欢现在的她，现在的她刚刚好，是上天给他的礼物。当他这么表白时，小项从来不说话。她不问秦少阳的过往。一个海归博士，一个三十六岁的男人，一定有长长的情史。她不问。她不想知道他的过去。她觉得他现在的一切就是所有，她什么都不需要知道。

可是她太傻了，她现在才深刻认识到他是她此生碰到的最好的男人。但她放弃了他，也伤害了他。他"消失"了。那个臆想又可怕地出现在她的脑子里：他被肢解，然后硫酸把他的肉体融化成了流体……

她泪流不止。对面座位上一个小男孩对妈妈说，阿姨流泪了。小项看了看男孩，抚摸了一下男孩的头，说，阿姨没事。她露出某种幸福的笑容。是的，只要回忆，生命的磨难中总还是会有温暖的时光。

在成都老家住了三天，小项决定继续西行，她想去西藏看看。她一直想去看的。记得在看周菲的舞剧《妇女简史》时她就有一个念头，舞剧虽然尖锐，但最终是宽容的，充满了对生命的宽厚，舞剧里，包括幕景上和舞台上，有几百个出家人身穿袈裟聚在大佛下诵经，场面令她感动，那诵经的声音神秘、庄严、慈悲，那一刻，她觉得唯有这种声音可以安慰人生的苦难。

在成都，小项每天做同样一个梦，她梦到了月牙泉。她依稀记得她少女时代也梦见过月牙泉。她觉得很奇怪。他记起卢一明的那封信。在一个安静的午后，在老家后面的小院子里，在沿壁而上的蔷薇藤蔓下，小项从自己的简单的行李箱里取出那封信。她好像下了天大的决心，拆开信。这是一封写于五年前的信，信纸都已泛黄了。小项深吸一口气，读了起来——

亲爱的小项：

我这么称呼你，你有点吃惊吧。我知道在你眼中，我只不过是一个花花公子。我确实是的。我不讳言这一点。不讳言不表示我不痛恨自己。我经常感到自己丑陋。我很少照镜子。我害怕在镜子里看到一张不堪的脸。

小项，对我来说，杭州的三天是我生命的奇迹。在那三天的缱绻缠绵中，我多次想表达心里的话，我都没说出口。我想，我在你那里的形象一定糟透了。后来我就自暴自弃了。我感到你对我产生了某种依恋，而我却害怕了。我要在你前面把自己的形象毁掉。这就是我们分手时我有意为之的行为。

我非常不安。这不是我想要的。我必须要诚恳告诉你我对你的情感。我想修补我在你那里的形象。至少此刻我写这信时是这样想的。但我不知道我最终是不是有勇气把这封信寄出。此刻我很空虚，也很悲伤。我知道这辈子空虚和悲伤会一直伴着我。

我第一次见到你就喜欢上了你。你让我想起我生命中最重要的时刻。那时候，我和一个女孩在敦煌，我们已走到穷途末路。我不知道你明不明白，爱就是穷途末路。我是多么爱她。她是个天真的女孩，你看着她的脸，你会觉得她干净得像是未经尘世。实际上只是表面。世上有很多假象，有些女人看上去很干净，目光明亮，毫无杂质，但并不表示她们不复杂。我得说，你和她很像。气质非常像。我最初看到你时，我吃了一惊，我以为她再一次回来了。

我和那个女孩深爱过。这个你不要怀疑。但如我所说，爱会导致穷途末路。我不想在这封信里具体展开。说起来都是些鸡毛蒜皮的事。总之，我们相爱。我们伤害。我们怀疑。我们和解。我们为了自救，想过与世隔绝的生活。我们到敦煌时，我们仿佛已活过一辈子了。我们看一个一个经洞。晚上坐在月牙泉边。天很低。星星非常大。沙堆高悬在天边。那一刻我们已没了力气。我们相约沉没于月牙泉冰凉的水中。

她走了。我活了下来。我们被打捞上来后送到医院。我竟然被救了。从另一个意义上说不是被救，而是被打入了地狱。这之后，我一直过着地狱般的生活。

你出现了，仿佛时光倒转。我惊讶于自己的激情。在那三天中，我一直在想一个问题，我是不是可以重新再来。但我也同时看见了终点：爱的穷途末路。我这样说是不是不够真诚？好吧，我再真诚一点。我已是个已婚男子，我妻子漂亮，宽厚，她知道我背叛她。我不时拈花惹草，对不起她，她默认。这就是婚姻。经不起检测，可让人觉得可靠，可以依赖。这是我考虑的。另外，我害怕爱。我再一次表白，在那三天里，我爱上了你。

因为爱上了你，我在心里面不想让你难过，并且我很想在你那儿有一个好的形象。今天晚上，我很空虚，也很悲伤，我写下这封信。我不知道我在说什么。也不知道是否会发给你。我在想，如果发给你，我的生命又会发生什么。

后来你突然同我中断了联系。你不会知道，我来永城看过你。我看到你带着女儿从幼儿园出来。你女儿很漂亮，像你。也许我到永城来打算约你重续旧情。我不确定。但看到你如此幸福，我退缩了。理知告诉我，我不应该毁掉你的生活。

现在你知道了，我是个优柔寡断的人。或者你可以说我是个不负责任的人。不过我有一个预感，我不会活得太久。一个人的预感往往是准确的，我确信。

在那三天的最后时光，我同你说起过敦煌。我突然说了，语焉不详。如果我最终寄出了这封信，如果你有一天读到这封信，你就会明白了。也许有一天，你会去敦煌，去月牙泉。在月牙泉的西北角一块大石头。我女友的骨灰撒在那儿。上面有她的名字。

我为什么要同你讲这些呢？其实这些话更多的是说给我自己听的。你是恰好成了我倾诉的对象而已。不过我想让你明白，那三天我幸福并且害怕，然后逃避。

就写到这儿。我都不知自己在说些什么。安好。人们总是这么说，可总不能安好。

卢一明醉后

读完信，小项非常吃惊。看得出来信写得很随意。很多跳跃的短句，表达时思维处于不稳状态。这封信彻底颠覆了卢一明在小项这儿的形象。如果说她到目前为止是不幸的，那这不幸很大程度来自于这个男人。当然她自己也负有责任。在她受苦的时候，她对他不无仇恨。她后悔没早看这封信。如果早看到，她可能会更平和一些。

天空飞过几只天鹅，排成人字，向北飞去。小项涌出一个念头，她想去敦煌看看。她想象，他活着的时候，大概总会去月牙泉看看她的吧。现在他也死了（读完这信后她都怀疑不是车祸而是自杀），那石块边也许杂草丛生了。

第二天，小项北上去了敦煌。到敦煌不像想象中的困难，从敦煌机场到月牙泉的路途不算太远。傍晚时分，小项到了月牙泉。她很容易找到那块石头，比她想象中的略大一些。她试图寻找上面的名字。没有。小项怀疑自己是否找对了地方。

有一个男人来搭讪。一个还算有风情的单身女人总会引来搭讪的男人，尤其是那些独行的背包客。小项对自己说，此行她将守身如玉。那个人自称是艺术家，把小项带到他的画室。她看了他临摹（其实是一种创造）的无数的佛像。进入那个屋子，她的眼睛都被刺痛了。所有的画面以金色（黄金一样的金色）和靛青为基调，呈现出一种整体的圣洁。可是每一幅画上的佛像都是人间的，世俗的，甚至是情欲的。小项的身体那一刻有些触动。那个艺术家从背后抱住她时，她挣扎出来，温和地说，你安静一点，佛在这里，这里便是圣地。艺术家说可以去宾馆。她只是笑，说，我走了，你画得很好，你会成名的。在小项的工作岗位上，她接触过无数的画家，她这么说是真诚的。

小项刚迈出门，艺术家说，你等等，我有话同你说。小项站住了，她想看看艺术家翻出什么花样。

我不是本地人，在这儿有十五年了。艺术家说，你知道你刚才看到的石头边发生过什么事吗？

小项惊愕地抬起头来看着艺术家。艺术家表情严肃。

那地方曾经发生过凶杀案，有一位姑娘死在那儿。法医说是被人按住头窒息死的。杀死他的是一个混蛋，他自己也畏罪自杀，但运气好，被救活了。艺术家说。

什么？小项以为自己听错了。

是一位漂亮的姑娘。我见过她。艺术家说，很可惜是不是？这么年轻的生命就消失了。他们是一对情侣，到敦煌来玩。那女孩在旅途中爱上了别人，男人起了杀心。奇怪的是男人有女孩的遗书，是双双殉情的遗书。男人因此逃过一劫，没被起诉。

小项愣在那儿。她陷入巨大迷惑之中。一股冷风吹过院子，小项感到寒冷。艺术家问她怎么了？她没回答。她几乎是逃走的。此刻她需要安静，她需要整理自己的情绪。她不知道发生了什么。这世界太不可思议了。她该信什么呢，那封信里的话还是信艺术家的话？

小项想起周菲的舞剧，那两个舞者相互刺杀时，舞台上的光影像水波一样，他们好像是两个溺水的人。小项怀疑周菲是不是也到过敦煌，听这位艺术家讲过这个故事。

第二天小项一早就醒了。她一刻也不想待在敦煌。也不想知道真相。这世上真相有好多种，关键是你相信哪一种。

小项整理好行李，照既定方案奔赴拉萨。她搭了一辆便车到火车站，她坐普通的火车，到处转车，终于在一个星期后抵达拉萨。

现在，她终于站在广场上，抬头仰望布达拉宫。她有一种灵魂出窍的感觉。天空碧蓝如洗，白云一动不动，布达拉宫既是沉静的，又是辉煌的，笼罩在一种金色的光晕中，甚至布达拉宫周边的山体，在夕阳的映照下，也是金色的。她有点理解敦煌那个艺术家的用色了，金色和青色就是天堂的颜色。

布达拉宫的广场上，都是俯身朝拜的香客。这一切是熟悉的，小项在图片、录像以及电影中见过这些场面，但看到香客们脸上的虔诚和微茫的希望，她还是感动。她感到生命如尘土一般，谁也抵挡不住那只神秘的命运之手的拨弄。看起来过去做的每一个选择都是自己做出，可回过头去看，还是见出无处不在的命运的照拂。

后来，她站在大殿的一侧，听着几百位喇嘛诵经。她听不懂经文，她只能倾听声音本身，那么阔大的仁慈的声音，在整个殿宇里萦绕，通向天际。这些声音此刻钻进了她的身体，就像喝下去的烈酒，在胸腔在胃部热辣辣地扩散。一直以来，她拜佛，谈不上真正信佛。现在她也谈不上真正有信仰，只是身体里拥出一种冲动，她想和那些藏人信众一样，对佛顶礼膜拜一次。她让自己贴身在大殿的石板上，久久地双手合十，举在头顶，直到坚持不住。她俯伏在那儿，双手捧住自己的脸，痛哭起来。在泪光中，她看见陈波、豆豆，还看到在她的生命中消失的秦少阳。

那天，她回到拉萨圣地天堂大酒店，抑制不住打开了手机。她以为会有陈波和女儿的短信，竟然没有。她想，陈波的母亲做得正是绝啊，她真的把她从他们家的生活中删除了。她不知道婆婆是如何描述她的离家出走。他一定把她描述成冷酷的人。她心有不甘，内心酸楚，此刻她多么想把女儿抱在怀里。

她站在房间的窗口，看着拉萨傍晚的风景，内心茫然。天空已从浅蓝变成青色，那么透亮，好像青色的另一边就是天国。这是个安静的城市，神无处不在，有一种庞大的威严在四周生长，让人卑微地不想发出任何声音。远处的拉萨河闪耀着亮晶晶的波光。她久久地凝视着远方，好像就此可以看到自己的去处。这时，"叮"的一声，进来一则短信，一个陌生号码发来的，短信没有署名，上面写了一句话：

你好吗？在敦煌听一位画家讲起一个女人，想起你。

原载《十月》2020年第1期

点评

《敦煌》是关于女性、爱情与婚姻的一次深入探讨。作品以女性视角展开，对于女性与爱情、婚姻的关系展开了细腻而准确的叙述。

周菲与小项是人物主体，这是两个现代知识女性，有独立的思考和判断，也有超出常人的能力与才华。两人的共通之处在于对精神世界有着超出寻常的渴望和追寻。这种追寻在周菲身上表现为对《妇女简史》这个艺术舞剧的执着坚持。而在小项身上则表现为对爱情的渴望。

这种精神追求与现实生活存在错位和冲突，她们无法在现实生活中妥帖地安放自我，于是周菲只身来到永城，而小项跃出了婚姻的围栏，小项与陈波之间看似普通又平淡的日常生活自此再也无法平静。两个现代知识女性对于精神世界的渴求构成了小说叙事的动力，也是张力产生的原点。

陈波这个男性角色构成了小说的另外一重维度，但这个维度更多是通过女性的视角来观察和呈现的。陈波的性格和价值观犹如他的职业，对生活规范要求精确，不能容留模糊地带，更不允许有"异物"闯入和滞留。所以他一直试图挽救婚姻，但他又无法将闯入生活的异物过滤掉。陈波的婚姻观和爱情观代表了一种传统男性的观念以及这种观念在现代生活中所面临的困境。

陈波与小项对待婚姻和爱情的不同态度导致了婚姻的裂隙，也致使最终悲剧发生。作者在小说的后半部分敞开了文本，留下了诸多空白和悬疑。比如秦少阳的失踪和一条陌生号码的"来信"，这些悬念其实也是希望，是作者特意留下的情感的生机与可能的出口。小项的离开也许能让陈波的生活平静下来，但小项的精神寻找只能继续在路上。

周菲的艺术舞剧与小项的日常生活构成了一种对照关系，它对男女关系的隐喻形成了对于小项现实生活的关照和对应，是对于婚姻关系、男女关系的艺术化和形而上的表达。"一个男人和一个女人既相濡以沫又彼此折磨""两个人慢慢走向自我毁灭，走向彼此的祭坛"。这正是小项婚姻生活的状态。

敦煌在小说中成为一个巨大的象征符号，它既缘起于卢一明与前女友的故事，也成为小项寻求精神救赎的一束光源。跃出现有婚姻的桎梏之后，如何重建自我，如何承受"生命之轻"仍然是一个严峻的问题。

（崔庆蕾）

过香河/

/张 楚

1

过了香河收费站，还不能说是出了河北。在香河跟白鹿之间有个西集检测站，验完行车本、身份证、保险单，拿到进京证，才算真正入了京城。在验行车本时，那位斜眼女士发现蜜蜜有两次违章没有缴纳罚款。真他妈倒霉，蜜蜜扭过头问，舅，你带现金没？我忘了带钱包。我说我身上一毛钱都没有。蜜蜜皱着眉头摊了摊手，妈的，银行卡里也没钱了。我瞥了瞥蜜蜜，用微信替他缴了罚款。操！他往地上啐了口痰，又擤了把鼻涕，抬脚在鞋帮处抹了两抹。

我们上了车。他的车。他的车是辆白色宝马。我向来对车没什么概念，在我看来，这辆昂贵的宝马还没有那种银灰色的普通大众漂亮。他开得很快，当然也没有超速。收音机里放着相声，老相声。老相声演员跟德云社的演员有些不同，声气里少油腔滑调，仿佛穿了很久的长袍马褂。高速路两侧的树木恍惚拱了苞芽，又恍惚没有。不管怎样，春天来了，又似乎没来。以后跟老艾说话注意点，我递给他支红梅烟，清了清嗓子，想了想说，你也老大不小了，哪儿能说话没把门的？

叫我叶密，舅，他睃我一眼，跟你们说多少遍了，别再叫我蜜蜜，你们老也记不住！

好的，蜜蜜。

你不知道她多气人，蜜蜜说，我怀疑她得了老年痴呆。哪天把她送进敬老院，我也彻底省心了。他吧嗒了两口过滤嘴，灭了，我赶紧又掏打火机，袜子内裤好好的，没漏没洞，你扔了，她捡回来洗洗涮涮，不照样穿？你寻思你真是土豪地主？那是一次性的，蜜蜜撇了撇嘴，再说了，都扔垃圾箱了她还乌鸦似的叼回来，恶心不？卫生不？那你也不该骂她老不死的，我说，你好歹也是大学毕业。我那算啥狗屁大学，他挠了挠头说，我光顾着练吉他打篮球了，英语四级都是花钱雇枪手考的。

我没再说话，偏头看他。他的脸比丝瓜短点，三层眼皮，每隔两秒他的眼睛就以蜥蜴岔舌吞噬昆虫的速度眨一眨。他从初中就这样眨，一晃都眨了快二十年。初始以为是眼疾，老艾和老叶带他去县医院。医生说，人哪，每天都在不停眨眼，正常人呢，一分钟眨十次到二十次，去掉睡眠时间，一个人一天要眨眼一万次，眨一次眼就跟擦一次玻璃窗一样，能使眼睛保持清洁，而且，闭上眼皮时可以预防光线不断地进入瞳孔，眼底的视网膜能暂时休息下。

老艾和老叶没料到眨眼还有这么多学问，他们拿着医生开的眼药水回了家，每隔俩小时就将蜜蜜按在炕上，将眼泪般的透明液体小心着滴进他的眼皮。点了七天药水，蜜蜜还是不停地眨。老艾和老叶又带他去北京儿童医院，排了两天队也没挂上号，干脆带着蜜蜜去动物园看蟒蛇看孔雀，还看了熊猫跟河马，然后蜜蜜手里攥着棉花糖一家人坐着绿皮火车回云落了。

在很长一段时间内，蜜蜜的眼睛恢复了正常。所谓的正常，就是从前一秒眨两次，后来两秒眨一次。我们都眨眼，只不过他比我们着急，我记得当时老叶说，只要不把它当病，它就不是个病，况且，医生不是说了吗，眨眼相当于擦玻璃，越擦越亮堂，是好事呢。既然老叶这么说了，老艾也就这么信了。反正无论老叶说什么，老艾基本上都认为是对的。老叶从部队转业后在村里当过两届妇联主任，专门负责超生妇女的计划生育工作。他最得意的是，成功地打消了李根旺老婆再次怀孕的念头。他老婆已经生了四个女孩。

前几天，我把电脑纸箱扔了，蜜蜜说，她也不嫌累，那天正赶上停电维修，她吭哧吭哧地抱着纸箱爬到十三楼，浑身的臭汗。还把纸箱藏进我办公室的卫生间。你说我的员工们怎么想？老板连瓶瓶罐罐、破箱子破鞋都攒着卖破烂，还能发啥大财！我随便损了她两句，她就哭哭啼啼。她眼泪咋恁便宜呢？

你不是还没招聘员工吗？你那能叫随便损两句吗？又是傻子又是白痴的，也就是老艾，换成我，大巴掌早扇过去了。我抬起胳膊朝着空气猛烈扇了两下，正手一下反手一下。他肩膀抖了抖，方向盘一歪，车差点撞上高速护栏。舅啊，我满肚子苦水，只是没处倒，你哪天有空了，我陪你喝两盅？他笑着瞥我两眼，你们学校离我家太远，不然让我女朋友天天给你炖牛肉、蒸海鲜。

我忙得很。我不爱吃海鲜。

忙啥啊？你快五十岁了吧舅？咋想起辞职来进修了？还学的编剧。编剧是啥玩意？编瞎话？编一集瞎话多少钱？啥？一线编剧每集三十万？啧啧，五十集就是一千五百万，扣税还剩下……一千二百万。靠！他踩了踩刹车，望着我说，这买卖不赖啊！比卖手机膜利润大。

好好开你的车，蜜蜜。

叫我叶密，舅，叫我叶密。

他并没有生气，不过他努力显出生气的模样。他一生气，特别像《海绵宝宝》里的章鱼哥。这孩子从小就长得老，不过，嫩丝瓜和老丝瓜还是有区别的。他的眼角也有皱纹了。他眨眼的频率也比以前更频繁了。

即便是私下场合，他也不愿意我们管他叫蜜蜜了。

2

蜜蜜叫叶蜜蜜。蜜蜜是老艾和老叶的儿子。老艾是我老姑的大闺女。老艾生了龙凤胎，大的是女孩，叫叶甜甜，小的是男孩，叫叶蜜蜜。叶甜甜很皮，十岁那年偷着去河里洗澡，淹死了。那段日子，老艾差点把眼哭瞎了。老叶呢，患了恐水症，从河边走哆嗦，看到水缸哆嗦，喝口水也哆嗦，当然水不能不喝，不过后来他再也不洗澡了。冬天还好，夏天老叶穿行在村庄的葬礼或婚礼上，犹如随身携带着简易垃圾箱，都是老艾趁他睡着了，偷偷给他擦胳膊擦屁股。叶蜜蜜当时倒没什么，闷了几天，该吃吃该喝喝，照样鼓捣他的收音机。

他打小就喜欢收音机，一开始听中央台的小喇叭，后来听单田芳的《白眉大侠》，再后来就拆了收音机，将零件卸得七零八落。我们当时都对这个长得比水芹还细的男孩抱了无限的幻想，他让我们想起历史课本中的瓦特，想起法拉第，想起爱迪生，想起薛定谔，我们都以为我们的后辈中总算要出个人物了，即便不能是爱迪生那样的大人物，好歹也能到大型国有企业里当名工程师。可蜜蜜长大后只考上了所普通本科，学的机电，却天天打篮球，要不就抱着吉他唱民谣，还组了支乐队，乐队的名字叫"夏天的云梯"。据说毕业前他们举办过一场校园演唱会。我从没见过他在舞台上的样子，按照他的说法，那至少是他人生的高光时刻之一。当他在空旷庞大的舞台上唱那首Beyond的《海阔天空》时，透过冒着煳味的烫过的棕色卷发，他看到黑暗中渺小的人们举着手机，一束束的光捅向夜空，犹如无数把《星球大战》里的激光剑，在无边的夜幕上写着激昂的情诗。当情诗两个字从他的厚嘴唇里哆嗦出来时，他的眼睛以暗夜闪电劈过旷野的速度眨了两眨。

毕业后他去北京混日子。我搞不懂为何这些孩子都喜欢到北京扎堆，哪怕住地下室吃咸菜，哪怕送快递送外卖。那时我还在县城里当公务员，跟他来往稀松。我向来对年轻人的热忱充满了怀疑。我似乎从来没有年轻过。按照蜜蜜的说法，他在北京饭店的后厨切过菜，能将土豆丝切得比银线还细，要不是老被一名住房部的胖阿姨骚扰，没准早混成凉拼了。"那可是北京饭店啊！"他眯着眼说。可据我所知，那是家很老旧的饭店了，除了离王府井和天安门近些，菜还没有胡同里的苍蝇馆好吃。

据他说，还在后海的阁楼酒吧里当过驻唱，一小时七十八块，唱到后半夜他感觉嗓子都冒烟了，如果不是不想跟那个专唱法语情歌、长得貌似刚果黑猩猩似的海拉尔姑娘纠缠，他极有可能会在后海开酒吧，专门卖浏阳河威士忌和驻马店生产的传教士啤酒，"一瓶进价五十块的洋酒卖一千五！"总之当他叙述起那些年的北漂日子时，眨眼的次数比平时缓慢了许些，仿佛沉淀的、灰颓的时光给他的眼皮打了针镇静剂。

他还在海淀新中关大厦前，也就是十号线海淀黄庄B出口的空地上卖过唱。在我印象里，那里基本上都是抱着孩子卖假发票的、手工擦鞋的、贴廉价手机膜的，还有就是衣冠楚楚神态自若的小偷。可蜜蜜说，那里是高校区，谈笑有鸿儒往来无白丁，他都唱英文歌，他的英语发音就像是平翘舌不分的南方人说普通话，不过他照样吸引了很多音乐爱好者。"美妙的嗓音是爱的通行证。"那时候微信流行，他跟他的粉丝建了个群，群有个风骚甜美的名字，叫蜜汁源。蜜汁源群顶峰时期人数曾达到二百零三人。他不定期在群里发布演唱的时间和地点，以及他PS了无数遍的照片，照片里的他总是戴副黑色墨镜，头顶上是墨西哥宽檐草帽，吉他扛在肩膀上，总之看起来像位郁悒的盲诗人。而他的那些歌迷，即便是下大雪，也会撑着伞将他围圈起来，默默地听他唱贾斯汀、山羊皮或枪炮与玫瑰的老歌。多年后那个群依然没有解散，不过没有人在里面讲话。按照蜜蜜的说法，那仿佛是块肃静的墓地，既然是墓地，当然不需要聒噪的赞美诗，也不需要早已死亡的上帝。

你知道吗舅，蜜蜜有次说，我过得苦哇，你想都不敢想！为了省房租，我在地下室跟对情侣合租，一间房，十平方米，还是张双人床。两男一女挤一张床，幸福吧？我们在墙上钉了根铁丝，睡觉时就把布帘拉上。布帘上有四个戴红头套穿蓝色紧身裤的蜘蛛侠，他们分别朝上下左右四个方向爬，灯熄灭了，还在不知疲倦地爬。要是他们吐的蜘蛛丝能堵住我耳朵就好了。为啥不买耳塞？难道买了耳塞就感觉不到床铺像海啸时的波浪那样咆哮吗？妈的，那个推销假药的重庆小子又黑又瘦又矬，咋就长了根驴屌！……舅啊，我就是那时患上失眠症的。

舅啊，你知道失眠有多难受吗？

眼睁睁看着天黑下来，眼睁睁看着天亮起来。

他可能不知道，我也有失眠症，只不过，比他初到北京的日子幸运些，我有张属于自己的弹簧单人床。那张床也老了，哪怕是打了个喷嚏，也要等着楼下投诉。我辞了公职，跑到这个在儿歌里咏唱过的地方，住在一所比麻雀肠子还细的学校里，念狗屁编剧班，在我那些亲戚们看来，大概脑子被驴踢了。用老艾的话来讲，就是人要死活不肯过好日子，连菩萨也劝不住。不过你一个人，在哪里都一样，怎么欢喜了怎么来吧，老叶安慰我说，实在混不下去，就找蜜蜜。放心，蜜蜜哪怕只有半碗饭，也不会让他老舅饿着！老叶说完干了盅二锅头，二锅头的呛辣味很快就被他身上浓烈的汗液味道遮掉了。你看，说不定我比蜜蜜还不如。

我那时才晓得蜜蜜在北京过得不错。初到北京时，他约我在国贸地下餐厅吃贵州跑山鸡。我等了很久，才看到他晃着比火鸡还长的脖子进来。他套件黑色敞领翻毛飞行员夹克，夹克有些短，这显得他的腿跟鹭鸶似的，他脖子上拴着条粗金链，看成色即便在澡堂子里泡澡也漂不起来，脚上呢，是双没脚踝的油亮皮靴。总之他把自己打扮得像东北那片的直播歌手。他快速眨着眼，大声呼喊着我的名字，犹如欧洲人见面般热烈地拥抱着我，又长辈似的拍拍我的肩膀，说，胖了，胖了。他跷着腿点了跑山鸡，点了糟辣脆皮鱼，点了稻草烧鲫鱼，还点了锅苗寨酸汤鱼。他不停地给我夹菜，盯着我囫囵着吞咽。当我不停打着饱嗝时，他眨着眼角说，舅啊，我带你到房子里看看。

你从北京买房了？我惊讶地盯着他，从哪里买的？哎，三环内的房价比纽约都贵，我从通州买的，不大，一百八十平方米，够我住了。

他似乎在期待着我继续问点别的。我没问。至于他怎么赚的钱，我也没问。他有些失望地扫我两眼，舅啊，你胃口真好，要不我再给你扰碗鸡汤？

当我跟他到地下停车场时，才发现他是骑摩托车来的。那是辆黑色宝马摩托，看上去手扶拖拉机那么庞大，当他干瘪的屁股骑上座位时，仿佛一枚50mm的麻花钉钉到了铝合窗上，从车玻璃挡板看过去，他只露个扁蚂蚱似的狭长脑袋。我很严肃地劝他晚上最好别骑摩托出行。他问为啥，我说，路人远远瞅着一根细丝瓜架车把上，没上身，也没下身，会吓死的。他愣愣地看着我，半晌才说，舅啊，你幽默起来挺瘆人的。我说，让你意外的事多着呢。他拍了拍后座说，上来吧，带你兜兜风。你们这些老人家，肯定没体验过心率一百五的感觉。

那天我确实体验到了心率一百五的感觉。不仅如此，还体验到了什么是心率过缓。当他将房间墙壁上的储物柜挨个打开时，我看到了整齐如键盘的白色方格，每个格子里都有双鞋，像是每个佛龛里都供着尊佛像。鞋是新鞋，只不过搁置的时间长了，难免鞋面上落着灰尘。我从小就喜欢这个牌子，现在总算把一九九六年到二〇一六年所有款式所有颜色的纪念版收齐了，他摸着下巴上的两根胡子问，咋样？我问，你要开网店吗？他"喊"了声，那些收集老照片收集黑胶唱片的，是为了卖钱？那叫精神享受。我不禁瞅了瞅他的脚。他小时候都穿布鞋，会干农活了，鞋的款式才多起来：玉米地施肥时穿老叶攒的部队绿胶鞋；稻田里间稗草时穿两块五一双从集市买的塑料拖鞋；雨后撤扶被风吹倒的高粱时穿过膝的黑雨靴。高三时我给他买过双"双星牌"球鞋，他穿了整整半年，腊七腊八脚都冻皲裂还不舍得脱。

过几天我妈就来了，给我和员工们做饭，他将储物柜的门一扇一扇小心关紧，我才察觉柜角都贴着标签，标签上写着年份、尺码与产地，印度尼西亚、越南、土耳其、罗马尼亚、菲律宾……手写的，字侉大侉大的。这么多年了，这孩子的字还那么丑，但写得很认真，丑得非常一致。

据说，老艾第一次去蜜蜜那里颇费了番周折。她先从周庄村头坐短途汽车到县城，从县城坐长途汽车到市里的东站，再从东站坐2路公交到火车西站，然后坐一个半小时的高铁抵达北京南。她不会坐地铁，蜜蜜叮嘱她直接打车，到蜜蜜的公寓花了一百三十多块钱。老艾可能没想到出租费那么贵，她面色通红地说，咱们县城的赵四烧鸡才四十二块钱一只，这……三只烧鸡就没了？蜜蜜知道她对烧鸡情有独钟，知道赵四烧鸡对她而言不啻是另外一种货币，他对老艾抱怨似的疑问并未介意，他穿着条纹睡衣睡裤趿拉着拖鞋悠闲地领着老艾参观完自己的卧室和办公室，又领着老艾参观未来员工们的办公室、卫生间、厨房和储物间。当然，他的员工们都还在某个地方等待着他的呼唤，他们就像远方焦灼的牧羊人，祈盼着蜜蜜的如期降临。

那天阳光不错，老艾走在一间又一间明亮的房间里，房间里飞舞着宁静的灰尘，窗台上摆放着盛开的紫色满天星，这一切让她的眼眶渐渐潮湿起来。她不停地嘟嘟囔囔，至于嘟囔了什么蜜蜜半句都没听清。后来老艾扶着门把手问，我住在哪里呢？蜜蜜一愣，他竟把最重要的事情忘记了，可他毕竟从小拆过二十多台收音机，他说，妈啊，你住我卧室，我住办公室。老艾说，那王如云来了怎么办？蜜蜜咧嘴盯着老艾说，妈呀，我现在是单身狗。老艾笑着问，咋，为了养狗不要女朋友了？蜜蜜说，妈呀，王如云被我踹了。我俩分了。

老艾瞪着蜜蜜，不晓得说什么才好。后来老艾跟我叨叨，她觉得特别对不起王如云。王如云是北京延庆的姑娘，以前跟蜜蜜是同事。王如云脸大眼大，身坯大，手脚也大，老艾第一眼就看上了，觉得这姑娘干活肯定是把好手。那年春节王如云在老艾家住了三天，头天晚上烧得土炕，有些倒烟，老艾听到王如云咳嗽了半宿，晨起时眼睛比巨型安哥拉兔还红，心里不落忍，从兜里踅摸半天，好歹掏出二百六十块钱，让王如云和蜜蜜晚上去镇上住旅馆。王如云说，阿姨，我没您想得那么娇嫩。于是老艾当天让村里的铁匠和水暖工安装了两组暖气，又从她妯娌那里背过来半袋大同煤块。刷碗也不用老艾，王如云那蒲扇大手三两下就将碗底的油渍蹭得干干净净，连丝瓜瓢都省了。没事了也不多言不多语，坐在炕沿上嗑瓜子看各地方台的春节联欢晚会。人家可是北京姑娘呢，老艾跟我说，半点架子没有，听说听道。王如云还为蜜蜜堕过胎。本来老艾老叶想那年将婚事办了，可蜜蜜死活不同意。你个王八羔子！有啥洋气的！人家是北京户口，家里有房有车，你咋就不开窍！老艾骂了一上午，骂也就骂了，蜜蜜只是坐椅子上用手机打游戏。他打游戏时，眼就眨得慢。老艾喜欢蜜蜜打游戏。

如今竟然不要王如云了，老艾觉得无论如何都说不过去。翌日天还没亮，老艾就从床上爬起来，蹑手蹑脚去厨房给蜜蜜做早餐。蜜蜜最爱吃煎柴鸡蛋，八成熟，上面涂层老艾春天做的酸豆酱，再涂层饱满的蒜蓉汁。做完早餐老艾去洗漱，才发现唇角生了排细密的水泡。据老艾说，她想了两天，才鼓足勇气给我打电话。在她看来，亲戚中只有我混过仕途，当过股长，发展过党员，做过上访户的思想工作。我是出面劝慰蜜蜜最合适的人选。我对老艾说，年轻人的事我们不要管，管也白管。你当初要死要活，偏要嫁给老叶，我姑父用皮带抽你，我姑戴着顶针掐你，你不照样没松口？恋爱中的男女，做烈士的心都有，分了手的男女，做杀手的心都有。

老艾就不说话了。可能老艾没想到我会把话说这么绝对。她的沉默让我有点心疼。我说，哪天我去蜜蜜那儿看看你吧，咱姐俩喝点小酒，我这里还有瓶陈年茅台。老艾这才结结巴巴地说，弟啊，我忌酒了，糖尿病，血糖九点多。我劝她注意饮食，水果少吃，含糖的饮料也别喝了，胰岛素该打就打，别舍不得。她心不在焉地嗯嗯啊啊。后来才知道她嫌每年二百块钱的农村合作医疗费太贵，根本就没交。

我记得以前老艾有事没事就喝红糖水，一茶缸一茶缸地喝，咕咚咕咚地喝，像是三伏天里饥渴的骡子。

3

虽说要去看老艾，可一次都没去成。初春我搬了次家。以前我住在学校南区宿舍，后来房子被收回，将我安置到北区的一栋筒子楼。那栋楼大概也有三十多年了，屋内没有厕所也没有洗漱间，晨起要排队方便洗漱。我的新室友是山东人，青岛四方区的，学的中国古代美术史。他长得也特别像古画里的人，细眉细眼，溜肩长臂，住了几天，发现他颇有雅士风范，是个难得的慢性子。

他的慢反映在方方面面，比如起床，他先要抱着那个长约一米的棕色维尼小熊抱枕苏醒十分钟，然后才磨磨蹭蹭穿衣服，下床后他会茫然地盯着书桌，一盯就是半天，不晓得是在整理日间的行程还是在回味昨晚的梦境。当我吃早餐回来，他开始洗脸。洗脸要用洗面奶，他会耐心地用掌心来来回回地蹭着鼻头、下颌、双腮、额头和尖耳朵，他把脸洗完了，我在图书馆都看了半个小时的书了。等他洗完脸如完厕，会从衣柜里挑选衣服，如果觉得裤子和上衣不搭配，他就会陷入困难选择症。这倒没什么，主要是当他发现换掉的那条裤子上有块栗子大的油点时，他会想到洗衣服。等把衣服泡好，发现洗衣粉也没有了，于是，他穿着拖鞋去学校南区的日用品商店买洗衣粉。

而他人缘那么好，在去商店的路上，会遇到读本科时就认识的打扫卫生的大爷（这个大爷被解雇过，然后又被聘用）、食堂卖北京炸酱面和河南烩面的大姨（他加了她的微信，据他判断，大姨的丈夫应该在人民大会堂当保安）、刚从芝加哥交换回国的师弟（师弟的一位美女同乡在民族大学读硕士，长得很像吴若萱）以及篮球场认识的经管系球友……当然这样也挺好的，只不过他的时间总是不够用，而且有时时间难免发生错位，比如他最近一件麻烦的事情就是，记错了雅思考试的时间。他以为是十四号，结果是四号，当十天后发现这个事实时，他多少有些懊恼，报雅思的两千块钱白交了。为了安慰自己，他只好重新报了名。为了庆祝重新报名成功，他决定和女友去泰国旅行。

我给他起了个绰号，叫蜗牛，不过思来想去这个称呼也不是很合适。再说了，一个无聊的中年人给二十多岁的小伙子起绰号，显得有些为老不尊。不管怎样，自从跟蜗牛同居一室后，我发现自己原来是电影中的闪电侠，这让我挺骄傲的，无论上课还是在图书馆自修，都有种偷盗了他人时间的喜悦。那套十二册的《维特根斯坦全集》我早就不读了，我觉得没有必要再折磨自己，不能因为读哲学书再去研究概率和线性代数，再说即便将概率和线性代数学透彻了，也不一定能把维特根斯坦的话弄懂。我倒是对他的身世很感兴趣，他的父亲卡尔·维特根斯坦是奥地利钢铁工业巨头，母亲莱奥波迪内是哈耶克外祖父的姑表妹。1903年，维特根斯坦前往林茨的一所技校学习，同学里有个人叫阿道夫·希特勒。维特根斯坦跟蜜蜜一样，从小爱好机械与技术，十岁时就制出过一台简单实用的缝纫机。

当蜜蜜在学校里组建乐队吟唱着风花雪月时，十九岁的维特根斯坦已经到曼彻斯特维多利亚大学攻读航空工程空气动力学学位。据说为了彻底搞清螺旋桨的原理，同时出于对数学基础的兴趣，维特根斯坦阅读了弗雷格的《算术基础》……然后，他去拜访弗雷格，并且听从了弗雷格的建议，又去拜访了罗素，剩下的事情我们大概都知道，罗素是如何赞美他的："他对哲学具有比我更多的激情；他的是雪崩，相形之下的我似乎只是雪球。"一战期间，维特根斯坦在战场上完成了《逻辑哲学论》初稿。他认为所谓的哲学问题已被解决，了无生趣，就去小学教书。这是个一直处于"主动性"的人，在这点上，他跟我有点八字不合，总是超出我的思维边界。

这样我放弃了维特根斯坦，开始读威廉·福克纳。有时我将那本让人头疼的《押沙龙！押沙龙！》扣在桌面上，呆呆望着窗外。窗外是那种北方常见的白杨树。青白色的皮，盘旋着上升的树瘤和笔直的枝条让叶子的响声显得格外透亮，我常常以为外面在下雨，而当我将目光投向窗外，只不过是春风拂过，那些绿油油散发着清苦味道的叶片哗啦哗啦地响着，同时泛着白亮耀眼的光芒。

我当初来这里，只是不知道我还能干点什么。我对写剧本一无所知，且没有一毫兴趣。不过我知道，这是个赚钱的行当，当然，也是个杀人的行当。要想老老实实写出来，大概相当于让老叶去当省长或书记。后来我不再追查所谓的"意义"了，人没死，总要干点事，无论这事喜不喜欢。世界的意义必定在世界之外。这样，我如往日那样听课、蹭课、翘课或者逃课，那天我正在听国学院的老头讲八卦乾坤，蜜蜜来电话了。他说他要住院了，能不能陪几天床？我问老艾和老叶呢？他支支吾吾地说，他们都在老家。我问王如云呢？蜜蜜说，舅啊，如今她是猫，我是老鼠。

当我见到蜜蜜时，他裹件腥红色运动服躺在雪白的病床上，仿若才端出烤箱的南美对虾。蜜蜜换了半月板，那块他从来没有在乎过的骨头变成了块金属。幸亏他还没有从公司正式离职，住院的费用公司给报销。我妈不管我了，蜜蜜哭丧着脸说，我妈跟王如云见了面。她俩去吃了顿卤煮，还每人喝了两瓶小二锅头。我说老艾不是忌酒了吗？蜜蜜说，架不住王如云哭啊。王如云啥话也不说，灌口酒，哭一阵。哭一阵，灌口酒。我妈就劝，劝了半天屁事也不顶。你也知道我妈心眼比海绵还软，最见不得别人伤心。她就陪着王如云喝呗，开始用酒杯，后来就吹酒瓶。俩人都喝高了，王如云抱着我妈哭。我妈也哭。你知道我妈哭起来，声音比土狼叫还瘆人，把服务员吓坏了。劝也劝不住，老板娘就来劝，还是劝不住，老板就来了。老板看见桌上的两屉庆丰包子吃光了，炒肝也吃干净了，就劝她俩回家。王如云哼唧哼唧还是哭，老板就报了警。我就把我妈领回来了。我妈骂我狼心狗肺，我骂她软柿子。她一生气就跑回老家了。舍不得打出租，还跟我问去火车站咋坐地铁。我这膝盖坏了，要动手术，前几天给她打电话，她说田里活多，忙不过来，自己不来还不让我爸来。啥鸡巴玩意！

我说你这就叫报应，明知道膝盖有旧伤，还偏去打篮球，明知道你妈心软，还偏让她去会王如云。你要是再骂你妈，我也不管你了，屎尿都拉在病床上也不管。蜜蜜不吭了，别过头去。他旁边的病床上是个女孩，竖着耳朵听我们讲话。我看到蜜蜜的眼眨得像大雨之后蜻蜓震颤的翅膀。

蜜蜜还没出院，老叶先从云落过来。他不光自己过来，还带了三罐酸酱、五棵发臭的酸菜、十斤剥好了的花生米和十五个刮了毛的猪蹄。反正他把蜜蜜的冰箱保鲜层都塞满了。他当兵时任过伙食班的班长，擅长挥舞着铁锹炒大锅菜，其实呢，他炒的小灶更香，尤其是炖肘子和熘肝尖。肘子火候大了容易炖烂炖飞，熘肝尖火候小了容易熘嫩浸血。老叶平时不下厨，只过年过节才系上围裙露两手，这两手也就够了，肘子才端上桌就被客人抢光了，他们通常给他剩两片散发着油光和蒜香的猪肝。老叶年轻时见过来自五湖四海的人，人到中年时跑过乌鲁木齐和银川的大货车，走到哪里都不发怵。他下了火车后没有打出租，而是买了张北京市交通地图，从衣兜里掏出那管笔尖快磨秃了的永生牌钢笔，戴着花镜勾勒了一条地铁路线。他事先准备了一元硬币，顺利地买了票，然后背着那个沉甸甸的尿素袋上了地铁。当他推开病房的门站在蜜蜜跟我面前时，我们都惊呆了。那年北京的春天老下雨，细细的，密密的，这让老叶仿佛是个走夜路掉进河里的旅人，眉角、发梢和脸庞湿漉漉，衣角和裤脚滴答着水。你个臭小子，该好了吧？他笑嘻嘻地盯着蜜蜜说，你老寻思自己是美国梦之队的队员，其实呢，他掏出三块钱一盒的三塔牌香烟在鼻孔下嗅了嗅，打了个喷嚏，说，其实不过是咱们村篮球队的水平，还是替补的。

老叶陪蜜蜜住了半个月，老艾才来。老艾拉着张老脸，唇角弯垂，行动迟缓。我妈像不像慈禧太后？蜜蜜挤咕着眼说，她寻思自个掌管六宫呢！瞧她那件羊绒衫，穿了三十年，绒球都磨秃了，还不下架，我从SKP给她买了件Burberry豹纹真丝女式上衣，她竟然说比家里炕上的那条床单还丑，我真服了她！蜜蜜嘴不闲着，眼也不闲着，他盯着老艾拿块用内裤裁剪的抹布擦他的办公室，擦了他的卧室，擦了他未来员工的办公室和厨房，又去擦马桶。你就不能闲会儿？鬼似的飘来飘去，我头都被你晃晕了。老艾溜他眼，将抹布用热水烫，用洗衣粉搓，然后搬了家用折叠梯擦客厅的灯管。老叶！我听到老艾恶狠狠地喊道，没眼力见，快来帮我扶着！老艾就将手里那只刚褪完毛的白条鸡扔水池里，小跑着过来，一只手扶着梯子，一只手攥住老艾比斑马还细的小腿。手洗了没！老艾皱着眉头嚷，你把我裤脚都攥湿了。老叶慢条斯理地说，没洗，我刚把鸡粪掏出来。老艾站在梯子上俯瞰着我们，犹如圣母在云端俯瞰着受难的众生。我听到她冷冷地说，他们爷俩的心啊，真是比老鸹都黑。然后，她的目光热切地打在我身上。

我就点点头。老艾发牢骚的时候，我就点点头。

4

那年春天，我的蜗牛室友真的跟他女朋友去泰国旅行了。他们去了一个礼拜。等蜗牛爬回来，黑亮黑亮的，动作似乎更迟缓。他打开那个睡袋似的长条行李包，一件一件往外掏衣物，等把衣物叠好，都夜里十二点了。要帮忙吗？他笑笑说，不用大哥，我自己来。他似乎很介意别人碰他的东西，哪怕只是双鞋帮被海水浸泡过的鞋子。我的手机掉海里了，哎，他用纸巾将鞋面擦干净，打了鞋油，用刷子来来回回地蹭，我想他至少蹭了有六百下。等那双鞋子亮得刺人眼时，他哎呀了声，我的那双凉拖丢在芭提雅的宾馆里了……哦，除了凉拖，还有我给你买的泰丝领带，从普吉岛买的呢。他说话时眼睛无辜地盯着我，仿佛是我弄丢了领带。出于礼貌，我随口问了句他们在泰国的行程，他就絮絮叨叨地说起来，他的语速比平常人的语速要慢一半，等我睡着时他还在慢慢腾腾地述说着他们在芭提雅碰到的不靠谱的导游。我迷迷糊糊地想，他能安全地活到这么大，真是不容易。以后过十字路口的时候，千万记得拽他一把。

那天蜜蜜说要带着老艾和老叶来看学校看我。我说太远了，比从北京到老家的时间还要长。蜜蜜说，不是我要看你，是老艾和老叶，其实也不是老叶，主要是老艾。她老不放心你，怕你老了，再学坏了。我说那就来吧，我请你们吃潮汕牛肉火锅。蜜蜜嘿嘿笑着说，你没给我找个舅妈吗？我说你再贫嘴，就用锤子把你另外那条腿的半月板也敲碎。

他们还是让我吃了一惊，来的不光是老艾全家，还有王如云。蜜蜜什么也没说，王如云倒是很客气，舅舅、舅舅地喊着，仿佛喊了几十年。老艾的那张圆脸时不时挤出丝微笑，然后时不时地瞥蜜蜜两眼。我就知道了，王如云肯定是老艾带过来的。老叶身上的味道没那么浓重了，看来老艾在他睡着时替他擦了身。

为了以示隆重，我叫了蜗牛和另外两位同学，同学要去北大听讲座，这样，只有我们六人围绕着那张十人台的转桌稀稀拉拉坐好，等着锅里的水滚开。老艾似乎对蜗牛印象不错，问他是哪里人，多大，父母做啥工作的，读的啥专业，以后是留在北京还是回老家。蜗牛都郑重地一一作答。他标准的普通话和低音炮般的男中音让老艾更是喜欢了，又问他有没有女朋友，女朋友是干啥的，父母是干啥的。蜗牛还没应答，蜜蜜说，妈，你要做媒啊？老艾说，这么好的小伙子，能当回媒人也是福气。蜜蜜说，人家是研究生，将来留北京的，你还要给人家介绍个咱们村的姑娘吗？老艾愣了愣，羞涩地说，哎，咱们村里的姑娘，怎配得上他呢。蜗牛这才说自己有女朋友，也在读硕士。老艾就略显惋惜地盯着蜗牛说，哎，要是甜甜还活着……一提到甜甜，老叶就哆嗦起来，我赶紧给老艾递了个眼色，老艾小女孩般垂着头，看着滚烫的锅底里冒出的红辣椒发呆。

那顿饭吃得很慢。话题大都围着蜜蜜马上要开张的公司展开。蜜蜜说公司在工商局办了营业执照，税务登记过段时间再办理。员工也不用多，四五个人就能忙过来，要是老艾和老叶添把手，效率就更高了。我才知道他的公司主要业务是加工手机膜和各种零部件，听他的意思，在原来的公司跑销售时，他已经打通了各种关系，销路是不愁的。按照他的口风，公司每年赚个三四百万是小意思。王如云自始至终没怎么讲话，只是低头吃肉。她胃口很好。她长了双蒲扇大手是有道理的。等酒足饭饱，蜗牛才说，呀，我女朋友发信息了，在学校等我呢。我瞅了眼，那姑娘是半个小时前联系的他。姑娘有个很好听的名字，叫阿杰莉娜。

蜜蜜他们打车回通州，我跟蜗牛回宿舍。宿舍门口的树下站着个女孩，穿着件粉红色连帽衣，背对着我们，无疑就是他的女朋友了。这所学校有规定，女生不准进男生宿舍楼。尤其是我们这栋的宿管大妈，都是朝阳区的，眼睛自然更毒辣。其中有个姓杨的，天天拉着张寡妇脸坐在门厅里，盯贼般盯着往来的学生，即便苍蝇飞进来，也要逮住掰开双腿辨清是公是母，母的绝对就地正法。蜗牛只能跟他女朋友在树下说话了。幸亏那棵树不仅枝繁叶茂而且粗壮雄阔，两百年也有了，远远望去只能看到黝黑树皮，看不到树后的人。

等我接到老艾点电话时，已经是暮春了。我知道蜜蜜的公司开张了，作为一家手工作坊式的公司，蜜蜜雇用了五名职工，当然，这五名职工里包括老艾和老叶。老艾和老叶是厨师、保姆、保洁员、搬运工、装货员和邮递员。老艾说，她要被蜜蜜气死了，人家王如云常常来公司打下手，蜜蜜连个好脸也不给。更让她恼怒的是，他把那辆宝马摩托车卖了。为啥卖？蜜蜜有天骑着摩托车去打篮球——我不让他去他就不去吗？向来都是我说往东他偏往西！在国贸跟辆奥迪撞上了！奥迪车主边开车边打电话，就怼到摩托车屁股。幸亏蜜蜜命大，从摩托车上摔下来，只磕破了脸皮。车主大概是个角色，横得很，连句好话也没有，只是说他入了保险，让保险的人来处理。你还不知道蜜蜜那脾性？当时就爆炸了，跟人家吵起来，不光吵起来，还动了手，把人家的门牙打掉了一颗。哎，反正到最后，蜜蜜鬼迷心窍，非要把那辆破相的摩托车卖给那个掉了颗门牙、说话漏风的人。那人死活不买，蜜蜜就天天打电话，又去公司堵人家。人家被缠得没办法，答应出二十万。

我有点发蒙。我记得蜜蜜说过那辆摩托车花了四十多万买的，这才骑了不到半年，就半价处理了？我说话就跟放屁一样，老艾咬着牙，蜜蜜那王八羔子，非说一看到摩托就烦，眼不见为净，贱卖就贱卖吧。他那点花花肠子我还不知道？这不，前几天他买了辆轿车，难看得很。膝盖没好全，还老开车去体院馆打篮球。你当舅舅的可要好好管教管教！他公司刚开张，哪里有闲心玩？膝盖上还镶着块钢板，再作下去，钢板坏了咋整？这要残废了，拄着拐杖上蹿下跳，就算是王如云，也不会嫁给他了。

好吧，为了让老艾放心，我不得不约谈蜜蜜。蜜蜜说，舅啊，我正在打篮球！你忙啥呢？要不过来一块打？我才到体育馆！我记得你以前是单位篮球队的。我说好，七八年没摸过篮球了，可蹦起来还能摸到篮框。蜜蜜说，舅啊，你就别吹牛逼了，是骡子是马牵出来遛遛。

为了教训下蜜蜜，我特意带了个帮手。这帮手不是别人，正是蜗牛。蜗牛别看性子慢，打篮球却是把好手。基本功扎实，花活玩得好，手指转球左右手背衔接揉球，动作既唬人又迷人。我们到那里时他们正在打半场。在旁边观察了会，发现他们装备虽然齐全，却全是半破子手。蜜蜜见到我跟蜗牛有点意外，他可能没想到我们真的来了。他殷勤地向他的球友们介绍我们。他的介绍有点夸大其词，不过很是让蜗牛受用。他说我是国内著名的编剧，像《千秋引》啊《丈母娘会武术》啊《太监也疯狂》啊这些收视率超1%的巨作都是我写的。说实话，这些电视剧的名字我都没听说过。他又介绍蜗牛，说蜗牛不但是研究唐伯虎的专家，还是唐伯虎的第八代传人，毕业后就到故宫博物院当研究员了。那些球友对我们似乎很感兴趣，又是递烟又是递水。我们也没说啥。说啥呢。

打完篮球已经傍晚，几个球友纷纷收拾行李。蜜蜜挥挥胳膊说，今晚我做东，吃日料，都别回家了。球友们也没反对，带着我们去停车场。蜗牛偷偷问我，蜜蜜的朋友都是啥人啊？最便宜的那辆车，也要一百多万。

那家日料店在三元桥附近，东拐西拐的，上了楼才发现是家私人会所。男女服务员穿着和服在门口鞠躬相迎。屋里只有两张檀木桌子，中间用影壁隔开，再里面是个KTV包间。老板是个日本人，长得像续了胡须的福山雅治，中国话说得比蜜蜜还溜。看样子他们熟得很，老板说今天上午才从北海道运来条蓝鳍金枪鱼，你们真是有口福。还有条寒鰤鱼，要是喜欢，一块做了。蜜蜜叼着香烟说，上！把最新鲜的都上一份！别忘了海胆我要……他还没说完，福山雅治抖了抖小胡子，笑眯眯地应道，两份。

那天晚上喝的清酒。清酒也许是世界上最难喝的酒了。尽管如此我们也都喝了不少。我跟蜗牛很少插话。我们只是听着他们讲。听着听着我似乎明白点什么。这些球友多是有钱人家里的孩子，听口风不是读过哈佛商学院的MBA，就是在中信证券任职，其中有个孩子是山西人，他明显喝多了，耳根子比龙虾还红，他拍着蜜蜜的肩膀问，你爹那个矿卖了没？最近大形势不好，该出手就出手，我家老头卖了三个矿了，矿多累主啊。

蜜蜜说，我家还好，毕竟有个钢铁公司接着，说完他瞥了我一眼，说，我爹是个土财主，目光短线，我撺掇他去海外投资，他又不肯，要是把马德里市政厅买下来，价钱不早就翻倍了嘛。球友哎了声，又跟他碰了杯酒，说，这些老古董迟早要被淘汰的。他们这代人啊，没知识，更没见识，真是走了狗屎运。

我夹了块金枪鱼慢慢地吃。我很替老叶开心。走了狗屎运的老叶从来都不知道自己开了家钢铁公司，还有座矿山呢。

蜜蜜明显喝大了，结账时钱包掉出来也丝毫没有察觉。我替他捡了起来，里面大概有三十张银行卡，还有张合影，黑白的，模糊不清。我辨认许久，才看清是蜜蜜和甜甜的合影。他们长得并不像，完全瞅不出是双胞胎。当我将钱包递给蜜蜜时，他嘻嘻地笑着说，舅啊，我可从来都想着我姐呢，我常常跟她唠嗑，她只听我说，却不搭腔，不过，我知道她想我，她还像小时候那么爱我，总是趁我睡着时偷偷亲我。她其实一直想着我们，对不？

我只好拍拍他的头。说实话，这么多年来，他在我印象中还是那个四五岁的男孩，抱在怀里犹如营养不良的猪仔。稍大些，他总是坐在过头屋的水泥地板上，戴着近视镜手持放大镜，研究收音机的电子管和线路，神态犹如优雅威严的老科学家。当我们从他身边蹑手蹑脚走过时，总会闻到刺鼻的、零件烧焦的煳味。我很难把这个记忆中的男孩跟眼前这根丝瓜重叠铆合。我只比他大十几岁，却像隔了几个世纪那般遥远，他在我面前似乎永远也长不大了。我是他舅舅，却从来没有想过去了解他。每次看到他，我就想起切斯特菲尔德的那句话：青年人往往自视聪明，就像醉汉自觉清醒一样。这话简直就是针对蜜蜜说的，或者就是针对作为他舅舅的我说的。我也知道，这样想他有点不公平，但是习惯成自然了。

那晚我跟蜗牛先行告辞，蜜蜜的朋友们也喝多了，非要去K歌。让我意外的是，下楼时我仿佛晃到了王如云。她躲在一楼那扇庞大透明的旋转门旁侧抽烟。她来等蜜蜜吗？为何不一起吃晚餐？我愣了愣，抬起手跟她打招呼，可她装作没看见的样子迅速转过身去。她对面是双层立交桥，黑魆魆的，犹如蟒蛇的骨架，车辆萤火虫般慢吞吞地行驶，没有声息，而空气里是西府海棠花粉的颗粒。我留意到她的肩膀很宽，站在夜色中仿佛忧伤的柔道运动员。她就那样背对着我，哆哆嗦嗦地抽烟。

5

老艾坐了一个多小时的地铁来找我时，樱花都快谢了。那天值班的是杨宿管，除非老艾去做变性手术，否则我就是跪下管老艾叫亲妈，她肯定也不放老艾进楼。大厅玻璃门外有间狭窄的接待室，老艾看着来来往往的学生一句话都不肯说。不然咱姐俩去咖啡馆？老艾摇摇头，那玩意难喝得很，还不如红糖水。我说咖啡馆里也有汽水，你不是顶爱喝橘子汁吗？老艾似乎被说动了，可路过体育馆时，她指着参差不齐的台阶说，弟，我们在那里坐会儿吧。

这样，我跟老艾肩并肩坐在观礼台上看着足球场。场地上有帮孩子正在踢足球，他们嘹亮的呐喊声间或传来，让老艾时不时有些走神。她说，她还是同意蜜蜜跟王如云分手了。没错，王如云是个难得的好姑娘，可是……可是，我想抱孙子，蜜蜜也想以后要孩子。我问，王如云想丁克？老艾垂着眼睑说，王如云也稀罕孩子，只是生不了。王如云跟蜜蜜好之前有个高中同学，两人处了好些年对象。如云那时小，不懂事，也不知道爱惜自己，为他打过两次胎，后来跟了蜜蜜，又打过一次。医生警告过她，可她根本没往心里去。你说我跟老叶要是都死了，蜜蜜老了，头疼脑热连个端茶倒水的人都没有，我在阎王那里能省心吗？

咸吃萝卜淡操心，再说，日后哪里敢靠孩子养老？不都得掏钱住养老院？老艾撇撇嘴，打死我也不去养老院。丢不起那人，你小，你见识短，养老院可是地狱啊。根本没人管你，屋里比茅厕还臭，屎尿拉一裤裆也没人给你擦。我要老了，瘫了，蜜蜜不养我，我就吃把安眠药死了算了。好死总比赖活着强。

那王如云……还常去蜜蜜那里？去。这姑娘啊，一根筋。你说蜜蜜有啥好？长那砢碜，钩虾似的，眼睛眨巴眨巴，看着就心烦，老艾叹口气说，除了手里有两块钱，会唱几首破歌，会打篮球，会啥？你说，他会啥？我是揣着半颗眼珠也瞧不上他。

一阵喊叫声传来，原来是甲方攻进一球，孩子们欢呼着搂抱在一起。

老艾盯着那些孩子们说，蜜蜜要是能给我生几个孙子，再生几个孙女，该多好。我不禁笑了，你给蜜蜜找个蜂后算了，生两窝，还会采蜜，连红糖也省了。老艾有些不服气，不就是拉扯孩子吗，有啥大不了？你老姑不拉扯了我们姐八个？都活得好好的，没见谁早夭，你老姑也活到九十岁。

我盯着老艾。老艾的脸开始有些僵硬，后来怎么就笑了。我恍惚想起了她少女时的模样。老艾那时在大队的小卖部当售货员，卖牛舌饼、香油馃子跟小黑枣。我放学时常从小卖部路过，老艾总是偷偷往我袄兜里塞两颗水果糖。那时，她笑起来比小黑枣还甜。她后来还在县城的国营饭店四部干过厨师，她叔伯大伯在那里当会计。据说老艾的手艺得到了烧鸡大师赵岩的真传，这个羞赧的姑娘熏制的烧鸡酥脆腻香，皮老肉嫩，成为四部招牌菜。要不是后来跟老叶结婚，老艾没准也成烧鸡大师了。据说县城最火的赵四烧鸡店，就是那位大师的后人开的。这么多年过去，这个卖过小黑枣、熏制过烧鸡的女人有双浑浊的三角眼，鼻子常年红润，每到春天就犯干燥性鼻炎，嘴巴不再微微上翘，两条泾渭分明的法令纹让她的唇角耷拉着，犹如哀伤的河流。她唯一没变的就是发型了。她一直留着小学课本里刘胡兰式的黑硬短发。不过，如今头发也都白了。

王如云这孩子是真不赖，厚道本分，老艾的声音甜得像砂糖橘，我把她当亲闺女，还认了干女儿。你们宿舍那个小唐，真的有女朋友了？

我这才明白老艾大老远地跑来，究竟是为了什么。我拉着她的手说，老艾啊，人家小唐打算去海德堡大学读博士，就算他没有女朋友，就算俩人对了眼，你想让王如云干等五年？她也老大不小了吧？如果我没有记错，也快三十的姑娘了。老艾似乎有些失望，不再说话，拖着虚肿的两腮盯着草地上跑来跑去的孩子们。她身上还穿着那件腈纶的蓝底白道的毛衣，绒球早就磨没了，薄薄的。她为啥不穿那件Burberry豹纹真丝女式上衣呢？

那天中午我请老艾吃了碗兰州拉面。当她端过那一大碗热气腾腾的免费面汤时，似乎嫌葱花和香菜有点少，伸手抓了一小撮。结果被正在捞面的师傅吼了嗓子，手干净不干净！瞎抓个啥！老艾的手哆嗦了下，葱花掉进瓷盆里，这时师傅放下手中的大碗，戴着塑料手套将掉进去的葱花抓出来，扔进身后的垃圾桶。老艾的嘴角抽搐着，说不出话。我说你别生气，跟这种人生气不值得。老艾说，我有啥生气的，我儿子在北京有房有车，他有吗？她声调很高，说完又故意瞥了那师傅两眼。师傅脸色如常，只是手里的面抻得更细了。

吃完面我执意将老艾送到地铁口。老艾说，我这个礼拜蒸酸菜猪肉发面包子，你跟小唐过来吃吧？

于是那个周末，我跟蜗牛去蜜蜜家吃包子。那晚除了我们和蜜蜜一家，除了王如云，还有个染黄头发的姑娘。姑娘坐在蜜蜜身边，王如云坐在老艾身边。老艾时不时将凳子挪一挪，离王如云远点。蜜蜜和那姑娘有说有笑，动不动还弹弹人家的脑门，姑娘说包子热，蜜蜜还夹到自己嘴边使劲地吹。姑娘也话多，讲着公司里女同事的情事，动不动就爽朗地笑半天，后来她站起来敬我酒，一口干了一大杯啤酒。看样子酒量比王如云还好。她说，舅舅，你还认得我吗？我姓邹。我说我脸盲症，有回跟我们局长走个对面也没敢打招呼，怕认错人。她似乎对我的回答甚是满意，说，蜜蜜住院，我在他旁边的病床，你忘了？我还给过你海南杧果，橄榄球那么大。我这才恍惚想起来，她就是那个蜜蜜老偷眼观瞧的邻床女孩。看样子她跟蜜蜜关系很熟络，反正比王如云跟蜜蜜亲近多了。

我拿眼去瞥老艾，老艾装作没看见，只是嘘乎着给蜗牛夹红烧排骨。王如云端起酒杯敬酒，老艾叹息着说，干闺女啊，妈的血糖又高了，这酒啊，不能沾了。王如云的酒杯端在空中，放也不是，喝也不是，这时蜗牛说，王姐我敬你。听说你也喜欢画画，有时间我们切磋切磋？王如云爽快地干掉，蜗牛又说，我们公司每个礼拜都有美学讲座，你要是感兴趣，你可以报名参团，我跟我们经理说，给你打个折扣。王如云没吭声，盯着蜜蜜，蜜蜜盯着邹姑娘，邹姑娘盯着老艾。老艾说，一晃都该立夏了，虽说不该饮酒，可好日子不喝口，总觉得缺了点啥。老叶啊，你不是有瓶法国葡萄酒吗？赶紧让孩子们尝尝，别老让他们喝猫尿了。

老叶慢慢腾腾地说，遵旨，老佛爷。

6

整个夏天如此漫长。为了不至于饿死，我接了个活，去写关于扶贫的剧本。为了写剧本，跑到千里之外的祁连山住了半月。房东清晨都给我煮碗面，大概因为我是客人，酱油和盐多放了些，齁得我整天想喝水。村附近的山上盖了养鸭场,是精准扶贫对接项目,有二百个鸭棚,每个棚里都养了三百只鸭子。我很羡慕邻居那对夫妇,早起四点半就披着露水去鸭场,他们要不停地捡鸭蛋、投饲料、锄鸭粪,一日三餐都在鸭场吃,晚上七点他们夫妇徒步回家,他们先经过两道种满了山药的山梁,再经过那条时常断流的河流,然后走过种满了板蓝根的农田,穿过开满了金盏花的荒地,才能到家。当他们看到我在树下乘凉喝啤酒,牵着的两只手慌忙散开,男的嘿嘿笑着问,又喝上啦?他们本地的方言跟他们的莜麦面一样粗糙劲道,如果不看他们的眉眼,你会误以为他们在寻衅吵架。说实话我很羡慕他们头顶星斗上工下工的日子,我要是从村里娶个老姑娘,手挽手到养鸭场捡鸭蛋,肯定就不去城里了。

从山里回来,正是北京最热的季节,干燥、烦闷,青蝉嘶叫,也没叫下一场雨,只有月季繁盛疯狂,开得洗脸盆那么大。我从地铁口钻出来,看着钻入地铁口的穿西装的年轻人,几乎透不过气来。这时老艾给我打电话,没声好气的。她说,弟啊,有空帮我倒把手。蜜蜜啊,哎,又住院了。

蜜蜜又换了块半月板。看着他躺在雪白的病床上,我丝毫不觉得意外。我坐在中央空调的风口听老艾不停唠叨,不听老人言吃亏在眼前,没痊愈还老打篮球老喝酒,东跑西颠,日作夜作,看你这下还嘚瑟不?蜜蜜只是躺着打手机游戏,即便是邹姑娘用勺子舀了西瓜喂他,他也懒得张嘴。邹姑娘板着脸说,你是割了舌头还是拔了牙?蜜蜜这才嬉笑着咧开大嘴,将冰镇西瓜吸进喉咙。老艾跟我偷着说,这姑娘啊,对蜜蜜真好,我只是不明白,她图蜜蜜啥呢?也是,据说邹姑娘是北京土著,从小住就在朝阳区太阳宫,读的编导,在电视台上班。看样子老艾对邹姑娘的家境也颇为了解,父母离了婚,她判给了母亲,继父呢,带了个儿子,年岁跟她差不离。邹姑娘的母亲在城乡超市当收银员,继父是街道办事处的会计。房子是她母亲的,七十平方米,顶楼,没电梯。不过,老艾说,小邹还没跟她妈说蜜蜜的事。据说她妈年轻时风光得很,当过红卫兵的头,是把刷子,她担心蜜蜜根本应付不了她的审查。没错,老艾用了审查两个字,仿佛蜜蜜是个嫌疑犯。

我忍不住问,王如云呢?老艾说,哎,这闺女,很久没过来了。我倒是挺想她。她刷碗刷得可真干净呢。

蜜蜜出了院,也不过消停了个把月,仍瘸着腿去体院馆的篮球场。打不了球就在旁边帮人家看衣物、买水,同时负责吆喝鼓掌。买卖倒不如何操心,老艾老叶跟仨员工忙得脚尖朝后，他也懒得搭把手，反正销路不愁，几个大客户的采购商都是多年交情，他手松，私下给的回扣比他们的年薪还厚。老艾说晚上装完货倒头就睡，都想不起来给老叶擦身。老叶只要从员工身边走过，人家就忙不迭捂鼻子，后来他们从早到晚都戴着口罩，有高级过滤功能双层保险的那种，连雾霾跟老叶的气味一块都过滤了。

而蜜蜜跟医院的缘分也不浅，出院没两个月，就又搬了进去。那天晚上我在操场慢跑，没带手机，跑完又端着脸盆沐浴液去澡堂排队，回到宿舍时蜗牛说，大哥，你手机都快被艾姐打爆了，赶紧回吧。等我打过去，先听到了老艾的哭声。我很多年没听过她的哭声了，她的哭声让我想起乡村葬礼时的农妇。她抽噎着说，蜜蜜出事了。我让她慢慢讲，她又号啕了好阵子，才说，王如云把蜜蜜的筋挑了。我一时没反应过来，老艾就喊，他舅啊！快来医院吧！来了就知道了！

等我赶到医院，蜜蜜正在手术室。老艾和老叶坐在外面的椅子上。老艾时不时趴住老叶肩膀嚎嗓两声。老叶沉着脸说，没想到王如云看着老实，却如此心狠手辣。很久没露面的王如云中午说请蜜蜜吃火锅。蜜蜜就去了，去了就被王如云灌多了，等他醒过来时发现自己躺在如家宾馆。他想撒泡尿，迷迷糊糊喊着王如云的名字，没人应答，他想下床，却发现根本动弹不得，开了灯，床上几摊血，他去瞅自己的脚，发现脚踝血淋淋的。他倒是很镇定，打了120，打了前台电话，打了老艾电话，这才给王如云打。王如云的手机关机了……老艾擤了把鼻涕，说，这可咋整呢？膝盖没长好，筋又断了，这要真成了瘸子，还能娶到媳妇吗？老叶用块脏兮兮的手绢不停地擦她眼睛，又擦他自己的眼睛。

动完手术的蜜蜜很快就醒过来。醒过来的蜜蜜只是盯着天花板，听老艾骂王如云，然后老艾老叶跟我商量报警的事。我说这属于刑事案件，再观察观察蜜蜜的病况，明天一大早去宾馆所属地的派出所。老叶说，他跟如家那边也商量好了，房间还保持原样，那可是犯罪现场，宾馆视频里也有蜜蜜和王如云一起上楼的证据，总之，王如云这个歹毒的女人跑了和尚跑不了庙。老艾只是不停地骂着王如云，骂完王如云又骂自己引狼入室，老觉得她可怜，跟蜜蜜分手后还认了干闺女，没想到却是个杀人不眨眼的主儿。

我们正叽叽喳喳，蜜蜜猛地喊了嗓子，不能报警！

他刚动完手术，中气却十足。我们愣愣地盯着他。他胸腹起伏目光涣散，报警？报狗屁的警！谁敢报警我跟谁没完！躺两天，老子又能去打篮球了！妈的，我又没进火葬场，你们哭个屁！

我们面面相觑，后来我朝老艾老叶使个眼色，他们鸟悄着退出了病房。我倒了杯温水犹豫着递给他，他没接，头缓缓偏向一侧，并不看我。我说，你这是什么态度？受了伤，爹妈疼，你吼个啥劲？他不吭声，只是瞅着窗外。窗外是棵巨大的速生白杨，树叶肥大鲜绿，能听到蝉在嘶叫。这个炎热的夏天的傍晚，天还是那么亮，一大块一大块的光斑透过杨树的枝叶和明净的玻璃晃在他身上，我看到透明的液体从他的太阳穴顺着颧骨上的绒毛滴到枕头上，不晓得是汗，还是泪。舅啊，他压着嗓子说，我丁点都不疼，没事。我瞅了瞅他的双脚，被白色纱布裹得严严实实，他当时还从宾馆的床上摔下来，额头磕到桌角渍了血，也包扎起来，他躺在那里，看上去仿佛一位弥留之际的麻风病人。我欠她的，舅，他顿了半天才说，我好歹是个爷们，哪能报警？是吧，舅？我委实不晓得如何作答，将水又递给他。他接过去，闷声说道，我欠她的……总算还上了……两讫了……舅……两讫了呢。

7

蜜蜜的膝盖和脚筋九月份才恢复得差不多，不过平时还是坐着轮椅。体育场肯定去不成了，他就坐在轮椅里拍那只经常慢撒气的篮球。员工们嘴巴上戴着厚厚的口罩，耳朵里塞着从淘宝买的劣质耳塞，面色凝重地加工着手机膜，看上去犹如兵工厂快退休的老工人。老叶天天蹬着三轮车去超市买牛蹄筋、排骨、羊盖骨，用高压锅闷得烂熟，逼着蜜蜜上顿吃下顿吃，他说这叫吃啥补啥。我劝他不如多买点核桃、黑芝麻、鹌鹑蛋、猪脑啥的。老艾呢，不甘心，按照她的说法，就是要跟王如云掰扯掰扯，她偷偷给王如云打电话，开始提示关机，后来就提示该用户已注销。看来，她这辈子别想再遇到这个擅长刷碗的姑娘了。

邹姑娘呢，跟蜜蜜比以前更黏糊，这是老艾跟我说的。多好的姑娘啊，一点不嫌弃蜜蜜，老艾说，蜜蜜如今可是个残疾人呢。本来老艾想会会邹姑娘父母，被蜜蜜半路拦截了。你真是吃饱了撑的，蜜蜜说，你好歹让我挂着拐杖见未来的岳父岳母吧？缺心眼！老艾对蜜蜜的指责并没有生气。她觉得蜜蜜说得一点没错。邹姑娘来看蜜蜜的日子，她就当盛大节日过，鸡鸭鱼肉换着样来，听说邹姑娘爱吃龙虾，还专程跑到海鲜批发市场去买。据说掏钱时老艾的脸是紫色的。她心里盘算着一个礼拜吃两次龙虾，一个月就是八只，一年呢，就是九十六只，一只个头小点的龙虾也要两百块钱……可转念想到蜜蜜坐着轮椅眨眼睛的模样，很快就释然了。从那以后她主动要求加班到夜里十二点，有次老叶犯了前列腺炎，凌晨两点半起夜，他看到老艾坐在节能灯下，双手在机器里娴熟机械地移挪，胳膊旁边是一摞一摞散发着塑料味的透明手机膜。他就喊，老艾老艾，睡觉了。喊了几遍老艾也没吭声，老叶就蹑手蹑脚地到她身旁，歪头瞅了瞅。老艾闭着眼，鼻腔里发出轻微的、均匀的呼噜声。老叶很是感慨，他说年底了一定要让蜜蜜给老艾颁个最佳员工奖，都睡着了还坚守在生产一线。

等蜜蜜能拄着拐杖行走了，他怎么想起要干点别的。看来老叶炖的猪脑蜜蜜没白吃。所谓干点别的，就是打算开家文娱公司。舅啊，我想办个选秀比赛，类似好声音那种。好声音看过吧？呦，你不知道，中国热爱音乐的人比诗人还多。好声音为啥那么火？励志热血，不看长相看唱功，点燃了普通人欲望的小火苗啊。他们财大气粗我比不了，不过，我可以把节目录完后卖给爱奇艺或优酷。我说你别白日做梦了，这种节目早创收视率新高，物极必反，不多久就要走下坡路，等你公司成立了，导师选好了，节目录完了，宣传跟上了，也就没人看了。国人的劣根性之一，就是喜新厌旧，从来只听新人笑，不听檐下旧人哭。

蜜蜜坐在轮椅上不吭声，他的两条章丘大葱般的腿弯曲着，老让我担忧稍不留神就会折断。再说了，那些参赛学员哪里找？人家好声音有职业星探，都是资深专业音乐人，坐着飞机天南海北犄角旮旯地选人，你寻思每条座头鲸都会在月光下唱歌？蜜蜜说，舅啊，这个我不愁，你还记得我们"蜜之源"微信群吗？里面有很多牛逼的业余歌手，有搞传销的，有坐台小姐，有程序猿，还有剧院保安和地铁安检员。舅啊，高手在民间，你可千万别瞧不起民科，蜜蜜打了个响指目视着我，只要你给我从文体局办个许可证，一切问题就都不是问题。

我说，我在北京认识的最牛逼的人，就是你了。

蜜蜜笑了。他挥了挥手，说，你能给我找些靠谱的赞助商吗？

我想了想说，你看老艾跟老叶如何？

蜜蜜就掉转轮椅去了厕所。

让我意外的是，蜜蜜的文娱公司真搞到了批件，也找到了赞助商。据说帮忙搞手续的人是邹姑娘的远房亲戚，至于有多远已无从考证，反正邹姑娘动用了她父亲的表姑的女婿的外甥。最大的赞助商是经常跟蜜蜜在体育馆打篮球的山西人，我还记得他父亲是开矿的。这年头，人们总是对开矿的人充满了敬意。不过，我怀疑这个山西人打篮球把脑子打坏了。据说开始他们想把比赛现场放在北京电视台的录制大厅，不过费用比较昂贵，另外选手们要是从全国各地飞过来，这机票钱、宾馆住宿费和饭费，都是让人挠头的开支。后来还是老叶一句话点醒梦中人，你为啥不在咱们县录节目呢？

是啊，为啥不在云落县搞？跟县委县政府搭上桥，不光这住宿饮食解决了，也能套不少赞助费。现在各地搞文化宣传，奇招怪招频出，争西门庆的故乡也要争到法庭上，何况这种全国规模的选秀比赛？蜜蜜看着我，老艾和老叶也看着我。我只好说，好吧，看在你断过筋的分上，我找找老宋——死马当活马医。

老宋是我初中同学，如今是我们云落县的宣传部长，县委常委。他年轻时最喜欢托尔斯泰的小说，我跟蜜蜜拜访他时拿了套人文社的《托尔斯泰全集》。我两年没见过他，他除了头发稍白，倒没啥大变化。他对蜜蜜的创意颇感兴趣。我觉得这事似乎有些眉目。老宋初中时是我们班的文体委员，初三迎新春晚会时，还穿着借来的西服唱过《西游记》的主题曲《敢问路在何方》，唱得有模有样，只是每到高音处就破嗓。我们同学聚会时，喝完酒后的项目必有K歌，也全是老宋的提议。那天老宋握着我的手说，你放心，外甥的事啊，就是我的事，这种利民惠县的大项目，我们是求之不得，求之不得哇。这情形好像是我帮了他一个大忙，我的下巴在心里半天没有合上。

老宋确实没有让蜜蜜失望。他的提议得到了县委书记的首肯。县里正在申请"中国曲艺之乡"称号，此时举办一场有全国影响的比赛，对申乡之路无疑是锦上添花。他们十分痛快地答应了蜜蜜，还应允所有选手的住宿费全包，如果他们是坐长途火车来云落，火车票也给报销。至于节目录制后跟哪家网站合作，他们进行了周密的研究部署，最后选择了家巴拉巴拉网站。这家视频网站建成不久，据调查，主要客户是高中生、农民工和喜欢打游戏的大学生，日均流量达两千万。

那几个月，我基本上没见到过蜜蜜。偶尔我去通州吃老艾捏的大馅发面包子。老艾和老叶领导着三名员工坚守后方，老艾每天都是凌晨三点才睡觉，用老叶的话来说，就是她得了神经性官能症，即便早早爬上床，那双手还是在空中不停地抖动，只有把散发着臭味的手机膜塞给她，她的呼噜声才会渐渐响起。老叶说，他无比怀念老叶鼾声如雷的日子。

蜜蜜他们的声势挺浩大，不时有关于他们的消息传到我耳朵里。他们把录制现场放在了云落县的广播电视局。那些参赛学员统统住在三星级的县政府招待所，然后坐着大巴车前往录制棚，大巴车前面还有两辆鸣笛的警车开道，煞是威风。让我意外的是，蜜蜜说服了一位主管农业的副县长参加了比赛。这位副县长以前是中学音乐老师，民族唱法，拉一手好二胡，长得富态喜庆。据说他参加蜜蜜的节目也是县里常委会通过的。他们认为，隔壁县的副书记在"快手"卖烧鸡，一天卖了六千只，为啥他们就不能派一名副县长参加歌唱比赛？歌唱比赛可比卖烧鸡档次高多了。

他们还和市里的电视台签了合同，到时候直播决赛全程。蜜蜜他们请的四位导师包括一个上世纪九十年代末的二流歌星，一个光头海归音乐博士，一个韩国变性歌手，还有一位鲐背之年的老作曲家。蜜蜜还是很精明的，他们四个的出场费可能还没有那四把转椅的价格高。这场赛事从深秋一直持续到深冬。决赛现场是我们县的巨蛋剧场。这个剧场属于电影院。

据说老艾跟蜜蜜要了五十张特约嘉宾票，她和老叶筹谋半宿，决定把这些票赠送给邻居李根旺和他的歪脖老婆、李根旺的四个女儿四个姑爷、村两委班子全体成员、大伯家的二哥二嫂、莲姐家那个在芬村小学当音乐教师的外甥女、住在敬老院酷爱京剧的表弟，以及周庄小学上学年的三好学生……决赛当天，我们家的亲戚、村中睦邻、村两委班子成员赶着马车、骡子车，开着拖拉机、三马子车、面包车或者轿车纷纷奔往云落县城。他们穿着过年才穿的衣帽，包里装满了瓜子、糖块、手纸和饮料。在他们看来，这场隆重的盛会让冬闲时节变得有乐子了，为了跟上潮流，他们还网购了廉价荧光棒和细杆烟花，可烟花在安检时被没收了，这让他们颇为不快。当五名决赛选手之一的副县长穿着马褂登场时，现场的观众欢腾起来，他们还从来没现场听过大官唱歌呢，他们忙不迭肃然站立，双臂如麦浪般左右摆动，整齐划一地呼喊着副县长的名字，同时将绿色荧光棒和巨型广告牌高高举起，他们激昂的呼喊声几乎淹没了副县长的歌声……

本来我约了蜗牛同去云落看决赛，不过蜗牛最近遇到点麻烦事，用他自己的话讲，就是跟阿杰莉娜的关系处于崩溃边缘。至于个中缘由倒没细说，他向来注重保护个人隐私。为了安慰他，我请他吃了顿麻辣小龙虾。我才知道青岛人酒量那么好。当蜗牛将第十二杯扎啤一饮而尽时，我看到眼泪从他狭长的丹凤眼里滚出来。他说其实泰国之行时就隐约哪里不对劲，这种微妙的不对劲只有恋爱中的人才能体会，譬如她坐在海边发呆，眼望着猎户座叹息，即便是潜水跟海豚嬉戏，她也从来没有笑过。蜗牛手里没有多少积蓄，旅游的钱AA制。泰国回来，她又从电影学院旁边租了房，每月房租就五千五。蜗牛问她哪里的钱，她说跟一位大哥借了十万。至于是什么大哥，她也没做过多解释，只说在公司打工时认识的客户。她在政法大学读研，业余时间会去律师事务所干点杂活。她不容易，蜗牛说，母亲离婚，继父是酒鬼，打骂是常事，本来想考清华的研究生，回国后能找个好点的教职，考了两次都没考上。

我愣了下，她是……外国人？蜗牛点点头说，嗯，在越南的格鲁吉亚人，你知道她为啥跟我谈恋爱吗？我说难道不是因为你是小唐伯虎？他没吭声，掏出手机给我看照片，照片上是个健身房里练器械的外国小伙。你瞧，蜗牛将照片放大，将大脑袋探过来，哽咽着问道，我跟她前男友，耳朵是不是长得一模一样？我只好点了点头说，没错，都是典型的招风耳。

蜗牛过不几天人回了青岛。蜜蜜的好声音决赛我也没去，终日蜷宿舍读书。风的声音不大，从玻璃上滚过，静悄悄的，仿佛野猫呼吸，只不过翌日醒来，玻璃上布满诡异的白色森林。喜鹊在窗前那棵老槐树上瑟瑟发抖，嘴里叼着不知从何处觅来的珍珠红果。我低头看看扔在桌上的福克纳小说，无边的厌倦浮升起来。我的日子过得够糟糕了，为何还要过书中糟糕的生活？后来我盯着书架上的那排白丝绒的《维特根斯坦全集》，竟也隐隐鄙夷起来。没错，那个干冽的冬日午后，我站在一间散发着姜片、馊饭气息的宿舍里鄙夷了维特根斯坦。维特根斯坦在一战战场上完成了《逻辑哲学论》初稿——哲学问题已被解决，于是他"怀着贵族式的热忱前往奥地利南部山区，投入格律克尔倡导的奥地利学校改革运动，成为一名小学教师"。尽管他的执教生涯因为南部农民的粗俗愚蠢而终结，不得不到修道院当园丁，但总体而言，这是个一直处于主动性的人。他一直在选择主观世界，而不是被客观世界选择。他的存在也许最大程度上诠释了逻辑经验主义。这大概是对一名孤寡中年人最善意的讥讽了，然而我并不羡慕他是天才人物的最完美范例。当我意识到这点，旋即想到很久没联系蜜蜜和老艾了。

8

蜜蜜的节目录制完后，县政府派了辆大巴车送决赛歌手去北京机场和火车站，路过香河收费站安检时，发现得了季军的那位来自贵州的歌手原来是个潜逃多年的杀人犯。八年前他把债主连同一只泰迪犬用水果刀捅死在出租屋内。他对被捕似乎早有心理准备，验身份证前本想跨过高速护栏从下道逃跑，怎奈被热情的政府工作人员死死拉住，怕他乱走迷失了方向，不好向领导交代。这个憨厚的贵州人被警察押走时还在安慰蜜蜜，他会在监狱里继续苦练海豚音，出狱后再报名参加蜜蜜的赛事。他始终相信自己能练出比维塔斯还要高半个音阶的海豚音。

过不多久，县里接到上面通知，禁止行政官员参加任何性质和形式的娱乐节目。蜜蜜和他的伙伴们不得不和县里斡旋。斡旋的结果就是，必须删除关于副县长的所有镜头。好吧，最大的噱头消失了，他们不得不把焦点放在参赛的那位白血病患者身上。这个患者除了长得砢碜点、病情尚未痊愈，似乎一切都完美无瑕：美妙如外星人般的歌声、鬼魅的机器人舞步让他仿佛是被上帝打过两拳又亲吻过的人。当一切似乎都被摆平时，他们接到通知，跟他们签约的巴拉巴拉网站被封了，这个网站被怀疑恶意传播黄色视频和其他非法链接。

蜜蜜命苦啊，老艾将饺子边捏成花朵的形状，慢腾腾地摆放到高粱秆扎的盖帘上。不过，他总算安生了，她瞥了眼躺在沙发上打游戏的蜜蜜，说，那三个员工也辞职了，为啥？发不起工资谁还给你白干？好吧，看来我们都接受了这样的现实：蜜蜜没能赚得钵满盆满，反倒赔了老本。不过，老艾眼里的灵光闪了闪，说，蜜蜜被小邹她妈接见了。

据说觐见准丈母娘前，蜜蜜的眼比平日里眨得更快。他听邹姑娘多次提及，她母亲是个厉害角色，可到底厉害在何处，哪里又是个角色，邹姑娘倒说不太清，按照她的表述就是，她身边的人，包括她母亲身边的人，都认为她母亲身上长满了棘刺，换句话说，他们都对她的母亲充满了由衷的敬意和恰到好处的恐惧。出于对群众评价的信任，蜜蜜心里打了很久的小鼓。见面头天夜晚，他基本上没睡觉，晨起时挂着黑眼圈。也是，他的膝盖和脚筋尚未痊愈，走起路来细瞅，还是能瞅出些猫腻，更别提他那双眼睛了。为了给未来的丈母娘留下好念想，蜜蜜把见面的地址选在了咖啡馆，那家咖啡馆即便是白天也森冷黑魆如盘丝洞，只有巨型白色蜡烛的光芒提醒着顾客，这里是人间福地，能喝到苏门答腊盛产的麝香猫咖啡。他颇为谨慎地选择了靠窗的包间，这样的话虽身陷暗处，但也有丝丝缕缕的光线透过白色窗纱透进，他将靠窗的位置留给了自己，他说他当时是这么想的：也许老太太会在若隐若现的光线下被他清奇的面貌吸引，比如他高悬的希腊式鼻梁和宽阔性感的约鲁巴人厚嘴唇，从而忽略了五官其他的部分，比如鱼唇般的眼睛。后来会见的结果跟蜜蜜猜度的相差无几，那位烫着大波浪、眼神如金雕般犀利、语速比法国人还快的老太太事后跟邹姑娘说，这小伙看起来不赖，不过皮肤怎么那么白？不会是白癜风吧？他房子多少平方米来着？

蜜蜜看起来还是老样子，懒洋洋的，只不过以前能吃十个肉包子，现在吃六个。我估计他把自己攒的那点老底全嗫瑟光了。这是种不需要太高智商的本领。有时他坐在员工的椅子上，跷着二郎腿呆呆地望着窗外，直到房间里弥漫着肉皮的煳味——那是燃烧的香烟将他的手指烤焦了，不过他看起来丝毫没有感觉到疼痛。他没再去篮球馆打篮球，老艾偷偷跟我说，蜜蜜不是不想去，而是没有交今年的会费。老艾还说，蜜蜜打算将那辆宝马车卖了，可小邹姑娘死活不同意。

我以为蜜蜜会跟我聊聊。聊什么呢？我也拿不准，不过我觉得一个暂时失败的人通常会需要一名忠实的倾听者。可他只是快速地眨着眼，目光越过我，落到那台彩色电视机上。他什么节目都看，《婚姻保卫战》，《非诚勿扰》，卖锅卖假宝石的电视购物，十万岁的狐狸女仙和三万岁的玉皇大帝孙子在九重天外谈恋爱……那天他转到纪录频道，看到十几条毒蛇正在追逐一只老鼠。那些吐着信子的蝮蛇犹如锦衣卫杀手，在峭壁岩石间，在灌木丛中，在沙土地里疯狂地追逮那只灰毛老鼠。那只吓破了胆的老鼠上蹿下跳，东躲西藏，每每险象环生处又能安然脱身，让人觉得仿佛是上帝的那只手在庇护着它，看着看着蜜蜜转过头，看着我。他的眼睛眨了眨，说，舅，我就是这只耗子。死不了的皮耗子。

皮耗子，他舔了舔嘴唇，皮耗子。

我递给他支香烟，将电视静音，想了想说，别瞎折腾了，蜜蜜，干脆回云落吧。你不是吉他高手吗？开个音乐培训班，钱能呜嚷呜嚷地涌来。他直愣愣地盯着我，嘴巴僵硬地努了努。要不就开烧烤店，弄点特色菜，烤菜蛇烤蝎子烤法国蜗牛、烤鲍鱼烤海螺烤海肠，再烤点羊盖骨黑鲶鱼啥的，配几款新鲜的捷克精酿啤酒，本薄利厚，咱们云落人，穷是真穷，可最贪吃，我帮他将香烟点着，说，可为而不为，是懦夫，可为而为之，是勇士，不可为而为之，是愚夫。他呼出口浓烟，眨么着眼说，舅啊，你说的我没整太明白……不过……连你这种老年人都出来混，我干吗还回那兔子不拉屎的地儿？

我一时不知该如何接话，我听到白炽灯由于电压不稳传来的嗡嗡声；电视里女主角跑着跑着鞋跟断了，她只得拎着鞋子横穿马路；老艾跟老叶正嘀嘀咕咕，神情肃穆如默克尔跟特朗普商讨欧美大事；邹姑娘在看快手直播，一个嗲声嗲气的男人正在推销口红；春天尚未来临，孩子们已经在夜色中捉起了迷藏……后来，我听到自己说，你看过萨特的《死无葬身之地》吗？蜜蜜摇摇头。我还听到自己说，有位奥地利的哲学家，跟你一样，从小热爱机器，他说，其实，一个男人的梦想几乎是从来不会实现的。

蜜蜜端起易拉罐啤酒喝了两口。他在灯影下眨眼的模样，让我无端地厌恶起来。

行啊，舅。他说，你这反鸡汤才是货真价实的鸡汤啊。

啥意思？我说。

天机不可泄露。蜜蜜说。

9

我有段时间没去老艾家。老艾倒是打过几次电话，炖了松茸乌鸡，还炖了我最爱吃的河豚，我都推辞掉了。

春天又来了。春天总是来得那么冒失。仿佛春风一度，万事万物就膨胀着炸裂。那天我正在图书馆的沙发上小憩，便接到了蜜蜜的电话，他叽喳着说，舅，告诉你个好消息！我打算拍网剧。我头晕晕沉沉，并没听太真切。说实话，我对他那晚的话还耿耿于怀，什么叫"连你这种老年人都出来混"？维特根斯坦说，为眼睛近视者指引道路是很费力的，因为你不能对他说：看见十里外的教堂吗？朝这个方向走。

如今最火的是啥？是网剧！这个时代最需要的就是精品网剧！你可要多研究研究，写出《四平青年》《北京女子图鉴》《无证之罪》这样叫好又叫座的。

我忍不住问，你想拍啥？

我要拍的剧，有悬疑有穿越，有谋杀有神话。我还想加点科幻因素，打个比方，你去了一个平行世界，发现舅姥姥、舅姥爷还活着；我妹妹没得白血病；我舅妈也没跟你离婚，你是不是会舍不得回来？你最好的选择就是，谋杀另外一个世界里的另外一个你，然后冒充另外一个你，继续过着幸福的家庭生活。

我没吭声。

舅啊，帮我写剧本吧！哪天你过来，让我爸炖肘子，咱爷俩顺便好好唠唠。我就不信攒不出牛逼的本子！等外甥赚了大钱，按一线编剧给你劳务费，你要愿意，入干股也成，咋样？

我说，这活儿你舅干不了，人老眼花血压高，还天天吃着褪黑素，你找专业编剧吧。

他似乎有些失望，不过肯定是意料中的失望，他的声音听起来依然高亢，那……我先找别人搞，别人搞完了你再搞！谁让你是我舅呢，对不？

等他挂掉电话，我还没回过神。他可能知道我对他没有信心，从来不看好他。不过，我突然意识到，他看我大概也是一样吧？

我一直在等蜜蜜所谓的剧本，但始终没有等到。不久我的一篇小说被朋友推荐给某位导演。那是篇很糟糕的小说，可导演很是推崇。他家住在三里屯附近，当我见到他时，他正抱着一只豹纹短尾猫在阳台上抽烟。和我想象中的名人不同，这是位谦逊得让我心虚的人，他不停地给我续茶，给我点烟，每隔十分钟就问我空调的温度是否适宜。那时停暖了，风还挺硬。我以为他要买我的小说版权，结果发觉并非如此。他正在构思一部电影，他的意思是让我做这部戏的编剧。他猫一般浑圆的瞳孔注视着我，让我对他充满了想象中的敬意。他说，这是个韩国人在里约热内卢的故事。主人公之所以是韩国人，是因为制片人和投资方都是韩国人。一部关于灵魂救赎身体救赎的电影，最重要的是避免人物形象陈腐，男主的身份是哲学家，没错，这是一部关于韩裔大学哲学教师和里约热内卢黑帮的故事……当他提到哲学家时我莫名地兴奋起来，这也许是之后整个春天我和他厮混的缘由。我们常常在他宽阔的近乎空荡的客厅里小声地构思着故事框架，辩论着故事的走向以及诸多异想天开的细节，这些细节往往让我们亢奋起来，他那个脖颈比白天鹅还优雅的女朋友不停地给我们斟酒，从不插话。在很长一段时间里我都怀疑这个安静的女孩是个哑巴。通常喝着喝着我就困了，躺在他们家客厅的沙发上沉沉睡去，半夜醒来，会听到他和女孩亲热的声音。

他经常带我出去吃饭，每次吃饭的人都不尽相同，有台北来的家具商人，有部队厨房用品生产商，有洛杉矶回来的独眼画家，画家的龅牙情人，某五星级酒店的老总以及长得犹如海狸鼠的某省要员公子……我的酒量剧增，通常一斤白酒后还能整十几瓶比利时啤酒。我发觉，这里的每个人似乎都是一部秘史，他们看上去鲜亮、热忱，脸上的肌肉时常因为激情的焕发而略显僵硬，可我知道，我对他们一无所知，包括几乎三两天就喝顿大酒的导演。没错，到了我们交往的后期，我们似乎忘记了电影的事情，我也很少再去他家里，而是直接打车到他预订的酒店包房，或者某个朋友家的别墅，就是在别墅阳台的遮阳伞下，我第一次喝到了小说中常提及的马提尼酒。他有数不清的朋友，喝不完的美酒，慷慨的赞助商，精致得犹如名媛的女人，我有时候会产生种错觉，自己俨然变成了一名食客。

还好，我断断续续接到老艾的电话。她的方言一下子就将我拉回到云落乡村。她说，蜜蜜他们去老家拍戏了。拍什么戏？她也搞不清楚，反正蜜蜜带了帮人回了云落县。蜜蜜自己当导演，还有俩专业演员，据说是中戏表演系毕业的，剩下的都是群众演员，有蜜蜜的初中同学，有长得像梁朝伟的业余歌手，还有在云落县农业局当主任的表弟，他们还借到了县评剧团的行头，备着筹拍古装戏。反正能省则省，不能省的就不拍。蜜蜜的表弟叫荀连生，也是我外甥。他有个朋友开饭店，当了赞助商，提供在云落期间的饮食。蜜蜜承诺饭店老板，将来会在鸣谢单位里添上他们饭店的名字。拍的啥戏？老艾说，她真的不晓得，反正有场戏是在饭店拍的，三个小伙子揍男一号，他们摔碎了几个盘子几个碗，还有把檀木椅，只是动手时没把握好轻重，把男一号的眼睛打成了乌眼青，男一号只好戴着墨镜继续拍戏。老艾还说，小唐也去了呢。我有些讶异，小唐能干什么？我还寻思他在青岛呢。老艾说，你咋瞧不起人家小唐呢，小唐是美术，还是剧务。没有工资，可小唐说，这比写论文有意思多了。

联系到我正在经历的一切，我突然有点同情起蜜蜜来了，拉个草台班子就干起来，还有点悲壮呢。

至于邹姑娘那边，老艾说，情况也比较安稳。这是唯一让她欣慰的事情了，她说，她已经跟邹姑娘的父亲友好地会见了十多次。当老艾提到这十多次见面时，不禁笑出了声音。由此看来，这些会面充满了温暖的回忆。没错，老艾说，老邹，也就是小邹的父亲，是个和蔼的老头，常年坐在轮椅上，嘴角流着涎水。他以前是某区财政局的处长，退休后发现颅内长了瘤，就动了手术，手术不成功，就只能天天坐在轮椅上了。他有处房子，八十多平方米，两室一厅，他妹妹就搬过来伺候他。那可真是相亲相爱的一家人，老艾感慨道，他妹子也老大不小了，死了男人，孩子结了婚，没啥事，就来当保姆，长得那叫喜相，真是菩萨转世，每天做饭洗衣，给老邹洗脸擦脚、喂药唠嗑。老邹可稀罕我了，每逢我去了，都拉着我的手说个没完没了。当老艾详细地跟我讲述亲家们如何进行日常会晤交流时，老叶通常不吭声。后来老叶偷偷跟我说，那个老头确实不错，只会流着涎水说俩字："真好"。无论老艾说啥，老邹就答："真好。"比鹦鹉还有礼貌。

蜜蜜那边不久传来消息，剧组解散了。直接原因是男一号失踪。那天的戏，是男一号发现自己是财神转世，惊喜之余凭咒语拿到了许多钱财，等他开着宝马去找当了富豪情人的恋人，才发现恋人已失踪。按照后面的设想，这个不靠谱的恋人穿越到了唐玄宗后宫，要跟杨贵妃正式争宠。剧组人员都住在一家二星级宾馆。宾馆的老板是荀连生的初中同学，不光提供住宿，还提供免费早餐。男一号是特殊待遇，房间里还有个靠窗的浴缸，朝窗外望去，能看到烟波浩渺的洀河。确认男一号失踪之前，他们彻底搜查了他的房间，除了两双没洗的袜子，只有张便签。那张画着宾馆图案的便签安静地压在电话下面，上面只写了一句话：亲爱的导演，我去找玉皇大帝汇报工作了，祝你好运！

按照蜜蜜的意思，男一走就走，大不了再换个演员，反正男一来回穿越，穿着穿着鼻眼被虫洞磨损变形也是情理中的事。荀连生也谴责失踪的男演员，说皮相一般，喝起酒来没够，演床戏时则过于敬业，将来肯定红不了，没啥大出息。蜜蜜觉得荀连生很有眼光，就提拔他当了导演助理。当他们重新蹅摸男主时，女主也辞请了，她说她母亲患了重病，本来哥哥嫂子看护，可嫂子不久前怀了孕，家里缺人手，她只能回老家照顾ICU病房里的母亲。蜜蜜和蜗牛开车把这位孝顺的女演员送到了火车西站，验票前蜜蜜又塞给她三千块钱。据蜗牛说，女演员当时泪如雨下，说等母亲病愈肯定连夜赶回剧组。她对女主和杨贵妃的宫廷斗争有更大胆的设想，到时会跟蜜蜜夜谈。蜜蜜听着听着又从车里拿了条香烟送她。这女主是烟鬼，两天三包点五的中南海。

男主和女主都跑了，还拍个屁，蜜蜜打道回府。临行前他叮嘱荀连生，要守住阵地，道具啥的先放在他们农业局仓库，评剧团的行头也不要先归还，尤其是龙袍和凤冠霞帔。他用了一句很老的电影语言来表达他的豪情：我胡汉三还会回来的。

老艾照例是包饺子，我照例坐地铁赶往蜜蜜的公司。也许不能叫公司了，一个员工都没有了。当我见到蜜蜜时，他正躺在沙发上打游戏。他更瘦了，坐起来时犹如黔灵山冬天的猴子。

我说，剧本我都等了小半年，也没等到。

蜜蜜打了个哈欠说，舅啊，根本没剧本，都是我想拍啥就拍啥。大导演不都这样吗？王家卫啥的。

我想笑，没笑出来。我怕我会语露讥讽，赶紧换了话题。

那晚的饺子吃的也有些沉闷。没买龙虾，买的麻辣小龙虾。老艾将盘子塞到邹姑娘前面。老艾失业后急遽衰老起来。她的钢丝般的短发多日未曾梳洗，看上去犹如刺猬的盔甲，她拿着块抹布走来走去，结果厕所擦了好几遍，堆满手机膜的桌子上依然落满灰尘。她也不给老叶擦胳膊擦腿了，据老叶说，她在睡梦中的双手仍在空中不停地、有频率地抖动，像是位执着的指挥家，即便把散发着臭味的手机膜塞给她，她的呼噜声也不会想起，只在黑暗中浮起沉重的、带着哨音的叹息。老叶唯恐老艾精神出了问题，每日侦探般小心翼翼盯护她，以防止她从楼梯上滚下去，从阳台上摔下去，或者把那瓶快过期的安眠药吃下去，总之，老艾还没有事情，老叶已经快疯了。我只好安慰老叶说，老艾不会有事的，只要蜜蜜安然无恙，老艾就永远是老艾。

吃到半截蜜蜜去接电话。金属半月板和数月前被挑断又连上的脚筋让他走路的姿势宛若僵尸。老艾瞄我眼，似乎有话要说。我正琢磨着是否私下里跟她聊聊，这时邹姑娘说话了。说话前她一直细致流畅地剥着小龙虾坚硬的外壳，时不时把沾满调料汁水的手指放进嘴巴里吧唧吧唧地吮吸。这个贪吃的姑娘扫了扫我们，擦了擦手说：我跟蜜蜜要结婚了。

我去看老艾老叶，他们明显也是第一次听到这则消息，尤其是老艾，她的眼睛都快赶上巨鱿鱼了。有那么片刻桌上鸦雀无声，似乎我们都被这个好消息给吓呆了。邹姑娘回头看了眼蜜蜜，说，你打个狗屁电话啊。她的声音掺杂着小龙虾的麻辣味，让我们终于苏醒过来。老艾的脸犹如在蜜罐里浸泡了半年，每条皱纹、每根眉毛、每块老年斑都散发出甜美的味道，她拉着邹姑娘的手问，你们……想好了？你爸妈咋说的？

我结婚跟他们有狗屁关系，又不是他们嫁人，邹姑娘舔了舔嘴唇说，我和叶密打算冬天结婚。

老艾拉着邹姑娘的手，舍不得放下，却也没再问什么。这时老叶说，我还有瓶好酒，你们要不要尝尝？还没等旁人接话，老艾就嚷道，你个老古董！有啥好商量的！还不赶紧献上！小唐！你不是会做锅包肉吗？赶紧添个菜！蜗牛慢慢腾腾地说，大姨，我炒菜手快，你们别急，马上就出锅。

那晚除了花四十分钟将锅包肉煎煳了的蜗牛，我们都没喝多。阿杰莉娜找了个新男友。新男友是某大学将要离婚的美学副教授。凡是能够说的，都能够说清楚，凡是不能谈论的，就应该保持沉默。我打算将那套《维特根斯坦全集》送给蜗牛。

10

我没想到邹姑娘会求我办事。他们单位打算搞一台消费者权益晚会，她写的脚本。她第一次干这种活，难免有些心虚，写好后让我帮忙审审。也许在她印象里，剧作家都是公文高手。我没好意思推辞。说实话问题不少，有些话我觉得当面交流比较稳妥，便约她在蜜蜜家会面。她说，舅啊，下午领导就找我谈脚本。我们领导是个戴牙套的中年妇女，正处于更年期……我想在汇报前先跟你聊聊。既然她这么说了，我也就应了。坐了很久的公共汽车，又走了很远的路，才在约好的那家湘菜馆晃到她。她不是个健谈的人，点了满桌子菜，没一个我爱吃的。她不停地用筷子翻弄着剁椒鱼头的眼睛。我知道那里的肉最鲜嫩。当我们交流完脚本的事，鱼头只剩下白色骨架，面条也被她秃噜秃噜地吃完。我还以为她只是对龙虾才有这么旺盛的食欲。谢谢你，舅，她打了个饱嗝说，这次时间太赶，下次我陪你喝酒。你喜欢白的还是啤的？我说，啥都行，啥都喝不多。她也没接话，低头看了会儿手机，而后抬起头漫不经心盯着窗外的天桥。我想午餐可能要结束了。对于这位见面多次却宛如陌生人的未来外甥媳妇，我觉得沉默或许是最真诚的交流。

后来我也将目光甩向窗外。酒馆二楼跟天桥几乎持平，我看到天桥上有个老头坐在桥孔边侧，不时朝着行人磕头。也许不能叫磕头，他一条腿都没有。当他从地上抬起双臂接过路人递过的钱币时，露出没有门牙的牙龈傻笑。这老头不是骗子，邹姑娘说，骗子大多数人都能一眼瞅出来。我说是吗？邹姑娘说，当然，除了叶密。她笑了笑。她笑的时候还是挺耐看的，有两颗不对称的虎牙。她说，你外甥傻得很，有回我们过天桥，碰到个身强力壮的小伙，穿着身运动服乞讨。他自称是自行车运动协会的会员，这次骑行的路线是从佳木斯到深圳，可半路不慎被偷了钱包，身份证银行卡全部丢失，他饿了一整天了，哪位好心人要是资助他点钱财，他感激不尽，等他补办完证件，会将钱从微信上转账。然后呢？我看着邹姑娘问。她吐了吐舌头，叶密当场甩给他三百块钱，还说，哥们，赶紧吃口热乎饭去吧，甭还了，谁他妈没倒霉时候？你看，你外甥就这么傻，弱智儿童，不过……邹姑娘用牙签剔着槽牙，慢声细语地说，男人傻点，对老婆肯定错不了，是吧，舅舅？她犀利的眼神探过来，我只好郑重地点点头。

过不多久老艾来学校找我。我正在宿舍收拾行李，课业快结束了。我不知道是继续留在这里，还是回我曾经无比厌弃的云落。我和她仍坐在体育馆的看台上，俯瞰着椭圆形草坪。老艾说，她打算和老叶回老家。蜜蜜的公司破产了，房子也退了。我半晌才反应过来，问道，那房子……难道不是蜜蜜买的？老叶拍了拍我脑门说，你个傻孩子，他哪里有钱从北京买房？租的，月租一万五呢。我沉默了会儿，那他结婚怎么办？住哪里？邹姑娘知情吗？老艾说，这姑娘啊，真不简单，知道蜜蜜房子是租的，只说了句，没事，住你爸那儿好了，让我大姑回家歇着。你说她到底图啥？她妈呢？她妈不是个厉害角色吗？老艾紧张地左右逡巡一番，小声说道，哎，小邹没敢跟她妈提这茬，瞒着呢，可瞒过了初一，能瞒到十五？这小邹啊，老让我摸不着她的经脉，我这当婆婆的，心里慌着呢。

老艾还跟我商量，打算秋后回云落县城开店，专门卖烧鸡，烧鸡的名字都想好了，就叫"蜜制烧鸡"，要跟赵家的叫叫板，看谁的味道更正宗。我说你都三十年没熏过烧鸡了，手艺早废了吧？她喊了声，好歹年轻时熏了千八百只烧鸡，咋会忘？我想开了，蜜蜜在北京混得不易，我跟老叶赚点钱，供他东山再起。说道东山再起四个字时她拍了拍自己的大腿，又拍了拍我的大腿，郑重得很，好像家里真藏着一个末路英雄一样。我说，开店也要钱，你们手头够吗？老艾摇了摇头，她脸颊旁的钢丝被秋风吹起，眼睛茫然地盯着足球场上奔跑的球员，半晌扭过头盯着我说，借，你忘了？咱家亲戚多，掰手指头数数，光表姐表妹堂姐堂妹连姐连妹，就有十三个，一家借五千，十三家是多少？七万来块呢！

那天，我开着蜜蜜的车拉着老艾和老叶回云落老家。本来蜜蜜也要回，可邹姑娘怀孕了，妊娠反应强烈，两口子去了医院。老艾跟老叶回家的目的极其明朗，就是跟亲戚们借钱。老叶有点晕车，玻璃窗没有关严实，能听到呼啸的风声。我听他俩不停嘀咕着。老艾说，跟四舅家的二姐少借点，二姐夫小脑萎缩，去年夏天把农药当雪碧喝，住了半个多月医院呢，命差点没了，老叶沉吟着说，三千；老艾说，三舅家的三妹，男人得了癌症，住院化疗借了一屁股债，老叶说，免了；老艾说，大姑家的大姐，孩子在深圳开公司，大姐夫在施工队当泥瓦匠，没啥缴费，老叶嗯了声，一万；老艾说，五妹家的房子拆迁，闹了三套房，听说刚卖掉一处，老叶想了想说，两万……说着说着，老艾忽然冒出一句，不晓得王如云那丫头到底跑哪里去了。老叶黑着脸吼道，提她干啥！还等着她把你儿子手筋也挑了吗？！老艾喏喏道，你最近肝火挺旺啊，蜜蜜没跟你说，他的银行卡昨天收到笔转账？不是小数目，十万块钱。这个账户啊，以前是他跟王如云合用的，连小邹都不知道。老叶沉默了会儿说，要真是她的钱，赶紧给我退回去！老艾叹息了声，嘟囔道，王如云干活可真是把好手，那大手，丝瓜瓢子似的……

老叶不吭声了。

车过香河时，老艾慢悠悠地说，弟啊，只有过了香河，我这心里才踏实些，像老做梦的傻子，激灵下就醒了，你说怪不怪？我刚想跟她开个玩笑，手机响了，是导演打来的。我跟他有些时日没有联系了，他的声音听起来既熟悉又陌生。他问道，兄弟，你有护照吗？我说，我还从来没去过外国呢。他说，那赶紧办个，下个月你陪我去趟韩国。我说去韩国干吗？他说，我们见一下制片人，你忘了吗，是韩国人投的资。我这才想起那个还没来得及写的剧本，里约热内卢的韩裔哲学家以及黑帮秘史。我咳嗽了声，说，我哪里也去不了啦，打算回老家跟亲戚合伙做点小生意，不搞编剧了。他说你开什么玩笑？这时候撂挑子？我们这部电影将来是要送戛纳主竞赛单元的。我知道他没有说谎，多年前他确实拿过一次戛纳了。不过，我在呼呼的风声中听到自己说，我真的要跟俺姐去卖烧鸡了，你再找找别人吧大哥！对不住了。

放下手机，老叶老艾疑神疑鬼地盯着我，他们似乎想问点啥，但终归没有开口，或许，他们脑中还盘算着借钱的诸多事宜。他们面皮薄，这辈子还从来没开口跟别人借过钱呢。当车开到关镇服务区时，老艾忸怩着说她要撒尿，快憋不住了。我就停了车，跟老叶溜达到屋檐下闷闷地抽烟。老艾矮矮的，跟个没长开的倭瓜似的，扭搭着朝洗手间小跑。她的背影跟我母亲极为相像，我不禁喊了嗓子，老艾！老艾！老艾就转过身朝我们笑了笑。说实话，都奔六十岁的人了，笑的时候，还那么羞涩。

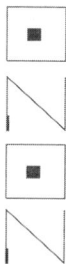

《过香河》是关于小人物的叙事，关注的是平凡小人物的命运。作品精心设置了"我"和蜜蜜两条线索、城（北京）与乡（云落）对照的两种空间结构，在相互对照与交织中，展现小人物在梦想与现实之间的挣扎与倔强，同时映出时代巨变的历史面容。

"过香河"是一个饶有意味的隐喻，香河既是北京与河北之间的一个交界点，也是城与乡、梦想与现实的一个重要转换关口。"我"与蜜蜜是年龄不同的两代人，怀着不同的心情到北京追求新生活，渴望实现梦想，我们既具有血缘上不可分割的交织关系，也是在追梦路上平行的两条线。蜜蜜的冲动不安与"我"的无力软弱形成鲜明对比，但也相互补充地表征了两种小人物在大都市追梦的不同状态与方式。蜜蜜开公司、做选秀节目、拍电影，既展现了年轻人的朝气与锐气，也显现了年轻人的盲动与浮躁。"我"的编剧梦更像是一个空中楼阁，因为缺乏资本的支持与人脉的加持，而一直飘在空中。

一定意义上，"我"和蜜蜜都是追梦的失败者，但作者给予了两个小人物以极大的理解和同情。小说结尾，"我"从梦中醒来，拒绝了导演的邀约，而执意回故乡去；蜜蜜在一连串的折腾之后，要走入婚姻的殿堂。一切看似都失败了，烟消云散了，但一切似乎又重新开始出发了。两个小人物并未让梦想照进现实，但他们依然站在坚韧的生活大地之上。过香河可能是追梦的开始，也可能是对平凡生活的回返。

（崔庆蕾）

黄河故事/

/邵　丽

一

如果不是为了给父亲寻找墓地，我觉得在很长的时间内我也不会再回郑州。如果不回郑州的话，我们家庭发生的那段历史，我是没有时间也没有心情讲出来的。但是话又说回来，试图忘掉历史的人，恰恰都是有故事的人。

至于为什么要寻找墓地安葬我的父亲，说起来真让人难以启齿。他死去几十年了，骨灰却一直在殡仪馆的架子上放着，积满尘土。而那些尘土，大部分却是别人骨灰的扬尘。我常常觉得上帝是个最好的小说家，他曾写出世界上最短也是最精彩的小说："你必汗流满面才得糊口，直到你归了土，因为你是从土而出的。你本是尘土，仍要归于尘土。"归根结底，这也是我们要安葬父亲的动因，他一直没有被埋到土里。对于一个死去的人来说，没有埋到土里就等于没死完，没死透，没死彻底，只是一个野鬼游魂罢了。

我到深圳已经二十多年了，后来我又把母亲和妹妹接来深圳，她们也在这里十年多了，而我父亲的骨灰还留在郑州。每到清明或者春节，我和妹妹便依着老家的习俗，买点黄表纸，到楼下西侧的十字路口烧一烧，算是对往生者和活着的人都有个交代。火燃起来，明明灭灭地映红我们姐妹俩的脸。时间过滤了悲伤，更何况我们本来就不十分悲伤。我们有时还会一边烧一边说起别的事情，有时候还会笑起来。行道树上的火焰花偶尔有一两朵跌下来，轻微的一声响，像是一声轻轻的叹息。花开得正盛，在夜晚的灯光下更是红得决绝。深圳的花从冬天一直开到夏天，我们总是分不清木棉树、凤凰花和火焰木的区别，都是一路的红。但这火焰花开在树上像是正在燃烧的火焰，白天一路看过去，一簇簇火苗此起彼伏，甚是壮观。

火焰花下，适合我们搞这个仪式。也红火，也清爽。母亲从不参与，但也从不干涉，她对此没有态度。

最近几年过春节，深圳都是这种阴不阴、晴不晴温不吞的天气，好像对过年有着深刻的成见，非要闹情绪似的，让人一天到晚心里堵得像是塞满东西的屋子。我百无聊赖，睡得晚，起得也晚。那天早上起来下到一楼，看见母亲和妹妹还坐在客厅里有一搭没一搭地说话。昨天是阴历二十四。二十四，扫房子。打扫屋子时拿下来的全家福照片被母亲拿在手中擦拭。从侧面看起来，她像一架根雕。她很瘦，干而硬，又爱穿黑衣服。两只树根一样的手拿着相框，让人有一种硌得慌的感觉。她就是这样，以自己的形象、语言和作为，始终与世界拉开距离，至少是以这姿态与我拉开距离。

我没理她们，把面包片从冰箱里拿出来放进吐司炉里，然后拿了一只马克杯去接咖啡，自己随便弄点东西胡乱吃吃。每天早上我起得晚，而我母亲和妹妹总是六点多起床，七点多就吃完早饭了。她们俩还保留着内地的生活习惯，早睡早起。岂止是把内地的生活习惯带到了深圳，我看她们是把郑州带到了深圳，蒸馒头，喝胡辣汤，吃水煎包，擀面条，熬稀饭，而且顿顿离不了醋和大蒜。搬到深圳这些年了，除了在小区附近转转，连深圳的著名景点都还没看完。对于我母亲来说，什么著名的景点都赶不上流经家门口的那条河。不过那可不是什么小河，母亲总是操着一口地道的郑州话对人家说，黄河，知道不？俺们家在黄河边，俺们是吃黄河水长大的。

"这过完年啊……"母亲看着那张照片，嘴张张合合，往照片上喷着哈气。我看她夸张的样子，很想笑，对自己的亲生女儿，没有必要这般表演吧？的确，就这两年她像换了个人，会说起父亲。过去许多年里，她是从来不提我父亲的，我们当着她的面也从不说起父亲的任何事情。在我们家里，好像父亲这个人是从来不曾存在过似的。"你得回郑州一趟，人家一直打电话，说殡仪馆又要搬迁了。还得给你爸再挪个地方。"

"回郑州？"我端着咖啡，挨着妹妹坐在她斜对面，"你呢？"

"我们不回！"

我问的是她，她回答的是我们。我母亲这些年就是如此，她敢于替我妹妹的一切做主。而且，现在只要说让她回郑州，她好像遭受多大惊吓似的。

"那好吧！本来我也想回去一趟，趁着把我那套老房子处理了算了，现在郑州的房价正高。"

"别。你先问一下你弟弟，看他要不要，"她跟我说话从来就不容分说，"再一个说了，我老了也得有个挺尸的地方吧？"

"好。"我嘴上答应着，心里却暗自好笑。我弟弟又不在郑州，也很少回郑州住，他在郑州买个房子干什么呢？我的眼睛像透视镜一样，对她那点小心思门儿清。她是想让我把那房子留下来，却又不肯说，她在我面前是需要维持尊严的。我并不缺那一两百万元，我是故意说卖房子的事给她听。既然她不开口讲出来，我就没必要让她过于遂心如意。

"还有，"她停下手里的活儿，用右手食指重重地敲打着桌面，严肃地看着我和妹妹，"你们姐弟几个商量商量，让你爸这样挪过来挪过去终究也不是个办法。不行的话，在黄河北邙山给他买块墓地安葬了算了。人不就是这回事儿？不入土就不算安葬。你爸死几十年没安葬，他不闹腾才怪！入土为安。"

我妹妹好像才突然睡醒似的，从手机上抬起头，看看她，又看看我。估计刚才我们说的什么她都没怎么听，但只管伸个懒腰站起来说："好！我没意见。"

对母亲的话，我却一下子没有意识过来，端着咖啡杯子的手在唇边呆住了。自从我爸死后，几十年来她第一次这样郑重其事地主动说起安葬他的事儿。不知道为什么，我的心突然有点发紧，手心里汗津津的，说不清楚是疼痛、伤心还是恼怒。

"我打电话问过了，一块差不多的墓地二十多万，你们看看怎么办吧！"

我一边抿着咖啡，一边拿眼睛盯着她。我知道她这话是说给我听的，这钱弄到最后还是得我出。于是我想了一下说："妈，普通墓地二十多万，只能用二十年；好点的墓地五十多万，宽展，而且可以终身使用。你不是不想让我爸挪来挪去吗？再者说，还有你，百年后我爸身边可给你留个位置？"

我这样说的时候，眼睛一直没从她脸上挪开。她先是像被蝎子蜇了一样立起来，想说什么，又似乎感觉我不怀好意，叹了口气重重地坐下来说，"百年之后是以后的事，我死了，自己又不当家。你们把我埋在那个……他身边，可不是我自己要求去的！"

她差点脱口说出"饿死鬼"三个字，过去她老是这样称呼我死去的父亲。

"那就这么定了？"

"好吧。那就买好的，五十多万的！"母亲说。

"妈，要不这样，"我笑着对她说，"要是二十多万呢，我自己拿了就算了。这五十多万，你看我们姐弟五个，一人拿十万，剩下的钱，包括安葬的各种开销全都由我包了。这样大家都尽点孝心，您觉得怎么样？"

她看看我，又看看我妹妹，好像没听懂似的，一脸迷茫的神情。

"不过我大姐二姐还有弟弟，你得先一个一个给他们打电话说一下。我这次回去好跟他们商量事儿。"

她终于弄明白我的意思了，估计心里有点恼怒，把镜框来来回回翻了几遍，然后面朝下，咣当一声扣在桌子上，说："好吧！"

那是我们家唯一的一张全家福，我弟弟周岁那年照的，弟弟还被母亲抱在怀里。那个相框里父亲的照片，也是他留在世上唯一的一张。他表情别扭得好像走错了门似的，目光迟疑地看着镜头，一只眼大，一只眼小。

深圳这座城市，说到底也就几十年的工夫。可她平地起高楼，活生生长成一副王者之相，现代化的高楼大厦，大块的绿地，原生的和移植过来的古树，虎踞龙盘。生机勃勃的现世存在，会让人忽略她的历史。

我刚来深圳时，是一名工地上的建设者。那时我刚刚初中毕业，一个瘦骨嶙峋的毛丫头。唯有的，是我眼睛里的那份倔强。我离家闯世界时的弱小，母亲可能早就忘了。可我怎么能忘得了呢？

灶王爷赏饭，从承包公司的餐厅开始，我慢慢起家，是这座新兴的城市成就了我。她包容、接纳、充满机遇，她给了我这样的打拼者一个广阔的生长空间。有时我关了灯躺在黑夜的床上，隔了窗去看外面灯火璀璨的一座城。偶尔一两声隐约的汽笛的回响，有恍若隔世之感。一切都是安稳的，踏实的，充满秩序的。我的屋子，纯天然的木质地板。我的床，我身边睡着了的丈夫。我以为我已经彻底忘了自己是他乡之人，忘了自己的过去。就像身处的这座城市一样，忘了她的历史。

刚开始做餐饮的时候，我的餐馆有几个拿手菜在附近名声传开了，生意还不错。后来我将粤菜、豫菜和其他一些地方菜融合，尽可能满足全国各地各种人的口味。名气渐大，不仅扩大餐馆，开了分店，又与人合开了一家快餐公司。

我有做菜的天赋。我们姐弟几个后来都开饭店，估计跟我父亲有很大关系。对此，我母亲是不甘心的，至少表面上死不认账。要说几个孩子也都挣钱，但开饭店挣的钱让母亲非常不屑。虽然她未必听说过"君子远庖厨"的圣人之言，但靠吃都能活一辈子，养活一家人，到底是个啥世道呢？这是母亲心里的疼痛。她羡慕我们的老邻居周四常，孩子个个有出息，不是县长就是局长，逢年过节家里跟赶集似的不断人，还都拎着大包小包的。我们家可好，不管谁回来都是浑身油脂麻花的，头发里都有一股子哈喇子味儿。

有时候我想呛她几句，想想又忍了。她抱怨的时候，从来不觉得自己住在深圳的高端小区，而且这些都是靠开饭店换来的。我，也就是她的亲生女儿，如今是多么耀眼！我是深圳几家最大的餐饮集团公司的老板之一。

我真的天生就是该吃这碗饭的，来深圳做餐饮业没几年，生意很快就做得风生水起，在周围的佛山、珠海、东莞都开了分公司。我做生意实在，舍得下本，而且保证食材新鲜地道。宁可利润少一点，薄利多销，也绝对保证质量。我的盒饭业务几乎包揽了半个城的学校、医院和工厂。

那时深圳的房子还不贵，我买了一套复式花园洋房，三层，楼顶还带个大花园。那年妹妹离婚后来深圳住几天想散散心，看到我过得这样舒适，非要闹着到深圳来跟着我，说是要换个环境。我说，咱妈又离不开你，你过来她怎么办？

小妹说："那肯定把咱妈也搬过来啊，你房子这么大，空着多不好！房子圈不住人气儿可不行。刚好你公司这也缺人手，用自己人不比用别人强？"

我权衡了一番，与我老公商量，可否让我母亲和妹妹来深圳与我们同住？我老公是个热情对待所有亲戚朋友的家伙，他哪会有不同意的可能。与其说是商量，只是想给老公打一下预防针，"你要有所准备，我妈可不是个一般的妈。"我说完定睛看他，我想让他明白跟我母亲共同生活的艰难。我老公不说什么，只是轻松地笑笑。从那张单纯得一目了然的脸上，我知道一切对他都不能构成什么问题。

就这么简单，我妹妹辞了职，开始当然是瞒着我母亲。她们就此搬到了我这里。千里迢迢，背井离乡，我们俩都不曾想到，母亲这回竟然这样顺当。她们在这里一住就是十多年，母亲虽然嘴上抱怨各种不如意，却从来不提回郑州的事儿。

眨眼之间就过完了年，年后这一段时间是餐饮业的淡季。我把公司的工作给合作伙伴和妹妹——她在我公司做财务总监——安排妥当，就从深圳回了郑州。

在高铁快进入河南境的时候，我不禁想起当初让她们来深圳的情景。开始妹妹跟母亲说这事儿，母亲像被烫了一下，差点跳起来。她说，那地方又热又潮，人还不卫生，老鼠长虫都吃，太恶心了！

妹妹说："家里有空调，热了你不用出门。况且也没人逼咱吃老鼠长虫不是？你想吃啥咱们自己弄。"

"反正我是不去！"母亲说。

我妹妹威胁她说："你要是不去，就自己留在郑州好了，我去！"

我妹是幺妹，只有她和我弟弟敢跟母亲当面顶嘴。

母亲看着她，长长地叹了口气，犹豫了半天才说道："现在的你姐，可不是小时候的她。她要是发起脾气来，还不把我们俩给吃了？"

妹妹吃惊地问她："你乱说！我姐还会发脾气？您这是听谁说的？"

"不用听谁说！"母亲说。

妹妹说："妈，别老是挑剔我姐了。你有我姐这样的闺女，真是你的福气。看看你吃的用的，有谁对你这么好？"

"她有你对我一成好，也算我没白养活她！"母亲恨恨地说。

妹妹打电话笑着跟我讲起这个，我也在电话里把它当成笑话来听。我嘴上笑着，心里却有无限的酸楚。

我那些年是怎么过来的？

我做什么工作？我住什么房子？我结婚嫁了一个什么样的男人？谁关心过？特别是我母亲。我总是设想，哪怕哪一天家中接到我死在外面的消息，她肯定会一如既往地活。我在她心中的分量，并不比我父亲更重一点。

不过，我母亲能主动跟我妹妹说起我的脾气，我真有点吃惊。不是她以死相威胁、反复叮嘱我那件事情在任何时候给任何人都不要说出去的吗？事情已经过去很久了，不管是我还是我母亲，都应该守口如瓶才是。所以这一辈子，这事儿绝对不会从我嘴里说出去。即使她说了，我也绝不会承认。

我故作轻松地说："我的脾气怎么了？别说我没脾气，即使有脾气，也绝对不敢在她面前发啊！"

"那是，谁都会，就你不会！"妹妹说。

说到最后，妹妹的声音却有点哽咽了。妹妹说："三姐，我知道你的委屈。咱们姐弟几个，你对咱妈最好，对咱们家贡献也最大。"

我说："胡说什么呢？哪里有什么委屈！而且早就过去了。"

很多东西，的确已经过去了，甚至从来就没人记得，比如我受到的冷落和伤害。

也或许一切都没过去，但我们谁都不愿意去触碰，那太危险了。

比如我父亲的死。

正月初十那天，我正在郑州丹尼斯进口超市买东西——去大姐家得给小孩们买点吃的。走到收款台拿出手机刷钱的时候，我看到有妹妹的几个未接电话，还有她给我发的微信，说母亲突然晕倒送医院了，是被急救车接走的。我顷刻之间急出一头汗，超市里太闹腾，我顾不得结账，放下东西就匆忙往外走。我想到春节前刚刚给她体检过身体，除了胆固醇有点高，其他各项指标都正常。医生还开玩笑，说再活二十年都没问题，怎么会出这种状况呢？她的身体按说不应该有大问题呀！除了这个，我还吃惊自己会如此紧张，心里默念了几声菩萨保佑。

走到超市外面给妹妹打了电话。在电话里，妹妹的声音显得很轻松，依然像往日那样没心没肺的口气。她说，姐，你不用急着回来了。医生已经全面检查过了，没大问题，说是一过性的黑蒙，主要是脑部供血不足引起的。

我松了一口气，说："你快吓死我了，也不再发信息说一下。不过这距她上次犯病快二十年了，那次是二〇〇〇年的阴历七月二十六。"

"咦？"妹妹吃惊地说道，"我真服了你了姐，对妈最孝顺的真是你，连她生病的日子你都记那么清楚！"

之所以记得这个日子，是因为孝顺吗？也许是，也许不是。说是，事到临头我还是这么恐惧，怕她有个闪失；说不是，毕竟那是我自己的日子。

我打了一个哆嗦，被自己的心思吓了一跳。

因为，这个日子我死都记得，它与我母亲当时犯病的时间只是重合而已。但我发誓，我们家没人记得，包括我母亲也不会记得。

每年的这个日子，我都是当成自己的生日来过。

二

我跑了一个多小时也没找到殡仪馆。新开的道路横七竖八，连导航都常常弄错。周围布满了盖好的和正在盖的高楼大厦。世界在破坏中得以重建，但的确福祸相依，看是对活着的还是死去的人而言。死者为大，宜静不宜动。

每个城市都有自己的生长逻辑，但也习惯于模式克隆。有时候从郑东新区走过，我觉得自己好像并没有离开深圳，从建筑到周围的绿化，看不出来有什么差别。

绕了半天找不到方向，我只好停车向路边的一个老人问路。老人去掉头上的草帽，一张黢黑苍老的脸，我竟然认出他是过去我们村里的一个人，但是叫什么名字已经记不得了。我下了车，向他问好。他狐疑地看了我半天。我说出我父亲的名字。他看着我，擦了好几下眼睛，好像要哭的样子。估计他是沙眼，当地人叫风流眼，遇风流泪。他说他不愿意搬离这个村子，但是房子都拆完了，他就在工地上给人家帮忙，干点力所能及的零活。他虽然没我母亲年龄大，但也很老了，应该像我母亲一样，住在某个孩子家里享清福。

他朝右前方的一个地方指了指说，咱们村里死了的都在那挺着。"挺着"就是躺着的意思。我的父亲也在那个几乎看不到的地方挺着吗？我仔细看才看到一片灰砖建筑，它被灰头土脸地夹在几条道路中间，只是因为有一个在顶端抹了白漆的烟囱，才能让人勉强认出它来。这个建了不到十年的建筑，又面临着拆迁，它将成为饥不择食的城市胃口里的一粒齑粉。

我们那儿过去是郑州郊区比较偏远的村庄，不过村子靠近黄河，与我们紧邻的圃田，曾经出过一个叫列子的名人。这里在公元前400多年之前就被称作郑国，但郑国长得啥样，早已面目皆非了。不消说黄河水频繁泛滥，造了被毁，毁了再造。就是改革开放后，我们原来居住的村庄也早已经被那只巨大的城市之胃吞没了，舔得干干净净，没有留下任何痕迹。不过圃田竟然还有遗存，列子当年隐居修炼的那座屋子还在，据说已经申报了非物质文化遗产。列子在当地的传说颇多，除了是什么思想家、哲学家、文学家、教育家，还是养生专家，非常会吃。连庄子都夸他会轻功，能"御风而行"。这个传说跟当地人的会吃不知道有没有关系，据说国宴师傅很多都是来自这个地方。

如今，高速公路从此穿行而过，那些在这片土地上种植、恋爱、争吵和繁衍的人们不知所终。现在这里已经规划成一个市内森林公园，城区还在不断地扩充。他们模仿别的城市，将一些不知从哪里弄的古树移植过来，在这里生长得从容和傲慢，好像它们几百年前就住在这里似的。倒是我这个土生土长的当地人，举目萧然，无所凭依。

跟老人告别的时候，他问："你妈还在不？"

我说："还在。身体还好着呢！"

"嗯。"他把草帽戴上，低头摆弄着手里的扫帚，"你姐可是发大财了。你们姐弟几个都发财了。唉，"他目光犹疑了一下又说，"那又能咋样呢？你爸死了恁多年了。你妈倒是享福了。你爸死的时候，还是我们几个人跑了几十里从河下沿抬回来的。"

他估计并没闹清楚我是我父母的哪个孩子。

"我爸的尸体那时候是怎么发现的呢？"我抓住仅有的一点机会，想跟他聊几句我爸。可他不再搭理我，只顾低头扫他的地去了，顷刻间我们之间沙尘横飞。

在城市的驱赶下，父亲的骨灰也搬迁了好几次。现在没地方去，只好暂时寄存在殡仪馆的骨灰堂里，跟无数素不相识的人挤挤挨挨相依为命。这已经是他的第三个栖息之地了。父亲命苦，生前没有过几天安生日子，死后也颠沛流离，不得安宁。更可悲的是，写着他名字的骨灰盒里，装的也许根本就不是他的骨灰，甚至也不是某一个人的骨灰，而是很多人的骨灰。这事儿细想起来真的很恐怖，幸亏我父亲性格好，没有什么仇人——在第二次搬家的时候，运骨灰的卡车在道路上发生了侧翻，所有的骨灰都撒了出来。当时殡仪馆严密封锁消息，很多年后我们才从别人口中得知。但大家都像我们一样，把它视为无稽之谈，更没人去殡仪馆闹事，都宁愿相信自己亲人的骨灰没有问题。

何止如此呢？父亲的死，到现在还是一个未解之谜。不过也说不定，也许根本没有什么谜。但是，在他死的前几天到底发生了什么？没有人告诉我们，母亲更是守口如瓶。虽然当时甚至其后很长时间，村里还有人在背后指指点点，说是我母亲逼死了父亲。但毕竟只是胡乱猜测，拿不到台面上。况且他堂堂七尺男儿，怎么可能会被一个比他矮一头的女人逼死？也太说不过去了。我只记得之前几天，母亲曾经跟父亲在食品站闹过一场，但那绝不至于让父亲轻生。况且那个事情过去之后，母亲回家并没有再跟父亲继续闹腾，甚至提都没再提这件事，父母两人的生活也没有任何反常。

我父母一共生了我们姐弟五个，前面我们三个姊妹像下饺子似的来到人世间。从我记事起，我就知道我们家是母亲当家，满屋满院都是母亲。父亲像是一个影子，悄没声地回来，悄没声地走。母亲每天忙忙碌碌，忙完地里忙家里。可是父亲像个没事人一样，不是谁家有个红白喜事去帮人家做菜，吃一顿饱饭心满意足地回来，就是跟着一群人去打兔子钓鱼，好像他是这个家里的过客。

等添了我弟弟和最小的妹妹，家里日子更不好过了，经常是吃了上顿找下顿。父亲虽然不干什么活儿，但饭量很大，估计很多时候都吃不饱。有时候他站起来去盛第二碗饭，母亲就会看着自己的饭碗，恶狠狠地小声骂道："贪吃鬼！"母亲生气时的脸很黑，骂人的时候更黑，又穿一身蓝黑衣服，像一团沾满墨汁的废纸堆在那里。有时候她骂完，把碗咣当一声搁在桌子上，两只手搬着自己的一只腿，斜欠着身子坐在那里生气。她也不光生父亲的气，也生自己的气，生一堆儿女的气。我母亲这一辈子，大部分时间似乎都在生气。她觉得这个世界上的一切，都跟她的想法格格不入。

我虽然小，也明白母亲骂的这句话是什么意思。每当她这样骂父亲的时候，我们吃完各自碗里的东西，也不敢再去盛饭了。这倒成了一件体面事，母亲老是拿这事在外面夸自家的孩子懂事，说，我们家要是饭做少了，根本吃不完，孩子们那个懂事啊，你让我，我让你，谁都不肯吃；做多了反而不够吃，孩子们抢着吃。

在家里母亲倒是很少当着我们的面数叨父亲，有时候他们吵架也是回到自己屋子里，关着门吵。只是有一次中午，除了干菜和一点玉米面，母亲实在找不到更多做饭的东西。而父亲却从人家的宴席上吃得油汪汪地回来。母亲气得把水瓢都摔碎了，当着我们的面口不择言地数落起父亲来，说，"只有地痞流氓二流子才光顾着自己那张嘴，一人吃饱全家都不饿了吗？"

我父亲有时也会带一些剩饭菜回来，香气诱人。如果不被我母亲看到也就罢了，我们几个狼吞虎咽地吃一顿。若是被我母亲迎面碰到，她就一把夺过来扔在地上：

"连要饭的都不会吃人家的剩嘴头子！"

父亲也不辩解，闷声不响地回到屋子里，坐在凳子上抽耳朵上夹回来的那支烟，他不会抽烟，总被那明明灭灭的火和一团雾气弄得挤眉弄眼的。要么就面无表情地看着地下，很像在煞有介事地思考人生重大问题。

我们趁母亲转身的工夫，狼一样地抢食地上的食物。这更加让母亲恼羞成怒，她过去用脚踩，把馒头踢飞，然后逮着谁，迎头就是一巴掌。大的哭小的跳，场面甚是壮观，很像武打片里的一场群殴戏。

由此，我母亲更加仇视我父亲，所有的混乱不堪都是他带给这个家的。母亲需要稳定，需要长卑有序的尊严和面子，需要家要有个家的样子。而父亲就是破坏秩序的始作俑者。

上学之后才听村里的老辈人说，我爷爷和我姥爷是世交。爷爷是个远近闻名的老中医，写一手好字，开的药方都被人当字帖用。姥爷家境富裕，是三村五里闻名遐迩的乡绅，也写得一手好书法。两个人到一起，就是写字、下棋、喝酒。据说我爷爷最佩服的人就是我姥爷，说他人仗义，事儿做得公道。要是没有我姥爷主持公道，村子早就乱得没有章法了。

母亲从未说起过他们，父亲也没说过。只是有一次我大姐入团要填表，问起姥爷和爷爷来。正在纳鞋底子的母亲突然抬起头来，显出一脸的自豪。她说："你姥爷，真没白活！"后来听我二姨说，枪毙我姥爷的时候，正在上中学的母亲就穿着上白下蓝的学生装，站在离他爹很近的地方。枪响之后，血沫子顺着风扑了我母亲满脸满身，她眼睛都没眨一下。

"你爷爷也没白活！他跟你们姥爷一样都是体面人。"过了一会儿，她又补充道，"你姥爷拄着拐棍儿往村里一站，那没有不听他说话的。再大的事儿，他只要站那儿三说两说，什么事儿都摆平了。"

父亲出走的那天夜里，天气非常恶劣，外面电闪雷鸣，风雨交加。我们早早就上了床。半夜里我们突然被他们房间发生的激烈争吵弄醒了，然后就听见有什么东西被打碎和我弟弟惊恐的哭声。我们姊妹四个的房间与父母隔一间堂屋，他们住东屋，我们住西屋，弟弟跟着他们睡。

大约半个小时后，他们房间里安静了下来。除了听见外面的风声雨声，夜晚屋子里静得吓人，仿佛能听见我们几个的心跳。不过没有一个人说话，也没有一个人起来看看。刚开始的时候，被惊醒的小妹吓得想哭。大姐在她脸上狠狠拧了一把，她缩进被窝里再也没敢出声。

第二天早上我们才发现父亲不在。第三天，第四天，天气转晴了，万里无云，世事一派祥和。但我们再也没见到父亲。

母亲依然忙里忙外，操持着一家人的吃喝。我们没有一个人问起过他，好像家里压根就没有这个人似的。

第五天早上，我们还在梦里，就被母亲一个一个从被窝里拽起来。她让我们立马穿上衣服，往我们每人头上和腰里勒上一条白布。她冲我们喊，"都出去哭吧，你爹死了！"

二姐听了，坐在床上哭了起来。母亲一把把她拽起来吼道："哭什么？要哭去后面好好哭！"

她的声音听起来，有好大的怒气。

那时我刚从二姨家回到这个家不久，心里根本不知道害怕。我们跟着母亲，来到屋后的院子里，看到院子中间的席子上躺着一个巨大的尸体，被水泡得像一头牛，浑身散发着腐臭的气味，头肿胀得像一个粪筐那么大。这怎么会是我们清秀瘦弱的父亲呢？我犹犹豫豫地站在那里。母亲不由分说便把我按跪下，然后就号啕起来。我们扭头看着母亲，她移开捂在脸上的手巾，拿眼睛狠狠地剜我们，我们只好也学她的样子，跟着号哭起来。

二姐只是默默地流泪。

在我们村子里，我们这个姓氏是一门很小的人家，没人出头管事儿，再加之父亲又是横死，所以也没举办什么葬礼。我们哭了一场，就把父亲草草送到火葬场了。

事后听母亲跟村上的人说，黄河水那么凶险，哪一年不淹死一堆人？父亲是趁下大雨到黄河捞鱼，被大水卷走了。再后来，母亲说起这事儿的时候，总是会在后面加上几句："摔死的都是会骑马的，淹死的都是会洑水的。许是饿死鬼托生的，怎么那么贪吃呢？"

此次之后，再说起父亲，她都喊他"饿死鬼"。

我那时候懵懵懂懂的，听了母亲这话，真是觉得父亲是自己找死。他太贪吃了，下那么大的雨去打什么鱼呢？除了二姐，本来我们几个跟父亲也没多少感情，他死了也就死了，过去了也就过去了。我们甚至还有点庆幸，家里的空气应该不会再那么紧张了吧？

几十年后，母亲给父亲选择了黄河边的邙山墓地。母亲说，你爸活着的时候喜欢去北边的黄河打鱼，就葬在那里。我也觉得那个地方不错，人家的广告语就是"生在苏杭，葬在北邙"。虽然那个北邙说的是洛阳，但是邙山东西狭长，黄河边的邙山的确也属于北邙。

我找了好几个老同学，他们还都在管事儿的位置上，但是价格怎么也压不下来，五十万已经是最少的了。对于快速发展的城市来说，墓地本来就是稀缺资源，而邙山墓地更是寸土寸金。

母亲想把父亲安置在这里，不知道考虑了多长时间，肯定不是突发奇想，但也不会谋划很久，她是个心里存不住事儿的人——只有父亲的事情除外，那是她的黑匣子，也许父亲根本就没什么事儿。那到底是什么事情促使母亲做出给父亲买墓地这个决定的呢？她是突然想到还是悟到了生命中的某个东西？

那天我给母亲打电话，问她给大姐二姐和弟弟说了没有。我说虽然我的房子可以卖两百来万，但一下子也出不了手。这几年生意上连续投资，手上也没闲钱啊。母亲不耐烦地说："打了！都打了！"

其实，开始我就知道让我们姐弟几个每人都拿钱的想法几乎是不可能实现的。我母亲就是想要我主动说出来，所有的费用我一个人出。这话我早憋在喉咙口了，不吐出来，是不想让她觉得太随便，谁的钱也不是大风刮来的，况且各自是一家人，我可以在姊妹困难时帮他们一把，但每次把责任都推给我，显然令我不快。要是我遇着困难他们帮不帮我，就难说了。

但是出乎意料的是，现在母亲的态度突然转变了，立场似乎很鲜明。她斩钉截铁地给我说："我也想通了，这不是谁拿不拿的事儿，不是谁钱多谁钱少的事儿，而是你们几个，都得对你爸尽尽孝心！"

"你爸好歹也是一辈子，你们现在吃香的喝辣的，都这么好，做儿女不尽一点孝，良心上过得去吗？"

我天！这是我母亲吗？是从她口里说出来的话吗？一辈子否定自己丈夫，否定得完全彻底，几乎可以说是一无是处。她这是怎么了？这话从她口中一说出来，我在电话这头差点笑出声。可想想又有点沉重起来，无论如何，不管她是怎样想的，现在她能对我父亲说这样的话，做这样的事儿，至少对我们这些孩子们的感情算是一点弥补、一点安慰吧——那感情的缺口虽然随着岁月的流逝曾经模糊过，但只要认真打量，它依然在那里，从来没有消失过。

三

现在郑州老家这里只剩下了大姐一家人。弟弟随弟媳一家搬去了开封，母亲和小妹又跟我去了深圳。原来二姐和二姐夫住在辖区的东南角，他们在那里开了一家小饭店，主要卖卤肉、羊肉汤等地方小吃。二姐的卤肉店在附近很有名气，她会做生意，也很会做人。由于她的卤肉卖不完其他小店就没有生意，所以她每天卤多少肉是定量的，去得晚了就没了。她之所以这样做，主要是想给同行留足生存空间。后来二姐查出淋巴癌，为了看病方便，他们卖掉饭店和住房，搬到市人民医院附近去了。那儿离火车站也比较近。

大姐住的地方早已经由村庄变成了社区，是村子拆迁之后就地安置的。大姐夫在村里人缘好，大小也是个村干部，所以他们家分了临街的三层楼。大姐和大姐夫开的也有饭店，店面比二姐的要大得多。当初大姐执意要起个"大饭店"的招牌，大姐夫不同意，说二妹开个小饭店，我们起个大饭店的名字，自己不说什么，人家外人会看笑话。但大姐执意这样做，后来虽然生意做得很红火，但她的口碑还是赶不上二姐。二姐把饭店卖掉搬走跟这有没有关系，也未可知。二姐就是这种性格，酸辣苦甜都搁在自己心里，从来不抱怨什么。

陆续有了孙子辈之后，大姐忙不过来，大姐夫也不想干了，就把一楼二楼的饭店承包给人家。他们一家住在三楼。说实在的，有这么多年的积累，他们的日子过得轻松又殷实。

大姐和大姐夫都是二婚。要说也不算，反正也没办结婚手续就在一起过了。他们的婚姻认真说起来，绕的圈子还真不小。大姐现在嫁的这个人，我可以喊他姐夫，也可以喊他表哥。表哥的母亲是我二姨。二姨是母亲的堂妹。

曾经有那么几年时间，我被二姨抱养过。那时父亲还活着，不知道什么原因，那年夏天我拉痢疾，长达一个多月治不好。家里也确实困难，拿不出更多的钱给我看病，再加上当时农村的医疗条件有限，几片包治百病的小药片，却怎么也治不了我的病。拉了几十天，开始还会跑厕所靠墙根，慢慢地裤子都提不上了。医生束手无策，父母更是一筹莫展，到最后也就不再抱着我去医院了。父亲自己也想了很多办法，给我弄来一些药草，一样一样地熬了喝。我喝进去多少吐出来多少，终是没有用处。后来他干脆天天躲出去，不敢面对我，害怕看见我那难受的样子。母亲也不知道听谁说了，狗翻肠子人拉稀，这病没得治，就直接把我扔到灶火后边草灰堆里，随便拉去，反正也不用洗。她后来从不提这事儿。要说也没啥大惊小怪的，乡下小孩子命糙，哪个病了不是拖拖就好了？要是好不了，那也没办法，拖好了是病，拖不好了是命。说白了，其实是等我自生自灭。这样拖着拖着我真的就气息奄奄了。我不吃饭，也不再说话。我妈便在我们家西屋地上铺了一张席子，把我放在上面，就等着我咽气了。

不知道我二姨怎么听说了这件事儿，那天天还未明，她就拉着二姨夫来到我们家。一看见蜷成一团的我瘦得没了人形，二姨抱着我大哭道："我的儿，你妈这是让你等死啊！"也许她是菩萨派来救我的，我已经两天没睁眼了。她的眼泪滴在我脸上，我奇迹般地睁开了眼睛，眼巴巴地看着她。二姨是个从不会说重话的人，那天和我妈呛呛了半晌："就是个猫狗也不能看着她死吧？"我妈说，"你说得轻简，这都多少时候了？药也没少吃，钱也花干了。换你伺候她一个多月试试看！她自己不吃不喝，谁有本事救活她？"

二姨闻听此言，抱着我蹲在地上放声大哭。二姨夫把我从二姨怀里接过来，抱着我头也不回地就回了他家。他们没有闺女，只有一个儿子，就是上面我这个表哥。二姨天天没日没夜地把我搂在怀里不松手，熬一锅小米汤放在跟前，喂了吐，吐了再喂，愣是把我从死神手里夺了回来。

我的病奇迹般地慢慢好转了。待能吃点其他东西，我二姨夫就用一垛麦秸换了一只奶羊，一天一大碗鲜羊奶。家里养了两只母鸡，鸡下蛋的时候，二姨就让我蹲在鸡窝旁等着。带着体温的鸡蛋热乎乎地握在我的小手心里，快乐得眩晕。我奔过去交给二姨，全家人都舍不得吃，全都给我攒着。

我二姨不知道从哪得了个偏方，说鸡蛋囫囵着隔水干蒸，治痢疾。我吃的时候，表哥就在旁边看着。我让他，他就说不爱吃鸡蛋，可我分明听到他吞咽唾沫的声音。一个秋天过去，我吃胖了也长高了，最重要的是，我脸上有了笑颜。可能就是那些有爱的日子，奠定了我此后人生的信念。我每天几乎是贪婪地窝在二姨的怀里，这是我梦想中母亲的暖。而我自己的亲娘，自从我记事起就没有抱过我，还整天说我是块木头。我夜晚做梦都能梦见我母亲用一根指头戳着我的头说："无情无义，整天木个脸，好像谁都欠她二斗米钱。"

在二姨家的几年，是我过得最幸福的时光，后来我也一直把那里当成自己的家。我还学会了撒娇，晚上躺在二姨的怀里，我娇羞地说："我会听二姨二姨夫的话，好好念书。等我长大有本事了，买好多好多鸡蛋，给你们吃。"我第一次说出这样矫情的话，不敢看二姨的眼睛，我知道二姨会笑得嘴都合不拢。可是她的眼泪哗哗地淌，把我的头发都弄湿了一大片。

"我苦命的儿！"二姨用指头梳着我的头发，心疼地叹息道。

我把二姨夫抱我回去的那一天当成是我的新生。农历七月二十六。我母亲第一次晕倒也是在那一天。我一直有点奇怪，为什么母亲正赶上那一天生病？莫非冥冥之中真有什么神奇的力量吗？

表哥和我大姐是同班同学，在学校里两个人非常好，谁若有点儿稀罕的东西，都偷偷带给对方。但当着别人的面，两个人从不说话，一开口就脸红。这事儿被同学看出端倪，开始起哄，喊他俩两口子。二人也算是青梅竹马，情投意合。这事不知怎的传到我母亲耳朵里了，她跑到我二姨家大闹了一场。我妈不喜欢二姨的儿子，说他没有汉子气，太懦弱。她连带着把二姨二姨夫数叨得恨不得找个地缝钻进去，她跳着脚说，你们得管好自家儿子，他再招惹大妞，我闹得让他上不了学！

二姨小声回嘴道："骂过来骂过去，那不是你的外甥啊？"

"我不认这个外甥！从小就瘪犊子一样！"母亲瞟了一眼二姨夫道。

其实二姨也不喜欢我大姐，她觉得我大姐太能了，也太自私，大的不睬小的不让，吃屎都得占个尖儿。所以二姨索性借着这个事儿，先托人给我表哥定了一门亲，好歹将这事平息了。

还是我大姐先结的婚。男方家庭条件不错，爹是邮电上的一个小头目，妈在卫生院工作，是有头脸人家的孩子。我母亲最看好的就是男孩的汉子气，高大威猛，坐像一座钟，走路一阵风。把我母亲高兴得合不拢嘴说："敢做敢当，一看就带种！"

但结了婚不久，俩人就开始打闹。我姐脾气逞强惯了，处处要压人家一头。那个男的也是个火暴脾气。结婚没几天就开始斗，男人索性不进家，在外头整夜玩。不回来就不回来，我姐丝毫也不会示弱。男人从外面打一夜的牌回来，看看锅里没个热乎饭。鞋上一脚泥，直接要进屋睡觉。我姐拦着劈头盖脸地吵道："邋遢死算了！我刚刚拖完地，你就不会爱惜点儿？"他闻听此言，穿着鞋跳到婚床上，边蹦边用被子褥子蹭他的鞋子。"我看你是皮痒欠揍，你算个鸟毛，这还是不是俺家？"我姐气得当下就扔下手里的活儿，回了娘家。

日子还得过，儿子不争气父母遭难，我姐一次次跑，他爸妈一次次带着他去我家把我姐接回去。这还不算什么，过些日子，我姐发现他不只是打牌，他爱赌成性。于是屡屡阻拦他，把他惹急了劈头盖脸就是一顿暴打。我大姐挺着大肚子，青紫着半拉脸哭着回娘家，说，妈，这就是你相中的男子汉，真带种！我妈说："他爹娘不管吗？"我大姐哭着说："谁敢管他？说轻了，摔盆子打碗；说重了，电视机随手就砸了"

我母亲不羞不恼地听着："看这样，儿子赌钱也不是一天半天了，他爹娘不管就是帮凶。有人生没人养的，你咋就恁好欺负？"

我大姐哪是个省油的灯？打不过儿子骂爹娘，打也打了，骂也骂了。开始他父母还管，后来干脆躲开不问了。一家人早已经是麻木了。

我妈说："不急。你现在还没有说话的地儿，等你肚子里的孩子落地，你还不想说啥说啥，想咋说咋说！"

半年后，我大姐果真生了一个大胖儿子。我妈仗势冲到人家家里找事儿，人家一家人慌着讨好，滚烫的鸡蛋茶堆尖捧上一大碗，这是当地最大的礼节。热脸蹭个冷屁股，我母亲推开家里人，当着人家爹妈的面训斥那男的："你要想当爹，就要有个当爹的样子！不好好过日子还不如早点离了算了，孩子我们带走！"

那男的还没说话，公公婆婆早就慌作一团，恨不得和儿子一起要跪下来磕头求饶。

"我们会管好孩子，他再不学好我就拿砖头拍死他。"那当爹的说。

我妈这一闹，再加上得了个大胖儿子，男的着实老实了一阵子。我妈还挺得意的，教导我姐道："这管男人啊，得看火候。你看关键时候我一出面，他就老实了吧？"

哪知话还没落地儿，要赌债的来家把门堵了。他在外面又输了十几万。堵门的说，不还钱就剁手。

我母亲得了信，没等我姐回去求救，就央着村里的一群人过去了，把一家人堵到屋里，问他们怎么办？

那男的知道这回祸惹大了，扑通跪在我母亲面前。

"站起来！"我母亲厉声说道，"大老爷们能随便跪吗？"

那男的跪着没动。我母亲对我姐说："抱着孩子跟我回家吧！"

那男的从怀里掏出一把刀来，把自己的左手放在地上，用右手举刀把左手小指剁掉了。

一家人鬼哭狼嚎地扑到一起，妈妈捂着儿子的手说，"钱我们替他还，我们还。"

到关键时候，爹妈还是心疼自己的儿子，舍不得打舍不得骂了。

我母亲看这情形，心早已经凉到底了。这样纵容着，还能有个好？她看着他血淋淋的手，丝毫不为所动，"离婚。"

那边的母亲哭号着说："他年轻不懂事，再给他一些时间，他会改的。"

我母亲说："摊上你们这样护犊子的爹妈，他这赌怕是戒不了的，没救了。"

我母亲这样说，好像她很懂。其实她真的见过，她小时候见他爹料理过赌徒，都是指天发誓，最后个个都家财散尽。赌真是改不了的。

我母亲说完，就带着众人把我大姐和孩子接回了娘家。

对方花那么多钱娶个媳妇，又得了个孙子，末了落个人财两空，毕竟心里过不去。三番五次来求情。男人长得确实排场，事到临头还会办事，今天买新衣服，明天买金戒指，说话求饶像换了个人似的。不知底细的真觉得我母亲不懂事，心也忒狠。我姐有点动心了，她说："妈……"我母亲挥手截住她说："这事儿啊，长痛不如短痛。你是不知道利害。话我先撂这儿，你要还跟他过，今后他把你娘俩卖了也别再踩我的门了！"

拉拉扯扯，拖了一年多才把婚给离了。

这边大姐结婚不久，那边我表哥也结了婚。他们婚礼的时候我去了。女方长得比我大姐好看多了，人也温柔。结婚后两个人过得还不错，生了个女儿，我二姨给带着。那几年时兴到南方打工，男的女的都出去打工。表哥恋家，又担心二姨二姨夫的身体，不愿意到南方去，就在郑州随便找些零活做。表嫂跟着人家去了东莞，开始在工厂，后来做保洁，再后来我表哥都闹不清楚她做什么工作了。头几年一年还回来一两趟，给我二姨放下一点钱，大人小孩都买些吃的穿的。后来过年也不回来了。再回来就是要求办离婚，家产一分不要，女儿也不要，只要一张纸带走就行了。

表哥刚离了婚，我姐就带着儿子搬他家去了。大姐的儿子那会儿正是会说囫囵话的时候，忽闪着一双星星一样的大眼睛。见了我二姨二姨夫就喊爷爷奶奶，又忙不迭地去拉妹妹的手。二姨二姨夫又喜又忧，吓得一整夜睡不着觉，怕我母亲去闹。我二姨买了点心果子，要去找我母亲商量，临出门被我大姐拦下了。我大姐说，不去，不用说，越说事越稠。

大姐又说，这回由不得她做主。

结果我母亲一句话都没说，认了。真是愣的怕横的，横的怕不要命的。

我大姐和我表哥两个人虽然重新组织了家庭，但也没再认真去办结婚手续。法律上说是不允许近亲结婚，怕后代有遗传病。但他们还是坚持生了个儿子，很聪明，也很健康。

从那以后我们再见了表哥，都喊大姐夫。

我到大姐家的时候还不到十点，坐下唠了一会儿家常。大姐身边放着一堆儿童衣服，好像是刚刚洗过的，她在一件一件地拆衣服领子上的标牌。我也有这个毛病，女儿的新衣服先剪标牌，小孩子皮肤嫩，标牌摩擦怕孩子不舒服。几次我伸手想帮她，都被她拒绝了。后来她对大姐夫说，你带着三妹出去转转，她很久没回来了，看看咱们这里的变化。大姐夫迟疑一下，说，咱们一起去吧，今天三妹回来，我们别做饭了，到下面饭店吃算了。

大姐瞪了他一眼，说，去吧，我做饭！饭店的饭有啥吃头儿，你还没吃够咋的？

大姐夫没再说话，带着我出了门。只要他身边没有其他人，我依旧喊他哥。我说哥，不用开车，咱就在附近随便走走吧！他说，好。然后就自顾低着头，带着我向村子西边的新区走去。路两边种着香樟和银杏，都是很名贵的树种。树坑里看着是嫩绿的草，修剪得非常平整，用脚踩一下，却发现是塑料垫子。一棵棵排列整齐的塑料草苗种在垫子上，做得很逼真。新区刚刚建成，一派新气象，从道路到房屋都是新崭崭的，但是看起来满不是那么回事儿。不过要真挑毛病，又说不上来什么，就像看到那树坑里的塑料草坪一样，光鲜，却形容不出心里是什么滋味儿。说到底，是找不到的感觉了，这也许就是我包括我母亲和妹妹不愿意回来的原因吧。

我表哥打小就性子腼腆，也不善言辞。我妈一辈子就看不上老实巴交的人。可我了解他，他跟我二姨夫一样，心里特别实诚，就是说不出来。以我大姐的泼辣性子，那会儿怎么会喜欢上他？或者说他们怎么会相互喜欢？这也真是让人想不到。各花对各眼，世上的事儿确实不好说。

我被养在他们家的时候，表哥特别疼我，不用我二姨和二姨夫交代，他处处让着我。你能感觉他发自内心对我的接纳，好像我从来就是他自己家的妹妹。那时因为我瘦小，觉得他好高大。现在他明显变老了，不但头发全白了，眉毛胡子也星星点点地白着，背也有点驼了。他对着我笑的时候，我突然有种想哭的感觉。想起有一年下大雪，他去学校接我。他嫌我穿得单薄，不由分说就把自己的棉袄脱下来裹在我身上。路上的沟坎被大雪封平了，我不小心踏进一个坑里，半截身子都被埋进去了。他将我捞出来，顺势提起来扛在肩上往家走。大雪漫天，天地间晃动着我们兄妹俩，那情景我一辈子也忘不掉。我踢腾着要下来，怕他累着。他反而跑起来。不知触碰到哪根神经，我咯咯咯咯笑起来。他不知我为什么笑，却也跟着笑起来，越笑越止不住。他把我放下来，我们俩索性一边打着雪仗，一边大喊大叫大笑着往家跑。我表哥一向讷言，仿佛是被压抑得太久，需要来一次宣泄。毕竟是两个小孩子啊，生活的困窘过早让我们成熟到沉默。我们就那样疯着，笑着，闹着跑了一路。他笑起来的样子很生动，与平日里闷闷的模样大不一样，像是两个人。他只穿一件单褂子，却大汗蒸腾，头顶上都冒出烟来。那时他多健壮啊！

想着这些，我扭头去看他的脸。他要是笑的时候，模样仍是周正好看。而他却闷着，无端地露出几分悲苦。

我说："哥，你还好吧？"

"挺好的呀！"他回过头来，又那样看着我笑了笑。

"咱家那闺女现在咋样。"

"去找她妈去了，在那边成了家。偶尔回来一趟，看看奶奶。"
他看看我。

"只要孩子过得好就行。"我也看看他。

可能是天有点冷，他笑了一下，嘴巴略微有点僵硬。

"哥！"我站下来，也希望他站下来，说几句话，或者拉拉他的胳膊。可是他还低着头慢慢往前走。

我心里说不出来的难受，眼睛湿润了。

我们回到家的时候，大姐已经做好饭了，一个肉丝炒红辣椒，一个木耳海米炒白菜丝。主食是一盘素煎包，底子炕得焦黄。还有一盆紫菜蛋花汤，黑黑黄黄的热汤上，细细地撒着一撮青蒜苗沫儿，看颜色就觉得好喝。我们家的人都天生的好厨艺，再怎么简单的饭菜，也能做得像模像样。但说实话，招待远方的客人的确有点太寒酸了。

大姐夫看看菜，看看我，又看看大姐。大姐解下围裙扔在椅背上，用手捶着腰说："我们眼下比不得三妹，山珍海味人家顿顿吃。小户人家就这样，从小就在一个锅里捞稀稠，她啥不知道？"

我连忙说是是是，我现在吃得很少，减肥呢。

大姐夫拍了一下手说："哎呀忘了！早上我起来专门给三妹买的她爱吃的烧鸡和合记牛肉还在冰箱里呢！"

我心里一热。大姐却有点嗔怒地瞪他一眼说："那你还不赶紧拿出来？"

我也好几年没回来了。大姐虽然也比过去老了，但她吃得胖，看起来满面红光，好像跟大姐夫不是一代人。吃饭的时候，大姐跟我郑重地说起父亲墓地的事儿，她说母亲已经给她打过电话了，让她出十万块钱。

我故作轻松地说："要说这事儿早就应该办了，老是让咱爸挪来挪去，连个固定的地儿都没有，也不合适。"

"这事儿是不是你的主意？"大姐瞪着我问。她跟母亲一样，从小到大就用这种口气跟我和二姐说话。

大姐夫低头给我夹了两块牛肉，又给我盛了一碗汤。虽然他没抬头，但我知道他在小心地听着。

"不是谁的主意，关键是这事儿应该办了。"我也明显感觉到大姐的话里有情绪，便努力显出不在乎的样子，"妈跟我和小妹商量，我们都同意了。"

"反正我是拿不出来这么多钱！"大姐忽然涨红了脸，眼里竟然涌出了泪来。她把筷子拍在桌子上，索性捂着脸哽咽着哭了起来，"我们比不得你，十万块钱跟拔根毫毛一样。老大老二生孩子的生孩子，上学的上学。都是些造粪机器，睁开眼睛就只管要钱，四处都是用钱的地儿。我和你姐夫都不干了，你们觉得我会屙钱啊？"

“大姐。”我看着她，一时不知道说什么好。她用“你们”这个词儿，更是让我觉得刺心，好像我们是合着伙子来勒索她似的。什么时候母亲被划到我阵营里来了？我和母亲，能是“我们”吗？

“三妹轻易不回来，你不会好好说话啊？”大姐夫想劝她。

“你出去！”她不容分说地尖声向大姐夫吼道，然后用手指了指门口。

我怕大姐夫尴尬，说：“您先出去吧姐夫，没事，我跟大姐说说话。”

大姐夫出去了。大姐从座位上站起来，又一屁股坐在沙发上。她忘记了沙发上都是孩子的衣服，又像烧着了似的跳起来，换到另一个沙发上，用手拍着沙发扶手说：“用钱的时候才想起来我是她闺女了？那时候咱弟弟卖房子，卖给人家要十六万，卖给我，她非撺掇着要十七万。你想想，我还是她亲闺女吗？”

大姐说的这事儿确实是母亲干的，当时弟弟在开封开饭店正缺钱，准备把这里的老房子卖了，对外要价是十六万。大姐知道了想要，来跟母亲说，意思是看能否再便宜点儿。母亲不晓得大姐知道底价，好像还很偏向大姐似的，把价格说到十七万。大姐气得脸都白了，房子也没买。虽然当时一万块钱不是个小数目，但事情已经过去这么多年了，她还在为这事较着劲。

“还有你！”她忽然用手点着我，对我怒目而视，“你这样干，有意思吗？你以为我不知道是吧？”

“我？”我一脸无辜地看着她，“我怎么了？”

“你怎么了？你知道为什么从小到大我和妈都不喜欢你吗？你心里藏的东西太深！你明知道这个事儿办不成，至少不是这么办的。是我、你二姐还是咱弟弟谁会拿出十万块钱来？可你为什么还非要撺掇母亲给我们都打电话呢？你这就是为了看她的笑话！你就是想证明给她看：这事儿都靠不住，最后还得靠你！这个家都得靠你！”

我的头好像受到重重一击，有点眩晕的感觉。她说的也不完全是错的，开始我的确就是想让母亲看看每个孩子的态度。她一辈子说一不二，也该清醒清醒了，该让她为她的自负难受一下。但后来也的确是母亲的态度变了，她说让儿女各自尽孝心，也是事实。我满脸委屈地说："大姐，这事儿真不是我提议的，是咱妈说让每个儿女都为爸尽点孝心。您别想多了。"

大姐的口气也慢慢缓和了下来，但吐出来的话却更狠："三妹，你用顺从来抵抗她，你用孝顺来折磨她，你以为我们都看不懂是吧？你这样做不嫌累吗？她都多大岁数的人了，你还要她，不放过她？再说了，"她冷笑一声，"她现在想要我们对咱爸尽孝心了，当时你们小不知道，可我能不清楚父亲是受了什么样的羞辱才跑去投河的吗？她就是这样指着父亲的头，"大姐的指头几乎戳到我脸上，"她那天说，你要是有一点囊气，就扎河里死了算了！"

她看着我惊愕的表情，放缓了语气："当然，她也没想让父亲真的去死，只是图骂着痛快。可父亲却真的死了。父亲死了，死的那样难看，她落了一滴眼泪吗？家里死一只羊都比父亲死了更让她伤心！"

她一口气说了这么多，突然就安静了，似乎也痛快了一下。

我心中波浪滔天，恨不得放声大哭一场。但我脸上依然平静。我说："大姐，我记得父亲出走那天我们几个挤在一张铺上睡觉，你是看见了还是亲耳听到了妈那样骂过爸？"

大姐脸红起来："还用亲眼所见吗？全镇子里的人都知道。"

可能大姐夫听见屋子里声音小了，他推门进来了。我把大姐重新拉到餐桌边，把她的筷子捡起来擦了擦递给她，笑着安慰她说："大姐，这事儿咱们几个还要商量着来。如果你现在真拿不出钱来，我先替你出了。"她不说话，大姐夫也不敢说话。我继续说，"现在我就是这样想的，就是想着把父亲的墓地买了，赶紧结束这件事儿。本来我已经考虑好了，这次回来处理我的房子，反正卖房子的钱我也用不着，就先给咱爸买块墓地，等你们以后宽裕了再说！"

"你们想买你们买，别说替我垫上的事儿！"大姐的火一下子又蹿了上来，"咱爸活半辈子就是个笑话！他还没让咱们家人的脸丢尽？好意思去占几十万一块的墓地？人死了就是死了，埋啥样他还能知道咋的？况且这能改变他带给咱们家的耻辱吗？"

"大姐！"我的情绪再也控制不住了，站了起来。她怎么可以这样说自己的父亲？过去我是没忘记，但也没记住什么。"咱爸已经死几十年了，他是什么样都不重要了，重要的是他给了我们几个生命。你只记着他带给我们的耻辱？你倒要说说，咱爸到底带给咱们家什么耻辱？"

"那还用说？"她的嘴张了张，却并没说出什么来。

大姐夫连忙把我拉坐下，用乞求的目光看着我。我心一软，真的有点可怜他，于是就不再说什么了。

大姐一直没再动筷子，我和大姐夫也没动。屋子里的空气像凝固了似的，浓得化不开，让人喘不过气来。又坐了一会儿，我站起来，从行李箱里掏出一堆给新生儿买的礼物，还有红包装着的两万块钱，放在客厅的桌子上。本来还想说点儿什么，但脑子里一片空白。

我甩上门，直接从楼梯走了下去。快到一楼的时候，大姐夫才气喘吁吁地撵了下来。我莫名其妙地对大姐夫说，"哥，过日子不是靠忍的，她要一直难为你，该打就得打。男人不能软弱，软过了头就是窝囊，别像咱爸！"我哭了，大姐夫也流泪了。

四

关于父亲，我只听二姨只言片语地说起过。那时她已经是胃癌后期了。我负担了全部治疗费用。可她作了胃切除手术后，受不了化疗的折磨，坚决拒绝继续治疗，回到家里养病。

人常常就是这样，你对他非常好的人，他未必会还报你的好；而对你有恩的人，你也未必会报答得了人家的恩情。我觉得我对二姨就是这样，除了每年打几个电话，回到郑州的时候去看看她。所谓看看她，无非就是给一点钱，拼命让她接受，几乎就是强迫了，为着让自己安心。我曾想接她到深圳跟我住，我母亲坚决反对："她又不是没有儿子，你接她来算什么？再说了，还有你二姨夫，总不见得他也跟着来。"我母亲话说得咄咄逼人。这倒不是阻止我接她来的原因，我主要是害怕她过来，母亲那脾气，会让她整天心不落地。其实我心里很清楚，二姨那样责己的人，她哪肯就会真的来呢？

我从来没有专门为二姨回来过，更没有在家陪伴过她。我不能放弃最后陪她的机会了。我丢下手头的工作，专门从深圳赶回来陪她，不管需要多长时间。

她已经消瘦得不成样子了，但精神还算好，经常断断续续地跟我聊过去的事情，我姥爷，我母亲。"你妈这一辈子，也不容易。"我二姨一辈子都不会说自己的好，更不会说别人的不好。

我给二姨熬小米粥，做手擀面，炖鸡蛋羹，就像我小时候她喂我一样喂她。她吃不了几口，只是神情快乐了一点。她催我回深圳，却拉着我的手一刻不肯松开。她依赖我，就像个小女孩。她没有闺女，我大姐肯定是指望不上。我哥有时回来看看，也只是看看，待不了多长时间，我姐的电话就会追过来。

我二姨夫比我妈小好几岁，却也老得不成样子了。虽然身体没什么大毛病，但也说不上好，不是这疼就是那痒。他费力地照顾老伴，老两口相依为命。我真担心，我二姨不在了他怎么办呢？想想他那时候一口气抱着我走了十几里路，气都不带喘的。人，没几年好日子，就像二姨说的那样。

傍晚会有一段安静的时光，太阳落下去了，天还很亮。我扶二姨坐到院子里的躺椅上，看着倦鸟归巢，天一点一点地暗下来。啪的一声，一片梧桐叶子落下来，像是一头栽倒在地上。有一种锐疼刺进身体的某一处。隔壁邻居家有小孩在哭，是个口齿伶俐的女孩儿，估计也就五六岁的样子。她的哭闹里带着娇嗔，正是拥有全世界的年纪，那般理直气壮。我想到了我的女儿，她也是这样。哭起来无凭无据无法无天，感情竟然可以宣泄到如此畅快，哪是我们可以想象的啊！她们这一代人，生出来就含着金钥匙，享受万般宠爱。不过，总有那么一天她也会像我一样，坐在老人跟前，眼睁睁地看着亲人们一个个离开，却又无能为力。

我握着二姨的手，一个关节一个关节轻轻摩挲，有时候我们不知道怎么的就说起了我父亲。我没有打断她，也没有专门问过父亲的事情。我在她的叙述里慢慢地、小心翼翼地还原我的父亲，真害怕稍微多用一点力，父亲就消失了。但后来我发现，其实我的努力完全是徒劳的。在二姨的嘴里，我的父亲是一个矛盾体。有时候他是那样善良，踩死个蚂蚁都心疼，对人和气，甚至还有些儒雅。有时候他又是那么懒惰，颓废，让人哀其不幸怒其不争。在我母亲眼里，这些都还不是最重要的，母亲最恨的是他贪吃。听不得别人家里来客，他会在人家门前转几遍，生着法子也要去帮厨。那时正逢困难时期，谁家也不想多管一个人的饭。虽然他总能用简单的食材做出蛮像样的饭菜，但他不请自来还是让人家觉得是个笑话。遇到谁家有红白喜事，他就更不把自己当外人，不等请就提着菜刀找上门去。我大姐所说的耻辱，估计就是这个形象的父亲吧。除此之外，我还真不知道父亲曾经给我们家带来过什么耻辱。

其实，每个人都经不起认真打量，谁都有不堪的时候。只是，父亲遇到母亲，就像油遇到了水，妖怪遇到了孙悟空，她总是让我父亲现形。我有时候会走神，觉得现在的大姐夫，就好似当年的父亲。好端端一个体面男人，愣被大姐弄得一脸困顿。幸亏现在过的是好日子，吃穿用度不用忧心，大姐夫还不至于像父亲那样被羞辱。

"唉，你爸啊，"二姨说起我爸时候的表情，有时候看起来有些过于认真，反而让我觉得很陌生。她说的每句话也像是经过深思熟虑，字斟句酌的，这更是让我心里疑窦重重，好像她故意在回避着什么。所以她说的时候，我一字不落地听着，总是沉默以对，等她慢慢地表达完，生怕漏掉一个细节。"他算是生错了地儿，一辈子没跟人红过脸，也从来没见他说过别人的不是！"

"村里人都说他是个热心人，待人又得体！"二姨夫补充道。

而有时候她又会说："你爸确实是狗屎扶不上墙，也指望不上他。你妈一个人拉扯一大家子也真够苦的。如果不是他太那个，你想想你妈会那样对他吗？"

我问二姨关于我父亲留下食谱的事儿。这事儿过去在镇子远近传得神乎其神，说我爷爷家曾经有一本秘传的食谱，传给了我父亲。我父亲又传给了我二姐。父亲活着的时候私下教过的几个徒弟开的饭店，都说是我父亲秘传的手艺。而且我家姐弟几个都开饭馆，也都有几个拿手菜。

二姨夫说："怪了，我整天和他在一起，从来没听说过你爸留下过什么食谱，更没听说过他教过任何一个徒弟。"

我记得我曾经就这事儿问过我二姐。我二姐说，父亲死前确实到学校给她送过一个本子，那本子上也确实写的都是做菜的事儿，是父亲自己写的。但她没有仔细看，父亲死后她珍藏着，有一天却发现本子不翼而飞。

一直到二姨去世后，她说的父亲"那个"，我才多少明白一点是什么意思。在我拼缀起来有关父母的图景里，父母这桩婚姻，两个当事人都不大愿意，完全是我爷爷强行拉郎配一手造成的。

我父亲生于中医世家，家庭条件优裕，从小到大都是衣来伸手饭来张口，没受过任何委屈。可我父亲除了会念书，其他心思全用在吃上了，常常偷我爷爷的药材炖鸡煮鸭。他卤的猪头肉能香一条街，做年食也样样在行。开始我爷爷看他聪明，对他寄予厚望。后来看他只在意庖厨，非常失望。但他打也打了，骂也骂了，儿子却终是不上进，最后索性由他去了。好在那时候爷爷家丰衣足食，也不在乎父亲糟蹋一点食材和药材。父亲尽着性子痛痛快快当了几年"少爷厨子"。

而我母亲虽然是个女孩子，但从小就被我姥爷送进了学校，成为县中为数不多的女学生。她学校未念到毕业，解放了，我姥爷被当作恶霸被政府镇压。说起我姥爷，他的故事可以拍一部电影，肯定还得是加长版的。他出身优裕，自幼聪慧过人，过目不忘，完全可以考个好功名。但他志不在此，特别喜欢《东周列国志》里的人物，义字当先。他在乡里更爱出头逞强，喜欢当老大，仗着家里有钱，既喜欢仗义疏财，也热衷于抑富济贫。有人对他感激涕零，也有人对他恨之入骨。我姥爷被枪毙那一天，传说跪了一街筒子人，求政府手下留情，都是受过他恩惠的人。

我母亲自小就随父亲的性子，敢作敢为，倒也是个自立自强的主儿。父亲被镇压，她一点也不觉得羞愧，竟然指挥着愿意帮忙的人给爹爹办理了丧事，像送别一个正常人一样，丧礼办得有鼻子有眼儿。平日里出出进进，她腰板挺得直直的，小小年纪，家里家外都能独当一面。在全镇子上，也算是响当当的女汉子。我爷爷为此格外看好她，这桩婚事是过去爷爷和姥爷商量过的，所以尽管两个当事人都不满意，爷爷还是拿当年和我姥爷的约定镇着他们，逼迫他们结了婚。大概在我爷爷的世界观里，说过一次的话，就是诺言。

按照当时的形势，我爷爷的家财和他在当地的影响，也足以被划个地主富农。好在上天眷顾他，让他在我姥爷被枪毙后不多久竟然无疾而终。我父母结婚的时候，家里的财产大部分都被充了公，只给他们留下了两间破房子和必要的生活用具。

开始母亲还把对未来的希望寄托在父亲身上，想着他出身大家，见过世面，应该有主见，有魄力，两个人齐心协力挑起生活的担子，没有什么过不去的。她哪里会想到，父亲眼高手低，说起来头头是道，干起事情来百无一用。所以家里的事情，渐渐的都要由母亲来做主。

后来我大姐出生，家里的日子过得更加紧巴。刚好有一个机会，外地的几个客商要去武汉贩药材，不知道怎么打听到我父亲懂这个，就找到他让他帮帮忙，一起去一趟武汉。母亲想着这是个好机会，就把自己千辛万苦攒的一点钱拿出来，把自己的金戒指都卖了，让他跟着人家去武汉长长见识。

临行前，母亲一夜未睡，帮他收拾路上用的东西。缝了一条腰带，把钱夹在里面。

天还未亮，母亲就擀好面条，把我父亲喊起床。

面条里放了细细的姜丝、葱花、麻油，还卧了几个荷包蛋。

"人家说这面越拉扯越长，"母亲用少有的温柔口气说，"人在外面，得想着家里。一定多长个心眼儿，不能光顾吃喝。要把人家的生意照顾好，咱们自己也赚点儿。"

"这你就放心吧！"父亲胸有成竹地说。

吃过饭，母亲提着包袱，一直把父亲送到路口，看着他和那几个客商会合，直到看不见他们人影了才回去。

还是十几岁的时候，我父亲曾经跟着他的父亲我的爷爷去过武汉。我姥爷那一次也去了，他们是到武汉三镇拜访湖北的几个朋友，在那里好住了几日，天天吃香喝辣，坐着朋友的汽车到处游逛。那真是一个光怪陆离的世界，景美人美，吃的也美。尤其是武汉的小吃，让父亲乐不思蜀，大饱了口福。

父亲跟着那帮客商搭火车走到汉口已经是第二天傍晚了，他们草草吃了碗面就找地儿休息，准备第二天一早去药材市场。毕竟人家是来贩药材，不是来海吃胡喝的。但父亲被心里的馋虫勾着，哪里睡得着？看看一帮人睡了，他自己又溜到江边的小吃摊上一家一家地品味。吃到高兴处，也学旁边的人买了米酒大碗来喝。谁知道那酒喝着好喝，但后劲大。等他想站起来的时候，已经醉得东倒西歪了。好不容易找到住宿的旅馆，天已经快大亮了。他扔在床上昏睡了三天三夜。同去的人喊他不醒，见他不是个做事的人，也不再管他，把他身上的钱财洗劫一空，一去不回头。按后来母亲的说法，人家没把他扔长江里喂鱼，已经算是万幸了。

　　三天后父亲才醒来，看看身无分文的自己，一时间没了主意。后来他把自己身上值钱的东西都抵给旅馆才得以脱身，靠沿途要饭走回来的。母亲看见他蓬头垢面、衣衫不整地回来，只道是他被人偷了，不但没责怪他，反而还千方百计安慰他说，你不知道外面的险恶，第一次出去没经验，慢慢就学会小心了。

　　二姐和我出生后，家里的日子更难了。母亲找到我舅舅借了点钱，安排父亲去城里买一台缝纫机。她在城里上学的时候跟人学过一点缝纫，想把这个手艺捡起来挣点钱补贴家用。谁知道他去城里转了一圈，买了一辆三轮车回来了。

　　母亲看他煞有介事地骑着三轮车回来，样子看起来很是滑稽可笑，就耐着性子问他："让你去买缝纫机，你怎么买个这东西回来？"

　　"这东西？这东西好啊！"父亲从三轮车上跳下来，像得胜回朝的将军，一边轻轻抚摸着三轮车座子，一边眉飞色舞地跟母亲说："我去供销社问了，缝纫机要票，没有票人家不卖。这个不要票，这多好啊！多实用啊！给人拉点东西，既不用什么手艺，又自由自在，而且男女都能干。缝纫机就你自己能用，我不能在家闲着吧？"

　　母亲不但没生气，还就着这事儿，逢人便夸奖他有眼光，有头脑。

　　开始一段还真不错，给人家拉货送东西挣了点钱。每天见了钱，都完好地交给母亲。可巧有一天，他给饭铺子送菜，卸货的时候看见大厨正在做菜。他一时技痒，讪笑着凑过去说："老弟，要不我帮你干一会儿？"

　　大厨斜睨他一眼，说："老兄，还是好好送货吧！这活儿哪是你干的？"

　　父亲便去找掌柜的。掌柜的也听说过我爸，只知道他过去老是去人家帮忙，但没听说他在饭店做过。便对我爸说："老兄，今天不行，这可开不得玩笑，外面好几桌客人等着上菜呢！"

　　父亲说："不误事的。不误事的。"说罢就去菜案边站着。大厨正想看看他的笑话，便把刀顺过来，刀把子递给我父亲。

　　我父亲接过刀，神情立马肃穆起来。他挽了挽袖子，并未急着下手，而是一边用磨刀棍细细地磨着刀，一边认真地看着面前点菜的单子，仔细盘算了一下，才开始切菜。也未见他有大动作，只见菜刀贴着案板，像小鸡啄食似的不停地动着。不一会儿工夫，他面前就规规整整摆满了肉丝、肉丁、肉片和花红柳绿的各种配菜。案上的东西准备齐了之后，他才开始开火、架锅、烧油。在父亲的操持下，一时之间只见勺子翻飞，碗盘叮当。平时蔫不拉几的父亲，好像突然间换了一个人，简直像个音乐演奏家，把各种乐器调拨得如行云流水，荡气回肠。一会儿便让老板和大厨看傻了。

"我的天！"老板以掌击手，兴奋地喊道。

没多长时间，客人的菜全部做好了。菜案干干净净，锅灶也利利落落。这让掌柜的和大厨看得心服口服，半天才回过神来。掌柜的本来就是个二把刀，靠糊弄过路的赚几个钱。找的大厨也是一般的厨子，只能应付个粗茶淡饭而已。

"今天真是开眼了，想不到咱这里还有这样的高手！"掌柜的不住嘴地赞叹道，"人家多少有点手艺都去考厨师了，您咋没去呢？"

父亲就不能听到人家表扬他做菜好，这是他最高兴的事儿。他乘兴把大厨喊到跟前，把做菜的方法和火候一一讲给他，让他照着做。掌柜的也高兴，觉得我父亲实诚。待客人走了之后，让他拣拿手的做了几个菜，跟大厨三个人在外面坐了。

掌柜的说："今天算是遇到高人了。不知道能不能请大哥委屈到我这小铺子里，算给小弟我帮帮忙。"

大厨也在旁边，不住口地喊我父亲："师傅，师傅。"

我父亲说："很抱歉，这个我做不了。"他知道如果要跟母亲提到这个，母亲肯定会跟他拼命。

"价钱您只管提。"掌柜的说。

"不是钱的问题。"父亲说。

掌柜的无奈，只好劝我爸喝酒。三个人喝干了两瓶烧酒。父亲喝了酒，仍和上次一样，头晕眼黑。掌柜的要找人送他，他大咧咧地说没事儿。两个人把他扶到三轮车上，他走了不多远，便一头栽到沟里，肋骨立时断了两根。

家里没钱，母亲只好把三轮车卖了，卖车的钱还不够治病的。母亲虽然脾气不好，但大事上总还是明白事理，人都这样了，她反而不再苛责，尽心给父亲治病。特别对于父亲喝酒，虽然坏了两次事儿，但母亲并没有过分责怪他。她觉得一个男人不吸烟，再不喝酒，就更没一点汉子气了。

她偶尔说起我姥爷，一顿喝一斤酒，一点醉态都没有，说话滴水不漏，那叫一个威风！

但是出两次事以后，父亲再也滴酒不沾。他知道自己吼不住那一口。

看着他一个大男人整天无所事事，母亲暗自着急。想着他自小背过汤头歌，多少也懂点医术，于是就去托了镇上的一个人，让给他找点事干。这个人曾经是她爹的跑腿儿，和她家的人关系很好。过去她爹也常常带他在家里吃饭。她爹被镇压了，这个人却因为在政府里有关系，被树成受欺压的劳苦大众的典型，后来竟然当了干部。但他人倒不坏，当了干部之后对我们家还是比较宽容的，至少没有落井下石。我母亲去求他，他二话没说，就安排我父亲到镇上一个兽医站当临时工。要说这真是有点乱点鸳鸯谱，兽医跟人医毕竟是两码事。好在我父亲还懂点中草药，安排到兽医站，如果他愿意好好干，也说不定真的能干好。

但他去了不到半年就被开除回来了，还背了三十块钱的罚款。那时候的三十块钱，够一个家庭吃一年半载的。事情的经过是这样的：有个生产队的一头驴生病，已经病得走不成路了，用拖拉机拉到兽医站。那天刚好我父亲值班，看了看这头驴后，他说已经没有治疗的价值了。不知道他是想展示一下自己的手艺或者是可惜这头驴，他提议大伙儿凑点钱把驴买下来。五块钱买了一头病驴，杀了之后他配了煮肉的汤料，然后亲自下手卤了一锅驴肉。兽医站的人每人都分了一份儿。

后来不知为什么被镇上知道了，说是破坏人民公社生产资料，要追究兽医站的责任。兽医站的领导把责任一股脑推在我父亲一个人头上。他被开除不说，还罚了三十块钱。

不过他那次出事儿以后，卤煮驴肉便成为镇子上的一道地方名吃，一直到现在都经久不衰。再一个就是我父亲会做饭的名声也传出去了。

为了这件事，我母亲大病了一场，好久都没迈出过家门。身体好了之后，她性格像变了个人似的，脾气暴躁得简直像一只炮仗，遇火就着，对父亲再也没有任何温情。从此之后，我们家人再也没人敢在她面前说到吃的话题。没人在后面督促着，父亲也不再出门找事儿干了，天天浑浑噩噩混日子。后来发展到母亲在家里不管怎么对待他，他都跟木头人一样，装作没听见。

父亲死后，有一次母亲跟二姨哭诉道："如果他能出去拼一拼，就是把家里所有东西都输干，我也不会责怪他一句，他也不枉活一场！"

二姨说："人各有命，就像你说的，我嫁一个杀猪的，不照样得过日子吗？"

说起二姨夫，母亲总是不屑一顾，她觉得好歹我爸也是个少爷出身。"不过，他一个大男人，天天在家里混吃等死，活着就是丢人。就这你还说我家的孩子教育得好，教育得好。好什么好？不都跟他一样，一窝子饿死鬼托生的！"

我二姨夫在我二姨病逝后的第七天死于心肺衰竭。我回到深圳还没来得及喘气，又飞回了郑州，帮哥哥处理后事。

在我母亲嘴里，二姨夫一辈子都只是个杀猪的，是个没丁点出息的人。可这个杀猪匠和我二姨恩爱一辈子——可能也称不上恩爱吧，平淡夫妻，一辈子没吵过嘴，但也没爱得死去活来过；从没大富大贵过，可也从不缺衣少食，相依相伴过了一生。二姨缺少我母亲的志向，从不巴望自己的丈夫或者儿子能出人头地。他们两个相依为命，都活到八十多岁。

对于他们的去世，母亲并未表示过多伤心，该做什么还做什么。只是说到二姨的时候，她会说："要说不该啊，她比我身体好嘛！"或者说："她这一辈子，过得也不值。"对二姨夫的死，她没有任何态度，问都没问过，自然没人知道她心里是怎么想的。我想，她不至于对食品站那档子事儿还耿耿于怀吧？

五

二姐是在孤独中长大的孩子，在我们家，她虽然比我处境好一些，但也不怎么讨母亲喜欢。为什么唯独我们俩不讨母亲喜欢呢？虽然我们从来没在一起说起过这个事儿，但是各自心里都有数。二姐贪吃，而且性子懒散。这是母亲最受不了的。而至于我，母亲说的更难听，她说我从长相到性格，特别像我父亲。有一次忘记因为什么事儿，她跟大姐说起我。她说，你三妹要是再长了胡子，活脱脱就是你爸又从黄河滩爬回来了！

在我们家，二姐长得最漂亮，就是不爱说话，是我们村有名的冷美人儿。我父亲最喜欢的也是二姐，暗地里夸奖这个闺女像个大家的孩子。二姐说，她不像我们几个深受母亲的控制，时时处处孤立父亲。她不但不讨厌父亲，甚至还有点喜欢他。他从来不打骂孩子，大小事说一句狠话都很少。她说她喜欢父亲看她时的目光，柔软得跟兔子一样绵软的眼睛。打记事起就喜欢腻着父亲，整半天整半天地拱在父亲怀里自个玩儿。父亲偶尔会给她讲些个故事，猫姑姑的鱼汤之类的，反正都跟吃有关。猫姑姑给小猫做鱼汤，新鲜的鱼放上几朵蘑菇，再加上葱，姜……煮出白浓浓的汤，那个好喝啊，把小猫的肚皮都撑破了。每次故事还没讲完，二姐的口水都流出来了。母亲嫌二姐贪吃，也可能与这有关吧。

我母亲不喜欢二姐的再一个原因，就是她脾气特别倔，自己不愿意干的事情，怎么说都不行，打骂也没用。有一次，她嫌母亲用我大姐的旧衣服给她改做的棉袄太难看，不愿意穿。母亲就把棉袄从她身上扒拉下来扔在地上，说不愿意穿就别穿！大冬天的，她硬是穿着一件单衣去上学，回来冻得感冒了好几天。

不过，说她贪吃还真有点冤枉她，我觉得她只是好吃，最多是会吃而已。在吃的问题上她比较挑剔，喜欢吃的东西一定要吃够，不喜欢吃的东西，宁愿饿着肚子也不吃。本来在我们家"吃"就是一个最大的贬义词，是一种恶。而她不但贪吃，还把倔劲儿用在吃上，这让母亲更加愤怒。一个人对吃这么讲究，还有什么救儿？所以母亲刻意要在家里创造一种以吃为耻的氛围，并把这种观念深深地种植在我们的骨子里：贪吃的人都不是什么好人，都不会有什么出息。

我们对于父亲的疏离就跟母亲的这种教导有关。一直到现在，我们也避免在母亲面前谈论吃。虽然都开饭店，但是在家里闭口不谈饭店的事儿。母亲不管在任何时候、任何情况下，也绝对不会去我们任何一家饭店吃饭。

二姐是我们家唯一的一个读书读出功名的人，这让母亲以吃为耻的文化受到很大的冲击。收到录取通知，二姐也不向她报喜，通知书关抽屉里，一句话都没有。其实母亲早已经听说了，但她不说，母亲也不问。她曾经向我大姐抱怨道，知道是个不孝顺的，翅膀长硬了还不知道会咋着呢！所以二姐考上学，本来是给家里挣足了面子，应该在村里放一场电影祝贺一下。有人提起这事儿，母亲一口回绝了。二姐走的时候她也没送，一早就下地干活去了。

我借了一辆自行车，把二姐送到了市内的学校。

二姐财会专科学校毕业后，分配到区政府上班。她漂亮，又有文凭，一上班就被区里一个副书记看上了，想娶回家当儿媳妇。副书记找了个中间人，就是原来跟着我姥爷，后来在镇子上当干部、给我爸安排过工作的那个人。他来找我母亲。刚刚说明来意，我母亲便说，"其他人说这事儿，我不一定答应。要是您说了，我信！"

母亲跟二姐说这门婚事的时候，带着几分得意，好像她立了好大的功。"看看人家的那个家，若不是不讲出身成分了，人家能看上咱？"

让母亲想不到的是，二姐死活不答应。她知道那个副书记的儿子是个混世魔王，打架斗殴不说，多少女孩都被他糟蹋过。

对二姐的拒绝，母亲眼睛都没抬，说："年轻人，哪个不昏上几年？看人家那家庭，父母哪会不操心？结了婚就好了。"我二姐说："人家家好，和我什么关系？我是跟人过，不是跟他家庭过。谁想嫁谁嫁，反正不是我！"

母亲气得站起来，指着二姐半天说不出话来。后来看见二姐往外走，她在后面跳着脚说："从小到大你都苦丧着个脸，等着我死是吧？人，说一句就得算一句！我已经答应过人家了。你要不答应，要么你离开这个家，要么我死。你看着办吧！"

二姐二话不说，收拾了几件简单的衣服，头也不回地走了。

就是那一次，那一年的阴历七月二十六日下午，母亲又一次气得犯了病，一头栽倒在沙发上，口吐白沫，人事不省。后来拉到医院抢救了半天，虽然并没有生命危险，但还是把我们吓得不轻。

最终二姐还是屈服了。

本来就是硬撮合的婚姻，再加上性格差异那么大，结婚以后两个人完全过不到一起。书记的儿子不务正业，天天泡在歌厅酒吧，经常是十天半月我二姐还见不到一次他的人影。但我二姐从来没回家诉过苦，跟任何人都没提过这事儿。后来还是我母亲看着不对劲，结婚几年了也没孩子。找人一打听，两个人基本没在一起住。母亲把二姐找回去问她，这些事儿为什么不跟她说。

二姐说："不想说。"

母亲说："那就立马跟他离婚！"

二姐说："不想离。"

母亲说"你说不离就不离了？"

　　我母亲实在咽不下这口气，到书记家跳着脚骂了几次。人家那家也不是任人撒泼的地方，立刻催着儿子离了婚。本以为我们家还会闹，我母亲一句话没再说。我二姐净身出户，带着自己的衣服就走了。

　　二姐离婚后，那家人倒是有点后悔，毕竟自己家的儿子什么样他们比谁都清楚。二姐与他结婚几年，从不吵闹，也没向家里提过任何要求。在单位更是低调内敛，踏实得像颗螺丝钉。穷人家也能教养出这般又懂事又有尊严的孩子，他们觉得很难得。

　　他们再找那个中间人来说合，被母亲一口回绝了。

　　二姐离婚后也没有回娘家住，而是住在区里给的一间单身宿舍里，像是什么事都不曾发生过，安安静静地过自己的日子。二姐后来又找的这个人也是她的同学，原来在西北当兵，执行任务的时候腿被冻坏了，是立过军功的。后来转业到地方上，安排在镇政府办公室工作。在学校的时候二姐倒没有怎么在意他，记不得他什么样子了。但现在他毕竟是当过兵的人，受过部队的训练，总是把自己收拾得整整齐齐，腰杆挺得笔直，办事利利索索，如果不仔细看，走路的时候完全看不出腿是受过伤的。二姐知道他的伤情有多重，他能坚持这个姿态，需要怎样的毅力啊！

　　这个人也很同情二姐的不幸，总是不动声色地帮助她。毕竟她的前公公还干着领导，虽然人家丝毫没有难为她，其他却很少有人敢和二姐走得近。势利是人的本能，她也不怪谁。可大家的冷淡和明显的距离感，让后来的二姐夫感到不快，他就是那个时候走近二姐的。

　　二人相处久了，日久生情。他向我二姐求婚的时候，我二姐就提了一个条件，要求两个人同时辞职，不再看人家的脸子了。

　　他二话不说，先打了辞职报告。

　　母亲听说了这事，跟二姐闹得要死要活的。一家子人都上不了台面，好不容易出了这么一个体面人，说不干就不干了。又要找二姐的同学去闹，被我二姐呵斥住了："辞职是我自己的事，也是我要求他辞职的，你找人家说什么理？"

　　我母亲说："不是因为他你会辞职？"

　　我二姐说："我结婚是你选择的，离婚也是你定的。难道你还想让我再来一遍吗？"

　　我母亲气得三天不吃饭，病得一个月起不了床。

二姐他们两个人辞掉工作结了婚，在他们居住的村（那会已经叫社区）东边盘下了一个餐馆，主卖卤煮驴肉和牛羊肉类的食品。周围的人都说二姐的卤肉好吃，传说是我父亲给她秘传过食谱，得过我父亲手把手的真传。每当有人问起他俩的时候，他们都矢口否认。这让人家越发觉得这传说是真的，而且添油加醋，越传越神。

后来是我问她，她告诉过我，父亲确实给他一个做菜的笔记本。她一直藏在家里，不知怎么的，那个本子不见了。我二姐找我母亲讨要，我母亲死不承认，说她没拿。二姐这种性格，倔起来谁也没办法，天天追着母亲要。后来把母亲逼急了，母亲说："你说是我拿，就是我拿了。我塞灶火里烧了！"二姐更急，说："那是我爸留给我的，你凭什么烧了？"母亲劈脸给她一巴掌，把二姐打得一头撞在门上，头上立马鼓起了个大包。母亲说："我凭什么烧了？就凭我不想让你们成精！一个二个都成馋嘴精了！"

对于二姐的再婚，后来母亲再也没有干涉，可是她辞了公务员开饭店，真是让她吐了一回血，一下子老了好几岁，一个人关着门叹气："学还不是白上，真随了你那死鬼爹。原本我就说她哪来的恁大福气，到底是盛不住啊！"

母亲一次也没去过我二姐的店，经过那条街都绕着走。逢年节走娘家，我二姐绝不带自己饭店的食品，带的都是超市里买的礼物。

也真让我母亲说着了，也许是遗传基因的作用，也许父亲留下菜谱这件事在我们心里深深地扎下了根，要不我们姐弟几个怎么不约而同都选择了开饭店呢？

二姐他们的饭店开了几年，生意很不错，也赚了一些钱。她却一路瘦下去，而且一直没生孩子。二姐夫拉着她去医院检查，结果发现患了甲状腺肿瘤，已经有癌变了。虽然手术做得还不错，而且三个疗程的化疗做下来，二姐的身体并没有很大反应，头发也没掉。但二姐夫还是不放心，经常要拉着她去全国各地的大医院找专家。二姐想着刚好趁着这个机会，也可以给二姐夫治疗治疗他的伤腿。于是两个人一合计，就把饭店转让给别人，老房子也卖了，买了一个旅行车，天天跑着求医问药。最近我联系了她两次，他们一次是在北京，一次是在天津。直到我要走的前一天他们才赶回来。

本来我在郑州东来顺火锅店定了个房间，二姐喜欢吃涮羊肉。可是怎么说她就是不出去吃饭，我只好让火锅店把东西打包送到她家里来。

那天我到她家的时候，他们正在整理大包小包的中药，屋子里弥漫着一股药香。因为是逆光，或者是心理作用，我看着她瘦得像个影子一样坐在那里，禁不住一阵心酸。我屁股还没坐稳，她就说起母亲打电话安排父亲墓地的事儿，说早就该好好办了。然后，她手朝里面指了指，对二姐夫说："你去把东西拿过来给三妹吧！"

二姐夫站起来的时候，我才拿眼睛去打量他。他也比过去瘦了，但精神头很好。他身上有一股正气，因此看起来哪里都大方端正，和二姐很是般配。关键是两个人相敬如宾，日子过得很称心。不过到底上了岁数，能看出来腿走着还是多少有点不利索。他回到里屋，拿过来一个用报纸包着的大纸包，在沙发上打开一看，里面是十捆百元钞票。

"这是十万块钱。"二姐夫指了指那钱，然后怕烫着似的缩回手，两只手来回搓着。

我"哦"了一声，站起来走过去，把纸包重新包好，放在二姐面前的桌子上。我说："二姐，姐夫，这个事儿你们不要管了，先抓紧时间看病。二姐，尤其是你，谁不知道你现在过的什么日子？这几年你们俩看病估计把家里的钱都折腾差不多了。即使你们要出这笔钱，我也先替你们垫上，以后再说好不好？"

"那怎么行？"二姐生气地瞪着我，"谁也代替不了我，你也知道父亲跟我最亲。"说着她的眼圈红了，低下了头。

"我知道。等你们缓过劲来再说吧！我这次来不是要钱的，就是过来看看你们。一直想让你们去深圳住一段时间，你们总是害怕给我添麻烦？自己一家人，能有什么麻烦呢？"我的眼泪也流了出来，在我们家，我跟二姐最好，"而且我跟大姐也说好了，我的房子卖了，钱也不存了，先把坟地买了，把咱爸安置好，以后再说好吧？"

二姐低着头没说话，也没再推让。

我怎么会不知道父亲对二姐最亲呢？在我们家，唯一能跟父亲说话聊天的只有二姐。二姐跟我说过，父亲出走的那天下午，曾经专门到学校来找她。那时她还在上中学，他在学校门口旁边等着她放学出来。那是秋天了，他一个人瑟缩着站在离校门口很远的地方，害怕人家看见他。二姐出来没看见父亲，只顾低着头跟在其他学生后面往前走。后来她感觉有人在旁边跟着她，扭头发现了父亲，也不知道他已经等多长时间了。但周围都是同学，她也不好意思喊他，那时候的学生都怕家长到学校来，让同学们看到笑话。女儿在前面走，父亲就远远地跟在他们后面，直到周围没人了，二姐才站下来。

父亲从怀里掏出一个夹了肉的馒头递给二姐，馒头里的肉夹得很厚，一闻就是父亲卤料的味道。那是他从人家酒席上带过来的，包馒头的纸油汪汪的。二姐接过来，感觉还热乎乎的。

两个人站在那里，父亲看着瘦小的女儿三下五除二就把一个大馒头吞进肚里，意犹未尽。父亲的眼圈却登时红了，一脸的惭愧，那神情好像是在说："妞，爸没本事，要是你生在过去，想吃什么爸都给你做。"

两人还没说几句话，远处又过来几个同学。二姐急得想走开，害怕被同学撞见。

"二姐，我想给你说个事儿，"父亲从怀里掏出一个红塑料皮本子递给二姐，"这个你放起来……"

那几个学生走得越来越近，二姐匆忙接了，没等父亲把话说完便扭头跑开了。

那是父亲和他的孩子说的最后的话，至于他还想说什么，永远也无从知晓了。

二姐说，她和父亲分开后就开始后悔了，以后很多年里，她一直为这件事情后悔，不仅仅是因为后来他死了。她说，当时她就非常伤心，一个寒瑟的父亲，特地来看女儿，她就那样把他撂开不管了。她应该让他把话说完，当时没想那么多，只是觉得以后还有机会。

"谁知道，再也没有机会了！"二姐每次说到这里，都会哭一次。

二姐讲了这一段故事之后，我曾经跟她讨论过这么一个问题：如果父亲不是自杀，他为什么要跑那么远去学校找你，交给你那个笔记本？在家里完全有足够的时间，也有很多机会啊！可见对于他的死，他是有预见的。至于那天夜里跟母亲发生的争吵，最多是促使他下决心的一个因素。

说母亲逼死了父亲，完全是无中生有的臆测。

二姐长长地叹了口气，说，咱们家那环境，还容得下他吗？然后又摇摇头说，别想它了，都过去了！

火锅把二姐家的温度升高了，她的新家还没开通暖气，空调功率太小。二姐解开围巾，脱了外套，我看到了她脖子上手术留下的疤痕。现在的外科技术好，倒是做得细细的不太明显。我站起来，把我脖子里的珍珠项链取下来要给她戴上，装饰衬托一下，刚好能遮住一部分痕迹。二姐坚决不要，使劲和我推让，脸涨得紫红，脖子上的疤痕变得更红了。二姐夫说："三妹真心给你的，你要再推让就生分了。留下吧！你也从没给自己买过一件首饰。"我眼圈又红了，我那里有一大盒子珠宝玉器。看看我身上的衣饰，再看看她。同是一个母亲生的，命运却有着巨大的差距。

我说，"这珠子不值几个钱。二姐是个美人，戴在她身上就是比我戴着好看。"

那是我年前刚买的南洋珍珠，十毫米的金珠，我知道我要是说出来价钱，抵死她也不会要。

我对二姐夫说，该去给二姐添几样像样的衣服了，女人打扮得漂漂亮亮，运气都会跟着好起来。

二姐夫以军人的认真口吻说道："是的，年前后我催她七次了！这几年病着，她心都懒了。"

我笑了笑说："二姐，你过的是自己的日子，干吗总是跟谁赌气似的？"

她有心结，父亲的死，以及，母亲对她的干涉，一直都没有化解，沉积在她的心底。但我知道，你无法说服她，除非她自己走出来。

二姐这才不再推让了。她把珠子在脖子上转了一圈，问姐夫，好看吗？二姐夫笑了笑，点点头说："二妹说得很对，人就得打扮，看着精神。明天就去买新衣服，咱好马得配好鞍。"

二姐的情绪也轻松多了，对我说："三妹，现在咱妈最离不开的就是你了，你也够心累的。"

我笑了，说："天底下谁会信啊？她不是离不开我，是离不开小妹。"

"信不信由你，"二姐本来也想笑，但没笑出来。她下意识地摸了一下脖子上的刀口，"我最了解她，你别看她说什么，要看她做什么。她就是嘴硬。她为什么自打去了深圳一趟也不回来？"

然后她拿起我的手压在她手上，认真地说："别跟咱妈计较了，她一辈子就那样。她一直跟我过不去，更跟你过不去。我吧，生性就这样子。那时她可能觉得或许你能有点出息，能吃苦，也能忍。她就是怕你像咱爸，太没心劲儿了！你什么都不要，都不争取，她是恨铁不成钢。她最崇拜咱姥爷，就怕自己的孩子像咱爸。"

我的泪涌上来，努力把它压下去。但是仔细想想，二姐的话也让我不舒服。她怎么也会像大姐一样，看得出来我在跟母亲计较？这话从大姐嘴里说出来我还受得了，从她嘴里说出来我很难接受。不过话又说回来，我不是也一直觉得二姐心里在跟母亲计较吗？

但我不能跟她辩解。虽然我无论如何也改变不了她母亲也是我母亲这样一个事实，但母亲从小到大这样对待我，总得有一个理由吧？我始终痛苦的不是她这样对我，而是她为什么这样对我？

但是我说的却是："她那样子对咱爸，我这些年也一直在想，咱爸又有哪样做错了呢？说咱爸给咱们家带来耻辱，连大姐也这样说。咱爸到底给咱们家带来什么耻辱？"

"那要看怎么说了，每个人看问题的角度不一样。"二姐若有沉思地说，"算了，反正都过去了。"

二姐这话，让我更是难受，莫非她也曾经认为父亲给我们家带来过耻辱？

"我不认为咱爸给咱们家带来过什么耻辱，而且如果没有咱爸，咱们几个会开饭店吗？"我心里空落落的，有一种坍塌般的悲凉，"有些事情可以过去，有些事情永远都过不去。我现在琢磨出每一道菜，都会想，我这菜就是做给爸看的，就是想让他满意！咱妈整天讨嫌他，说他嘴馋，他要是活着，我就让他吃个够，龙肝凤胆我都给他买！"

一句话，说得我们姐俩的眼圈都红了。我们不敢看对方，眼睛盯着咕嘟咕嘟冒热气的火锅。后来还是二姐夫添菜，我们才结束了这难挨的沉默。

吃过饭，我们又说了一会儿话。临走的时候，我给二姐放桌子上五万块钱，说让她和姐夫看病用。她也没有推让。

第二天我回深圳是坐的飞机，我急着赶回去看看母亲的病情。大姐夫把我送到机场，接到二姐的电话，她和二姐夫也赶到机场送我。二姐还收拾了一包东西，说都是母亲爱吃的咸菜什么的，让我带回去。我把东西塞进行李箱里，回到深圳才发现咸菜下面整整齐齐压着十五万块钱。

但是那串珍珠项链她留下了。

六

最早起步的时候，我十几万块钱给自己在郑州买了套房子。一来那时候郑州的房子便宜，与深圳比起来像买白菜似的。二来是怕钱握在手里不牢靠，说到底更是为了让自己安心，万一哪天外面的路走不通了，自己总是个有家的人。

回到我自己的房子里，才觉得是真正回到了郑州，而不是像走在梦境里，飘忽得惶惶不可终日。有时候我不想受任何人打扰，就关掉手机，静静地坐在空荡荡的房子里想那些过去的事情。历史正汹涌而来，我像坐着时光之船，一点一点地穿越历史的激流，与自己的过往擦肩而过时，即使是伤痛也变成了甜蜜。

我想起了母亲。跟母亲在一起生活了几十年，我也没弄明白她。她的性格非常古怪，或者说非常奇特。我常常想，即使我父亲是一个上进的人，能达到母亲所要求的高度和标准吗？母亲最羡慕的人就是我们家邻居周四常，父父子子都是走的仕途，里里外外都风风光光。而我们呢？母亲觉得一家子都是卖饭的，挣再多钱，也是从人家嘴头子里抠出来的，怎么说得起嘴？一粒老鼠屎坏一锅汤，都是我爸把儿女都带歪路上去了。

二姨说，母亲的性格最像我姥爷。我姥爷最后被枪毙，也不是作了多大的恶，而是他眼睛太尖、嘴巴太利。他是镇上的摆事老大，谁家父子兄弟分家，闹三天打断胳膊腿都扯不清。着人请他来，他穿着长袍拄着拐棍往人家堂屋里一坐，三下两下就把家当给分了。虽然他处事公道，大家也都相信他，但毕竟事到临头，有满意的有不满意的，反正满意不满意都得听他的，一句都不敢抱怨。一个镇子就这么大，谁敢保准今后没事求到他门下？不过话又说回来，在熟人社会里，让人敬着却又让人怕着，终不是啥好事。

我从一开始就知道在这个家里母亲最不喜欢的是我。但她从来没说过我有哪一点不好，也许她是整个不喜欢我，也许是我没有一点讨人喜欢的地方吧。小时候我在家里就是干活最多的一个，她像从来没看见一样。其实，哪个孩子不渴望疼爱呢？我越是刻意迎合，她对我的反感越甚。莫非仅仅因为我在长相上像父亲？这无论如何说不过去，毕竟我性格不像父亲，也并不贪吃。

开始母亲最喜欢的就是大姐一人，说她不但漂亮，也会说话，办事也有胆儿，拿得起放得下。后来有了我弟弟，她的心思大部分就放在我弟弟身上了。但相对我们姊妹几个而言，她还是偏向大姐。没儿子的时候，她希望在女儿中培养一个男儿。有了儿子，她觉得找到了希望，殊不知真正性格像我父亲的就是我弟弟。但她不承认，也不允许我们任何人这样说。

父亲去世后，二姨曾经跟我说过，母亲找人算卦，人家告诉她我命里克父母，父亲去世就是因为我妨的。一直到今天，我和母亲从未亲近过。她和妹妹在一起，看电视都挤在一张单人沙发上，出门手牵着手。我哪怕靠近她一点，都能明显感觉到她身体的抗拒。

唉！她究竟是害怕我什么呢？以她的性格，我不相信她是害怕我真的会妨死她。

整个成长期我都非常自卑，为自己给父母带来厄运而惴惴不安，因此在她面前就更加局促，到后来说话也变得结结巴巴的。母亲说我长大了是个会使心眼的人，整天低着头，说话哼哼唧唧的像蚊子叫。

"低头婆子撅头汉！整天低着头，心里有啥见不得人的事儿？"母亲说。

母亲的情绪感染了大姐，或者说，大姐觉得她可以代替母亲。家里除了母亲，大姐就是当家人。父亲对这个家庭的影响几乎可以忽略不计。在这种环境下，家里的粗重活自然都是我的，洗衣服，做饭，打扫院子。我干活多，出错就多，经常被母亲责骂。我记得有一年冬天，快过年了，气温特别低。我提着一篮子衣服去河里洗。河上空旷无人，就我一个，棒槌敲打着衣服，哐哐哐地传出老远。我并不觉得委屈，干活似乎天经地义。

即使是这样的日子没有尽头，能让我待在这个家里就让我很满足了。我常常在书上看到"忧愁"二字。可忧愁是富贵人家的事情，我没有权利忧愁，我只是盼着母亲让我上学。我拼命地干活，好让母亲满意。

那天洗完之后，可能是蹲的时间太长了，站起来的时候一头栽倒在地上。两只手本来就冻得都是口子，地上的沙和石子儿都钻到伤口里，让我疼出了两眼泪。寂寞的旷野里，天那么高远，我那么渺小。

我要是栽倒在河里呢？我要被水冲跑了又有谁会拉我一把？也许死了会更好些，我父亲不会就是这样想的吧？

我吓得哭了起来，对着一河的水哇哇哇地号叫："啊——啊——啊——爹呀，妈呀，二姨呀，二姨夫呀……"

在家里我不敢哭，掉滴眼泪都不容许。母亲心情不好时，碰巧我干的活她又不满意，她就会拧我，但只是拧我的胳膊、屁股。大姐也会拧我。她拧我的时候不说话，只是死劲儿掐我的脸。母亲也骂我："我还没死呢，你给谁哭丧？"偶尔她心情好些，便会笑话我："瞧瞧，自己倒会惯自己，我们家出了个小姐！"

我每次委屈得受不了了，就会跑去二姨家。我哭二姨也哭，她说，哭出来就好了，小孩子老憋屈着会落下病的。

那天哭完，回家我也没跟母亲说，自己跑到卫生室让医生把石子儿拣出来，包扎一下就过去了。直到我结了婚，在老公的哄劝下，又做了一次手术，把里面的最后一颗小石子儿拿了出来。那剩下的一颗石子，在我肉里疼了多少年？

估计我母亲从来就没想过，我那会儿还是个小孩子，而且是个十三四岁的小女孩儿。

在二姨家，我的身体和情绪都慢慢恢复了。读完小学，有一天母亲突然来到二姨家，说要把我带回去。二姨和二姨夫都很吃惊，说孩子在这好好的，你这是干什么？母亲不耐烦地朝他们摆着手说："闺女是我生的，我也没说过要把她送给你们。你儿子也大了，你们家就两间小房子，男大女大的，一个屋里住着不方便。她杵在你们家里，尽是碍事儿。"母亲说完，瞪我一眼命令说："站在这里干啥？还不赶紧去收拾你的东西！"

我靠着二姨站着，看着母亲凶狠的样子，腿都是软的。但我怕她跟二姨闹，便嗫嚅着说："我马上就去收拾。"

她朝我不耐烦地摆摆手说："那就赶紧去吧！"

二姨跟着我来到里屋，一边帮我收拾东西，一边流泪。二姨夫蹲在门口，一根接一根抽烟。表哥那天出去了，不知道是有事儿，还是故意躲出去了。不过即使他在，肯定也不敢说什么。

我跟着母亲回了家。原来是家里添了弟弟妹妹后，她腾不出手干家务活了。她见我身体好了，让我回来好歹多个帮手。那时候大姐在她面前还吃香，霸道凶狠，啥事都推给小的。二姐本来就倔，不大听她使唤，一天到晚捧本书，心不在焉地干点活儿她也看不上。二姐也没少挨打。母亲说："随她那死鬼爹，啥都别想指望。"

快开学的时候，我跟母亲说我要上学。母亲吃惊地看着我说："你也要上学？你大姐、二姐都上，你再上，莫非要把我拆骨卖肉？"

我说："妈，我保证一边上学一边干活，绝对不在家吃闲饭。"

"不上了！"她对于我敢还嘴，更加恼羞成怒。

过了好久，她看见我一直站在那里没动，口气有点儿软了，说："你这样的死脑筋，上也是白上。你先把家里活干好，以后再说吧！"

我不再乞求她，我知道跟她说软话没用，只有把事儿做好才有可能改变她的想法。所以我每天五点多起床，十点多才睡，把家里的事儿理得头头是道。我再提出上学的时候，她没有阻拦。

我初中毕业后，顺利地考生了高中。那天趁她在家做针线，我蹭到她跟前，跟她说我要上高中。

"不上！"她抬头斜了我一眼，就低下头去。父亲活着的时候，有时尽管她说话不好听，但还讲理。父亲不在之后，她的脾气变得更加暴戾，说话就跟放小刀子似的。

我站在她跟前，磨磨蹭蹭不走。

"你就是在这里扎根儿，也不能再上了！"

我依然站在那里。她干完手里的活儿，看都没看我一眼，噔噔噔地从我身旁走出去了，脸色阴沉得像要下雨一样。

这次看来是真不让我上了。

　　我想到了二姨，我不想她还能想谁呢？趁母亲不在家，我去找二姨。到了二姨家已经快中午了，我看到二姨夫和哥正在吃饭。二姨不在，二姨夫说她去舅舅家去了。说话间，哥已经给我盛好了饭。在我吃饭的时候，哥说，你二姨明天才能回来，你要是有急事，我骑车载你去，或者我把她喊回来。我想了想说，如果二姨在那边没有急事的话，还是把她喊回来吧，我有点急事，在咱们家说方便些。我在二姨家里，说话就口齿利落，像换了个人。

　　我哥饭都没吃完，放下手里的碗，推着自行车就走了。

　　二姨半下午回来了。我一直站在门口等她。她看见我，眼圈先红了。还没待她进屋，我扑通给她跪下了，抱着她的腿哭着说："二姨，您救救我吧，我想上学！"

　　"你妈又不让你上学了？"二姨蹲下来，抱住我的腰，"我明天就去给她说。她要是不同意，我供养你！"

　　说话间，我哥也从外面进来了。我们四个人坐在屋子里，你看看我，我看看你，好像谁都没勇气再提这个话题。大家心里都明白，二姨去见我妈也于事无补。后来还是我哥打破了沉默，我哥说："这样吧，明天我去给大姨说，你上学，我去替你干活。"

　　"那肯定不行！"我脱口而出。我知道，二姨二姨夫身体都不好，这个家离不开他，我不能再拖累这个家庭。

　　"没事儿，"我哥说"就这么着！"

　　我知道母亲的性格，我哥这样说也只能是安慰我而已。

　　我跑来二姨家，也只不过是哭一场，发泄发泄罢了。二姨能有什么办法呢？

　　吃过饭，我提出要回去。二姨也没再留我。她一直在哭，她知道自己斗不过我母亲，让我哥骑车把我往回送。我们一路无话，但好像又说了一路的话。我知道他说的什么，他肯定也知道我说的什么。

　　到了村口，我哥把我放下，连看都没看我一眼就折转头往回走，根本没提去找我母亲的事儿。我猜他肯定在哭。我看着他走远了，突然间又泪流不止，我喊道："哥！"可能是因为迎着风他没听见，或者他听见了不敢停下来，只顾低头骑着车走了。

　　我停了好大一会儿，拐上另外一条路。那条路直通黄河花园口桥，桥下就是黄河最深的地方。我走到黄河边，想着过往的一切，万念俱灰。前无目标，后无退路，还不如一死了之，免得牵累这么多人。我不是怕母亲的脸子，而是看不得二姨一家人的眼泪。

我还想到了我的父亲，肯定他也是怀着我这种绝望的心情，纵身跳入黄河的。父亲会凫水，我也会。既然黄河能带走父亲，也一定能带走我。

一想到父亲，我不但没有伤心，反而有一种说不出来的高兴。

月亮升起来了，把河滩照得恍如白昼。我沉着坚定，一步一步朝河边走去。河边是茂密的香蒲，我扒开香蒲往前走。前面有两只憩息的水鸟突然受到了惊吓，扑棱棱飞起来，就在我头顶上盘旋。我继续朝前走，眼前出现了一只鸟巢，像一个精致的手工编织的小篮子，那么小巧，那么温暖，挂在香蒲秆上。我走过去，看见鸟巢里有两只刚刚出生的水鸟，还有几只鸟蛋。在月光下，鸟蛋发出异样的光，好像通体晶莹剔透。我看着那两只幼小的生命，毛茸茸的，张着小嘴叫着。我站住了，犹豫起来，多么温馨幸福的一家啊！我不能打扰它们的生活。我折回头，慢慢往岸上走去。

在我抬头寻找那两只老鸟的时候，我突然看到了远处的城市。在夜色里，它离我是如此之近，灯火此起彼伏，照亮了半边天空。虽然在这里长大，可我从来没有这样认真地打量过她，尤其是没有看过她深夜里的面容。平时她僵硬的、阔大的钢筋水泥身躯，在夜里突然显得柔软起来，像起伏的山峦。她那明明灭灭的灯火，多像生命的律动。是的，她像有生命似的看着我，温柔地眨着眼睛。她在召唤我。我为什么不走向她？这难道不是一条比死亡更宽阔、更诱人的道路吗？

我的心一阵疼痛，一阵温暖。就这样死去，我不甘心。我要走进城市，我要感受城市。虽然我并不知道外面的世界等待我的将会是什么，但至少它会给我自由，让我自己能够决定活不活，以及，怎么活。

我没有明确的志向，我甚至没有梦想，我追逐的是一个可以远远离开家的地方，越远越好。

后来的事实也证明了，没什么，真的没什么。我一个身单力薄的小女孩子，随着建筑大军进入城市，而且直接去了深圳。那不是一道窄门，她所给我的生命的力量，比父母给我的更坚实，也更坚定。

说真的，从我离开家的那一天起，我已经下定了决心，不管混成什么样，我决不会再回家。

七

我父亲还在的时候，我二姨夫在郊区食品公司上班。那时候食品公司还属于国有，基本上所有的副食品都由国家垄断，不允许私人经营。其实说到底，二姨夫就是个杀猪的。这也是最让母亲看不起的地方，所以二姨夫很少到我家来。我母亲要是去他家也不搭理他，如果她偶尔去二姨家，碰巧只有二姨夫一人在家，母亲会扭头便走。她只跟我二姨说话。

二姨夫在食品公司负责杀猪、分割猪肉，最后还要处理猪骨头。认识他的人都说，杀猪匠可是个肥差，给个大队书记也不换。当时这活儿也确实是个肥差。看到他从街里走过，很多人都露出钦羡的目光。他浑身上下散发着猪油的香气，满脸油光。在那个吃不饱的年代里，他不但能吃上肉，还能喝上肉汤，确实让人羡慕不已。

他之所以能吃肉喝汤，就是当时猪骨头也是国有财产，不能随便废弃，要卖到废品收购站。收购站就在食品公司隔壁，但食品公司得把猪骨头处理干净才能交给收购站。这就是二姨夫能吃肉喝汤的根源。最后一道工序，是他负责把剔剩下的骨头放在大锅里煮，以便把骨头上的肉剔除干净。所以，他和食品公司的其他工作人员吃肉喝汤不但是权利，还是责任。

那时候生活匮乏，卖和买都凭票。一个人一月二两肉票，所以也不是天天杀猪，老百姓一年都吃不上几次吃肉，有时候十天半月才杀一回。每当杀完猪之后，食品公司的人就蜂拥而上，围着几口大锅啃骨头喝汤。有时候啃不完，还能从骨头上剔下一些肉来，被他们揣在身上偷着带回家。

刚刚开始的时候，二姨夫可怜我父亲，赶哪次杀猪多了就会偷偷地把我父亲带进去吃喝一顿。那是我父亲最快活的日子，他总是早早地去，帮我姨夫打打下手。熬汤的活儿他争着抢着就做利索了，啃一次骨头会让他高兴好几天。后来去的多了，他跟食品公司的人也熟络了，就不再偷偷摸摸，而是大摇大摆地去了。

有一次煮肉，父亲又是早早地过去。这次他带了一包自己配好的几味中草药，趁二姨夫没注意扔在汤锅里。肉还没煮好，香气已经溢满了半条街。食品公司主任跑过来，问我二姨夫是怎么回事儿。二姨夫只顾在烧锅后面低着头干活，也没太在意，就跟主任说，没怎么啊？怎么了？

主任说："你鼻子让蛆堵住啦？还没闻见香味儿？"

话还没说完，副主任带着公司的好几个职工跑过来，都是奔着这香味儿来的。

二姨夫疑惑地看看我父亲。父亲也红了脸，嘿嘿地笑着说："也没什么，就是在药铺弄了几味中药放进去。你们放心喝哈，滋补壮阳，保证可以让老婆满意。"对于他而言，说出这样的话等于是冷笑话。食品站主任也没笑，他神情严肃地训斥道："这是吃的东西，你敢乱弹琴，不要命了？"说完，他实在禁不住那馋人的香味，舀了一勺汤递给副主任。副主任刚一进口就笑靥如花，说，是真他妈的好喝！副主任又舀了一勺递给主任。

主任吹了吹，把一勺汤全部喝下去了。然后闭着眼，一脸的陶醉，向我父亲伸出大拇指说："想不到你还有这个绝活儿！"

父亲得意地搓着手，嘿嘿地笑，那意思好像是说，我也不是白来吃肉的。

后来每逢杀猪的日子，主任都让我二姨夫喊上我父亲。二姨夫也不好到我家去，就站在我家门口附近等。后来我父亲掐好日子，有时候二姨夫还没上班，他就在路上等着他。

过了一段时间，食品公司主任说，你老是这样来不合适，万一人家说句闲话，我顶不住。这样吧，你读书多，每次你到食品站来，也不是为了吃喝，你给大家说说书里的故事，算是咱们公司的理论学习夜校吧！

父亲听见这话，高兴得了不得，毕竟这是他的强项。每当吃饱喝足，他就坐在那里给大家说故事。从《水浒传》《三国演义》到《烈火金刚》，他讲得头头是道儿。高兴了甚至来一段"三言二拍"里的荤段子，让人听得合不拢嘴。大伙儿听得入了迷，恨不得彻夜不让他走，常常会说到凌晨才回家。食品站的主任总结说："过去人家说书中自有颜如玉，书中自有黄金屋。现在应该加上一句，书中自有猪肉汤啊！"

这次他没得意，显出尴尬的神色，讪讪地笑着说："也是。也算是。"

那一天恰逢下大雨，雨水把我们家的后墙给冲垮了，眼看着房子摇摇欲坠。母亲让我和二姐去找他。我们赶到食品公司，看到他坐在一圈人中间，眉飞色舞地说着什么，周围的人哄然作笑。昏黄的灯光照着他油乎乎的嘴和黏腻腻的头发，活脱脱一个电影里汉奸的形象。我跟二姐羞得简直想找个地缝钻进去，互相推脱着谁都不肯进去喊他。我们捂着耳朵面朝着墙，既不敢看也不敢听。直到等着他讲完一段，二姐才让我过去喊他出来说话。二姨夫也跟着出来了，听了我们说的消息，俩人慌了说，你们先回去，我们马上再带几个人一起去看看。临走他还没忘记把用塑料袋装的省下来的一点碎肉递给我二姐。

我和二姐刚刚走出食品公司的大门，就看见母亲怒气冲冲风风火火地赶过来。她也没打伞，浑身淋得精湿。湿衣服像绳子一样缠着母亲，让她看起来像个水生动物。她一眼就看见二姐手里的塑料袋，不由分说，劈手夺下来，拿着那个袋子就冲进食品公司院子里。我和二姐在后面小跑才能撵上她。她进了院子后，刚好与他们带的一群人迎头碰上。她吼了一声冲向我父亲，把那包碎肉劈头盖脸地朝他砸去。碎肉和汤汤水水顺着我父亲的头发往下滴落。我二姨夫过来劝阻，我母亲一口痰吐在他脸上。然后也不管我们，扬长而去。

那是母亲第一次在有外人的场合没给父亲留脸面。

八

在深圳稳定下来之后，我回了一趟郑州，临行前专门去香港给母亲和姐妹们买了大包小包的东西。那时候她跟妹妹住在一起，我到郑州的时候，妹妹没在家，跟着单位的人一起出去旅游了。妹妹本来想让她也跟着一块去，她说跑不动，就留在家里。她这些年跟我妹妹几乎没有分开过一天。她依赖她，确切说是控制她。

我总觉妹妹的离婚是与母亲有直接关系的。这桩婚姻原本是母亲给定下来的。妹夫是个公务员，人长得体面，工作也体面。母亲的确比较满意，她自己也出去说，几个孩子里面这是她最满意的婚事。但妹妹结婚后，她几乎寸步不离地跟他们在一起生活。我妹妹心大，是个马大哈脾气。妹夫也是个有心胸的人。平日里小两口言来语去，说了什么彼此并不在意。毕竟感情好，两个人有时候开起玩笑来也是不怎么讲分寸。当妈的听了，却觉得这里那里都不对劲。有时候女婿无意说点什么，她不等我妹妹开口，直接就接上去了，弄得女婿甚是尴尬。对于女儿，她更是任意指责，只要不高兴了，非要说出口来不可。

慢慢地，两口子之间就出现了罅隙。但我妹妹是个没心没肺的性格，大咧咧地不当回事，也从不拿老公当外人。有时候明知道母亲没理，却还是站在母亲这一边跟老公斗气，哭了闹了，就觉得没事了。时间长了，妹夫夹在两个人中间确实不好过，但他始终忍气吞声，觉得忍忍就过去了。但他的忍让换得的却是母亲变本加厉的控制。有一次因为单位提拔了几个人，没有妹夫。他回来向我妹妹发了几句牢骚，说了，心里的结也就解了。谁知我妹妹又学给了母亲。我母亲找个机会，就仔细地盘问妹夫，一边问一边横加指责。本来单位的事就够烦心的，回家还要再受丈母娘一遍羞辱，这把妹夫平日压下去的怨气激怒起来了。实在是忍无可忍，他分明不是在跟一个人过日子，而是在与两个人做斗争。于是，他就跟我妹妹摊牌说，咱妈仅在家里管管我也就算了，现在她连我工作的事儿也想管，这日子能过下去吗？妹妹又拿这话去吓唬母亲。谁知母亲根本不吃这一套，她说："不知道好歹的东西！乡下孩子，住我们的房，吃我们的饭，我们娘俩伺候得像爷一样，家务活没让他碰过一指头。凭啥还这么仗势？他说过不下去，那你就拿话撑着他！想怎么着都行，看看谁后悔！"

妹妹觉得母亲说的也有道理，就拿硬话撑住了妹夫。

婚最终还是离了，我母亲等着人家后悔，可很快那边就结了婚。刚离婚那会儿，我妹妹哭了一阵子。后来自己也觉得没了丈夫更舒适点，不用在意谁谁的感觉了，想睡就睡想起就起，妆不用化衣服也不用挑拣，饭想怎么吃妈就给怎么做，也挺好的。妹妹年轻貌美，在银行工作，收入不算差，离婚后介绍对象的也不少。我妈看了总是挑肥拣瘦不满意。她也懒得跟我妈理论，反正妈说好就好，说不行就不行，她没意见。她的口头禅就是，不操闲心，简简单单地生活，只要快快活活就成。只要不让她自己想事儿，处处让妈当家做主，她图个省心。反正我妹妹省心了，我妈就开心了。这世上如此般配的母女，说出来还真没几个人相信。

这次母亲不愿意跟着妹妹出去旅游也是有原因的。她曾经跟着出去玩儿过，和一群年轻人在一起，开始大家都客气着。可她还跟在家一样，什么事由着自己说了算。时间长了，大家就觉得老太太有点过分了。人家不驳她的面子，可也不理她那么多。出来玩带个老人，两边都很尴尬。她渐渐觉得大家都对她的不敬，大家说什么故意递眼色插不上话，心里非常失落，旅游还没结束，就气鼓鼓地让妹妹带着她回来了。后来我妹妹出去玩儿，她十有八九都反对。这次见她实在要去，就赌气说懒得动，自己在家待着。

我赶到妹妹家已经很晚了，当天晚上也没说那么多，洗洗就睡了。第二天我睁开眼，已经快九点了。我听见客厅里有动静，便走过去，看见她正在翻我带的东西。我脸也没洗，就赶紧过去帮忙。

她低着头翻拣东西，看见我进来，一脸的尴尬。

"你这都是在市场上捡的货底子吧？"她说。

我笑着说："那可不是！这都是我去香港买的，因为怕不好带，我把包装盒都扔了。"

"切！"她拿起一支欧姆龙血压计扔在床上，"在咱们这地摊上，十块钱就买了。"

我耐心地说："妈，您不懂，那是专门给您买的，日本原装的，要一千多。"

"这也是给我的？"她拿起一打丝光袜子，当时比较时兴这个，"这能是人穿的？跟葱皮儿似的。"

"这是给妹妹买的。"我打开最大的那个包袱，"这是我给您买的几件衣服，您刚好试试合适不？"

她扭头看了看，不屑地说："不试。看着就不行。"然后拍了拍自己身上的衣服，"看看你妹给我买的衣服，哪哪都是合身的。布料还厚，穿着沉甸甸的。"

我笑了笑，拿起一件马甲给她披上，说："衣服可不是料子越厚越好。这个您还是先试试看吧！"

"咦？你啥意思？你是说你妹妹买的东西不好？"她好似遇到蛇一样拨开我拿衣服的手，"不行！我不喜欢这不长不短的东西！"

"这个呢？"我把一件毛料外套往她身上披，"这是法国进口的，牌子货。"

她一把推开我，转身就往她自己房间里面走。

"我不需要你孝顺，我不要你的东西！也不会穿你买的东西！"她说。

我感觉到自己体内有一枚炸弹爆炸了，累积了几十年的能量一下子爆发出来。

我冲过去，一把抓住她后面的脖领子，想把她拉回来。她一边往前挣，一边拿手往后面推我。但我毕竟比她力气大，强行把她拉回来按在沙发上，低声叫道："我看你试不试！我看你试不试！"一边说，一边就往她身上套那件外套。她拼命挣扎，但是一言不发，咬着牙跟我对峙。但毕竟是那么大年龄的人了，很快她就不反抗了。

我们俩都斜靠在沙发上喘着粗气，愤怒地看着对方。

她忽然现出软弱的神情，几乎用乞求的口气跟我说："今天这事儿，不管到啥时候，不管对谁，都不要说出去。说出去我只有死！好吗？"

我没理她，猛地站起来，走到卫生间用冷水冲了半天脸。我出来看见她很平静地坐在沙发上，冷冷地看着我。她那种眼神我是第一次看到，是一种深入骨髓的厌恶。我不禁一阵发冷。

"你回来就回来，买这些大包小包的东西干什么？就是为了让邻居看见，说你对我孝顺、对我好？"她的眼睛里突然流出了眼泪，这是我第一次见她流泪。父亲死的时候她只是干号几嗓子，并没有落泪。"你太有心眼了。你对我好？真对我好吗？"她的眼泪越过脸上的沟沟壑壑，那黑褐色的泥土一样的颜色。在这块土地上，我从来没感受到过温暖，"你这样子做给别人看，还不是为了报复我？小时候我对你不好，你偏对我好，看我老脸往哪搁？你就想这样子让我羞愧死是吧？"

我也冷冷地看着她，一句话都没再说。但是心里突然有一种极大的、恶作剧般的满足，我觉得我平生第一次在她面前占了上风。

第二天我就回了深圳。我和她单独住在同一个屋子里，觉得那三室一厅的屋子还是太小了，压抑得我时时刻刻都想爆炸。

九

关于父亲是被母亲逼死的说法为什么在我们镇子上不胫而走，到现在也没闹明白。其实我们家也没人真正去追究过原因。一来也没外人在我们跟前说起过，二来母亲对这种说法压根儿没当回事，甚至连嗤之以鼻都算不上。二姨倒是跟我说起过，她的说法还有一定的合理性。她说："人家也不是说你妈逼死了你爸，而是你爸受不了你妈对他的态度，自己投河死了。"

态度？我估计这个词二姨不知道在心里斟酌过多少次，但我听了心还是往下一沉。这么多年我们要么是从未想起过，要么是忘记了或者刻意回避，在母亲营造的家庭氛围里，我们的"态度"在哪里？如果父亲真是被"态度"逼死的，那么这"态度"里，有多少是我们的成分？难道这些事情一股脑都怪在母亲一个人身上吗？

然而，想了一下我还是说："听说会水的人，投河是淹不死的，所以他们死的话也不会选择去投河。是不是真是我爸去打鱼被河水卷走了呢？"

"真不好说，"二姨轻轻地叹了口气，"那谁说得了呢？到底河跟河不一样啊，人家都说黄河是面善心恶，长江是面恶心善。我没去过长江，黄河每年淹死那么多人，有几个不是会水的？"

我说："我爸跟他们不一样，他懂得黄河的水性。差不多每次下大雨或者发水，都要去黄河打鱼。"

二姨说："常在河边走哪有不湿鞋？我约莫着那是你爸的命。"

在村人眼里，我父亲是一个非常幽默风趣、知书达理，而且相当有生活情趣的人。打兔子钓鱼，套野猪网鸟，还会讲故事，简直无一不通。更重要的是他做得一手好菜，哪怕是一根白萝卜到他手里，都能做得跟别人不一样。毕竟他是大家庭出来的，吃过见过那么多，而且读过很多书，背过汤头歌，懂中草药。

我记得父亲在的时候还是大集体，没有包产到户，我们郊区人还靠种地过日子。有一次在田里干活，他到田边的沟里解手，发现了一个兔子窝。于是他又喊了几个人，从窝口开始刨土。然后他把耳朵贴近土地，听了一会儿，拿着铁锹朝地下插去。在他插下去的地方把土刨开，果然锹下有只兔子。父亲没用一滴水，把一个兔子剥得干干净净，然后跑着到周围采集了一些野草野花什么的塞进兔子肚子里，放在火上烤。那个香味儿弄得大伙儿也没心思干活了，到处跑着找兔子窝。后来我父亲还为此在生产队的大会上做了检讨。

那时候的生活已经渐渐有了起色，村里谁家有红白喜事总是请我父亲帮忙。我父亲忙活一天，可以得几个馒头，一盆抹桌子菜。我们家的生活虽然好了一点，肉还是吃不起。再说了，这总比父亲游手好闲强得多。母亲尽管厌烦得不得了，开始极力反对，后来到底管不了。父亲倔强起来，母亲也没办法。于是她只好睁一只眼闭一只眼，只当没看见，反正她是从来不会吃一口的。

有一次，母亲回我舅舅家走亲戚去了。刚好我家的一只羊被生产队的拖拉机撞倒了，流了很多血。眼看着奄奄一息快没命了，父亲趁着它死之前，就把羊杀了。其实羊很小，也很瘦。我爸用羊骨头烩了一锅菜，把好点儿的羊肉都给母亲留着，等着她回来再吃。

饭做好后，全家人正准备吃，我妈从姥姥家回来了。看见我们围着桌子等着吃饭，便问我大姐道："哪里弄的肉这是？"大姐说，我爸把家里的羊给宰了。她并没有告诉母亲，说羊被撞着了。也可能是故意不说，也可能还没来得及说。母亲一听这话，二话不说就折返到厨房拿了一把菜刀出来，要去砍我父亲。父亲赶紧逃到西边屋子里，从里面顶住门。母亲拿着菜刀，一刀一刀剁在门上。她一句也不叫喊，害怕邻居们听见。后来菜刀深深陷在门板上，她实在没力气拔出来，才算作罢。

可等母亲回到堂屋，我们已经把桌子上的菜吃差不多了。母亲气得把桌子一把掀翻了，瘫坐在地上，一左一右地扇自己的脸。

十

刚到深圳的时候，我在建筑公司的工地上打小工。其实小工是最累的，搬砖，和灰，清理建筑垃圾什么的，都是小工的活儿。那种累是说不出来的，也不是劳动强度有多大，而是消磨你的耐力。所以多年之后有人问我那会儿累不累，我真不知道该怎么说，只能说记不得了，也许是真的想不起来。很多时候做梦都还是在搬砖，或者和灰。攀上脚手架，一脚踩空，我从上面掉下来了。正奇怪着摔这么狠怎么会不疼，恰好就醒过来了，一身都是湿淋淋的汗水。

那天是下班后的休息时间。男的都打牌喝酒去了。天气晴好，蓝天白云。我坐在简易宿舍门口看书。有个穿着休闲装、长得黑黑胖胖的大个子男人领个狗在工地上转。他已经从我跟前走过去了，又转回来，走到我的跟前问："你是在这里干吗的？"

"哪里？"我疑惑地指了指前面的工地，"这里？"

他认真地看着我，点了点头。

我说："我是工地上的工人。"

他吃惊地看着我："我们工地上有这么小的工人？"

我翻他一眼说："个子小不少干活，我都干一年了。"

我看看他，也不知道他是谁，听他说话口气蛮大的。我低下头继续看书。

"你多大了，闺女？"他没走，停下来站在我跟前。

"十八了。"我说。为了到这里打工，我多报了三岁。虽然我瘦了点儿，但个子不算低。

"你有十八？"他准备扭头走了，又拐了回来，也不跟我商量就把我手里的书拿过去。那是一本《高中数学》，他看着快被我翻烂的书页和我在上面记的笔记。

"这上面都是你写的？"他的声音温和得让我难受。长这么大，从来没遇到过有人这么温柔地跟我说话。再加上刚才那么没有礼貌，我有点不快。而且他的河南信阳话让我听起来有点困难，但出于礼貌，我还是认真地点点头。

然后他放下书，一声不吭地走了。

大概过了三四天吧，工头突然通知我让我去公司财务科报到。到了财务科上班以后我才知道，那天跟我说话的是公司老板，怪不得他说话口气那么大。他是怜悯我，他的女儿跟我差不多大小，因为神经衰弱，经常头疼，不能到学校上课，就请老师在家里教她。患个头疼就能请老师在家上学？反正有钱人就是任性。

老板安排我在财务科当了记账员。过去工地上的工友们看见我都阴阳怪气的，不知道我走了谁的门子。连我自己都觉得不可思议，运气来得太意外了。记账员的工作与做小工有天壤之别，相当于建筑公司的白领。在这里，我又打起了上学的主意。我一边工作，一边报考了电大。课程对我来说并不是很难，数学我能考满分。我不明白这么容易的题，有的学生为什么愣是学不会。上电大时，我是最优秀的学生。

老板的女儿叫任小瑜，我们是在我到财务科上班一年后才认识的。那天财务科长通知我说，下午下班后不要走，老板和老板娘要请你吃饭。当时我很诧异，我一个毛头丫头，人家老板凭啥请我吃饭，而且还带着夫人！

下班之后，科长把我领到职工食堂里面的小餐厅，把我介绍给老板就出去了。我看到老板和一个中年妇女在屋子里坐着喝茶，我站在门口手足无措。老板和那女的见我进来，都站了起来，热情地跟我握手让我坐下。坐下之后，我才弄明白这个妇女是老板娘。她并不像是影视剧里当家夫人，她们一个个耀眼而且霸道，一副高高在上，不食人间烟火的样子。而眼前这个女人看起来面目良善，模样周正耐看，但打扮得非常朴素，甚至还没有我们财务科的年轻员工打扮得入时。平时老板穿衣服也不十分讲究，那一次见他我还以为他是工地的工头之类的。

正说话间，一个女孩子推门进来了。她穿着一身运动装，理了一头短发，瘦得像根棍儿。皮肤是那种不健康的苍白，嘴唇也没有血色。但人看起来温和恬静，倒是个好孩子的面相。

"爸，"她走到我旁边拉了把椅子，"这就是你跟我说的爱学习的姐姐吧？"

老板摸了摸自己的头，不好意思地咧着大嘴憨厚地笑了。

他们三口热情地述说着，开始因为紧张，我不知道他们在说什么，听了好一会儿才弄清楚是怎么回事儿。原来老板家里有个保姆兼家庭教师，现在人家结婚走了。她想让我接这个角色。

我一口回绝了，我说我还是想上班。

"你看这样好不好？"老板娘讨好似的看着我，"你半天上班，半天陪小瑜学习。至于家务，我另找人。"

"好吧好吧姐姐！"那女孩拉着我的胳膊摇晃着，"你这么小就出来打工，还能考上电大，肯定有一肚子故事！我爸爸天天在家夸你。我一个人在家好难挨，我想让你赔着我一起学习！"

"她叫任小瑜，"老板娘怜爱地看着女儿，"从小被娇惯坏了，不懂事，恳请你能带带她。"

老板也看着我，说："先委屈你试试吧，也不勉强。不行了再说。"

我看着一家三口诚恳的样子，勉强答应了。那时候我对富人没有一点好感，也是多年受仇富教育的结果。

任小瑜果然是个好孩子，虽然生在富贵之家，可一点都不娇横，还特别有善心。有一天学习完，我们一起出去散步，在小区外面看见一个孩子面前摆个牌子，上面写着："我饿了，实在走不回家了。请好心人给我十块钱。"她马上就从口袋里掏出十块钱给那个孩子。回去的时候我问她：

"万一是个骗子呢？"

她站下，认真地看着我说："万一不是呢？"

我看着她，看着明亮的天空和宽阔无边的草地，看看远处的高楼和身旁盘根错节的老榕树，看看树上树下快乐的鸟儿在啁啾，我的眼睛润润的。纵使我是铁石心肠，也很难不被这样一个冰清玉洁的女孩打动。这一世界的好都属于她。我也已经长大了，想明白了很多事理。我不能责怪父母生下了我，但也不能不说，是自己投错了胎。家庭环境对一个人的性情影响太大了！

并非我天生不是个嫉恨人的人，我是被这一家人的善感化了。我在小瑜身上，不，在他们这个家庭也学会了很多东西，那是在我那个家庭根本体会不到的，那种亲人之间的爱和默契，那种充满善意的做事风格，那种待人处事的谦恭，都对我以后的人生产生了极大的影响。在他们家，我对财富，对富人有了全新的认识。穷不一定都是好，富也不一定就天然地带着恶。

小瑜长得瘦弱，却是一个超级爱吃的家伙，也真是会吃。学习期间，基本上每周她都要带我去几个好吃的地方，从日本料理到墨西哥烤肉，从杭帮菜到川湘菜，从海鲜到笨鸡笨鸭，基本上没重样过。但让她想不到的是，只要吃完她爱吃的菜，回来我都能试着给她做出来。她喜欢吃川菜馆的麻辣小鲍鱼，每个礼拜都要去吃。偌大的一盘红辣椒碎，里面埋着可怜的几只小鲍鱼，一盘菜几百块，差不多是我半个月的工资。我拉着她去鱼市上转，鲜活的小鲍鱼十块钱一只。我们买了十几只，另外买了葱姜，新鲜的青花椒和小红尖椒。我回家用刷子将鲍鱼洗净，放在开水中烫一下，取出完整的鲍鱼肉，切片。锅里放一点橄榄油，先将鲍鱼片爆一下，加入葱姜和新鲜的红辣椒和青花椒。鲍鱼本身带鲜，不要任何调味品，只需一点生抽和黄酒。做出来之后看着就让人馋涎欲滴，小瑜一口气吃了半盘，老板和老板娘也连称鲜美，好吃。

做菜我这么无师自通，自己也感到很吃惊。虽然我很小就开始做饭，但都是萝卜白菜家常便饭，鸡鱼肉蛋都很少做，像海鲜什么的过去见都没见过。莫非我们家族真有会做菜的基因？

有一年过中秋节，老板要在家里请几个好朋友吃饭。任小瑜提议由我来做菜。她的这个提议立即得到了老板和老板娘的赞同。这就是这家人的风格，倒不是他们认为我能做好，而是觉得不该当着孩子的面驳我的面子。那天我和小瑜亲自跑到市场上买菜，把我们最喜欢吃的菜列了个菜谱，做了十几道菜。那真是我最得意的一次，菜还没上完，就把参加宴请的人的味蕾征服了，都交口称赞，说在哪个高级饭店请的专业的厨师？小瑜得意地把我这个半大妮子介绍给大家的时候，几位客人都惊呆了。

这样过了两年，小瑜的成绩上去了，我也拿到了电大会计学专业的本科毕业证，接着我还想考会计师资格。任小瑜也要去加拿大留学了。我完成了任务，也算报答了的恩情，准备着离开这个家。临走的那一天吃过晚饭，我正准备回去休息，老板却招呼我留下了，说要给我谈件事儿。

"我们公司的餐厅，是我最头疼的事情。"老板开门见山地给我说，"换了好几任厨师，大家还是不满意。除了中午，实在没有办法了，才有一些人在这凑合着吃一顿。公司想接待客人，菜总是不让人满意，弄得很没面子。有些中层干部和员工请朋友吃饭，大家宁愿舍近求远出去，也不在咱们自己餐厅吃。这么大个公司，餐厅都弄不成个样儿，公司补贴很多，还连年亏损。"

我认真地听他说，没有插话。

"我的想法是，让你把这个餐厅管起来。"老板说。

我很吃惊，这可比不得在家里烧几道家常菜。况且我仅仅是一个小小的记账员，没有任何领导经验。但我也不想一口回绝，不就是做饭吗？我思考了一会儿才说："请您给我几天时间，我考虑考虑再说好吗？"

我长成了一个大姑娘，我有了自己的想法。

我私下里考察了一下，觉得餐厅的问题可以归纳为三个。第一个是主管负责制，会造成主管与厨师之间的矛盾，没有厨师负责制合理；第二个问题，我们公司大部分员工是北方人，而请的厨师都是当地的南方人，菜品和口味方面南北方相差太大；第三个问题是北方人晚上喜欢吃面条或者喝粥，而这些东西南方厨师根本不会做，或者做不好。

去送任小瑜去机场的路上，我把我的想法跟老板讲了。我说："咱们这个餐厅，位置特别好，周围基本上都是市场和公司总部，想吃点好的要跑好远。如果我们做好了，公司的员工吃饭不但可以不花一分钱，餐厅还能挣钱。无非就是把公司临街的地方调整出几间房子给餐厅，需要朝外开个大点儿的门脸。"

然后我说出我的决定："我不想当这个主管。我想承包这个餐厅，我先试三个月，若是能成，除了我们的员工免费吃饭，我再给公司每月上交五万元利润，算是房租费。"

我说的是五万元，不是五百也不是五千。我被自己吓了一跳。对于做餐饮，我骨子里有一股子狂野。

老板还没答话，老板娘就激动地拍了一下车座扶手，说："这个也算我一份。反正小瑜走了，我在家也没事儿！"

老板微笑着点了点头，又摇摇头说："果真，我没看走眼啊！"

然后他侧过身问我："听小瑜说你爸自己写过菜谱，难不成真给你们留下过秘传绝技？"

我不知什么时候竟然给小瑜说起过我的父亲。但老板此时此地说起他，让某种情绪击中了我。我有点发抖，不知道是激动还是伤感。

我意味深长地回答说道："是啊！"

十一

我想说说我的爱情。

有人说穷人不配拥有爱情，毕竟贫贱夫妻百事哀。这是我从父母和我的那些穷亲戚身上看到过的。再美好的初见，也终是会被日子的窘困弄得千疮百孔。在我开始创业的那几年，拒绝过许多真真假假的求爱者。一晃我就过了三十岁了，任小瑜的妈妈给我介绍过不下十个人，我并不是没看上，是压根儿就没认真看过，心不在此。我一个人在深圳，唯一能待得住的地方就是小瑜家。叔叔阿姨两口子是真心待我好。小瑜一直在国外，每次假期回来我们俩都黏在一起，几乎没分开过。小瑜真是又懂事又孝顺，在国外也时刻惦记着爸爸妈妈，每次打电话都让我多去家里陪他们。我一有空就会去，反正我一个人也没什么事，真是把这里当成自己的家了。每次去都顺便在超市买些菜，亲自下手做给他们吃。阿姨常常开玩笑说："丫头，咱们家小瑜要是个男孩，我就让她娶你。你和这个家天生有缘分。"

小瑜当然不会娶我，她嫁了个美国老公。她那边欢天喜地，四处晒旅行照。这边爸妈哭得稀里哗啦的。就这么一个女儿，却远嫁到大洋彼岸。当时我也觉得嫁个外国人，心里无论如何都过不去。我打电话问她："你是不是吃错药了？你那么百依百顺的一个人，怎么在婚姻大事上不听听叔叔阿姨的意见呢？"

"你怎么这么糊涂呢？"她一边嘻嘻笑着，一边特别认真地跟我说话，"一码归一码，孝顺是孝顺，那是我应该做的；可婚姻是我自己的事儿，我不能让任何人替我做主。况且，我父母并没有阻拦我，一直说尊重我自己的选择啊。"

我的心一阵疼痛，想想姐姐和妹妹的婚姻。我对婚姻有一种本能的抗拒和恐惧，之所以一直不找对象，恐怕也和这个有关系。

每当叔叔阿姨心里因想女儿而伤感的时候，我就劝他们说，还不如移民到美国，索性跟着小瑜他们一起生活算了。叔叔说，他的公司离不开，如果他走了，从河南老家拉出来这几百号人怎么办？况且他一口西餐都咽不下去。阿姨也说，她一句英语都不会，跟个外国女婿生活在一起，她根本无法接受。

那些日子我怕他们伤心，去家里的时间更多了。我去他们家以后一直有家里的钥匙，小瑜出国的时候我想还给他们，阿姨还把我说了一通："你也想走啊，小瑜不要我们了，你也想抛弃我们？"他们完全把我当成自己的女儿了。我出入自由，我交代保姆买什么菜做什么饭，我管制叔叔抽烟喝酒，带阿姨去做护理去上瑜伽课，一副当家做主的样子。不了解的人还以为我是任老板的另一个女儿。阿姨听人这么说，也从来不反驳，反而得意地看着我，一脸的幸福模样。我不得不说，我命好，开始闯世界就遇到这么一家人。并不是每个人都能如我这般幸运。

叔叔总是担心阿姨想女儿会想出病来，就让她每隔一段时间去美国看看小瑜。没跟他们在一起生活的时候，他们这样的人是别样世界的人，和我的家庭差池千里。他们原本也是基层小公务员出身，两夫妻辞了工作一起闯天下，同甘共苦，相濡以沫，一步一步熬到今天。与他们相处多年，从未见他们发生过大的口角。有时候叔叔因为工作不顺心，回家说话声音高一点，阿姨就连哄带劝地安慰他。阿姨不高兴叔叔喝酒，逢他喝醉也生气，生气也只是嗔怒："你不爱惜自己身体，你老了病了我可不伺候你！"叔叔就笑道："那还不好办？到时候我就找个年轻漂亮的伺候，你可别不乐意。"阿姨说，"估计你不敢，你找一个试试？我不说话，你闺女估计就会收拾好你。"叔叔说："我怎么会怕一个毛丫头？我是怕你不要我，上哪再找一个给我亲手擀面条蒸馒头的女人？"

我觉得他们就像孩子一样，还保留着童心。这样从不斗心眼，对所有人都坦诚相待的两口子，怎么能把企业做这么大？可又如何能不把企业做这么大？这对我后来的企业管理也是一个深深的触动。

他们斗嘴的时候若是我在，就假装愤怒地提出抗议："秀恩爱等我不在的时候秀，别忘了家里还有一个大龄女青年。"我总能在合适的时候逗得他们哈哈大笑，我们合着就该是一家人。

真的！

就是那次，叔叔和阿姨又一起去看小瑜，我奉命在家里看家。家里还养着小瑜的宝贝狗任小白和任小白的女儿小小白。任小白是一只白色的泰迪犬，已经十四岁了，走路都有点蹒跚，得有专人伺候。阿姨不在，我就是狗保姆。

叔叔阿姨刚走不久，家里就来了客人。

我正打扫卫生，听见有人按门铃。我打开门看见一个一脸傻笑的人站在门口。小小白大声地抗议着，不想让生人进门。他却开口便叫："小瑜姐！"

来的人是个毛头小子，长相嘛，乍一看一般般，仔细一看更加一般般。个头倒是不低，怎么着也得有一米八靠上。这么高大的个子，却一脸稚气，带着两只银圆大小的圆饼眼镜，看起来很搞笑。

我被这个人的傻气逗笑了："你什么眼神，凭我这五大三粗的样子，你哪只眼看见我是你小瑜姐了？"

"那你是谁？"他把头伸进门里寻找。

"我是你小瑜姐的朋友，不行吗？"

我把他让在沙发上，给他倒了水，便上楼给小瑜打了个电话。小瑜那里是半夜，她睡意蒙眬地听我说完，在电话里哈哈大笑，她说："他就是我给你讲过的那个傻呆。"我在这边也哈哈大笑，"傻呆"的故事我听得可不少。我问小瑜，"我该怎么安置他？"小瑜说："你怎么安置任小白，就怎么安置他得了！给他找个睡觉的地方，一天三顿饭管饱。出门脖子上挂个牌，写上咱家地址和你的电话号码，别万一走丢了回不来。"

这人是任小瑜的表弟，阿姨的亲侄子。阿姨姓乔，她侄子叫乔大桥。小瑜给这个表弟取绰号"傻呆"。傻呆也不是十分傻，是他们老家的高考状元，清华大学建筑系学生，今年硕士毕业。假期结束就要去美国读博，已经被美国康奈尔大学风景园林专业录取。小瑜说，她这个表弟除了会学习，情商是个零，一句囫囵话都说不好。谁要是问他长大干什么，他就回答，学习。要是问他有什么爱好，他仍是回答，学习。他在清华读了六年，北京城都没转过来。小瑜曾问他清华大学校园有什么特色。他直接给她发来一张校园的鸟瞰图，然后再发一大堆评论文章。再问他，他就说学校哪儿哪儿有几棵百年老树。再问仍旧说不明白，好像他在清华只待了六天，而不是六年。

"不知道这样一个傻呆，是怎么考上康奈尔大学风景园林专业的？这个专业一直是康奈尔大学的优势，别说在美国，就是在世界范围内都算得上前列了。"小瑜说。

也别说，看看那瓶底儿似的眼镜就知道为什么了。

家里多了一个人，让我很有压力，下了班还得想着给他弄饭。但他在家里待了两天我就放松了。乔大桥比任小白娘俩还省心，给啥吃啥。到了饭点，我做饭，他就规规矩矩地坐在餐桌边等着，两手放在膝盖上，等着我端给他吃。菜做好了，若是我忘了放碟子和筷子，他不说话，就坐在那里一直等着。我的天！这真是弄个油饼挂脖子上都不知道转圈吃的主。有一次我有个应酬，给他打电话说晚会儿再吃饭。一直到我回来，他就坐在餐桌边傻等着。我赶紧给他做了个蔬菜沙拉，下了一碗水饺。他呼呼啦啦就吃完了。我问他："沙拉好吃吗？"他回答："好吃。"我收拾碗碟时发现，洗的蔬菜全部吃了，旁边小碟子里的沙拉酱动都没动。我哭笑不得，笑话道："傻呆，你吃的是原味蔬菜。"

从那以后我就和小瑜一样称呼他傻呆。他随即就答应了，一点抗议的意思都没有。

我比乔大桥大七岁，在他跟前却像个妈。我带着他理发，进理发店时像个流浪汉，出来时就变成了一个少爷。我看他打扮得三不整四不齐的，就领他去买衣服。我挑什么他就穿什么，我是设计师，他就是我的模特。从服装店出来，就像换了个人，精精神神一个帅哥。

我给了傻呆一把钥匙，上班时我告诉他看书累了就出去转转。他也很听话，看一会儿书就到隔壁的市民广场晃悠一圈。那天我回来，他告诉我今天转了十一圈儿，走了三万多步。我说那好吧，今天犒劳你，咱们出去吃吧！他立马站起身，在门口等着我带他出去吃饭。在路上，我给他讲各种菜的味道和特色。他看着我，嗯嗯嗯地答应着。我以为他对这些不感兴趣，便说：

"人活着，不懂吃还有什么意思？"

"是的，可也不一定！"他认真地回答我，这是他第一次敢于反驳我。

"好吧，傻呆，"我像对待小孩子那样拍着他的肩膀，"你倒是给我说说，有什么意思。"

他脸红了，低下头，没有说话。

我的头发是轻烫一下披在肩上，做饭时以免碍事，就随便弄个什么挽一下。有一天我给傻呆煎牛排忘了弄头发，低头的时候头发挡住了眼睛。我正要用手理一下，头发忽然被身后的一双手拢起来。我知道是傻呆，也没太在意，只是感觉他用个什么东西给我别了一下。吃完饭我去清洗时才发现，头上别着一个水钻的发卡。我最不擅长的就是弄头发，不是披着就是绑着，被他这么拢起来别上一个头饰，一张脸都变得闪闪发光。我跑出去问傻呆："你这东西哪来的？"他一脸诚实地回答："在商场买的。"

"你自己？去商场了？为什么想起买这个？"

"你的头发总是披着，我觉得拢起来更好看，更显气质。"

"好看？气质？"天啊，这是傻呆在说话吗？

接下来还有更多的意外，他会突然买一本书说："送给你的。"

"为什么要送我这本书？"简·奥斯丁的《傲慢与偏见》，小瑜推荐给我读过。

"你很像她。"

"谁？"

"伊丽莎白。"

"咦？傻呆啊傻呆，你是说我像伊丽莎白小甜瓜吧？皮糙肉厚是吧？"我说完哈哈大笑。

"有啥好笑的，"他沮丧地看着我，"我是认真的。"

"说你是个傻呆一点都没冤枉你！我哪里有一点'伊丽莎白'的影子？莫非哪里还有达西等着你老姐我是吧？"

调侃了几句，脸色突然就凝重起来。某种伤感的情绪蔓延开来，我的脸上肯定出现了类似忧伤的神情，也许那一会儿真的像迷茫时的伊丽莎白。

"你会有的。你很好，非常好。"

我看见了他镜片后的眼睛，纯净得像一只羔羊。

我把书还给他，突然无厘头地烦恼起来，懒懒地把他扔在客厅里，独自走了。我的突然翻脸让他不知所措，接下来的几天我都爱答不理的，我做好饭会命令他自己去端盘子，自己摆碗筷。他吃完了我又凶他，让他自己收拾。他真的去洗，我又劈手夺过来。我被一种前所未有的情绪控制了，一种深藏在心底，连自己都不知道的烦恼和喜悦。

我在黑夜里拧自己的脸，我这是在干什么？我面对的只是一个孩子，一个傻呆。

我给自己冲了个冷水淋浴，在镜子里，我甩甩头发让自己恢复精神。一切又恢复了原状，我恢复成一个大姐，一个小母亲。我忘记说了，傻呆三岁就没了母亲。母亲说是进城购物时走失的，二十年没有消息。有人猜测死了，又有人说被人贩子卖到山窝子里了。失踪两年后法院宣布死亡后，父亲又娶了后母，生了两个妹妹。傻呆是跟着祖母长大的，他读书的费用全是姑姑，也就是小瑜的妈妈出的。

闲暇时间，我又开始带着傻呆四处游走。我们去植物园，他拽一根草茎，三下两下就拧成一个戒指，捧着递给我。那么大的手，托着一点小小的精致，真是憨态可掬。抬眼看他的脸，一脸孩子气的傻笑。我们去看电影，他一下子变成另一个人，他会告诉我电影的来龙去脉，原著是谁，人物故事的合理和不合理，演员哪一点没表现到位，等等。他熟悉那么多演员，包括国外的，好像都跟他哥们似的。莫非他什么都懂得，却装傻充愣欺骗我们？

好在他就要离开了，他要去遥远的美国。我们，或许一辈子都不会再见面了。

果然我没猜错。傻呆真不傻，他去美国后开始对我全方位展示他的霹雳手段，一天一封邮件，狂轰滥炸。我不知道他从哪弄到我的邮箱的，他并没有问我要过。傻呆的爱情炽烈到足以把我融化。我知道我们之间的差距有多大，年龄、文化以及阶级，每一项都足以让我窒息。所以我一直拒绝，绝望地等待着他苏醒。他开窍了，说不定哪一天就会和小瑜一样宣布婚讯，娶个洋妞也说不准。

这样痛苦地煎熬了三年，我瘦了，瘦的像个麻秆一样。瘦了之后也变白了。我不是矫情，我真的忧郁了，是那种来自心底的掩不住的哀伤。他们说我的气质越来越像一个大企业家。的确，我的生意越来越好，我变得越来越高级，离原来的我也越来越远。

这一天终于到来了，傻呆告诉我他提前毕业了。他发来穿着博士服的照片。那一刻我有点迷糊，不是说要五年才能毕业吗，怎么三年就毕业了？也太牛了吧？

照片上，他长大了许多，肩宽了，像一个成熟的男人了。他张开双臂，像个外国人一样对我歪着头笑着，那笑容我是那么熟悉。我多想扑进去，那个怀抱是我日思夜想的。我想爱他，好好爱！

傻呆说，美国有给他工作的机会。

我回复他，好啊，你有才华，那边的空间可以让你更好地施展。

傻呆说，我要你也过来，嫁给我。美国的中国餐也有很大的市场。

我毫不犹豫地告诉他，我不会去的！离开中国，我做出来的仅仅只是食物而已，不管挣多少钱都不会成为我的事业。我并不明白我为什么这样说，我是爱我的国家吗？还是爱差不多被我遗忘的家乡？我已经走得太远了。

我告诉他，"忘记我吧！找个合适姑娘成家立业。"

我好久再没收到他的任何消息，我昏睡了两天，觉得一切都过去了。也许根本没来，也不该来。我要求自己把一切都放下，毕竟长痛不如短痛。

一个月后，阿姨打电话让我回家一趟，说有要事。我连忙放下手头的工作赶回家去。进门就看见了笑嘻嘻的傻呆。那一刻，我如遭雷击。阿姨说，"大桥把什么都告诉我了，他要娶你。"

"我？"我也顾不得面前是阿姨，泪流满面，泣不成声。

"好孩子，这几年你一直都心事重重，你该早点告诉我。"

我呆呆地站着，哽咽着说，"阿姨，这不合适。"

"再没这么合适了，傻孩子！他不娶你娶谁呢！往后啊，该改口叫姑姑了。"阿姨过来拉住我的手说。

我和傻呆第二天就去办理了结婚手续。傻呆把工作签到了深圳的一家设计院。办完手续，我们默默走到办事处对面的公园里。好像一切才刚刚开始，又好像一辈子的话语都已经说完。他说："你去哪儿我就跟到哪儿，我是你永不割舍的一部分。"

我看看他，把手递给他。这是我们第一次手拉手。他把我揽在怀里，我把头抵在他的胸口说：

"傻呆，我也是。"

傻呆说："你是我生命中最重要的人。"

我说："傻呆，你是我的全部。"

说完，我忽然颤抖起来，泪流满面。我拿着他的手放在我泪湿的脸上，轻声说道："阿呆，阿呆，掐我的脸，我要疼！我不是在做梦吧？"

然后我就伏在他怀里痛痛快快地纵声哭出来。有生以来，我这是第一次这么痛痛快快地哭，那声音盖过了周围的一切。我的眼泪鼻涕濡湿了他的新衬衫，我哭花了自己精心勾描的脸。我把我这些年的眼泪都攒着，就是为了哭给他，一个傻呆，我的阿呆！

在傻呆面前，我彻底地打开了我自己。多年藏在心底的淤结，一层层地揭开，我的家庭，我的母亲，甚至我父亲的死。我说，"阿呆，一直以来我都是赌着一口气过来的。我也不清楚赌什么，反正是放不下。"

傻呆抚着我的后背，深情地说："没事亲爱的，你会放下的。"

"会吗？"我在黑夜里大睁着眼睛。

不过，我终于相信了这个世界上是有爱情的。我的父母不懂得，我的兄弟姐妹不懂得，但我懂得了。

十二

这次回来，本来我不再想找弟弟说安葬父亲的事儿，我知道说了也是白说，我弟媳妇那一关就过不了，到时候不但拿不到钱，还会惹一肚子

气。但母亲既然已经给他打了电话，说这钱要他们拿，我不见就是我没走到，到时候两边都会怪罪我。

这次母亲对父亲的事儿这么上心，我和妹妹猜了很多次，都猜不出来她的心思。是不是跟她这两次生病有关？也许她觉得自己也快走到了生命尽头，见面时要对父亲有所交代？

但母亲并不是那样的人，她一生都不肯示弱。

到弟弟那里去我还要了却一桩心愿，我想去看看他们那里办事处的派出所所长，我曾经托人家办过弟媳妇的一桩事儿，办完之后一直没有时间感谢。

弟弟算是弟媳家的入赘女婿。我们姐弟几个的婚姻，除了我还算顺当，其他几个的事儿扯起来都有点长。当年弟媳的父亲在我们村子边上开了一个超市，弟媳也跟着父母过来读书，刚好跟我弟弟是一个班。弟媳长得虽然不是太漂亮，但被娇养的孩子不一样，气质独特，且能歌善舞，自幼学得一手好琵琶。弟弟一门心思迷上了她，可是人家根本没把我弟弟放在眼里，她喜欢的是我们这个城中村村主任的儿子。高中一毕业，两个人就大操大办结了婚。

那时候城市化刚刚开始，村里大拆大建，政府和开发商都要征地，所以村主任是个肥差，恐怕也借机敛了不少钱。村主任的儿子买了一辆大路虎，天天跟开个坦克似的到处显摆。有次他拉着父母去朋友家喝酒，回来的时候被前面的一辆破手扶拖拉机挡住了路，路虎发挥不了威力，怎么按喇叭，前面始终不让开路。那天他们都喝了不少酒，情绪极度亢奋，再加上有点生气，他大着舌头问父亲："老大，今天让您破费点小钱吧？"他父亲眼睛都没睁开，大大咧咧地说："小子，你看着办吧！"他一脚油门轰到底朝拖拉机冲去。想着他这么好的车，对付一个破手扶拖拉机根本不是事。没承想拖拉机被撞飞了，车斗里拉的几十根钢筋借着惯力冲出来，有几根从路虎的挡风玻璃上直插进来，他父子两个穿个透心凉，当场就死了。

那时候我未来的弟媳刚刚生了一个儿子，正是在家里颐指气使作威作福的时刻。可是这突如其来的打击，让这个家顷刻之间支离破碎。婆婆虽然伤得不重，但精神却差不多崩溃了，家里什么事儿也管不了，家里亲戚过来连偷带拿，弄得一个家乌烟瘴气。弟媳本来贪图人家的家业，可房本上没一处写的是自己的名字。更难以接受的打击来了，婆婆失去了丈夫，失去了儿子，她再不能失去孙子，开始霸着孙子不让儿媳妇碰，后来干脆抱着孩子藏起来不见面了。

弟媳被这突如其来的变故弄得晕头转向，天天脸不洗头不梳，病得要死不能活，父母只好把她接回娘家。恰好那会子我们村子拆迁，把他们的超市也给拆了。她父母又带着他们回了老家开封。

我弟弟觉得这是天赐良机，一而再再而三地追到人家家里，捧着大金戒指求婚，非要跟人家当上门女婿不可。对这送上门来的好事，人家还能说什么呢？兄弟媳妇收拾得花枝招展地应下了这门婚事，二话不说就去办了结婚手续。老两口生有一儿一女，儿子结婚后另过了。跟前就这么一个闺女，父母高兴得不得了，直喊我弟弟活菩萨。他们觉得是我弟弟救了他家闺女，救了他们一家子人。

这事儿把我母亲气得一死一活的，但是没用。说来也怪了，母亲对我们几个姊妹从来都是斩钉截铁，不允许还嘴。就是对自己的儿子，从来没敢说过一句硬话。但这次我母亲开始还是拼命阻拦了，要死要活的。我弟弟说，我就是要娶这个人，你要是敢逼我，我立马去投黄河，让你们家断子绝孙！

母亲吓得脸色都变了，她知道我弟弟不会洑水。

母亲的重男轻女是摆在桌面上的。自从我们家有了弟弟之后，她就再也没有把我们姊妹几个看在眼里，全世界就只有她的儿子。好吃的好穿的都是他的。但弟弟是扶不上墙的烂泥，虽然也不干什么坏事儿，就是混吃混喝，没囊气，更没什么志气。有一次，我二姐说，他就是我父亲的翻版。这话被我母亲听到了，一巴掌扇到二姐脸上，五个指印几天都没下去。她死都不愿意承认自己的儿子像他爹，更不会允许自家人这样说。

弟媳她们那个镇子离开封中心城区很近，现在已经成了市经济开发区。说来也怪，不管我弟弟做事如何荒唐，自打和弟媳结了婚，突然就上路了。夫妻俩在镇上开了一家饭店，开始是我弟弟亲自掌勺，硬是把饭店一铲子一铲子炒出名气来了。后来他培养了几个徒弟，又招了大厨，生意慢慢做大了。开封是个古都城，古迹颇多，来看古城的人尽管不火爆，可也常年络绎不绝。几年下来，临街盘了几间门面房，接连生了两个闺女，一高兴后面又买了几亩地盖了个小院，日子过得相当滋润。

我母亲一直没认这个儿媳妇，这也是她这么多年不愿意回河南的一个原因。我妹妹有时候逗她，你不认媳妇总不会孙女也不认吧？我母亲说："我这一辈子就厌烦闺女。"我母亲就是这样，她后半辈子都是吃闺女的，住闺女的，但是要让她心里认可闺女可真是不容易。

去年弟媳妇的娘家侄子想去当兵。但这孩子在当地名声太坏，品行差，打架斗殴是家常便饭，是派出所的"常客"，所以派出所死活不给盖章。弟媳不知道怎么打听到我跟派出所所长的老婆是小学同学，关系很好。其实，过去许多年并不来往，只是近几年我成了家乡的名人，她来深圳旅游找我，是我接待的。她很是感激，关系就热络起来了。

弟媳便让弟弟给我打电话。我拒绝了，说这事儿不好管，让人家为难的事儿我开不了口。我弟媳自个儿给我打了电话，还没张口就先哇哇大哭。说她娘八十多岁了，就这么一个孙子，不把他安置好，老娘会死不瞑目。对于这个半路冒出来的弟媳妇，我不知道该怎么拒绝，也知道如果拒绝了她，我弟弟面临着怎样的处境。于是万般无奈，就给派出所所长的老婆打了电话。派出所所长的老婆倒是干脆利索，她在电话里说，这不是个事儿，你谁都不要找了，这事儿你妹子我说了算！咱们办事处就是走一个兵，也是你这亲戚的！

果真人家把这事儿利利索索给办了。

那天去看他们，因为带的东西多，我让大姐夫开车跟我一起去。现在郑州和开封已经实现了一体化，道路非常好走，我们早早就到了他们家。弟弟已经明显发福了，头发也谢顶得厉害，那个中年油腻的样子猛一看真像我父亲。但认真打量，跟我父亲还是相差甚远。我父亲骨子里有一种尊贵，那是别人触碰不得的，虽然历经岁月的削磨，但依然坚硬；而我的弟弟则缺少这种东西，他是一味的软。我母亲不承认儿子像父亲，我倒是觉得他不配像父亲。

我弟媳则打扮得光鲜亮丽，乍看起来比我弟弟小好几岁。其实她比我弟弟还大两岁。弟媳一副志得意满的样子，一见面没有寒暄几句，就高门大嗓地说着他们现在的一切，刚刚从云南买回来的红木家具啦，在云南茶山上定制的老树普洱茶啦，刚刚去日本旅游买回来的衣服啦。反正绕过来绕过去，就是闭口不提父亲墓地的事儿。

在我脑海里闪回的，还是我们过去的家庭。我想起父亲和母亲，心头难免有一阵心酸。看着我油腻不堪的弟弟，禁不住总是想到在昏黄的电灯光下说书的父亲。

说了一阵子话之后，我给派出所所长的老婆打了电话，说中午我请他们吃饭。人家也挺给面子的，我放下电话不久，两口子就带着几个关系不错的干警过来了。中午喝得很是高兴，两口子也很会办事，所长夫人给我带了礼物，场面弄得热热闹闹，给足了面子。弟弟弟媳也很高兴，我弟弟亲自掌勺，上的都是店里的高端拿手菜。我们几个轮番敬酒，大家尽兴而归。

吃完饭，我送走客人，去了趟洗手间。从洗手间出来，发现人都回后面院子里去了，只有大姐夫站在门口等我。我正要出去，却被服务员拦住了，说让我到款台结账。我愣了一下，笑着说，你弄错了，我是你们老板的姐姐，今天是你们老板请客。服务员也笑着说，老板娘刚才专门交代了，说是你请来的客人，这账她让你结。见我愣了一下，服务员说："我听老板娘说，您是深圳回来的大富翁，这点小钱算什么啊？您不知道老板娘的脾气？这两千九百二十块钱如果您不拿出来，得从我的工资里扣。"

我笑了笑，赶紧从包里抽出三千块钱给她，说多出来的算是小费，我们深圳都兴这个。服务员立时脸笑得开了花一样，说，姐可真有气质，和我们老板娘比起来，你是牡丹，她也就是朵西兰花。说了自己先捂着嘴笑歪了脸。

出了门，我看见大姐夫已经坐在车里了，知道他为刚才的事儿不高兴。我拉开车门，把他喊下来，小声说："哥，算了，这种事儿一介意，反而显得我们小气，让咱弟弟也下不来台。"

他长叹了口气，跟着我回到后面院子里，坐下来喝了一阵子他们的古树普洱茶，又和弟弟弟媳说了半天话。弟弟说："姐，你轻易不回河南，走时想带点啥？我给你买去。"弟媳妇不等我谦让就抢着说："深圳什么没有，人家咋会稀罕咱这些不入流的东西？"我弟弟闷了一会儿，站起来又坐下，终还是起身去院子里翻出一袋子晒干的草叶子，说："这是我们秋天在黄河滩挖的蒲公英，沙地里长的，连着根拔出来晒干的。这个熬水喝，消炎效果非常好。咱妈爱嗓子发炎，不用吃药，拿这煮水喝一天就好了。"弟媳妇也赶忙说，"对对对，蒲公英可是个好东西，特别是黄河滩里的，纯野生，听说还有降三高的作用呢！"

关于父亲的墓地问题，他们一字没提。我更不想再提起。

车子走到半道，我弟弟突然发来一条微信：三姐，我挺想咱妈的，她要是愿意回来住一阵子，我去郑州陪她。

我回复道：好的！想想过于程式化，便把感叹号删了，在后面加了一个愉快的笑脸。

我离开的那一天，大姐夫送我。二姐和二姐夫后来也赶了过来。在机场托运完行李，到了安检口跟他和二姐、二姐夫告别的时候，大姐夫递给我一个用旧了的小化妆包，他说是大姐让交给我的。我随手放在手提包里。在飞机的头等舱安置好之后，我带有几分强烈好奇地打开那个小包，里面一层一层地用餐巾纸包裹着一卷硬硬的东西。一共包了五层，打开之后，一个红皮笔记本的塑料封面里，夹着一个自制的小本子。那种纸质相当低劣，但剪裁得很整齐，顶头用白线极精细地缝合在一起。白线已经泛黄了，被手指摸过的地方也形成了灰黑色的霉斑。仔细辨认，缝起来的地方还露着"兽医站处方笺"的暗红色字迹。

那一刻，我几乎魂飞魄散。平静了好一会儿，哆嗦着掀开小本子，扉页上写着：《关于做菜的几种方法》，居然还用了书名号。一页页地翻下去，一共二十几页，每页一道菜，详细地记述了选材和制作方法。

这就是我们探寻了几十年的秘密，我父亲的菜谱。钢笔，漂亮的楷体，线条流畅优美，刚柔并济。

你可以想象我搂着那个本子，那种激动，那种癫狂，那种伤感，那种得意，简直是无法用语言能描述出来的。我静静地等待着飞机倾斜着身子升到两千米，五千米，八千米，一万米的高空，它的爬高过程也是我的心情爬高的过程。等飞机平稳了，我镇定地站起来，把自己关进头等舱的卫生间里，哭了笑，笑了又哭，纸巾用了一大堆，脸上的妆容被冲得乱花残蕊。我索性用清水洗了个彻底。假面消失了，镜子里几乎是一张让我自己陌生的脸。我打量着这张脸，想起傻呆常常说的一句话：你不化妆的样子才是最好看的。真的是这样，说不上是清水出芙蓉，但确实很好看。我对着镜子，给了自己一个开心的笑脸。

十三

回到深圳，我给母亲看了父亲的墓地购买合同。只是预付了定金，手续繁复得比买楼盘都不差，真正拿到墓地还得排队等到一年之后。这也就意味着父亲在入土之前，至少还得流浪一次。有人说现在的人生不起、活不起也死不起，我算是信了。

母亲还没出院。她自己不愿意，说是要做完全部检查再说，反正现在国家给报销。我笑了，我说国家不报销难道还不给你看病是吧？

"那可说不定！"她总是喜欢口强。关于购买墓地大家兑钱的事，她一句都不提。

我和医生商量了一下，医院保留住院手续，白天观察，人晚上回家住，第二天早晨再来。医生同意了。母亲也挺高兴，在这里住几天，虽然住的是单间，可满楼道人闹哄哄的，医生护士一会儿一趟，她根本睡不安生。病号饭有盐没味的，估计受了不少委屈。在她下床我妹妹给她穿鞋的时候，她提出想吃老家菜，说人一生病，就特别想念老家的味道。

我笑着说道："您和小妹天天在家不都是吃老家菜嘛！"

她说："那不一样。"

我朝妹妹挤挤眼，依然笑着说："不行您换个口味儿，去尝尝我们的餐厅好不好？"

她也不答话，径直朝门外走去。

我开车带着她们跑了半天才找到一家好点儿的河南馆子，点了几个河南特色的菜品。有红烧鲤鱼、老豆腐蘸酱、炸八块，尤其是她喜欢吃的扒羊肉。开始上菜，她吃得很高兴。我妹妹看她情绪不错，就特意多给她夹菜。后来等扒羊肉上来了，她把筷子放下，站起来趴在上面一边看一边拿鼻子吸溜吸溜闻着，然后摇摇头，噗的一声坐下了，脸色也阴沉起来。她用手指着盘子里的羊肉说，这菜不是这个做法嘛！肋条肉要用肥肉，这瘦不拉几的羊做不好。葱段也得用油炸黄，不能炒成这样黑不溜秋的！

我和妹妹惊呆了，从小到大，这是她第一次说到菜，而且是我父亲最拿手的一道菜。我和妹妹相互看了几眼，谁都不知道该说什么。后来还是妹妹说，这是在深圳，能吃到这样做的羊肉已经不错了，就凑合着吃点吧，回家让我们姐俩亲自给你做。

她要了一碗疙瘩汤，桌上的菜一口也没再动。吃完饭回家的时候，我们一路无话。最近一段时间，我觉得母亲的情绪确实很反常。

妹妹陪母亲住楼下，我和老公女儿住楼上。寒假还没有结束，老公带女儿去普吉岛玩去了，屋子被保姆收拾得纤尘不染。回家这几天，快把我累散架了。我把浴缸的水放满，想躺在里面舒舒服服泡个澡。

在我昏昏欲睡的时候，听到母亲和妹妹在下面说话。楼上楼下的浴室在同一个位置。母亲说："……要说你们姊妹兄弟几个，嫁的娶的就你三姐夫最好。人有学问，又懂得跟人亲。我们娘俩在人家家一待这么多年，一个不喜欢的脸色都没有。"

"你不是说，住的是你自己闺女的房吗？"我听见我妹妹哧哧地笑。

"别再胡说，再怎么说人家是一家人！女婿脸难看，我能吃得下饭？再说了，你房子弄好几年了，要不是你姐夫不让搬，说住一起热闹，我们娘俩……唉，我能不知道好歹，大桥这孩子，待人亲。"

"而且是真亲，我姐夫是不是真有点傻，跟谁都像没出五服一样，傻亲傻亲的。"我妹妹又哧哧地笑起来。

我母亲叹了一口气："我不是不想让你再找，是怕你找不到好人。你能遇着一个你三姐夫这样的，我死也瞑目了。"

我的眼睛湿润了，真上岁数了，最近变得越来越爱哭。我们姊妹四个，只有我一个人的婚姻是自己做的主。我母亲见到大桥后一直客客气气，不夸赞也不批评，从来没有态度。现在她这样评价大桥，其实也是对其他几个女儿的道歉。她实在太强势了。

母女二人沉默了一会儿。

后来我听到母亲说："……你爸啊，本事不大，气性不小。"母亲像是自言自语，也像是在对妹妹说。

父亲死的时候我妹妹还小，对父亲一点印象都没有。平时我和姐姐说起父亲，她也很少插话。

"妈，我爸已经去世几十年了。"我听见水花呼啦呼啦响，估计是在给我妈搓背。母亲这些年一步也离不开妹妹，她也真是会伺候人。"妈，您快快活活过好自己的晚年，什么都别想了。"

"唉——"母亲长长地叹了口气，"要是能放下就好了！"

我不忍心再听下去，起来把窗户关严实，也没心情泡澡了。浑身又疼又困，躺在床上怎么都睡不着。父亲死时的情景老是在眼前晃来晃去。父亲的死像一个死结，纠缠了我们几十年，莫非母亲想把它解开吗？突然想起来，在我回郑州给父亲买墓地之前，她曾经给妹妹和我两个说过这样的话："不入土就不算安葬。你爸死几十年没安葬，他不闹腾才怪！"这话是什么意思？到底是谁、怎么闹腾了？父亲肯定不会闹腾她，只有她自己闹腾自己，心里过不去这个坎儿罢了。

可是这道坎儿我也不敢往深处想，真不敢再想下去。

过得去吗？

过不去吗？

一股无以言表的杂乱而又清晰的疼痛浸透了身体的每一处。我们只有一个父亲，可是他已经死去了；而活着的，也是我们姐弟五个唯一的母亲啊！

母亲，我是恨着她的。可我恨了多少年就爱了多少年；恨有多深，爱就有多深。倏忽之间，她已经八十六岁了。我在黑暗中大睁着眼睛，任泪水濡湿枕头。我清晰地意识到，她离死亡越来越近了，这是我心底最恐惧的，要多恐惧有多恐惧。

我心里某些冷硬的东西在松动，好像沉积了几十年的冻土层在慢慢融化。尽管我不去想，可那些过往的日子突然雪片般地向我飞来，一层一层地落在我心底，令我百感交集。

下午在医院看妹妹给母亲穿鞋的时候，我突然想起一件事。我在郑州的老房子收拾东西的时候，看见母亲乱七八糟的衣服里面，还裹着一只纳好的鞋底子，只有那一只。当时我就猜想，另外一只是丢了，还是根本没纳出来？那只鞋底子很大，显然是父亲的。如果是父亲去世前纳的，为什么母亲还要一直保留着呢？

那只鞋底子虽然做工不是很精致，但明显看出来，母亲还是下了很大功夫的。鞋底子纳得厚厚实实，针脚密密麻麻。它像有生命似的与我对望。一瞬间，我被感动得热泪盈眶。我想起二姨说过，家里再穷，我母亲也保证父亲出门必须穿戴得齐齐整整，干干净净，能有模有样地站在人前。这母亲一针一线纳出来的鞋底子，曾经寄托过她多大的希望啊！

我拿起那只鞋底子，把它紧紧贴在脸上很久很久，感受着它的坚硬和温暖，然后把它放进我包里。我想，等父亲入土的时候，我一定要把它跟父亲放在一起。

郑州的小房子我在售房网上挂出去了。可我没告诉任何人，在东区最好的地段北龙湖西岸，买了一套带院子的洋房，两层带地下室，加在一起有四百多平方米。我母亲要是想回郑州就让她回来住，她稀罕土地，深圳的楼顶上搁满了盆盆罐罐，里面种满了荆芥、玉米菜、薄荷、小茴香，都是她让我妹在网上买的家乡的菜种。一个带院子的房子会是我母亲晚年最美好的期盼吧，可以让她任意栽花种菜。这里距开封也只有半个小时的车程，孩子们谁想陪她住谁就过来，反正房子足够大。

我待在郑州的这一段时间，抽空转了市区的各个地方。西区改造成了一个标准的绿城，拥挤却充满秩序。而庞大的郑东新区，高楼大厦之间，有着阔大的开放式公园，处处草木葳蕤，生机勃勃。郑州，也许克隆了别的城市，但她长得像谁又如何呢？无论像谁，她毕竟是她自己，她有自己的核心文化，她有自己的发展逻辑。过去那个老郑州是回不来了，但是一个崭新的郑州依然是郑州。人在变，城市也在变。我父亲死去几十年了，不也一样在改变？

我的家乡，一切皆好，一切都会变得越来越好。当我们想着她好，想着让她好的时候，她怎么能不好呢？

我父亲将回到黄河岸边的邙山，他可以俯瞰河流的两岸。他老人家在另外一个世界，也一定改换了容颜，体态从容，坦然以对。

我估算了一下，这个眼下已经拥有一千万人的特大城市，按照国家中心城市的规划，还有两千万人的增长空间。虽然这个城市处处都是豫菜，但不具规模，没有完备的标准，也不成体系。这里的粤菜馆子也有几家，但做得不伦不类，更是不具规模。我要回到郑州来，我想研究开发豫菜体系。我还想把地道的粤菜搬回来，甚至想搞一个菜系融合工程。我设想用餐饮撬动一个有着巨大的潜力的市场。这样的设想，母亲还会觉得做餐饮拿不出手吗？

我的父亲叫曹曾光，他生于黄河，死于黄河，最后也将葬于黄河岸边。他再也不是我们家的耻辱，我要完成的正是我父亲未竟的梦想。

原载《人民文学》2020年第6期

点评

《黄河故事》是对一个家族历史的生动描绘和呈现。家族犹如一棵枝繁叶茂的大树，深植在黄河故土之上，也伸展在20世纪的历史风雨之中。

小说叙述了一个家族三代人的历史。爷爷和姥爷的生命史充满了传奇色彩，作为地方上的两个有身份的人物，他们为这个家族注入了贵族血统，无论是父亲的自尊和高贵，还是母亲强悍的性格，都流动着家族过往繁华的影子。在平凡的日常生活中，父母亲以各自的方式抵抗着生活的坠落，但更大的悲剧不在于外部生活环境的错动，而是两人之间巨大的性格差异。这种差异不仅制造了父亲的悲剧性死亡，也像阴影一样笼罩在下一代人的心头。

年轻一代承载着改变家族命运的重任，但出乎所有人预料的是，承担起这个历史性重担的人竟然是最不受母亲待见，甚至多次面临生死、退学的"我"。"我"的崛起像一束光照亮了这个被暴政的母亲所笼罩的家庭。但这一切并不能从根本上弥合整个家庭因为性格的巨大差异所带来的情感裂隙。除了"我"之外几个姐弟婚姻的失败，无不隐隐昭示着某种衰败的气息，貌合神离的关系也将被现实和利益冲击的血缘亲情的裂纹呈现出来。

值得回味的是"我"的艰难的成长史，它是一个人如何从家族的笼罩性影响中走出来的一个典型象征，"我"像一个弃儿一般在家庭中艰难生长，并被迫离乡。借助于时代变革所提供的巨大机遇和空间，"我"在异乡的土地上长成了参天大树。从家中的逃离其实是越过了一道生命的窄门，门外是风霜雪雨，也是无限生机，"我"最终把这条通往异乡的路铺成了生命的坦途。

小说有一个统一而又层次分明的结构，借助于不同代际、不同性别、不同发展路径的人的声音，完成了对于家族史的回溯和呈现，也在此过程中深刻呈现了家族文化差异所带来的深刻影响。黄河故事是关于黄土地的故事，也是关于人的故事、历史的故事。

（崔庆蕾）

丛林海/

/陆颖墨

一

钟金泽和金钢的第一次相会，是在华北的一个大军港。

钟金泽新兵入伍训练刚结束，就被选入两栖侦察队。作为特种兵，侦察队每一个科目都是挑战，钟金泽的成绩都在前头，大家都称赞他，说训练完了肯定能成个"武林高手"。钟金泽听了很高兴，他初中时就得过省里的少年武术冠军，选择到海军陆战队当兵，就想当个"武林高手"。他心里就是朝这个目标努力的。

但是，一个新增加的科目，改变了他的人生。

从直升机上快速滑降，侦察队训练好几年了，都是平地滑降，钟金泽滑得很漂亮。这一次增加了山地滑降，因为是第一次训练，难度很大，危险也大。之前平地滑降钟金泽得了第一，这回他自告奋勇第一个冲出舱门。

从上百米的空中滑下，他头朝下，戴着战术手套的左手紧握滑降绳，两腿盘起，用陆战靴夹住绳子，保证下滑的速度，右手拿着微型冲锋枪。山峡间的风大，漫山的椰子树都飘起了秀发，远处的山峦涌动着绿色的波涛。绳子随风摇摆的幅度也大了。钟金泽顾不上这些，两眼死死盯着山坡，努力避开树林和岩石，寻找稍微平坦的泥地，同时在寻找阻击他的目标。突然，树林中冒出了两个胸靶，他瞬间启用微型冲锋枪，两个点射，击中了目标。这时，头部已接近地面，他瞄准了一块草地，一个翻身，稳稳落下。就在双脚着地的瞬间，他心里喊了一声："完了！"

右脚落到一块不大的石头上。石头的表面和泥土平齐，厚厚的青苔让他误认为是青草。巨大的下降力让他的右腿滑出，骨折了。

住院生活非常难熬。三个月后，他终于站了起来，能和以前一样行走。但是医院的结论给了他沉重一击：两年内，右腿不能进行剧烈运动。

两年，对一个服役期只有两年的列兵来说，意味着什么？难道就这样一边休养一边等着退役？侦察队肯定是回不去了，他不甘心，找领导寻求适合他的战斗岗位。领导很关心他，也为这么一位优秀的士兵感到惋惜。和医生商量多次，结论是回到普通步兵连他都不符合条件，因为同样有大幅度的跳跃和冲刺，除非他还想住回医院。唯一可能的岗位就是装甲车驾驶员，但也要等到明年。因为每辆装甲车都是各个战位协同训练，今年已经开训半年多了。

他着急，领导和战友们也为他着急。

出院后的第十一天，就在钟金泽憋得快要发狂的时候，领导把他找去了——有两个岗位：一，去汽训队学开车，学成后调到舰队机关小车队；二，海军军犬训练基地要开设一个军犬训练员班，去北京学习一个月，然后接回刚刚毕业的军犬，带着军犬去西沙六号岛。

六号岛？

他知道，六号岛现在正处于前线，海上形势紧张，更重要的是他去过六号岛。于是，钟金泽毫不犹豫地选择了军犬和西沙。

在北京郊区海军军犬训练基地的训练场上，钟金泽兴奋地看到了一条条生龙活虎的军犬。看着军犬钻火圈、躲炸点、跃高墙、渡激流，钟金泽不由得感叹一只只军犬都是好样的。他们训练员班有二十多个学员，来自全国各地海军部队。每位学员都要在这二十多条军犬中，找到适合自己部队的军犬。

钟金泽看了好几天军犬表演，有点儿眼花。长得都差不多，表演技能上也各有优长。挑哪一条呢？他想了好久，终于找到训练教员，说要找一条不怕大海、不怕风浪的军犬，希望能在海上试一下。钟金泽这么想，是因为他在侦察队时，在西沙海训过。那次礁盘上风急浪高，好多战士在齐大腿深的海水中跋涉，差点儿被大浪冲倒。钟金泽当时也受到了惊吓，所以长了记性。

教员很为难，说在这北京郊区到哪儿找大海去？再说前几天军犬们在白洋淀泅渡，风浪也不小。谁都看到了，哪只军犬也不差。

钟金泽很倔，坚持自己的要求。他说，自己要去的那座岛，是在远海。南海的风浪，白洋淀怎么能比？万一就是在风浪大的时候有敌情呢？

教员只好把钟金泽的要求汇报了上去。没想到上级很快答复：这个建议很好！

第三天，两辆大卡车出现了在华北的一个军港。一车是学员，一车是军犬。

选择这个日子就是因为风急浪高。下午三点，风更大了。港区内波浪滚滚，不停地拍打码头，轰鸣声中浪花能溅到岸上。而港外的浪涛就更大了，不时有水柱越过防波堤。只听一声令下，一群军犬沿着一千五百米的防波堤朝尽头跑去，看上去像一股黑色的急流。很快，它们冲到了防波堤的尽头。

像紧急刹车，都停住了。早已守在这里的驯犬员大声下令："跳下去！"面对大浪，所有的军犬都有些迟疑。这尽头是内港和外海的交界处，右边浪小些，左边白浪滔天。它们似乎拿不定主意该往哪儿跳。

一条军犬跳进了外海，马上让白浪淹没，很快又冒出。它艰难而奋勇地向前游动，淹没，冒出。紧接着，所有的军犬都跟着跳进了外海。

登陆舰就在外海，很快驶了过来。舰上的学员们都很激动，没想到军犬个个都是好样的，无一例外跳进了外海。教员在意外中带着自豪说，没有一条给他丢脸。

钟金泽赶紧找到教员："第一只跳下来的军犬叫什么名字？"

"金钢。"

"我就要金钢！"钟金泽急切而坚定地说。

军犬们都上了登陆舰。教员带着钟金泽找到了金钢。金钢马上明白站在面前的就是自己的新领导，它把脑袋伸过来，友好地蹭了蹭钟金泽的裤腿。钟金泽蹲下来轻轻地拍了拍金钢，也表示友好，说道："好样的。"想了想又说，"有成绩不要骄傲，出了渤海湾这个小鱼缸，南中国海上的风浪你可要好好见识。"

钟金泽话音未落，几个学员不干了，一下子簇拥过来。

"你，什么意思？这么小看我们渤海湾。"

"谁说渤海湾的风浪比你们南海差啦？我这条胳膊就是去年寒潮时抢险摔伤的。"

……

犯了众怒，钟金泽还真不好辩解。这时，舰上一位军官过来训斥钟金泽："你这个同志，太不会说话了。"他又回过头去，对那几个学员说，"大家消消气。渤海、黄海、东海、南海，都是我们的母亲海。南海我们经常去执行任务，那里的风浪确实还不大一样。"

二

钟金泽和其他学员一道，带着自己的军犬，在旅顺坐上了南下的军舰。军舰从北到南，沿着祖国的海岸线，经过渤海、黄海、东海，最后到南海。沿途在不同的港点停靠，各部队的驯犬员就近上岸。

首先是经过渤海湾。启航那天，风浪不小，不少战士都晕得吐了，不少军犬也晕得吐了。也许是从小习武的缘故，钟金泽不晕船，但他一直担心金钢扛不住。金钢还真争气，有三分之一军犬都晕了，它还能坚持住，只是没有刚上舰时那样活跃。钟金泽很赞赏地看着它，觉得自己挑对了，没看走眼。他情不自禁地把金钢拉到自己身边，想表扬几句。

好像是要他好看，就在钟金泽自得的时候，一声不响的金钢，哇地吐了。钟金泽虽说躲得快，靴子上也沾了不少呕吐物。因为金钢吐得晚，所以把别的军犬分几次吐出来的，一次都完成了。钟金泽之前有些慌神，看金钢吐完后，反倒平静了。

过了渤海湾，在青岛靠岸了。该离舰的离舰，剩余的军犬上岸休整了两小时。启航前，那些呕吐过的军犬，就是死活不肯上舰。钟金泽拉了拉金钢，金钢也死活不肯上舰，钟金泽硬要把它拉上去，金钢拼命挣脱。钟金泽火了，对金钢吼道："那么大的浪都敢跳，这点儿晕船算什么！"

一位带队的军犬教员对他说："别急，跳浪和晕船不是一回事。七十年代，就有船员受不了晕船而跳到海里去的。"

教员走过去，摸了摸金钢的脑袋，突然大声吼："起立！"

金钢一听，定了定神，马上站稳了。

教员又说："上舰。"

金钢没有动，眼神中露出了复杂的情绪。

教员又说了一声："服从命令！"

金钢像被电击了一下，又像想起什么，马上挺起身子，下定决心，大步走上了跳板。

教员对所有的军犬下令："上舰，服从命令！"

或快或慢，大部分军犬都上了舰。还有三只军犬依然不肯上舰。教员说："这三只军犬，是谁带的？"

三名驯犬员站了出来。

教员问他们是哪个部队的。得知一个是南海陆勤部队的，两个是东海守岛部队的。教员马上通知刚下舰的三名北海陆勤部队的驯犬员，让他们把三条没有晕船的军犬送回来，把这三条晕船的军犬调整过去。

青岛启航后不久，蔚蓝色的海面渐渐变成灰白，甚至泛出淡淡的黄色。钟金泽想，应该是进入黄海海面了。这一段航程，风浪小了点儿，可是还有几只军犬，包括金钢，虽然服从命令上了舰，航行中依然晕得厉害。钟金泽对这几条晕船厉害依然上舰的军犬，内心产生了敬意。

到了上海军港，教员把依然晕船的几只军犬，也调整到内地部队去了。

钟金泽怎么能同意放金钢走呢？他请求教员把金钢留下，继续南下。

教员说："金钢确实不错，但每条军犬的特点不一样。它晕得这么厉害，能一路吐到南海吗？到了南海，又怎么吐到西沙？给你换条不晕船的，也是对你们部队负责。"

钟金泽想了想，终于同意了。

让钟金泽没有想到的是，金钢得知它要被别的军犬员领走时，冲着他叫了几声。那叫声里带着不满、埋怨和委屈。更让钟金泽想不到的是，金钢挣脱着要离开码头，走上跳板。

钟金泽心头一热，对教员说："让它跟着走吧。"

教员想了想，叹口气："好吧。"

从上海启航后，军舰接着南下，舰上留下的驯犬员和军犬都基本正常了，只有金钢在独自呕吐。钟金泽看它吐出了黄水，知道它好几天没吃东西了。这样下去，不会有生命危险吧？

他有点儿后悔一时心软，让金钢上了舰。弄不好吐废了，不是把金钢害了吗？古人说，慈不掌兵。他自己虽然是一个新兵，但金钢是他掌的兵。

很快到了舟山渔场，看到上万条渔船打鱼的场面，军犬们又兴奋起来了，一个个跑上甲板欢叫。就是金钢连站的力气都没有了，依然没有进食，钟金泽有些紧张了，找到教员。教员说："坚持到下一站吧。"

钟金泽回到船舱，摸着身体极为虚弱的金钢，说："一定要坚持住，坚持到下一站。"

金钢吃力地睁开眼睛，看了他一眼。面对金钢的眼神，钟金泽眼睛有些湿润，喃喃地说："对不起。"

他看到金钢的眼睛也有些发亮。

很快就要经过台湾海峡了。

就在要进入台湾海峡的时候，就在钟金泽估计金钢快要撑不下去的时候，他尝试着给它递上食物，没想到金钢突然开始吃了。一口，两口，钟金泽想让它停一下，怕它吃多了会吐，没想到金钢饿极了，吃了好多。

钟金泽揪着心看着金钢，怕它吐出来。

终究没有吐。

"金钢！"钟金泽紧紧地抱住了金钢。

金钢也挣扎着站了起来。双方都是热泪盈眶。

在福建军港，军犬们都上了岸，一个个都撒开了欢。金钢也上了岸，走起来晃晃悠悠的，像在扭秧歌。钟金泽又紧张了，问教员："金钢是不是晕船晕废了，还能不能恢复？"

教员笑了："这是好事，晕完船，就晕大陆。我敢保证，这回再启航，再大的风浪，金钢也不会晕了。"停了一会儿，他又说了一句让钟金泽感动又自豪的话，"这样的军犬，我也少见。"

再启航不久，海水变得湛蓝起来，看来是进入了广东海域。金钢果然和别的军犬一样，变得精神抖擞了。

经过伶仃洋，没多久就到了湛江，钟金泽和几个驯犬员带着军犬上岸报到。军舰带着最后两名驯犬员和他们的军犬，穿过琼州海峡，去北部湾方向了。

一个星期后，钟金泽带着金钢向西沙出发，到六号岛报到。

从此，金钢跟着钟金泽走向深海，上了西沙六号岛。在西沙，它立下了赫赫军功。特别是有一次，它和海军陆战队两栖侦察队的连长张亚平比武，战胜了张亚平，在整个西沙名声大振。后来，金钢又跟着钟金泽去往南沙，在那里，它遇到了前所未有的困难。

三

两个多月前，它跟着钟金泽转战到南沙守礁。

在茫茫大海之中，礁堡立在水中央，基座还没有一个篮球场大，上面的活动场地都不到半个球场。高温、高盐、高湿、强紫外线，上面的战士们极其艰苦。长期的海天一色会让人大脑迟钝，形成"海盲"，所以守礁的战士都是三个月一轮换。之前，所有的军犬在礁盘上不到两个月就憋疯了。因为金钢是"老海岛"，钟金泽于是带它上礁盘挑战三个月的目标。两个月，金钢艰难地闯过了。就在钟金泽数着日子等它最后冲刺的时候，金钢竟也突然失去了理智。那个下午，它一时失控，咬了新兵小周。虽然只是咬破军靴，虽然第二天它又恢复了正常，但是钟金泽和所有人都知道，金钢的第二次发狂不可避免。这时，台风就要来临，没有任何船只可以把金钢带到西沙或者大陆。为了部队安全，上级命令把金钢处置掉。

战友们不忍心处死这只功勋卓著的军犬，更不愿意看它发疯以后毫无尊严地死去。

终于，钟金泽他们发现台风的前奏海流是由南向北的。他们为金钢找到了一条求生之路——金钢坐上救生筏，顺着海流漂向西沙。

现在，救生筏离开了礁盘。

随着漂流筏子的远去，战友们的气味消失了，钟金泽的气味也消失了，紧接着礁盘上特有的咸腥味也在消失。金钢哭了。它试图不哭，但依然止不住眼泪。

没来南沙前，金钢在西沙参加过一次极为艰难的海上训练。当时，岛上写着一个标语：轻伤不下火线，重伤继续战斗！有一位将军上岛，问钟金泽："这标语我看不明白，重伤怎么还能继续战斗？"钟金泽尴尬地笑了笑，说原来写的是"重伤不哭"。将军"哦"了一声，又问："为什么不能哭？"钟金泽说哭声会影响大家的情绪，再说这个"哭"字看着也别扭。将军说："那还是改回'重伤不哭'吧，实事求是！"钟金泽马上改了。改完后，他还拍着金钢的脑袋说："知道吗，不能哭。"金钢听懂了，马上点点头。

金钢不是没哭过。那是刚来西沙，一次在珊瑚礁上训练，它的右腿划破了。跳进海水，伤口剧痛，金钢哼了好几声，应该也算是哭。当然，从那以后再也没哭过。钟金泽说了不哭，金钢特别敏感，更要坚决执行。

雨大了，雨点打在橡皮筏子上，发出啪啪的响声。雨声和回荡的海流声交织在一起，金钢仰头看了看乌云越来越密的天，又紧盯着前方。临行前，钟金泽告诉金钢，这雨要伴随着它漂流。金钢听明白后，兴奋地摇了摇尾巴。在南海海面，只要下雨，烈日的暴晒就能躲开了，就能避免脱水，也就能保证体力。

现在，海流正把金钢送到西沙。只要到了西沙就好办，那片海域的岛礁，金钢非常熟悉。

浪越来越大，雨越来越急，筏子漂流的速度也越来越快。金钢伸出舌头，长呼一口气。

可是，金钢万万没有想到，漂流会偏离航线。

一天一夜过去了，第二天早上，雨说停就停。海面变得湛蓝，像秋日的天空一样。金钢知道，天要晴了。

太阳突然把云层撕开，强烈的光线刺到了金钢身上。好在出发前钟金泽给金钢穿上了救生衣，怕它万一遇到大浪脱离筏子。现在救生衣给它挡住了强烈的紫外线。

金钢仰起头，眯缝着眼望了一下天空。白晃晃的太阳已经钻出云层，稳稳挂在头顶。筏子上马上变热，海面上也开始冒出水汽。金钢浑身燥热，它必须打起精神，迎战高温。

筏子航行时，有微风迎面吹来。风力增强，说明海流在加快。烈日下的金钢，对风特别敏感，它张大口，美美地呼吸了几下。筏子两边，水面上划出的波纹变粗了，浪花也高了。忽然，金钢觉得哪儿不对劲，马上看太阳的位置。它不由晃了几下脑袋，再仰头看太阳，终于判断出筏子现在漂离了预计的航道，方向偏了。经验告诉它，问题严重了，这样漂下去就要漂到别的国家去了。

四

在西沙，钟金泽带着金钢漂流过。那次漂流，金钢还立了大功！

那是金钢和钟金泽新兵时的战友、两栖侦察队的张亚平比武后。金钢

战胜了大名鼎鼎、武艺高强的张亚平。张亚平虽然输了，但并不觉得丢人。他为人爽快，还特别喜欢金钢，和它成了好朋友。比武后张亚平听取了钟金泽和海岛部队的许多建议，共同研究出了一套新的海上训练方案。报上级批准后，张亚平的特种兵和钟金泽的海岛部队协同训练。当然，每次金钢都有参加。

有一次训练是漂流。他们乘着筏子，顺着海流从六号岛漂流到一号岛，再从一号岛返回六号岛。漂流前测好海流的方向，是朝一号岛漂去。如果漂流成功，在一号岛完成各种礁盘训练，再等待五天后从南半球越过赤道的反流把他们送回六号岛。因为天气和海洋预报没有异常，整个漂流过程不许使用指北针，确定方向白天看太阳，晚上看月亮。

漂过去很顺利，返程却遇到了麻烦。

按照测算，返程潮流很明显，参训官兵从天上的北斗星也能看出该回程了，很兴奋。来的时候，金钢、钟金泽和班长刘岩在一个筏子上。返航时，张亚平死皮赖脸找到钟金泽，把金钢要到了自己的筏子上。两只筏子一前一后，钟金泽在前，张亚平在后。

夜色中的天空，月亮和星星都很明亮。波浪里看不到倒影，黛黑色的海浪泛出的白色浪花非常明显，一道一道像战士们身上的海魂衫。漂流几小时后，天空开始要发白，太阳快要出来时，海上突然起了大雾。预报中没有雾，奇怪。很快，两个筏子互相看不到了，只能不停地用各种水鸟声编成的口令保持联系。

一团一团的雾气迎面袭来，在雾海漂流，四周白茫茫。看不到尽头，又似乎到处都是尽头。忽然，钟金泽在前头的雾中对张亚平说："别老学海鸥叫了，唱歌吧。"

张亚平让他先唱。钟金泽也不客气，马上唱了起来。歌声在湿重的雾气里传得很沉，也很浑厚。金钢觉得耳朵都有些发颤，痒痒的。这歌曲金钢太熟悉了，钟金泽老唱。

钟金泽好像就只会这首歌，名字叫《打靶归来》。钟金泽常说这几个字，特别是那个"归"字，他的四川口音是从鼻子里发出来的。

钟金泽刚唱完，张亚平马上取笑："又是《打靶归来》，你就会这一首？耳朵都起老茧了。"张亚平边说边比画着对金钢做表情。

张亚平在取笑钟金泽，金钢大致知道什么意思，没理他。前边刘岩的声音传来："老歌怎么啦，我们就喜欢这首歌，他能唱出川剧味来，你能吗？"
钟金泽又跟了一声："该听听张亚平的山东吕剧了。"

张亚平是山东人，知道钟金泽回敬他唱歌像吕剧。他愣了愣，扭头对
金钢坏笑。经验告诉金钢，这种笑容后面，准有什么"坏主意"等着，它
马上警惕起来。果然，张亚平比画着对它说："你大叫一声，吓吓他们，
就像上次你对我吼那样。"而后夸张地张了张嘴。金钢马上明白是要它冲
钟金泽吼叫，当然不会理他。

张亚平见它没动，以为它没明白，轻轻在它身边吼了一声，算是催
促。金钢依然不理他。

金钢只听钟金泽的。当然，现在是在任务中，在这个筏子上也要听
张亚平的指令。但是钟金泽把它交给张亚平的，让它暂时服从张亚平的命
令，它怎么会对钟金泽吼呢？张亚平又拍了它几下，金钢依旧没有动。张
亚平急了："服从命令！"

"服从命令"这四个字金钢当然听得懂，分量也很重。但是，让它对
钟金泽吼，怎么执行？

见金钢没有动静，张亚平似乎有些沮丧，拧了一下金钢的耳朵。而
后，清清嗓子，打算自己唱。

就在这时，金钢叫了。执行命令是军犬的天职，拒绝命令是军犬的耻
辱，金钢不可能在张亚平这儿落个不执行命令的坏名声。它仰起头，对着
钟金泽汪汪汪叫了起来，高一声，低一声。

张亚平惊住，钟金泽惊住，连大海白雾都惊住了。都在倾听金钢的
声音。

金钢的叫声是有音符的，一个一个音符，很快让人大致听出原曲——
就是《打靶归来》。这首曲子它听了多少年，多少遍。这是钟金泽的最
爱，自然也成了它的最爱。没人的时候，金钢不知偷偷练着哼了多少遍，
只是没在任何人面前唱过，不，是汪过。

曲子很快汪汪完了，好一阵的寂静。

终于，两个筏子上都响起了掌声和欢呼声。钟金泽赶紧将筏子折回
来，把金钢从张亚平的筏子上抱了过去。说实话，许多军犬会跟着音乐跳

舞，但金钢哼出乐曲让他太意外了。

钟金泽拍着金钢的脑袋，对张亚平说："当年我从训练基地领回金钢，教员说，金钢训练好了，智商能超过十岁儿童。现在我看，金钢比十岁的孩子厉害多了。"金钢知道他在夸自己，十岁、十二岁，这几个词钟金泽说过多少遍了。

钟金泽接着吹开了，金钢虽然不全听得懂，但感觉到句句都是夸自己的。

那一次在台风中救下渔民，金钢立了功，得意得不行，让刘岩训了一顿。金钢吸取了教训，现在，在大家的表扬声中，它赶紧低下头，眼睛出神地看着水面。正是这一看，让它一个激灵。

来时，过了大半航程，他们遇见了一大片珊瑚礁盘。在水下很近的地方，透过翡翠一样的海水，阳光随着波浪晃动，好似繁星点点。水下的珊瑚林中，随着光线的变动，变幻出各种色彩和图案。随着筏子的移动，一片片珊瑚林交替显现，在水下摇曳飘动。五颜六色的鱼儿，在珊瑚树枝之间游弋穿行，真好看。大家都说比六号岛上的椰林好看多了。

战友们在赞叹，金钢也有些小小的冲动，真想一头扎下去游戏一番。它看珊瑚林的时候，闻到了一股强烈的海腥味。这种腥味，有别于一般的海面。它循味看去，看到水下还飘舞着一条条不知名的植物，像海带，也像海草，味道很吸引它，有点儿像煮熟的海蟹。这片水下树林很大，筏子在树林的头顶上航行了好长时间。

钟金泽和刘岩对这片树林很有兴趣，指指点点说，他们是在林梢飞行，还说要给这个礁盘起个名字。

金钢牢牢记住了这片树林的气味，这是它的习惯。现在是返程，都漂流一大半时间了，虽然有大雾看不见海面之下，但那股腥味是应该能闻到的。金钢发现了问题，它马上冲着钟金泽和张亚平叫了起来。

两个筏子正要分开，张亚平身子探过来，伸手拍拍它的脖子："让你叫，你不叫。受了表扬，又叫了。"

钟金泽马上说"有情况"，同时用目光询问金钢。金钢用前爪指指水下，又画了一个大大的圈，再指指筏子的前方，摇了摇头。

钟金泽对张亚平说："漂流方向错了。"

急忙打开备用的指北针，果然严重偏离了航向。原来，他们漂流出来不久，就拐了九十度的弯，按时间计算，再有几个小时就可能漂到非实控区了。

紧急呼救。

我们的巡逻快艇很快赶到，把这两只筏子接了回去。

上岸后，张亚平抱着金钢亲了一下："好悬呀，要不是你老弟，还不知要发生什么呢。"

五

这次漂流训练，让大家更加认识到大海的莫测。海上训练与大陆不一样，与岛礁训练也完全不是一回事。钟金泽和张亚平带着"老海岛"们，反复研讨这次返航漂流失败的原因。几天后，上级也派来了专家。通过对返航期间潮流的研究，终于找到了原因。

说到土台风，南海的官兵没有不知道的。土台风，天气预报测不到，神出鬼没，让人们措手不及。上次钟金泽带着大家救出的那艘触礁的外国渔船，就是中了土台风的招。专家们找出的原因是：在土台风前形成的土海潮，让这次漂流拐了弯。

海潮的流向由寒向热。在西沙南沙，由北向南的海潮是北方形成的寒流南下，而由南向北的海潮是南半球过来的寒流越过赤道形成反流。这南北两种寒流如果同时发生，而且经度相差也不多，就会在海面上相撞。因为双方寒流力量的不同、角度的不同，撞击后形成了大大小小不同方向的各种支流。这种支流如果力量大，会形成独立的海潮和台风，而且走得很远。钟金泽他们拐错方向就是遇上了这种支流。

他们在对着巨大的南沙海图分析时，金钢总在旁听，当然，它不可能都明白。事后，钟金泽再给金钢补课，用它能懂的动作和词汇。

后来的每次海训，针对不能提前判定的海流的研判反倒成了重点。布置任务，金钢也都在边上。特别是那次演练前期的考察，上级给钟金泽、张亚平他们派来了直升机，让他们在空中把整个西沙海域基本看了个遍。

在空中看西沙，钟金泽还是头一回。他不断地被身下广袤博大的海面震撼，感叹大海的奇妙莫测。他对张亚平说："你看这大海，现在静止不动，像蓝色的草原。"金钢在飞机上更加兴奋。这些岛屿，金钢都去过，也很熟悉。在海图上，钟金泽多次讲过它们的位置，但从空中这样看，完全不一样。看着飞机的投影在海面上滑行，就像一只小虫在大地上爬行。金钢也受到了大海的震撼。

钟金泽说到"草原"这个词，唤起了金钢许多记忆。在军犬训练基地时，金钢在锡林郭勒、呼伦贝尔草原上训练过。尽管草原也是一望无际，但金钢不怕，因为脚下坚实的土地可以让它尽情驰骋。还有大地上的各种气味，可以使它在判别方位时从容自如。但是，在大海面前，一切都变了。一离开海岛、礁盘，在流动的海上，既不能奔跑，也不能捕捉气味、分辨方位。

因为那次雾中漂流金钢立了功，上上下下都期望它做出新的贡献。但是金钢很长时间没有给大家带来兴奋了，流动的海水让它无从下手。但钟金泽对它不放弃，一直为它找出口，让它能做的先做，一步步朝前。首先是把西沙各个礁盘弄清楚，牢牢记住它们的气味。后来，金钢又把有水下森林的海域，以及它们气味的差别记住。再后来，让它尽可能分辨出不同海区的气味差别，哪怕是极细微的。

最艰苦的训练，是在112号礁盘。

在最新印出的1∶6500的海图上，这个礁盘刚刚出现。因为南海的博大和复杂，对它的勘测总在不断完善。这几年，海军勘测部队艰苦作业，只要发现礁石，不论大小，总是第一时间通报部队。这个命名为112的礁盘，表面由茂密的珊瑚组成。从水面上看，一簇一簇的。在水下，礁盘的基座很大，而且是坚实的火山岩。落潮时，会有大片的珊瑚像丛林一样露出海面。这儿的珊瑚呈金黄色，在太阳的照耀下，金光闪闪。

钟金泽和张亚平第一次踏上这个礁盘，就被这片丛林吸引了。张亚平上过军校，知识面广，他判断出最大的一簇丛林下面会有一个不小的洞穴，由珊瑚交织而成。洞穴高出水面的部分应该不少于半米，上面由珊瑚枝交织盖住，空气肯定和外面是通的。

张亚平决定亲自下去探测。钟金泽抢着要下去，说这儿的海情他熟。张亚平说："那次直升机的滑降，你是第一个冲下去的，把我甩成了第二。这么多年，我一直想找回一个第一。这回肯定是我下去。潜水是我在特种兵学院主要的课程，你才学几天，能赶得上我吗？"钟金泽虽然觉得他口气又大了，但也不好再说什么了。

张亚平穿好潜水衣，背上氧气瓶，在水下围着礁盘潜行一圈。他还真发现了通道的洞口。张亚平冒出水面，告诉大家他要钻进这个通道。钟金泽想拦已来不及了，他让金钢用嗅觉在上面珊瑚枝的缝隙中追踪张亚平。

但是，张亚平的行动线路上，许多珊瑚枝是在水面之下。金钢只能不断跋涉，在下一个露出水面的地方，找到张亚平的气味。

六

突然，张亚平的气味似乎消失了。

金钢马上报告。钟金泽想了想，只能让金钢下水潜行寻找。

金钢很快钻进了那个洞口。潜水，它训练过。去年，有一群科学考察人员到六号岛研究珊瑚礁。潜水员在水下作业，他们带了一条经过训练的海豚，定期下水送器材、取标本。钟金泽抓住这个机会，让海豚带着金钢潜水。虽然金钢在水下的时间不能太长，但它的潜水本领进步很快。

戴上潜水镜的金钢，在洞里飞快寻找。通道很漂亮，金色的珊瑚在清澈深蓝的海水里，形成一幅幅流动的画面。金钢每潜行一会儿，就会找到一个露出海面的珊瑚丛换气。就这样，它很快到了通道的尽头。这里没有张亚平所说的洞穴，却好像有张亚平的气味，这气味飘忽不定，很奇怪。张亚平在哪儿呢？它又在水面换了口气。

很快，它的嗅觉捕捉到了一股张亚平的气味，低头发现一串串水泡冒出水面。气味就在这水泡里！

金钢一头扎了下去。由于这一片水下全是火山岩，光线很暗，金钢一下碰到了底，额头有些擦伤。它顾不上疼，咬牙定神，发现火山岩里又是一个通道，不远处有亮光，张亚平就在前面。它赶过去，才发现张亚平氧气瓶上的管子卡在那边洞口的一根珊瑚枝上了。它用爪子去拨管子，珊瑚枝上的倒刺把管子钩住，拿不下来。金钢不得不蹿上水面，换口气，再快速潜下，张开嘴，准确地咬住了那根珊瑚枝的上半截。锋利的牙齿切断了珊瑚枝，它的嘴又被划伤了。

张亚平出水了，金钢也带着它的轻伤出水了。

出水后的张亚平对钟金泽说，已经看到了洞穴。他要去掉潜水装具，再潜进去一回。钟金泽死活不答应，说太危险了。张亚平说："危险啥？

金钢什么也没带，不也潜进去了吗？难道在潜水上我还不如金钢吗？"

张亚平顺利进去后，把大家一个个也领了进去。金钢虽然带着伤，但轻伤不下火线，也坚持跟着进去了。真是个好洞穴，面积有上千平方米，高出水面的部分大多在半米以上，有的还超过一米，真像个大厅。大家胸部以上都可以露出水面，头顶上布满了金色的珊瑚。阳光透过珊瑚的树枝照射进来，水面上也泛着星星点点的金光。再仰头，可以看到斑斑点点的蓝色天空。

张亚平和钟金泽很兴奋，因为这一带在西沙的边缘，离其他国家很近，而周边几十公里之内没有岛，也没有较大的礁。这完全可以作为躲避台风的应急场所。而且脚下的火山岩很扎实，范围也广，应该马上建议上级勘察，能不能建一个水下洞库，或者工事。

各式各样没有见过的鱼在身边游弋。它们不怕人，应该也从来没见过人。钟金泽对张亚平说，他刚上西沙的时候，许多"老西沙"告诉他，原来岛和礁盘边上也有好多没见过的鱼，也都不怕人。后来来的渔民多了，那些鱼都不见了。张亚平感叹道："这儿真是一个热带鱼的博物馆啊，可要好好保护。"

就在这时，他们看到了一条特别奇怪的鱼，大概有一个巴掌那么大，全身闪烁着蓝色的荧光。在它的鳃鳍后面有一个标准的圆圈，远看像时钟，近看像"金利来"的标志。那个圆圈那么圆，就像印上去似的。战士们都说肯定有科研价值，想把它抓住带回去。

没想到，他们刚要动手，鱼好像知道了他们的心思，一头钻进了像鸟笼一样的珊瑚洞穴，看得到，手却伸不进去。有个战士急了，准备用刺刀伸进去驱赶。钟金泽急忙吼住，怕伤着了鱼。还有战士建议砍掉两枝珊瑚，钟金泽训斥："你们知道就这么一个枝要长多少年吗？"

大家于是依依不舍地和鱼告别。

完成了任务，他们把建议向上级报告了。建洞库的事，上级说建议很好，还要深度论证。但是，作为避难点，马上就可以实施。专家来勘查后，建议把通道的最后一段岩石挡住的地方直接打通。打通的方式让钟金泽他们大开眼界，用的是最新的爆破方法：小剂量炸药分时段连续爆破。整个爆破过程中，上面的人几乎都感觉不到震动。当然，里面那些美丽的鱼也只是受了一点小小的惊吓。

因为整个洞穴都是由金色珊瑚组成，大家习惯把这儿叫作"金色大厅"。

七

金钢很着急。偏离了航向，飞快的潮流要把它送往不在我方控制范围岛礁方向。

天上的太阳，虽然偏向西方了一点，也弱了一点，但还是很猛。阳光打到金钢身上，仍然像钢刺一样，黑色的橡皮筏还在发烫，幸好救生衣为它挡住了大半个身子。现在筏子已经被海流劫持，它必须抗争。以往都是钟金泽下达命令，而现在没人下命令了。

金钢用牙齿解开一个水手结，快速捧住一瓶矿泉水，咬开瓶盖几口喝光。而后，它把两只桨拿出来，前爪套进桨把上的橡皮套。按照训练的那样，它用力划了起来。

筏子艰难地和海流对抗，虽然抗不过海流，毕竟延缓了朝西边的移动。金钢心想，咬牙，坚持住，能多划一下也是胜利。

划了不知多久，金钢感觉到浑身无力。论爆发力和冲击力，它常常让钟金泽引以为豪。但耐久力是它的弱项。就是弱，它也不放弃。只要还有一口气，它就要回到它的西沙。

太热、太累，前肢从酸痛到麻木，终于支撑不住了。双肩异常难受。但是，它依然没有停下。

看不到希望，它也不肯放弃寻找希望。

隐约中，金钢的眼前出现了金光，真好看。金光里一座小岛出现了，上面还有一片小小的椰林。是六号岛！眼前的椰林，是那样的亲切。近了近了，首先看到的是接替它的军犬黑剑，还有一大帮水兵，都拥到小小的码头上，他们扔过来缆绳。它接了几次都没接到，不知怎么的，前爪就是不听使唤。终于，一根绳套套上了它的右前爪，它身子一震，听到轰的一声。

八

金钢醒来了。

由于过度疲劳和脱水，刚才它昏睡过去了。现在，它和它的筏子，都被裹在一张巨大的渔网里。一艘不小的渔船，正在收网。金钢在筏子里，明显感到网格绳索的压力越来越大。桨还在前爪上，四肢和整个身体都动弹不得，而且，由于网格的收缩，前爪被双桨折起，关节被拧得生疼。

不一会儿，上了甲板。

几个渔民围拢过来，对着它的筏子指指点点。金钢看到，他们指点的是筏子左右两边分别喷上的中国国旗和海军军旗。它警觉地看向渔船尾部，是一面邻国的国旗。这面国旗，它非常熟悉。对周边国家的国旗，钟金泽让它记得滚瓜烂熟。

金钢明白了自己的处境。现在它浑身无力，四肢酸痛而且被渔网勒住不能动弹，没有任何反抗的机会。

它得迅速寻找对策。

这渔网是尼龙的，它用利齿试着划了一下，马上断了一格。无疑，它很快能把网咬开。如果有出发前一样的体力，它冲上甲板，这几个人还真不在话下。但现在它做不到。而且前爪上的双桨还套着，行动极为不便。更重要的是，它头脑昏沉，四肢根本不听使唤。

两个年轻渔民过来，拿着长长的铁链。金钢知道要是自己让铁链困住，那就更麻烦了。不能让他们得手！

等那两个人走近，刚要解开渔网时，它突然扬起头，双目射出凶光，大啸一声。

这叫声猛烈低沉，两个年轻人一怔，赶紧撤后几步。远处的几个人也被吓得退后几步。

这一吼，金钢竭尽了全力。它觉得自己气都喘不过来了，眼睛有些发黑。但是它努力让自己撑住，就这样不动，逼视着对方，把所有的力量，都凝聚到双目中。

就这样僵持着。

那几个人在不远处商议起来，他们一时没法对付这只军犬，得等他们的巡逻艇过来。金钢是听不懂他们的话，但从他们的手势和神态以及自己特殊的感觉，金钢判断他们要把自己交给他们的巡逻艇。

金钢现在急需补充水分和食物。稍稍休息后，它的体力就能够恢复，就能冲出这个渔网！

渔网开始动了。金钢一看，他们是想把渔网吊在半空。抓住时机！金钢装作被渔网的收缩力推动，顺势弯下腰，飞快地咬脱了前爪上的两个橡皮套，弓着后背，把脸紧贴网格。渔网停止了上升。金钢翻身趴在了筏子上，用筏身作掩护，它解决了两瓶矿泉水、一个食品包。

太阳就要接近海面了。有些微微凉风吹来，金钢重重地吸了几口，准备迎接即将到来的大战。

有两艘返航的渔船在远处海面出现，这边船上有人吹起了海螺。听到螺号，那两艘渔船一前一后靠了过来。金钢看情况有变，撕破渔网，大吼一声扑上了甲板，直奔驾驶舱。

不到一分钟，金钢已经把驾驶舱的三个人全部赶了出去。它先不理会他们，快速找到通讯电台，把天线咬断。这样，他们就无法通知巡逻艇了。这种训练，不知经历了多少次，实战还是第一回。

不一会儿，一艘渔船过来了，船头慢慢靠近这艘船的船头。金钢冲上船头刚要起跳，对方的渔民突然拿出高压水枪。一股强大的冲击力，准确地把金钢击倒。金钢被打疼了，痛苦地哼叫着，在这边船头打了几个滚，一直滚到了另一个舷边。在对方视线看不到的地方，它飞快起身，顾不上左肩被水枪击中的疼痛，顺着外侧的舷边朝船尾飞奔，到了后甲板，它斜插过去，又腾空跃起。

两艘船的后甲板离得较远，两条船呈八字形相连。长距离的助跑，让金钢产生了极大的爆发力。它黑色的身躯像闪电一样，在空中划了一道美丽的弧线，稳稳地落到了那一艘船的后甲板。真带劲，好久没有这么酣畅淋漓地飞跑了。

这段时间在南沙礁盘上，金钢是怎么训练跑步的？不到半个篮球场的地方，每天转着圈跑，一不小心就要掉到海里。跑久了，还容易头晕。

那支水枪又从船头射来，紧追着它。但总是够不到它的尾巴，等它落到甲板，船头的人连它的影子也看不到了。

驾驶室里的人还没反应过来，它已经冲进去，咬断了电台天线。

九

这时，第二艘渔船也快速赶到。

金钢看后面赶来的这艘渔船比前面两条都要大，一下子觉察到了形势的严峻。

南海海面的这些渔船都配有高压水枪，是专门防海盗的。渔民们一旦遇到海盗，边呼救边靠水枪与海盗抗衡。等到渔船越聚越多，等到巡逻艇过来，海盗也就只好放弃。船大，高压水枪的力量就大。

金钢从这艘船的船尾，跳上了靠过来的船头。

奇怪的事情发生了。

船头上没有出现高压水枪，有两名水手站在一边，目光有些怪异。这种情况更让金钢警觉。它顾不上了，一路狂奔，冲进了驾驶室。

驾驶室里的情形让它吃惊。舱里有两个人，都笑眯眯地看着他。金钢看电台，没有打开。它用目光逼视这两个人，刚要扑过去，忽然嗅到一股熟悉的味道。没错，这是记忆里的两个熟人。是谁呢？正揣摩，有一个红衬衣叫了一声"金钢"。

金钢浑身如过电一般，怀疑起了自己的耳朵，晃了晃脑袋。

"金钢！"那个红衬衣冲过来，抱住了它。

哦！金钢认出来了，上次钟金泽带它冒险从台风里救出来的，就是这个小伙子！边上那个笑眯眯看着它的是小伙子的父亲，也是上次一起被救出来的。因为刘岩的父亲被他们国家的巡逻艇抓住过，还打伤了腿，所以刘岩决心当海军。当时要不是钟金泽把刘岩抱住，这个父亲不知要挨刘岩多少棍子。

金钢跟着这父子俩走出了驾驶舱。

其他两艘船上惊魂未定的渔民全呆了。父亲大声对大家说起了上次台风获救的事，接着红衬衫又说了起来，说着说着，抱着金钢哭了。

金钢眼睛也热热的，嗓子哽得厉害。它似乎能听出他们在说什么。

接下来，这艘船上的人搬出了一箱箱东西，不知是罐头还是烟酒，给两艘渔船分去。后来又加了几箱给捞起金钢和筏子的那艘船，搬回了金钢的筏子。

父亲让人把筏子搬进舱里，而后，返航。金钢冲进舱里咬住绳子，又把筏子拖到甲板上，要把它扔海里。金钢不愿跟着渔船返航。父子俩把它拦住，他们商量一会儿，渔船突然掉头，朝着东北方向，也就是金钢期望的西沙方向驶去。

金钢一怔，马上明白了，兴奋得不知怎么才好。儿子用标准的中文、简单的词汇比画着告诉金钢，好好睡一觉，他们只能送到西沙边缘，那边有台风还没走，到了台风边缘再等待。

确实需要睡一觉，金钢还要搏击风浪！

有规矩，和陌生人在一起，金钢是不能睡觉的。但现在，它明白自己必须睡，西沙海面的台风在等着它，要积蓄体力。钟金泽不会给它下指令了，只有它自己做主。

父子俩安排它住在甲板上方的一个大房间，一看就是船长住的。船上位于甲板以上的房间很少，因为有窗户，通风好，但金钢拒绝了。相邻的几个房间，它也没有要，因为它看到这儿人不少。对于父子俩，它可以放心，但对其他船员，它依然警惕。

无奈，父子俩只好带它把整条船看了一遍。甲板下，除了机房和大型冷库，船头船尾各有一个船舱，都是渔民住的。船头的船舱，还兼着锚链舱，住的人少，空间大，金钢就挑了这儿。刚要躺下，忽然觉得不对，这只船舱只有一个进口，在顶部，一旦被人封住，它毫无还手之力。它起身跳上甲板。虽然钢板上尚有太阳的余温，但天已不像白天那么热了。它选准前甲板，准备在这儿过夜。

父子俩看着它，不知怎么才好。忽然，儿子一拍大腿，领着金钢回到了后甲板舱室，打开了一个大房间，和厨房相连，有三十多平方米。金钢一闻，就知道这是餐厅。三面都有窗户，回旋空间大。它终于同意，睡着了。

十

天还没亮，隔壁厨房的操作声把金钢惊醒，金钢起身，不敢再睡。过了一会儿，红衬衣把它叫到甲板。天上又见蒙蒙细雨。金钢心中一阵狂跳，眼窝发热。这细雨告诉金钢，已经接近西沙海域了。它的鼻子似乎也嗅到了西沙的味道。它马上提起精神准备迎接风浪。

返回餐厅，他们已为它准备了丰盛的早餐。有罐头，更有牛肉和排骨，这都是金钢爱吃的，摆了好几个盘子。金钢很感激，它的肚子很羞涩地咕噜了几下，它张开嘴，要风卷残云把它们消灭。舌头刚碰到一片牛肉，忽然像被烫了一下似的顿住。

到西沙以来，金钢一直就只吃钟金泽和刘岩喂的食品，其他人的，它一概不吃。在这方面，金钢也犯过错误。按理，在岛上只要不起台风，金钢的饮食都很丰富，它的伙食标准很高。但台风期一长，补给一断，只能以罐头为主。台风前，钟金泽他们会在落潮时，在礁盘上捡来一些鱼类晒干储藏。当然，做好了也会给金钢一份。金钢觉得自己饭量太大，抢战士们的鱼吃，有点不好意思。终于，它偷偷在礁盘上捡了几条石斑鱼和金枪鱼，放到了一个多年前废弃的碉堡上晒干，而后藏在碉堡里。谁知，第二天钟金泽就发现了，把鱼拎过来，挂在了它的犬舍门口。钟金泽没有批评它，却比批评还要难受。每个路过的战士都要问问，金钢这是怎么回事？这件事，和哭一样，成了金钢揪心的记忆。

从南沙出发漂流前，钟金泽告诉它，到了西沙，只要穿海军服的给它食品，它都可以吃。但是没有告诉它可以吃渔民的东西。钟金泽不在，它再一次自己做出了决定。它摇了摇尾巴，抱歉地朝父子二人叫了几声。应该说，这是金钢最最诚心的表达了，尾巴，它是轻易不摇的。对钟金泽、刘岩，它摇过。就是张亚平，也没有享受过这个待遇。而后，它从筏子上找到了自己的食品包，解开吃了。

父子俩相视了一会儿，似乎也理解了。

就在这时，一个渔民着急地冲进来告诉父子俩，刚才有两个渔民偷偷给巡逻艇发了电报，巡逻艇正在追过来，还通知他们返回。父子俩脸色变了，商量了一下，红衬衣拿出海图对金钢比画着，告诉它现在他们是在西沙海域的西边，但风浪还没下去，只能等待。

就在这时，渔船掉头返航。

又返航了，金钢正不知怎么回事，红衬衣把金钢领到右舷边，指着远方的一片浪花给它看。金钢刚一伸头，整个身子扑向了大海。

是红衬衣推了它一把。

金钢在海面上游泳，着急地叫唤。渔船停了下来，两个船工把救生筏抬了出来，扔到海面上后，渔船便快速驶离了。

金钢只好游过去，爬上了它的筏子。它看了一下东方，风浪不大不小，好在原先那股凶猛的海流消失了。现在筏子下面的潮流是向北的，只要不朝西，它在细雨中等待就行了，等风浪再小些，它就拐向东。它感激地朝这边海面回望一下，看到渔船已经很远了，红衬衣还在船尾向它挥手。它赶紧挥了挥右前爪，生怕对方看不清，又深情地吼了一声。

这一声对方听到了，很快用汽笛做出了回应。金钢的眼睛又热了。

十一

南沙礁堡平台上，钟金泽正在检查雷达防风措施，几小时后，台风就要来临。现在旗杆上的国旗在猎猎作响，钟金泽和雷达兵的衣服都鼓了起来，仿佛有飞腾的感觉。两人不自觉地抓住了手里的绳子，绳子系在礁盘上。刘岩顶风冲到钟金泽的身边，呼呼的风声把他的声音吹走了一大半，钟金泽把耳朵贴近他的嘴巴才听清楚。是来报告上级刚刚通报的海流变化的情况。

这工作本来不是刘岩负责的，他来报告？钟金泽听了几句，马上把手头工作处理完，钻进了礁堡。

气象报告是上级明码电报传来的。钟金泽和刘岩摊开海图，很快发现一股日本海过来的寒流已经袭击了南沙北部的海域，正在向西推进。马上就叫来中国海洋大学毕业的气象员展开计算。金钢按预定海流漂流的位置，果真就在这两股海流的交界区域。

所有人都倒吸一口凉气，心悬了起来。如果没有特殊情况，金钢就要被这股海流冲出原有海流，因为这个位置新海流的速度很快，势头很足。

钟金泽问气象员："能探测到金钢现在的情况吗？"

他说完这句话自己也心虚。漂流前，气象员和报务员用礁盘上储备的单兵对讲机做了两个简易的呼叫设备。单兵对讲机的最大距离也就是二十海里，现在怎么还能收到信息呢？因为为金钢设置了特殊的频道，到了西沙海域，只要在二十海里之内就可以根据信号强弱的变化找到它，普通收音机调到这个频道，也能听到当时那边传来的声音。当然，前提是金钢那边必须正常开着，而且电池没有用完。这对西沙那边的舰艇搜救特别有用，对直升机的搜救就更有用了。现在金钢已经出去几百海里了，在南沙怎么可能搜索到它的信号呢？

钟金泽还不死心："咱们那个全球甚高频对讲机，能不能调到那个频率上？"

"能。"

"那赶紧调上联系啊。"钟金泽急忙说。

报务员说："不行啊，我们向它发射，对方可以收到，但我们收不到它的。它可发不了这么远。"

钟金泽想了想，也是，自己一急就全糊涂了。他让自己冷静下来，马上打电话给西沙，找到正在那儿执行任务的张亚平，再次叮嘱他，一定要在那边准备好，做好搜救金钢的准备。

张亚平在那边很诧异，说台风还没来，你怎么就张罗台风后的事。"这边上级已经部署，金钢到了西沙我会第一时间搜救。这边就不用你再操心了，你还是抓紧搞好自己礁上的防台工作。"但是，听到金钢有可能偏离航道，他还是心里一惊。

张亚平的话虽然让钟金泽很不满意，但他还是让自己清醒。抓紧部署防台，迎接即将来临的挑战。

张亚平放下电话，静坐了一会儿，又马上拿起电话，接通了西沙守备部队的作战指挥室。他想了解一下台风过后，搜救金钢的总体方案。

对方说，台风过后，首先是岛上的舰艇和在岛上避风的渔船分别搜救，气象允许时，直升机在空中搜救。

张亚平问有没有对搜救任务的细化布置，比如，哪个舰船负责哪片海域？什么时候飞机可以出动？几架飞机？什么人上舰船，什么人上飞机？

对方说现在岛上的首要任务是防台，搜救是在台风过后。台风过后的气象，目前也只是预测，不可能细化，也没精力细化。

张亚平说凡事预则立不预则废，他建议根据台风后可能出现的情况，拿出几个备用方案，到时候略做调整就行。这样可以抢时间，兵贵神速。

值班参谋有点烦了，说这忙得要死，为一条军犬，你要我们马上给你做出几套方案来，现实吗？

张亚平想想也是，但是他不想放弃。他原想当面向守备部队首长汇报，因外面风太大，只好用电话再去打扰首长，说自己想拟订个搜救方案，提供给作战指挥室。

得到首长同意后，他又拨通了钟金泽，详细询问了金钢身上的呼救信号，同时要钟金泽那边的气象员帮助尽快测算出这几天金钢漂流过程中的海流变化情况，也要测算出台风过后西沙海域及附近的海情。需要数据，他可以搜集提供，但测算工作非常复杂，西沙这边忙于防台，暂时没有精力。

几个小时后，钟金泽那边把金钢漂流的可能航线报了过来，把金钢可能偏离漂流的方位也报了过来。张亚平很吃惊，这不是要漂流到别的国家去了吗？

钟金泽告诉张亚平，他们那边台风来了，随时保持联系。他们的气象员首先也要忙于礁盘上的防台工作。

金钢现在到哪儿了呢？

张亚平在询问，钟金泽也在询问。

这时，钟金泽想起了一个人。他马上拨通六号守备队，问阿洪是不是在岛上的潟湖避台风。那边说是。阿洪船在潟湖里，人员都在营房里，马上和钟金泽通上了话。

阿洪是位老船长，常在六号岛一带打鱼，也常到岛上来避风或者问医求药，和官兵们很熟。特别是有次钟金泽带着金钢，让他们避免了一次严重的火灾事故，阿洪他们对钟金泽和金钢特别感激，也很亲热。

钟金泽记得阿洪跟他说过，他们这些在远海打鱼的渔民，都是一伙一伙的，每一伙都有自己的通信电码。他们的电码也保密，生怕遇到鱼群通知同伴时被别人知道，也来抢鱼。当然，这种电码保密技术也就那么回事，像阿洪这样的"老南海"，在普通收音机里听几声嘀嘀就能判断出来是啥意思。钟金泽在电话里让阿洪马上关注一下周边海域渔民的通讯情况，特别是关于金钢的消息。

阿洪说，他的渔船也接到了台风后搜救的任务，所以这段时间已经关注重点方向的渔船通讯，但没听到任何关于金钢的消息。

钟金泽有点失望，也有点感动，只好嘱咐他继续关注。

这种失望没有持续多久。

早上，阿洪在全球通用的渔船呼救频道——16频道上，听到了有条渔船向他们国家军方呼叫，说他们船上有一条中国军犬。发电报的人似乎很不熟练，这几个字中间还有发错的。但是，阿洪判断出肯定是金钢，马上向守岛部队报告。钟金泽很快知道了。

钟金泽的心揪了起来，他的第一预感被证实了。但是，他身在南沙，毫无办法。他马上接通六号岛，问阿洪那个方向还有没有我们的渔船，看怎样把金钢弄回来。他估计，那个方位风浪也不小，又在公海上，对方的巡逻艇即使过来，也不会为一条犬跑那么快，我们要争取时间。

阿洪说，这个办法他也想到了，但没有找到熟识的渔船。同时，他也安慰钟金泽，这16频道的呼救，除非海难和遇到海盗，否则一般情况是没人用也没人搭理的。

钟金泽马上让自己的报务员也关注16频道。

张亚平也得到这个消息，他比钟金泽冷静了些，觉得有消息总比没有消息强。只要金钢还在，就会有办法。他安慰了钟金泽，迅速也用电话找到阿洪，和他一起研究金钢可能出现的方位。台风一停，所有搜救舰船都可以朝那些可能的方向奔去。

也巧，就在张亚平和阿洪通话商量时，阿洪说船上的报务员刚过来，又递上一份电报。

钟金泽和张亚平自然不知道，这个电报是红衬衣和他的父亲一块儿发的，他们用特殊的方式向这边传送了金钢的方位。

钟金泽的心情和海面的风浪一样，越来越不平静。希望起来了，内心的焦虑比希望更加强烈。

十二

雨还在下，天渐渐黑了下来，海面又变成了铅灰色。金钢朝东边看了一下，风浪明显在减弱，它觉得应该划桨冲进海流的中心。只要冲进去，几个小时后就到西沙了。而天亮以前，西沙海域的台风就将消失。台风消失后，西沙的舰艇和直升机都会来寻找自己。钟金泽告诉它，张亚平就在西沙，他一定会带着他的特种兵一道寻找。

只是，在南沙的钟金泽他们，还要困在台风中好久好久。

金钢朝南沙方向凝望了一下。南沙的风浪，它是看不到的。但巨大的波涛在心头翻滚起来了。

正准备出发，一阵阵咕咕咕的声音吸引了它。它一回头，发现右侧一大群海豚从后面游来，黑压压的一片，有不少还在水面上飞跃，像跳起漂亮的体操。好机会，金钢马上兴奋起来，划动双桨，冲进了海豚群。

筏子的闯入，让海豚发生小小的骚动，它们并不了解这个"不速之客"。队列有些慌乱，但还是向前游动。金钢像检阅队伍一样，一条条找寻，终于，它瞄准了队伍最后一条大海豚，有两个橡皮筏子那么长。它把筏子靠过去，咬下双桨上的橡皮套。呼的一声，从筏身跃起，骑到了海豚的背上，牙齿不轻不重地咬住海豚的背鳍。海豚一下子被吓蒙了，紧接着想挣脱，它扭动着，想把金钢甩下。金钢迅速用双爪捂住了海豚的鼻孔。

在西沙，金钢遇见过海豚。金钢不仅学潜水，它还常和海豚一起戏耍。在科研人员和钟金泽的训练下，金钢掌握了水中驯服海豚的办法。捂住海豚的鼻孔，就切断了它回收发出的声呐波，对海豚来说，等于盲了眼睛，会马上被驯服。金钢甚至还学会了和海豚沟通的叫声。

海豚开始还在不停挣脱，金钢没有捂得太重，几次差点让它被甩到海里。它急中生智，发出了叫声，还真奇怪，海豚情绪一下平复了。

有好几条海豚围过来，像是要来应援。这是海豚的特性，遇到凶猛鱼类攻击时，它们会并肩作战。现在，它们在四周游弋，用声呐波探测金钢，不敢贸然发动进攻，似乎无法确定它的身份。

金钢知道它们在伺机攻击，拿不准是主动放弃还是迎战。迎战这么多海豚，它没有经验。它试着又学叫了几声，是对海豚的友好叫唤。

海豚们听到了，愣在那儿。眼看着自己的橡皮筏子就要冲远了，金钢赶紧在海豚背上骑好，摆动它的背鳍调整方向，让海豚追了过去，海豚还真听它的指挥。

这次，那些围过来的海豚没有再跟着上来。

金钢很快追上了筏子。它真不知道自己为何得手。它当然不会知道，是身上的救生衣让很多海豚从声呐波的探测里，判断它是一名士兵。

海豚为什么会畏惧人类，同时又亲近人类、听从人类，这在科学研究上有很多说法，但还没有一个准确的答案。

等金钢驾着海豚驶出好远，后面的那几条海豚一哄而散，追赶它们的队伍去了。金钢稳稳地抓住海豚的背鳍，宛若操纵驾驶杆。海豚老老实实地调整方向，驮着金钢冲进了正在变小的风浪里。筏子，金钢用一根绳子固定在自己身上。

就这样，金钢驾着海豚，拖着救生筏，向西沙进发。金钢发现，海豚航行的速度很快。从嗅觉上判断，它知道自己可能进入了"金色大厅"的那片海域。于是，它尽量凭感觉朝"金色大厅"靠近。

十三

浪渐渐变小，海面变得平缓，像飘浮的黑绸缎。海豚的情绪稳定了，它快速航行，头部像一把剪刀，把海面剪开，撕出两条白线般的波浪。白线形成一个大大的尖头，把金钢、海豚和筏子都装在里边。尖头朝前方快速推进。金钢的心情也豪迈起来，不由汪汪汪地叫了几声。好一会儿，它才反应过来。它又在唱歌了，是钟金泽唱的那首四川口音的歌曲。

就在金钢觉得胜利在望的时候，海豚一阵尖叫，悠长而凄厉，想要拼命挣脱。金钢一惊，马上发现右前方一个白色的东西朝这儿移动。从航向看，是冲自己而来的。那是一条远洋白鲨。金钢迅速放开海豚，跳到了自己的筏子上，准备迎战白鲨。

对于鲨鱼，钟金泽让它在水里跟各种橡皮模型格斗训练过，但那只是在西沙礁盘上的浅水里。真的鲨鱼，金钢还没遇到过。在这茫茫的大海上，现在这条白鲨，有好几个筏子大，金钢一时不知怎么才好。它看了一下海豚，已不见踪影。

远洋白鲨速度很快，前额猛地露出水面，海水从它头部分开滑下，露出了亮晶晶的像琥珀一样的头顶，两只眼睛露出凶光。它似乎饿慌了，猛地张开大嘴，一股腥臭味从十米开外直扑过来。嗅觉灵敏的金钢，让这股腥臭味熏得有点头晕，就在这时，金钢看到了鲨鱼那刀片一样的利齿，在夜色里发着寒光。

就在白鲨离金钢不到两米的时候，金钢从筏子上腾空跃起，迎着白鲨扑去。它在鲨鱼上空一个转身，准确落在了鲨鱼的背上，一口狠狠咬住了背鳍。

鲨鱼一个激灵，马上猛烈地摇晃起来，想把金钢甩开。它怎能做得到呢？甩得越凶，金钢咬得越紧，背鳍也越疼。鲨鱼急了，紧急下潜，在它背部快要没下海面时，金钢一个腾空跳回了筏子。鲨鱼冲击金钢时，已把筏子冲到几米开外，还好，金钢跳过去勉强够到。

也许是背部的创口让海水刺疼了，鲨鱼很快蹿出水面。这回，它没有张口，一头朝筏子猛撞过来。筏子被撞翻前，金钢一个跃起腾空，再次落到了白鲨的背上。这回，它也使出了凶招，把鲨鱼的背鳍咬掉了一块，鲨鱼在剧痛中只好再次下潜。

金钢又跳向筏子，等待鲨鱼的再次反击。

金钢这回落空了。

筏子被发疯的鲨鱼顶得太远了，金钢落到了海里。它有些发慌。

鲨鱼再一次露出了水面，马上发现了海面上漂浮的金钢。它带着满腔的仇恨和愤怒，再次张开了布满利刃的大口，直扑过来。

金钢也露出了利齿，它明白，这是殊死一搏。现在，它失去了支撑，只能尽自己全力拼了。

这时候的金钢，已经完全处于劣势。

一股大浪作为鲨鱼的先锋，劈头盖脸冲来，金钢的眼睛一时模糊。它马上甩甩头，眼露凶光，寻找生机。它只有最后两招：如果鲨鱼正面冲击，它争取避开，咬住它的胸鳍；如果鲨鱼翻身，从水下攻击，它尽快脱下救生衣，作为依托，以微弱的弹跳力攻击鲨鱼的心脏。这方法金钢在模型上练习过，但是胜算不到一半。

它像足球守门员一样，全神贯注，判断对方的攻击方式。进攻要有提前量，万一判断错误，只有失败。

时不我待，它主动出击，扑向鲨鱼右侧的胸鳍。但它错了，鲨鱼翻过了身子。金钢马上知道自己失算了，只能以死相搏了。

就在这时，一道黑光射中了鲨鱼！

鲨鱼身子一颤，怪叫一声，转身跑了。鲨鱼转身时尾巴掀起的大浪，再一次把金钢冲得好远。金钢不知道发生了什么，甩甩脑袋仔细一看，竟然是海豚一头把鲨鱼顶开了，且把鲨鱼顶跑了。

金钢当然不知道海豚并不怕鲨鱼。鲨鱼凶猛，但头脑简单。海豚智商极高，又极其灵活。它刚才摆脱金钢，就为了让自己能灵活迎战，寻找战机。海豚知道，鲨鱼的头部、胸部和腹部都有软骨，只要猛击，必然受伤。

金钢感激地对海豚叫了几声。

远洋白鲨不见了，海面恢复了大战后的宁静。

金钢和海豚一道，把筏子翻了过来。它想和海豚告别，让海豚离去。没想到海豚对它很友好，似乎怕白鲨再次出现，不肯走。金钢十分感动，不好意思再让它驮着自己了，但是海豚靠近筏子，用鼻子顶着筏子向前航行。金钢只好重新骑上了海豚。

海豚总是这样，服从于人类，又在大海上托举着人类。当然，金钢被它误认为是人类，是它的福分。

忽然，巨大的水墙在远处的海面升起。水墙朝金钢这边延伸过来。这是南北半球的两股大海流相撞而引起的，景象非常恐怖。金钢赶紧返回筏子，海豚大叫一声，算是告别，紧急潜水。一股巨浪过来，把整个筏子抛到空中。金钢从筏子里飞了出去。

十四

金钢醒了过来。它发现身边的海水红红的，才意识到那是它自己的血。再看，左前爪有一个大伤口，它用舌头舔了几下，血在慢慢止住。感谢钟金泽为它穿的救生衣，让它避免了重度摔伤。

它晃晃脑袋，像是要把脑子里的一张网甩掉，可晃了几下还是发蒙。它起身看了看四周，原来是一个礁盘，也是大片的珊瑚林。这个珊瑚丛林有的在水下，也有的露出海面。这到底是哪儿呢？它用目光搜索，又在发蒙的脑子里回忆。忽然，它嗅到了一股熟悉的味道。它眼睛一亮，一大片金色的珊瑚。

啊，"金色大厅"！

只要在这儿静静地等待，西沙的战友肯定能找到自己。它用前爪摸了摸脖子上的呼叫设备。

忽然，遥远的海面传来闷闷的轰鸣声，它连忙看去，虽然很远，看上去波浪也不大，但隐约冒出海面的水柱让金钢十分警觉。金钢马上判断又有水墙，并且很快将来到这里。再抛一次，不知会被抛到哪儿去。

快，赶紧钻进这个通道，躲到那个洞穴里——"金色大厅"。

金钢赶紧爬起来，忍痛朝通道入口飞快跑去。它猛然看到一道白光，再细看，那条白鲨居然又来了。白鲨一直在围着礁盘游动，虎视眈眈地盯着金钢，那目光里依然充满仇恨。显然，远洋白鲨从血水的味道里知道金钢受伤了。金钢不由对海豚的一路护送再次充满感激。

金钢没有理它。它看到远处的水柱果然变成了水墙，正在向这边快速推进。它赶快找到了入口处，正要下水，白鲨又追了上来，在还有不到三米的地方，张开大口，死死地盯着金钢，等它下水。双方对峙片刻，金钢迅速咬开胸前的扣子，脱下救生衣，叼着朝白鲨扔去。白鲨下意识咬住。金钢一头扎进水里，飞快钻进了那个通道。

穿过丛林，穿过暗道，刚刚进入洞穴，海水就从头顶的珊瑚林中浇了进来。巨浪压过来了！洞穴里的水面也开始剧烈晃动，形成大浪，而且越来越猛。金钢紧紧抱住一根珊瑚石柱。很快，柱子上的石刺扎得四肢和胸腹生疼，但它决不松开。随着海面的晃动，它疼得越来越厉害，它知道胸前和四肢都磨破了。它闻到一股腥味，看到面前的海水渐渐变红。它的视线在这红色的水里变得模糊起来，身子却似乎不那么疼了。

十五

巨大的台风裹着滔天巨浪覆盖了礁盘，巨浪蹿过来的时候，整个礁盘似乎都在颤动。钟金泽心里一惊，又超出预报了。

在南中国海，台风预报不准是常事。先前是海流不准，这次台风又大大超过原来的强度，钟金泽马上问：“上级有没有通报台风的变化情况？”

回答没有。

他还是觉得不正常，马上让报务员发电报问海情。报务员开机操作了半天，没有任何信号，奇怪！

钟金泽赶紧从背风的一面通过射击孔，用反光镜看顶部的钢铸塔形天线架。一看，坏了。这么结实的天线架居然拦腰弯折了。

钟金泽这才想起，刚才一阵台风把平台那边唯一的篮球架吹得飞了起来，篮球架就是砸在礁堡顶上的。那轰隆一声巨响把礁堡里的人都吓了一跳，特别是新兵，还下意识抓起了枪，以为遭到了炮击。现在想，是正好砸到天线架了。

"天线架弯了，无线的线路断了。"他说。

"那我们用有线电话联系。"

钟金泽说："我关心的是避雷针。"

礁盘上的避雷针就在天线架的顶部，因为这是礁上最高处，也是最结实的地方。如果避雷针失效，那么礁盘上的雷达和其他军用设施都可能遭到雷击，连礁堡里也很危险。

仿佛是要验证他的担心，远处的海面一个蓝色的火球飞速滚过，不一会儿传来一阵轰隆隆的雷声。

"快拿缆绳来。"

战士们很快搬来了缆绳，钟金泽也很快将绳系到了腰上。在六号岛上的抗台让他学会了如何应对。

天线架是弯了，但依然在礁堡顶上。避雷针线路没断最好，如果断了，那就是再困难也要把线路接上。

战士们马上明白他要干什么，都不让他去。特别是刘岩，他要自己去。

钟金泽说："你们经历过这么大的台风吗？你们学过武术吗？"还没等人回答，他就冲了出去。

出门的那一瞬，由于绳子较松，他一下子被冲出去五六米。要不是里面的人连忙拉紧，他就掉海里去了。

在礁堡的背风一面，趁着大浪的间隙，他蹿上了房顶。又一个巨浪过来，他死死抱住天线塔根部的角钢。

巨浪消去，他抹了一把脸，迅速查找避雷针线路。还好没有断，他放心了。他赶快又检查天线接口，是螺丝松了，抓紧拧紧。

他没有马上撤离，等着再一个巨浪过来。

就在这时，一道蓝色的闪电直击礁堡顶部，就像一条蓝色的鞭子抽在钟金泽的头部。雷声像在礁堡上炸开一个巨大的炸弹。所有人都惊呼起来，呼叫声穿过雷声、风声、浪声。

钟金泽知道他们是在为他着急，但是他没有一丝恐惧。在西沙那么多年，和响雷擦肩而过不是一次两次了，开始也怕，后来只要知道身边有避雷针，就一点都不会怕了。

像他预计的那样，又一股巨浪过来了。

看似是被巨浪刮走一样，他顺着巨浪的尾巴下了礁堡。到了平台，很快进入了礁堡。

等他进入礁堡的时候，所有的人都张着嘴，呆呆地看着他，半天没有回过神来。

他顾不上换衣服，马上接通无线电，问西沙海域的情况。

西沙这边，强劲的台风已经过去了。接到搜救金钢任务的舰船马上启航，直奔预定的目标。每艘船上都有对讲机，全部关闭呼出功能，设定的呼入频道就是金钢筏子上和救生衣上呼叫设备的频道。只要听到响声，就是金钢那儿发出的。

张亚平估算了一下金钢可能出现的位置，觉得舰船的航速有点慢，现在天气多变，万一再来个土台风，什么都完了。他请求直升机马上起飞，岛上的航空兵指挥室答复，西沙海面的上空仍然有小股土台风，气象不适合起飞。

张亚平直接找到机场指挥室，详细询问了目前的飞行条件。因为他在特种兵学院也学过驾驶直升机，知道气象条件确实很差。南沙的台风，前奏已经到了西沙海域的边缘，拐弯向东去，影响了部分西沙海面。还有一股台风是土台风，从东面过来，昨天还相互撞击了，现在去向不明。这种情况直升机是不能起飞的。

张亚平一屁股坐了下来，心里凉了：这要等到什么时候?

航空兵指挥员安慰他："别急，军舰不是出去了嘛。"

张亚平心里一动，呼的一下站了起来。军舰能出去，说明现在的台风离海面有一定距离了。

他问："那些局部台风离海面有多高? "

回答："最低的时候仅一百二十米。"

他请求按作战要求起飞。

作战室里所有的人都诧异地看着他，因为这种紧贴海面的飞行，危险系数很高。不是紧急作战任务，不是特殊的飞行员，是不会采取这种飞行方式的。

指挥员自然否决了他的请求。

张亚平不放弃，说出了岛上现在的两位飞行员的名字，他和他们协同执行过任务，曾经驾着直升机在山谷里贴着林梢飞行。那个危险系数不比这个小，他还说了一句有点儿赌气的话，不行把直升机给他，他驾驶去。当然，说完他也心虚，这种高难度的飞行，他确实没有把握。

指挥员说那次是情况紧急，接受地方的请求，要在山中迅速找到火源，由陆战队扑灭。那是为了避免大山火，这次是为一条军犬，已经出动那么多部队，现在还要让直升机冒这么大风险，有必要吗？

张亚平说："有必要，生命都是平等的。"

指挥员说："是平等，将军和士兵是平等的。但是要让飞行员和你提着脑袋找一条军犬，这个账三岁小孩都算得出来。"

张亚平用最简练的语言，向他们介绍了金钢的故事，强调它来西沙后救过多少人，说你们觉得值不值？

短暂的沉默后，指挥员马上召集开会，那两位飞行员也来了。在保障安全的前提下，大家一致同意飞行搜救。两架直升机都出发，张亚平上其中一架，同是特种兵学院毕业的指导员上另一架。听到这个结果，张亚平眼睛湿润了，他把情况通报给钟金泽。当对方为他们担心时，他故意用得意的口吻说，这回你没法和我抢了。

上级很快批准了这个方案。十分钟后，两架直升机起飞，几乎贴着海面。飞机按照张亚平和钟金泽设定的方位搜寻，很快，在对讲机里听到了海浪声，说明金钢那边的呼叫设备对讲功能没有消失。果然，几分钟后，他们看见了那个救生筏。但是，没有金钢。

原来，金钢漂流前，礁盘上为它制作的呼叫设备是配有电源的。为了避免时间过久电源电池用光，气象员和报务员专门从礁盘上的太阳能面板上取下两小块吸光板单元，做成了两个微型太阳能充电器。一个固定在筏子上，一个固定在救生衣上。

根据救生筏的位置和刚才测定的两股台风相撞的时间，以及海流情况，他们很快计算出金钢可能脱离救生筏的位置。

直升机在那个位置方圆五十公里内反复寻找，没有发现另外一个呼叫设备。两种可能，一是呼叫设备失效，二是救生衣跟着金钢消失了。

这回真该庆幸钟金泽检查避雷针时，把礁盘上的天线也恢复了。张亚平在飞机上及时和钟金泽通报了情况。钟金泽说："能不能去六号岛？把黑剑接上。"张亚平马上明白了，他知道，六号岛接替金钢的黑剑感知能力很强，特别是它跟了金钢半年，对金钢的感应距离不会少于五公里。

飞机马上折回，在六号岛艰难降落，再艰难起飞。然后，继续贴近海面飞行。到了搜寻区域，张亚平问飞行员："能不能再低一点？"

飞行员说："没问题。"

很快，飞机的下端离海面不超过五米，远看，像一艘快艇在海面上飞行。张亚平吃惊地看着飞行员，没想到飞行员神情镇定，笑了笑，说："放心，等完成任务，我把起落架放下来，在海面上给你划出浪花。"

张亚平感激地看了下飞行员，情绪也稳定了。就在这时，黑剑叫了起来。

顺着黑剑指定的方向，他们看到了远处的海面上那金色的丛林。就在这时，他们还看到海面上又一股巨浪向那片金色扑去。直升机一个急转弯，先紧急避开。

十六

要顶住，不能松开！它命令自己。现在只要一松双爪，就会掉到水里淹死。

……

像它预料的那样，风浪很快消失了。

阳光筛过珊瑚林透了进来，天空中传来直升机的轰鸣音。不一会儿就有人上了礁盘："在这儿，在这儿，肯定是金钢。是金钢！"

啊，是张亚平！张亚平的气味，张亚平的声音。张亚平在上面不停呼唤，金钢张了张口，就是叫不出声。情急之中，它想了个办法，竭尽全力用鼻子重重哼了一声。

张亚平听到了，很快就钻进了"金色大厅"。金钢知道张亚平就在身后，想回头，浑身已不听使唤，没法动弹。张亚平赶紧过来，从身后把它抱住。这时的它两眼直冒金星，金星像在飞舞，它连喘气的劲儿也快没了。

张亚平看它张了张口，又睁开了眼，激动得不行。他给金钢戴上犬用氧气面罩，抱着金钢快速游出了通道。紧接着，一根绳子从直升机上放了下来。

张亚平把绳子系在自己腰上，拦腰抱紧了金钢。

金钢觉得自己在上升、上升。它微睁的眼中，看到了好蓝好蓝的天、好蓝好蓝的海，还有那金灿灿的珊瑚丛林。那丛林亮得晃眼，满眼都是金色花朵在盛放。

终于，它趴下了。它知道这是在直升机上。张亚平把耳机放到金钢的耳边。里面好多人，都在叫着它的名字。有小周，有刘岩，当然还有钟金泽。金钢心头一热，那股暖流再次窜到了眼帘，它真想竭尽全力喊一声，但无法做到。

泪水尽情地流下。重伤不哭。它像在对自己说，但是眼泪依旧不给它面子。泪光里，它看到了钟金泽、刘岩他们在礁盘上迎战台风，它心里隐隐作痛。它知道自己快不行了，它再也无法见到他们，他们再也无法见到它。

"失血过多，生命危急。上级命令，飞机不用返航永兴岛，直飞三亚海军医院急救。"

这是金钢在失去知觉前听到的最后一句话，已分不清是张亚平说的，还是飞行员说的。

原载《人民文学》2020年第12期

点评

《丛林海》是一篇以军旅生活为题材的小说，正面展现和平时代下军营生活的独特风貌。作品的巧妙之处在于通过一只狗的视角来完成对于新时代语境下军营生活的展现，并在人与狗的互动中展现人性与狗性，以及士兵与军犬之间的特殊情感关系。

作品没有紧张的情节冲突，重在通过一只军犬的成长以及历险的描述，展现现代军营生活的内容。军犬金钢是作品当仁不让的主角，作者通过对金钢的拟人化塑造，扩大了金钢这一限制性视角的叙事范围，从而通过金钢的视角展现了当代军营生活的独特风貌。金钢首先是一只本领高强、业务能力过硬的现代军犬，它训练有素，并能通过自身特殊的感知能力超额完成各种任务，屡立战功。作者通过金钢的训练与成长，细腻呈现了现代军犬"是如何炼成的"。

其次，金钢的特殊之处更在于它超出普通动物本性、能与人性高度互通的一面。它与训练员钟金泽之间形成了高度融合又相互替代的关系。在作品中，对于现代士兵的叙述一定程度上是通过对军犬叙述的转喻来完成的，钟金泽的受伤使得作品对于现代士兵的正面叙述自然终止，金钢的出现则自然地承担起了正面呈现现代军营生活乃至士兵精神风貌的重任。人与狗在叙事中融为一体，共同完成了展现现代军营生活的叙述任务。小说中，金钢的成长，也是现代士兵的成长，金钢的海上大冒险也是现代士兵的历险和自我检阅，它的历险成功成为现代士兵展现高昂斗志和精神风貌的特殊方式和重要象征。

金钢的海上大冒险构成了小说的高潮部分，金钢的勇猛、机智、顽强在这个过程中得到了淋漓尽致的展现，是一次现代军营训练成果的集中巡礼和阅兵。但这个过程更是人与狗高度互动的呈现方式。无论是被困在台风漩涡中、心急如焚的训练员钟金泽，还是更靠近前线的张亚平，都给予了一条军犬超出普通动物的尊重、爱护与人道主义之心。钟金泽在金钢出发前所做的细致准备与周全考虑、张亚平顶住压力派出直升机冒险超低空搜寻的行为都为金钢的成功历险归来提供了必不可少的前提性条件。因此，海上大冒险，是金钢英雄式表演的过程，也是体现人与狗，士兵与军犬之间特殊情感关系的过程。在这里，人与狗脱离了动物层面的支配关系，而成为一体性的、象征着现代士兵精神的融合载体。丛林之海，不仅是展现英雄勇武之力的自然舞台，也是体现人性和情感的精神高地。

（崔庆蕾）

婀娜万福/

/王方晨

1

"那是个可怕的夜晚，"谢青莲双眼饱含泪水，边擦眼镜边说，"我到那位给我做堕胎术的医生那里去。"

手术给她带来了巨大的痛苦，使她一想到那个医生，心里就充满刻骨的恨意，几十年了一直这样。她的人生，早就在那个夜晚结束了，因此她总记着自己是名大家闺秀。现在她跟女儿住一起，每天的大部分时间，都用在她永远也做不完的针线上。

她出生在济南珍池街一个旧式家庭。外面的世界，是她站在楼台上，隔着高高的院墙看到的。她甚至在十五岁前，没有走出闺房半步。

她的父亲，一位尽职尽责的国民政府官员，顽强维护着那些令人眷恋的传统的道德习俗，因而在当时的济南获得了很大声誉。在他弥留之际，谢青莲跟她的兄弟姐妹们一起守候在他的床前。他那散乱难定的目光，从他垂手而立的儿子们身上掠过。他满意地微笑了。他断定在这些人子中间，将会出现国家的栋梁和民生的楷范。

他的视线最后落在众人后面，一位肥胖奶妈手中的婴儿身上。他的子女和妻妾们无比清楚地看到，这时候他的双目灼灼一亮，约有上百流明。

在场的所有人都吓坏了。一位娇妾横眉竖眼，向着那位蠢笨的奶妈挥手，让她赶快把婴儿抱走。奶妈惊慌失措，竟然误解了她的意思，一步抢上前来，双手把婴儿托着，呈给那垂死的人。

婴儿的体积那么小，在她宽大如荷的手中，根本不显眼，仿佛她洗衣时捧在胸口，津津有味地观看的一掬肥皂沫。

那位父亲，显然把这婴儿当成了某位妾刚给他下的孩子。于是，人们十分怀疑他马上就要转危为安了。

为使他能够更清楚地看到婴儿的模样，一位用人把蜡烛端在婴儿脸上。

那位父亲久久凝视着柔和的烛光下的婴儿。人们看得出他嘴角的微微掣动，没有谁不相信那是他在为新生儿深深祝福。

适逢盛夏，一个寂静而燠热的午夜，婴儿一直在酣睡，但是一滴滚烫的蜡烛油突然滴落在她的脸上，使她立刻放声大哭起来。

她的外祖父就是在她响亮的哭声中去世的。这位令人尊敬的道德家，至死都没有想到，接受他最后祝福的，竟是一位对他惨淡维持的清白门风进行无情嘲讽的业种。她就是谢青莲女士唯一的女儿谢自珍教授。

谢自珍教授在谢宅的出现，无疑是医生手术失败的见证。这位医生实际上带给了她两次生命。她从童年起就一直想找到他。但是人海茫茫，母亲又不能给她提供充分的线索，以至这个人距她越来越远，竟如海中仙山，但也更加纯粹而光辉，在她的精神世界里另有一片至高无上的国土。

炎热的夏天再次来临。

谢自珍教授毅然决定放弃她所从事多年的教育工作。她打算在她教育生涯结束的第一个假期里出门远行，并为此感到兴奋异常。

夜深了，她终于使自己平静一些，在房间里看了一会儿那张幽美的暗绿色夜空，就来到母亲门前。

母亲背对着她。她好像初次发现，母亲生着一个如此宽厚的脊背。

"他的那只手很长。"母亲说着，摘下眼镜。

谢自珍教授如同受到一下强烈的撞击。

"妈。"她气喘吁吁地靠在门上，低低叫了一声。

她听到地下众多的泉水在响。那声音逐渐扩大着，仿佛恢宏而美丽的夏季，把她团团包围住了。由于莫名的幸福，而眼中漾满热泪。她想，她的母亲应该也是这样。她没再去搅扰沉浸在遥远往事的回忆中的母亲。

她悄悄退回来。一想到这漫漫的长夜，就觉得自己出门旅行的勇气是会消失掉的。她果真开始打开刚刚收拾好的旅行包，把里面的衣物一件件拿出来。她把它们摆好，然后再细细想想自己还需要什么。她终于又想到这些足够了，接着就又把它们一一放进去。

一个小时过后，谢自珍教授已经走出了大学校园。

黎明前的大街，像位美丽的年轻寡妇，忧伤，贞静。一股股干爽的微风，如她柔软的长头发，穿过街上的树枝。

谢自珍教授过惯了孤寂的生活，这时候如同猛地站在了一面大镜子跟前，自己的影像全部笼罩上了一层虚幻动人的诗情，她因此而感到陌生，似乎是受到了意外的惊吓，那颗心波动不已。她极力想从这面镜子前走掉。于是她飞快地转入狭窄的小纬二路，站在阴暗的墙根底下，觉得自己已经来到了镜子背面。她再也不会看到那个并不属于她的影像了。

当她矜持万分地走进空荡荡的火车站广场时，她实实在在地感到自己快有五百岁了。

谢自珍教授最终还是放弃了旅行。回到家里，发现母亲坐在椅子上睡着了，而手里似乎还在做着针线。谢自珍教授忽然明白，自己的生活就如同这坚固的房子，是绝不会改变的。她应该一无所欲，而且也正是现在所属的一切才是跟她血肉相连的。她丢下旅行包，顾不得劳顿，就去书房修改她的《诗经》研究专著。

那是两大册厚厚的著作，出版社已通知她将出第二版。但当她刚刚在椅子里坐定，母亲低沉的声音就从门口传进来：

"所有夜间出门的女孩儿都该死！"

她觉得自己骤然化为无数碎片，好像一只膨大的气球，啪的一声，在空中炸掉了。她不由得回顾了一下，还以为自己听错了。但她立刻相信母亲一直在以那种从低垂着眼皮底下暗暗射出的目光，观察着她的一举一动。她以前竟然错误地认为母亲已如行尸走肉，早在多少年前就已从这个世上消失了。惊恐之余，她又听见母亲在抱怨：

"你想扔下我不管。"

谢自珍教授猛地离开椅子朝着母亲的房间走。但是母亲仍在睡着。她走过去，身不由己地在母亲的脚边跪下来，眼里淌出泪水。她怔怔地凝望着母亲。

母亲神态安详肤色红润，显示出她的身体仍很健康。虽然她的脑袋在她的肩膀上是倾斜着的，但这并没有妨碍她的端庄。

谢自珍教授的一位舅父不止一次地对她说过：

"你母亲的命很苦。"

但是此刻，她毫无理由地相信，在母亲神秘的命宫图里，充满了灿烂的幸运之光，世上没有一个人比她更幸福。

在谢自珍教授从母亲的脚下站起时，她的那种以为母亲是幸福的念头，就如同早已根深蒂固了。

她回到自己的房间。

曙光似乎带来了另一个世界的消息，使她屏息而立了许久。她的耳朵，在静听着那种并不存在的声响。当她意识到现在就是暑假的第一天时，她觉得自己的新生活就要开始了。她要把自己的整个身心交付给一种不可知的冥冥之中的力量。那种力量需要她完全弃绝人世间的一切欲望、知觉和感官所产生的诱惑。

但是在这种圣洁的生活开始之际，世俗中唯一牵挂她的心的，只剩下一件事，那就是关于《诗经》的研究。于是，她马上想把这件事从心中打发掉，然后再奔向自由。

她明明白白地认识到，母亲大可以蔑视所有的世人，当然也包括她自己。跟母亲的世界相比，她的人生是那样苍白匮乏，使她几乎绝望。但是一旦接触到修改那两册《诗经》研究专著的工作，就很难把它们从手上放下来。她每天都要在椅子上坐上一整夜。她本着精益求精的原则，细致推敲里面的每一个字，直到所有的语句都臻于完美。

她很快忘掉了时间。对她来说，夏季的白天和黑夜是没有任何区别的。有一次铅笔落地的声音惊醒了她。她甚至怀疑这是不是深秋了。她下意识地拉一拉身上的衣服，但她立刻为自己的错误感到好笑，并责怪自己不该胡思乱想。

她的样子变得非常古怪，对眼前的事物熟视无睹，以至那位每天都要按时上门的送奶人疑心她是否神经失常。每当他看到她从窄窄的门缝里出现，和她那双苍白无比的手时，他的心都要发疯地战栗成一个儿，因为她的面部和手绝对不像为一位活人所有。

这位可怜的送奶人，提心吊胆地进行着他夏天的工作，谢自珍教授因此才得以依靠这种纯净芬芳的白色液体维持生命。

夏季结束了，谢自珍教授并没有病倒。

2

那天，她感到特别轻松。她绞动着手腕，离开桌子，站在窗前。就像那次她从火车站回来一样，曙光染红了窗外的千佛山和金鸡岭。

正是一天的早晨，新的日子又一次来到了。她想此刻肯定有许多人正在户外散步，他们尽量放松肺部，使自己能够像河马一样进行那种缓慢而沉稳的呼吸。不管他们夜间做过多少美梦和噩梦，现在它们已经全部被丢在脑后了，就像那种古老的蒸汽机车在行进时抛向后方去的一行白烟。有谁还在回忆那种飘忽不定的幻觉呢？

谢自珍教授的身心，完全由四周的真实占据着。眼中是被曙光映照着的群山、楼房，以及那些没有被建筑物遮盖住的空地，空地上行走着闲散的人，那里生长着小树和绿草。耳中是繁多的并不嘈杂的声响，在她的神经末梢上产生美妙舒畅的波动，如同在她幼儿时期用她那敏锐的听觉捕捉到的地下泉水的流动之音。鼻子里是清新的空气，有着潮乎乎的尘土味和夜间花草散发的芳香。她的舌感受到她自己的唾液的甘醇和光滑凉爽的上腭。

她的肉体是如此的真实，而且她的理智依然在准确地判断着一切存在于事物之中的关系。她从过去和现时，从肌体的活力，从微凉的气温和偶尔出现在视野中的她所认识的人们的行色上判断出，一个又漫长又短促、又癫狂又宁静的夏季，结束了。

接着，谢自珍教授听到一阵楼梯上的脚步声。她甚至马上肯定这声音比往常响迟了半分钟，因此当她打开房门时，那位送奶人弯曲起来的手刚刚举到他的齐肩高。受到意外的一惊，他那叩门的姿势，就在那个位置上僵住了。

谢自珍教授同时也惊了一下，她眼中看到了一位长得奇形怪状的人，脸孔如同海洋里的马面鲀，带着近于悲哀的木板的表情。

还没有仔细看一看他的五官是否摆放得大体不差，她就响亮地纵声大笑起来。

她的身体向后弯过去，又立刻折回来，接着就胡乱地左右摇摆，每一次都几乎倒在地上，但她的双脚仍然留在原处，活像一种名叫不倒翁的奇妙玩具。

她笑得是这样厉害，以至她脸上出现了那么多的灿烂的皱纹，仿佛布满了许多粗线条的阳光。在她的狂笑声中，那位送奶人缩一缩身子，一阵一阵地颤抖着。他忽然放下手中的奶瓶，狼狈不堪地逃掉了。

谢自珍教授脸上隐隐作痛，她高兴得低声哭了。

那位丑陋的送奶人早已从她眼前消失了，她却还在门中站着。但她很快就后悔不迭。她的脑中想着：

"这是个丑八怪，不错，但他每天要走多少路，有多少人在看他，他也许全不在乎。可他的确是丑啊！"

她把奶拿回房间，很有些莫名其妙，那种快乐情绪依旧在影响她的肉体和思想。

谢自珍教授带着满脑子的哈哈声，从家里来到大学汉语文学系办公室。假期后初次见面的教授和讲师们，相互打着招呼，她也快快活活地跟人家问了好。当学校宣布她在本学期内将继续教授古文学课程时，她并没有感到失望，甚至很快乐地接受了教学任务。

谢自珍教授的教育生涯在她五十五岁时，是不可能一下子就结束的。生活的列车，继续沿着既定的轨道，向前行驶，谢自珍教授无疑没有从这趟列车上走下来。

她一整天的心绪是这样的开朗，连她自己也没有想到，就不怪那些好奇的同事暗地里对她作出各种猜测了。

一直到第二天早上，谢自珍教授在那位送奶人上门的时辰鬼使神差地又去开门时，她的心猛然一沉。她没有看到那位送奶人。

她惘然若失地回到房间，转而又想到自己昨天的所作所为实在有些凶恶可憎。她要让自己的心沉静下来，就像把一颗充足气体的皮球，强压入寒冷的深水里。她又变得拘束和刻板起来。

出现在她眼前的都是些新的面孔，但这一点无关紧要。这些年轻人在她眼里跟过去的年轻学生没有区别，她甚至从未认真打量一下哪个学生的脸。她更关心的是她放在讲桌上的讲稿。在某种意义上来说，她仅仅是一位好的学者，而非一位出色的大学老师。

当讲稿剩下最后一页，她几乎不知道自己在干什么。如果她能够抬起头来，让目光在学生的身上停留一会儿，她很可能会清醒地感到，自己在做一个老师。她没有那样做，每一个学生都错认为在她封得严严的领口里隐藏着一架小小的留声机。

课讲完以后，她的视线也终于从课堂的一个无人的角落收了回来。

近一个小时的疲劳让她感到一阵阵晕眩。在回办公室的路上，她才完全意识到自己做过什么事。她想，她在那么多的学生跟前该是怎样笨手笨脚啊。他们一定在任何一种场合谈论她，但她无法知道他们谈她什么，她不想知道。

如果有一个人能够偷偷告诉她一些发生在同事和学生们中间的事，她喜欢不喜欢听呢？

那是肯定的，但是，在这整所大学里，以至整个济南，她缺少那种关系亲密的朋友。她总是显得那样孤单，那样凄凉，不合时宜。

有时候她止不住幻想一个人拉着她的手，微笑着跟她讲话，她全身都会紧张起来，好像有什么东西在从胸前和背后拼命挤压着她。

几乎没有人接触过她的身体，她只记得她的一个舅父在她小时候抱着她去逛灯市。当年这位舅父经常去串大观园东南门的义和班。有很长一段时间他没有工作，义和班并没有收留他。

舅父温暖的胸膛，使她想起她从未谋面的父亲。而在突然之间，她发现舅父老了。作为一家纺织厂的看门人，他有着深褐色的苍老的皮肤和混浊无光的双眼，她只能对他肃然起敬，再也不能把他跟年轻的父亲联系在一起。但她确信在过往的时日她曾经那么贴近父亲优雅活泼的心。

谢自珍教授走进办公室。同事们的谈话声似乎是戛然而止的。这种感觉让她身上发冷。她没勇气抬起眼光，从同事们的表情上找出那种依据。正像她不敢想象学生们会怎样在背地里议论她一样，她也不敢使自己相信同事们的停止谈话跟自己有关。

她就像一个在大庭广众之下穿着皱缩脏污的衬衫的人，悄悄躲避着别人的注意。

不过，在这种暂时的沉默结束后，她很希望有人能够主动向她问一句："你不觉得天气很好吗？"或者"天是不是下雨了？"

但是没有。她的疑心更重了，像狡猾的蛇一样，死死纠缠着她，使她禁不住打了个寒战。

她要马上离开这里。让那些无聊的爱嚼舌根的人大声说吧！理智却又立刻告诉她，如果她这样做在他们眼里将是多么可笑。她咬着牙坐着，等待适当的机会逃出去。

大家又讲话了。这是一个新的话题，涉及教师的福利制度。

每个人的兴趣都明显的是刚刚激发起来的。谢自珍教授一眼就能看出来。她难过得就像别人硬去剪掉她的头发，就差没用双手抱住脑袋了。但她听见了一个很轻柔的声音。

"他们说起了几个新入校的勤工俭学的学生。"

在她听来，这是如何动听的音乐呀！她无限感激地回头望了那个人一眼，觉得身体轻轻地漂浮了起来，然后，她微微笑了。

回家路上，那人走在她的身旁，讲述他对新一届大学生的印象。

校园的草地，仿佛泼开的一层绿油彩，在明媚的阳光下不易觉察地颤动着。他们很快走尽了两旁有草地的路，并开始绕过那座早期建筑的外表毫无生气的实验教学楼。

谢自珍教授忽然想到，自己从来没有在这么短的时间里走完这段路程。

她的一往无前的生活，暂时发生了断裂，透出了惊人的光明，但只一瞬就回复到了原来的样子。

在她的身边是一位男子。他本身就是一个危险的信号。她也许并不应该跟他走在一块，可她竟疏忽了呢。

她盼着马上跟他分手，各走各的道。但是实验楼走过去了，到她家里还要通过一段很长的路。在这整段路上，都有浓厚的树荫遮蔽着。

时间过得真慢，那个人仍旧跟着她，使那树木的阴影也像突然在她身上有了重量。她肩负着它，一步一步向家里走。

来到楼梯口前，她再也受不住了，猛地加快了脚步走了上去。

在她看不见跟她同行的那个男人之后，她才慢慢镇静下来，心想那个人终于被甩掉了。他可真是个讨厌鬼。虽然她没有仔细打量一下他的模样，但她不管他的肤色是否健康、鼻梁是否端正，她仍旧把他当作一个讨厌的不知趣的家伙。

她以后可真得防着他点儿。

三天之后才有她的课，她又可以躲在安全的家里不出来了。

这天清晨，她意外地发现送奶人已经换了。她有多少天都在想着，当遇到那位受她耻笑的送奶人时，她一定要弥补一下自己的过失。但她始终没有碰上。

新的送奶人使她深深吃了一惊。

她的计划落空了。

那个人正迈着长腿走下楼梯，她只能看到他的背影。

楼道里积聚着一团半明半暗光线，仿佛已逝的时光。送奶人似乎是从遥远的过去走来，现在又朝遥远的过去返回。

她的精神，好像一下子松懈了。她无力地伏在门上，静静地凝望着送奶人已消失的那片逐渐淡薄的幽暗。

她似乎听到一种声音，非常神秘的穿透时间的声音。这让她的心房止不住怦怦跳动了起来。

3

几十年前的一天早晨，深深的谢宅，只有枝头栖鸟数声寥落的啼鸣。起早的佣人在砖石路上扫洒之后，又去小憩了。

谢青莲推开她的同胞哥哥谢真卿的房门时，那位年轻人正坐在紫檀木书案后面吃着点心。她知道哥哥谢真卿昨天下午去了平阴看玫瑰，她今天是特地来讨花的。

房间里似乎盛着一泓清色的水，谢青莲的双眼并没有把那个年轻人当作别人。她轻快地向他走去的时候，还在想着哥哥昨晚回来之后一定很累了，结果现在刚刚醒来肚子就饿。她离他越来越近，他开始微微地向后倾着身子，有些站起来的意思。

这时候她才发觉他不是她的哥哥。

她有点恼火哥哥怎么不提前告诉她一声这里还有别人，但她在窘迫中很机智地把目光投到了窗前长案上放着的那一大束玫瑰花上。

馥郁的花香，迷漫了整所幽暗的房子，但她并没有真正为它们所吸引。

那个嘴角上似乎沾着点心碎屑的陌生人虽然仅仅在她眼前一闪，却使她又羞又愧。

哥哥还在床上摆着长身子。她似乎听到他在恶作剧一般地低笑。

玫瑰花也不拿了，一转身走出屋子，气鼓鼓地在窗外停住。

哥哥谢真卿很快跟了出来。他脚下趿着的拖板鞋，在地上叭哒叭哒响。

她赌气又要走，已被他扯住了胳膊。她觉得哥哥的手很凉，便把它扳开，眼望着前面的一堆太湖石。

户外的光线虽然也很微薄，眼前的东西还是能够看清的。天上却没有日出的迹象，仿佛现在不是清晨，而是在有银色的月光照着的夜晚。

哥哥轻声问她玫瑰怎么不拿了，她没好气地回答：

"你就以为我是来拿那些花的！"

哥哥马上向她摆摆手，示意她留心惊动别的房子里住的人。那些人都是他俩的异母弟兄。他俩大早起作鬼作祟的，肯定会引起别人的疑心，恐怕又会给两人的亲生母亲增加无谓的事端。

谢真卿在家排行老四，在众多的兄弟姐妹当中，谢青莲跟他的感情更深于他人一层。瞧着他那谨慎担惊的样子，她也便不想再难为他，口上却说道：

"你随便留人过夜，父亲知道了有你慌的。"

哥哥也正有他的忧虑呢。他说：

"我们早起就是为了送他悄悄出门，不料被你碰上了。你不朝外说就谁也不会知道。知道了又怎样呢？他也是咱家常来的人，只你们不常见罢了。"停了一下，笑道，"父亲才顾不来这些事呢。左不过这后院的人瞎吵吵。"

谢青莲已经走开了,他便低头回去,又忽然转身说道:

"我拣最好的花给你送去。放心!"

不到上午九点,谢宅的各房里就都有了谢真卿孝敬的玫瑰花。因为花是新采来的,它们能够在花瓶里多鲜艳几时,谢真卿也便能够多得几回太太们的夸赞。他是一个机灵乖巧的人,整个谢宅的人都喜欢他。虽然他曾不断地出入西门外南岗子,跟一些不三不四的人混在一起,并蓄意挑起各个茶园的纠纷,但是在家里,始终保持着一个完美的孝悌子弟的形象。

谢青莲用不着为他担心。她几乎从未听到过有谁对他发出过怨言。这位哥哥,让她深感自豪。

那一次的不快早已消失,她逐渐觉得哥哥那样做是很具有勇气的。在从那以后的很长时间,一走进哥哥的房门,却总以为有位年轻人正坐在紫檀木书案后面。他当初的面孔是模糊的,好像是黑暗里忽隐忽现的一个影子。

谢青莲觉得他也长着跟哥哥一样修长的身材。她有时试着想象他慢慢从书案后站起来的样子,却最终发现他就是她的哥哥,根本没有另外的人。

在花瓶的清水里滋养了很久的玫瑰花,干枯了,只剩下几根胭脂色的残柄。

谢青莲再也没有见到那位被哥哥留宿的年轻人,那本来就不太清晰的印象也便只好逐渐逝去。如果偶尔从哥哥的嘴上看到零星的一点饭渣,就会很突然地想起一种白色点心,但她并不能确定这到底与谁有关。

一天,她正坐在楼台上懒洋洋地打着团扇,仆女宝儿"噗噗"摇着宽肥的蓝裤脚,从前院托着一只大银盘走了来。

那素净的银色,衬得盘子上的红花,如同一团火苗。

谢青莲一直没有把那种花当作玫瑰,所以她连动也没动,照旧懒洋洋地漠不关心地打着扇子。

擦着房檐照下来的阳光,在团扇上闪来闪去,她渐渐看得入了神。

忽然有一股浓烈的香味飞至她的鼻端,她这才发现宝儿已从楼下来到了自己身后。

盘子里的玫瑰,只剩下了两三枝。谢青莲浑身紧张了起来。紫檀木书案后的人影儿,又摇动在她的眼前。而那花香使她那么迷醉,她已不能看清盘子里有什么了。

"这是从乡下来的县长带来的。"宝儿说。

谢青莲将拿在手中的玫瑰花又丢到盘子里。她这里怔怔的，宝儿还误以为她并不喜爱这种花呢，但她是只管送的，只要能送到每个主子的手里也就算尽职了。

宝儿把花儿给她拿到她的房子里，又去分送余下的两枝。谢青莲像做梦一样呆呆地站在那里。宝儿又随着另两位年纪再小些的姑娘匆匆走过来，招呼她。

"那位县长还带来了一个神童，"宝儿说，"他只有七八岁大的一点，又会作诗又会对对子，老爷正当众考他，太太们都去看了。老爷还让各位小姐们去见识见识哩。"

谢青莲眼望着她们三个人嘻嘻哈哈地下楼去看神童了。这是父亲格外的恩准，平时她们姐妹是很少越过后院到前堂去的。

宝儿的蓝裤脚和小姐们的身影在后院里不见了。

谢青莲百无聊赖地走下楼梯，不由自主地要去前堂。

后院子变得空荡荡的，绝无人息，谢青莲一个人走着觉得怪害怕。她加快了脚步，穿过二堂，竟没有在路上碰到一个人，可见那位神童已使谢家合宅轰动了。

在前堂的小穿堂里，谢青莲看到太太小姐丫鬟们交头接耳地围成一团，正隔着屏风向里面瞅。带小珠球的帘穗子，被打得啪啪响。谢青莲听到她们在发出阵阵笑语。

她在她们背后踮起脚尖，却什么也看不见。忽然觉得无味，又低头昏昏沉沉地走了出来。

在一个墙拐角，谢青莲突然被一个人拦腰抱住了。她失声尖叫了一下，发现抱她的，正是那天在哥哥房里撞见的那个人。

她惊恐万分地挣脱着，那人死不松手。她的脸色通红，一粒一粒的汗珠落下来，她马上就要哭了。她终于从他怀中逃掉了，发疯似的地向前赶。

那人快步追到她前面，摊开手臂拦住她的去路。

她望一望他的张在微风中的白白的一双手，猛一转身，又回到太太们身边。她娇喘微微地悄悄站在她们背后，两只面颊像火烧一样，很怕别人看见她的这个样子。

宝儿刚才的位置失去了，她正焦急地重新寻找空子，不留心碰到了谢青莲身上。

谢青莲轻轻"哎哟"一声，把脸朝背人处扭着。

宝儿的眼尖，一把拉住她，偏头细瞅了一阵，然后大惊小怪地说她发烧。她狠狠地一甩手，就走到一边去，除了宝儿谁也没注意她。但她终究是满腹狐疑的，停了一停，再回头看宝儿，却不见了影子，不知道她又钻到什么地方去了。

这天晚上，谢青莲把瓶中的玫瑰花一瓣一瓣掐下来，揉成小泥团，丢在脚下。

掌灯时分到了，整个院子里只有她的房内是黑暗的。她烦躁不安地坐在阴影里。隔壁女孩子咭咭呱呱的说笑声，很清晰地传过来。她不堪去听，索性走到门外，依着栏杆，去望黑夜怎样将院子里的景物淹没住。

黑夜一层一层地贴着地面涨高，已蠕蠕地来到她的脚下。但是这也是她每日见惯了的，也便不觉得新奇有趣。

她叹息着离开栏杆，要再回去。

一个青白色的身影，在黑夜的底层，像鱼儿一样，悠悠地从前院走过来。他的手里大抵正摇着一根草。

谢青莲急迫地探出多半个身子，向他摆手。但她又失望了，因为他并没有发现她。不大一会儿，院子里就不见他了。

谢青莲忍着一肚子的委屈，回到房里就扑在床上抽咽起来。这一夜她也不知怎么入睡的，次日一早，她醒来的时候，枕头依旧湿湿的，塌下去许多。

她只觉得心灰意懒，连换一换穿着睡了一夜的已经揉皱的衣服的心思都没有。

哥哥谢真卿手举着一张报纸走来时，她的一条腿正软软地耷拉在床外，露出了一截雪白的脚腕。因为哥哥昨晚没有理她，她还在生哥哥的气；因为哥哥几乎是兴高采烈的样子，她对哥哥的气就更大了。

她在那里侧脸望着床脚，哥哥把报纸在她眼前一晃，说：

"上面登了神童的事，我给你念念。"

她不容他念，冷冷地说道：

"我不爱听呢。是真的神童又怎么样？"

哥哥很诧异她的态度。整个谢府里，她是唯一对神童漠不关心的人。

"这可是真正的新闻，"哥哥说，"这样小的孩子就能作诗对对子，用他在哪家公司当个文书或者为地方上修修史志什么的，再合适不过。连省长也要接见他呢。"

谢青莲冷笑道："我看你忽然糊涂了，亏你天天在外面跑，反倒不如我们大门不出二门不进的。现在哪里不是烽烟四起，当局想逃命还怕来不及呢，竟有工夫修史志！"

一句话说得哥哥也笑了。他把报纸对折起来，说道：

"好妹妹，你这样聪明，很会成为一名新女性。可惜只能窝在家里。"一眼瞥见她的床外的那条腿，忽然想起什么来，又说，"你这是头一次耍小姐脾气，父亲知道一定很高兴。他总是认为大家小姐要有大家小姐的性格做派。你看你把这腿随意一放，脸上又像懒洋洋的，又像冷若冰霜，才是道地的小姐派头呢。"

谢青莲心中恼了，两条腿都放在了地上，穿上鞋子，推着哥哥说：

"你出去，大清早的净来挖苦人，别的话一句也没有！"

谢真卿抓起她的手，认真地叮着看了看她的脸，便低声说：

"你怎么跟以往不大一样了？不要瞒我，告诉我到底因为什么。"

谢青莲嘴里还是一连声的"你出去"，忽听哥哥问她，才静一静，说道：

"你昨晚怎么不理我？"

"我怎么不记得看见你？"

"我向你招手，你摇着草一直走过去了。"

哥哥笑了。"我正想怪你怎么懒得不叫我一声，你却怪我！"他说。

谢青莲解颐一笑，低了头，复又抬起来，却不知说什么。哥哥便说：

"这回不恼了吧。"

谢青莲说一句"谁曾恼了",便不吭声了。

哥哥也不去念报了。那张报纸已被折成了三角,他用它抽打着自己的手,哼着一个调子向外走。

谢青莲在他已到门口时又把他叫住。他回过头来,疑心她有重大的事情要说,但她迟疑了半天,也没有一句话。她的心头跳得厉害。她觉得哥哥一定看得见她的胸前有什么东西在极力向外攒动。她双手护着胸,嗓子也哑了。

"你再不要让你的那位朋友到咱家来。"她说。

她想,哥哥是不会知道她所指的是哪个人的。哥哥又一次诧异了。他慢慢地走了回来,说:

"真奇怪!你早先怎么没说这句话?"

谢青莲让自己平静一些。她停了一停,才慢慢说:

"我的意思是指那种人身份又不明白,恐怕不大靠得住。"

哥哥说:"我不信你那句话的口气,像父亲的一样。那个人的老子开着一家大药店,就在离咱家不远的按察司街。别看他年轻,也是一个医生,前些时候还到过欧罗巴。你知道父亲是最不信西医的,对中医也多少有些信不过。我这朋友却是中西医都略通的,所以父亲很看重他。父亲还准备把他往上等社会里推荐一下呢。他人也是很有趣的。"

哥哥在兴头上还要往下说,忽然见谢青莲好像不在听了,才停住口。

在很长一个时期,谢青莲没有见到那位年轻医生。她想这一定是哥哥在上次谈话之后就不再把他领进家来了。她心里怀着一股淡淡的忧伤,竟显出来一些孤僻,经常一个人静静地坐在湘帘后,或花荫下,脸上有一丝莫名其妙的甜蜜微笑,不知为什么地突然摇一摇头。她手指上的玫瑰的香甜味一直消失不去。她偷偷地贪婪地嗅着手指甲,但她知道,在这一年里,玫瑰是不会再开放了。

这期间她的一个姐姐出嫁到大上海去了,她竟然忘了跟姐姐话别,而且也并不为此感到内疚。在她身边似乎总是不显多出什么,也不显少出什么。

她的哥哥谢真卿跟着姐姐去了一趟上海,在他回来之后她觉得他其实从没有出过门。虽然他给她讲了许多路上的见闻,但她认为那只是一些花香一般的谎言和一次梦中的旅行。

贞静淡泊的大家闺秀谢青莲打着团扇，从清早打到中午，从中午打到晚上。

济南的夏天，是奇怪的热和奇怪的凉爽的。门上的帘穗子晃来晃去，一天天就晃走了。

谢青莲日渐显出丰腴来。她在人前寡言少语，同行的时候，总是稍稍落于人后。原来那美丽的忧伤是可以让人恰到好处地丰肥一些的。

一场暴雨过后，便解除了燠热，空气一时间也变得澄清宜人起来。

谢青莲忽然想起花园里的泉水可能大了，便走下楼，要去花园看泉。

她家的那口泉，名叫香炉泉，平日里时常缭绕着丝丝缕缕的紫烟，仿佛有一只香炉在暗暗地烧。泉水叮咚叮咚的汇成了一个大池子，又从池子里绕着花园的墙根，在曲折的深渠里游上一遭，然后才通过墙洞流到外面，流经百花洲，汇到大明湖里去。花园里清清静静的，没有外人。

谢青莲越走近，泉水的涌动声也就越显得清晰，果然比素常响亮。进得园来，并不沿着迂阔的台榭走，而是穿过一片疏疏朗朗的翠竹林，径直来到一堆典雅的太湖石后面。

泉水咕噜咕噜地寂寞地响着，等待谢青莲独自去消受。但她突然看到一个踞在略微高起的石头上的人影，便猛地停住脚步。

在这一霎间，泉水也似乎不再响了，四周是一片死一样的寂静。那个人就如同铸在石头上的一尊像，被泉水吐出的紫烟淡淡地遮着身子，又朦胧又飘逸。他在听泉。

谢青莲想起上一次这个人的粗鲁无礼，便让自己摇荡的心冷一冷，胆战心惊掉转方向往回走。她的每一脚，都如踏陷在一个坑里。她很怀疑自己怎么就没跌倒。

她气喘着停下来，再回头一望，那个人还是采取刚才的姿态坐着，在屈起的膝盖上，搭起一只手，他根本没有听到别人的动静。

在那堆山石之间，颜色是还是那样迷离，人物还是那样朦胧和飘逸，就像凭空里剪下的一张美丽画片。

谢青莲对此掉头不顾，一步一步地走到花园的月门。丫鬟宝儿，忽然从墙外翘翘楚楚地走过来，她没有看见眼前的谢青莲。在她还没来得及吃惊的时候，谢青莲张开手指朝她脸上一掌打过去。

宝儿不由得趔趄了一下。她被打愣了，有一层脂粉的脸上，即刻暴出几条红指印。

那谢青莲话也不说，狠狠地冷笑一声，一转身走开了。

4

多年以后，当谢青莲回忆起那个医生时，他多数背对着她。他仿佛总是从虚空里生出，又走到虚空里去。

谢青莲的女儿谢自珍教授，在那天早晨发现一个年轻人的背影，消失在缥缈无定的幽暗里，无怪乎她的心清楚地感受到了一种神秘的颤动。

她在门上静静地靠了一会儿，才若有所失地回到房间里，去给母亲准备早饭。

母亲又在椅子里坐了一夜。

谢自珍教授一直无法让母亲在床上睡觉。她只好把椅子收拾得更舒服一些。在母亲的面前，她像奴仆一样卑恭而柔顺。她试图从母亲尊贵的容颜上找出一点让自己感到亲切的地方，却总是徒劳，因此渐渐地不敢抬头直视母亲的脸了。她低垂着眼帘，侍候母亲吃过饭。母亲很优雅地用小手绢擦擦嘴，就默默地返回自己的房间里坐着。

"我的脚累得发酸。"她听到母亲响亮而清晰地说，那简直不像是从母亲口中发出的声音。

谢自珍教授从小就没有跟母亲进行过一次正常的谈话。一想起这个，心里就感到非常痛苦。她在舅父家里长大，上了学，通过默默无闻的刻苦努力在社会上获得了一定地位，但她没有真正的家庭。

母亲自顾自地停留在那场过往的春梦里，完全拒女儿于千里之外。但是，在那个繁华而凄伤的世界，永远游荡着谢自珍终生向往的人生。她苦苦地寻找着通往那里的途径，最终还是一片渺茫。由于迷恋所致，她时时疑心将有一个过去的人，跨过本来不可逾越的时间，前来造访。

送奶人出现的那个时辰，对于谢自珍教授来说，是多么令人激动啊！她决心不再错过这个时间。母亲所不能传达的往日的信息，将会由另外一个人来传达。

谢自珍教授几乎一夜未眠。她在第二天黎明时分就起床了，然后就坐在窗前等待天亮。

那个时辰终于姗姗而至。她轻手轻脚地把房门打开，朝着依旧很昏暗的楼梯道里打量一下，然后就又把房门虚掩着，自己站在门后守候。

楼梯上最早的脚步声响了起来，她好像昏迷了过去，双脚也麻木了起来。等她恢复了知觉，楼梯上又寂静了。她慌忙把门打开，并没有看到一个人影儿。

那脚步声难道不是她的幻觉么？它显得那么空灵，遥远，扣人心弦。

可是现在，眼前空荡荡的，除了灰暗里的楼梯的墙壁之外，别无他物。她马上失望了，叹息着。那个送奶人，或许也不是真的。那个过往的世界早把可怜的她给忘掉了，正如母亲也忘掉了她一样。

谢自珍教授快快不乐地往自己房间走了两步。她突然跳了起来，然后一转身冲出房门。她很快跌跌撞撞地把楼梯走尽了。

来到楼底，她气喘喘地停住脚步。

一位身穿白衣的人，正在把瓶装的牛奶往钉在墙壁上的木盒子里依次放着。她惊动了他。他扭过脸来，轻声叫道：

"老师。"

谢自珍教授浑身一软，赶紧抓住了楼梯扶手的顶端，才没有摔倒。

这位送奶人放好了牛奶，向她轻轻点了点头，从容地走开了。她又一次看见了他的背影，微薄的充满凉意的光线，照射着他。

她在原地逗留了许久，才回身一阶一阶地慢慢登上去。

这一次她并没有看清送奶人的脸，但她胸中产生了一股强烈的要了解他的愿望。她想起那天同事对她说起的勤工俭学的大学生的事，断定这位送奶人就在自己的学生中间。

下一次走进课堂，她就不再总是把目光盯在讲稿上了。她似乎头一遭发现，讲坛前面的一排排课桌绕着她，组成了个半圆。这些桌子越往后越高上去。学生们也不像她往常想的那样，眼睛紧瞅着天花板。

有多少目光从每一个角落直直地投向她啊！她甚至感到了它们的热量。

若在往日，当她意识到这个，她一定会变得又慌张，又胆怯，但是今天，因为她急着寻找一个特殊的学生，也就顾不得许多了。

起初她的双眼是昏花的，几十张各不相像的脸，一起在她眼前晃，她难以把注意力集中在哪一张上面。她甚至觉不出自己在讲什么。

讲稿的内容、讲课的技巧都不复存在了，只有一些音节和词汇，从她口里一连串地杂乱无章地跑出来，掷到学生们的耳朵里。

课时还没有进行到三分之一，她就听到一片不耐烦的，抑或表示抗议的嗡嗡声了。

学生们乱翻书页和笔记，故意弄响屁股下的椅子。可是她还没有从他们中间发现那位送奶的学生。她只觉得自己疲乏了，再没有兴致讲下去。最后一排学生也好像高高地坐在了她的头上。

她手下的讲稿，尚有厚厚的一沓。

这堂课的后果是她预想不到的。学生们忍不住向外溜。他们先是一个个地弓着腰溜出去，后来竟是一排一排地大模大样地向外走。

谢自珍教授发现了这种不妙，但她没有制止。

似乎在突然之间，人走光了。谢自珍教授的声音越来越小。她停下讲课，呆呆地站了一会儿才把讲稿合上，走下讲坛。她走进桌子的空当中间，对着空无一人的座位小声说着话。

"都走了，是吗？"她自言自语着，"这里真安静。"

她这样轻抚着桌面走动了一阵，又忽然停下了。

有一个坐着的大学生挡住了她。她马上涨红了脸，恨不得立刻逃出去。

"老师。"她听见那位唯一没有开小差的学生这样称呼她。她克制着内心的慌乱，目光重又落在了学生的脸上。

毫无疑问，他在同情她。她浑身颤抖起来。

"你叫什么名字？"她翕动着嘴唇问道。

"冯广生。"学生回答。他还想说话。

但是谢自珍教授不再看他了。她匆匆忙忙地又走回讲坛，收起讲稿，准备离开课堂。

在门口，她又止不住回过头来，望一望坐在角落里的冯广生。她真希望他从座位上站起来，而且永远背对着她。

办公室里，同事已经知道学生从她课堂上走光的事了，但没人问她。她默默地坐在自己的办公桌前，人们还以为她正为此事伤心和羞愧。实际上她几乎忘掉了这个，在她脑子里只有一个古怪的影子在来回晃动。她并不敢认真想一想这个影子是谁的。

现在还不是下课的时间，办公室里没有几个人。谢自珍教授最终还是失望了。她只好苦笑着摇了摇头，不由自主地捏紧了一下自己的衣领。她承认自己在这几天陷入了不切实际的虚妄之中。

下课了，一些老师陆续走进来。办公室里变得热闹了许多。

谢自珍教授独处人群之外，倍感凄凉。她想，那种倾听的样子一定是很蠢的。这时候两鬓微霜的何教授擦着她的桌子走了过来。为了不使他疑心，她便马上装作在干什么。

何教授忽然停住问道："你在想什么？"

她好像受了一击，手指间的笔一下子落在桌面上，啪哒一声响。她很慌张地抬起头，连声否认。

何教授就是前几天曾经陪伴她走到家门口的那个人。

谢自珍教授心想，瞧吧，他就要来缠她了！她猛地站起来，差一点没碰到何教授探着的头。

他闪了闪身子，便扭头去看谈话的同事。等再回头时，谢自珍教授已经像一阵风似的走出了办公室。他使自己不像曾在谢自珍教授跟前停留过，便挺挺胸走到自己的位置上。但是大家已经开始明目张胆地议论谢自珍教授了。

"像她这个样子，放弃教学也许是对的。"他们说，"难道她不是一个老处女吗？"

大家恶毒地笑了。

谢自珍教授想不出怎样才能在每天早晨的那段美妙时光里再看到那位勤工俭学的大学生。但是只要她仔细回想一下，她就会明白，如果哪天不去楼下拿牛奶，送奶人就会亲自把牛奶送上门来。

放牛奶的木盒子上都标着名号，送奶人是不会弄错的。

谢自珍教授简直从没想到过这个办法。虽然她已经相信这个送奶人仅仅是一位相貌丑陋的年轻大学生，她还是忘不了提前在那个时候把房门虚掩着。

这样做似乎成了她养成已久的习惯。她丝毫不会为此感到困难，因为她常常失眠。

失眠症给她的精神和肉体带来了很大痛苦，而现在一旦能够有所等待，反而获得了一种乐趣。

在她侧耳倾听那种神秘的并不存在的足音时，她全身的感官都会陶醉在浩大的莫名其妙的幸福里面。

一天之内，唯有这个时间使她活着觉得是种享乐。

这种享乐的诱惑太大了。她已全然忘了在今年暑期开始她的献身于那种冥冥之中的弃智绝欲的圣洁生活的念头。

一个风和日丽的星期天，大学为一年级新生组织了一次郊游。学校里历来没有邀请过谢自珍教授参加这类活动，因为几乎所有的组织者都认定她对此绝对不感兴趣。而这一次，他们突发奇想，事先告诉了她一声，她竟出人意料地答应了。

坐满了大学生的几辆专用车停在校园的草坪旁边，就要出发了，谢自珍教授还没有来。

带队的辅导员等急了，就派一位女学生去她家里叫她。

那位女学生怕走路，不愿去。

辅导员说："我们现在走了不好，耽搁了时间也不好。她这是等人去请呢，我是知道她的古怪脾气的。"又立刻停住口，心想自己不该当着学生的面议论教员。

那女学生见辅导员为难，也便慢慢地去了。到了谢自珍教授的家里，果真见她正等着。她一边说："我以为都不去了。"一边拎起准备好的用品随女学生下了楼。

从大学距龙洞山只有二十多公里路程，他们用了半个多小时就到了。谢自珍教授又是最后一个下车，那些大学生已经自动结伙进入了山谷。

谢自珍教授朝四周望望，迟疑半天，才远远地举步尾随上去。一阵阵快活的说笑声被柔和的微风迎面吹过来，谢自珍教授觉得自己无论如何都是寂寞的。

美好的青春时光再也不会属于她了。她甚至又开始悔恨自己竟然参加这青年人的活动。难道她不是老了吗？但是在车上她的那颗矛盾重重的心，经过了几番苦苦争斗，终于使她承认自己实际上另有所图。她因为深深羞愧而缄默无言，因为怕别人瞧穿了她而压低着头。她想年轻人谁也没有把她放在心上，他们自顾自跑到前面去了。这真是自讨无趣。

谢自珍教授转念一想，算了，剩她一个人清清静静的，正好潜心玩赏一番这所谓的龙洞胜景哩。平常她可没有心思游山玩水。

现在，那些年轻学生的影子都被遮蔽在苍翠的草木之中了，整个山谷就仿佛并无人迹。从石间冲出的飞鸟的啼声，和着谢自珍教授脚下山涧里的流水声，格外清晰悦耳，更让人意识到这里是幽僻的荒野。

谢自珍教授也不向着那佛殿古寺走，专拣那种人常不顾的羊肠小径，竟连一丝人声也听不见了。她攀着一根青树枝朝脚下望去，地面上无数的红花绿草，像有一条又厚又软的七彩毯子覆着，又有几片若有若无的白色云气在上面缓缓飘摇。她忍不住觉得这个世界美丽纯净得让人流泪，而她的确已走入幽寂的绝世之境，似乎正凄然地与尘世诀别。

她颓伤地坐在石头上，终于低声哭了。

谢自珍教授恍恍惚惚地觉得山峰像醉了一样，轻轻摇晃起来。她停住哭声，擦了擦眼泪，叹息着。她浑身软绵绵的，再也无力往上走了，心里打算再歇上一会儿就独自下山回去。

忽然，嗒嗒嗒，一颗小石头从上面跳跃着滚下来，在她腿边停住了。她抬头向上一看，才发现上面有人。

那人慢慢移动着的白色背影在树木间一闪，谢自珍教授的心头就跳了起来。

这个背影令她感到多么亲切，多么熟悉！她似乎立刻受了它的召唤，站起来又弯身向上走去。

山势很陡，使那个人的手臂几乎搭在了他的脚上。

谢自珍教授内心产生了一种奇特的兴奋。但是她停下来，朝前凝望了一阵，就又转入另一条小道上去了。她顾不得从山上观望四周那些千姿百态的山峰，只一个劲儿地向前走。

山路附在陡崖上，轻得像纸带一样，几乎能被风吹起来。一阵的急走，使她出了汗，头晕眼花，觉得那山路已飘到了树梢上，正要往山谷里卷去。她这脚下站立不稳，被从后面赶来的冯广生一把扶住。

那位大学生的手对于谢自珍教授来说是如此的有力和可靠！她受到了强烈的震动，她明确地意识到现在发生了什么事。

她第一个想法就是把他推开，但另一个念头立刻发着光闪现在她的脑海里。

还没容冯广生放手，她就装作吓瘫了，软软地倒在了他的怀里。他慌忙把她抓紧了，轻声呼唤她。当他看到她闭起的眼睛和苍白的容颜时，他就更慌了。

谢自珍教授聪明极了。她毫不费劲就让这位大学生无可怀疑地认为她晕了过去。但是又有一种强大的力量使她心惊肉跳。她一下子脱离了大学生，身子悬在半空中，竟然又站稳了。

"我好了。"她掩饰着声调里的颤抖，说道。

冯广生一直看着谢自珍教授形只影单地在山上走，他有心找她说话。后来见她坐了下来，还以为这是个机会，远远地又看见她正哭着，便不好惊动她，以免她发现有人看见会觉得难为情，随后故意走开了。他没想到她会走在他的前面。

两个人重又向前走去。谢自珍教授有心无意地落在他的身后。通过谈话她才知道冯广生的家就在济南南郊，离学校也只有七八里路。他父亲以前也送牛奶。

"父亲生病了。"他说道，"可我们家全靠他挣来的那点钱维持生活。我替他送牛奶，就不用再花家里的钱。等我有了工作就好啦，我真希望早就毕业。这次郊游我本来不该参加，因为想到这是学校的第一次活动，也就来了。"

这位朴实无华的大学生还要再说下去，谢自珍教授却心中不安了。她终于找了个借口，跟他分开了。

在独秀峰西北麓的泉水旁歇脚时，谢自珍教授发现冯广生独自坐在远离同学们的地方。树木的绿影子滑动着落在他肩上，她真想走过去跟他并排坐在一起。这位落落寡合的大学生似乎正深陷在一个阴郁的世界里，远处被阳光照射得明净刺目的山野，跟他形成了清楚的对比。

谢自珍教授觉得两颗孤独的心有着同样的颜色和脉搏，俱不为别的少年所有。大学生们唱着一首一首的流行歌曲，用热情来显示生命的活力。她和冯广生，这是两个寂寞的隐隐受着众人排斥的人，单个的一个在他们跟前将是多么弱小和无助。如果她和他结成同盟，倒是稍可对抗一下的。

谢自珍教授更想去接近冯广生了。其实他首先是作为一个男人来吸引她的，谁知道当她走近他时她会不会又倒在他的身上呢？她可不敢冒这个险。这时她尚未想到自己在那条山道上的举动所包含着的羞耻。她只是一味地想到，如果她再次那样做将是一种危险的行径。

她的内心翻来覆去地做着挣扎，等到大家游过了那口奇妙幽深的喀斯特溶洞后，她也没能够再接近他。她想，如果在溶洞的黑暗里她捉住了他的手，别人又不会看见，她就可以再晕倒一次。总之，她无时不再绞尽脑汁地思考怎样跟这位大学生安全地相会。优美的景物对她来说已完全不存在了。

从龙洞山回来的路上，她还是那么又兴奋又惆怅。但是车刚开到大学校园，她就忽然像害了寒热病一样地紧张起来。虽然没有人留意她，她也觉得背上正一个劲儿地出着腻腻的冷汗。她简直没有勇气抬头走路。

一走进家里，谢自珍教授就扑在床上，痛骂自己的可耻。她觉得自己是不可饶恕的。

"我做了什么呀！"她一再地询问自己，像发了疯似的扯住自己的头发。

多少年来，她努力克制着自己的各种欲念，牢牢恪守着那种为人所推崇的道德规范，即使有人碰她一指头她也要生气半天。

可以说，她的理智从来没有被欲望打败过。但是现在，她甚至狡诈地去骗取一个年轻胸膛里的一丝温暖。那种肮脏的欲念原来并没有从她身上消失呀，她每时每刻都在受着她的支配和影响。可她竟认为自己从来都是贞洁的。她已经主动倒在一个男人怀里了，而人家还不知道她在要求什么哩！

她骨子里不是一个恬不知耻的又胆小又淫荡的女人吗？这就是让人震惊的事实。

谢自珍教授越是回忆龙洞山上的一幕，内心的痛苦和悔恨就越加沉重。她终于借此机会看清了自己的真实面目。那面镜子也并不是光辉明亮的，而是充满了悲哀的灰暗。

不知到了什么时候，她才安静下来。疲劳的身子似乎在半空中摇晃着，脑子里一片空白。

5

她的母亲，当年的大家闺秀谢青莲，也是通过一面灰暗阴沉的镜子认识了自己的。

那天，谢青莲出其不意地打了宝儿一个耳光。她似乎一下子就把宝儿看穿了。那一肚子抑不住熄不灭的幽怨"呼啦啦"涌上心头，竟使她的双眼闪出了刻毒的光。

在这样的凶光中，宝儿不由得萎缩了，也就没敢哭出声来。

谢青莲飞快地回到闺房里，那两弯被大家规矩变小的脚，疼得跟火燎一样。在床上屏息横躺了一阵，又忽然坐了起来，解开长长的裹脚布，一边揉着那尖尖跷跷的双脚，一边想道："回头我非把她的话从头到尾打出来不可，也让她试试我的手段。"但是她并没有马上见到宝儿的影儿。

被暴雨驱散的溽暑之气又悄悄返了回来，谢青莲在房子里闷得难受。

黄昏时分，她的哥哥谢真卿前来邀她去见母亲。她一句话也不说地跟哥哥来到母亲住的厢房里。

母亲只是父亲的一房姨太太。谢青莲和哥哥跟母亲在一块生活的时间很短，他们一记事就被赶到了后院子里。

在谢青莲的印象中，母亲那张蜡黄起皱的脸总是带着似哭似笑的表情。她对母亲暗怀着一种浅浅的嫌恶，时常庆幸自己并没有跟母亲长大。母亲的头痛病永远好不了，打吗啡成了解除病痛的唯一方法。

谢青莲和哥哥进去的时候，瘦骨嶙峋的母亲正在红木床上的青帐影子里躺着。哥哥给母亲打亮了电光灯。

母亲正沉浸在眼前的幻觉中，嘴角挂着一丝阴魂般的苍凉的微笑。她知道儿女过来了，却依旧不说话，他俩也就默默无声地坐在她的床沿上。

蚊子在窗纱上嘤嘤叫着，电流通过钨丝的时候也发出了轻微的嘤嘤的声音。母亲终于把几根飘摇不定的目光放在了哥哥和谢青莲的身上。她慢慢伸出长着黑斑的手，让哥哥握住。

谢青莲心想，这就是自己的母亲么？她脸上的迷惑过父亲的美色哪儿去了？她的露出的脖子是那种没有血色的白，隐隐约约的又有青的紫的绿的灰的影子。

"这就是我的母亲么？"谢青莲又一次问自己。她曾听说过母亲的遭遇，作为姨太太的母亲未必不盼着正太太早死，正当她将要如愿以偿的时候，扶正的却是另一个女人。其实她本来还是暂时轮不上号的，但她已受不了打击，很快垮了。谢青莲很疑心母亲的性子太急，心眼儿太窄。她大概也哭过骂过，后来就忍心糟蹋自己，结果患上了这一身的病，也怪不得会失宠。父亲是不会喜欢一个不驯顺的女人的。

母亲又把手抽回来。她的精神振作了一点。

"你这个没用的东西。"她笑着慢慢对哥哥说，牙齿上拉长着一丝细细的黏黏的口水。"你个没用的东西。"她又说。

哥哥乖乖地含笑听着。

"你只会捧捧戏子，你的那些勾当瞒不住我。"母亲说，"我算把你看透了。"

哥哥笑道："那也是交际场中的常事，谁不学着来谁吃亏。"

母亲又漫不经心地问他："你爹又娶了姨太太你知道不知道？她也不过大你一两岁。"

哥哥说："我正要问母亲去看不去看呢。见了她也怪臊得慌。"

母亲用红如血的手指甲，戳了一下他的亮脑门子，笑道：

"你爹能做得来，你到底还是他儿呢。他总要遭报应的，你瞧着吧。"

窗外似乎有脚步声在响。哥哥摆手止住母亲，小声说：

"小心别人听见。"

母亲满不在乎地乜斜了他一眼，便扯起又尖又薄的嗓子朝窗外喊："小珂儿，你进来，你马儿似的跑什么！"又对哥哥道，"怕他什么！他的娘早死了，我就是他娘。"

说着，小珂儿从门口疑疑思思地挪了进来。他是一位秀气的十六七岁的孩子。母亲笑着问他：

"你那新姨太太好不好？"

小珂儿脸红红地说了一个字："好。"

母亲说："我就知道你说好，见好就拉不动腿。"

小珂儿说："她再好，也好不过当年的娘。"

母亲笑着训斥他："胡说！像我这样的你爹也不稀罕要了。"又转向哥哥，"听见了吧，她要比你包下的戏子强多了。你爹老了，你毕竟年轻，我不信她见了你不动心。你们快去吧，迟了就进不了门了。"

哥哥和小珂儿被母亲支出去了。她重又靠着高枕躺好，半合着黯淡的眼。昏昏的电灯光像含了瘴气的赤烟似的，一团团地向青帐子里涌，母亲的脸就在谢青莲的眼中一忽儿近了一忽儿远了，让她觉得身上细细的汗毛也扎扎地耸了起来。长着暗绿色铜锈的帐钩子，突然啪嗒一声响，谢青莲不由得打了个寒战，从头到脚都凉了。

她看看母亲，母亲一动不动，便以为母亲睡过去了。她这里刚从床沿上轻轻挪开身子要走，母亲又用低微得不易听见的声音叫住她。就连这样的声音也让谢青莲听着害怕。她紧握着怦怦跳着的心口又在床沿上坐下。

"莲儿，"母亲说，她像死过来一样，慢慢眨动了一下青黑的眼皮。

谢青莲镇静一些，把目光移在母亲下巴底下的那一截。她倒是没有勇气去看母亲的眼睛的。

母亲很温和地问她道："近来在房里做什么？"

她忽然被感动了，便轻轻地咬了一下嘴唇，低声回道：

"还是那些针线。"

母亲沙哑地笑了，又很突然地止住。"按说大家人家也该行大家人家的规矩，女儿家有女儿家的本分。"她说，"打娘胎里出来衣食住行都不用你们操心，绣花描红的也只当着消遣罢了。这整个宅子里又有谁穿着自家做的衣裳？你爹是那种守旧的人，他那浑身上下的布又有哪一寸不是机器织出来的？你们也穿着机器织的布。他是疼你们，怕你们整天待着烦了，才使你们把心收在针线上。过不了几年，找一个门当户对的男人，也就把你们嫁出去了。到了别人家里，也还是这样。"她停顿了一下，又冷冷地笑说，"只怕将来没有这样的人家可寻了！"

谢青莲已经听出来母亲声音里所包含的怨毒。她已经明白了在这样的家庭里，遍地都是罪恶、仇恨、疯狂和迫害，也明白了母亲对父亲是怀着怎样的诅咒的。同时母亲又使她不由不想到了自己最明确不过而又最模糊不过的将来。

现在红木大床上躺着的是身体衰弱的母亲，而将来的另一个房顶下，另一张红木大床上躺着的未必不是鸡皮鹤发的她。那白玉之齿、红莲之舌都已黯淡，月容花貌也早已隐藏到她每日赖以消磨时光、令她感伤往日的镜子后面去了。她眼看到的母亲不正是将来的她自己么？她也将躺在床上奄奄待毙，也将拥有一个令她时时怨恨诅咒的男人。

这时候，她忍不住把目光挪到母亲脸上，仿佛受到猝然一击，双眼又低低地垂了下来。她言不由心地说道：

"我不想这个，请母亲做主吧。"

母亲又低哑地笑了，说道："我自己还顾不来呢。我才能熬上几年？你还是自己早打算的好。"

谢青莲在母亲这里兜头受了一桶冷水，觉得魂儿早飞出了躯壳，身上一点温热也没有。她深深浅浅地从母亲厢房里走出来。

四周的窗格子都把影儿印在院子地上，像很古怪的一层尸布。每一个房子里都是静无人息的，谢青莲也似乎忘了哪是路哪是门，一双脚胡乱踩着花儿草儿砖儿瓦儿，飘飘悠悠地走了回去。

在转上闺房楼梯时，有个黑影子在她眼前一闪就不见了。她停下来，强一下弱一下地喘着气，半天才说：

"出来！我看见你了。"

可是没有一点动静。她又很严厉地说了一声"出来"，那宝儿才慢慢腾腾地从墙角的阴影里蹭到她的跟前。谢青莲放低声音说道：

"你以为我要打你？你浑身上下还有一点干净的地方没有？我才不值得动你一指头呢。跟我过去，我要问你话！"

来到房里，谢青莲在宝儿背后把门一关，就走到椅子上跷腿坐下。她带着一脸盛气凌人的模样，向宝儿喝道：

"还不跪下！"

宝儿扑通一声，双膝跪地，止不住嘤嘤地哭了起来。

谢青莲并不怜惜她："若老实把你跟那个人的事招出来，我就饶了你。不然有你的好果子吃，一顿乱棒好打不算，还要撵你出去，提他老子来算账！"

那宝儿吓怕了，肠子都不敢私自留一截在肚里，便滔滔地讲了起来：

"你知道我是抗不住他的，让他弄到地上也没办法。"

谢青莲脸色铁青，骂一声"恶棍！"便说，"你就不会躲着他，偏见你是送上门去的。"

宝儿忙说："我要这样做是可以的，但只求主人们不放他进来。我想他弄倒的也不只我一个人。"

一句话触动了谢青莲的心事，脸上又绯红了起来，口气也就软了：

"你是什么时候跟他混在一起的？"

宝儿说："早倒不早，是在大家都去看神童的那天。我因为看不着才很生气，一个人走到僻角处，没料想他已在那里了。"

谢青莲口上虽说"闭嘴，我看你们两个狗男女断乎不是没有事先约好"，身子却是稀泥一般的乏力。

宝儿脸上的泪渍渐渐干了，一双眼泡子在头发的影子里淡淡地闪着光。四处都沉在死寂里面。过了一大阵，才听见谢青莲如隔着一个世界地慢慢低声说：

"过来。"

那宝儿长时间跪着，腿也麻木了，只不知道谢青莲要她近前做什么，但是能够挪动一下身子对自己也是好的，便果真向前用膝盖移了半步。上体的热血轰的一声向着下肢泄去，约略还不及脚掌，那谢青莲早将金莲举起，稳稳夹住了她的那张俏俏的小脸，端高了她的下巴。那一团白里透红的肉儿，被这一双绿底攒金的一握大的尖头弓鞋轻轻托着，竟如一朵出水的真芙蓉一样好看。

谢青莲一声接一声地森森笑着。宝儿止不住浑身筛起糠来，双手抖抖地向上抬一抬，还没能触着自己颔下的脚，谢青莲已经猛力踹在了她的胸脯上。她猝不及防，向后摔了个仰八叉，复又使两肘支起半个身子，满脸羞愧和恐惧地回头望着从椅子上直立起来的谢青莲。

谢青莲拿不准心里究竟在恨着谁。宝儿惶惶不安地过了一夜，再见到她时她竟然仍旧是以前的那个贞静慵懒的小姐。

一晃几日过去，对东窗事发的宝儿施行惩戒的风声一点也没有。宝儿内心怀着鬼胎，一再地抖着胆子试探谢青莲，谢青莲浑然不知的样子让她又止不住疑虑重重，也比往常恭敬了好几分。

谢青莲有一件较新式的月白狭口旗袍，是专在听家里请戏班子唱戏时穿的。她的父亲担心前来听戏的亲戚们看见家人太古旧会加以嘲笑，因而一直很注重儿女们在这种场合的穿着。

这一天，她无缘无故地把它从箱笼里翻出来，让宝儿看。宝儿摸不准她的用意，也不大敢说话。她拿在自己身上比量一下，说道："这衣裳时新不时新呢？我总是穿不惯。"又在宝儿身上比量，歪着头端详了一阵，很惊奇地叫了一声，"呀！这真是给你做的。咱家里也就是节前节后地请几场戏，我穿不着，就送给你吧。"

宝儿轻轻推一推，笑着说："你别拿我取乐了。你穿着不合适，我穿就更不适合了。"

谢青莲接着问："那你说我穿什么衣裳合适？"

宝儿就说："我记得去年姥爷寿辰时，你的那套淡紫浅绣的裙袄就好。现在穿着又凉快又式样。"

谢青莲沉吟地"呃"了一声，又默默地把箱笼合上了。那件月白旗袍却忘在了外面。

谢青莲有心培养自己跟宝儿的友情，很快就到了相互搭肩勾背的程度。那宝儿受宠若惊之余，暗暗立志报答她。她又时常鼓动宝儿去打听父亲妻妾之间的那些争风吃醋的秘闻，渐渐地已把这个煊赫的大家庭看得里外透彻。

不知道宝儿是否有意规避，她从未再向谢青莲吐露那个医生的半个字，而令谢青莲心里千般万般放不下的却无过于他了，宝儿对此也最明白不过。两人相互握住对放的把柄，宝儿面对她的引诱，只一个不动心就使得她不得不在笼络上面更下些功夫。

通过宝儿出口，谢青莲意识到了哥哥谢真卿所处的险境。她现在是不常见他了。他偶尔来看她一次也是急急慌慌的样子，还未坐稳就要走。她已经确定宝儿打听到的那些流言是真的。可是哥哥总是一脸的满不在意。他仿佛更潇洒俊秀了一些，两只修长的眼睛微微眯缝着，深深地透着光，有着说不尽的神秘和得意，让她觉得一个男儿活着是那样轻松自在，像一阵清风，说来就来，说去就去，在这风里挟着细细的香味儿，甜味儿，草味儿，雨味儿，只要一扑到女人身上就会把女人迷惑住。

谢青莲暗恨自己不生为男子，因为哥哥的倜傥风度注定不为她女孩儿所有了。可是这样玉树一般的丰仪人物就要被摧折了，凋零了，她怎么能够不着急！她想提醒他，又找不出真凭实据，他肯定不听，反而会生气，再也不到她的房中来了。谢青莲孤苦无告，倒把自己想念那位医生的心肠搁开了。

立秋了，令人烦闷躁动的夏季结束了。哥哥谢真卿安然无恙。谢青莲听说父亲正打算送他去泰安矿务局。她寻思，为着哥哥着想，他能离开济南也未必不好。但是那消息并不确切。

谢宅里的生活忽然又变得宁静起来，谢青莲这才想起去观察一下母亲对那些传言的态度。她想既然宝儿这样的佣人都知道得这样清楚，母亲不会一无所知。

在母亲的胸口以下，覆着一张暗绿的薄缎被。她一抖动，被子上就像结出一片寒气逼人的冰碴来。她软绵绵地说道：

"怎么不真呢？儿子们离他越远他越高兴，没人碍他的眼。你大哥在人家手下当军官，命都不知攥在谁手里，当初也是他送去的。别说让卿儿下煤窑去过那种不见天光的日子，就是让他去阴间当个煎人的鬼卒，你爹也做得出。"

谢青莲捏着手指头，迟疑地说："哥哥去了也未必下煤窑。"

母亲看了她一眼，冷笑说："你这是为你爹说话！你以为他心上有你们吗？你去大街上看看，现在都什么年代了？你那一双小小脚，往那街上一站，不让人笑掉大牙才怪。"

谢青莲低下头，烦闷不堪，只不好表示出来，忽然听到母亲又笑了。

"你哥是我的好儿，净为我争气。"她说，"可是我养你这么大就没用。隔日嫁出去，还不知能不能再见上一面哩。"

谢青莲又被母亲的话扰得头脑昏昏沉沉的。她在出门时碰见了从外面走来的哥哥，哥哥低头在她耳边小声说了一句"在路上等我"，就走了进去。不一会儿，哥哥又出来了，赶上了她。

哥哥诡秘地笑道："今天晚上在国泰电影院有个南京的杂耍班子和济南的杂耍班子联台演出，你去不去？"

谢青莲只顾低头走路。哥哥又问她，她白了他一眼，才冷笑说：

"我何尝出去过？你问得好听。"

哥哥说："只要你想去，我就有办法。到时候我们就神不知鬼不觉地坐在电影院里了。"

谢青莲却不冷不热地刺他一句："我倒希望你无论做什么都要神不知鬼不觉呢。"

哥哥一听，猛地愣了，脸上就有一片阴影匆匆一掠，但他马上回过神来，把落下的两步又赶上。他说：

"你这是说应了。"

谢青莲说："我哪里说过？"

哥哥笑道："我是清楚你这小姐脾气的。说是的时候肯定没个准儿，说不的时候那就是答应。"

谢青莲也不由得会心一笑，暗想，去他娘的，从上到下都一个样子，独我一本正经，自讨苦吃。

趁天暗他们从花园后门悄悄来到杂乱不堪的街道上，谢青莲清醒地意识到自己终于在这一天践踏了父亲引以为荣的那些家规信条。一种犯罪的感觉，紧紧攫住了她，使她觉得自己不是去看杂耍，而是去卖淫或者学男人去嫖娼。

令人手脚倦乏无力的冷热，一浪一浪地袭击着她，偷离家门时的激动已消失罄尽。哥哥不容她多想，马上拉着她的手钻进了停在墙下的汽车里。在她发现小珂儿也在车上时，她的心才略略安稳一些，但是任凭小珂儿和哥哥怎样对她说笑，她的沉下来的脸色也始终不变。她数次三番地想告诉哥哥把车开回去，从此以后严守闺训，但她张不了口，似乎有一只无形的手正紧扼着她的喉咙，不放一些儿松。

列在狭窄的街道两旁的店铺已多数闭门打烊了。那些盛在灰蒙蒙的玻璃盒子里的电光灯悬在一垛一垛的门头上，初醒似的放出昏光，跟慢慢钻出地面的黑夜对抗着。两方的力量不断递换着强弱，致使那电灯光像被急一阵缓一阵的风吹着一样，摇曳个不住。

整个长条街筒子里迷蒙不清，找不出一布丁的繁荣气象，倒如战火刚过，无处不飘散着一重凄伤。

汽车的胎子滚在柏油地上，轻微地噗噗呻唤，也像一个小偷在蹑手蹑脚地走，很怕被人发现似的。

谢青莲在车里闷声不响，窗外对她应该是新鲜的街景都如不存在。车头发动机的声音一点一点地敲在她的心上，使她萌出一种陌生的不可思议的感受。她想挽留住它，但它立时失去了，却又再来，躲躲闪闪的，她一点也捉不住。在她四周的一切也是如此，什么也不能够属于她，那一切都是茫然流荡的映在暗玻璃上的影子，于她的需要充实的心丝毫无补。

她觉得车子忽儿朝东忽儿朝西地乱拐了一阵，心想自己大概马上就要化作恍惚的影子，从这个浩繁人世上消失了。

但是渐渐的，她的心又沉静下来。靠她而坐的是她的哥哥，坐在她前面的不住回头向她指指点点的小珂儿也是她的哥哥，他们不都是她可靠的亲人吗？她的心变得踏实了一点。

半路上，汽车被堵住了。有一位人力车夫本想着躲过对头开的两辆汽车，不料自己的人力车却被夹在了街道中间，左挪不是右挪也不是。

一时间就有陆续赶到的四五辆汽车停在路上。尖厉刺耳的喇叭声响成一片。谢青莲听到了人们对那人力车夫的一句一句的斥骂。小珂儿等得急了，就打开车门下去看热闹。谢青莲的好奇心也不由得活动起来。她抻长了脖子，从车窗里看到有几个人影儿，在汽车之间的空隙里，指手画脚地来回走动着。她这才觉出自己连同这些人和汽车都如落在一道幽暗的沟底，街道两侧建筑物上面的天空只是那么窄窄的深蓝的一带。

小珂儿又回到车上。谢青莲隐约听到嗤的一声响，汽车又纷纷开动了。小珂儿告诉她他们把那人力车的车胎给撞破了。

果然，汽车开不多远，人力车夫伤心无援的哭声就从车后迷漫着汽油屁的空气中抖抖地传了过来。

这时候，哥哥谢真卿指指街旁的一处建筑物说：

"那就是张老医师的大药房。"

谢青莲只短暂地看了一眼，全身就陷入一阵巨大的轰鸣里面。她久久才醒过神来。

看完杂耍，兄妹三人出了电影院，就到附近的夜宵小吃店去吃米粉。杂耍班闹哄哄的节目并没有在谢青莲的脑子里留下深刻的印象，她现在都有些记不起来了。小吃店的宽大窗子上浮动着一层浅白的东西，她想那可能是跟电影院里一样的飞扬的尘土，稍一仔细，才知道那是从东边柳树头照过来的月光。

哥哥谢真卿忽然从小桌边站了起来，一边让她和小珂儿等他一等，一边走了出去。小珂儿眼望着他的背影在店门里消失，就回头笑着在谢青莲的耳上低声说：

"我知道他去干什么。他看见他的相好也来看杂耍了。"

谢青莲似听非听的，脸色非常难看，小珂儿吐吐舌头，不说了。

小吃店里还有几位留着齐耳短发的女学生模样的食客。她们一律穿着青布裙衫，满脸的喜气，由两位年约二十岁左右的男人陪着。她们毫无拘束地吃完了米粉，朗朗地说笑着，还一边做着张牙舞爪的手势。

谢青莲朝她们偷望了几眼，总觉得自己跟她们极不相称，又加上小店里食物的气味越来越浓，便坐不下去了。和小珂儿走出小店，仰头见那月儿虽细，却把偌大一片世界照得跟银子做的似的。

停在电影院门口的汽车多数已走开了，四处空空的便冷清了不少。空中被寒意微微的夜气浥湿的浮尘已渐渐沉落下去，在稍离开地面的地方积聚着，反而使那月色更浓了，看上去似乎有一洼连一洼的积水。那婆娑生姿的柳树将脚浸在这水里，远远望去，连同那团团的阴影竟如碧玉似的一座座小岛。

谢青莲一转眼不见了小珂儿，就一个人默默地向那小岛走去。

但是谢青莲万没想到在那柳树下面还停着另一个人。她几乎是主动投进他的怀抱的。她的惊奇使她像听到了一个焦雷。她马上意识到这个人是谁了。但她又立刻不可抗拒地紧伏在他的身上，眼泪纷纷而下。他的长手臂已从背后将她轻轻搂住。

幸福来得这样突然，又使得幸福的分量更重了。她长时间的朝思暮想一下子就实现了，她已经来不及去分辨掺杂其中的那些愤懑和怨恨。

在她的周身洒满了梦幻般的迷人的月光。她像一叶轻舟，在月光中悠悠地浮了起来，朝着芳香晶莹的国度，歌唱似的款款漂行。她彻底地陶醉了，完全不知道自己得到了什么。

6

"在这之前，"她慢慢说，"我的确没有发现一点兆头。"

她的泪水又流下来，打湿了她的镜片。

五十多年前的一幕对于生活在女儿谢自珍教授家里的母亲来说，就仿佛发生在昨天。她知道她的经常流泪的眼睛终有一天会瞎的，但那一点也不可怕，眼前的任何东西对她都没有一点吸引力。即使在她临死的那一刻，五十多年前的事情也将被她记忆的月光照射得一清二楚。当她永远地合上了眼睛，谁也不会知道她随身带进幽冥界多少珍奇。

母亲举起眼镜对着灯光看了一看，泪渍把灯光搅乱了，在镜片上仿佛缀着一粒粒小巧的宝石。她把它擦去，然后又陷入对往事的回忆中。

在她面前，雪白的墙壁就像正等待放映机投射的一片银幕，纷繁的图像一次次在上面微妙地浮现，又一次次微妙地消失。

谢自珍教授默默无声地在母亲背后站立了一会儿。她的身影从来没有投射到母亲对面的墙壁上。那盏光线柔和的日光灯正吊在母亲的头顶。它让母亲的形象在她的眼中更加充满了动人的光辉。

谢自珍教授注定无从分摊母亲深深的爱与恨。她悄悄叹息着，又退回自己的房间。

从窗子里，谢自珍教授望见了那弯刚从乌黑的千佛山和金鸡岭踅上夜空的一点点的纤月。月儿显得那样孤寂，冷漠，似乎只发着一小团的幽缈的微光。

夜空是青色的，星辰寥落。那小月亮全身浸在这浩瀚可畏的海水里，无望地进行着它的漫漫苦旅。

谢自珍教授看清在它的贴近处抖动着一些淡淡的棕红色的光晕，心想，难道那就是它生命的一点迹象么？终于在她的眼中那整个的月儿越来越模糊，已化作垂在苍穹上的一点洇开的泪花了。

谢自珍教授颓然跌在椅子里，手搭在椅背上，将头枕在臂弯里，沉吟一声"小呀么小二哥呀"，就梗塞住了。

她抽咽了一阵，再去望一眼湿湿的弯月，更加悲不自胜了。

> 小呀么小二哥呀
>
> 别爬我家大门楼呀
>
> 别弄断我家桑树头呀
>
> 树倒不算什么呀
>
> 小呀么小二哥呀
>
> 爹娘会来骂呀
>
> 哥哥也来骂呀
>
> 大家都来凑热闹呀
>
> 小二哥哥呀
>
> 我真是受不了呀

谢自珍教授渐渐觉得浑身稀软乏力。嗓子眼里再也发不出那种凄凄切切断断续续的声音。头脑昏昏的，已不晓得今夕为何年了。恍惚之中又觉得自己绵软的肩头上搁了一只沉甸甸的手，也便随即将那泪湿的脸朝它紧贴了上去。

这时候，另一个人的身上产生了神奇的磁力一样，那幽独的女教授轻轻脱离了椅子，整个儿悬在了他的身上。

两个人战栗着接触的大抵不单是那手和臂，谢自珍教授的嘴唇就像被围在一团滚烫的火里，一层一层的皮不住地干裂了，又被什么剥去。

她也很快烧着了，每一片皮肤都在被火蚕食着，沙沙地响。她没有力量将垂着的眼皮向上提起来，任凭身子慢悠悠地躺低一阵又慢悠悠地立住一阵。

这样摇摇晃晃飘飘落落的，她已被送入一个放松的甜蜜的昏迷的世界里去了。直到她再次睁开眼，她也不知道自己正身在何处。她想她是在做一个有关睡梦的美梦吧。在这连环套的梦境里，她分不清哪是真哪是假，哪是虚哪是实。她不愿分清。

谢自珍教授又轻轻地合上了眼。

第二天，她在下楼的时候碰到了何教授。看她疏忽到什么程度，竟不知道何教授何时搬来跟她住在一个单元，还是对门的邻居。

他们两个人几乎是同时打开房门的。当她看清了何教授的脸时，她冲他微微一笑，算是招呼。她一步一步地下着楼梯，但她忽然吃了一惊，像被人偷袭了一样迅速扭转面孔。

何教授正跟在她的背后，他在跟她一块下楼。她不由自主地猛地举起了手，护住了后脖颈。接着，她的脚步一滑，就快速走下去了。

谢自珍教授来到办公室门口时才放慢一些脚步。她遑遽不安的样子把人们的视线都吸引了过去。

隔了一会儿，何教授也走来了。他若无其事地朝四周扫了一眼，就径直朝着低头坐在桌前的谢自珍教授走去。

谢自珍教授听出了背后的脚步声越来越近，她就要马上大声叫出来了，但是何教授并没有在她身旁停留。他把自己的讲义夹往桌上一放，又往茶杯里添上水，然后就坐下去看起昨天的报纸来。人们很失望地暗自摇摇头。

一个上午，谢自珍教授都避免跟何教授讲话。她也竭力不让目光跟他碰在一起。上完课，她忽然变得活跃起来。如果是在往常，她稍在这里坐坐就会往家赶，今天却没有按惯例离开，而是鼓足勇气主动参加了别人的谈话。

"谁要是能出个主意不让我掉头发，我真得谢谢他哩。"她红着脸说道，对自己的话题合适与否并没有多大把握。

有位三十岁上下的未婚女外国文学讲师抢先说："多吃核桃是最简便有效不过的办法了。"

谢自珍教授悄悄打量一下女讲师开始萎黄的脸。她似乎早就听人嘲笑过女讲师正朝她的岁数上野马似的狂奔哩。正因为这个，她对女讲师有种莫名其妙的酸酸的嫌恶感。处境类似的同性并不一定都会取得对方的尊重，同病相怜的说法也许只适合于处境类似的异性吧。

谢自珍教授没有吭声。那位女讲师暗恨她的古怪，但自己已有瓜田李下之嫌，也不大好表示出来。她们两人微妙的关系已被旁人瞧穿了，于是，谢自珍教授就听到了别人极力抑制着的低笑声。

一股愤怒的情绪使她马上气喘起来，但她紧张得无力反击。刚才脸上的红色忽地转换成煞白的了，接着那铁青色又如烟似的笼罩在她的脸上。她像死人一样笔直地望着前面，内心的痉挛一阵紧似一阵。

"掉几根头发换得学术上的很大成就，不是很值的吗？"何教授不动声色地插嘴说。

尴尬的谢自珍教授并不承情。她转过头狠狠地瞪了他一眼，那意思是说："谁稀罕你搭腔！"何教授一下子领会了她的意思，竟变得张口结舌起来。

谢自珍教授气冲冲地离开了办公室，在回家的半路上又万分沮丧了。那场羞辱这时候才开始细细地啃噬她的心。她伤痛欲绝，眼中法国梧桐、曲爪槐和柳树都带着病样，无精打采地低垂着头，任何一座楼房也都蒙上了一层灰色，那长长的道路也如绊在她双脚上的铁链，牢固地一环紧扣一环。

她打开房门，刚刚进去，何教授也赶到了。她想把他关在门外，可他硬是把门推开，走了进去。由于使的劲儿太大，谢自珍教授倒退了两步。

她的眼里放出咄咄的凶光，向他低吼："我受的还不够吗？你再来找麻烦！"一转身，走进书房。

何教授也紧脚赶上去。谢自珍教授背靠着桌子，面对着他。她现在才意识到自己不能跟他单独在一起，她必须把他撵出去。她得想个妥当的办法。

何教授见她冷静了一些，便说道："我知道他们伤害了你，但是你一定要挺住，千万别把这类琐事放进心里去。"

一句话又勾起谢自珍教授内心的悲哀。她恨恨地说：

"我又不是小孩子，他们伤害我，我也不怕他们。"

何教授沉思着又说："有时候他们也是无意的。"

谢自珍教授直直地盯住他看了一会儿，好像看他是否长着两只眼睛。她又气喘起来，高一声低一声地说：

"倒是你何教授会充好人。你自己做的什么，难道自己不清楚？你们男人不是什么好东西，表面上装作'氓之蚩蚩'，其实一肚子的坏心思。"

何教授听愣了。他一个劲儿地怀疑谢自珍教授对男人怎么会有这么可怕的认识，也许他不谨慎的所作所为使她产生了误解。

他满脸茫然，找不出答案。在眼前的这种情况下，作为男人很容易想到他所面对的女人需要他的抚爱。在何教授的潜意识里，似乎也有这样的念头。他走上前半步，想拿话宽慰她。但谢自珍教授忽然亮起了手，飞快地打了他一个耳光。他立刻清醒了。

他是个离婚的老男人。他有着略显瘦削的秀拔的身材和真正瘦削的脸庞，天生一种清癯的风度。随着年龄的增长，一头青黢黢的美发间寥落地出现了几绺银丝，反而使他的清癯风度更加显著。生活并没有给他带来令人难忘的欢乐。他在早些时候竟很悲观地以为自己将要过早衰颓了，但是事实上生活的不幸有时就如高明的雕塑家手中的錾刀，不但不会败坏掉一个人，反而会使人的神貌更加趋于完美。他很快发现了这一点，因为他要加倍珍惜自己，便十分果决地一切从头开始。

前一次婚姻的失败使他在开始新生活的时候态度更谨慎了一些。无论是否能够在婚姻上取得成功，生活却仍旧给了他深刻的体验。

在这方面，他所得到的远远大于所失。同时他又掌握着丰富的知识，他是很能够从容不迫地生活下去的，直到他达到目的。在这个过程中间，他发现了谢自珍教授。

毫无疑问，她是一个奇特的人。正因如此，她吸引住了他。但是，所有对她不利的猜测阻止了他跟她的接近。他知道这需要时间。他在做必要的努力时还需要耐心的等待。他以为时机终于到了。

他一再发觉谢自珍教授半夜三更将房门虚掩着，像在等待什么人。一个孤寂的故步自封的女人所能做出的暗示也只有这些了。

但他不由得畏怯了，他还在伺机待动。

昨天晚上，他好不容易鼓足勇气闯进了那扇暧昧不明的虚掩着的房门。他在门边听到了她的低低的抽咽和吟诵。他更有理由走进去了。如果他一旦发现自己的判断是错误的，他就可以找到一个来安慰她的借口。他在她身后悄无声息地站了半天，等她似乎睡着的时候才走过去，把手搭在了她的肩上。

当时他简直没有想一想她的理智是否清醒。他拥抱了她，吻了她。她在他怀里像一条长长的着火的棉花。

他想他的判断是对的。他们终于冲破了相互猜疑防备的界限。他完全被打动了。

这一对旷男幽女沉浸在无边的幸福和愉快中。他又可怜她，不愿将迷醉的她唤醒。最后他把她放在床上，就悄悄退了出去。

今天一早她的态度也在他的意料之中。不管她在昨晚多么狂热，第二天一定会冷淡下来。他需要再次调动她的热情。为了不至于造成她的恐慌，他也有意回避着她。当她遭到众人的羞辱时，他也受着跟她同等的痛苦，便忍不住站起来维护她的尊严。

现在何教授认识到自己错了。脸上的痛感已慢慢消失。可是眼前的谢自珍教授冷若冰霜。她甚至没有一点内疚的颜色。

在这一刻，他清楚地看到谢自珍教授不光显得衰老，而且，也很丑。他都忍不住再看下去。于是，他很冷静地凄凉地一笑，向她深深地鞠了一躬，转身走了。

那么寂寞地走了。那么苍凉。

谢自珍教授独自在房间里站立了好久。何教授向她鞠躬的姿势，一次次地无声地在她眼前慢慢重复着。在她看来，那仅仅意味着一种飘逸的一般性的分手，她还没想到那应是一种永远的令人伤心落泪的道别。她还没有想到。桌子坚硬的边沿几乎嵌到她的肉里去了，她也没有感到疼痛。她身上有些麻木了。

"这是一个装腔作势的男人。"她心里终于这样说，"幸亏我当机立断打了他，不然他还会缠住我不放。他的鬼心思我算看透了。昨天我差点毁在他手里。"

她从桌子旁离开，伸手去整理书架上的书籍。她的手又缩回来。

"我应该去看看母亲。"她又想，"如果母亲知道了这件事有多不好。"

母亲仍旧端坐在椅子上，口里低低地说着什么。谢自珍教授忽然觉得母亲跟自己相隔着一个遥远的世界。她所看到的母亲不是真实的，或许她自己不是真的。

她们两个当中一定有一个是假的。她使劲掐一掐自己的手臂，觉不出一丝儿的痛。

她又掐了一下，也不觉得痛。她这不就是死了么？她的生命已如一汪止水。在这门口朝着另一个世界窥望的，说不定是一个偶尔信步于此的什么人的幽灵。

她只是空有一个躯壳，里面一无所有，或者只盛着一些冷冷的淡淡的青色游气。

7

谢家兄妹的那次私自出行，并没有引起家中任何人的警觉。谢青莲跟哥哥分手后独自上楼，在房门口影影绰绰地看见有个人正在她的床上坐着。她暗自沉沉地一笑，就一摔门帘走了进去。

宝儿见她来，慌忙从床上站起身。谢青莲又把她按住，不怀好意地笑着，用小指头弯弯地勾着她的尖尖的下巴颏，盯着看了她一阵儿。宝儿不解何意，又怕唐突了她，也就没有说话。

那谢青莲便冷笑着问她道："你心上的那个人呢？"

宝儿一激灵，马上戒备起来，说："自从上次姑娘生气，再没见他半个影子。"

谢青莲扶着她的肩，紧挨着她坐下。她躲一躲，就站了起来，在谢青莲面前低垂着头，手中揉着一条绢子。谢青莲又笑道：

"看你惊慌失色的，我也只不过问你一声罢了。"

宝儿不由得摇晃着身子退出去了。

谢青莲心中得意，也不觉得困倦，眼睛胡乱瞅了一阵，又沉思了半晌。她想，不知道那个医生怎么样混进来，但愿她的哥哥跟他还有约定，使他方便些。不过，谁又能保证他怀的是不是真心？他只是想拿她取乐吧，正像他拿宝儿取乐一样。她可不能傻到那种程度，轻易被他赚了。他到时候一撒手，闲云野鹤地去了，她又能将苦水吐给谁呢？宝儿不就是打碎了牙又咽到肚里么？谢青莲禁不住发起愁来。

第二天，谢青莲听说有人来给母亲瞧病，暗暗估摸着病瞧完了就下楼去看望。她刚要去迈母亲的门槛，忽听里面有人说："张医师请。"她躲不及，一位着着袍衫的年长些的男人就从里面出来了。门帘唰唰地又一响，父亲也走了出来。对她来说父亲和那张医师同是陌生人。她的心扑通扑通直跳，低头往墙下一站，让他们走过去了。

父亲没有看见她，可是她忽然想认真看一看父亲。

随在他们后面的一位年轻人，手里托着一只黑漆药盒子，微微向前探着身，规规矩矩地双眼瞧着地。他是一身西装革履打扮，跟前面的两个人相比，更显得秀挺非凡。

谢青莲呆呆地望着他们一行三人穿过天井，到前面去了。她毫无理由地判定那个年轻人看见了她，可他连头也没有回一回。说不清是气是喜，她的手脚轻轻发着抖，也忘了上房去看望母亲，就走开了。

在楼上，她又害怕了。她忽然觉得宝儿有好大一阵子不见了，便跌跌撞撞地赶到栏杆旁，一连声地呼唤：

"宝儿！宝儿！"

没有人应。她恨恨地咬一咬牙，用力推着栏杆，似乎要将它推折。

宝儿不知从哪里钻出来，站在了她的后面，低低叫了她一声。她回过身来，似乎放心了。宝儿的肤色略偏于胭脂红，并不显得透明。

谢青莲端详着她，发现在她的鼻翼处有两小片薄薄的灰影子。她命中注定只是一位丫头，谢青莲在她的身上找不出一点堂皇的大家之气，便又是一放心。

主仆二人沉默了半响。谢青莲坐不住了，面露烦躁之色。她渐渐忘了宝儿在这里，一会儿向窗外翘首而望，一会儿又长吁短叹。忽然，她发现宝儿在偷偷观察着她，便连忙掩饰住自己的不安，说道：

"你走吧！"

但是现在这里只剩下她一个人，她又止不住感到恐惧。房子顶一层一层地抬高，墙壁一层一层地远离，而独有她一点一点地缩下去，像一颗没长成的皱巴巴的小核桃仁儿。

她想如果宝儿也在这幽深的房间里，又会变成什么样子呢？也像小核桃仁儿吧，或是一颗酸涩的青果子。

近期宝儿跟她的生活紧密联系起来，无论她或喜或忧，她都似乎觉得离不开宝儿了。有一样心事她不能向宝儿开口，宝儿很可能会出卖她，也许会极力保密，但宝儿终究是一个可以出卖她或替她保密的人。如果宝儿能够为她出出主意，那有多好。但她可保不住宝儿不会耻笑她。她不能让下贱的奴婢看不起。她要做的事她自己拿主意去做。她什么都做得出来！但是她又忍不住害怕自己做出那种要命的事。那么，宝儿如能守在跟前，倒也能约束她一下。她要去找她。

于是，谢青莲鬼使神差地再次下了楼。

"后来我才明白，其实我不是去找宝儿，而是去找那个医生。"母亲喃喃地说，"宝儿是个刁钻的丫头。她像个鬼影子似的盯着我们。"

母亲极慢极慢地摇摇头。

谢自珍教授以为她就要转过脸来了，但她又突然静止不动了。谢自珍教授的空躯壳便被风吹动着似的，飞离了母亲的房门，又飞到平平荡荡的天花板上，又戛然落在她自己的房间里，旁边是一架很大的森然的书橱。

谢青莲心慌意乱地回到楼上，只觉得腰上松松的，全坐不起来。她顺势朝床里一躺，直挺挺地摆着身子，将双手交叉着放在胸上那两堆圆圆的残留着美妙痛楚的软肉上。她的合起的眼里，像有一根绣针在朝上突突地跳动。小针终于跳出出去，两行热泪便顺着脸颊滚到她的耳郭里，虫子似的咬了她一口。她睁眼环顾一下，似乎谢宅所有的人都在从一个角落偷望她。她需要把自己严严地遮蔽起来，便伸手摇一摇床上吊起的帐子。帐钩当啷一声摇开了，帐子便如云似的落下来，将她掩在昏暗里。

除了宝儿，谢宅里的人谢青莲谁都怕见。但是几日过后，她又对那个医生心驰神往了。她最终抵抗不住那种强烈的诱惑和内心的欲望，一次次地跟他幽会起来。家里人对她明显的变化熟视无睹。她也再不觉得落寞，每一天都似乎具有了重大的意义。

她在楼台上笑吟吟地坐着，出着神，谁也不知道她在想什么。她会突然站起来，袅娜地走进房里，把自己关在里面。

在她的姐妹中间，她也比她们增加了一层动人的神韵。现在她有足够的理由认为她们浅薄无知了。她们的确幼稚可笑，连一场美梦都不知如何做起。

可是谢青莲所做过的一切美梦都已变成触手可及的东西了。她希望这样的日子永远地继续下去，有所等待，又能够等待得到，担着小惊怕却享受着大欢乐。

由于她完全沉溺到幸福的感觉里，她竟没有想到其中隐含的危险，没有想到自己触犯的究竟是什么。父亲、母亲、哥哥一时间对她都成了无关紧要的了，那伤心的宝儿的痛苦更不能使她舒展着眉头凝上一下。深闺里的愁怨已不再属于她了。

在这一段时间里，谢青莲也没有再听到那些有关哥哥谢真卿的谣传，或许是她不留意的缘故，父亲要送他去泰安矿务局的事也暂搁下了。

转眼之间，到了残秋，院子里的草木上着的霜一日日加重，终于使那灰黄的薄叶细枝悬挂不住，由凉风吹下地来。从早到晚家里的下人得在这天井里使一柄大扫帚多扫上一遍，才见得地上清洁。虽是气朗风清，但终究秋意已深，朝暮时候寒不自胜了。

又过了几日，本来高爽湛蓝的天空又变得暗淡了一些，灰蒙蒙的如高扬着一层浮尘。整日不见一朵云儿在天上，那浮尘样的东西大抵就是解散了的云气，悄悄地腐蚀着天空的壳子，使它一日薄似一日，将那初冬的迹一个晚上，谢青莲从母亲房里出来，时候尚早，思量独坐灯下也觉无趣，便将脚步放得慢慢，在院子里磨蹭天光。一连碰上几个人问她，她口上答着看母亲去了，心里却已嫌扰得慌，便想起无人的花园里此刻应该清静了吧。她趁黑躲着走过的人，绕行到花园门口。

香炉泉的水咕咕地响着，在夜里听便平添了一份幽缈的风味。谢青莲驻足了一阵，才要举步进去。

忽然小珂儿从黑影里钻出来，一把扯住了她。她先是吓了一跳，等看清是小珂儿的时候又忍不住生起气来。小珂儿摆手示意她不要作声，悄悄把她从门口拉开，走到不远处的山墙下面才低声道：

"看在我的面上，你不要过去。"

谢青莲见他作神弄鬼的样子，便更疑心了，使手帕往他脸上一抽，说道：

"你在做什么见不得人的事，定有个同伙在里面。"

可是自己的心却不由得扑通一声，仿佛别人也这样说她。小珂儿用手朝花园里一指，让她听里面隐隐传来的女人的哭声。

谢青莲脸上发热，闹不清是不是自己在临风哭泣。在这之前，她的痴迷太深了，没想到自己会不会也有哭泣的一天。她想，不知道是家里哪个可怜的女孩子不敢当人的面伤心流泪而躲到这里来了。可是这跟小珂儿又有什么关系？难道一个女人哭还要找他望哨？她非要去看看才放心。可是小珂儿又赶忙拉住了她，急得轻轻跺脚。

谢青莲就说："你告诉我那个人是谁，我就不去。"

小珂儿"哎"一声说："我也不瞒你了，咱哥哥也在里面。"

谢青莲不待他说下去，拔腿就走。

小珂儿又要去追，忽见她一闪身走到别处去了，才松了一口气。

谢青莲在回房间的路上，毫无根据地想到那个哭泣的女人就是宝儿。宝儿不知天高地厚，终于让她哥哥骗了，算她活该。谢青莲准备明天好好地羞辱她一番，让她牢记终生。可是她在上楼的时候碰到了正走下来的宝儿。宝儿侧身停住叫了她一声，她竟毛骨悚然起来，只对宝儿一盯，就飞也似的奔上去了。

小珂儿就是谢自珍教授见到的那位舅父。

她的外祖父死过不久，那显贵一时的家庭里的成员就风流云散了。那时候济南城离被攻破还很远，军界头子王耀武时常站在敞篷汽车上检阅他的劲旅。在他威风凛凛地从街上经过的时候，市民和商人举着五色小旗向他欢呼。他丢掉自己的傲气，一次连一次地向他们行礼致意。

但是谢家的人却早有准备，便如飞鸟各投林，自谋生路去了。

另一支军队开进城来，谢家只剩下一个空宅子，连个人影也不见。一部分官兵就在谢宅休整驻扎了很长一个时期。

战火中曾有一枚炮弹落到花园里，被炸塌的假山堵住了香炉泉的泉口，一时间四处又冒出好多口小泉。

泉水四溢，几乎把后院淹没住。

士兵们重新挖了渠，才把水泄出去。

后来战火在全国平息后，政府准备在这里开辟一座公园，那泉水却渐渐小了，很不如人意，到了谢自珍教授所身处的这个年代，不光这些泉，就连趵突、黑虎、金线、漱玉、珍珠之类的名泉也几近干涸，有时为了遮掩节日游人的耳目，只好弄些自来水来代替。

香炉泉不存在了，也许它已并入其他泉的地下泉道里，但毕竟水脉不旺，一直没有新翻出来；也许因为地面上高大的建筑日益稠密，使地面更加沉重坚固，泉水便没有了相应的力量。总之，谢宅的荣耀繁华俱已如那香炉泉祥和的紫烟，永远地流逝了。

小珂儿舅父对谢宅后来的那段历史只字不提。他总是叹息着说：

"家丑不可外扬啊。"

他时常讲一些当时济南的风物人情给谢自珍教授听。谢自珍教授对此始终感到隔膜，觉得反不如《诗经》所表现的两千五百年前的社会生活更亲切。

她的思绪比小珂儿舅父走得更远，她想回来，但也无法跨过母亲年轻时的年代，更遑论以后，个中原因并不完全在于她越来越恶心当代有些无聊的学者因为看到《诗经》上的一篇《大东》就感慨"泉城自古是诗城"。她走得太远，不免觉得孤寂。她一点也不对小珂儿舅父所讲的那位轰动一时的神童感兴趣。她仅仅渴望了解母亲的生活，小珂儿舅父在这方面从来没有满足过她。

当初小珂儿舅父也预感到灾难即将来临。他带着谢青莲和婴儿来到火车站，也要学别人的样子南下或东去青岛。售票处很挤，小珂儿舅父钻空儿钻了半天才购出两张票，再拼命钻出来时却遇到了扒手。那时候他也才十几岁，只想把钱全带在身上就安全了，谁知竟被扒手扒个精光，只剩下谢青莲脚边的一堆行李。

谢青莲怀抱着婴儿一个劲儿地发愣。她也是腰无分文。

小珂儿舅父觉得前途莫测，也不再回家，就去了城西南岗子。据说小叶子就是他哥哥谢真卿的旧相好。她因为同情谢家的变故才嫁给了他，帮他渡过难关。

婚后十年，小叶子染病身亡，小珂儿舅父也没再娶。

谢自珍教授隐约记得小叶子舅母的模样，她平常喜穿绿袄，口上抹得像猪血一样红，但她性格温驯，对舅父尤为体贴。

8

那天晚上，谢青莲快步从花园附近走开，来到楼上，觉得头发根儿也是直硬的，但她并没有细想将要发生什么事。

这个冬季少雪。时令似乎停止了脚步，在原地里站着不动，甚至到了腊月，水还没有结过冰。

有一天，父亲突然兴致很好，打算享受一回天伦之乐，就预先派人去大明湖定了两艘游船，要带领全家赏那连片的残荷。

黄昏时分，远望千佛山就如苍穹边沿的一方蝶形缺口。在那里似乎有什么东西烧着了，灰暗的烟雾一刻一刻浓厚着。

一家人在湖畔的饭馆里便餐一下，便陆续上了船。几位年岁稍小的儿女在一条船上，由两位老妈子看护着，紧随着他们父母所乘坐的船。船身一晃，那青碧的湖水便一波一波地送到湖畔干枯的蒲草和芦苇丛里，让它们也跟着瑟瑟摇动起来。四周岸上也有草房也有祠院，却都静静的没有一点声息，全被笼在一层迷蒙暮气之中。

湖上并没有别的游人，只他们的这两艘玻璃画舫在水上缓缓漂泊着，似乎又加上了一层寂清的气氛。随着夜色的渐浓，那湖面也仿佛朝着远处伸展了过去，竟成了浩渺无际的样子。遥迢难及的天空在水中幽暗地投下一个倒影，一时间人如在天上，天如在水中。若不是有那船头影影绰绰的灯光照着，还真的以为船和人是被这虚清的夜色浮起来的。

两艘船慢慢驶进残荷密集的地方，荷叶扫得船身唰唰地轻柔地响。

大家都想不出是在听着，还是在看着。父亲起先还兴头头地指点儿子们怎样去品评那败荷所具有的别一番风致，但他们表现得并不踊跃，也便渐渐不说了。

船上显得沉闷起来。驶到历下亭前，父亲又问有谁愿上去走一遭。没人愿意走到这个黑乎乎的地方去，船也就没有停下。在湖面上绕了半天，才有一个小划子飞似的从黑影里钻出来，将两位艺人送到父亲的船头上。

接着，那叮叮咚咚的三弦声便轻扬着响了起来，讲述的无非是一些忠孝节义的陈旧故事，由女孩子们的耳朵听着不免过于惨烈了些。她们在船头上立着也觉得冷了，便一个个退入舱里去。热气从火炉里丝丝缕缕地释放出来，似乎突然染上了梦的颜色，渐渐煽起了她们头脑中的睡意。船身轻轻悠着悠着。透过密闭的玻璃窗，传进来的是那纤弱得令人心颤的三弦声，和那船底淙淙的水声。艺人故事里的刚健激越早已不可遏止地衰弱下去，已经单是那游丝一般的幽怨了。最后连那丝幽怨也消失了，只剩下大世界里无边的寂静和混沌。

那小划子又钻了出来，向每艘船送上滚沸的铜火锅、新屠的肥羊肉、暖房里碧绿的菠菜和各色佐料。那一男一女两位艺人也就随小划子离开了。游船上的一家人重打起精神来，在舱里围在热气腾腾的火锅周围饮酒取乐。

谢青莲想要吸一口新鲜的空气，便从舱里悄悄走出来。

两只船稍稍荡开了一点。谢青莲举步来到没有灯光照射的船尾，出神地望着幽黑的湖水。她不由得茫然地叹了口气。若有若无的回声，便沙地一下从遥远处贴着水面飘来，使她觉得神奇万分。

正想再次望洋浩叹，却忽然瞥见父亲船尾上的阴影里站着一个人。她模模糊糊地看见那是她的哥哥谢真卿。她想哥哥肯定有什么心事，便小声呼唤了他一声。他并没有听见。

这时候，另一个人也从舱里走出来。谢青莲趁着那船上的灯光，看出了她是谁。她在那里迟疑了片刻，也走到船尾去了。谢青莲吓得屏住呼吸，退后两步，背靠在舱壁上。

他们两个人看样子很激动地嘀嘀咕咕说着话，却没有一句让谢青莲听到耳朵里。很快两个影子便合成了粗粗的一个。

谢青莲差不多叫出了声，但是那个影子又粗粗地转起圈子。谢青莲以前对哥哥的猜疑全部得到证实，她不知是怕是气，眼前突然发起黑来。

舱里父亲在喊哥哥。

哥哥从那粗影子里分出来，急着要走，另一个影子便扯住他，故意不放他。

父亲在喊：

"卿儿！卿儿！"

空荡荡的苍茫的湖面上没有人应。哥哥还没走掉。

"卿儿！"父亲的声音在谢青莲听来是那么响，仿佛石头迸裂一样。

她再也受不住了，双膝一软，扑通一声瘫倒在船板上。她的胸口猛地一酸，就紧接着翻肠搅肚地哇哇呕吐起来，再也不好止住。

谢宅里开始置办年货了。每一天还是那么稳稳当当，却没有丝毫年节的气息。

晚上，家里人被召集在父亲房中。

父亲把家政慢慢地陈说了一下，又特意问了小珂儿这一年在省立一中的读书情况。

小珂儿心里咯噔咯噔地跳着，低声向父亲汇报。大家以为父亲又会责备他说话像蚊子哼哼，不料父亲却很满意地朝他一笑，夸奖了他两句。小珂儿悄悄擦着汗，退到别人后面，偷眼看着父亲。

父亲这一日显得格外慈祥，往常严厉的样子似乎从来不属于他。他的妻妾们围在他的背后，像一尊尊雕塑一样，只有着细小的动作能够证明她们在呼吸，在注视，在聆听，在活着。

房间里鸦雀无声，父亲脸上的微笑渐渐凝固了。

一位小哥儿忽然在奶妈怀里扯着嗓子哭了起来。父亲便招手让奶妈把孩子抱过来。他接过孩子，放在自己膝上，轻轻地颠着，颠着。

孩子不哭了。

谢青莲的目光紧盯着他的膝。它颠着，以一种生硬的节奏，完全准确的机械的生硬的节奏。她的心也在颠着，很快就浑身颤抖起来，身不由己地扶住旁边的柱子。她知道房间里所有的人的视线全都集中在了父亲的膝头上。它们在那里碰击，撕扯，号叫，哽咽，终于纷乱如麻了。

每一个人都茫然不知所措。

父亲把孩子举起来。他的手忽然抖了一下。

孩子差点掉在地上。

父亲立刻抓紧了他。他一定感到了疼痛异常，但他没有哭。他也吓呆了。他的年轻的母亲想接过他，却又畏缩了，抬起一点的脚又放回了原地。

奶妈抱过孩子，父亲说：

"出去吧。"

孩子在奶妈的怀里哭着，被抱了出去。

父亲环视了一下他的妻子儿女。他笑了。他变戏法似的从身上摸出一封信。他让这封棕色的信在灯光里照着。大家看得很清楚。

"这是你们大哥的信。"他对儿女们说道，"他连连打胜仗，已经提升为旅长了。"他微笑着。他说，"他问你们大家好。他不能来济南过年。他是军人。"

人们沉默着。空气快要爆炸了。

父亲轻轻一挥手。

"走吧。"他说。

人们小心地向门外移动着脚步。

"卿儿留下，"父亲说。大家都停下来了。

谢真卿疑惑地回头看着和蔼的父亲。他马上绝望了。大家清楚地看到他绝望了。就在这时候，他的生病的母亲从门外撞了进来，一头扑在父亲膝上。她极其虚弱地说：

"你得念念父子情分啊。"

父亲很不耐烦地说：

"你说什么？我不懂。"

母亲说："你得念念父子情分啊。"

父亲说："你病得很厉害，又跑出来干什么！大冷天的，快回去躺着吧。"

母亲还在摇着他的膝盖。他不再看她了。他说："卿儿，我待会儿给你写一封信。你去投奔你大哥吧，明天就上路。你大哥是你的榜样。好男儿要立志报效国家。什么年不年的，不过就算了。"

母亲也不再央求他了。她摇摇晃晃地从地上站起来，轻轻打了一下他的脑门子，就低笑着走出去了。她的披散的长头发，在房门里一飘，就像走出去了一个孤鬼。

谢青莲此生一想起这天晚上的情景就不寒而栗。她的亲哥哥谢真卿一去便杳无消息。她的母亲也没能挨过这一年。

大年初一，整座济南城沉浸在爆竹的汪洋里。

谢青莲起床以后准备下楼去向母亲拜年，宝儿告诉她不用去了。母亲已经去世了，都已经拉出去埋了。

谢青莲低垂着头，问宝儿道：

"什么时候死的？"

宝儿说："三十儿五更。"

谢青莲慢慢拉住宝儿的手，长叹一声，又问她道：

"那我干什么？"

宝儿没有立刻回答。她很生气地用力一摔宝儿的手，还是下楼去了。

9

谢青莲只好孤零零一个人活下去了。多少年来，没有谁能走进那个封闭在她头脑中的辽远的世界中去，相信它不是普通的青铜和生铁。设若是青铜和生铁，一直停在这阴湿无光的小盒子里，锈也锈得坏了。那应该只余下一小堆绿的红的微末，等着被干燥的风吹散。

她唯一的女儿谢自珍教授，没有瞧一瞧她那个宝盒子里装着什么东西的眼福。她把女儿生下来，无意之中给她铺设了一条通往孤零零的生活的道路。这种生活设若能够拉出舌头来尝一尝，它将是有着点点锈花的滋味的，微带着一星儿星儿甜的苦涩。

但是谢自珍教授也就要亲口尝到这种滋味了。在她静寂无声的房间里，那个一度昏了头的男人向她深深鞠躬的影子，终于如惊鸿似的从她眼前翩然飞去了。

她从书橱上抽出一本硬背的黑皮书，用手摩挲着封面，忽然感到一丝惆怅。

那本书在她手掌里越来越沉重，她有些托不住了。两条胳膊软软地垂下去，那本书就从手掌里轻轻滑落到桌上。

她感到筋疲力尽，便扶着头慢慢坐了下来。不知不觉的，天又黑了。

房间就像一个怪物，张大着阔口，又竭力抑制着不出声。谢自珍教授觉得它在向她偷偷哈气，便止不住耸怵了，猛地环视一回。

没有什么意外，一切正常。

她又用手托着头，什么也不想地昏昏沉沉地坐着。

沙，沙，沙。有人在向她蹑手蹑脚地走来。她再次回头去望，什么人也没有。但她感到极端恐惧，便反手支撑着桌子站起来，瞪圆了眼望着空中。

微风在楼梯道里慢慢回荡着，不住地挤着房门，房门踏哧踏哧地擦着地板轻轻响。

谢子珍教授飞快地奔过去，把房门关严了。

她松了一口气。

沙，沙，沙……那个神秘的不见行迹的人一次次来骚扰谢自珍教授，几乎使她一夜未眠。当他最后一次来临时，谢自珍教授忍不住又去检查已关牢的房门。她就要发疯了。但是这一次果真有人停在门外。她怕得跟跄着退后了一步，惊疑甫定地喘息着。

笃笃的敲门声从外面传进来，不是风在撞门。

谢自珍教授这时候根本没想到站在门外的会是何教授。她不容置疑地觉得她所渴望听到的声音再次响了起来。

从幽暗中出现的，却仅仅是她的学生冯广生。他是那样平淡无奇。她失望地摇摇头，丝毫没有掩饰自己的痛苦。

冯广生把她昨天忘了取的牛奶和今天的鲜牛奶放到她的手中。

一展眼的工夫，他的背影就在她的视线里矮了下去。

她失望地望着，望着，终于什么也看不见了。她清清楚楚地意识到，有一个美好绝伦的形象将不再为她所得到，甚至不再为她所想望。送牛奶的丑陋大学生无意之中给她带来的迷人的幻觉，也已经一去不返。

那片幽暗逐渐淡化下去，很快，楼梯道里就明亮如昼了。

几天以后，谢自珍教授在大学校园里迎面碰到了何教授。两人轻轻点一点头，就各自走过去，好像什么事也没有发生。

谢自珍教授又不由得停下来，回头朝继续走着的何教授看了看。她想，她应该有所表示才对。那天上午她被气昏了，那样粗暴地对待何教授是她从前连想都不敢想的。

何教授却只顾往前走他的路，也许他从没把那件事放在心上。

谢自珍教授也怀疑自己是不是记错了。她只是记了一个梦的荒唐的片段，或者当时她打的只是一个要对她强行非礼的恶棍。她在路上若有所失地站了一阵，才回转身，向办公室走去。

她的桌子上，放着一张邮局送来的领件单。她知道自己苦心经营的《诗经》研究专著第二版印出来了，出版社只寄给她五百册书，以抵消她应得的版税。

她不禁发愁。多少年来，她只是埋头在故纸堆里，社会关系很荒疏，现在很难找到销书的门路。她想先把那些书从邮局提出来，可又拿不定主意要谁帮忙。她历来很少开口求人。领件单在抽屉里躺了一个星期，她也没有想出办法。

这天，何教授偶尔向她问起这件事。他已看过那单子。她很为难地把情况告诉给他，他一听就声言自己有些门路。她不由得疑心他另有所图，但是书在自己手上又是一件愁事，便索性把领件单交给他，随他去办。

过了几天，他就给她拿出一笔可观的款子，她对他感激不尽，又不知怎么谢他才好。他很淡然地说：

"我别的不做，就做个好人吧。"

她的内心更加不安。

这件事加强了谢自珍教授的理智。她似乎头一次回到现实中来。把何教授对待自己的态度前前后后细想一想，觉得自己欠他的太多。可是何教授已言明不接受她的任何形式的谢意，她如果再坚持违反他的意愿，就一定会惹他不快。

她站在房间里的书橱旁，想着，何教授难道不是一个令人尊敬的好人吗？书橱的玻璃上浮着一层微薄的亮光。她把手伸上去，那平平的玻璃就冰着她，使她觉得很快意。她把手拿下来，玻璃上就留下一只白蒙蒙的手印，她凑上去把它擦掉。

就在这时，玻璃里面绰绰约约地现出一个影子，离她很近，好像要亲她。她偏一下头，那个影子也偏一下头，却比刚才清晰了。她吓得赶紧躲开，心头怦怦跳个不停。

"玻璃里面的人就是我啊。"她想，"我就是那个样子。"

她伸手抚了抚额头，猜想着那些皱纹的形状。她想她显得多么老，多么憔悴，可她再也没勇气走到书橱的玻璃前照一照了。

谢自珍教授感到一种无可奈何的悲哀。她忽然又想到如果那天上午的事情重新开始一次，又会怎样呢？那也许并不会以何教授苍凉的鞠躬来收场。

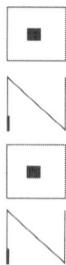

何教授会使她烦乱的心平静下来，每一句话都如一副灵丹妙药，能使她内心的伤口马上愈合。可是她竟毁掉了那种可能。她禁不住愧疚地慢慢流下泪来，暗暗决定寻找跟他单独在一起的机会。

有一天，在楼梯道上，两人分手之后，何教授一声不响，打开自家房门，就要走进去。谢自珍教授心头乱乱的，忽然说道：

"你停一下！"

何教授转过头来，见她脸上红一阵白一阵。

她迟疑了半天，才声细如蝇地说：

"那天是我的错。"

何教授心照不宣地知道她说的是什么，但他没有吭声。

"现在打死我我也不会那样做了。"谢自珍教授也顾不得讲究措辞，"我真是昏了头。"

何教授被她的话逗笑了。谢自珍教授从头到脚地冷了。

两个人不约而同，觉得她在讲述一个遥不可及的渺茫的可笑故事。在这个故事里，有两个主角像皮影一样，滑稽不堪地晃荡着。故事不长不短，两个主角晃荡了一阵就感到累了，各自寻找相宜的地方休息。

谢自珍教授匆忙转身打开房门，走了进去。那个被她低吟的《将仲子》招来的人早已跟她决绝。他不会再悄悄地走来，乘她似睡非睡之际，把一双温暖的手按在她的肩上了。

房间里的孤独，是没有手供她拉着的。

她的母亲谢青莲当年所能拉住的，也只有丫鬟小宝儿的手了。哥哥和母亲消失了。那个医生也从谢家大院里消失了，但他留给她的一枚青涩的果子，却在她身上不可抑止地生长起来。

她忍受着过度的惊吓，尽量将这越来越粗的腰围掩饰住。但是她的身子可以装在束紧的衣服里，别人的眼睛她却没办法挡起来。她无时不在暗恨着肚中的胎儿。

没有人敢把这件事透露给那位严守道统的父亲，但是她必需被隔离开了。每天陪伴她的只有宝儿。她哭着对宝儿说：

"我是死了好呢。"

宝儿也曾几次找借口出门去见那个医生。他没有胆量向谢家求亲。他是一个天生的胆小鬼。谢家黑黢黢的大门已让他望而生畏。

谢青莲简直没法想象她和宝儿是怎样在一个夏日的黑夜走出家门的。家里的仆人后来发现她昏倒在大门外的水泥地上，便把她抬进来。

在她清醒之后，她又一次想到那个医生是多么可恨。当时父亲已经病重。

有一天，父亲说："把张医师请来。"

旁人告诉他张医师已把药房转卖给别人，自己携带儿子离开了济南。谢青莲的身体很快复原了。她比往日更显得沉静了，在人们面前总是一言不发。

婴儿没有死掉。

宝儿把她抱进家里来，似乎没听说有人提出再把婴儿送出去。他们认为这小小的一团肉还不具备生命，她总有一天会自动变凉。

炎炎夏日也像漫长得没边没际。

谢青莲独坐在泉水旁，眼望着日光一点一点地黯淡下去。

黑夜来了，谢青莲还在一动不动地坐着。泉口里吐出的水汽，把她身上的衣裳弄湿了，她却觉得那也许是一些汗。

天气燠热不堪，泉水响一阵停一阵。在响的空当中间，那份静寂就如用针刺穿了耳膜，一切皆死了。

由那高温培养着，那死去的夜便急速地溃烂、膨胀，越来越黑。

谢青莲从泉边离开时，隐在树木上的蝉轰鸣一阵，又停下了。她疑神疑鬼地走着，最后来到了父亲的房门前。她又想到那个冬天晚上的情景，一身冷汗便唰唰渗了出来。她觉得这阴森可怖的高屋轩厦正向她倾来，她惊骇万分地扑到门框上。

死寂的房里猛地传出婴儿的哭声，她听着无疑有种死尸的味道。那味道立刻更浓了。

她竭力立稳双脚，然后充满本能地闯了进去，看见那位胖奶妈正低着头小心地拭擦着她女儿脸上的蜡烛油。她又退到门边。

这时候，男男女女的哀号声，已灌满了一屋子。

谢青莲转身向外走。她突然发现她的死去的母亲就在前面，乱乱的黑头发披散到腰际。

一切不可能发生的事情，都已在谢宅里发生了。那位医生制造了谢宅最后的罪孽，谢青莲又怎能够轻易忘记了他！在她当初的年岁上又添了五十多年，苦涩的回忆已被她品出了星星点点的甜味儿。

10

谢自珍教授却只品尝到了生活的苦涩。

在她面前，端坐着一位满脸皱纹、头发稀少、牙齿松脱、眼睛凹陷的老女人。她知道，那就是她的不远的将来。

在那如山的故纸堆中，她交叉着枯瘦的蜷曲的双手，靠做白日梦和数数儿来消磨每天无聊庸长的时光。每在身上摸一下，都只能抓到一把骨头。那就是可怕的她。她几乎能嗅得出从那老女人身上散发出的、特殊的、旧布一般的不清洁气味。她必需躲开她，离她远点儿。

不知不觉间，夜深人静了。

谢自珍教授悄悄走出家门，站到空无一人的黑暗的楼梯道里。空气似乎稀薄得难以填满她的肺部。

她不由得跌倒在旁边的墙上，但是那墙猛地向她一推，好像鼓了起来，不让她接近。她再要去扶时，那墙又突然烧得通红了。

她的手一抖，就静止在了空中。

眼前就是何教授家的房门。她惊异地呆望了一阵，不敢承认自己要干什么。她忽然脱了力气，便顺着门滑在地上。那门是冰凉的，跟她炽热的躯体相贴着，隐约发出了咪咪的响声，跟冷水浇在火炭上一样。

谢自珍教授也不知道自己在向哪个方向沉落，一会儿掀高了头，一会儿又掀高了腿。那吃吃声渐渐遁进夜色里去。

谢自珍教授忽然又担心那门一下子被打开。她急忙站起身。她似乎看见有个人从门口探出半个头来，不耐烦地问她一句：

"你有事吗！"

在这样的黑暗里，即使他的目光依然带着惺忪的睡意，也够她承受住的。

谢自珍教授的脚步再也向前挪不动。房门照样儿关得紧紧的，跟迷蒙的夜色连成一片。

"我差点儿又让人笑话了。"她不由得想道，"虽然他以前对我不错，那也只是他的好心肠罢了。我是这样丑，没人会爱上我。"

她慢慢转过身，又返回房间里，坐下来，叹息着，哀伤着，把手搭在椅背上，脸朝着肩头上一只无形的男人的手贴上去。

一团火啵啵地烧干了她的嘴唇。又有一阵雨沙沙地淋到她身上。她终于觉得浑身松弛了一些。

有一个软弱的声音，遥远的悲歌似的，在她前面响起。她身不由己地跟上去。它在引导着她，可是一转眼，耳边就只剩下一片茫然的空白。

此时次刻，母亲谢青莲通过模糊的泪眼，再一次看到了端坐在紫烟缭绕的楼台上的，那位娴静美丽的大家闺秀。

母亲微微笑了。

"他总有办法混到家里来。"她说。

恍恍惚惚的，她觉得自己又坐在了翻涌不息的泉水旁，侧耳谛听着那从地层深处不断传来的幽沉的喧响。

突然，一阵急风挟裹着落叶猛扑到她身上。她吃了一惊。什么东西从手中"啪哒"掉了下去，或是一柄金耳挖，或是一块玉如意。

母亲懒怠低头去看。

那架眼镜，在地上跌碎了。

原载《芙蓉》2020年第6期

点评

小说最令人感慨的便是主人公谢自珍教授那只存在《诗经》故纸堆里的虚幻的爱情想象。

男学生冯广生，一度激活了她对于异性的渴望，以至于她甚至付诸了行动：在一次爬山活动中，她和冯广生脱离集体搭伴前行，走到四下无人之处，她故作体力不支，跌进了冯广生的怀抱中；之后她虽一度"心中不安"，但却想再跌一次。之后回到家中，她便开始了对自己的质问和斥责：她将自己对于青春爱情的渴望定义为"肮脏的欲念"，她认为以前那个总是本能地远远躲开异性的自己才是"贞洁"的；她想到自己的理智"从来没有被欲望打败过"，这次却"狡诈地去骗取一个年轻胸膛里的一丝温暖”，于是她迅速认定了这样一个事实——自己是“恬不知耻的又胆小又淫荡的女人”。

但事实上，谢自珍教授一直十分羡慕母亲谢青莲曾拥有过的青春爱情，那样的婀娜人生成了她一生不可企及的憧憬。她一直强烈地渴望着爱情。然而，当又一个异性——何教授出现时，她却以极端的自我防卫粗蛮暴力地斩断了这段情缘：她时常虚掩的门、夜里时常发出幽深的呻吟，撩拨起了何教授内心对于爱情的热望；然而当何教授满怀爱慕走到她面前时，她却本能地以一个耳光了结了这段刚刚萌芽的爱意冲动。这充分说明，在过于漫长的等待中，她已然丧失了对于爱情的觉察和辨别能力。于是她宁愿继续沉醉在《诗经》那样简单美好的虚拟世界里，也不愿意从中清醒过来认真审视一番那些愿意主动走到自己身边的异性，直到青春耗尽、美梦尽灭。这样的结局令人唏嘘，这样的人生令人深思。

（侯建魁）

浪的景观／

／周嘉宁

我曾不知道天高地厚地以为，2003年是我青年时代最倒霉的一年。按照计划，我本应顺利度过大专最后一学期。但是四月"非典"疫情变得严峻，我就读的野鸡学校封校的同时，提前解散了应届生。没有对我造成具体影响，我当时已经在一所广告公司实习了整整三年，这份工作是群青跟着彬彬去日本前留给我的，他走了，我多少有点顶替的意思。和群青相比，我缺乏野心，这个行业不适合我，而我也没有其他想去的地方，于是老老实实地学习软件。被学校解散以后，反而多出来很多时间可以每天都去办公室学习。结果到了五月中旬，业务受到疫情影响严重，将上海分部遣散了。

我稀里糊涂地接受了这个消息，只想着接下来既不用去学校，也不用去上班，不知道该做什么。为了回避父母的担忧和责难，我依旧像平常一样每天按时出门，甚至更早。网吧里空荡荡的，只有一些不怕死的衰人，我也不怕死，但受不了那种极度警惕和绝望的气氛，不愿待在那种地方，于是便沿着黄浦江畔，一片区域一片区域地寻找露天篮球场，那里有大量和我一样，不分昼夜闲逛的人，我们每日流动，与不同的陌生人打球。我还去了多年没有去过的植物园和动物园，去了旧机场的停机坪，去了崇明岛，看见不少平常想象不到的风景。搭最晚一班船渡过东海回家时，二楼甲板只坐着我一个人，外面的黑暗中也看不到别的船，我在春日温暖的海风中玩手机上的俄罗斯方块，几乎忘记了被打断的未来。

之后的就业市场极其不景气，而我无心投放的简历竟然收到一份回复，甚至不需要面试，于是酷暑来临之前我成为一间画廊的临时工。去了才知道负责人口口声声所谓的布展全部都是工地上的体力活。我和几位真正的工人一起搭脚手架，搬运，测量，砌墙和粉刷。几年前在美校没有学好的东西在这里又跟着师傅从头学了一遍。每天傍晚我爬下脚手架，心想目前的局面就是这样了，我毫无未来可言，此刻却在做着自己能够胜任的事情。

九月开学以后，社会秩序已经慢慢恢复，我一再拖延，终于还是回到学校正式办理毕业手续。学校竟然又缩小了一圈，不是心理错觉，学校原本借用了闹市区背面一栋机关建筑，一再缩水，那年一楼和二楼被收回，成为知青联谊会。我往上爬了两层，在办公室里遇见两位同样来办理手续的同学，但大家都埋头核对材料，一心只想和这里告别，谁都不愿和谁打招呼，也不关心彼此的去向。办完手续以后我与社会上的一切正式脱离了关系。本应该给家里打个电话，却第一时间打给了群青。他上个星期回国了。

"你在哪里？我去找你。"群青接起电话说。

"你说个地方吧。"我回答。

"那去外滩看灯啊。"群青说。

我这才想起来，这原本是一年里我最喜欢的日子，国庆假期前一天。夏季一事无成，然而空气干燥，气温适宜，高架一半在阴影里，一半是金色的。真正的假期甚至连第一天都还没有开始。

群青是我在美校关系班的同学，不是高中，是中专。这个班上的大部分人都和我一样，学习不行，没有特长，父母有一些人脉关系，但人脉关系不过硬，没多大用处，只能把我们安排在这里作为过渡，希望我们在流落社会之前能够开窍，或者至少，学会一些谋生的技能。学校在吴淞郊区，靠近海，与世隔绝，曾经是海军训练基地的营房，所以操场上仍然留有很多身体训练设备，我们在这里像法外之徒一样度过了成年前最自由的三年。群青是班里唯一有美术基础的，他能调配出差别细微的颜色，使用工具得心应手，了解各种材料的特征和形态的变化。他的父母都是贵州一所工厂技术学校的美术老师，上海过去的知青。群青原本可以考上当地最好的重点高中，但他只想往外面跑，于是坚持独自回到上海参加中考。回来以后才知道两地使用的教材不同，这样稀里糊涂准备了一个多月，自然一所像样的学校都没有考上。群青这个人在学校里没什么朋友，一来他专业成绩太好，和我们班甚至整个学校的整体氛围不符合，二来他性格内向，心事重重，不好接近。

开学第一个星期，我在宿舍打赌输了以后连做五十个俯地挺身跳，还没做到二十个，就晕头转向撞到床架，撞得满口血。在医务室里面遇见群青，他因为擅自使用工作间的车床，削掉半个手指尖，血染半边衣袖。我们两个人哼哼着一同被校车送往市区的医院，路上相互展示牙齿的缺口和指尖露出的骨头。回来的时候，群青的手指包扎完毕，我则永远失去了半颗门牙。我俩因此成为患难之交。

之后我和群青都选了标本处理课，因为无法满足于课堂上只能摆弄死鱼和飞蛾，便一起去学校后山碰运气，希望能捉到鸟或者其他小动物。大部分时候一无所获，但最终在冬天结束前撞了大运，我们捡到一只刚刚死去的黄鼠狼，遵循物尽其用的自然法则，将腐烂的肉留给后山的昆虫食用，取下头部带回学校，去腐清洁，再经过一个星期双氧水的浸泡之后，获得一枚洁白坚固的纪念物。群青去日本的前夜，我们买了两支红星小二，学习古惑仔那一套，以黄鼠狼的头骨为证，一饮而尽，约定了永恒的友谊。

转眼几年没见，我们约定在英雄纪念碑底下见面。横穿过中山东路以后，我不由自主朝防波堤飞奔，直到一眼在人群中看见群青。他长得普普通通，但向来都极其好认，穿着一件迷彩冲锋衣，走的时候是寸头，现在留成了长发。我一边跑一边大声喊他，他也大力朝我挥手。

"你的牙怎么还没修好？"群青见到我就大笑。

"不重要！"我也大笑，知道自己非凡的心情绝非幻觉。

我和群青上次来外滩还是五年前的国庆前夜，全市市民都涌向黄浦江看焰火，无论从哪个方向进入外滩都寸步难移。人群像层层巨浪一样往防波堤倾轧，警察手挽手站成人墙，目不斜视，并且有卡车不断运来一车又一车公安学校在校生。所幸我们逆着人流在开始焰火表演前爬上了福州大楼楼顶。很多居民带着躺椅和板凳，旁边鸽棚里的鸽子在黑暗中休息，轻轻发出咕咕声。天空中升起第一朵烟花时，美得好像夜空本身的产物，是和闪电或者雨水一样的大自然。人们内心的赞叹也成为共振。但是那天没有一丝风，江面上燃烧以后的硫黄烟雾无法消散，反而在空中凝聚，很快我们便什么都看不见了。

　　焰火表演结束以后，人群渐渐松动，公安学校的学生先行撤离，接着是警察，到了后半夜，整片外滩只剩下巡逻队和成群结队不肯离去的中学生。每个人手里都握着巨大的充气塑料玩具，从任意两个方向迎面遇见的队伍，瞬间汇拢开始战斗，又瞬间结束各自继续向前，直到遇见下一群对手。我们买了大号充气榔头，但不属于任何一支队伍，我们跟着胜利的队伍跑，也跟着失败的队伍跑。直到马路彻底空了，公交车都已经停运，我和群青回到防波堤，和剩下的人一起，围成一小堆一小堆坐着，在郊游的气氛中，等待清晨的到来。

　　那之后不久彬彬家里突然出事，临时决定举家搬去日本投靠亲戚，避过风头。学校里的人都以为群青和彬彬的恋爱就此到头了，出人意料的是，群青花了大半年时间就考出了日语三级资格证书。第二年春天，他放弃了美术类大学的专业考试，通过留学中介找到一所位于横滨的语言学校。当年出国留学在我们这样的破学校里并不常见，几位老师虽想挽留，却立场不定，于是不知怎么的便木已成舟。高考前夕我到机场和群青告别，之后独自坐大巴回到学校，跑去网吧打了一宿游戏。

　　高考失利以后我不想出去混社会，鼓起勇气回到补习学校复读，第二年春季招生勉强考上一所大专。报到第一天我就后悔了，学校里死气沉沉，没有住宿，我不得不搬回家里，和父母住在一起，这让我觉得自己是社会的蟑螂。但群青的情况比我糟一百倍。他刚到日本便发现学校的注册地在横滨，就读的学区却在偏远乡郊，不通新干线，每天从火车站发两班巴士，四周皆是荒野。而且按照规定，在校期间不允许打工，他相当于是被中介骗了。由于父母为他出国而背了债，他只能离开学校，回东京打黑工，到日本的第一个月就成为黑户。然而群青在电话里和我讲得惊心动魄，一点没有沮丧的意思。我问过好几次彬彬家里到底是不是真的有问题，我看新闻里很多人去了日本以后打一辈子黑工，和家人十年没有相见。我的意思是他别把自己整个搭进去。但群青保证说彬彬家里只是被牵连，事情会过去的，他们每一个人都会重新获得自由。在此之前，他有他的计划。他要先还清父母的钱，如果政策允许的话，也想继续在东京找个学校念书，走一步看一步。

　　结果几年里平平静静的，群青打工的餐厅却遭遇同行举报，几个黑户都被遣返。他告知我的时候，已经坐上了虹桥机场的巴士。这对他来说是重创还是解脱，我也说不好。

　　我们逆着人流离开防波堤，提着一袋零食，回到楼顶的天台。鸽子已经回到棚里，天台上没有其他人，刮着秋季罕见的大风。晚上不会再有焰火表演，现在都改成灯光秀了，激光在对面的楼群上打出虚拟的浪，还有海豚跃出浪尖。但我们在楼顶看不到，前面的楼群遮住了视线，爬到水塔上面，还是不行，只能听见时断时续的音乐里，低音的轰鸣。群青费很大劲才在大风里点上一根烟。

"你接下来有什么打算？"他问我。我没想过，我没有什么打算。

"喂。那我和你说件事情，你考虑考虑。"他语气变得严肃。

"你说啊。我听着。"我回过神来。

"我和你提过我有一个朋友吧，之前往来东京和上海做二手衣物和古董买卖的。他要移民去加拿大，所以在人民广场的服装档口着急找人接盘。我昨天去见了他，也去档口看过，和以前老谢那里肯定不能比，但是气氛不错，都是同龄人。我在日本没少帮他忙，他答应前两个月不收我们租金，相当于送给我们练手。之后的合同我们直接跟台主签。我问了老谢的意见——"

"赶紧接下来啊。这么好的条件，别拱手让人了。"我有点着急。

"你听我把话讲完行不行。我现在的情况是，彬彬一时回不来，我五年之内签证受限也别想再回日本，从前的计划都泡汤了。但我得赚钱，遣返的罚款，外加父母那里欠的钱也都还没有还清。所以现在我没有回头路，也没有自由。你也得先考虑考虑清楚，可能会很苦，也可能会失败。过两天再告诉我就行。"

"别过两天了，过了这村没这店。"我心里泛起一些热浪，是很久没有过的感觉。

"有你这句话就行了。"群青也站了起来，把烟头弹开很远。我们靠在水塔的栏杆上，能看到对岸巨大的白色光柱打向天空。

服装档口的事情不是空穴来风。念书时，我和群青在学校里几个青年老师的影响下迷上摇滚乐。傍晚他们在学校广播室里一边喝啤酒一边用高音喇叭放平克乐队的歌，我们在操场上一边跑圈一边听得热泪盈眶。当时能够找到的资讯极其稀少，书店里的音像制品柜台翻来覆去只有两排摇滚磁带。还有一档电台节目，但每周只有一次，而且主持人疯疯癫癫的，有时候整整半个小时听众们都迷失在失真的噪音中，不知如何是好。我后来从这档节目里了解到一则歌友会的信息，便叫上群青一起怀着朝圣的心情去参加过几次活动。活动多半在五角场附近几所大学的学生活动室里，组织者放一晚上演唱会的录像带，介绍欧洲和美国的摇滚新浪潮。大家七倒八歪坐在地上看，可能因为心情过分郑重，都看得疲惫万分，结束以后全体像梦游一样涌到门口大口大口呼吸和抽烟。来的人大多是附近大学里诗社和剧团的成员，都在练吉他，都在找排练场地，都说自己的乐队在招募乐手，人也都挺好的，又忧郁，又懂礼貌。

起初我以为老谢是歌友会的组织者。他年龄最大，体格如劳动者一样强壮，因为极度热情而显得笨拙，说一口滔滔不绝的脏话，与知识分子大学生们内向拘谨的气氛格格不入，却几乎每次活动都到场。我一开始以为老谢就是那位疯狂的主持人，打听下来才知道他是华亭路服装市场的个体户。他这个人夸夸其谈，特别容易动情，有时候让人受不了。有几次他讲述他亲眼见证的伟大演出几乎要泛起泪花。但老谢因为搞服装的关系，交际甚广，常常能带来稀缺珍贵的演出录像带，所以大部分人虽然看不上他，歌友会却没他不行。

不过老谢不知为何却对我和群青刮目相看。他说群青是年轻版的窦唯，而我是年轻版的——他想了半天说出一个我从没听说过的外国人名字，他解释说反正也是传奇级别的朋克。他这个人夸起人来没谱到了不真诚的地步，不太能信，但我心里还是挺高兴的。有一次活动上放的是平克乐队的迷墙现场录像带，结束以后大家的情绪格外激动，迟迟不甘心散去，于是我和群青又跟着他们去了大学附近的一间酒吧。这是我第一次去酒吧，没有带够钱，就只要了一杯啤酒，从头喝到尾。虽然我当时对柏林墙的事情一无所知，但其他人一路聊到布拉格之春，我昏头昏脑地听着，被感动得一塌糊涂，结果出来的时候回吴淞的末班车已经没有了。我和群青也没有太担心，和其他人一起走在路上，陆续握手告别，最后只剩下我们和老谢，老谢的热情没有消散，还在说个没完。郑重其事的气氛随着夜晚的流逝而变得更为深邃，我感觉自己被当作真正的成年人一样平等地对待着。我们又在路灯底下站了很久，最后老谢借给我们一百块钱打车回宿舍，我们问他留了联络地址。过了一个星期再去歌友会的时候却没有遇见他，于是我和群青按照地址去还钱给他。

当时的华亭路服装市场还在鼎盛时期，层层叠叠的露天档口罩着铁皮或者遮雨布。我和群青一头钻进迷宫般的通道，顿时蒙了。原本只在音乐录像带里见过的事物突然变得触手可及。美军风衣，李维斯牛仔裤，阿迪达斯复古运动衫可以随意挑选。仿佛档口的世界不遵循外面的物质流通法则，专将幻梦变为现实。

老谢的档口是从自己家的天井延伸出来的违章搭建，具有得天独厚的优势。他没想到我和群青会去找他，很高兴，提早收摊，领着我们去了他的仓库。他的仓库就是身后自己家的阁楼，也是违章搭建，楼梯又窄又陡，我的头几乎顶着前面群青的屁股。但是仓库里面整洁干燥，一股迷人的牛仔布料味道。挪开货物之后，是一块两米见方的狭窄空间，按照年代分类排列着各个国家的军队防寒大衣，战地迷彩，工作服和海军毛衣，墙上贴着海报和唱片封套。老谢说上面有的大明星都在他这里买过牛仔裤。群青指着一张窦唯的海报问，"窦唯也在你这里买过裤子？"

"魔岩三杰都来过。"老谢得意地回答。

"什么时候的事情啊？"群青将信将疑。

"也就是香港红磡之后那两年吧。他们从南京一路演到上海。"老谢说。

"真的假的，都没听说过。"我说。

"你们知道什么，那时候还在听小虎队呢。"老谢说。

"窦唯在现实中是什么样？"群青问。

"特别牛逼。特别时髦。穿美军风衣和鬼冢虎球鞋。当时没人这么穿。"老谢说。

"那他在你这里买了什么？"群青问。

"你们等等。"老谢说着在身后的书架上翻找，抽出来一本杂志来，指着里面的一张照片说就是这条裤子。结果是一本日本杂志，通篇采访也不知道讲了什么，但照片配的确实是极其年轻的窦唯，而且有好几张，是他和朋友们在北京郊区的水库玩耍，我和群青拿在手上看了半天，没有任何一张照片里能看清他到底穿的是什么裤子。但是群青立刻对老谢说，他要买这条裤子，就要窦唯穿着的这条裤子。

群青当时是同学里最有钱的，因为他自学网页设计，轻松找到好几份兼职，赚到的钱都花在老谢那里。升旗仪式的时候，他穿着从老谢那里买来的紧身李维斯牛仔裤和牛仔衬衫，大摇大摆地横穿操场，看得其他同学目瞪口呆。

渐渐的，学校里那几个青年老师都专门来向他打听裤子是哪里买的。于是群青找我商量，从老谢那里进一些裤子到学校里卖。起初我们小心谨慎，每周末只带两三条回学校。等现金流滚动起来以后，胆子也敞开了。直至生意被学校教导处出面取缔之前，我们陆陆续续卖出四十多条裤子，都是紧身到绷着蛋的款式。于是在接下来的两年里，每周一全校升旗仪式的时候，操场上有四十个多个人穿着我们卖出去的牛仔裤，不时扯着档部调整蛋的位置——我觉得这几乎算是一场革命了。

群青要分给我卖裤子的钱，我没要，他想尽办法给我，我又想尽办法还给他。最开始用来进货的钱都是他做网页赚来的，而且他在上海寄住亲戚家里，各方面都需要钱。但是过了一个星期，群青送给我一双匡威球鞋，最正统的高帮系带，白底红边，整条华亭路都没有卖。我吃惊地问他是从哪里弄来的，他说他横扫了整个上海，最后在第一百货商店的运动专柜找到，仅此一双，英国制造，我至今都记得价格是375元，一笔巨款。这是我得到过的最珍贵的礼物。

我和群青一起去签档口合同的那天，我穿着他送给我的匡威鞋，他穿着从老谢那里买来的窦唯同款牛仔裤，这两样东西都不可避免地磨损和褪色，但在我们心中永远代表着尊严和好运。路上我不时去摸左侧肋下，那里的衣服内兜里插着一只牛皮信封，装着我全部存款。我们签下的档口在人民广场迪美地下城，转来的租约又续签五年。我对五年没有什么概念，我生命中还不曾出现任何一件事情是以五年作为计数单位的。

我们入场的时候外贸市场已经发生过一次大震荡。华亭路市场2000年拆迁以后，有资本和人脉的老板在淮海路区域开设独立商铺，剩下的汇入襄阳路。老谢的档口和家里的违章搭建在拆迁中被全部移除。他这个人善于一蹶不振，无法适应时代的震荡，于是没有参与襄阳路市场抢占地盘的腥风血雨，在家里炒股票，荒度时日，一年之后才重出江湖，盘下两个小仓库，退居到七浦路市场，自此只做批发买卖。市场的大生意都在一楼二楼交易，三楼是废物们的荒漠。老谢盘踞三楼一角，手机信号若有若无，用电子设备联络不上，要找到他就得转两趟公交车亲自相见。整片批发市场以天桥为起点，乌烟瘴气，小偷成群。全国各地货源汇集，因为抢货和帮派斗争，巷子里的械斗时有发生。老谢的境遇表面看起来一落千丈，实际却因为陆续接了好几笔贸易公司的大单而交了好运。但他无动于衷，大声哀叹，坚持认为自己被流放了，从上世纪的幻梦中被流放。所幸，我们的友谊从那个幻梦中被保存下来。

当时的迪美地下城与其他地方垄断货源和势力割据的状况完全不同，进驻的多半是我和群青这样刚刚入场的同龄人。地下城是九十年代中期建造的新型防空洞，面积等同于半个人民广场，分区域招商，缓慢拓展。一半已成规模，另外一半还无人管理。我们的档口位于边界，编号A37。虽然与期待中的一切相距甚远，但这里的气氛极其地下，男孩女孩都没钱没背景，美院和服装学院的学生居多，也不着急赚钱，因此有一种不成气候的学校社团感觉。大家每天交换来自批发市场和服装厂各种无用的小道消息，使尽浑身解数打扮，只为了让自己看起来不同于外面的普通人。

我和群青虽然干劲十足，却毫无头绪。头一个月我们搭乘地铁和轻轨，纵向和横向扫荡了上海市区和近郊的纺织批发市场，却始终无法在货源上达成一致，而且过多的垃圾货源像污染物一样伤害我们的意志力。之后随着气温断崖下跌，我们渐渐乱了阵脚。到了十一月底，无论什么样的货源消息都会追踪，孤注一掷的念头变得非常强烈，有好几次追进居民小区单元房里传销组织的老窝。我心里很清楚，再进不到合适的货就等着完蛋吧。这是我记忆中最冷的冬天，夜以继日刮着北风，我和群青沿着苏州河，从一个仓库摸到下一个仓库，像冰天雪地里迁徙的动物。

十二月的第一个星期，我们得到消息说虹口那边鬼市有批冬天的货天亮进仓，得赶早去抢。我和群青第二天凌晨三点按地址找到仓库，空无一人。我们避风处等待，太冷了，只能不停聊天分散注意力和保持清醒。熬到破晓时，薄雾里出现一辆货车，远光灯照在我们身上。不等司机师傅卸货我们就跑过去看，是从山东运来的一批贴标羽绒服，日单户外功能性品牌。我和群青交换了一个眼神，就已经确定这批货无论如何都要拿下。只是我们热情过头，失去讲价的先机，全部的钱只够支付订金。死皮赖脸与司机师傅交涉下来的结果是，先交订金，晚上九点取货并交付全款，过时不候，订金不退。

我和群青离开仓库以后，双手插兜往轻轨站的方向走，外面是一片拆迁中的棚户区，气温甚至比夜晚更低。第一班轻轨还没出站，我们站在露天站台上，刚刚失去了全部的钱，是真正意义上的一无所有。我问群青，"我们去哪里？"

"去找老谢想想办法。"

"不是说好不找老谢吗？"

"我们说好了不从他那里进货。没说不能借钱。"

"这有区别？"

"从他那里进货是不思进取。从他那里借钱是走投无路。"群青的语气不如平时确定，但我心里清楚他说得没错，我们走投无路。到批发市场的时候，老谢刚刚发完一车皮的货打算回家睡觉，见我和群青披着一身晨雾，几句话就问清楚了我们的处境。他先领着我们去楼下出租车司机面馆里吃了一大碗面，然后叫我们等着，他自己去银行跑了一趟，回来的时候手上多出一只塑料袋，大大咧咧从里面掏出来几沓现金递给我们。数目远远超过我们实际需要的。我心里狠狠一暖。

"你们搞到车了？"老谢问我们。

"什么车？"我和群青都一头雾水。

"你们拿什么去运货？"老谢说。

"助动车行吗？"群青问。

"我爸也有一辆。"我说。

"我操。你们闹着玩吧。"老谢拍掌大笑。

我和群青面面相觑，不明白他是什么意思。

"几百件羽绒服你们搞辆金杯车都得跑几趟。"老谢说。

"你有金杯车吗？"群青问。

"我不会开车，我骑三轮。"老谢说。

"三轮摩托？"群青问。

"三轮板车啊。"老谢回答。

"你骑板车送货？"群青问。

"操。你不是百万富翁吗？"我问。

"你们这话说的，一副没见过世面的样子。板车比金杯车能装啊，能和公交车抢道。"

"怎么样。你会骑三轮吗？"我问群青。

"这有什么难的。"群青说。

晚上我和群青在老谢的仓库碰头，骑着他的板车回到清晨的仓库，担心过的事情一件都没有发生。货已经全部清点好了，一捆捆码得整整齐齐，司机师傅开着取暖器，一边吃盒饭，一边听相声。我被暖烘烘的空气里飘浮着的羽毛绒绒刺激得鼻涕眼泪横流。

"你哭什么？"群青问我。

"我没哭。你他妈才哭。"我一说话却呼呼流出更多眼泪。

这批货我们分两车拉完。第一车直接拉到地下城，但地下城那段时间消防检查，晚上十点以后不允许进出，所以第二车只能拉到群青家里。群青回到上海以后没再寄人篱下，自己在浦东轮渡码头附近租了便宜的屋子居住，那屋子破得惊人，没有空调，没有热水，不通煤气，住在那里像是每天都在军训。我俩轮流蹬车，轮流坐在车板上护货，碰到上坡就一起下车推，连滚带爬地赶上最后一班轮渡。那天的黄浦江上大风大浪，整艘船都往一边倾斜，我和群青费了很大功夫才把板车固定好。然后我们拆开两件羽绒服自己穿上，爬上甲板。没有云，空气冰冷干净，能看见明亮的冬季大三角。

"你闻闻，是不是有鸭子的味道？"群青突然把头埋进衣服里。

"废话。说明这是货真价实的鸭绒。"我说。

群青咔嗒咔嗒地点烟，我们被鸭子的味道围绕，暖暖和和，自由自在。

春节里我和群青高高兴兴地去给老谢拜年，正巧碰上老谢过生日，一定要留我们去乍浦路的大饭店吃饭。年初四的夜晚，整条乍浦路灯红酒绿，空气里浸着白酒芬芳，每间酒楼门口的大水缸里都游着红彤彤圆鼓鼓的发财鱼，齐齐朝着一个方向挤，撞到玻璃再折返。酒楼里面金碧辉煌，桌面大小的枝形吊灯下面坐满人，食物被放在干冰里冒着烟端上来。蟠桃大会也不过如此。

"没想到你平时挺摇滚的一个人，这种做寿风格怎么和我爷爷一样。"我讽刺老谢。

"你们懂个屁。今晚迎财神，明年走大运。"老谢回答。

老谢大宴宾客，渠道上的合伙人，报纸和时尚杂志的编辑，电视台刚刚露面的年轻主持人。还不断有新的朋友从其他地方转场过来的，热情洋溢，都已经喝多了。老谢挨个给大家互相介绍。说到我和群青的时候，他说我们是他来自上世纪的老朋友。我挺感动的，我不知道老谢原来有那么多的朋友，而我们是里面年纪最小的。大家互相握手，拍打彼此的肩膀，坐下来喝酒。他们聊娱乐圈消息，股票，夜总会和世界局势。大部分事情我都没有经验，却听得津津有味。我觉得老谢的朋友们普遍过着既浪漫又务实的生活，在金钱的热浪里翻滚，却愿意为一些特别抽象的事物一掷千金。有位戏剧学院的老师问群青是不是本校学生，还是哪个剧场的演员，看着脸熟，肯定在台上见过。群青说他不是学生，没有念过大学。那位老师一定要留下群青的电话，说等开春招生的时候再联络他。之后服务生端上来一只裱花奶油蛋糕，于是那位老师带头唱起了生日快乐歌。我这才知道原来老谢三十五岁，而我一直以为他只有二十七八岁，他是那种和具体年龄数字没有关系的人，似乎从未年轻，也不会衰老，但是再一想，自我们认识起，确实已经过去好多年。吹灭蜡烛之后，歌却没有停下来。我们一起唱了罗大佑，伍佰，《Hey，Jude》——"Na，Nana，Nananana"——一首接着一首，越唱越激动，酒越喝越多。唱到《明天会更好》的时候，已经有人开始哭泣，大家都站起来，号啕大哭的人站到椅子上，还要往桌子上爬，被拉住。酒楼里其他桌上的人也加入进来，人群啊年龄啊身份啊，诸如此类的差异都短暂消失，但是在集体的合唱中，整体气氛却突然不可挽回地跌向伤感。

"哎。"坐在我旁边的女孩冒出一句轻轻的叹息，我不知道她是什么时候坐下的。不是我吹牛逼，美校也好，地下城也好，我是在漂亮女孩扎堆的地方长大的。我刚刚进美校的时候，高年级的学姐们烫着头，个个打扮得像香港大明星，傍晚在操场上练习迈克·杰克逊的舞步，我觉得自己暗恋过她们中间起码一半的人。所以也不能怪我整晚都没留意到她。她长手长脚，个子中等。自然卷发费了很大力气似的用皮筋绑住，又随时都要挣脱出来似的。穿着不协调的长裤和短风衣，有种乱七八糟的流浪儿气质。我心里琢磨着她的那句叹息是不是有点讥讽的意思。

"你也是电台的吗？"女孩转头看着我，像是留意到我的内心活动。

"什么电台？"

"那是我搞错了。你是做什么的？"

"我是个体户。和朋友一起卖衣服。"这是我第一次以这样的身份介绍自己。

"挺有意思。但你看起来一点也不时髦啊。"

"我还行吧。我可能是那种在精神上比较时髦的人。"

"哈哈哈。你是有种自暴自弃的气质。"

"那主要是因为我缺了半颗门牙。"

"你的牙怎么了？"

"你看过《古惑仔》吗？"

"哈哈哈。别闹了。你们的店在哪里？"她继续问我。

"不能算是店，没有名字。而且也没决定好到底卖什么。"

"那倒是挺酷的。"

"不是像你想的那样，我不是那种酷酷的成天无所事事的人。我勤劳勇敢。"我几乎每说一句话都在后悔，不知为什么无法自控地想要表演拙劣的幽默。

"我问个正经问题行吗？"女孩问我。

"你说。"

"我能采访你吗？你和你的朋友——"

"你是说正经的采访吗，我们有什么可采访的啊。你是记者吗？"

"是啊。"接下来她说了一个报纸的名字，我没有听说过。

"我平时不看报纸。"我非常不好意思。

"我们还在创刊的筹备阶段，而且我还是实习生，我今年夏天才正式毕业。"

"为什么要采访我们，不会有人要看的吧。"

"我在做一个叫作二十一世纪新浪潮的专题。"

"什么是新浪潮啊？"

"就是写写我们大家都是怎么瞎胡闹的。"

"哈哈哈哈。你叫什么？"我问她。

"消失的象。"

"什么。这是什么破名字？"

"这是笔名，我在报纸上发表文章的时候用这个名字。"

"用这样的名字能写出正经报道吗？"

"不都说了是瞎胡闹吗。"

"这个名字到底是什么意思啊。你喜欢动物还是怎么回事？"

"没什么特别的意思。就是一本书的名字。"

"是小说吗？我书读得少，但我会去找来看看的。"

"不必不必。我也就是随便起的。"

"那我应该叫你什么？"

"小象？别人叫我什么的都有，我无所谓。"

"那我就叫你小象好了。我觉得你比较像一头小象。"毕竟我从未在真实的世界中见到一头小象啊。我们交换了电话号码，我在手机通讯录里保存了"消失的象"。

接近零点的时候酒楼里的人都开始往外涌，大家合力抬出整捆整捆的满地红，手臂粗细的高升和冲天炮，桌子大小的焰火盒子，垒成一座座碉堡。我看得目瞪口呆，直到第一支焰火呼啸着窜上了夜晚的天空，震耳欲聋的，我缩起脖子感觉自己身处战场。如果此刻财神正在巡游，他一定也会驻足观望。

"恭喜发财。"老谢拍拍我的肩膀。

"太厉害了。钱的味道应该就是硫黄味的吧。"我说。

"你还没见过前几年更厉害的时候，放焰火放到警察都要封路待命。"

"生日快乐啊。"我也拍拍老谢的肩膀。

"别提了。三十五岁，一事无成，在这里空许愿望。"

"一事无成挺好的。这不正是时代的潮流吗。"

"后来你还去过歌友会吗？"老谢突然问我。

"再也没去过了。歌友会还没解散？"

"早就解散了。我最后一次见到那群人还是千禧年的元旦，你能想象吗，都过去那么久了。我们去了好几所学校做放映，其实就是玩命玩了三天三夜。后来大家都开始使用互联网了，感觉是一夜之间，每个人都取了不同的网名，比自己的名字酷多了，从此再也不需要在现实中见面了。"老谢大声叹气，又动情了。

"我觉得那样挺好的。我其实没有特别喜欢那些人。"

"我知道，那种臭傻逼知识分子味呗。但我有时候就是会被这种东西迷住。"

"我不懂知识分子什么的。我只是不喜欢那里的一种阴郁气氛。"

"做生意不能太执着于气氛。"

"你是说我吗？我一点都没觉得自己在做生意，没那种正儿八经的感觉。"

"那你境界挺高的。"

"别笑话我了，我是说真的。我不知道做生意的感觉，你是过来人，你教教我。"

"你见过那些在海里冲浪的人吗，在明晃晃的水里长时间地等待一个完美的浪，等浪来的时候，奋力跳上板子，在浪尖上划出一道又长又美的白色弧线。"老谢这样说，好像我们正置身于虚构的海，而他奋力向前伸出手去说，"你看。"人们踩着厚厚的红色纸屑，引爆更多的引火线，站在硫黄的浓雾中许下新年愿望。我看见群青被点燃的哑炮烧着了头发，却没再见到小象的踪影。

"我们现在看到的也是浪的景观。"老谢说。操。他这句话真的太煽情了。

那批货一共三百七十五件件羽绒服，开春前就几乎卖完，提前还清了欠老谢的钱。功劳主要归群青。他会说日语，模样像日本青年，每天只要坐在档口便是一种广告宣传，让人不由自主也想穿上他的衣服，成为同样的颓废派。我们为了更进一步地渲染氛围，从老谢那里要来不少九十年代的日本杂志海报贴在墙上。而且我们只卖一种衣服，特别硬核。不少人以为我们直接从日本进货，有海外关系，对此我们从来也没有否认，口碑很快便传了出去。

赚到钱的虚荣心稍稍鼓舞了我和群青，之后只要那位司机师傅从山东拉货到上海，我们便第一时间去候着。为此经常凌晨便各自出门，沿着苏州河，摸黑骑车去仓库，在冷雾中等待他的货车入库。大部分时候我们都空手而归，但其实我从心底里来说，也没有对好运的再次眷顾抱有期望，倒是师傅被我们倔强的意志力弄得挺不好意思的，建议我们说，要想找到称心货源，还是得亲自去北方沿海地带跑跑，那里遍地都是服装厂。

于是我和群青去驾校报考了B型货车驾照。自此以后每星期都有两三天清晨，我们在人民广场公交站见面，一起坐驾校班车去嘉定的练习场学车。第一次去广场集合的时候天都没亮，有霜冻，为了节省体力，我们坐上班车以后彼此都不讲话，打着瞌睡。但车厢里很冷，窗户漏风，很难真的睡着。驶出市区以后两侧是宽阔的土路。天始终不亮，像在大片的阴影里。这样的日子持续了整个春天。

这期间老谢提议我和群青去一趟北京，说那里搞服装的气氛很不一样。这趟旅行我和群青都期待已久，想从野狗一样的生活里喘口气。

到北京的第一晚我和群青在鼓楼的青年旅馆睡大通铺，都是背包客，晚上八点以后淋浴间就没有热水，拉屎得去外面的公共厕所。但附近的胡同里都是二手衣服店，乐器行和酒吧，卖各种意想不到的破烂，去小饭馆里吃刀削面，旁边坐着一群穿匡威球鞋的朋克。特别野，特别贫穷，特别嚣张，让人不由自主想要成为这个公社的一员。

接下来的四天里，我和群青每天都去世纪天乐和动物园批发市场报到，大铁皮棚底下都是满口京腔的男孩女孩，又疯狂又颓废，个个都像在演王朔的电影。我们在世纪天乐的一个档口狠狠心，拿下几件美国的二手皮夹克，价格高得离谱，但老板特别能聊，最后还给我们留了一个地址，叫我们离开之前一定要去那里看他们乐队的演出，他请我们喝啤酒。回去一查才知道他是那种教父级别的鼓手。

最后一天傍晚我们真的按照地址找了过去，却在什刹海背后的胡同里迷了路，天黑以后整片胡同都没有路灯，我们饥肠辘辘摸进一间酒馆，意外发现二楼的露台在办派对，炭盆里烧着火，很多吃的，很多酒，有个流浪汉在拉手风琴，跺着脚唱悲怆的俄罗斯歌曲。那里卖十块钱一杯的鸡尾酒，一股酒精和香料味，但我和群青喝了一杯又一杯，全部都喝多了。走出来的时候，不知道怎么地突然置身什刹海边，那里的冰还没有完全化开，湖面上停着白色的鸭子船。而我们什么都顾不上，蹲在树下，哇哇乱吐。后来我们运回来的那几件皮夹克，还没有来得及上架就被隔壁几个摊主一抢而空，早知道豁出去把那批货全包下来了，这件事情我至今想来都有些遗憾。

第二天我和群青宿醉着坐夜班快车回上海，驶出北京没有多久，我便接到小象的电话，黯淡的电子屏上闪动着"消失的象"这几个字时，火车正开进山里的隧道，周围一片黑暗，这个电话像是来自于另一个地方，其他的世界，以至于我接起电话傻乎乎地问："你在哪里？"

"我在学校宿舍，站在阳台上。你呢？"小象的声音从黑暗中传来，又清晰又确凿。

"我在从北京回来的火车上。也不知道开到哪里，刚刚穿过了好几座山，现在外面是平原。"

"真好啊。你去了北京。"

"我猜你肯定忘记了我们的约定。"

"我没忘记。"

"那就是反悔了，发现我们的采访不值一做。"

"我一直在写毕业论文，废寝忘食的，刚刚写完就给你打电话了。真的很抱歉。"

"抱歉什么，我很高兴你没有消失。你的论文是关于什么的？"

"我不会告诉你的，你肯定会觉得特别枯燥。"

"你不说说怎么知道。没什么能让我感到枯燥。"

于是小象认认真真从头说起。起初我们都还有点紧张，她只想尽快说完，渐渐的却越说越远了。中间她偶尔会停下来，等等我，于是我发出一点声音，让她知道我始终在，无须担心。我握着手机蹑手蹑脚地从上铺爬下来，在过道找了一个靠窗的座位坐下，我一点都不觉得枯燥，反而入了神。中间我打断了她一次，是因为手机提示没电了，于是我拿着充电器来到车厢交接处的插座旁边，坐在地上，接缝处不断涌进来潮湿柔和的季风，我想火车已经离开了华北平原。她问我还在听吗，我说是的，我可以一直听下去。所以一直等到她讲完以后，我才告诉她，"火车已经离开华北平原了。"

"那明天我们约个时间见面好吗？我们可以开始采访。"她问我。

"明天是指醒来以后的明天吗？"我问她。

"是啊，醒来以后的明天。等你回到上海以后。"她确定地回答。

于是我们约定了见面的时间地点，照理应该道别，但我们都沉默着不想说再见。这样的时刻我应该说些什么呢，我心中有着千言万语，我可以说说美校后山的四季，吴淞码头靠岸的远洋船，还有黄鼠狼的头骨。我还可以问她，你知道吗，北京的公共厕所没有隔断，拉屎的时候正对着对面人的脸。我不记得前后的顺序，但是这些话我全部都说了。直到车厢里的人陆续从无边的梦中醒来。我站起身，窗外已经是黎明的农田和天际线的霞光。

"哎呀！"我惊呼。

"怎么了？"

"我本来想好要在火车过长江的时候告诉你的。现在已经过了。"我告诉小象。

火车到站以后我和群青告别，没有回家，却直接坐上了通往五角场方向的公交车。歌友会时代我曾去遍了那里所有的大学，没有想过几年后重返是要去见女孩。我在校门口给小象发了一条消息，然后凭记忆穿过操场，往学生活动中心的方向走。我猜想小象还在睡觉，但是她立刻回复了我。她也醒着，而且一点也没有感到意外似的，好像我们本来就说好要在学校见面一样。我却紧张起来，走进旁边的小卖部里想买些什么，口香糖或是可乐，结果只买了一小盒避孕套揣在口袋里。这不在我的计划之中，我和小象没有任何计划。

我原本还在担心是否记得小象的长相，但其实她刚刚进入我的视野范围，还只是一小片模糊晃动的光晕，我便认出她来。她的模样和冬天见面时不太一样，穿着不长不短的裙子，头发没有绑着，迎面走来像一把乌黑的小小火焰。步伐飞快，手指上挂着的一串钥匙响个不停，转瞬便来到我跟前。

我们逆流穿过去教学大楼上课的学生，来到学校后门，各自吃了一碗面条。一夜没睡，却都感觉不到疲惫。小象问我想去哪里，我没有什么想法。于是我们坐在排球场边看了好久排球队的训练，然后才穿过草地回到她的宿舍。又是一个晴朗的白天，干燥的青草轻轻擦过我的裤脚。

"当心脚下。"小象在草地上灵巧地跳跃。

"当心什么？"我跟上她的步伐。

"天热起来以后，草坪上就会有前一天晚上留下的避孕套。"小象回答。

天黑之前我和小象在她的宿舍里用完最后一枚避孕套才抱在一起沉沉睡去，再次醒来已经斗转星移。我们在一起待了两天，离开小象的时候，外面温度骤降，我再次穿过草坪，凌晨的露水降落在我的身上，我的心里怀着无限温柔和无限混乱。

三个月以后，我和群青考出了驾照。从老谢朋友那里买下一台几近报废期限的桑塔纳。车是从希尔顿酒店淘汰下来的，之前跑了八年的酒店出租，虽然和梦想拥有的吉普越野相去甚远，但开价只要一万块钱，是我们所能负担的上限。而且车被维护得很好，里外看起来都干净体面，后窗遮着干净的白色纱帘。引擎自然是老化了，动不动就温度过高，车里必须常备一箱水给水箱补给降温，但老谢允诺说开上两年没有问题。我们也觉得跑短途拉货足够用了，于是验车之后当即付了款。拥有车以后的第二天，我和群青便打算开车去了杭州近郊的服装工厂碰碰运气，顺便在高速公路上拉拉车速，清理引擎积炭，算是为之后去北方跑长途练练手。

我们清晨出门去接小象。她早早等在路口，背着旅行袋和水壶。这将是采访的最后一站。我原本以为所谓采访不过是聊一下午的天，结果却从春天一直持续到夏天，小象跟随我和群青跑遍了上海的批发市场。她有种热忱到奋不顾身的劲头，甚至比我们更忘情地投入我们的生活中，以至于所有让我和群青感到疲惫和重复的事情，以她的视角被重新看待之后，又再次具有了意义。

群青向来对我找女孩的审美嗤之以鼻，却意外地和小象非常合得来，毫无防备地接纳了她。我觉得这一方面是因为小象有种能令人敞开心扉的天赋，而且完全没把群青心事重重的性格当回事。另外一方面是因为我和小象并没有能够发展成真正的恋爱关系。我对小象的感情强烈且真实，但在我想要付诸真正的行动之前，她告诉我，她的男友在法国念政治学。他们相处多年，感情坚固，互相支持，约定两年后在巴黎重聚。所以她每周末都去法语培训中心上课，打算去法国念书。我想象过和她恋爱，无数次的，但能想到的场景和事情却都非常有限。我没有受到过良好的情感教育，缺乏勇气，而且目光短浅。但不管怎么说，我和小象成了朋友，是值得信赖的朋友，也是伤心万分的朋友。

我和群青第一次真正开车上路都争先恐后要握方向盘，又都很紧张，两个人不断熄火和踩急刹车，在市区磨磨蹭蹭，等开上高速公路已经烈日当头。车里的冷气修不好了，不得不开着车窗，一旦提起速来，猛烈的风灌进来把群青的烟灰吹得到处都是，而且发动机的声音与公路的噪音震耳欲聋，只有把音乐的声音也开到最大与之抗衡。而小象兴致高昂，她大声跟着唱歌，朗读高速路牌上面奇怪的美丽的地名。

到了杭州以后，我们沿着钱塘江进了山，山里大片大片的茶树令人流连忘返，我们把车停在山腰处，顺着溪流的方向走，在茶林深处遇见一间小庙。庙里的气氛平静温和，有两棵挺拔的银杏，有香火，但没有人的踪迹。我们被一种少见的心情驱使，纷纷抽了签。小象抽的是大吉，我抽的是小吉，群青抽到凶。我想看群青的签上写的是什么，但他已经把那张纸扔进香炉里烧了，说这样菩萨才会帮他解决问题。小象的签上说的是宝塔和星辰，我的签上说的是迁徙的鸟。我们也没有看懂，模棱两可，但都把签留了下来。

我和群青第一晚便已经在网吧搜索了杭州所有制衣厂的地址，在地图上做好标记，规划了路线。第二天出发前群青叫我把现金都拿出来，不要全部放在包里。

"那放在哪里？"我问。

"都分散开来，袜子里，裤腰里都塞一点。"群青回答。

"有这个必要吗，又不是在穷乡恶土。"我虽然不服气，也还是照做了，两只袜筒各塞了一卷钱，其余的钱卷在信封里塞进裤腰，有种郑重闯天下的荒唐感。

接下来的两天，我们循着地图分片扫荡，去了十间工厂，却一无所获。于是第四天，我们抛弃了地图，过复兴大桥以后，沿着钱塘江北上至萧山，眼看就要一路追踪到海边，落日前在临海工业区里找到一间工厂，打听下来有一批日本订单的惠比寿牛仔裤正在加工五金配件。我和群青吸取了之前的教训，装模作样，冷静讲价。这批货的量很小，厂里的人显然没当回事，只想随意将我们打发，给出的要价却低得惊人。我们找机会掏出藏在袜筒和裤腰里的钱，赶在对方反悔之前把货拿下。

然而刚刚返回停车场，便有三四个人大声吆喝着从两个方向走对角线朝我们靠拢。我大脑空白一片，用眼角余光看到群青和小象都朝着车的方向冲刺，于是我也拔腿要跑，却被人从侧面猛踢膝盖和肋骨，滚到地上，下意识地紧紧蜷住身体，以缓冲肩膀和后背受到的重击。好不容易挣脱起身，看见一个人仰在地上，鼻梁歪了，他正茫然地伸手去扶。而群青抢着从后备厢里取出的千斤顶，仿佛青年哪吒。其余几个人见这阵势也颓了下来，垂着手，不再逼近。于是群青举着千斤顶和我一起缓缓后撤，掩护我拾起地上的货，跃进车里。接着群青放开手刹，踩下油门，从未有过地一气呵成，车子剧烈抖动着冲出厂区。

外面暮色降临，空气湿热，群青稳稳地握着方向盘，肩膀笔直，令人平静。小象靠在我身边，手指蜷在我的手心里，像一只休息的鸽子。我们的货都在，一件没少，我们的桑塔纳在关键时刻经受住了考验，自此以后也成为忠诚可靠的老友。我捏了捏小象的手指，想说一句话，但稍稍吸一口气，胸口痛到眼前发黑。

"停车。"我突然剧烈反胃到背脊都汗湿了。

"你别瞎动，要是肋骨断了扎进肺里就完了。"群青说着靠边停车。我原想反驳两句，但打开车门便立刻吐了，吐的时候太痛，只能吐一会儿，休息一会儿，靠在座位上小心翼翼地喘气，再继续吐。群青下车抽烟，见我吐得差不多了，便点了根烟，猛抽两口以后递给我说，"抽几口，会好受点，能镇痛。"我浅浅抽了一口，适应以后又抽了好几口，烟雾进入身体以后，不知是不是心理作用，痛感真的退去一点，至少又能开口说话了。

"刚刚那几个人是怎么回事？"我问。

"不像是厂里的，没准是当地黑社会。"群青说。

"黑社会来弄我们干吗，我们就拿了这么点货。黑社会那么小气啊。"我说。

"我觉得那几个人多半是搞错对象了。"小象说。

"那你说我们都心虚跑什么呢？"群青说。

"任何人碰到这种情况都会想要跑吧！"小象说。

"你在日本没少打架吧。看你刚刚那架势，不是我们美校的做派。"我问群青。

"装装样子，现在虎口还是麻的。"群青说。

"我至少为采访贡献了精彩的结尾。"我说。

"我觉得我们永远也不会知道这个结尾到底是怎么回事了。"小象回答。

"要是按照电影情节的发展，刚刚那个人被群青打死了，我们在这里抛下车告别，各自消失在荒野，永远不会再相见。"我说。

"你别胡扯。那个人不会死的。而且这里是杭州，也不是荒野。"群青说。

"别那么严肃。哪里都可以是荒野。"我说。

"那天你抽到的签到底说了什么？"小象问群青。

"你真的相信这种东西？"群青问。

"就是因为不相信所以才问你啊。"小象说。

"但我也没太看懂，就说了螳螂啊黄雀啊之类的。"群青说。

"螳螂捕蝉，黄雀在后吗？"小象问。

"原话不是这样，但差不多就是这个意思。"群青说。

"真够无聊的。"我说。

"是啊。真够无聊的。"小象说。

"你花了那么多时间在这个采访上到底值得吗？"群青问小象。

"当然值得。你们等着瞧。"小象说。

"这种虚无的事情，你怎么能那么确定。可真羡慕你。"群青说。

"再给我一根烟吧。"我问群青。

"我的烟快没了。"群青说。

"我还有薄荷糖你要吗？"小象问我。

"我们现在在哪里？"我问。

"不知道，但我们一直顺着钱塘江，再往前可能就是入海口。"群青说着拿出地图。我们凑在昏暗的顶灯底下琢磨许久，对照工厂的位置和行驶的方向判断，我们所处的位置在海宁观潮台的对岸，这时天已经彻底暗了下来，没有月亮，也没有潮水。

"我们要是在这里不走，讲不定能看到巨浪。"我说。

"哪来的巨浪？"群青分给我一根烟。

"不知道，潮水是行星之间的引力造成的。"我在胡说八道，我觉得我的脑子摔坏了。

"操，油灯亮了。"群青说。我没搭理他，找出烟盒里最后一根烟。车门全部打开着，但是车一停下来就没有风了，密密麻麻的蜻蜓在低空盘旋，仿佛近处就将有一场风暴。而小象带着她的傻瓜相机跑出很远，闪光灯在黑暗里打出的光晕在我的视网膜上停留了很长时间。

这一趟回来，我断了两根肋骨，轻度脑震荡，有阵子往右侧翻身就会头晕。因为必须在家里静养，吃喝全部依靠父母照顾，持续了一年多的谎言终于说不下去了，意志力也已经瓦解，便干脆从香港公司遣散说起，直到在杭州工厂被打，全部都告诉了家里人，中间一度说得情绪激动，却不敢停下来，怕一旦停下来，那股劲头就消失不见。说完最后后背发凉，等着大闹一场，但好久都没动静，回过神来，发现我妈背转身去，正轻轻擦去眼泪。弄成这样我特别难受，差点也要落泪。

之后老谢不听劝阻非要来探望我。酷暑天，抱着一只西瓜从地铁站走到我家，又爬了几层楼梯，一身臭汗站在我家狭小的客厅里，像退潮以后搁浅的海豹，满身泥沙。我父母本来就怀着对个体户的偏见，不太待见我那些所谓社会上的朋友，老谢横冲直转的模样无疑印证了他们的疑虑，于是他们冷淡地打过招呼以后就回避了。老谢自己浑然不觉，放下西瓜以后，从包里掏出一套《战争与和平》说是给我解闷。之后他情绪激动，绕着沙发前言不搭后语地说了一堆，概括起来就一个意思，我和群青出名了。

"什么意思？怎么出名了？"我莫名其妙的。

"你们两个傻逼堂而皇之闯进外地黑工厂拿货。械斗之后抢了一批牛仔裤回来。"

"是不是群青跑你那里吹牛去了。械斗个屁，就是个乌龙罢了。"

"报纸上登了啊。专题大报道，厚厚一沓。"

"今天出刊了？那你给我带报纸了没？"

"哎。我把这正事给忘了！"

尽快把老谢打发走以后，我缠紧胸托去楼下溜达了一圈，第一间报刊亭说这期是创刊号，送赠品，已经卖脱销了，第二间报刊亭还剩五六份，我只买了一份，我为小象高兴，希望有更多人能买到剩下的。报纸出乎意料地厚，小象的文章是特刊头版，我站在路边迫不及待地翻到那一页，是一张占据了半个版的黑白照片，我们泊在观潮台对岸时小象跑出很远去拍的。画面里没有我和群青，只有车门全部敞开着的桑塔纳，以及我撑着车框，夹着烟的手。天将暗未暗，我们的车像一台搁浅了的飞行器。周围的风景虽然被定格，却仍然给人瞬息万变的印象。这是整篇报道里唯一的照片，而文章本身竟然占据了接下来的整整六个版面，我明白了小象说等着瞧的意思，这几乎是抗洪救灾级别的报道了吧。

回到家里，我平静了一会儿才开始读这篇文章。读完以后又回过头去，把重要段落重读了一遍，反反复复读了好几遍。里面全部的事情都是我和群青经历过的，我们不断移动，在各种交通工具上，从浦西到浦东，从长江流域到华北平原，带着一点点的钱和可有可无的决心，游荡在批发市场铁皮大棚闷热的通道间。

文章的结尾，没有人消失在观潮台对岸的荒野，小象转而描述了之前一个普普通通的凌晨，我们从浦东江边的仓库出来，珍惜春天仅剩的几个夜晚，没有着急回家，反而往纵深处越走越远。周围的一切都是新的，刚刚浇灌的道路甚至还没来得及命名，我们有一搭没一搭地讨论大陆的尽头是什么，便来到了尽头。那里是一个通宵开工的地铁工地，冷光灯像好几枚巨大的人造月亮，不见人影，但是机器全力运转，一根根直径惊人的管道将那里的泥浆源源不断地输送到卡车上，再运送出去。我们无所事事，在吞吐的轰鸣声中看得如痴如醉。直到灯光熄灭，机器一部接一部地停止运行，天快要亮了，从公共绿地里跑出来一大群觅食的猫，轻轻穿过马路。

"这里为什么会有那么多的猫？我问他们。而群青摆摆手说，不是我养的。"

文章至此结束了，最后的署名是——消失的象——就好像我和群青以及作为第一人称叙述者的小象虽然没有消失在荒野，却依然在奇异的氛围中消失在了时代的这一边。我想起在采访持续的这三个月里面，很多个夜晚，我们三个人从地下城走出来，季风潮湿柔和，我们行走在延安路高架桥底下，如同行走在沉默的鱼腹下面。我极其想念小象，回过神来，拨了她的电话。

"你写得真好。你把我们写得像堂吉诃德一样浪漫。哎。"我说。

"那你为什么还在叹气。"小象说。

"因为在所有浪漫的事实中，你还是漏掉了关键性的一项。"

"不可能。你说说。"

"我们会开手动挡，持有货车驾照。是不是大浪漫，还有比这更浪漫的吗？"

"哈哈哈哈。"小象的声音始终确定，无论如何都不会消失。

一个月以后，我胸侧和背后的瘀青已经愈合，老谢帮我挑了一个良辰吉日返工。等我回到地下城才意识到老谢为什么说我和群青出名了，我不得不对着各种人，把事情的经过讲了一遍又一遍，渐渐的那段经历对我来说，便成了他人的冒险。正逢迪美地下城新一轮扩张，成为时髦大学生和年轻白领的乐园，周末总有记者来这里捕捉浪潮的走向。似乎想要赚钱，便总能找到捷径。这样天时地利人和，我们档口的现货第一次被彻底卖空了。我和群青因此决定把去山东跑货的计划提前。

我们不在档口的时候雇了老谢的远房表弟帮忙。表弟十九岁，蓬勃开朗，前一年高考失利，不想复读，也没有正式去混社会的决心。家里情况不错，于是打算送他出国读书。所以他上午学英语，下午来我们这里，周末晚上去酒吧跑堂，和客人练习英语口语。

出发前我们又和那位跑长途的司机师傅见了一面，带着香烟和白酒，算是感谢和告别。师傅爽快地给我们牵了几条服装厂的线，又兴致勃勃传授了一通在路上找小姐的经验，帮我们调整了离合器，最后以昂贵的价格卖给我们一台从广州带回来的新款导航仪。

第一次去山东正是秋天最好的时候，我们计划从潍坊，到胶州，即墨，最后至崂山和青岛返程。每到一个城市，我们都按照惯例先找网吧歇脚，吃泡面，搜索当地的服装厂和市场，标记在地图上并且规划好路线，为了省钱，轮流在招待所或者网吧或者录像厅过夜。因为吸取了之前的教训，进入厂区的时候我们都小心谨慎，避人耳目，对门卫通通谎称自己是来招工的。最终抵达青岛时，已经过去了十九天。除了导航仪不断导致的方向混乱外，其他一切顺利，约定的货都将在年底前陆续发往上海。返程前，我们去海边看了看，天冷了，海滩浴场一个人都没有，移动更衣间都锁起来了。秋天已经彻底结束。我们踩着湿滑泥泞的沙滩走出很远，死去的海藻被留在砾石里，海面起着湿冷的雾，往陆地移动，流动在植物和楼房之间。

回到上海以后我和群青晨昏颠倒，几乎每天凌晨都去地下城接货。我们和其他几十个人一起，各自等待晨雾中一辆辆来自四面八方的长途货车。天寒地冻的，我们都精神抖擞，如同置身战壕。

十二月底我和群青第二次去山东，走相反的路线，从淄博到济南再到泰安，最终在泰安耽搁了很多天。我们在当地一间小工厂觅到一批日本订单，户外冲锋衣，那个品牌当时还没有进入大陆市场，群青想要把整个厂的货全部买断。这个想法在我看来匪夷所思，我们的策略始终是小批量走货，保持更多选择的自由，也不至于被利益压垮。群青的突然冒进令我感到不安，彼此无法妥协。我认为群青利欲熏心，他认为我随波逐流。

第二天清晨群青便出门了。我醒来发现他的旅行袋不见了，手机关机，我去停车场一看，他把车开走了。操你妈，群青。我以为他已经一走了之，于是去附近的火车售票处查了一下当晚回上海的火车票，走到半路开始下雪，我冷静下来，回到招待所，意志力也随之消失殆尽。

然而接近傍晚的时候，群青推门进来。

"我去爬泰山了。"他放下旅行袋，拍去身上的雪籽，仿佛远方来客。

"泰山？"这真是他妈的出人意料。

"一上山就开始下雪，我坚持了一段，没有要停的意思，见势不妙赶紧折返了。"

"还在下雪吗？"我起身来到窗边。

"好大啊。"群青回答。

"我一直在想拿货的事情。"

"你怎么想的，我觉得你要是实在不同意——"

"不是这样。可以都拿下来。但是想想去年这个时候。"

"我们像野狗一样从一个仓库到下一个仓库。"

"我就问你，你没担心过眼下的一切都会消失吗？"我问他。

"当然都会消失啊，不然呢，建成一座纪念碑吗？"群青头也不回地回答。

晚上我们勉强找到一间没有打烊的饭馆，喝了不少白酒，出来的时候已经是漫天暴雪，我从没见过这样的风景，被强烈震慑，想着纪念碑的事情，又一个人在无序混乱的大寂静中走了很久，才愿意回头。两天以后雪彻底停了，空气清澈寒冷，高速公路重新开放。我们清理了车身的积雪，用热水浇灌冻住的雨刷，离开泰安之前先去了那间工厂，一路沉默，交付了全款订金，拿下整个厂里的货，然后联系老谢，问他临时租用在虹口的仓库。

回程途中，高速公路的积雪已经被清理，堆在护栏两侧，冻成连绵的灰色冰原。一路上看到好几起事故，追尾的，侧翻的，调了个头撞进护栏的，司机们缩着脖子站在外面的积雪里等待救援。我们像极地中的破冰船，筋疲力尽地龟速行驶，精神紧张到不敢打开收音机。直到驶出了积雪的区域，风景瞬间开阔，两旁是冬天的山和冻住的湖。我们的车虽然无法制冷，却能放出十足的暖气，群青突然精神起来，一脚油门踩到底，我们似乎在重力加速度中穿越到了虫洞的另外一侧，周围都是，飞艇的残骸。

回到上海，圣诞节已经结束，于是我和小象说好一起跨年。市区的交通从下午起便瘫痪了，所有人都想在这一天终结旧的事物，我也一样。从一个地方缓慢地移动到下一个地方，经过高架、隧道和桥，电台里播放着冬季的热门金曲，主持人不断接听打进来的热线电话，互相高高兴兴地说着美好的愿望。马路上的年轻人都精心打扮过，穿着靴子，戴着贝雷帽，去和喜欢的人见面。我的心里也不免流动着极为温柔的物质。

到小象办公室的时候，她正挣扎着从行军床上爬起来，毯子还保留着半个人的形状，她嫌碍事地把头发全部绑在头顶，戴着眼镜，套头衫从领口到胸口都是脏的，像是已经在办公室里住了很久。我从没见过比小象和她的同事更疯狂更热爱工作的人，他们的办公室二十四小时都在运作，备着折叠躺椅，睡袋和各种生活必需品，如同夏令营地。

时间还早，小象让我稍等片刻，她要把手里的校对稿看完。她的二十一世纪浪潮项目还在继续，关于我和群青的采访文章让她在报社获得了年度奖励，也获得了更多支持和自主权，包括可以调用的摄影记者。这段时间她都在追踪一个本地乐队，我因此也跟着她看了好几场演出。乐队还在自我塑性和调整阶段，整体气质摇摆不定，既愤怒炽热，又柔软放浪。成员的数目也说不好，少的时候两个，多的时候五六个。主唱是体育学院的学生，国家一级运动员，不会乐器，但一心想做乐队，想成为帕蒂·史密斯那样的人，在台上的能量和嗓门都很大，跳起舞来像悬崖上的羚羊。小象毕业以后便和她一起合租了一间旧公房，在五角场附近的教师小区里，走路就能去排练房。大开间带阳台，窗边和门边各摆着一张床，中间用桌子和沙发隔开，装着极其吵闹的窗式空调。她俩都不收拾房间，衣服在椅子上堆成小山，地板缝里全是朋友们通宵畅谈留下的烟灰，锅碗瓢盆和唱片书籍一起摆得到处都是，硬币一旦掉在地上，就别想再找到。

但我和群青都挺爱去那里的，每次赚到钱了就从超市买一堆吃的过去找她们涮火锅。配菜都是群青弄的，要不是见他利利索索地切葱花和剁蒜泥，很难想起来他在日本待了好多年。乐队的其他成员也会带朋友过来，多的时候十几个人，都端着碗坐在地上，有的人还得合用一只碗或一双筷子。这样从头到尾吃上好几个小时，电闸跳两三次也影响不了大家的兴致。有一次散场以后，小象在电脑键盘底下找到五百块钱，我们分析下来这笔钱肯定是有人故意留下的，估计是发了笔横财，便想帮助一下这里贫穷的朋友们。

小象递给我一些过期的报纸，于是我坐在行军床上边看边等她，毯子像小动物的窝一样热烘烘的，床脚放着她的法语参考书，厚厚一沓，每本上面都是无数标签和折角。她已经完成了法语考试，我没有问她成绩，但不用说，她可以通过世界上任何一场严苛的考试。我把那些书整理好，挪到一边，胡思乱想着睡着了，被叫醒的时候是晚上九点，小象已经收拾好了东西。她穿着快要拖到地上的大衣，戴着绒线帽。走出门外，像很久没呼吸过新鲜空气的人那样，打了一个寒战。其实天气回暖了，我们开车穿过淮海路，马路上有种纸醉金迷的气氛，巨型的广告牌和霓虹灯全亮着，以至于我们关了车里的暖气，打开车窗。空气又潮湿又暖和，像是春天提前到来，小象把胳膊伸出窗外，来回摆动，轻抚着风，直到开进隧道。

"我在报社做实习生的时候，跟着我师傅做的第一个采访就在这里。"小象说。

"隧道里吗？"这里开始堵车，前面亮着无尽的尾灯。

"是啊，当时还只造到一半，正深入水下。我们戴着安全帽，跟工作人员去过水底的工地。工作人员讲解了盾构法的建造技术，但我没听进去，完全被这里深邃的气氛迷住了，感觉空气的密度和振幅都和外面不同。"

"哪里不同了？"我摇起车窗，外面都是废气。

"现在不行。现在感觉不到了。我也再没感觉到过。"

"到底是什么感觉？"

"那时觉得前方阻断的淤泥被渐渐清除之后，通往的不是江的对岸，而是其他地方。"

"其他什么样的地方？"

"你从来没有考虑过去其他地方吗？"小象问我。

"我不是刚从其他地方回来吗，还遇见了暴风雪。"我没有回答她的问题，更为专心地踩着离合和刹车，向前挪动。我们的头顶究竟是黄浦江的哪一段，我尽力想象其他的地方，想象四壁的混凝土和越来越浑浊的废气外面都是无尽的水和平静的浪。而我们的车已经缓缓沿坡道驶出了隧道，遗憾的是，外面虽然起着雾，楼群的分布一如既往，是我见过无数次的江的对岸。

我和小象去了浦东一间现场酒吧和乐队的朋友们见面，他们在那里做暖场演出。因为在路上堵了很久，到的时候他们已经演完了。那个地方是很早以前的防空洞改造的，一半沉在地下室，要走过一段楼梯和一段又长又曲折的走廊。里面空气浑浊，两面墙上贴满海报和照片，舞台跟前的方寸之地挤满了人，撞来撞去。我们在后台的休息室里找到其他人，他们正好叫了盒饭，于是我们坐下来一起吃了迎接新年的晚餐，互相祝愿新年快乐。

但我们都没能在那里坚持到零点，外面演到一半的时候，消防接到投诉，过来拉掉了电闸，于是所有人都挤在狭窄的楼梯里往外涌，几乎每个人的手里都捏着烟，确实快要烧起来了，但是井然有序，也没有人感到危险。好不容易走到外面，干净清澈的空气一下子涌进肺里，氧气饱和到头晕。门口围着很多人，都不甘心就此散去。在这种地方我总会想起歌友会的老朋友，但其实压根没有相像之处，全变了，过去那种压抑的气氛早就荡然无存，我也不知道那些在学生活动中心门口抽烟的青年后来都去了哪里，来到二十一世纪以后，他们成了什么样的人。总之我再也没有见过像他们那样郁郁寡欢又彬彬有礼的人了。

晚上主唱要去男友那里过夜,我便和小象一起回到她那里。房间里比外面更冷,我们下载了一部电影来看,但小象在办公室里住了两天,特别累,很快就睡着了。于是我把电脑调成静音,独自看完了下半部。窗外传来庆祝新年的焰火声,像来自远方的炮火。接近清晨的时候,我做了极度混乱的梦,在梦中无声地大哭,继而惊醒,伸手在真实的世界中摸索,小象仍然在我的拥抱中,我抚摸她的脸,却惊慌失措地摸到一手真正的泪水。

新年里我和群青都不打算休息,元旦第一天便去市场找老谢,看见批发大楼门口拉着警戒线,旋涡状的人群正在向外疏散。我以为又是群殴,见到老谢以后才知道,是有人爬到大楼顶上跳了下来。二楼东北帮的,我和群青也有点印象,平时穿得珠光宝气的,专卖韩国衣服,二楼连着好几个档口都是他的。去年开始不做外贸了,直接从韩国拿版过来找工厂做假货,胆子肥了,货都是用火车皮装的。结果有一批货被对手抢版先做了出来,导致他这里大批货物积压,资金链立刻断了,借了高利贷,垮掉的过程有如一场雪崩,没能撑过年底。

“我得去庙里拜拜菩萨,新年第一天怎么那么不吉利。”老谢说。

“你太迷信了啊。”群青说。

“你们完全捕捉不到风向。没听消息说襄阳路的市场要拆了吗?”老谢问我们。

“听说了。但没那么快吧。”我回答。

“事情都会有连锁反应。这里的台费已经翻了两倍不止。你们的档口签了多少年?”老谢又问。

“我们签到北京奥运会,还早着呢。谁知道到时候是什么情况。”我回答。

“是啊。讲不定我们半途就发财了。”群青说。

“你说赚到多少钱算是发财?”我问他。

“一百万?”群青说。老谢嗤之以鼻。

一百万究竟是多少,我和群青心中都没有概念,然而周围的事物正在不可避免地经历一场缓慢的持续的地壳运动,塌陷,挤压,崛起,我们身处其中,不可能察觉不到。租约到期的摊主撤走一批又一批,随即便填补进来新的,从未有过断档。

我们眼睁睁地看着造假体系的建立和扩张，乌泱泱的假货带来乌泱泱的人流，每到周末，长途大客车拉来四面八方的旅行团。"以前这里不是这样的"——我和群青都试图向表弟描述地下城的光辉岁月，但其实没什么可说的，那根本称不上是光辉，只是更贫穷，更混乱和更诚实。倒是表弟在这里交到了不少朋友，打烊以后他和他的朋友们一起去滑冰或者去KTV。他还确信自己见到了谢霆锋。

我和群青都不愿在地下城里待着，觉得那里乌烟瘴气，于是等北方的积雪融化得差不多的时候，又或长或短地，跑了好几趟山东。一方面为了拓展货源，寻找新的方向，免得在地下城同流合污。另外一方面的原因主要在我，我以最愚蠢的方法逃避与小象的告别。在外面待的时间最久的一回，我们在菏泽的一间小厂订下一批冬天的防寒风衣后，离开山东边境，前前后后总共游荡了将近三个星期。原本只想沿着黄河往西行驶一段，而水域逐渐开阔，大片大片的水鸟突然从栖息地起飞。我们下了国道，走地图上没有的小路，中间不时停车，撒尿，抽烟，望野。我没提回程的打算，群青便也不问，两肋插刀，一路奉陪。住招待所，找网吧，泡公共澡堂，不知不觉已经来到黄河转角。在那里的水库遇见一群游野泳的老人，送给我们一袋煮好的玉米，又指点我们去附近山里看瀑布。

进山之前，我和群青前后收到表弟发来的短信，两条短信一模一样，"老谢有事，速速回电"。但我们看到的时候手机已经没信号了。是座小山，荒蛮迷人，昆虫齐鸣，穿过几片荆棘以后已经能听见激流和岩石的碰撞声。但我们心神不定，惦记着老谢的情况，决定不再深入山脊的背阴处，转而朝平坦开阔的地方走，寻找手机信号，结果一路走到公路旁边才接通了表弟的电话，表弟在那头颠来倒去地告知，老谢被警察带走整整一个星期，档口也被查封，现在不让联络，具体情况还不清楚。

"什么叫具体情况还不清楚啊。"群青又拨了几次老谢的电话，当然不可能接通。

"别打了。现在就回去。"我打断他。

"你说老谢干什么了？"群青问我。

"他能干什么啊？"

"嫖娼还是吸毒之类的，都不像是他会干的。"

我们瞎琢磨了一阵，回到车上。按照地图和路标指示的方向开上高速公路，开始折返。因为怀着坚定的决心，一刻都没耽误。夜深以后的公路上都是跑长途的重型货车，像梦游的幽灵，彼此拉开很长的距离，远光灯的范围内都是寂静。我和群青在休息站买了几罐红牛，轮流开车，另外一个人也不敢睡着，大声放着最吵闹的音乐，大声交谈，尽量不打扰在穿梭在那些有幽灵之间。

"你知道黄河的尽头在哪里吗？"群青问我。

"在哪里？珠穆朗玛的雪峰吗？"

"我也不知道。你就没想过这个问题吗？"

"没想过。我一点也不想去那里。你呢？"

"我想过啊。但我想的是，我们的终点无论如何也不会在那里。"

十几个小时以后，我们从内环转到延安路高架，清晨，下着雨，空空荡荡，展览中心尖顶那颗黯淡的红色五角星出现时，便预示着下一个岔道口我们即将返回的现实。

我们刚出菏泽没多久的时候，老谢便出事了，被扣在拘留所审着，一审审好多天，像个要犯似的。后来弄清楚事情原委，是有个浙江帮的小子背后插刀，那段时期全市批发市场都在打假整治，那小子趁此形势举报老谢走私。老谢稀里糊涂被人盯了一个月，两车渠道不明的货栽在警察手里。警察顺着老谢的线索，端掉了一整条运输链，牵连不少人。

老谢十五天以后被放了出来，但意志消沉，不愿见人，不接电话，也不回复任何短信。从表弟那里辗转传过来的消息说，家里托了很多关系找到一个被追债的人替他顶罪。到了老谢这里已经算是运输链的最末端，轻轻判了八年。说好的价格是一年十万，但对方家里有小孩和老人，于是老谢送去了全部积蓄，我们都不清楚那一共是多少钱。我和群青去批发市场找过他几次，他的档口始终贴着封条，不出一个月再去看，便易主了。浙江帮那个小子我们都认识，是一个面容苍白、尖嘴猴腮的青年，在防火楼梯抽烟时碰见，还聊过两句。应该也是一个棋子罢了。老谢出事以后，他在市场里也待不下去，突然间销声匿迹。

之后表弟的父母也不敢再让他晃在社会上，把他送进全日制的英语补习学校，着急送他出国。我和群青在这种形势下当然没有挽留，除了结算清楚他的工资之外，还额外给了他一个红包。之后如果他真的要出国，足够他买一张价格合适的往返机票去任何地方。这一年地下城有人一夜暴富，就有人一夜退场，金钱的味道不再是比喻和想象。我所认识的时代冲浪手都已经不知不觉地消失在了白色泡沫里，而我和群青没有被席卷而走，不是出于我们的头脑或者野心，只是因为尚存一些好运。

等到老谢终于露面，天已经凉了。这期间我和群青奔波于仓库、批发市场和地下城，一天都没休息过。所以老谢来找我们，我们决定无论如何要一醉方休。

我在延安路高架下面一路小跑，大老远便看到老谢站在涮肉店门口。寒流突袭，他穿着皮夹克，戴着帽子，面容严肃，像个保安。我想起来我从没见过他严肃的样子，但他严肃起来也一点都不威严，甚至有点可笑，还有点可怜。因为太久没有见过他，我们彼此都挺不好意思的。涮肉店门口摆着烧热的炭，火星一阵一阵地无序飞舞。老谢不知怎么的伸出手来，于是我们郑重地握了握手，他的手干燥有力。我这才看到他的脸上，我以为是灰尘，其实是纹了一颗空心的小小泪珠——"操。真浪漫。牛逼啊老谢。"我说。

我们三个人都怀着没有明天的决心喝酒，喝得地上都是啤酒瓶和黄酒瓶，被炭火的热气熏得神志不清，频频举杯共饮，愿世间所有的卑鄙者，所有的白痴暴徒胆小鬼，所有的杂碎恶棍匪徒废物混蛋无赖，愿他们万劫不复，愿他们自食其果，愿他们坠入深渊。

"我要去结婚了，祝福我吧。"老谢突然像要去赴死一样地告诉我们。

"别闹了。"我说。

"说真的。我要结婚了，我要离开这里，再也不会回来。"老谢说。

"你什么时候有对象了？"群青问。

"我们在eBay上认识的。我把我那些宝贝都卖了。"老谢说。

"都二十一世纪了你竟然还玩网恋。"群青说。

"你把那些衣服都卖了？"我问老谢。

"卖了。阁楼里面那些衣服全都卖了，但你放心，杂志和碟片我都为你留着，全部转移到你们在用的那个仓库里。仓库那边我预付过租金，现在还剩下几个月，到时候你们可以续租，要是不想再租了，我的东西卖了也好，留着也好，随意处置就行。"老谢说着说着真的严肃起来。

"发疯了。你不打算再回来了吗？"我问。

"我做这行十几年，没有回头路。既然想好要走，就不会再回来了。"老谢说。

"你要去哪里？"群青问。

"我对象在悉尼。"老谢说。

"你会说英语？"我问。

"操。"老谢说。

"无论如何你的东西我们都会给你留着的。"我说。

"不用了。我不会再碰那些东西了。我的前半生，都在幻觉中。"老谢缓缓说。

"谁不是呢。你能确定你的后半生就能摆脱幻觉吗？"我想到那些衣服心都要碎了。

"我本来想不辞而别的，再也不见任何一个老朋友。但我还是不够酷。"老谢说。

"我们能找到那个杭州小子。"群青说。

"都到这个地步了。找不找都不重要。"老谢说。

"你这个人啊，还说什么幻觉，你真是一个大傻逼你知道吗。"群青说。

"哈哈哈。行吧。我是一个大傻逼。"老谢说。然而他前一秒还在笑，后一秒便泪流满面，"那我们在世界上的其他地方再见吧！不见也行。"

"那好。"群青说。

"不见也行。"我说，说完便转身吐了。

恢复意识以后我已经身处医院的输液室，第二袋生理盐水快滴完了。我努力回想几个小时前的事情，老谢的眼泪，我们的交谈，最后我一屁股坐在树下，不愿再站起来，留下手掌的挫伤和额头的乌青，无论如何，记忆的一小片区域已经埋入泥沼，不会再现。然而输液室里暖气十足，护士不见踪影，群青和老谢却都没有离开，在旁边的长凳上睡得四仰八叉，轻轻打呼。我找不到手机，也不清楚时间过去多久，但我一点也不想叫醒他们。我仔细想着老谢和我们告别的话，那些话啊，我一个字都不会去相信。但我知道他要去解决自己的问题了，今天过后，我再也不会见到他。

老谢具体是哪天走的没有告诉我们，之后我和群青去整理仓库，把他留下的东西都封箱保存了起来。而去年从泰安厂里订回来的那批冲锋衣原封没动在仓库里放了将近一年，终于赶上应季的销售时间。由于数量庞大，群青顺势提出，我们可以趁此机会在淘宝上试水。我对网络销售向来提不起兴致，觉得不够老派，也不够古惑仔。但是群青两年前便已经注册好了账号，早已有了跃跃欲试的启用打算。

网店的事情上，我们尽力而为，却没有怀着任何期望，然而经历了缓慢的销量爬坡之后，竟然每天最少也能卖出去三十来件，巅峰时能达到一百件，远远超过在档口的零售。我们总结下来，一是出于季节需要，二是我们前前后后在美校和广告公司学会的东西用在页面设计上绰绰有余，三是我们赶上了网络销售的第一波红利。两个月以后，账上总共多出十万块，以前摸爬滚打得到的任何一笔收入都比不上。这个数字过于不真实，以至于我和群青都感到必须庆祝一下，才能克服强烈的虚无感。

然而我们从来没有庆祝过，我和群青的人生中似乎都从未出现过任何值得庆祝的事物。在过去的三年里更是已经习惯了最低能耗的日常生活，像是一场漫长的锻炼，在物质与精神上始终保持着相对贫穷的状态。我们不知道该如何庆祝，也不知道该去哪里庆祝。

星期五晚上我们叫上了小象和主唱，一起去了外滩江畔的楼顶酒吧。谁都去没过，是从购物指南杂志上找到的。因为要去好地方，每个人都穿上了自己喜欢的衣服。置身于陌生的昂贵的事物之中，来自于地下城的风格格格不入，但我们自由自在的，并没有因为自己和其他人不一样而感到拘束。酒吧有宽阔的露台，正对江面，刮着料峭的春风，很冷，但是烧着一盏盏的煤气灯，大家都围坐在蓝色的火苗底下，脸被烧得又烫又红，喝了一轮又一轮的酒。这大半年来我狼奔豕突的，忙得跟狗一样，而小象申请好了法国的学校。我们因此很少再单独见面，两个人都克服着自己的脆弱，将情感的需求奋力限制在友情范畴之内。小象剪了很短的头发，像是在做非常具体的出征前的准备。我总能被她心里常存的坚定所打动，此刻变得更为强烈。

"我们打算春天去北京。"主唱说。

"又去演出吗？"我问她。

"这次不是演出，是搬去北京。这一年里去全国各地参加了好几次音乐节，认识了不少乐队的朋友，大家都想往北京跑，都说好了，也都鼓励我过去。北京的能量场真的特别厉害，每次从那里回到上海，都像是做了一场春秋大梦。"主唱说。

"那是下了很大的决心啊。"我说。

"都打算好了吗？"群青问。

"打算好了。有朋友在通县乡下租了一个大院子，还空了两间平房。我在那里住过，他们吃住排练都在一起。我打算先在那里住一段时间。"主唱说。

"你男朋友呢，和你一起去吗？"群青问她。

"分手了。你们没看出来我很痛苦吗？但我不能被这种东西打败了。"主唱说。

"到北京了再另找，鼓楼东大街上遍地都是玩乐队的男孩。"我说。

"小象也和我一起去啊。你没告诉他们吗？"主唱拍拍小象。

"我还没说。之前不是一直没能决定时间吗。"小象说。

"去北京？"我的血液瞬间涌向大脑，手脚发麻。

"你去北京干吗，你也组乐队？"群青问小象。

"报社的师傅调去了北京的新闻杂志，我决定跟他。我一直想当调查记者，北京的杂志辐射面更广一些，可能有更多伸展的空间。"

"你不去法国了？"我打断了她。

"不去了。"小象回答。

"不是都申请好学校了吗？"我不自觉地提高了声音。

"申请好了。但我决定放弃了。"小象尽量平静地回答，仿佛在安慰我，而我分不清自己是混乱还是难过。

"你们两个真太突然了。北京有那么大吸引力吗？"群青说。

"你们不也去过北京吗，那里有种公社的气氛，在这里永远也不会有。"主唱说。

"我理解。在这里永远也不会有。"我说。

后来对岸楼群的霓虹在一瞬间熄灭，但轮船仍然缓缓行驶于黑暗的江面。酒吧里的驻唱乐队已经开始收拾设备，主场跑去和他们交谈了两句，接过麦克风朝着我们清唱起来——"天下没有不散的筵席，你的眼泪，欢笑，全都会失去"——大家这时候都已经喝多了，变得极其伤感，但我看着小象，她的眼睛闪闪发光。我才缓缓意识到，我的心脏所遭受的重击不是痛苦，而是极其难得的喜悦。我为小象感到高兴，她不再是年轻的女孩，她在自己的世界实践中成了年轻的女人。这让我羡慕极了。我们都为主唱拍手，露台上零零星星剩下的几位客人也都在拍手，不是热烈的掌声，但持续了很久很久。

酒吧打烊以后，我们穿过马路，来到清晨的防波堤，庞大的货轮从晨雾中驶来，每个人的身上都罩着薄薄一层水汽。我们像是身处无边无际的梦，轮流传递着剩下的最后一根烟，小象递给我，我珍惜地抽了一口，又递了下去，轮了两圈。星星在冷冷的光线里逐渐消失，出租车在我们身后排队等待着，而司机都站在外面抽烟，一点也不着急，任由我们继续待着，什么都不做，连烟都抽完了。

"抱歉我没有事先告诉你。"小象坐在我身边。

"别这么说，我没那么小气。"我安慰她。

"当时你从北京坐火车回来，在车上，我们打了一晚电话。"小象说。

"下车我就去见你了。这是我做过最浪漫的事了，以我的智商，只能做到那样了。"

"等我坐火车经过长江和华北平原的时候会告诉你。"

"可别忘了。"

"我的决定没错吧。真不知道啊。我以后讲不定会后悔至极。"小象说。

我想说那你随时都能回来，但没有说出来，我并不希望她真的回来。当时我们身处的世界里连一件大事都还没有真正发生过，但我知道在之后漫长的时间里总会发生，到那时，小象只会步入世界震荡的深处，越去越远。要说我感到难过，那是因为我们即将告别，却并没有真的在一起。而此刻，对岸的天空笼罩着水雾和早春粉红色的光。小象坐在我身边，一如既往地清晰，确凿，尚未消失不见。

　　我们的庆祝才刚刚结束不久，外贸市场便发生第二次巨震，襄阳路市场确定了整体拆迁的时间并且发出公告，随之产生的连锁效应导致地下城档口租金再次急剧上涨，相比三年前翻了四倍不止。从襄阳路涌入一批实力雄厚的摊主接手了半边地下城，抹去了这里最后一些浪漫和无序的气象，行业内不正当竞争白热化，从此成为真正的角斗场。我们的档口处于激流中如一粒小小顽石，所幸我们还剩下的两年合约，以及几条长期且稳定的货源。因此收到租约到期通知时，我和群青理所当然都认为是搞错了，完全没有放在心上。

　　直到台主本人找上门来，一看，根本不是当初和我们签合同的那个人。一番交涉以后才弄明白，三年前将档口签给我们是二道贩子，如今租金水涨船高，而且随着地下城的版图不断扩张，我们的位置竟然在格局的迁移中渐渐占据了中心地带一隅，导致附近板块几个制假的帮派都在打着吞并的主意。台主是温州人，看似是客客气气和我们商量，实际已经和接盘的下家有了协议，完全没有给我们留下余地。

　　我们负隅顽抗了一阵，然而这期间卷帘门两次被撬，货物没有失窃，却遭损坏。管理员置若罔闻，二道贩子联络不上。我尚且怀有鱼死网破的傻逼决心，但第二次恶行发生之后，群青联络了台主，谈拢了价格。一周过后，台主约我们在附近银行见面，现取了十万块钱给我们，算是违约赔偿。事情的发展过分迅疾，令人来不及做出任何情绪上的反应。

　　从地下城撤走的当天，气象预报挂了热带风暴预警，外面飞沙走石的，地下城里却仍然挤满放暑假的学生。暴雨在午后降临，滞留的人只能等待风暴转弱或者过境，好几个档口放着粤语怀旧金曲，竟然涌现出些许昨日重现的伤感气氛。但排水系统很快就不堪重负，地底开始渗水上来，于是大家又从无所事事的状态中纷纷惊醒，恢复了各自为政的面貌，从漫起来的大水中抢救货物。

　　然而没有任何东西值得我和群青去抢救的，我们留在这里的大部分货物，连带着情感，本来就已经毁坏了。于是我们坐在浸水的纸箱上面，无动于衷，看着其他人众志成城，用防火沙袋徒劳地阻拦正从地底泛起的浪。而群青当着管理员的面，点了一根烟。

暴雨在傍晚终结，档口整片整片陷落，大家停下手里的动作，停留在水里发呆和叹息。外面的马路也被淹了，车困在漩涡里，没有交警，于是司机们自己下车疏散，有几个还穿着睡衣，流浪的狗湿漉漉的，都像从一场梦游中醒来。一年里白昼最长的日子已经过去，接下来，暮色将一天比一天提早降临。但是空气干净，流动着深邃的泥土清香，折断的大树横倒在地上，树叶和断枝堵塞了下水口。我和群青光着脚，淌水走出地下城，原本想带走的东西一样都没有拿，至此与这里告别。我们在这里听过不少都市传说，自己却一样都没有遇见。没有见过窦唯，没有见过谢霆锋。我们也结交了一些朋友，却很遗憾，没能在他们消失前发展出任何坚固的友谊。

失去档口使得大部分事情暂时停摆，而我和群青终于得以度过一个暑假。于是群青三年里第一次回贵州看望父母，杳无音讯，直到八月底才返回上海。他已经还清了家里全部的欠款，因此心情轻松，而且在贵州的时候每天爬山，晒得漆黑，精神抖擞。

我们的心情都发生了变化，说不上是沮丧或者消极，但确实有种类似及时行乐的愿望。既不想返回地下城，也不愿入驻批发市场，于是除了保持网店运转之外，干脆打起游击战，每天都装着货物去市场里挨个兜售。要是好运，跑一个上午就全部清空了。而我们两个人仿佛游戏界面里的宝物小贩，行踪不定，无足轻重，不会影响任何一条叙事线的发展，却给他人带去惊喜，同时也收获劳动的喜悦。

年底平凡的一天，我们从仓库出来，去熟识的修车师傅那里给车做保养，顺便把脱落很久的保险杠复原回去，修车铺就在批发市场旁边，于是我们把车放在那里，顺道去市场里面看看行情。刚刚从地下层出来，便看到外面的人仿佛管道里的污水一般，从天桥的方向往市场里涌。我和群青本能闪开，知道又是一场群架。去年开始，每隔一段时间楼顶和天桥就有人往下跳，还有人跑去更远一点的河边。恶性械斗也或大或小地发生过好几场。楼里不相关的摊主都司空见惯，利落地拉起自己的卷帘门。

我和群青从未见识过规模如此庞大的斗殴，手持钢管的人乌泱泱往里涌，大部分不是市场里的，也分不清到底哪边是哪边，两方面的人进来以后一时都很茫然，盲目地示威。直到赶来的警车警笛齐鸣，仿佛突然吹响的开场哨，两边的人随之自然分出一道空地，对峙片刻以后分成两股洪流，从防火楼梯和电梯往二楼跑，一路打砸。我和群青跟随一小撮群众往外面走，而大楼两头出口都已经被警察封锁住了，不让进出。我们只好回头，找到安全的角落待着，等待风头过去。

"你看那个人。"群青压低声音捅我，我顺着他指的方向，看到消防通道入口站着一个穿着皮夹克的青年，面容苍白，尖嘴猴腮，从自己人的队伍中失散了，握着一把警用手电，倒退着环顾四周。

"操。没看错吧？"我确认了一遍。

"不会错。肯定是今天被他们那伙人叫回来充人数的。"群青说着已经跟了过去，我也紧随其后。我们各自从被捣毁的残骸里捡起一截角铁，握在手里又冷又锐利。

那个人步入消防通道以后，停住脚步，背对着我们，似乎也在彷徨。如果要动手，现在是最好的机会。但我肌肉紧绷，精神崩溃，心脏的噪音让大脑混乱涣散。直到眼睁睁地看着那个人，下了很大决心似的迈出步子往上走，打破了刚刚寂静的平衡。我在意识中已经伸出手去，他却突然大叫一声，往后踩空一步，继而像被子弹打中的大鸟，滚下半截楼梯坐在地上，发出蜂鸣般的呜咽。两个抢着三轮车铁把式的人自上而下，从他身上踩过，冲下楼去。留下那个人，额角到耳朵被抢开了，像一页翻开的书。

眼前的场景过分古怪和阴暗，我一步也不愿继续靠近。无论刚才在我心中燃烧着的是什么样的火焰，都已经彻底熄灭。我和群青远远扔开手中的角铁，发出哐当巨响，那个人竟然回头看我们，像是求助，又像是示好。

不出半个小时，整栋大楼已经哀鸿遍野，特警入场，拉网兜人。封锁打开以后，我们穿过废墟，和其他群众排队等待放行，出示和登记了身份证以后，得以离开大楼。外面飘着细小的雪籽，刚刚清完场，四处都不见人影。我和群青走到修车摊，师傅问里面的情况，我们还处于惊愕中，什么都说不上来。师傅递了烟给我们，说我们的车不行了，随时都要报废，别再折腾了，补点润滑油，再凑合帮我们把保险杠复原回去，等过段时间彻底坏了再找他换辆别的——"吉普行吗？"他问我们。我们都不吭声，抽着烟，站在门口等他把车开出来。

"刚刚你有没有动过一丝那种念头？"我缓过来以后问群青。

"嗯。"他回答。

"我们没动手是对的，你说呢。"

"不知道。但我当时想好了，万一我俩真的动了手，不管是谁，都算在我头上。"

"算在你头上是什么意思？"

"作为感谢。"

"感谢什么？"我蒙了。

"我打算走了。他们不会再找到我的，不管出什么事，我都算是畏罪潜逃了。"

"你去哪里啊？"

"我托关系搞定了签证的事情。"

"不是说回不去日本了吗？"

"不回日本，我要去加拿大。彬彬家里人没有回来的希望了，事情已经定局了。但是她考上了加拿大的学校，所以我打算先过去以后再想其他办法。无论如何，到了那里，我和她就都自由了。"

"你确定那是自由吗？"

"不确定。但我现在是这样想的。"群青回答。

批发大楼周围的路障还没有解除，缴械投降的伤者陆陆续续从里面出来，七倒八歪地排成一排，一直排到了大楼拐角，都松了口气似的，大口大口吐着烟。师傅把我们的车开了出来，保险杠用好几层封箱带给重新粘了回去，绑得结结实实。这车早已过了说好的两年期限，但它体体面面，和我们珍惜的每件东西一样，保持着尊严。师傅打开车门说："你们听说里面的消息没？又打死一个人。据说几个核心成员当场抽的生死签去认的罪。我在这里十几年了，这种阵势前所未有，门口那些人处理到现在还没处理完。我告诉你们啊，我们今天在这里也算是见证一个时代的落幕了，自此往后，里面所有的人都要重新考虑接下来的打算。"这话说得挺牛逼的，我端端正正敬他一根烟。

的，我端端正正敬他一根烟。

的，我端端正正敬他一根烟。

我和群青也重新考虑了接下来的打算。我们中断了进货，计划在他离开之前将仓库里的存货清空。至于那以后，群青让我早做打算，但他不会再参与其中。我一如既往地接受和应允，心里却一片空白。回想起来，那一段时间里，我仿佛置身于一场被动的梦，而这场梦早在我意识到之前便已开始，起点在哪里，自然无法追溯。我并没有因此而感到困扰或者沮丧，相反，我精神百倍，每天在仓库和市场间摸爬滚打。直到告别的前一晚，我们在仓库里彻夜结算账务，做完的时候也差不多该出发去机场了。路上天慢慢亮起来，广播里通宵的音乐节目正要说再见，我想着这些年里，一起见证过四季的清晨，不由有些激动。而群青歪在旁边睡着了，头枕着玻璃，在颠簸中发出轻轻的咚咚声。因为时间还早，我把车停在机场高架的岔道口，摇下车窗抽了一根烟。冷风灌进来，群青醒来打了一个寒战，茫然四顾，问我，"到哪里了？"

"到机场了。"我告诉他。

"我梦见我们在高速上，出口全封了，我们经过一个又一个山洞。"

"这像是现实，不像是一个梦。"我说。

"嗯，这像是一场历险。"群青说。

将群青送走以后，我回到家里关起门来，大睡一场。醒来以后翻出老谢当年大老远跑来送给我的《战争与和平》，发现这套书竟然是他看过的，不仅看过，书页被翻得柔软，还留下不少折角和画线，想必是真的很喜欢才送给我，我不禁有些感动，随之再次感到羞愧和懊恼。我在家里不分晨昏地看书，忘乎所以地置身于书中多雨的旷野，与几支纵队一起行走在浓雾里。在老谢重重画下粗线的段落里，士兵们几乎都处于中场休息，他们刚刚结束了一场战役，吃饱了，还喝了酒，在篝火旁边烧得暖烘烘，虽然失去行动和精神的自由，却被有规则的东西限制和引导着，战场之外的世界荡然无存，反而感觉无忧无虑。对此，我感同身受。等我终于从书里缓过神来，已经过去了十来天，正好是战地医院里一个伤员能下床呼口新鲜空气的周期。

我从家里出来以后做的第一件事情，是去医院补好了门牙。然后我锁了仓库，并从银行里取出三年来的全部存款，交给我妈，作为交换，却不知道自己要交换的到底是什么。我妈看着我的牙，又看着我的钱，百感交集，又气急败坏，大哭一场。第二天钱原封不动地放回了我的抽屉里。我才意识到这真的是很大一笔钱，我不知为何赶上了一次浪潮，清醒过来的时候，却已经搁浅在了岸边。

之后我从邮箱里找出主唱发给我的一条音乐网站的招聘，职位要求写得很模糊，只强调对于二十世纪后半叶的流行音乐具有热情。我按地址写过去一封邮件，立刻得到回复，约好去面试。对方是一个知识分子打扮的青年，比我略略年长。他坐在会议桌的尽头，看起来却比我更羞怯和紧张。我为了缓和气氛，说了一些十年前歌友会的轶事。他不好意思地说，他当年也曾参加过不少活动，还因此在电台做了一年实习生。但千禧年还没到来的时候，他便出国念书了。如今刚刚回国，想要参与互联网文化的发展。他说这里的工资微薄，但我们会共同见证新事物的诞生。这样的话无法打动我，而且我负责的具体工作是条目输入，每天对着同样的表格页面输入唱片信息，如同流水线的工人。

无论如何这都不是我的打算，我对新事物的诞生毫无兴趣，我只是失去了无所事事的勇气，并且还在等待旧梦的彻底终结。于是我按时上班，专心致志，丝毫不感觉枯燥。在工作的第一个星期过后，我在网站试运营的内部论坛里看到魔岩三杰的演出消息，他们要在连云港的海边游乐场里举办一场迎接北京奥运会的义演。时间是七月最后一个周末的晚上。

三周以后的星期六，我按照巡厂的习惯，清晨从仓库出发，七点前便开上了高速公路。两边都是熟悉的夏日风景，距离我和群青上一次开在这条公路上，已经过去了整整一年。打开音响，还是伍佰，《夏夜晚风》，是一个演唱会的翻录版本，伍佰唱到一半说，"我来过这里好多次，好干净哦。和我住的地方很像，我们那边也下雨，也一样炎热。"

我反正已经习惯了高速公路的酷暑，汗在椅背留下身体的形状，柏油路面的反光像一个又一个的水洼。中途遇见一段暴雨，我在漫长的水幕中同时开着远光灯和雾灯，于无穷无尽的寂静里突然钻出乌云，看到右侧山坡上连绵的白色风车，缓缓转动。

　　下了高速以后我去麦当劳里大吃了一顿，吹了空调，活动了身体，傍晚出发去往海边。顺着公路驶离市区，大海便在身侧，有时错觉自己正行驶于海面。太阳没有落山，月亮已经升起，同时散发着浅浅的温柔的光。一个小时以后我来到地图上指示的位置，却没有任何游乐场的迹象，远处的沙滩空空荡荡，突兀地立着几根被海风腐蚀的罗马柱。

　　我一度以为弄错了日期或者地点，但门票确认无误。于是我尽量朝着海岸线的方向行驶，直到被植物和堤坝阻拦，只能下车继续步行。没有舞台，没有白色的光柱，没有人。我在粗糙如砾石的沙滩上奋力往海边走，经过无人使用的沙滩排球网，天迅速暗下来，粉色的光消失殆尽以后，一座巨大的建筑物凭空矗立在我跟前，是沙滩上的金字塔，我叹息着抬头，尖顶旁边出现了一颗明亮的星星。

　　太牛逼了。这是我见过的第二座金字塔。美校的第二年暑假我和群青一起去西安，通宵硬座，下火车以后便直接从游客集散中心坐车去看兵马俑。上了一辆破破烂烂的小巴，只有我们两个人，一上车便睡着了，醒来时置身于荒漠，眼前是一个简陋庞大的铁皮棚，像废弃已久的竞技场。我们虽然心怀疑虑，但在高音喇叭的循环下，被下了迷药似的购买了昂贵的门票。里面竟然也分成一号，二号和三号坑，中间用小火车连接。小火车是免费的，直接跳上去就行。我们坐火车转了两圈，仿佛游览月球陨石坑的旅人。一号坑很大，厚厚的土里稀稀落落放着几个兵马俑，探照灯的强光把空里的灰尘照得一清二楚。二号坑和一号坑一模一样，尺寸稍小。三号坑是露天的，还在建造中，没有兵马俑，却矗立着一座金字塔，巨大，压抑。火车会从金字塔的内部穿过去，里面什么都没有，只有一段长长的干燥的黑暗和一些风的回声。

　　我用手机拍下了海边的金字塔，想用电子邮件给群青传送一张照片，但信号时断时续。于是我沿着沙滩一路往前走，将手机举过头顶，尽力收集来自虚空的回响。前面的沙滩上出现了一小堆一小堆聚拢在一起的人，搭着帐篷，烧着炭火，伴着音箱放的歌轻声合唱。我走到他们中间，像走入一段回忆，仿佛那些郁郁寡欢的年轻人自学生活动中心门口失散以后，便始终被困在这片沙滩上。

　　"朋友。你也是受害者吗？"有一个人大声问我。

　　"我吗？"我停下脚步环顾四周。那个人朝我走来，他穿着一件解放军空军夹克，看样子是那种或许能成为朋友的人。

"你也是来看演唱会的吗？"他问我。

"我可能弄错了，我没找到游乐场。"我回答。

"你没弄错，我们也一样，我们都是被骗的。没有演唱会，也没有游乐场，都是虚构的。这里只有大海。"他大声叹息。

"都是虚构的啊。"我却放下心来。

"你要加入我们吗？都是朋友，来都来了，我们在讨论怎么维权。"他指指身后。

"不了。我的朋友也在等我。"我指指前面，感谢了他，和他告别，继续沿着沙滩往前走。我不再怀着寻找任何事物的决心和愿望，反而感到轻松和自由。没有浪，海面漆黑宁静，与天空连接在一起，泛起薄薄的雾。我的手机突然亮了一下，提示我邮件发送了出去，黑暗中金字塔的照片，咻得一声，在某一个瞬间，便穿越了雾的防火墙。

原载《钟山》2020年第3期

点评

世纪初的颓废和迷茫，落到这篇小说中各种人物的身上，便化成了一次又一次的"历险"。

主人公"我"和群青也不例外。由于"非典"疫情，"我"草草结束学业，之后和回国的群青开始了创业。所谓的创业，其实更像是无路可走，因为"我"也不晓得未来要做什么，所以在听到有人转让服装摊位之时便不假思索地签了下来。此后，"我"和群青便开始在做小生意的路上逐步摸索：首先艰难地解决了货源问题，而后生意逐渐好了起来；之后某次去外地进货误入黑工厂还发生了械斗，"我"和群青归来之后竟因这次特别的进货经历在服装城成了名人；再往后，摊位费迅速升高，"我"和群青只好转战网上，却惊喜地赶上了网络销售的第一波红利……

"我"和文艺女青年小象的感情纠葛也带有世纪初迷茫的色彩。"我"和小象是在一次聚会中偶然认识的。之后关系迅速升温，第二次见面就发生了关系。但小象却说她有男朋友，且感情坚定，并已约好过段时间去法国和男友相会，因此"我"和小象始终没能发展成真正的恋爱关系。世纪初的迷茫就是这样带有混乱的气息。小象有男朋友，却轻易地和"我"发生关系，之后不但毫无愧意，且一本正经地声称自己和男友感情稳固。这充分表明，改革开放后的二三十年间，我国传统优秀道德观念仍未恢复，此时西方及时行乐的价值观念却乘虚而入，简单粗暴地侵扰着头脑空旷的年青一代，让他们甚至抛弃了最基本的为人处世之原则，只会横冲直撞讨生活、游戏人间不负责。

正如"我"的朋友老谢说的那样，"我们现在看到的也是浪的景观"——世纪初泥沙俱下、变迁迅速，所有人都在时代浪潮的裹挟中艰难地、迷茫地前行；所有人都在"等待一个完美的浪"，以使自己能够从这样得裹挟中抽身而出、绝尘而去。

（侯建魁）

骑鹅的凛冬 /

/ 郑小驴

1

一群鹅，共五只，三白两灰，一公四母。立夏来回数了几次，放心了，端起盆，迈出门槛。鸡就来了。它们仰着头，咕噜噜地瞅他。立夏佯装撒谷，它们拍打着翅膀，腾跃起来。发现上了当，转而又咕噜噜盯立夏的手看。立夏捏了把谷粒，扬起手，空中便多出一道金黄的抛物线。沙沙沙，每颗都落了地。鸭子嘎嘎嘎，摇摆着也来了。它们伸着脖子，长喙东戳戳，西探探，看似笨拙，撮起食来最得劲，喙子像把吸尘器。都精明着呢，哪里谷粒撒得厚往哪钻。鸡被挤得弹脚舞翅，来了怒火，脖颈处鸡毛炸裂，鸡冠笔挺，朝鸭背狠狠一啄。嘎的一声，鸭子扇着翅膀跑了。鹅最后才来。它们优哉游哉，从桃树下慢慢踱过来。鹅群一来，就没鸡鸭事了。连捣乱的小黑狗也快快走了。五只鹅，白花花一团，谁敢抢食，哗啦一翅膀，扇得它们七荤八素，站脚不稳。立夏就笑。笑得悬在鼻翼的两条"红薯粉"摇摇欲坠。他赶紧吸溜一声，又缩回鼻孔。

说来奇怪，这年冬天比以往任何一年都冷，滴水成冰，是南方少见的凛冬。立夏又从盆里抓了把谷粒，朝最大的那只白鹅喊，庆松，庆松，快过来！那只鸵鸟似的肥白鹅拍了拍翅膀，一摇一摆过来了，杏黄的喙比立夏小手掌还宽。庆松勾勾脖子，朝他欢叫。立夏趁势捉住它，骑了上去。白鹅顿时身子一沉，嘎的一声，"载"着立夏在院里慢慢走着。立夏学着电视里骑马的样子，驾驾驾，吁……觉得手中多了一条马鞭，时不时往空气里挥击一下。白鹅灵性，听得懂立夏的口令，他喊停就停，喊走就走。

立夏经常骑白鹅，在他家院里摇晃，叫人好生艳羡。他们骑过牛，骑过狗，可谁都没骑过鹅。孩子们隔得远远的，喊，白痴骑白鹅，白鹅载白痴，白痴白鹅不分啰！

立夏怔怔地望着他们，也不懂回应。

因为这群鹅，孩子们都不敢靠近立夏。当然只要靠近立夏，立夏肯定没好果子吃。现在水车谁都晓得这是个傻子。时间再往前退点，立夏四岁，水车人背地里嚼舌头，说包子铺雷老头家的孙子脑子烧坏了，四岁还不会说话，是个傻子。

这群孩子里，要数二告最坏。二告指着地上一团暗绿的鸡屎，逗他，糖，甜的！立夏就蹲下去，抓了把，犹豫地望着他们，讪讪地笑，得到肯定的目光，猛地往嘴里一塞。孩子们强憋着气，不敢作声，生怕坏了好事，看立夏咧嘴皱眉，似在回味，突然一屁股坐在地上，呸呸呸，骂道，坏人！妈屎哦！大家憋得脸红脖子粗，噗的一下，像针戳破了气球，纷纷爆笑起来。笑得肠疼，笑得脚软，笑得眼泪长流。几只狗也受到感染，吐着红舌，摇起尾巴，欢快地围着孩子们打转儿。

立夏受到伤害，缓缓站起来，一边吐口水，一边抹眼睛。院门这时开了，雷老头从门口探出半个身子，咳嗽一声，喊，立夏，回来！孩子们的笑声就打住了，纷纷望向雷老头。雷老头瞪着一双牛眼，因生气而涨得发紫的脸上，那道伤疤红得像枚印章，格外醒目骇人。雷老头当过兵，传言他脸上的这道伤疤是枪眼，对越自卫反击战时，越南人留下的。也有人怀疑这是雷老头的谎言，说不定是哪个仇家弄的。他是害怕仇人上门，所以才躲到水车来的。

孩子们终于笑不动了，都沉默下来，愣愣站着，目送立夏朝自家小院跑去。雷老头依然冷着脸，远远地望着他的傻孙子跑来。那群鹅嘎嘎地从院门涌出，拍着翅膀，隔老远就来迎立夏。立夏脸上还挂着泪痕，用力吸了吸两筒子鼻涕，蹑足走向鹅群中间，牵了一只，骑在上面。鹅嘎的一声，颠起屁股就跑，其他的鹅也跟着叫起来，院子顿时热闹起来。孩子们还想凑近点，被雷老头挡住了，孩子中要数二告个头最高，雷老头长臂一伸，佯装来抓二告，二告和孩子们嗡的一声，四散而逃。警告声追着屁股就来了，"再叫我看到你们欺负立夏，小心你们脑袋！"孩子们没跑远，等院门呜的一声关了，喘着气，嘻嘻哈哈的，又欢快起来，一起朝雷老头家吐口水。

"我噗！我噗！"

立夏的这群鹅比狗还管用，一有风吹草动，就伸着长脖，像高度警惕的眼镜蛇，生人根本拢不了边。看到鹅，孩子们的脚啊腿啊屁股啊隐隐作痛，都给鹅啄怕了。鹅一来，孩子们都躲得远远的。方圆几里，都晓得立夏家养了几只鹅，凶神恶煞的，比狗还护家。孩子们打不过鹅，将怨怒都记在了立夏头上。

"立夏，出来啰。"

"不出来，你们都是坏人。"立夏贴着院门的门缝，余怒未消的脸上夹杂着一丝犹疑。

"哎呀，我们不会再欺负你啦！"

"立夏，掏鸟窝去！"

"对！清江对岸那株苦楝树上刚搭了只鸟窝呢！"

立夏卷起衣角，放在嘴里嚼着，两条鼻涕随风飘荡。要是他们再怂恿几句，立夏保不准又出去了。这时院子里又响起雷老头的声响：

"立夏，回来！"

2

庆松的尸体摆在水车镇中心的小广场上。那是春天，正逢赶集，附近村镇的人都目睹了这场死亡。四月份，连日的春雨过后，天空终于晴朗起来，春光明媚，空气中洋溢着一股看麦娘和油菜花的味道，几只布谷鸟正在河面飞巡。又到每年一度的播种季节了。赶集的农民，很多来不及换上干净的衣服，裤脚上还沾着泥巴，叼着旱烟管，一路往水车聚拢。一大早，附近就有人传言镇上发生了一起命案。死人的消息一传十，十传百，早饭过后，连枫树、洪庄那边的人都耳闻了。这天赶集的人，便比往常明显要多得多，一半是因为采购化肥农药的需要，一半是冲着死人来的。

庆松躺在席子上，已经用彩条布盖了起来。旁边站着两个大盖帽，镇政府的几名干事蹲在石板街的台阶上抽烟。天气逐渐热了起来，阳光穿过屋檐，发出缕缕金光，人在太阳底下，不到一根烟的工夫，晒得头皮冒油。几天前，这儿刚结束掉漫长的雨季，还冷得能穿夹衣，现在一件短袖都嫌热了。

彩条布下露出一截庆松的手臂。白皙光洁，指甲修剪得很干净，每个指甲盖都有月牙白，怎么看都不像一双短命鬼的手。

人潮层层涌过来，声音鼎沸，都想瞅眼死者，彩条布被围得水泄不通。这一带已经平安无事多年，派出所已经很多年没接到命案了，现在一条人命就躺在脚下，能不叫人激动？

"今天早上，我刚打开铺面，一眼就瞅见他了，趴在石板街上，身后一长串的血迹，吓得我魂都没了。"剃头匠大牙对做笔录的警察小秦说道。

"当时他还活着吗？"旁边年长的张警察补充了一句。

"好像还剩口气。"

紧接着，斜对面的杂货店老板老罗，作为第二个目击者说了起来。

"我刚准备出门，差点一脚踩到他身上。满脸的血啊，蠕动着朝他家爬去……就像电视里即将断气的人一样，我喊他时，他还深望了我一眼，嘴里咕哝着什么，可惜听不清。"

米粉店的老郑这时也插嘴了，"都成这副样子了，他还在爬，我说你赶紧停下啊，他仰起头，好像还朝我笑了笑。"

"笑？你眼花了吧，人都要死了，还有心思笑？"

"我也纳闷啊，他一脸的血，笑得我心里直发毛。"

"凶手抓到了吗？！"

1995年4月22日，准确来说，是早上六点一刻，庆松爬到距离自家院门还有不到二十米左右的罗裁缝店铺前，终于停了下来。那时候，更多晨起的人发现了他。惶恐的目击者纷纷停下脚步，目送庆松像条蛆虫一样，一点点朝他家爬去。

"不要动了，快停下来！"大家惊讶地朝他喊。

"庆松，你这样会死的。"好心的王家奶奶巅着小脚跟在后面奉劝。有腿脚麻利的，赶紧找庆松爹告讯去了。

庆松依然没有停止。一条突然冒出的黑狗凑到庆松跟前，用鼻子嗅了嗅，庆松缓缓仰起头，这张血污的脸把狗吓了一跳，黑狗猛地一个转身就跑，尾巴都吓歪了。庆松在石板街留下一道长长的血印子，像刚用拖把拖过。这副瘆人的景象吓坏了街坊，他们已经快十多年没看见如此惨烈的状况了。老罗家的小孙子吓得当场钻他妈怀里哭了起来，"妈妈，他要死了！"稚嫩的嗓音掠过屋檐，在水车上空长久战栗。

镇上距离上一次杀人，还是十五年前。当时两户人家为一只偷跑去菜圃的鸡，发生了口角，两家女人坐在门槛上，从中午骂到日头西斜，依旧喋喋不休；耳朵屎都要震出来的男人们，直接挥舞着扁担锄头，哐当哐当干了起来。最后那个倒霉鬼冷不防挨了一锄头，脑袋当场开瓢，一坨坨的血豆腐块儿淌了一地。死相虽难看，但和庆松相比，那人的死便显得轻松多了。毕竟当场歇菜，没来得及做出反应，直接去阎王爷那报到了。

庆松的惨况强烈地震撼着现场的每个人。整条石板街的人都给吓坏了。

没人知道之前发生了什么。也搞不懂他为何不向人求救，憋着一口气也要挣扎回家。更没人搞得懂他死前的微笑。这抹微笑，在众人心中留下了浓重的阴影。他们不明白一个人死到临头了，还有心思笑？

雷老头闻讯赶来时，庆松已经失血过多，陷入了昏迷。空气中弥漫着一股甜腻的血腥味儿，混合着街角那树被雨水冲落得七零八落的泡桐花，徒增了一股不祥之兆。雷老头扒开人群，低吼了一声，"庆松，你怎么啦！"

"庆松！庆松！你醒醒啊！"雷老头使劲摇晃着儿子，这突如其来的惨状，像心坎上被人捅了一刀。

"是哪个天杀的啊！？"

庆松躺在父亲的怀里，已经气若游丝，他挣扎着回去，仿佛就是憋着最后一口气，要告诉父亲什么。

"爸爸……带我回家……"

"我的天啊，是谁害的？"

"……我们回家，回龙山……爸爸……"

雷老头等着儿子接下来告知他凶手，胳膊突然沉了沉，再看时，见庆松眼皮一搭，已经彻底断气了。

阳光渐渐大起来，犀利的光线将石板街一分为二，一半是阴影，一半浸泡在强烈的光影中。雷老头缓缓放下儿子，将他的身子摆正。炫目的阳光照在庆松脸上，那张失血过多苍白的脸仿佛又恢复了些许生气。雷老头挪了挪身子，用背挡住阳光，生怕晒伤庆松。有那么一会儿，阳光正好将这对父子分隔开来，看上去正好阴阳两隔。

周围一时鸦雀无声。雷老头出奇地沉默着。大家大气不敢出，直到雷老头直起身来，喉结滚动，发出一声哽咽，大家悬着的心才放下来，纷纷七嘴八舌，猜测是哪个没天良的才做得出这么歹毒的事。

中午时分，有人声称已经抓到凶手。凶手竟然就是石板街上的，据称一共三人，其中一位大家都认得，是服装店老板谭晓利。从谭晓利家出来，三人就被警察逮住了。说是逮，不如说自首。因为三人出门前，早早就给派出所的打了电话。

"马所长在吗？"谭晓利说。

马所长自然没在，那会他还在午睡，整条石板街都晓得马所长喜欢泡温泉，喜欢打牌，喜欢去温泉中心泡完澡再打牌。有时一打就是通宵。说起打牌，谭晓利和马所长还是对不错的搭档。两人联手斗地主，几乎没有输过。

接电话的是刚分配过来的小秦。他刚开腔，就愣住了。

"人是我们杀的……我是石板街开服装店的谭晓利，我在家，我要自首，你们快过来抓人吧。"挂完电话没多久，警笛声就响了。一辆破北京吉普，后面跟着一辆锈迹斑斑的三轮摩托。整个派出所倾巢而出。除了抓赌，很多年这条街没响过警笛了。围观的人里三层外三层，都想一睹杀人犯的风采。三人连手铐都没戴，笑嘻嘻挤进吉普车，倒像下乡的干部，众目睽睽下，很是风光了一把。

3

谭晓利大概是水车镇最早做服装生意的人。更多的时候，大家不叫谭晓利，都叫他谭老板。他喜欢被人叫老板。很多年前，大家都还习惯在地摊上买衣服的时候，他率先在石板街上开了第一家服装店。他家的衣服比地摊上的贵，但款式，料子，做工，都不是地摊货能比的。当然也强不到哪去，都是株洲货。新化县的服装店都是从广州进的货，更高级些。但乡下人谁没事跑县城，何况价钱比谭晓利家的贵上几倍，除非钱多得打得卵包痛。

每隔一个月，谭晓利就从株洲进一批货。通常天刚麻麻亮，就去汽车站搭乘头班长途汽车去株洲，第二天很晚才回水车镇，从汽车顶上抛下几只巨大的麻布袋，神色疲惫的谭晓利最后一个走下车，他这个月的活便干完了。做买卖的事，都由他媳妇李莉来打理，他负责打麻将，下象棋，偶尔接送一下上小学四年级的女儿果果。

4月21日那天下午，谭晓利的妻子李莉娘家有事，早早就回家了，留谭晓利看店。

"麻将是七点钟开始打的，我、阿毛、窃牯仔，仨先斗了一会儿地主，庆松他是最后来的。他来后，刚好凑一桌，我们开始打麻将。"

"打钱吗？"

"嗯，一点点……"

"一点点是多少？"

"一块钱的。"

"骗崽呢？"

"开始是一块的，后来大家觉得不过瘾，就打五块的。"

"从七点打到几点？"

"凌晨三点多左右吧。后来大家都饿了，窃牯仔赢了钱，就让他去买了点夜宵回来。"

"嗯，后来呢？"

"大家还喝了点酒。"

"怎么打起来的？"

"发生了点口角。"

"具体说说。"

"他牌风一向不好，喜欢作弊，被抓过几回。说实话，大家都不喜欢跟他一块玩。他没几个钱，又不干正经事，靠一手牌养活着。你晓得，这样的人很讨嫌的……"

"他昨晚作弊了吗？"

"昨晚还好，我们知道他爱搞名堂，都盯防着他，他没机会出老千……最后他输了。"

"那为什么要打他？"

谭晓利突然沉默下来，扭了扭脖子，骨节暴响，目光便伸往窗外。正午的阳光白得耀眼，一只狗伸着长舌，卧在派出所的水泥球场上晒太阳，谭晓利望着一起一伏的紫红色的狗肚皮，突然有些激动起来。

"……庆松……他……他这个……流氓！"

"打死活该！"

四月份以来，水车镇开始进入雨季。这年的雨水比往年仿佛来得迟些。每年漫长的梅雨季节，天气都很潮湿，墙上长满了霉斑，被褥衣服永远湿漉漉的，黏在身上，浑身不爽利。谭晓利不喜欢下雨，他老婆也不喜欢下雨，碰上雨天，来赶集的人就少，生意通常很糟糕。全水车镇好像就他家果果喜欢下雨。一到下雨天，她就兴奋，叫嚷着要她母亲李莉帮她从墙上的挂钩取下那把粉白色的小花伞。小花伞是去年谭晓利在株洲进货时给女儿带回的礼物，她如获至宝，每天都伸长着脖子盼着下雨。举着小花伞的果果从石板街上一路往东，路过镇中心小广场，再往北，途径汽车站，那段路是长途汽车和重型卡车的必经之路，常年碾压，每天都在修修补补，永远尘土飞扬。当然去水车小学，也不是必须得走这条路。从"水车饭店"的隔壁钻过去，有一条窄窄的胡同，从那可以抄近道去学校。以前谭晓利一直反对女儿走这条小路，但自从三月份，一辆载重汽车在汽车站旁边轧死了一位上学的四年级男孩以后，他开始动摇了。那条废弃的小巷子，尽管荒僻，很少人出没，但可以让女儿远离汽车碾轧的危险。何况果果也喜欢走这条小巷，她举着小花伞，蹦蹦跳跳的，伸手挨个去摸斑驳的墙体，从上面抠些对于她来说有意义的小物件。有一天，她撕下一张"老鼠娶亲"的滩头年画，如获珍宝，小心地藏在她的一只小木箱里。

李莉对这条捷径颇有些隐忧。她说这条路很少有人走，附近都是些没人住的危房，万一出个什么事怎么办？谭晓利去接送过几回，观察了一番，说走汽车站那条路反而危险，这么多车，进进出出，每个月都出事故，还不如走这条呢。起先他负责接送，有时他没掐准时间，到学校的时候，果果早已回了家。果果说，"爸爸，你买只手表吧。"李莉说，"你爸买了手表也不准，你爸过的时间和我们的时间不一样。"果果说，"怎么不一样？"李莉没好气地说，"你想啊我们睡觉的时候，你爸在打牌，你放学的时候，你爸还在做梦呢！"谭晓利就笑，摸了摸女儿的头说，"别听你妈胡说，爸以后每天都准时接送你。"

谭晓利的承诺只兑现了一个礼拜，随着雨季的到来，马所长的牌局也比往常更频繁起来。他们起先在谭晓利家打，后来李莉抱怨大晚上的打牌影响孩子休息，于是改到温泉中心去打。温泉中心和水车相距十多公里，他们通常骑自行车或者开派出所的那辆破吉普车去。

马所长喜欢在温泉中心。那里不仅能泡温泉，还有夜宵摊，打牌累了，去泡泡温泉，喝点小酒，温泉中心的老板娘是个四川妹，手下有几个长得风姿绰约川妹子，马所长一来，她们便变得热闹起来，围着马所长，麻雀似的叽叽喳喳，喝起酒来也都是一把好手。马所长对那个叫雯雯的南充妹情有独钟。每次见到雯雯，马所长就走不动了。南充妹不光人长得漂亮，腰是腰，屁股是屁股，说起话来软哒哒的，听得人心酥腿软。马所长不喜欢温泉中心是没有道理的。

那天谭晓利刚到温泉中心，屁股还没坐热，李莉的电话就追过来了。李莉还没有开口倒先哭了起来。谭晓利最不喜欢女人哭哭啼啼的样子，问什么事呢？

挂完电话，谭晓利抓起衣服就走。马所长说什么事？谭晓利脸色阴沉，说你们玩，家里有点事，我先走了。马所长不高兴了，说什么事嘛，妈的刚来就走。谭晓利望了一眼马所长，欲言又止，拍了拍他的肩膀，说马哥不好意思，家里真的有点事，下次好好陪你玩。

他回家的时候，女人还在哭，埋怨道，"整天就晓得打牌，要你接女儿，都当了耳边风！"果果倒是很安静，坐在小板凳上，手里捏着一只千纸鹤，望着地板怔怔发呆。他心里徒然一凉，瞪着女儿问：

"你知道那畜生长什么模样吗？"

果果摇了摇头。

"他的口音呢？和你说了什么吗？"

"他叫我别动。我有点听不懂他的话。"

"那他……有没有对你做什么？"

果果将目光从地板上缓缓抬起，眼眸闪过一丝犹疑，"那个坏叔叔，他摸了我。"他的心针像扎了一下。她却突然想起了什么，有些失望地望着谭晓利说，"爸爸，我的小花伞丢了，你给我找回来。"谭晓利抱着女儿，突然鼻子一酸，眼泪差点掉下来。他说好，你等着，爸爸下次给你买新伞。

谭晓利那时就发了誓，掘地三尺也要找到那人。

放学那天，下了点小雨，果果举着小花伞，起先是和同学走在一块的，后来她一个人玩着就落队了。那会雨已经停歇了，但果果依旧撑着小花伞。她太爱这把伞了，对背后突然伸出来的手没做任何防范。小花伞落在地上，顺势滚了几圈才停下来。"伞！伞！"果果心里朝伞呼喊道。一道她无法抵抗的力量拽着她离伞越来越远。她被抱着朝小巷一处废弃的庭院走去。摇摇欲坠的木门被人反踢一脚，在猫一般凄厉的尖叫声中关上了。那时她心里还记挂着她的小花伞。那是班上最漂亮的一把伞，她为此得意了很久。她想扭头去看，铁钳似的大手让她丝毫动弹不得。这时她才拼命挣扎起来，想大声呼喊，奈何半点声音也发不出来。无边的恐惧攫取了她，像小时候溺水一样。那双陌生的大手紧紧地封住她的嘴，让她呼吸都开始困难。他们在一间四处漏风的房间停了下来，那是间木房子，脚下的地板露出手指宽的缝隙，看得见草尖。房间光线很暗，只有一扇窄小的窗，阴沉沉的，什么也看不见。

　　"不许叫，不然我掐死你。"

　　她听见背后寒冷的声音。那声音贴着她的耳边，毛茸茸的，像小动物钻入耳朵。她一阵颤抖，身上湿漉漉的，冷意侵袭全身，她听见上下牙关轻轻磕碰的声音。

　　"别害怕。"那人的口气温和了些。她感觉不像水车这带的口音。一只冰凉的大手像蛇一样滑过她的肌肤。被抚摸过的肌肤此刻像冰一样发烫。那人后来变得愈发放肆，以为她放弃了抵抗。当她意识到他正在干什么时，恐惧渐渐被忸怩和羞涩取代。

　　立夏就是这时冒出来的。她眼角的余光不经意间瞥到了他。他看起来也吓傻了。不知所措地望着他们。她用哀求的目光瞥向傻子。当两人目光再次相撞的时候，傻子不知道从哪儿获得了勇气，猛地发出一声尖叫。突然的叫声把那人吓了一跳。她趁机狠狠朝他的手咬了一口，一声凄惨的叫声之后，她感到身上的力道卸了下来，赶紧慌不择路地跑了出去。

　　天已擦黑，飘起细雨，她顾不上小花伞了，拼命地朝有人的方向跑，直到在小巷尽头看见前来找她的母亲，才停下脚步，扑进李莉的怀里惊慌失措地哭起来。

　　谭晓利眼前时常浮现女儿描述的那双手，女儿说，从背后捂住她嘴的那只手冰凉，有劲，宽大，那双手伸过来，天一下就黑了。他容忍不了操着外地口音的人在女儿身上犯下的罪恶。他发誓要把那人揪出来。四月以来，这事一直困扰着他。疑惑在于，汽车站背后那条小巷，除了本地人，很少为外人所知，这使他陷入了困境。整个水车，谁不晓得果果是他女儿？他的恼怒在于竟然还有人胆敢向她女儿下手。有段时间，他仔细留意赶集的人，养成了下意识瞥手的毛病。

　　李莉说报警吧，你不是和马所长好得穿一条裤子嘛，叫他来看看。谭晓利说你疯了吗？这事要捅出去，果果以后还怎么做人？这个畜生，不要让我抓到，抓到我得剥了他皮不可。

4

4月21日下午六点四十分左右，庆松最后一次走进谭晓利家。这年春天姗姗来迟，玉兰花到三月还没有开。这个春天他大部分时间都是和谭晓利他们几个在牌桌上度过的。头几回，庆松的手气出奇地好，几乎是将他们口袋里的钱全部榨干净了才依依不舍回的家。这样的好运气，使他近乎迷信，觉得谭晓利家是他的风水宝地。谭晓利家住三楼，整条街几乎一览无余。他近视眼，但喜欢坐在谭晓利家临窗的那个位置。手气好的时候，透过窗户，石板街上的一举一动尽收眼底。他喜欢这种感觉。

有时庆松显得过于沉浸而分心，甚至忘了出牌。他们纷纷不耐烦起来，用脚踢他，"妈的快点啦！"不用猜，他们也晓得庆松在偷窥馄饨店的刘芳芳。看刘芳芳撅着大屁股，在馄饨店前前后后忙碌着。庆松对刘芳芳的垂涎可不是一两天了。刘芳芳长相一般，但有一对令整个水车镇男人为之侧目的傲乳。这对结实霸道的乳房像对探照灯似的，水车镇的男人们想假装视而不见都难。

庆松平时不敢对刘芳芳怎样，但喝了酒跟没喝酒的庆松，是两个人。喝了酒的庆松一改平常的怯懦本分，也敢和刘芳芳开带颜色的玩笑。"嘿嘿，昨晚搞了吗？"话未落音，刘芳芳手中的铲子率先表达了不满，啪的一声砸在尚未来得及收回的手上。庆松吃了疼，龇牙咧嘴地笑。"你再敢动手动脚，这锅滚水给你褪褪毛。"庆松也不生气，脸上依然挂着笑，怏怏地走远。

"瞧瞧你这副德行，色眯眯的眼睛都快钻进刘芳芳裤裆了。"4月21日下午，他们又在奚落他了。庆松嘴角露出一丝不置可否的笑。这时街边一个小女孩映入他的眼帘，细长的脖颈，粉白，洁净，穿着柠檬裙子，怎么看都像朵四月的花。女孩一边走，一边吹着气泡，身后飘起一连串五彩缤纷的泡泡儿。小女孩很快被气泡环绕，包围。庆松心里莫名一动。直到楼梯间响起细碎的脚步声，他才把小女孩和谭晓利家的果果对上号。

他内心慌乱起来，假装尿急，去了一趟厕所。厕所的墙上布满褐色的斑点，头上挂着一只25瓦的白炽灯，飞蛾的残骸依然停在灯罩上。他凝视着眼前变幻莫测的斑点，体内许久才腾升尿意。一阵长久的喧哗过后，身体某处蓬勃的膨意逐渐消失了，他忍不住战栗了几下。

返回牌桌的时候，果果已经上楼。卸了书包，侧身站在父亲旁边，手中把玩着一颗麻将。他闻到一股好闻的肥皂泡清香。谭晓利从桌上摸了两块钱，递给果果，说去外面吃碗馄饨吧，爸爸打牌，没时间做饭。果果将麻将抛到半空，周而复始，终于接了谭晓利的钱，又默默望他们打了一会儿麻将。这个时候起，庆松开始一个劲输钱，输得手心直冒汗，仿佛旁边摆了一盘熊熊燃烧的炭火。

果果观战了一会儿，嘟着小嘴说，"你们这些人真讨厌，整天就知道打牌，打牌，打牌！"她重复了三遍，咚咚咚下楼去了。庆松点了根烟，目光又不由自主地伸向窗外，那个可爱的身影出现在街上，小兽似的奔向刘芳芳的馄饨店。刘芳芳穿着一件低领T恤，不知为何，他忽然为她高耸的胸部感到怅然，甚至乏味。入夏季节的蝉鸣在石板街苍老的香樟树上重新响起，声声入耳，庆松听着莫名愉悦，这时他看见侄子立夏光着脚丫子走来，他身后跟着一群起哄的孩子，他们大声喊："傻子！傻子！"立夏愕然地回头看着他们，目光闪烁着一阵忧伤和茫然。

"我叫鹅啄你们！"立夏说。

"那我们就放狗咬死它！"

"放毒吧，那样省事些。"

想到下毒，立夏似乎焦急起来，他暂时还没想到更好的对策。孩子们朝他围拢过来，用细长的木棍戳他的肩膀。立夏的脸上流露出怯意，眼看就要哭起来。立夏的表情让庆松一下子想起哥哥庆南。庆南当年在父亲面前，也是这副表情。也是这个季节，父亲将庆南吊在家旁边的柿树上，雨点般的夏蝉透过叶隙，将耳朵灌得满满当当。庆南穿了一条裤衩，身上全是横七竖八的伤痕，父亲喝了很多酒，握着皮带，气恼地望着他。他站在旁边，大气不敢吭。庆南咬着牙，执拗地望着父亲。"咳！我的老脸都要你给丢完了！"父亲暴跳如雷，高举着皮带。在密集的鞭打声中，庆南硬是不呻吟一声。他的态度惹怒了父亲，"我今天把你抽死算了，爹打崽，打死也不赔命的。""你打啊，打死最好！"庆南依旧不服软，轻蔑地望着父亲。立夏这时跑过来，抱着庆南的腿，号哭起来，庆南一脚给他踹开，骂道，"狗杂种，哭啥哭，滚一边去！"

想起这一幕，庆松突然忧伤起来。更多的记忆纷至沓来，让他深陷往事的泥淖，突然小腿一阵锐痛，对面谭晓利不耐烦地踢了他一下，将他的记忆拉回牌局：

"他妈的你还打不打了？又在发什么呆，刘芳芳你就别做春秋大梦了！"

"快出牌！"窃牯仔尖着嗓子喊道。

5

防腐剂是从县城买回来的。据说打一针，能管上一个礼拜不腐臭。枫树那边做冰棺生意的还想附带推销一下冰棺。"列宁同志就躺在这种冰棺里，死了几十年跟刚睡着似的。"但他们的想法很快被水车人识破，被讥讽了一番。"想钱想疯了不是？死人的钱都想赚呵。"

庆松静静地躺在彩条布上。临时给他搭了个简易的凉棚，挡住了强烈的阳光。遗体旁边放着一条布告，上面写着死者的生前信息和死因，后面附着刚冲洗出来的彩色遗照。只需匆匆扫视一眼，这些残忍的照片便足以让人反胃和厌憎，继而唤起强烈的同情心：一条年轻的生命在这里被人谋害了。

这比马所长原先预想的情况要糟糕和复杂得多。事实上，自从中午刚入睡就被电话吵醒，他就预感到了什么。了解他脾性的人，从来不敢没事大中午给他打电话。小秦在电话中小声说，"早上打电话，您不在家……"马所长嗯了声。小秦本来还想说去温泉洗浴中心，也没有找到他，强忍了没了，直接说了命案的事。当听说命案时，马所长这才彻底从昏沉中清醒过来，他点了根烟，下意识地往墙上瞟了一眼，正午的阳光透过窗户，正照着墙上的邓丽君。邓丽君穿了一条米黄色的裙子，戴着九十年代初期流行的那种巨大的圆耳环，甜蜜蜜地朝他笑。他望着她谜一般的微笑出了好一会儿的神。雯雯这时从迷蒙中醒来，学着香港电影的语气，"阿sir，出什么事了？"

马所长将烟掐了，拍了拍女人的屁股，说等我回来告诉你。他连袜子都没顾上穿，直接套了凉皮鞋，就去了派出所。

此时笔录已经接近尾声。马所长说人呢？小秦说，"三个，都在里面呆着呢。"

马所长刚进去，听谭晓利喊了声"马哥"。其他两人赶紧叫了声马所长。马所长皱了皱眉，说怎么是你啊？谭晓利一脸苦笑，叹了口气说，"给马哥添麻烦了！"

马所长拿了小秦的笔录看了眼，说到底怎么回事嘛？怎么把人给弄没了。

谭晓利说，"马哥，这么多年了，我的脾性你又不是不晓得。我这人做事最不喜欢拐弯抹角，就是笔录上说的，这狗日的要不是我亲眼看见，还真的不敢相信是他干的。"

"他对果果？"马所长瞥了眼谭晓利，"别逗了，果果秧苗儿呢。"

谭晓利说，"可不是嘛，这不畜生干的事嘛，果果才九岁呢！"

说着马所长表情也严肃起来，"真的嘛？你亲眼看见他对果果……"

谭晓利说，"马哥，你不信问窃牯仔和阿毛嘛，他们昨天晚上也在场的。"

"你们都看到了吗？"马所长问。

两人同时点了点头。

"是窃牯仔最先发现的。打到夜半，大家都有些饿了，窃牯仔赢了钱，我们就怂恿他买了些消夜和啤酒回来。吃完已经三点多了，我有些困，想回家睡了，窃牯仔说吃饱了睡不着，提议再玩几把回家。我看谭哥没有反对，庆松不见人影，可能撒尿去了，我说打就打嘛，反正稀烂的手气，我心里还盼着吃完夜宵手气旺起来呢。"

"然后呢？"

"我们等了会庆松，见他还没来，我喝多了啤酒，尿涨，就去上厕所，路过果果房间的时候，发现门是虚掩的，开了个口子。我瞥了眼，妈屄的，发现有个黑影站在床前，冷不丁吓了我一跳。我说谁，在干吗？这时庆松也发现了我，说喝多了，走错房间了。"

"你当时看见他在什么？"

"他站在果果床前。床有蚊帐,蚊帐没有合拢,我不确定是果果睡前忘了关了还是后来打开的。当时也没有往心里去,毕竟谭哥在家,他除非吃了豹子胆了。谭哥这时听见声音就过来了,问他怎么进了他女儿的房间。谭哥一问,庆松有些慌张起来,说喝多了,走错了房间。谭哥说,你蒙谁呢?我家你又不是头回来⋯⋯"

6

立夏站在水车的桥亭,底下是流淌的清江。他每天的任务,是将那群鹅赶下清江。鹅见到水,开始加快步伐,扑扇着翅膀,仰天嘎嘎叫着。每天都是那只叫庆松的大白鹅领队。排成一字型,一摇一摆地朝河边走去。隔着老远,它们就闻到河水的味道了,纷纷欢叫。庆松不叫。它走最前头。它不下水,所有鹅都停下来,撅着屁股等着。庆松伸长脖子,往河边探了探,扑打着翅膀,哗啦一声,跃入河中,先将头埋入水下,弓了弓脖子,反复几下,晶莹的水珠从羽毛纷纷滑落。其他鹅这时也下了水,荡起阵阵涟漪,平静的河面全给它们弄皱了。

立夏坐在桥亭上纳凉,俯瞰着他的鹅群。鹅⋯⋯鹅!鹅!鹅!立夏在上面一声喊,所有鹅都抬起头,屏息侧听,听着是立夏的声音,嘎嘎嘎地回应起来。

立夏喜欢这群鹅。跟鹅待在一起安全。身边有鹅,他就什么不怕了。他们说立夏,傻子!他也敢回应了。"你才是傻子呢!"他们咦了一声,傻子还敢骂人呢!立夏就退,身后传来鹅叫声。他就不退了。那群鹅是他的保镖。其他孩子都没鹅,没有保镖,立夏便有些得意了。

"哪天你的鹅就全死光光了!"他们诅咒说。

果果从不欺负他。有时她跟在这群孩子后头,默默望着他,带着一丝怜悯。她穿红漆小皮鞋,举着小花伞,背一只唐老鸭的大书包。立夏察觉到了她目光流露出来的同情。她说你为什么不上学呢?立夏用小木棍戳了戳脚背,"老师不收我,我爷爷说我高烧烧坏了脑子,他们说我是傻子。"

"你还会养鹅呢,你看它们都听你的,你一点不傻。"

说到鹅,立夏马上神采起来,"我养的鹅会飞,能飞很高很高。"

"能飞多高呢?"

立夏就指了指天,蔚蓝的天空有半轮残月,像道浅浅的牙印。"能飞到那!"

说完嘿嘿朝她笑。

　　入春以来，连着下了几场雨。雨天他就不需要去清江放鹅。雨天河面浑浊，河水带来了上游的枯枝败叶和各类垃圾。有时还漂浮着淹死的猪和禽类。下雨天雷老头不许他去清江，立夏闲着没事干。他就在石板街上孤魂一般游荡着。起先他在刘芳芳的馄饨店玩，嫌碍手碍脚，被刘芳芳赶了出来。后来天空飞起了细雨，立夏有些无聊，便在汽车站附近耍。运气好，能捡到半瓶喝剩的矿泉水或者易拉罐。有次他在马路牙子上捡到一罐未启封的健力宝，旁边还放着一副太阳镜。这使他迷信般有事没事跑到那儿守株待兔。他还喜欢闻长途汽车的汽油味。每次闻到这股气息，立夏就亢奋不已。他还记得第一次坐长途汽车，从龙山坐了一整天才来到水车。

　　汽车进站，停稳了。车门抽噎，哗啦一声，门就弹开了。二告说汽车在拉屎放屁。立夏坐在马路牙子上，托着腮，望着迫不及待从车门挤下的人。傍晚时分，雨开始密了起来，街上打伞的人越来越多。他站起身，朝汽车站旁边的小巷走去。他晓得那里的屋檐可以避雨。放学的孩子们三三两两从小巷尽头走来。没带伞的人顶着书包，在雨水中一路小跑。立夏贴着墙根，缩身在旮旯儿，没人顾得上瞧他。打伞的孩子则不紧不慢走着。雨滴落在伞面上，轻轻转动伞柄，变成一朵旋转的雨花。

　　果果走在最后。她举着小花伞，隔着很远，他就认出来了。她的小花伞出现在小巷，小巷里所有的伞都黯然失色起来。果果哼着蓝精灵的歌，旋转着小花伞，一点也不急着回家，看得出来她很喜欢雨天。

　　立夏不喜欢雨天。尤其是雨夜。他经常在雨夜梦见父亲。父亲穿着白色袍子，在雨夜悄然潜入他们睡觉的房间。房间里睡着他和爷爷。门是闩上的，他不知道父亲是怎样进来的，跟猫似的，一点脚步声都没有。父亲站在床前，俯身朝他悄声说着什么，一脸的笑褶子，他想喊爸爸，父亲急忙做出嘘声的手势，要他不要吵醒旁边睡着的爷爷。然后穿着白色袍子的父亲轻盈地跃上他们家的单桌，伸手去勾房梁上挂的风干板鸭和鸡胗。突然房间里又多了一个和父亲一样打扮的青年男人。男子负责在底下接父亲从梁上取下来的板鸭。眼看梁上的板鸭一只一只被取了下来，梁上空空如也了，他焦急起来，想喊，却发不出任何声音。他眼睁睁地瞪着他们盗取，却一点办法都没有，急得全身冒汗。父亲和那个陌生青年男子看见他这副模样，几乎同时恶作剧般笑起来。每到这时，立夏就惊醒了。他大声喊，"爷爷，他们把梁上的板鸭都偷走啦！"雷老头从梦中惊醒，忙拉亮电灯，电灯一亮，父亲不见了，陌生青年男子也消失了，他赶紧瞟了眼房梁，板鸭一只没少。他大汗淋漓，躺在床上，像水里刚捞出来似的。

"我刚梦见爸爸了。"他说。"他又过来偷鸭子了。"每当这时，爷爷的脸色总是很难看，他找来毛巾，替他擦了身子，没好气地说，"庆南，你像个男人就冲我来，不要再来纠缠立夏了，他是你崽呵！"

他才晓得父亲叫庆南。他几乎快要忘记父亲的模样了。爷爷不说，他不知道父亲原来也是有名字的。他总是反复做着同样一个梦，梦见穿着白色袍子的父亲，悄无声息地推门而入，在床前俯身端详着他。父亲的脸异常地白，白得像鹅毛。

庆松死那天，立夏在苦楝树下的草窝睡着了。他的脸上爬满了蚂蚁。二告拍醒他，说你叔死了，你还在这睡大觉呢，他们找了一圈了，我就知道你在这。立夏揉了揉眼睛，没明白什么意思。"庆松死啦！"立夏听到"庆松"，一骨碌爬了起来，擦了把眼，盯着水上的鹅群看。"庆松没死呢！"他嘟囔着说道。太阳这时钻进鲸鱼般大的云团，河面突然黯黑下来。二告拍了拍他的头，"傻子，不是鹅，是你叔死了！"

立夏跟着二告他们往家走着，一路走，一路回头，"鹅还在河里呢，我得先把鹅赶回家。"二告说，"你叔都死了，一大早大家都知道了，你不晓得吗？你真是个傻子！"

回到家，立夏一眼就看到了石板街上那道长长的血迹。很多人围在旁边，他钻进人群，挤到最前面，看庆松一动不动躺在地上。那样子让他一下子想起了父亲，父亲当时也是这样，一身的血，躺在地上，旁边蹲着一位俊美的青年男子，抱着父亲的尸体恸哭。

强烈的阳光倾泻下来，烤得立夏只淌汗，他擦了擦眼角的汗水，突然也想哭。

7

三年前，雷老头突然影子般来到水车。谁也不晓得他们底细。雷老头不爱言笑，做事不声不响，自称湘西龙山人，手里牵着一个小孩，旁侧立着一位十七八岁的伢子。小孩跟豆芽似的，蹦蹦跳跳，眉眼间透着一股呆气。问叫什么名字，不响，又问今年几岁？半天回答不上来，雷老头说，孩子小时候发过一场高烧，脑子不好使了。叫立夏。是我孙子。这么小就当爹了？他们将目光伸向庆松。庆松脸上飞起一片红霞，说这是我侄子。那他爹呢？庆松沉默下来。雷老头在旁边默默补了一句：

"死了。"

雷老头盘下这座衰败的小院，修葺一番后，弄了个门面，开了家包子铺。开包子铺不稀奇，水车像这样的包子铺，还有三四家。雷老头年纪不大，五十不到，但显老，看起来比实际年龄大出不少，右脸颊上有一处紫黑铜钱大小的伤疤。有人说是枪眼，有人说是刀疤，关于他的来历，没人说得清楚。有人好奇问起他脸上的伤疤，他就说越南佬打的。那些年，负伤退伍的军人很多，回来都有一段血肉模糊的故事。

"你上过战场？"

雷老头鼻子嗡了一声，算是回复了。

"打得激烈吗？"

"那当然。"

"死的人多吗？"

"那当然。"

"杀过人？"

雷老头停下手中的活计，也斜着朝人深深望一眼。

"战场上子弹不长眼，枪子儿打出去，死没死人，说不清的。"

还想多问什么，雷老头只当没听见，转身忙别的去了。

有关他的传闻就此传了开来，脸颊上的伤疤是打仗留下来的，那必定是上过战场的，上过战场，杀个把人那还不是玩儿似的。初来，还有些欺生，后来晓得他上过战场，负过伤，兴许还杀过人，什么场面没见过？便再没人敢小瞧他了。

雷老头盘下这间铺面，专门做包子，他家的包子馅多皮薄个儿大，比别家还便宜，街坊都喜欢，隔着几条街远，也乐意过来。一年后，雷老头渐渐在水车站稳了脚跟。他很少谈老家龙山的事，也绝口不提女人和死去的儿子，但凡有人提起，就说害病死了。有人好心要给他做媒。说你一个男人，既做生意，又带孙子，家里少个女人，成何体统。雷老头说，蛮好。再劝，雷老头说，我一个人应付得来。语气异常寡味。对于续弦，雷老头似乎没多大兴趣，前后来了几个媒婆，以为这事八九不离十，吃定了这份彩礼，结果都碰了一鼻子灰回去。

雷老头精心料理这家包子铺。每天鸡刚叫头遍，就起床忙碌开来。叮叮当当的，剁陷，发面，和面，揪挤，擀皮，包包子，最后上蒸笼，天刚蒙蒙亮，各种声音四处飘来，开铺面的，打哈欠的，往街面泼洗面水的，石板街彻底醒来，新的一天又开始了，正赶上雷老头的包子出笼，热气蒸腾，香气四溢。便陆续有人来买包子，待四笼包子卖完，旭日初升，照得石板街点点金光，雷老头收工，这天就该散场了。他每次只做四笼包子，生意再好，也只做这么多，没赶上趟的，就只能等明儿了。

8

几只苍蝇落在彩条布上，嗡嗡声不绝，迫使人不断挥手驱赶。天气热了起来，空气中飘溢着一股腐烂的苹果味道。他们谈到防腐剂，打赌说如果不是打了防腐剂，尸水都流出来了。庆松躺在镇中心的小广场，已经一个多礼拜了。现在这儿成了灵堂，每天不断有人涌过来，尤其赶集的时候，石板街前后堵塞得像条严严实实的香肠。习惯了在石板街上玩耍的小孩，也不敢出来玩了。大人吓唬说，庆松是横死，晚上会变作厉鬼出来吓人。

一天前，医生又过来打防腐剂。防腐剂据称价格昂贵，一针一百多。一针下去，一头小猪仔的钱就没了。水车人啧啧感叹。闲来无事，扯起卵谈，说最近猪圈角落的猪粪开始长绿毛了，猪肉价格怕是又要上涨了，下场赶集的时候，要背条小猪仔回家。又聊起传说中湘西那边的赶尸。

"庆松老家就是那边的，赶尸他肯定是听过的。"

话题又转到了庆松头上来了。叹惜说要不是迷上了打牌赌博，怕早该成家立业了。又聊起两年前短暂出现在石板街的贵州妹，"他们走路都牵着手，看上去感情蛮好呢，没想到半年不到贵州妹就跑了。"那个爱穿牛仔裤和白波鞋的贵州妹，比庆松还大两岁，自称去过广东，能讲几句粤语。也学港台明星，喜欢将白T恤扎裤腰，外边再套件宽大的夹克衫。她率先掀起水车镇的第一股时尚潮流风。有一段时间，她是谭晓利店里的常客，经常委托谭晓利给她进货。他们半开玩笑半认真地问庆松，"什么时候喝你们喜酒？"庆松笑嘻嘻的，贵州妹也笑嘻嘻的。然而，没多久，贵州妹就跑了。走的时候，将雷老头藏在米缸的钱都翻走了。贵州妹跑后，庆松开始打牌。女人跑前，他只白天打，现在白天和晚上都打，连续通宵，别人问起贵州妹，说打牌把老婆都打没了，还不赶紧去找回来。庆松依旧笑嘻嘻的，跟没事儿似的。他笑起来的时候，眼角微微上扬，蝴蝶一样。

几天前，街上开始出现了募捐。民办退休教师罗隆老师是水车一致认为是最有德行的人，本地的红白喜事，概有他来主持。这位小学语文教师写得一手公认的好字，王羲之、柳公权、赵孟頫、颜真卿等，年轻时都一一临过帖。少时家里穷，没钱买墨，挑了水，在自家楼板上，写得如痴如醉。赶集的当天，罗隆老师现场挥毫，洋洋洒洒写下三百余字的募捐书。字迹极其工整、讲究。读罢让人声泪俱下，字字带血，除了陈情冤情，痛斥黑恶势力，还恳求大家齐心协力，一起募捐，促使这起民愤极大的冤案早日昭雪。

募捐的效果相当不错，捐款的人罕见地排成长队，一毛，两毛，多则一块，两块，每一笔账都有专人记录，写在一个小本上，姓名，金额，何方人士。下午的时候，募捐箱就满了，数理一下，够庆松打上两针了，罗隆老师在记账本上工工整整地用毛笔小楷记下：壹佰叁拾柒圆伍角陆分。

中午时分，镇长和马所长都来了。镇长说，"大家冷静点，你们的心情我是理解的。这其实是个误会，真相并不是大家想象的那样。就是几个年轻人打牌，喝醉了酒打架，失手打死了人。现在当事人都已经关起来了，该负法律责任的，一个也跑不掉。天气热起来了，尸体还是早日火化好，摆在这里成何体统？每天这么多人聚在这里，要是被别有用心的坏人蛊惑，还容易酿成群体事件，请大家一定要相信政府，擦亮眼睛，我们一定会给大家一个真相和合理的交代……"

镇长话没讲完，被一阵喧嚷打断。

"庆松就是被人折磨死的！"

"严惩凶手！"

当天深夜，鸡叫头遍的时候，突然来了十多个烂仔，手持铁棍，强行抢夺尸体。尽管做了伪装，戴着口罩，或用围巾包住了头，还是被人认了出来，都是附近一些伢子。开了一辆小四轮，想把尸体运往县城的殡仪馆去火化，最后被闻讯赶来增援的民众团团围住，围了个水泄不通，双方都动了手，烂仔们的铁棍威力虽大，敲在身上半天缓不过来，但农民手中的锄头耙头铁锹，都是吃饭的家伙，使起来更得心应手，何况人多势众，一时把对方镇了下去。几个后生鼻青脸肿，画押讨保一番后，天亮时才狼狈不堪地跑了出去。留下跑不动的那辆小四轮，成了俘虏，被众人合力掀翻在地。

事情本也没这么复杂，但抢尸事件发生之后，大家就觉得事情远没这么简单了。"此事定有蹊跷。""要是真的如他们所说，那为何要抢夺尸体？""这明摆着要毁尸灭迹。"这帮烂仔必定是受了人唆使，背后的人是谁，用脚也猜得到，必定凶手家属无疑。他们把尸体夺过去，火化成灰，便死无对证了。庆松死了几天，法医却迟迟没来，这事本就引起水车人的不满，再加上抢尸事件，等于火上浇油，犯了众怒，水车人开始不干了，撸起袖子发誓要给庆松讨回个清白。

9

4月22日上午，果果坐在教室一直在颤抖。同桌最先察觉，问她怎么打摆子？是不是生病了。她摇了摇头。直到第二节课，老师才发现她的异常，走到跟前，问是不是感冒了，怎么一直发抖？果果不说话，脸色苍白，眼神呆滞，像给什么吓傻了。班主任将她带到办公室，摸了摸她的额头，没有高烧，只听见两排细小的牙齿像打字机发出咯咯的碰撞声。

"是不是看到什么吓人的东西了？"班主任问她。

果果的下巴轻轻抬了抬，猛地抽了一口冷气。

班主任也被她吓得不轻，问到底发生什么了？

"杀人……杀人了……老师……我怕……"果果抬起头，怔怔望着班主任说。"杀谁了？"班主任一脸惊诧望着她说。果果不语。班主任更加好奇，使劲摇了摇她的肩膀。果果就说了。"老师你不要告诉别人……我爸他们昨夜把庆松打得快没气了，后来打累了就把他塞进柜子里，早上起来的时候庆松跑了……听说死在了外面。""你爸为什么要打他？"班主任说。"我爸说他是坏人。说他要害我。"

4月21晚上，果果像往常一样，写完作业，看了会动画片，十点左右就去睡了。隔壁还在打麻将，隐隐能听见麻将碰撞的声音，声音很大，窃牯仔的声音尤其尖利。天气有些闷热，她睡不着，喊，窃牯仔，你说话声音细点啊！窃牯仔故意装作没听见，没有回应，但一会儿，窃牯仔闭嘴了。

她嫌屋里热，光脚下了床，将门开了一角，外边的灯光猛地斩了进来。野外的蛙声此起彼伏，战鼓擂动。每到四月份，夜里各个角落都是它们的呼喊声。她听了会，想《西游记》里有没有青蛙精。既然有兔子精、蛇精、蜘蛛精，那自然应该也会有青蛙精了。这样想着，她就更睡不着了，起身去了外边的露台。露台上凉快，没有蚊子，夏天的时候，谭晓利铺张凉席，直接在露台上过夜。月光皎洁，高高挂在街角那棵古老的香樟树上，投下一地的斑斓。街上店铺都打烊了，人息灯灭，只有偶尔的几声狗吠。

站在露台上，远处的蛙声显得更响亮些，这些精灵仿佛潜伏在眼前某处角落里，正在开场万人大会。时而喧哗，时而高涨，偶尔沉寂一会儿，迎来一波更大的声浪，有一只声音特别威严低沉，像是蛙王。它一叫，旁边的蛙都变得安静了。果果一时听得入了迷。

庆松出去小解，看到外边明晃晃的月光，见露台有人，就过去了。

果果听见脚步声，回头一看，见是庆松，庆松刚想说话，果果忙嘘声说，你听——庆松听见几声蛙声，咕咕，咕咕，响如春雷。果果说，蛙王！它们就在那个角落。他顺着她的指向看了看，下边是一块荒地，月光下草木葳蕤，声音格外清亮。果果说，你去给我捉来。庆松就笑，说草丛里有蛇呢。说起蛇，果果也害怕起来，真的有蛇吗？会不会爬上来？庆松故意吓她，说怎么不会，蛇最爱钻家里了，软哒哒地挂在梁上，不小心一看，还以为是副麻绳呢！果果吓得一声尖叫，抱着庆松的腰，说你骗我，你是坏人！庆松摸了摸她的脸蛋，又闻到头发上那股熟悉的肥皂味儿，不禁心旌摇曳。

谭晓利就是那时出现的。他听见露台传来女儿的尖叫，过来查看。月光下，庆松抱着女儿，捏着她的脸蛋。谭晓利咳嗽一声，说在干什么呢？庆松笑嘻嘻的，我说蛇会爬上来，她吓得抱着我的腿不敢走了。谭晓利对果果说，这么晚了，怎么还不去睡觉？果果说，房间闷热。谭晓利恼怒起来，说少啰唆，快睡去，明早上学又死猪一样起不来。果果嘟囔了一句，你们打牌吵死了，我睡不着嘛。一边说着，进房睡了。庆松依旧笑嘻嘻的，想说点什么，谭晓利一言不发，先回了牌桌。

果果在蛙声中沉沉睡去。她梦见露台上站着一个穿白色长袍的青年男子，神色忧戚，似有心事。她走向前，问你是谁，怎么跑我家露台来了？白袍男子不作声，眼睛里突然涌出泪水。她惊诧地望着他，不敢再问什么。白袍男子说，"我弟弟快要死了。"她说你弟弟是谁呀？"我弟弟叫庆松。他现在你家打牌，我就一个弟弟呀，等会他就要死了。"她扭头想去看那边的牌桌，费了很大的劲，脖子像铁铸似的，怎么也转不动。她好奇说，你怎么晓得他要死了？白袍男子却倏尔忽逝，一下消失得无影无踪。

果果是被一阵阵打斗声惊醒的。她听见谭晓利在咆哮。伴随窃牯仔尖细的嗓音。阿毛好像没有说话。但一会儿她就听出来了，阿毛在揍人。砰砰闷响。阿毛壮实，打起架来，没谁能在他身上讨半点便宜。她听见庆松的哀号，别打了，求求你了，别打了，痛啊！她赶紧爬起来，光脚跑出去，刺眼的光逼得她睁不开眼。

地上一片狼藉，麻将桌已经被掀翻了，麻将散了一地，她脚下就踩着一只。空气中飘着一股刺鼻的酒气。庆松趴在地上，被阿毛揪了头发，窃牯仔反剪了他的手，一屁股坐在身上。见了果果，庆松微微扬着头，鼻尖的血一滴滴往下掉。谭晓利坐在一旁，抽烟，冷冷地看着。她从没见父亲如此吓人的样子。那眼神恨不得要将庆松生吞活剥了。她站在门口，扶着墙，吓得瑟瑟发抖。谭晓利说，痛快点吧，别啰里啰唆的，是不是你干的？庆松不响。阿毛见他不说，一边骂一边踢。踢麻袋似的。庆松又哎哟起来。她不知道打了他多久了。他妈的老实点，我盯你好久了，那天小巷里的人是不是你？庆松摇了摇头，说不是我，我不知道你们在说什么。怎么不是？全水车就你他妈的是外地佬，果果说那人讲话不是本地人，我就怀疑到你了。他妈的还果然是你，要不是我亲眼看见，还叫你狡辩过去了，刚才露台的时候，我就该一脚把你踹下去。

提到外地佬，窃牯仔也生起气来，尖着嗓子说，一个外地佬，跑到别人地盘，还不老实，这不讨打么？伸手往他头上拍，说还敢不敢撒谎？！

果果这才反应过来，明白事情原来和自己相关。她想起刚才的梦，心里有些害怕。谭晓利向她招了招手，说那天小巷子里的人是不是他？果果怯怯望了眼庆松，庆松的眼角破了，高高肿起，他的眼神看起来更像条上岸的鱼。果果觉得地上躺着的人突然陌生起来。她没看清那天那个人长什么样，也忘了什么口音。她只记得立夏，那个突然冒出的傻子。那人死劲掩住她的嘴，差点窒息的时候，是立夏的叫喊解救了她。趁那人慌张的时候，她狠狠咬了那人的右手一口。她下意识瞅了眼庆松，一双干干净净的手，没发现什么异常。

"是不是他？"谭晓利又问道。

"我不晓得……我只看见立夏。"果果摇摇头。

"傻子不就是他侄子嘛！"阿毛说道。

"傻子在那干吗？"

"立夏朝他叫了一声，我趁机就跑了。"

"傻子胆子很小，肯定是看到熟人才敢喊的。"

"妈的，肯定就是这小子干的。在露台我看他就不对劲了，刚才要不是窃牯仔发现，还不知道要干出什么事来。"

果果隐隐觉得有什么不好的事情将要发生。她希望庆松能据理力争，把事情原委说清楚，但庆松什么也没说，任由他们给他随意下了结论。仿佛这些和他无关紧要。这时她听见谭晓利说，"你进去睡觉吧，明天还上学呢！""你们要对他干什么？"她下意识地问了一句。"大人的事小孩懂什么？睡觉去！"谭晓利喷着酒气，瞪了她一眼。她不敢再问，悄声返回了房间。听见谭晓利喊，"窃牯仔，给我找副麻绳来，看他妈的招不招。"

10

温柔的阳光抚慰着守尸的人，有几个年长的坐在长凳上打盹，他们有些人已经好几个晚上没睡个囫囵觉了。种子早已落了秧田，初具长势，如新剃的板寸，劲头十足。清江两岸四处碧绿的野草，一派生机盎然的景象。松塔刚发芽，长出粉笔长的嫩黄芽儿，沾满了毛茸茸的松粉。轻轻一摇，暴雪似的飘下一层厚厚的金黄粉末，空气中散逸着松塔独特的清香。这年的松塔没有毛毛虫，长势喜人。水车漫山遍野的松树林，到了秋天，等松塔熟透了，乘着氢气球打松塔，是镇上一道独有的风景。

庆松在这儿已经躺了快两个多礼拜了。脸上的血迹已经干涸，变成褐色，看着像潦草的油漆匠胡乱的涂鸦。自打在此咽下最后一口气起，大概就把这当成归属之地，再没挪动过一尺。

随着第二个赶集的到来，更多的人挤到募捐箱前。据说最多的一笔，有五十多元。一个年轻小伙子被人活活打死的消息不胫而走，已经传到县城。

这让马所长有些头疼。事实上，庆松死的那天早晨，他就预感到什么了。那天的他的右眼皮连着跳了三下。迷糊中瞟了眼正在酣睡的南充妹，她裹了一条毯子，侧着身子，勾出一道迷人的曲线，换做往常，他醒来都要抱着女人要一回。但那天他突然意兴阑珊，对女人失去了兴趣。

为了这事，马所长刚挨了上面领导一顿批。他颇有些郁闷，之前他在水车好歹算号人物，想不通这无数张熟悉和陌生的面孔怎么突然都站在了他的对立面。他们的募捐口号是要凑钱去市里告状。"县里已经被凶手家属收买了，要去市里才行，市里不行就去省里，或者直接去北京，去中央告他们！"这是马所长始料未及的。

不就是个小流氓嘛，有错在先，谭晓利他们只是做得有些过了。谭晓利请求他不要将女儿牵扯进来。所以他想以赌博引起的斗殴为由结案。庆松好赌，赌品不好，喜欢偷鸡，这点是众人皆知的。去年底的时候，庆松就在派出所蹲过几天号子。

他原本十拿九稳。结果事情出在了抢尸上。那是温泉中心的老板王春雷出的损招，"现在大家激愤的就是这具尸体。尸体一日不火化，这事就一日没办法解决。把尸体偷偷往县城殡仪馆烧了，这案件不结也得结。"

他没吭声，但觉得也不是没有道理。没了尸体，死无对证，他们闹翻天，他也不怕。他问春雷，有没有办法。春雷笑了笑，说，哥，这事包在我身上。我今晚就去找人给你办好。

事后，马所长颇有些懊悔。事先要想到这招一旦失败，将要导致的后果，他肯定不会同意春雷这么干。

庆松死后一共打了三次防腐剂。枫树那边做冰棺生意的起初颇有信心在水车推销出一具冰棺——试想一下，庆松静静卧在冰棺里，和列宁同志一样永垂不朽，这是他做梦也想不到的哀荣。抢尸事件后，募捐的人到达了高峰，那天的募捐箱一共满了三次。罗隆老师用毛笔小楷在记账本上工工整整写着三百八十元五角八分。

抢尸败露后，群情激愤。镇长再出面的时候，事情就有些失控了。成百上千的人围着简易灵堂，要求镇长和马所长给出一个说法。他们刚出现在镇中心的小广场，就被人群团团围住。镇长是个胖子，面对突然围过来的人群，两条大肥腿在西裤里瑟瑟发着抖，密集的汗珠不断从那张发酵似的胖脸上涌出来。"怎么办？走不了了。"镇长悄声说道。"等会增援的武警就来了。"马所长其实也有些紧张。他们几个人，带着警棍、铐子——但和农民手中的锄头耙头比，简直就跟玩意儿似的。镇长清了清嗓子，准备说点什么，突然一只破旧不堪的黄胶鞋飞了过来，直接砸在他的胖脸上。镇长呻吟一声，摸着吃痛的脸，面容苍白，几乎恼怒地朝马所长低声吼道："看看你干的好事！"

底下的农民饶有兴趣地目睹着镇长的狼狈不堪。那张昔日趾高气扬的脸此时显得格外苍白和怯懦。镇长掏出手绢不停擦汗，另一只手做了个请冷静的手势，回头又瞪了眼马所长。

马所长清了清嗓子，这时站了出来。他一开口，底下的人倒都安静下来。他故意压低了嗓音，装出一副沉重的样子。

"老乡们，你们都被骗了……这人其实是个不要脸的强奸犯，他把谭晓利家的小姑娘给祸害了。四月份的时候，就在汽车站背后那条小巷子里……"

底下叽叽喳喳，马所长故意停顿了一下，等他们声音小了下来，才将庆松那晚在谭晓利家的事做了一番描述。

"……之前为什么不说，我们也是考虑到人家小姑娘才多大啊，今后还要上学、嫁人……这事他干得实在龌龊，太流氓了！而且不是一次两次了，这次要不是被当场抓了现行，还不知道要祸害多少娃娃呢！大家试想一下，谁家没有娃娃啊，这么小的秧苗儿，他都下得了手，何况还是个外地佬，这事要传出去，多丢人啊！"

马所长说完，人群一阵出奇的沉默。继而哄的一声，炸开了锅。

"要是这样，怎么早不说？"

"让谭晓利家的娃娃出来说两句。"

"当事人要说是那就是。"

果果就是那时被推上台的。她站在上面，怯生生地望着底下乌泱乌泱的人潮，她从没见过如此大的仗势，无数双眼睛齐刷刷地投向她，她完全不知所措，还没等得及问话，就掩面哭了起来。

冰雹就是那时毫无预兆地下起来的。如此晴朗的天气，谁也没有意识到会来一场大冰雹。冰雹先是落在覆盖庆松尸体的彩条布上。彩条布在冰雹的击打下发出痛苦的噼啪声。更多的冰雹打在人的身上。啪啦啪啦，从点到线，天空像撕开了无数道口子，汤圆大小的冰雹滚滚而来，打得人群头破血流，纷纷作鸟兽散。这场罕见的大冰雹还砸坏了派出所唯一一辆破吉普车的挡风玻璃。吃痛的人群发出嗷嗷的惊恐之声。很多人摸着头上的肿包，不可思议。活了一把年纪的罗隆老师神色凄惶地望着天空，嘴里喃喃自语，"变天了，变天了啊。"

11

秋天深了。二告骑在墙上，偷看隔壁立夏家的院子。雷老头坐在小板凳上打盹儿。鹅群正在院子里啄食。立夏坐在地上，光着脚丫在玩泥巴。二告朝他头上扔了个泥丸，立夏抬起头，一眼就瞄见了墙上的二告。

那堵墙，少说也有百十年了，青砖所砌。墙头长着几株蓬蒿，平时蔫头耷脑，到了春天，一下蹿得老高，二告妈每年都要搭楼梯上墙，砍下来扔猪圈里，是最好不过的沤肥。二告上墙从不搭楼梯。墙角有棵柚子树，与墙齐高，二告三下五除二，刷刷刷就上去了。整条石板街，没谁爬树有他厉害，二告妈说他是猴子变的。有段时间，二告爱上墙掏鸟窝。鸟爱在蓬蒿下搭窝。年年来，年年掏，年年掏，年年来，二告说，真是群傻鸟。鸟蛋椭圆，三五只，卧在松针搭的鸟巢里，还没大拇指粗。掏完蛋，傍晚鸟飞回来，绕巢三匝，发出凄厉的叫声，听得心慌。有天夏夜，二告睡得早，梦见一只黑鸟，在院子门前唤他，二告，二告！二告迷糊中下了床，光着脚丫子就往门外走。大人们还在院里乘凉，问大晚上的光着脚去哪呀？二告一声不吭径直要朝外走，拦都拦不住。二告妈发觉不对了，往他头上浇了碗冷水，二告打了个激灵醒来，发现自己只穿了根小裤衩儿，湿漉漉地站在院子里。

二告说，鸟怪找我报仇来了。立夏说什么鸟怪啊？二告说，鬼你知道吗？鸟变成鬼了，就叫鸟怪。立夏点点头，说知道，我还见过。二告说，啥鬼你见过啊？立夏说，我前几天夜里看见我叔了。他穿着白衣裳，有时在院子里，有时在街上，什么都挡不住他。二告听得脸都白了，颤声问，你叔和你说话吗？立夏摇摇头，没有，只是望着我。二告说，他们都说你叔把谭晓利家的果果给祸害了，在汽车站背后那条小巷里，说你也瞅见了？立夏一脸茫然，摇摇头，说我记不起来了。二告有些生气，你这傻子，问啥啥都不记得。立夏这时突然想起什么，哦对了，昨晚他回来说到了鹅。啥意思？他说让我骑鹅飞回去。二告听得害怕起来，赏了立夏一个爆栗子，说你瞎说八道，庆松死了，拉殡仪馆都烧成灰了，他们说烧成灰就不能变鬼了。立夏说，怎么就不能了，我经常看见他，我还梦见过我爸。二告说，你还有爸啊？立夏说，我爸也死了，给我爷爷绑树上抽死了。二告诧异说，为什么啊？立夏一下茫然起来，摇摇头说，我不晓得，他们说我爸爸做了对不起祖宗的事，我爷爷气得把家里碗都摔了，后来就把他绑在树上抽，我叔叔夜里爬起来，偷偷给他解绑，被我爷爷发现了，气得把我叔叔也给抽了一顿。第二天早上，我爸爸就死了。真被你爷爷抽死的？立夏摇摇头，好像也不是，是蛇给咬死的，蛇咬了他脚背，脚肿得跟茄子似的，乌黑乌黑的。二告说，你爸到底做了啥对不起祖宗的事啊？立夏剧烈地摇了摇头，眼里突然闪出一束惊悚的光，小跑着走了。

二告以后不敢掏鸟窝了，仍旧爬树，骑墙头，喜欢高高在上的感觉。一到墙头就称王了，整条石板街一览无余。街头靠河的地方，以前有架老水车，时间久了，变成了地标，他们说这是水车地名的由来。沿着石板街到头，往西走，去湘西洪江、怀化，往东走，则到娄底。立夏这时也蹭了过来，说，往南呢？往南去枫树。那往北呢？傻子终于把二告母亲问愣了，白了他一眼，就你屁事多。

有时二告也拉立夏上来玩。两人骑在墙上，掠过乌黑的屋檐，能看到蜿蜒东去的清江，夕阳下，河面闪耀着点点金光。他教立夏用手做手枪状，瞄准街上的行人，走近一个，枪毙一个。二告母亲猛然瞅见他们，厉声喊，"谁带他上来的？快点下来，傻子要是有个三长两短，我要把你脑袋调个方向！"

瘸子走在前面，瞎子在后。瞎子高大壮实，背着个布袋，手搭在瘸子的肩头，亦步亦趋。瞎子和瘸子一来，孩子们都兴奋起来，朝二告喊，"哈哈杀猪匠又来啦！"刚好赶上放学，孩子们纷纷拥簇着瞎子和瘸子往石板街走来。

"读几年级啦？"瞎子翻着白眼问。

"二年级。"

"三年级。"

"……"

孩子们纷纷回答，小鸟似的追逐着瘸子、瞎子转。

"二告在吗？"瞎子问。

二告低着头，故意装着没听见。

"他在这！"有孩子揭发。

二告害臊起来，小脸涨得通红。现在谁都晓得这对残疾是他家亲戚了。他羞于家里有这样的亲戚。瘸子一言不发，就瞎子话多，喜欢问这问那，耳朵还特别尖，问完二告父亲，又问母亲，接下来问学习成绩，二告闷不作声，问得烦了，鼻子里哼嗯一声。

"我从没都没听你叫过一声舅爷呢。"瞎子说。二告学着瞎子的样子，朝他翻了翻白眼。孩子们都哄笑起来。

瞎子和瘸子每年都要来趟水车。通常还得住上几天。二告母亲每次看到他们来就发愁。

"这对老不死的，咋又来了呢！"

稍有怠慢，瞎子就会表达不满。瞎子表达不满的方式是旁敲侧击地对二告说，"我还是你舅爷呢！我可从来没听你叫过……"这个时候，二告母亲就该从梁上取板鸭了。他们平时一个礼拜都难得吃上一次板鸭。

吃完饭，二告母亲将阁楼上的木板床垫上稻草，铺好床单，打了洗脸水，准算将他们安顿下来。这时石板街开始安静下来。鸡进埘，狗回家，秋蝉停歇，街上陆续响起关铺面的声音。瞎子和瘸子对脚躺下，说了些闲话，没多久都沉沉睡去。到了半夜，瞎子先冻醒，用脚踢了踢瘸子，说你冷吗？瘸子回了声冷。瞎子说，把长凳上的衣服拿过来盖吧。瘸子摸黑起来，一阵窸窣，把瞎子的衣服扔了过来。窗户外浮着一轮昏黄的圆月，深秋的凉意不断透过来，侵入骨髓。瘸子重新钻进被窝，把自己缩成一小团儿。瞎子说，你听到了吗？瘸子说什么？瞎子说，你听。瘸子竖起耳朵听起来，听见隔壁院子传来一阵噔噔的声响，像有人在剁东西。瘸子说，好像有人在剁什么。瞎子没说话。瘸子又说，是在剁骨头吧？瞎子说，现在几点？瘸子睁眼瞅了瞅窗外，过子时了吧。瞎子说，都这个点了，剁啥骨头呢？瘸子说，猪骨头吧，我看隔壁是家包子店。瞎子一声冷笑，说，我没瞎前，杀过二十多年猪呢。清江、枫树、石门那带的猪见了我都发抖。我听隔壁剁了很久了，这肯定不是猪，刀法不对，顺序也不对……瘸子说，那你说是什么？羊？狗？瞎子摇了摇头，又沉默半响，突然笑一声，说，听起来倒像是人，先头，再手，胳膊，脚，小腿，大腿，最后开膛

12

庆松的尸体是傍晚时分火速拉进县殡仪馆的。

从殡仪馆出来，庆松就被雷老头捧在怀里，一路从县城回到石板街。雷老头将骨灰盒放在神龛上。神龛上摆着一个相框。有张庆松和他哥哥庆南的合影。旁边一张是庆南和另外一个男人的照片。男人的头已经被人戳掉，成了黑洞。穿着花衬衫的庆南搭着他的胳膊，两只眼角都是笑意，看起来非常快活。雷老头望着照片，发了很长一会儿呆，想了许久，突然双手抱头，用力捶了捶。

立夏在院里追蜻蜓。天要下雨了，红蜻蜓飞得很低。立夏抓着网兜，满院子逮。逮着一只，用细线绑了尾巴，就成了活风筝。雷老头喊，别耍了，给我磨刀去。立夏停住，噘噘嘴，说昨天还磨了呢。见雷老头脸色阴郁，晓得还顶嘴，就要挨打了。

磨完刀，雷老头准备剁馅。案板上落着几只绿头苍蝇，雷老头挥刀一斩，刀稳稳扎在案板上，晃了晃，下面躺着一只死苍蝇；雷老头鼓气一吹，顺手将肉往案板上用力一摔，肉颠了一颠，拔起刀，砰砰砰，喀喀喀，开始剁馅。剁得肉末横飞。剁得血肉模糊。立夏在旁边看得呆了，以为又惹雷老头不开心，大气不敢出。

最先出来的是窃牯仔。窃牯仔在里面关了三个月，白了一圈，说起来话没以前尖细了，似乎有意显示出一副稳重的样子。窃牯仔出来没多久，阿毛也跟着出来了。阿毛倒是变化不大，稍微瘦了些，还是大大咧咧的，三句不离娘屄。最后出来的是谭晓利。谭晓利出来的时候，已经秋天了。水车的松塔迎来了一个罕见的丰收年。老远就能闻到一阵熟透的松果清香味。腰包厚实的人家购置了采摘松塔的氢气球，坐在吊篮里，气球飘起，伸手就能摘到松塔，比搭梯子轻松，还能避免意外。

一场秋雨一场寒，凉意逐渐逼近水车镇。立秋没多久，忽刮了一夜的大风，早上起来，满阶黄叶，凉风袭来，穿得稳夹衣了。

谭晓利出来后很少抛头露面，整天都待在家里。也很少和人说话。别人问在里面怎么样，有没有挨过打，他淡淡地回一句，就这样。或就那样。服装店关张半年后，恢复了营业。谭晓利又开始大清早起来去株洲进货；又开始打起了麻将；又开始接送果果放学。窃牯仔、阿毛，起先也没怎么露面，到了秋天，终于按捺不住去了谭晓利家。拉了隔壁闲人铁渣，牌局又恢复正常了。

　　渐渐没人再提庆松。仿佛这个外地人在水车一直就没存在过。直到十月底，有人夜里又看到了庆松。穿着白色的长袍，光着脚丫，披着长发，脸白得跟粉墙似的，影子一样在石板街游荡。见到熟人，笑嘻嘻的，双目含笑，吓得人四肢发软，差点一口气没喘上来。

　　这年的冬天来得格外迫切，刚入冬没多久，就下了一场大雪。凛冬提前降临水车。大雪倒是有些预兆，因为立夏的耳朵提前一天就发了痒。他的耳朵一痒，第二天准会下雪。换做以往，立夏又该高兴得跳起来。他喜欢下雪。站在院子里，看漫天的雪花飘落，一朵比一朵轻柔，一朵比一朵急骤。天亮后，大雪呆立，万物无声，整个世界寂静了。他抓了一把雪，在雪地里咯吱咯吱地跑着，留下长串脚印；使劲摇摇树，落下瀑布般的雪沫。不光立夏高兴，鸡鸭鹅也跟着高兴。它们在坤里就闻到雪的味道了，一放出来，纷纷蹦跳着往雪地里扑。

　　现在坤里是空的，只剩一只鹅。一个礼拜前，鸡鸭摇头摆尾的，像醉酒似的，纷纷栽倒。鹅最后才倒。它们伏在立夏脚前，嘎嘎叫着，像在向他道别。眼看一只一只倒毙，立夏吓得哭起来。二告娘过来看了眼，说吃了耗子药，没得救了。立夏只哭。二告娘说，太缺德了，大冬天的谁放的耗子药呢？立夏一直哭。二告娘说，别哭了，还剩一只呢，它没吃药。立夏扭头去看，发现庆松站在雪地，用嘴啄着雪，将头埋在雪里。立夏走过去，抱着庆松，说，我想爷爷了。二告娘说，你爷爷犯了大罪，回不来了。叹口气又说，造孽啊，从小没爹没娘的，还是个傻子，今后跟我过吧，以后管二告叫哥。立夏抱着鹅，愣愣地望着二告娘，仿佛不知道她在说什么。雪又下起来，粉末般的细雪，纷纷扬扬，给凛冬骤然添加了一丝冷意。

　　庆松叫了起来。嘎嘎嘎，嘎嘎嘎。立夏抚摸着它的长颈，小心翼翼地坐了上去。鹅屁股一沉，立夏跌了下来，扑扇着翅膀，将雪扇得飞舞起来。立夏这时像是想到什么，站起来，抱起鹅往外走去。二告娘说你去哪？立夏说，我要回家。二告娘说，你家就在这。立夏说，这不是我家，我家在龙山，我叔告诉我的。二告娘说，大雪天的你怎么回？立夏说，飞回去。二告娘摇了摇头，真是个傻子啊。

立夏深一脚浅一脚地往前走。他不知道龙山在哪。他只知道飞。他闷头闷脑往前走着。脸蛋紧贴着鹅，感觉风雪没这么凌厉了，怀里也有了暖意。这时，他看到了松树林的氢气球。它像个被人遗忘的孩子，孤零零系在树干上。立夏离开道路，往松林走去。他先将鹅放进篮里，然后解开气球的绑绳。篮子摇晃一下，震起细密的雪粉。立夏迈进篮子，气球徐徐飘升起来。飞了，飞了。立夏拍手笑了起来。气球越飞越高。飞跃松林。飞跃清江。飞跃他家的小院子。最后石板街变成一条狭长的黑线。清江也变成一条狭长的黑线。他看到底下的二告娘向他挥手。看到街上的人向他挥手。看到整个水车镇上的人都在向他挥手。立夏拍打着小手再次笑了起来。

原载《十月》2020年第1期

点评

当今这个时代，一切隐秘似乎都被暴露在光天化日之下，唯有文学还默默守着最后的隐秘。作家郑小驴执着地追寻着小说的神秘，他无意将故事条分缕析、抽丝剥茧地展现给读者，而是将众多元素依照意识的流动轨迹不急不慢地道出。

小说的悲观与消沉都蒙上了某种宿命论的色彩：说不清的躲仇、小男孩立夏发烧烧坏了脑子成了"傻子"、他的父亲庆南被爷爷活活打死还是意外被蛇咬死、他的叔叔因为某种并不确定的罪过被谭老板等人活活打死、他的爷爷雷老头最终杀了谁……这祖孙三代的所有悲剧，仿佛从他们搬来水车镇之后就注定要发生。因为这一切，都那么自然而然却又始终扑朔迷离。作为读者，我们并未被告知每个悲剧的具体原因和全部真相到底是什么，我们甚至感觉根本不存在所谓真相。仿佛一切都是虚空的误会，但这误会却让立夏真真切切地接连失去了一位又一位至亲。最后立夏成了孤儿，小镇上有好心人要收养他，他却坚决拒绝了。因为叔叔庆松告诉他，他们的老家在龙山。叔叔临死前并未为自己辩解，他只想回龙山；立夏虽不懂为何，但如今的他却也只想回家。仿佛在历经人间惨剧之后，唯有最初的家园才是真正的归宿。对此我们不禁思考：家园到底是什么？我们眼下的生活又是什么？我们能在现在的处境里找到真正的归宿吗？如果不能，我们又该去往哪里？……作家并不想把话说得太直白，但又忍不住表达内心的绝望：立夏是个"傻子"，他的交通工具只有那只大鹅，所以他根本不可能回到那遥不可及的叫作龙山的故乡。

（侯建魁）